方卫平学术文存

第七卷

批评与阐释

方卫平 著

山东教育出版社

图书在版编目（CIP）数据

批评与阐释 / 方卫平著 . -- 济南：山东教育出版社，2021.7
（方卫平学术文存；第七卷）
ISBN 978-7-5701-1772-7

Ⅰ.①批… Ⅱ.①方… Ⅲ.①儿童文学 - 文学研究 Ⅳ.①I058

中国版本图书馆 CIP 数据核字 (2021) 第 129658 号

方卫平学术文存　第七卷
批评与阐释　方卫平 著
PIPING YU CHANSHI

责任编辑：周易之
责任校对：舒　心
美术编辑：蔡　璇
装帧设计：王承利　王耕雨

主管单位：山东出版传媒股份有限公司
出 版 人：刘东杰
出版发行：山东教育出版社
地址：济南市市中区二环南路 2066 号 4 区 1 号
邮编：250003
电话：(0531)82092660
网址：www.sjs.com.cn
印刷：山东临沂新华印刷物流集团有限责任公司
开本：710 mm×1000 mm　1/16
印张：36.25
字数：443 千
版次：2021 年 7 月第 1 版
印次：2021 年 7 月第 1 次印刷
印数：1-1000
定价：288.00 元

（如印装质量有问题，请与印刷厂联系调换，电话：0539-2925659）

作者简介

方卫平，祖籍湖南省湘潭县，1961年8月出生于浙江省温州市；1977年考入宁波师范学院中文系读本科，1984年考入浙江师范大学中文系读研究生，毕业后留校工作至今。1988年任讲师，1994年由讲师晋升为教授。曾任浙江师范大学中文系副主任、儿童文化研究院院长、儿童文学研究所所长、儿童文学系主任等。

现为浙江师范大学二级教授、博士生导师，中国作家协会儿童文学委员会副主任，浙江省作家协会副主席，意大利马切拉塔大学《教育史与儿童文献》杂志国际学术委员，鲁东大学兼职教授。

主要从事儿童文学、儿童文化研究与评论，出版个人著作多种；在中国、美国、意大利、德国、日本、韩国、马来西亚发表论文和评论文章数百篇，论文曾被《新华文摘》、《中国社会科学文摘》、中国人民大学《复印报刊资料》等转载或摘介。

主编有"中国儿童文化研究年度报告"系列、"中国儿童文学大系"（增补卷10卷）、"当代西方儿童文学理论译丛"、"国际安徒生奖大奖书系"、"中国儿童文学名家论集"、"第六代儿童文学批评家论丛"；选评有"方卫平精选儿童文学读本"、"方卫平精选少年文学读本"和"中国儿童文学分级读本"；主编学术丛刊《中国儿童文化》，合作主编《新语文读本·小学卷》等。

1. 1994年4月17日在杭州
2. 2010年11月在水乡乌镇（董宏猷摄）
3. 2012年12月6日在河北香河（张玉清摄）

1. 1999年6月，与作家桂文亚女士在台湾联合报系大楼会客室
2. 2006年7月28日在台北应邀做大陆儿童文学现状的演讲后与台湾儿童文学界前辈、同行合影
3. 2014年12月2日在济南接受作家张炜先生赠送长篇小说《少年与海》之第四章"镶牙馆美谈"手稿
4. 2015年10月21日，与作家刘海栖先生在浙江金华

1. 2016年2月21日，与作家张之路先生在云南

2. 2016年4月17日在上海与周晓先生合影

3. 2016年9月，与学者刘绪源先生在浙江金华

4. 2020年11月20日出席中国作家协会儿童文学委员会年会暨粤港澳大湾区儿童文学高峰论坛期间，接受江门电视台采访

目录

作　家　　　　　　　　　　　　　　　　　1

陈伯吹：一个世纪的缅怀与祝福　　　　　1
　　——序《陈伯吹论》
批评的品格　　　　　　　　　　　　　　9
　　——序周晓《少年小说论评》
"我说出来，就拯救了自己的灵魂"　　　17
　　——作为儿童文学评论家与编辑家的周晓先生
母题·批评·学术伦理　　　　　　　　24
　　——序《儿童文学的三大母题》
寻找个性与空间　　　　　　　　　　　34
我们思想舞台上的优雅舞者　　　　　　41
我们所不知道的童年更深处　　　　　　49
　　——《班马文集》总序
冰波童话的情绪变调　　　　　　　　　63
童话是写给孩子看的　　　　　　　　　69
　　——郑渊洁童话评说
《彭懿童话文集》序　　　　　　　　　76
常新港的艺术世界　　　　　　　　　　90

教师笔下的少年形象　　　　　　　　　　98
　　——谈余通化儿童小说形象塑造的特点

文学盛装年代的个人表情　　　　　　　108
　　——论张婴音的小说创作

文化纷扰时代的理性坚守　　　　　　　115

情趣与理趣　　　　　　　　　　　　　120
　　——桂文亚儿童散文略说

在感觉和想象的尽头　　　　　　　　　124
　　——桂文亚儿童散文阅读札记

好一个"语言的贫户"　　　　　　　　　130
　　——读林焕彰的童诗

思想的翅膀　　　　　　　　　　　　　134
　　——阅读王淑芬

孙雪晴：年轻的方式　　　　　　　　　138

轻轻敲开儿童文学之门　　　　　　　　147
　　——吴洲星和她的儿童文学创作

童书大时代的"文化英雄"　　　　　　151

远行精神与家园意识　　　　　　　　　154
　　——薛涛少年小说论

作　品　　　　　　　　　　　　　　169

走向新的艺术常态　　　　　　　　　　169
　　——《我们没有表》《六年级大逃亡》读后

《灰颜色白影子》的意义	174
响应当代生活的呼唤	179
——读《蓝皮老鼠大脸猫》	
幽默艺术及其超越	183
秦文君和她的《男生贾里》	186
班马和他的《六年级大逃亡》	190
周锐和他的《哼哈二将》	194
孙幼军和他的《怪老头儿》	197
梅子涵和他的《女儿的故事》	201
张之路和他的《第三军团》	205
冰波和他的《狼蝙蝠》	209
孙云晓和他的《隐患》	213
金曾豪和他的动物小说创作	217
当代中国儿童文学的一座艺术峰峦	220
——读《一百个中国孩子的梦》	
和谐：一种信念和渴盼	224
秦文君和她的《小捣蛋外传》	227
无边的魅力	230
——读《中国幽默儿童文学创作丛书》	
童年记忆与精神自传	236
——序《你是我的妹》	
我所熟悉的思想猫	239
《班长下台》的作者及其他	242

记忆里的滋味与关怀 　　　　　　　　　　245

侠骨柔肠管家琪 　　　　　　　　　　　　249

稚拙可爱的童话形象 　　　　　　　　　　252
　　——读周锐的《啊呜喵》

传统模式与当代意识的艺术融合 　　　　　255
　　——读汤素兰的《小朵朵和大魔法师》

风趣·儒雅·多思 　　　　　　　　　　　258
　　——《蝗虫一族——趣味昆虫童话》序

《月亮生病了》序 　　　　　　　　　　　262

当代少年精神世界的守望者 　　　　　　　266
　　——读邱易东诗集《地球的孩子，早上好》

《雨雨寓言集》序 　　　　　　　　　　　270

栩栩如生的寓言形象 　　　　　　　　　　273
　　——读严文井的《会摇尾巴的狼》

不露声色引入荒谬 　　　　　　　　　　　278
　　——读艾青的《画鸟的猎人》

亮丽无比的图画书 　　　　　　　　　　　282

一个恒在的方向 　　　　　　　　　　　　285

为童年做一件艺术品 　　　　　　　　　　287

结构·心理·时代背景 　　　　　　　　　289
　　——说说《腰门》的遗憾

在尖叫声中成长 　　　　　　　　　　　　295
　　——读曹文轩"我的儿子皮卡"系列

在传统与创新之间　　　　　　　　　　298
——《植物王国的歌》序

小小说的艺术与文化基底　　　　　　303
——序赵淑萍的小小说集《永远的紫茉莉》

黑色的夜与彩色的幻想　　　　　　　307

空箱子里的现代性沉思　　　　　　　309
——评张之路短篇小说《空箱子》

雨林"寻父"：找寻远去的生命家园　　312

《驯龙记》中的"刘氏幽默"　　　　　315

每一个人都需要成长，都能成长　　　318
——读周锐散文新作

浅语中的智慧　　　　　　　　　　　321
——读"林良美文书坊"

祝福新春，祝福儿童文学　　　　　　324

走向经典　　　　　　　　　　　　　326
——"国际安徒生奖大奖书系"总序

从世界中来，到世界里去　　　　　　330
——谈"国际安徒生奖大奖书系"的编选与出版

一个世纪的想象与飞翔　　　　　　　336
——韩文版"中国儿童文学丛书"总序

向"批评"致敬　　　　　　　　　　339
——序《红楼儿童文学对话》

年轻的姿态及其意义 344
——"红楼书系"第三辑总序

"红楼书系"第四辑"儿童发展研究丛书"总序 349

海峡那边的风景 353
——"海岸线书系"总序

序谢采筏先生儿歌集 356

和孩子的相遇，一生一次 359
——序保冬妮童诗集《从前有个小小妖精》

自然、乡愁与童年 363
——序"薛涛心灵成长小说"系列

一种童诗写作的境界 368
——序林焕彰诗集

序《汤汤灵动系列》 371

诗是灵魂的事情 374
——序顾军编选《漫游诗歌花园》

分享阅读的快乐和幸福 378
——序《小人儿由由》

走不出的故乡 380
——序《爷爷的故乡》

序《真正的陪伴：爸爸教育孩子的9个关键词》 384

少年写作最富价值的内涵 387
——序《窗外飘过两朵蝴蝶云》

序《给孩子的哲学探险故事》 390

童心、诗心与儿童文学的故事艺术　　　　　　393
　　——读张炜儿童小说《少年与海》
一种融入自然的成长姿态　　　　　　　　　　399
　　——读张炜儿童小说新作《寻找鱼王》
一个质朴、专注的写作者　　　　　　　　　　402
童话幻想中的生活本相　　　　　　　　　　　408
爱是最高级的教育　　　　　　　　　　　　　411
　　——序《爱满教育》
"无名者"的纪念　　　　　　　　　　　　　　415
　　——读图画书《家书》
不只是历史的温习　　　　　　　　　　　　　417
　　——读张炜儿童小说《狮子崖》
用诗性分辨"传统"的美与丑　　　　　　　　420
　　——读吴然长篇新作《独龙花开》
日常叙说的魅力　　　　　　　　　　　　　　424
　　——读刘玉栋儿童小说新作《白雾》
《吉祥时光》：以小见大的童年书写　　　　　427
唱给母亲的歌　　　　　　　　　　　　　　　429
　　——读童诗图画书《想念妈妈的自言自语》
文明废墟上开出的儿童阅读之花　　　　　　　431
　　——读《架起儿童图书的桥梁》
《书是甜的》："在场"童书评论典范　　　　435

让童年游戏的翅膀驭风而行 439
——读班马少年小说《我想柳老师》
我读高洪波的儿童诗 442
世上会有一匹白马等着你 443
——读图画书《马头琴的故事》

品味原创 447

鲁兵：在教育与审美之间 447

任溶溶：日常生活到一首诗的距离 449

金波：诗与思的芬芳 451

高洪波：心里住着一个孩子 453

薛卫民：为自然和童年而歌 455

王宜振：一行诗歌的温度 457

林芳萍：开在时间里的生命之花 459

包蕾：从经典出发，抵达经典 461

张秋生：小巴掌里的世界 463

幽默的周锐和周锐的幽默 465

冰波：童话的难度 467

汤素兰：给童年一双翅膀 469

方素珍：童年生命的力量 471

王一梅：字与词之间的童话感觉 473

吕丽娜：让童话飞得更高 475

孙建江：寓言传统的当代承续 477

张之路：奔突在童年生活里的欢乐与烦扰	479
梅子涵：叙事的冒险	481
秦文君：让向日葵跳出自己的舞蹈	483
班马：童年的生命及其跨度	485
彭学军：成长的心思与风景	488
郁雨君：给你一片心灵的晴天	490
葛冰的意义	492
沈石溪：动物世界的义气与骨气	494
金曾豪：在生活的水流中踏行	497
吴然：散文的色彩、声音及其他	499
彭懿：像写幻想一样写旅行	501
徐鲁：贴近大地的呼吸	503
湘女：从心底升起来的生命之歌	505
简平：为少年而歌	507
少年的精神	510

域外偶拾　　　　　　　　　　　　　513

亲近儿童文学这本大书	513
庄严的接近　美好的开始	515
珍视童年　守望天真	517
拉丁美洲儿童小说论片	519
"鸡皮疙瘩"与"安全惊险幻想小说"	529
关于《大幻想文学·日本小说》	533

读《科纳马拉毛驴》	535
读《为我唱首歌吧》	538
近年来的外国儿童文学译介	540
晴天居然下猪	545
——兼谈荒诞故事	
晴天，有时下什么？	549
一只从21世纪走来的老鼠	551
——评"老鼠记者"系列童话	
一位行旅和精神上的导游者	555
"彩虹青春悦读小说系列"序	559

作 家

陈伯吹：一个世纪的缅怀与祝福
——序《陈伯吹论》

一

这是一个缅怀的时刻。

这种缅怀因为适逢陈伯吹先生(1906-1997)一百周年诞辰而愈加凸显出一种仪式性的意义。

坦率地说，许多年来，我一直对那些含义贫乏或被强行添加上种种含义的"仪式性"活动和事件存有某种戒心。因为在那样的"仪式"中，不仅形式常常大于内容，甚至在空洞的"仪式"里根本就没有什么内容蕴含其中。

但是我相信，对陈伯吹先生的缅怀，将不会仅仅只是这样一种"仪式"。

因为，这是一个与20世纪中国儿童文学的历史进程携手相伴穿越了漫长而广阔的文学和人生时空的名字。从1927年3月在商务印书馆出版中篇小说《学校生活记》算起，到1997年11月与世长辞，陈伯吹先生的儿童文学生涯持续了整整七十个春秋。在20世纪的中国，以毕生的心力投身于儿童文学的创作、翻译、研究和编辑工作，心无旁骛，百折不挠，以最坚韧执着的人生方式与一个国家和民族的儿童文学事业相伴终生，陈伯吹先生堪称第一人。对于中国现当代儿童文学的历史发展进程而言，陈伯吹这个名字的出现和存在或许是一个偶然，但是，对于陈伯吹先生来说，这种相遇就不仅仅是一种偶然性的人生际遇，更是一种基于其天性、本能、责任和犟性而造就的命运安排了。

陈伯吹一生曲折漫长的儿童文学生涯，使我们今天的缅怀具有了一种重返20世纪中国儿童文学历史及其许多重大时刻、重要现场的可能性。尤其是在例如20世纪二三十年代儿童文学的创作和编辑实践方面，20世纪50年代儿童文学的批评和理论思考方面，20世纪七八十年代儿童文学的文学重建方面，陈伯吹先生都以其独特的文学经验和智慧参与了那些历史的创造和书写进程。而且，由于陈伯吹兼具作家、翻译家、学者和编辑等多重职业身份，他的职业生涯与所辐射的历史内容及其意味也就变得格外丰富，也格外厚重起来。从这个意义上说，陈伯吹先生及其一生的儿童文学活动，事实上已经构成了20世纪中国儿童文学发展进程的一个鲜活而典型的历史标本。通过对这一标本的分析和解读，我们会在相当程度上触碰到一段历史的真实脉动，发现20世纪中国儿童文学艺术进程中隐藏着的丰富奥秘。

毫无疑问，就陈伯吹先生一生的文学经历而言，他并非总是处于被历史聚光灯映照着的文学舞台的中心位置。换句话说，并不是其所有的历史片断放在中国儿童文学史的背景上来看都具有同等重要的意义和价值。尽管如此，我仍然要说，陈伯吹这个名字在20世纪中国儿童文学发展的许多时刻和许多现场，都是一个重要的历史名词。例如，在20世纪50年代中国当代儿童文学理论及其批评的建设进程中，陈伯吹先生的思考和声音，就曾经是一个令人难忘的历史存在。

十多年前，我在《中国儿童文学理论批评史》一书中曾经认为，儿童文学理论虽然是一个相对独立的研究领域，却同样要受到它所依附的特定社会历史条件的制约，受到它所处的那个时代整体学术文化思潮的影响。20世纪50年代中国儿童文学理论批评的建设也是这样。"随着50年代中期以后'左'的思潮的萌发和蔓延，环裹着儿童文学研究的大气候逐渐使理论自身正常探讨和良性发展的可能性受到影响和制约，这种情形到1957年以后便突出地显现出来。"[1] 那是一个一切儿童文学专业知识都被意识形态格式化的年代。可是，陈伯吹先生却以其天真的心性和对儿童、对儿童文学的最质朴的认识，做出了不为那个时代的意识形态话语和专业知识系统所兼容的理论思考，发出了在那个时代注定要被认为是"另类"和"异端"的声音——他提出了儿童文学作家、编辑要怀有一颗"童心"的著名观点。在《谈儿童文学创作上的几个问题》一文中，他这样写道："一个有成就的作家，愿意和儿童站在一起，善于从儿童的角度出发，以儿童的耳朵去听，以儿童的眼睛去看，特别以儿童的心灵去体会，就必然会写出儿童能看得懂、喜欢看的作品来"。在《谈儿童文学工作中的几个问题》一文中，他写道，"如果审读儿童文学作品不从'儿童观点'出发，不在'儿童情趣'

上体会，不怀着一颗'童心'去欣赏鉴别，一定会有'沧海遗珠'的遗憾，那些被发表和被出版的作品，很可能得到成年人的同声赞美，而真正的小读者未必感到有兴趣"。

这些观点和言论的意义和价值，我们显然只有将其还原到特定的历史语境中，才能比较客观而准确地掂量出来。在一个"左倾"思潮不断酝酿、膨胀和肆虐的年代，陈伯吹先生却以其纯粹而率真的理论直觉和知识勇气，脱离了大一统的意识形态和公共经验的控制，说出了被当时许多人遗忘或丢弃了的文学经验和常识。事实上，这些经验和常识本来未必是属于某一个人的，但是，在特定时代特定的话语环境中，它们却在一定程度上变成了陈伯吹先生个人的经验，成为他个人坚守的儿童文学知识——这其中蕴含了多少具体的历史内容啊。

由此我们可以发现，在20世纪中国儿童文学发展的某些历史时刻，陈伯吹的存在意义是十分重要的。他所带给中国儿童文学历史的不仅仅是一些可能更接近事物真相的专业知识，更是一种在特定时代极为稀缺的学术道德和人格品质。列维·施特劳斯曾经这样说过，一种纯粹和整体的知识不能从特定的政治现实以及时代状况中获得，而只能借助于追本溯源，回到"尚未损害、尚未败坏的自然"来获得。撇开陈伯吹先生在儿童文学诸多领域里的贡献不论，仅以他在理论批评领域所做的工作来说，他在一个漫长时代里所进行的理论博弈，的确留下了许多宝贵的历史果实。而我想说，在那样一些时刻，陈伯吹一定是在某种程度上摆脱了"特定的政治现实以及时代状况"的操控，回到了一种"尚未损害、尚未败坏的自然"状态中——是否可以说，他的天然质朴的性情，在很大程度上使他保持了对童年的理解和理想，而这也许正是一种"尚未损害、尚未败坏的自然"状态吧。

二

1985年7月,在昆明的全国儿童文学理论规划会议上,我第一次见到了陈伯吹先生。陈伯老儒雅谦和,一派大家风范。会上会下,我的眼神常常会情不自禁地追随着陈伯吹先生的身影。此后,几乎每一年,我都会有机会在各种会议上见到他。我也曾数次到位于上海延安西路的少年儿童出版社,到位于瑞金路上的陈伯吹先生家中去拜访他。然而,在我的记忆中,最令我难忘和感到震撼的是1988年前后与陈伯吹先生的那场"笔战"。

1987年夏,我在上海的《解放日报》上读到了陈伯吹先生言辞犀利的《卫护儿童文学的纯洁性》一文。这一年的岁末,我在阅读了陈伯吹先生近期的其他一些文章后,写下了《近年来儿童文学发展态势之我见——兼与陈伯吹先生商榷》一文。该文不久以后发表在了1988年第3期的《百家》杂志上。几乎与此同时,《儿童文学研究》也在1988年第4期上发表了刘绪源的《对一种传统儿童文学观的批评》一文。两篇文章分别从儿童文学思潮发展、儿童文学观的建构等角度,对陈伯吹先生的观点进行了讨论。拙文发表后,发行量颇大的《报刊文摘》以《方卫平与陈伯吹针锋相对》这样一个颇有些夸张的标题摘登了其中的一些观点。影响很大的《新华文摘》则转载了刘绪源的文章。这场"笔战",一度成了20世纪80年代末儿童文学界一个不大不小的"事件"。

留在我记忆中并让我今天仍然感到震撼的并不是那场"笔战"中的观点及其碰撞，而是陈伯吹先生在面对青年人的质询和商榷时所表现出的学术宽容和前辈风范。当时，《新民晚报》曾对这一"事件"有过一次综述性的报道。报道中特别提到，陈伯吹先生对年轻人的批评抱持一种欢迎的态度。不久，该报又发表了杂文家林放（赵超构）先生的文章《向伯吹老人致意》。以林放先生的阅历，我知道他的"致意"举动背后，一定是携带着许多历史内容和感慨的。

对我来说，那场"事件"也已经成为我个人在20世纪80年代后期一次难忘的学术经历，成为我个人在今天缅怀陈伯吹先生时，心底深处必然要泛起的一种特殊的经验和记忆。当我在历史的长河与背景中去回顾这一"事件"时，我真的会有一种记忆的震撼。因为，在漫长的儿童文学生涯中，陈伯吹先生曾经不止一次地成为坎坷社会生活的蒙难者，或者成为学术暴力事件的被冤屈者。然而，在80年代后期，当他以八旬高龄，宽容地回应和对待年轻人的挑战和商榷时，他已经以自己的仁爱和大度，为一段漫长的儿童文学历史，为改善我们偏狭的学术意识形态，为一个可能的学术清明时代的到来，给出了一个别致的注脚，提供了一个诱人的方向。

三

在陈伯吹先生一百周年诞辰这样一个时刻，还有一些或许比纪念性仪式本身更实在的事情等着人们去做。少年儿童出版社的朋友们很早就想到了这一点。这部由王宜清撰写的《陈伯吹论》就是在他们的筹划、帮助和督促之下完成的一部评传性的研究著作。

评传性著作，资料的收集和研读工作无疑是最基础、最关键的。这部《陈伯吹论》在以往人们研究成果的基础上，在某些史料的收集方面，又有了一些新的发掘和推进。同时，作者对这些史料的解读和阐释也颇有新意，显示了独特的历史把握能力。例如，作者认为将陈伯吹的儿童文学观定义为"保守的""静态的""狭义（狭隘）的"，事实上并不准确。作者认为，"陈伯吹的儿童文学研究，在纵向上看，明显地显示着几个阶段的变异。20年代的激进与开放，30年代的奋进与积累，40年代的沉淀与激发，50年代的审慎与缜密，80年代的回顾与坚持，那么，这个变异的过程便不是保守、静态、狭隘这些话语所能涵盖的"。应该说，这样的把握和分析，是更接近历史真相，因而也是更具有说服力的。

读王宜清这本新著，我能深切地感受到作者对研究对象及其所处的历史环境怀有尊重和理解的学术理性。是的，即使是缅怀，我们也不能仅仅抱着一种仰视的心情将对象偶像化、神圣化；反过来，即便不是为了缅怀，我们也不能脱离历史，对研究对象采取不负责任的随意涂抹态度。从这个意义上说，年轻一代研究者所显示的学术理性，或许正是一个漫长世纪的经验和教训，留给我们的一份宝贵的历史馈赠。

在这样一个缅怀的时刻，这部著作的适时出版，就可能不仅仅只是具有一种仪式性的意义，我希望，它也将是一个新的世纪里，中国儿童文学历史的知识性转化进程中的一次有意义的尝试，因而，最终也将是其中的一个有效的组成部分。

因此，纪念陈伯吹先生一百周年诞辰，也就不仅仅是对一个世纪的中国儿童文学历史的回溯与缅怀，同时也是对一个新的世纪的遐想与祝福。

（原载王宜清《陈伯吹论》，少年儿童出版社 2006 年版）

注 释

[1] 方卫平：《中国儿童文学理论批评史》，南京：江苏少年儿童出版社，1993 年版，第 300 页。

批评的品格
——序周晓《少年小说论评》

在我的印象里，儿童文学批评似乎总是少了些真正的批评的意味和品格，多了些甜甜蜜蜜或不痛不痒，"今天天气哈哈哈"一类的俗套和平庸，而除了"棍子"式的所谓批评之外，再也没有比这种俗气、平庸的批评更令人反感和难以忍受的了。

批评应该如何确立自己的文学位置，批评应该具有怎样的职业品格，这种对批评自身的发问和索解，成为近些年整个文学批评界十分重要的现象。在我看来，批评不是对作家的盲目而廉价的致意，也不是对作品的笨拙而平庸的解释，批评首先应被看作是创作主体的一种创造性的精神活动，作品只有进入批评家的主观视野，成为这种创造所赖以展开的素材或原料，它才能成为真正意义上的批评对象。实际上，"批评即选择""我所评论的就是我"，以及诸如此类的批评观念，都表达和强调了批评作为一种精神活动所具有的主体意味和独立品格。安·杰斐逊和戴维·罗比在谈到文学批评时认为，"它往往可以是个人的和主观的，虽然批评本身无疑能够做到既客观又严谨"（《西方现代文学理论概述与比较绪论》）。或许，一种独立的个性化的严谨风格，一种渗透着主观情绪和色彩的客观态度，便是批评应当具有的品格和风度？

是的，批评是对文学现象的一种描述，一种判断，一种选择。而无论是描述、判断还是选择，都离不开批评家的精神参与，都是一种主体的描述，主体的判断，主体的选择。在这个意义上，我们不妨认为，批评所剖析和揭示的与其说是对象，还不如说是批评家自我；一旦批评家失去独立而自由的心灵，那么他就不可能创造并拥有真正的批评。

因此，当我想到儿童文学批评中还有许多与真正的批评活动相悖的肤浅、平庸和俗套时，心底便不免泛起一阵怅惘和悲哀。

当然，也有一些例外令我感到安慰。我想说，摆在读者诸君面前的这本《少年小说论评》，便是它的著者面对20世纪80年代儿童文学现象时的独特感受和思考的记录。尽管这份记录还留着某些仓促、匆忙的痕迹，然而它机智，它锐敏，更重要的是，它独特而坦诚。

著者周晓是我的老师（虽然不是在课堂上为我授过课的老师）。六七年前，当我抱着上大学时念过的几本哲学、美学、文艺学和心理学等方面的书籍开始接近儿童文学时，署名"周晓"的许多评论文章就曾留给我颇为深刻的印象。那些文章中所充溢着的生气和流动着的活力，使我未加思索便认定这些文字是出自同龄人的手笔，因为我与许多人一样有着一种尽管不无道理却未必总是正确的看法：年长者为文必然从容而平稳，年轻者为文必然锐敏而热情。有意思的是，有过这种感觉的不只我一人。我的学长汤锐第一次遇见周晓老师时，也曾惊讶地说："我还以为您是年轻人呢。"而在一次全国性的儿童文学会议上，周晓老师被有的发言者称为"青年评论家"——其时，这位"青年评论家"已经年过半百。

虽然文章无法使人的自然年龄变得年轻，然而人们的这种感觉倒是实实在在地说明了文章本身所具有的理论活力和青春气息：它们显示了独特的论评眼光和胆识，它们飞扬着新鲜的理论悟性和热情。我相信，这是作者评论个性和品格的自然流泻和"外化"。

在本书之前，作者已经出版过一本名为《儿童小说创作探索录》的评论集。这两本集子收录了作者十年来有关儿童文学的大部分评论文章，或回顾历史，或评论现状，或宏观把握，或微观分析。总之，他描述，他判断，他选择，而且，对近十余年乃至更长的一段儿童文学发展历程，他有自己独特的描述，独立的判断，独到的选择。

他描述。文学现象的丰富与驳杂，迫使人们只能从某些特定的视角、范围，借助某种特殊的工具、方式来接近、探测、概括和描述它们。在批评对象与批评主体的特殊联结过程中，那些与批评家自身素质和准备有着微妙联系的文学现象最易触动和激发批评家的思维热情。周晓对少年小说有着特别的偏爱，他的批评的"兴奋区"总是首先被少年小说创作的演进变化所牵引和激发出来。产生这种偏爱的原因，或许可以追溯到童年时代的阅读经验。本书著者曾经说过，他的童年是没有童话的童年，作为一个孩子，在乡间他能找到并读得入迷的第一本文学作品是小说《三国演义》；而记忆最为深刻的，则是少年时代进入城市后开始充分体味生活的辛酸时读到的第一部外国小说《苦儿流浪记》。这种童年时代的阅读经验，作为远因无疑会在一定程度上影响甚至决定着他在日后的批评活动中可能具有的某些兴趣和偏爱。另一方面，从文学发展的客观实际来看，少年小说确实是近十年来儿童文学创作中最富有活力的部分，儿童文学创作中发生的许多具有深刻意义的变革和突破，往往是由少年小说创作首先实现和提供的。因此，对于一位关注整个当代儿童文学创作发展进程的评论家来说，对少年小说创作投入特别的热情，并且常常抽取少年小说作为样本来向人们提示、说明儿童文学创作中那些或隐或显的停滞和躁动、演进和裂变，便是十分自然的事情了。在《回顾与探讨——关于三十年来的儿童中长篇小说创作》[1]《儿童文学的报春燕——1980年以来儿童短篇小说创作管窥》《儿童文学与时代激情——1983年〈全国优秀儿童小说选〉序》等文章中，他把少年小说放在儿童文学发展的历史和现实共同构成的艺术背景上去曝光、去描述（顺便说明一下，由于用语习惯等方面的原因，本书中的许多文章仍沿用"儿童小说"的称谓，而正如人们已经指出的那样，"儿童小说"实际上是供少年阅读的小说，因此，本书所收录的近期的一些文章逐渐采用了"少年小说"的提法）。随着作者的勾勒、叙述，模糊纷乱、变幻莫测的儿童文学现象变得清晰而富有条理，看似紊乱无序的涌动变迁逐渐显示了它的历史发展逻辑和艺术变革线索。我甚至隐隐有一种感觉：对于许多关心儿童文学的人们来说，不是现象本身，而是上述勾勒、描述，直接影响乃至构成了他们对儿童文学发展的理解和认识。对于一位从事评论的人说来，这即便不值得他自我夸耀，也足可以被认为是相当成功了。

他也判断。批评的主体意味不仅表现在批评家对客观文学现象的主观描述上，更表现在他对这些现象所作的理论分析和价值判断上。这种分析、判断对批评者的理论修养和价值观念有着更显而易见的依赖性，同时也是更具有挑战性的考验。周晓有他自己成熟而稳定的价值尺度和美学观念，这决定了他在评析和判断儿童文学现象时的价值取向。例如，他很早就对非文学的"教育工具"说提出了直截了当的批评，尔后又在批评活动中长期"锲而不舍"。在1980年6月发表于《文艺报》的《儿童文学札记二题》(见《探索录》)一文中,他就"主张对儿童文学的社会功能在理解上要宽,就是说,在儿童文学小百花园里,既可以有'急功近利''立竿见影'的作品;也可以有教育作用不明显但对陶冶滋润孩子性情、愉悦孩子身心有益的作品;当然更需要努力创作具有很强的思想性和艺术性,因高度概括生活而社会教育作用深远的作品。唯其对儿童文学社会功能的理解宽了,创作思想才有可能从以往越走越窄的旧轨道上解放出来"。事实上,这一观点已经成为一个"理论原型"(我姑且这样称之)而不断出现、活跃在他的评论文章中,成为他分析、判断儿童文学创作发展的最基本的尺度之一。在收入本书的《儿童文学的报春燕》《〈弓〉与〈祭蛇〉的启示》《儿童文学创作发展途径之我见——从当前的儿童小说创作谈提高儿童文学的文学素质问题》《儿童小说的创新与探索》《上海儿童文学纵横谈》等许多文章中,读者都不难感受到这一"理论原型"的存在及其作为一种价值尺度的意义和作用。尽管你不一定完全接受,但你不能不承认这些见解的存在与成熟。

他当然更不忘记选择。无论是贬是褒,他都充满了坦诚的激情,而对于那些带着新的艺术气息的作品,他更有抑制不住的激动;一缕新意、一点儿突进,都会强烈地触发他的学术灵感和理论热情。他认为,"一篇真正出类拔萃的佳构的问世,对于那个时期的创作,不应仅仅是优秀作品数量的增加,而应该是创造,是新质的萌发"(《儿童文学与时代激情》)。因此,他总是机敏地搜寻、选择这样的作品,及时地予以评说和扶植。他几乎从未想到如何遮蔽一下自己选择时的固执与偏袒,而总是一往情深地为具有创新意识的新人新作鼓吹和呐喊。在我看来，这种固执与偏袒正是批评所特有的公正的表现，因为所谓公正决不等于四平八稳、一团和气，批评的公正不是来自不言自明的理论常识或不得罪人的理论懦夫行为，而是来自批评家出自心灵的真知灼见。波德莱尔说："公正的批评，有其存在理由的批评，应该是有所偏袒的，富于激情的，带有政治性的，而这种观点又能打开最广阔的视野。"(《1846年的沙龙·批评有什么用？》) 是的，比起不冷不热的平庸的所谓批评来，"偏袒"的批评无疑具有独立的创造意味，因而也更是真正意义上的批评，更能起到批评应该有的作用。我觉得，许多中青年儿童文学作者如丁阿虎、曹文轩、刘健屏、常新港、范锡林、张之路、陈丹燕、韦伶、孙云晓、梅子涵、韩辉光等等，正是由于进入了周晓的评论，才变得更加引人注目并为人们所熟知。不过，并不是谁都能沾上周晓评论的"光"的，因为他要用自己的眼光来遴选和择取，他要在这种选择中来写下自己的评论文学，来构筑自己的批评世界。

周晓的批评文章对许多读者尤其是青年儿童文学工作者来说，有着一种特殊的亲切感和说服力，我自己也常常从他的文章中获得教益。当然，不能指望一种声音在任何情况下都能被接受或产生回响。一些读者对周晓的评论感到不可理解甚或拒绝接受，都不是什么奇怪的事情。我想，只要人们对真理怀有共同的诚意，那么一切分歧和对立就都不会是毫无意义的，而彼此暴露的破绽或者不足，也就会得到平静、善意的理解和对待。周晓的评论无疑也不是无懈可击的，他在选择和形成自己的批评优势和特点的同时，也就造成了自己的局限或者是不足。正像谨严难免呆板、活泼难免浮泛、凝重常欠空灵、犀利易显尖刻一样，周晓的批评文章往往显示出锐敏、热情、坦率的论评风格，但有时也难免有缺少些沉淀和升华的遗憾。譬如，他常常善于撷取或大略抓住作品的题旨、特色或倾向，从创作发展的角度作评，或作借题发挥的论辩，因此，他的评论文章记载了他面对儿童文学现象时的独特见闻和感受，但也往往未及展开更深入周详的理论思考。就具体的论评技术和风度而言，当他辨析"左"的和偏狭的文学观念、捕捉萌发状态的艺术新芽、评说儿童文学发展进程时，他显得机智、老练、自信和得心应手；而当他面对丰富的艺术现象时，他所习惯的思维方式也在某种程度上限制了他的艺术感知范围和批评思路，因而在剖析艺术现象时难免会有令读者感到不能满足的时候。这或许也是一种两难局面：没有自己的思维风格和特色，便不可能有创造性的批评；而一旦形成了自己的思维习惯，就难以越出这种思维定式所规定的思想空间。创造的艰难，在批评中同样是一种无情的现实。

尽管如此，优势和局限毕竟都是构成周晓批评品格的不可或缺的因素。在儿童文学批评还相当缺乏个性和主体意味的时候，这种批评品格是极为可贵的，因为它虽有不足却决不平庸。

前年春天，我与周晓老师开始了直接的通信联系；那年初夏，他应邀来浙江师范大学为第三期全国中幼师儿童文学教师进修班讲学，我们更有了见面长谈的机会。后来，在西子湖畔，在烟台海滨，我们又有过许多次让我不时怀想的晤谈。他的热情、坦率和机智，他与青年朋友之间那种相互的理解、信任和心灵的和谐、默契，使我温暖，也令我感动。两代人心灵的沟通，能够消弭岁月带来的隔膜和距离，这其中既包含着长辈对晚辈的爱护和扶持，也包含着晚辈对长辈的尊重和理解。在与周晓老师的交往中，我深感他对年轻一代儿童文学理论工作者怀有特别的感情和期望；对青年人的成长他有一种发自心底的真挚的喜悦。而理解总是相互的，许多青年朋友也对他怀有尊敬和信赖的感情。我想，两代人之间的这种心灵的感应和交流，带来的是属于两代人的幸福，也是属于批评的一种幸运吧！

不是按照不成文的惯例请要人或名人作序，而是怀着充分的信任把这样紧要的工作交给我这样一个后辈，这同样是周晓批评品格和观念的一个合乎逻辑的延伸。我愿意把这视为周晓老师对我本人及我的同龄人的信任和期望的一次新的表示，但我也担心这篇不像样的序文会减损这本评论集的丰采。

（原载周晓《少年小说论评》，宁夏人民出版社1990年版）

注 释

[1] 参见周晓：《儿童小说创作探索录》，广州：广东人民出版社1983年版。

"我说出来，就拯救了自己的灵魂"
——作为儿童文学评论家与编辑家的周晓先生

周晓先生的名字，是与20世纪70年代末至八九十年代中国儿童文学事业的发展紧密联系在一起的。

直到今天，很少有人宣传过他，然而我知道，许多经历过那个时代的人心里都明白，周晓先生的工作对于20世纪八九十年代中国儿童文学的历史发展意味着什么。2011年6月18日，在绿树环绕的浙江师范大学红楼，由浙江师范大学儿童文化研究院与上海的少年儿童出版社联合举办了"思辨与品格——周晓先生儿童文学评论与编辑工作研讨会"。会上，好多位朋友都谈道：历史选择了周晓，历史造就了周晓，而周晓先生也以自己长时间的坚韧努力，为那一时期中国儿童文学的艺术革新和历史发展，做出了他个人的独特贡献。

一

谈到周晓先生作为儿童文学评论家的工作和特质，我以为，这样几组关键词是十分重要的。

一是"历史与机遇"。

20世纪70年代末80年代初，在中国当代文学生活中是一个剧变的时代，儿童文学在这一历史剧变面前其实是有一点儿麻木、迟钝，或是困惑的。在中国儿童文学艺术变革的历史进程中呼唤和需要一种新的眼光、勇气和胆略时，周晓先生带着他成人文学理论的专业学术背景出现了。他以评论家的身份，目光如炬，评点江山，激情澎湃，坚韧执着，为"新时期"乃至世纪之交我国儿童文学的观念突破和艺术革新做出了无可替代的贡献。

二是"眼光与胆识"。

历史提供了机遇，怎样去把握这个机遇也许更为关键。周晓先生个人的眼光，他的审美趣味，他的文学判断力，他的文学理想，在这个时候就成了成就他作为当代儿童文学历史人物的内在原因。我们看到，周晓先生以他的批评智慧和评论眼光，用他珍贵的思想贡献，不断地为当代儿童文学的观念突破、艺术拓展提供强大的引领和支持。一段儿童文学发展能够最终呈现为那样一种历史面貌，除了时代的诸多原因外，我认为在某种程度上与周晓先生卓越的评论与推动工作也是有关系的。

在那个文坛风起云涌的时代，儿童文学界各种观念、力量的博弈进入了一种胶着状态。因此，不能指望一种声音在任何情况下都能被接受或产生回响。坦率地说，周晓的评论文章当时发表后也并非一片叫好。一些读者对周晓的评论感到不可理解甚或拒绝接受，都不是什么奇怪的事情。1989年3月，他的第二本评论集《少年小说论评》出版前，我曾应邀为他这本书写了一篇题为《批评的品格》的序文。我在文中说，只要人们对真理怀有共同的诚意，那么一切分歧和对立就都不会是毫无意义的，而彼此暴露的破绽或者不足，也就会得到平静、善意的理解和对待。今天，回顾历史我们会进一步体味到，在历尽硝烟和纷争之后,周晓先生的批评眼光与胆识,对于那个时代和今天的儿童文学发展,意味着什么。

三是"品格和操守"。

回到20世纪八九十年代,很难想象,一个随波逐流的文学评论家能够创造历史。在一个文学观念还没有被清理的时代,周晓先生以其高洁的批评品格,用他坚韧的专业意志力和献身精神,义无反顾地参与了那个时代的文学生活及其历史塑造进程。

我跟周晓先生有很多年的交往,他跟我谈过很多他经历当中的一些故事,我深感到他背后所承担的压力比我们想象的要大得多、艰难得多,有些对立产生的原因源自观念上的巨大分歧。周晓先生在回顾自己儿童文学的评论生涯时曾经这样说过:"在20世纪80年代的文学热潮里,我时时处于同样灼热的儿童文学漩涡之中,且时不时不由自主地落入漩涡的中心。那时候,面对束缚创作发展的藩篱和旧习,每每难以自已,大有'我说出来,就拯救了自己的灵魂'之慨,粗疏和简陋,这一切都不顾及的。"因此,他在辨析、评论"左"的和偏狭的儿童文学观念、捕捉萌发状态的艺术新芽、扶植儿童文学新人佳作、评说儿童文学发展进程等方面,都曾经发表过给人以冲击和启示的言论和观点。他的批评文章所显示的敏锐、热情、坦率的评论风格,更是给80年代初期的儿童文学论坛带来了一缕新鲜的朝气,而他的理解、保护和扶持的态度,也温暖、帮助了许多在艰难中探索前行的中青年作家们。在与周晓先生的交往中,我深感他对年轻一代儿童文学工作者怀有特别的感情和期望,对青年人的成长他有一种发自心底的真挚的喜悦。而理解常常是相互的,许多青年朋友也对他怀有尊敬和信赖的感情。

童话作家冰波曾在一篇题为《回想周晓老师》的短文中这样写道:"一回想周晓老师,我其实在怀念那个时代:多么美好的时代——有朝气有灵气,几乎所有人都知道,儿童文学真的是儿童文学的;一回想周晓老师,我其实在怀念一个权威:小心翼翼,谨小慎微,既文笔犀利又具公德心(尤其在当下权威整体缺失的时候)。"我相信,这些话也是许多过来人的肺腑之言。

二

周晓先生也是20世纪80年代初以来我国儿童文学界最重要的编辑家之一。早在80年代初,经任大霖先生提议创办的《儿童文学选刊》面世之后,周晓就曾长期是这家被称为"中国儿童文学窗口"的刊物的主要领导人之一和刊物事务的实际主持者。在他的主持下,《儿童文学选刊》(以下简称《选刊》)在扶植儿童文学新人、推出儿童文学佳作、更新儿童文学艺术观念等方面,都做出了独特而卓越的贡献。

经历过那个年代中国儿童文学发展历程的人们,都会对当时那些生气勃勃、激动人心、甚至是惊心动魄的历史事件和细节记忆犹新。而人们也会承认《选刊》锐敏、开放的编选策略使其在此间扮演了举足轻重的角色。创刊号上由周晓执笔的《发刊的话》中有这样一段表白编选方针的话:"本刊将坚持百花齐放的方针,选载各地报刊近期内发表的各种体裁儿童文学中较优秀的作品,着重选刊开拓题材新领域,主题思想有新意,风格、手法独特,有儿童特点的作品。在选刊具有较高思想艺术质量的作品同时，对一些虽还不够成熟但有某种艺术特色的作品，我们也将适当选载。"

对于那个年代的儿童文学来说，太阳确实每天都是新的。新的观念、新的作者，一不留神就会撞到你的眼皮子底下。一个个题材禁区、观念禁区的突破，一种种新的文学手法、技巧的尝试和运用，儿童文学界跟整个当代文学界一样，被"创新"这根魔棒指挥得团团打转、热闹非凡。不过，对这些现象，儿童文学界的反应是并不一致的。一些艺术思考和探索从一出现就受到了种种公开或私下里的非难和抵制。在这种情况下，周晓主持的《选刊》以其执着的艺术关怀，对那些零散的、自发的、起初并不为公众所瞩目的艺术倾向和动迁投以特别的关注，并且借助自己逐渐形成的无形的"权威感"，将那些基本上是来自民间的、个人性的（或小群体性的）艺术倾向和探索予以明朗、突出、定格化，使之纳入主流儿童文学的艺术视野，甚至逐渐上升为这个文学时代的具有代表性的艺术现象和潮流。仅就这一点而言，《选刊》锐敏、开放的编选策略也可以说是表现得淋漓尽致了。

回顾历史，今天我们可以说，在那个新人新作辈出、各种文学观念激烈碰撞、交锋的时代，《选刊》在周晓先生的主持下，以一种积极的姿态配合、推动甚至在一定意义上促成了这样一个时代的到来。正是通过《选刊》选发的作品和有关作者的照片、简介，使一位位儿童文学新人为读者所了解和熟悉；也正是通过《选刊》独特的编选眼光，新时期儿童文学的发展历程得到了富于个性的勾勒、提示和展现。因此，《儿童文学选刊》实际上已成为那个时代儿童文学发展的珍贵历史记录和艺术档案。

而周晓先生在办刊过程中所耗费的大量心血和所显示的敬业精神，也是令人感动的。例如，《选刊》在他的策划和安排下，曾陆续开辟过"笔谈会""年度创作评论""佳作选评""探索与争鸣""创作谈"等评论和言论栏目。这些栏目的编辑意图、稿件组织等，许多都是周晓先生一手操持的。他凭借与儿童文学评论界的广泛联系，落实了一个个栏目、一篇篇文章的组稿和发稿工作。《选刊》的言论栏目也由此形成了自己迅捷、犀利、厚重的评论风格，并一度成为中国儿童文学界最活跃、最权威也是最引人注目的评论阵地。这一切的背后，蕴藏着周晓先生对儿童文学事业的全部热爱和深情。

三

当我们重返 20 世纪 80 年代，重新整理周晓先生批评和编辑生涯当中的那些故事和细节时，事实上我们是在缅怀一种精神，一种高贵的专业精神，一种纯洁的批评伦理，一种美好的人格和情感。周晓先生曾经带给多少人、多少年轻的作家以温暖，带给我们儿童文学界这么多重要的历史贡献，可是许多年来，他自己总是很清醒地说："我是一个过客。""我是一个历史的当下的人物。"而我想说，他多年的努力和实践，他的贡献已经成为中国儿童文学历史中非常鲜活、宝贵的一部分，成为我们儿童文学界朋友们最珍贵的记忆之一，也将会成为我们儿童文学界的后来者们所追慕、所学习的一份历史财富。

2011 年，周晓先生荣获两年一度的"陈伯吹国际儿童文学奖杰出贡献奖"。我相信，人们是在用这样一种方式，适时地表达整个儿童文学界对其专业生涯和历史贡献的一份特别的褒奖和感激之情。

如今已是耄耋之年的周晓先生曾在他一部评论集的后记中充满深情地写道："我依然憧憬并祝福春天——春天在奋发有为的年轻人身上，儿童文学的新一代茁壮成长了，这多么好！"

是的，周晓先生的心，仍系念着儿童文学发展的未来。

2017年元旦改定于浙江师范大学丽泽湖畔

（本文系周晓《我与新时期儿童文学》一书的代序，安徽少年儿童出版社2017年版）

母题·批评·学术伦理
——序《儿童文学的三大母题》

一

1995年的夏天,在上海的一个关于儿童文学的小型研讨会上,刘绪源先生把他刚刚出版、还带着油墨清香味的《儿童文学的三大母题》一书赠送给与会的几位朋友。我还清晰地记得当时我和几位朋友拿到书后的兴奋之情。对于当代中国儿童文学理论界来说,像这样设定了独到论域、具有鲜明个人眼光和独特研究风格的学术著作,实在是太稀缺、太为人们所渴求了。

许多年来,我的儿童文学概论课堂上,总是有"母题"这样一讲的。自那以后,绪源的这本书就成为我在课堂上要对每一位修课同学介绍、论评的一部重要著作。在我看来,《儿童文学的三大母题》一书在许多方面,都是值得当代儿童文学研究界重视的。

首先是紧贴古今中外经典儿童文学作品和现象、以丰富的儿童文学审美和鉴赏经验为研究基础和出发点、由感性品味升华为理性剖析、架构的学术理路。

从某种意义上说,刘绪源是一位读书方面的杂家。他的阅读兴趣十分广泛,文史哲经、古今中外,丰富驳杂的涉猎面,培养了他独特而又精准的鉴赏眼光。同样,当他以"儿童文学的三大母题"为论域进入本书的写作之时，他在中外儿童文学经典作品甚至更大范围里的阅读积累和鉴赏心得，为书稿的写作提供了坚实的文本分析基础和文学事实支撑。书中关于《伊索寓言》《贝洛童话》《敏豪森奇游记》《安徒生童话》《爱丽丝漫游奇境记》《木偶奇遇记》《彼得·潘》《大林和小林》《洋葱头历险记》《林格伦童话》，以及黎达、汤·西顿、椋鸠十的动物小说（故事）等大量经典作品的分析，既使作者的理论思考和分析获得了来自儿童文学文本事实和历史进程的支持，展现了抽象的学术构架与鲜活的文学生命之间的血肉联系，同时又使作者的文学鉴赏经验和知识库存得到了自然、生动的展示。而对于读者来说，阅读本书，也许因此就平添了许多从文学生命的细微处去发现和思考儿童文学学术问题的惊喜和乐趣。

其次是在纷乱的儿童文学现场和多样化的文学思想话语的杂陈中，自出机杼，对儿童文学的三大母题做出个人化阐释的学术勇气。

《儿童文学的三大母题》一书在概述了中外历史上儿童文学、美学等研究领域的分类学状况后认为，《简明不列颠百科全书》中关于儿童文学"教育性"与"想象性"的论述，可以理解为一种类型研究。虽然中外儿童文学作品大都能归入这两种类型中去，但毕竟存在不少例外。黑格尔的"历时性"研究与普罗普的"共时性"研究，都难以避免自身的缺陷。中国现代的儿童文学分类也存在明显的缠夹。作者在肯定了许多大师们的研究方法与研究成果对于我们今天研究的借鉴意义之后提出，我们也不妨打破体裁、题材、风格、流派这些通常用以划类的界限，打破"历时性"与"共时性"相分离的研究格局，把内容与形式放在一起进行观照，力图做出那种虽或相对朦胧但却尽可能完整的把握。由此作者尝试着用一种新的方法进行类型学的研究,这就是从三个最基本的"母题"出发,对儿童文学作品进行新的划分。这三个母题是:爱的母题、顽童的母题、自然的母题。作者对"母题"概念,做了自己明确的界定:

> 本书所运用的"母题"概念,居于一个更高的层次。它超越了"题材"概念所包含的具体性和明确性,因而它是一个更笼统的概念。它不再拘泥于作品主人公的身份、作品展开的环境以及故事情节等具体事物。我们说到一个母题,那其实就是指一种审美眼光,一种艺术气氛,一个相当宽广的审美的范围。

作者进一步认为,爱的母题"所体现的,是成人对于儿童的眼光——一种洋溢着爱意的眼光";顽童的母题"则体现着儿童自己的眼光,一种对于自己的世界与成人的世界的无拘无束、毫无固定框架可言的眼光,充塞着一种童稚特有的奇异幻想与放纵感";自然的母题"所体现的则是人类共同的目光,只是这目光对成人来说已渐趋麻木,儿童们却能最大量地拥有它们"。

不管我们对作者的界定和论述持何种观点,必须承认,作者的研究态度、学术勇气,都是值得赞赏的。

最后是由三大母题的文学梳理和理论探索触发,探究、阐述当代儿童文学研究的许多重大的、前沿性理论课题的学术锐气。

爱、顽童、自然无疑是刘绪源这本书论述的理论重心,但是,细心的读者会发现,在作者理论思辨和探索的展开过程中,他不断地从正面触及并直截了当地发表着关于儿童文学的一些重大而基本的美学问题的看法。例如,关于儿童文学的教育性与审美性之间的关系问题,作者认为有三种与此相关的理论:一、儿童文学是教育的,艺术作为手段完全服务于教育目的；二、艺术既是手段同时也是目的，作为手段它承载教育内容，作为目的是指载体本身也有审美的价值；三、艺术不是手段，而是审美整体，对艺术品来说艺术审美就是它根本的和最高的目的。儿童文学理论界过去大都赞成第一种观点，这与中国文化"文以载道"的观念有着根深蒂固的联系，只有极少数例外，如周作人。近年来，许多作家、理论家开始信奉第二种观点，而本书作者则明确表示，他力倡第三种观点。针对以往儿童文学研究中将"教育性"狭隘地理解为"理性因素"这一缺陷，刘绪源则把"教育性"称为"审美中的理性"，并认为，离开审美它们就是作品的外在因素或破坏因素；只有当它们自然流露于作品这一审美整体之中，成为审美情感运行过程的有机部分时，才会在文学中获得自身的价值。他还认为，不是文学的概念大于审美，而是审美的概念大于文学。坦率地说，当我跟随作者在展开关于"三大母题"的思考时，不断读到这样一些关于儿童文学的更为基本的理论问题的论述，我得到的是一种十分过瘾的阅读上的满足感。

二

不久前的一天，绪源给我打来电话说，《儿童文学的三大母题》一书新版将由华东师范大学出版社出版，他希望我为这一版写一篇序。"希望是一篇进行自由的学术批评的序，"他强调说，"这样会很有趣的。"

说真的，我有一点儿被他的话所感动。在这个廉价的好话盛行，而真正的批评往往缺席的时代，在普遍的人性中，更多涌起的是喜听奉承之辞的习性的当下，绪源的提议表现出的无疑也是一种十分稀有的精神和个性。同时，我也有一点儿被他的话所吸引。的确，我认为，《儿童文学的三大母题》一书也存在着某些可以讨论的学术缺陷。

如前面的引文所明确表达的那样，关于"母题"这一概念，刘绪源认为，它比"题材类型"等概念居于一个更高的层次，是一个更笼统的概念，"我们说到一个母题，那其实就是指一种审美眼光，一种艺术气氛，一个相当宽广的审美的范围"。

这可以说是该书论述的核心观点和基础，也是这部以"母题"为基本论域的著作思想展开和构建时所设定的理论半径和学术支柱。但是，我认为，这一定义违背了民间文学、民俗学理论界对于"母题"一词的基本界定，因而在学理上的可靠性和思维上的严谨性方面就都被打上了问号。

"母题"（motif）这一术语主要来源于西方民间文学、民俗学研究的理论表述系统。关于母题研究的发展情况，根据刘魁立先生介绍，20世纪30年代中期前后，由于世界各国民间文学原始资料的大量发掘和整理，对这些资料的系统分类问题一时成为民间文学研究中的重大课题。当时曾举办过一系列的国际会议，专门或主要讨论这一问题。在这一背景下，美国学者斯蒂斯·汤普森（Stith Thompson, 1885-1976）从1932年到1936年对芬兰学者阿尔奈的《故事类型索引》一书进行增订，编著了六卷本的《民间文学母题索引》（*Motif-Index of folk-literature*）。在编写该书的过程中，汤普森常常感到，以情节为单位对民间文学故事进行分解、编制、索引，仍不能满足检索和研究的需要，他认为应该把情节进一步分解为更细小的单位——母题（motif）。母题这一概念的中文译名，大约是在20世纪30年代下半期开始使用的。这一译名一半音译，一半意译，符合我国翻译的传统习惯（参见刘魁立《世界各国民间故事情节类型索引述评》一文）。所谓母题，汤普森曾在1928年出版的《民间故事分类学》（*The Types of the Folktale*）一书中指出，"一个母题是一个故事中最小的，能够持续在传统中的成分。要如此它就必须具有某种不寻常的和动人的力量"。休·霍尔曼（C. Hugh Holman）在《文学手册》（*A Handbook to Literature*）一书中认为，"母题是叙事得以展开的基本单位；宽泛地说，它是民间故事中所使用的某个常规化的场景、功能、旨趣或者事件"。刘魁立在《世界各国民间故事情节类型索引述评》一文中认为，母题"是与情节相对而言的。情节是由若干母题的有机组合而构成的；或者说，一系列相对固定的母题的排列组合确定了一个作品的情节内容。许多母题的变换和母题的新的排列组合，可能构成新的作品，甚至可能改变作品的体裁性质。母题是民间故事、神话、叙事诗等叙事体裁的民间文学作品内容叙述的最小单位。"由此可见，母题是文学作品中最小的单一要素，是叙事情节展开的基本单位，这是中外民间文学研究者的理论共识。

因此，汤普森在《民间文学母题索引》一书中，广泛搜罗口头流传的神话、传说、寓言、故事、笑话和叙事诗歌，以及像《五卷书》《一千零一夜》和中世纪小说等，从中提取母题不下2万个。该书母题分类排列的顺序是以作者提出的"从神话和超自然到现实的幽默内容的演化"为依据的，首先列出的是神话母题，继而是动物形象、禁忌、魔法、奇迹、妖怪以及其他关于超自然力的观念，最后才列举有关人类社会、人与人之间的矛盾关系等方面的母题。其中大的母题索引部类有：神话母题（共3000号）；动物（共900号）；魔法（共2200号）；奇迹（共1100号），等等。在这些大的部类之下，又分为若干分部和更小的细类，每个母题均各归其类，并有一序码，每一细类和每一母题下大都列引了文献书目（参见刘魁立《世界各国民间故事情节类型索引述评》一文）。

汤普森编制的索引系统，一方面为民间文学的分类研究做出了重要的贡献，另一方面，后来的民间文学研究者们也曾指出，它过于繁复、庞大的体系，也给研究者带来了许多不便，同时也很难完全尽如人意。因此，由泛杂重返相对的简约和适用，应该是母题研究的拓展方向之一。

刘绪源在《儿童文学的三大母题》中所提出的分类法也许是符合上述母题研究寻求简约的发展趋势的，但是从总体上看，我认为他的论述和研究可能存在着下列这样一些问题：

其一，母题的本义是指文学叙事中最小的单一要素，所以才有汤普森庞大、细致的索引系统，并且为文学的分类研究提供了基础。而绪源在书中将"母题"标上了英文"motif"，这表明他所运用的母题概念与西方学者的母题概念是同一的，但是，他同时却将母题定义为一种笼统的概念，一种审美的眼光、气氛、范围，而又未能说明他的母题概念与民间文学的母题概念之间的联系和区别，我以为，从论述的学理基础上来看，这不能不说是一个明显的漏洞。

其二，母题作为最小的叙事元素，可以通过不同的排列组合，转换、发展出无数作品，因此，母题的功能研究、叙事研究等应该是母题研究的重要领域。而按照本书的界定，母题只是一种笼统的眼光，于是，母题研究所可能具有的无比具体、丰富的内容，反而可能被限制和缩小了。

其三，母题作为最小的叙事元素，它同时总是生成、活跃、保存在特定的文化和叙事传统之中，因此，母题常常也是特定文学的一种叙事"原型"。从这个意义上说，母题往往表现着人类共同体（例如不同部落、民族、国家等等）的文化心理或集体无意识，而母题在不同文化母体和群落之间的传播、变换、交融，也构成了文学传播史、交流史和比较文学研究的重要内容和切入视角，而绪源的研究设定，也在相当程度上缩小乃至忽略了这些重要的研究内容和视角。

事实上，绪源所说的三大母题，严格说起来，我以为他讨论的更像是儿童文学的三大题材领域或三大主题领域。在绪论中，作者将儿童文学的各种作品划为16种题材类型，并认为"只要对上述这十几种类型反复揣摩，那么，很自然地就会摸索到儿童文学的几个最基本的母题。而且我们将会发现，'题材类型'一旦转换成'母题类型'，被上述十几个种类所排除或遗漏的作品（包括那些民间流传的'自然的童话'），都将纷纷归到这些基本母题的麾下"。显然，题材是完全无法归入"母题"（motif）麾下的，那是两个不同的文学能指，其所指、层次、范围等均有不同。更准确地说，作者在这里是把16种题材类型归并成了三大题材领域（类型）。本书的第4章《自然的母题》第1部分为"'三大永恒主题'与儿童文学的母题"，讨论的是文学艺术中"爱与死以及自然"这三大永恒主题与儿童文学三大母题之间的对应转换关系。这里，作者在引入成人文学进行联系和对比讨论时，已经在不知不觉间将"母题"概念置换成了"主题"概念，这是否也在某种程度上透露了作者理论思虑和表达上的某些疏漏和尴尬呢？换句话说，关于儿童文学的所谓三大母题，事实上是否指的也就是儿童文学的三大永恒主题呢？

三

我还想谈谈绪源先生在本书写作前后所展现给我们的一种恭敬、包容的研究心态和学术伦理。

从中国当代儿童文学研究已有的学术积累看,《儿童文学的三大母题》无疑是一部显示了一定的理论原创能力的著作。令我感到印象深刻的是,在这部书的写作过程中和写作完成之后,作者始终对自己的观点和著述抱持着相对理性、谨慎、低调和恭敬的学术心态。这不仅表现在他的著作中时时流露出的对他人研究成果既谨严论析,同时又保持尊重的研究立场,而且更表现在著作完成之后,他对于真正的学术批评的渴望和期待。1997年11月,该书被收入《跨世纪儿童文学论丛》,由少年儿童出版社再次印刷出版时,作者在第二版后记中写道:"对我来说,这次重印的最大好处,也许是能因此而听到一些批评意见。即使是十分尖锐的质疑或驳难,我也是求之不得的。以前虽也曾听到几句批评,但大多轻描淡写,零散而不系统。我以一种愉悦的期冀的心情,等着对我的理论的沉重乃至致命的一击。"

了解中国当代儿童文学批评现状的人们一定都知道,刘绪源是一个特殊的批评个体存在。这种特殊性表现在,当真正理性、犀利、率真、充满个性感悟和体验的批评成为当代儿童文学批评中的稀有现象时,绪源以他的执着、坦诚和天分,成为儿童文学批评现场中那个不时发出真实而锐利尖叫的"孩子"。他自2000年以来在《中国儿童文学》杂志上坚持了九年的批评专栏"文心雕虎",已经成为当代中国儿童文学理论界的一道独特的学术批评风景。因此我相信,他对以自身为对象的学术批评的期待，是真诚而又急迫的，而其间所透射出来的研究心态和学术伦理，则更为当代儿童文学理论界提供了一种有益的专业启示，一笔无形的伦理资产。

《儿童文学的三大母题》一书即将由华东师范大学出版社推出最新一版，这肯定也说明了本书的学术价值和生命力。我相信，本书的再版对于进一步推动儿童文学的母题研究和整个当代儿童文学研究的学术探索、进步，也将会是一件有意义的事情。

（原载刘绪源《儿童文学的三大母题》，华东师范大学出版社 2009 年版）

寻找个性与空间

若干年来，我常常情不自禁地流露出对当代儿童文学研究缺乏自身学术个性的现状的不满。1990年初夏，我曾在与友人的对话中认为：在儿童文学理论界，"人们几乎从未认真地思考过，儿童文学研究应该具有什么样的学科形态和理论个性，它是否可以拥有一种更高的学术品位。这使我们的儿童文学研究一直处于缺乏自省意识和自觉性的盲目状态"（见《"中国儿童文学研究发展战略"三人谈》）。稍后，我又在另一个地方认为："从20世纪50年代到70年代，中国儿童文学理论批评在追随时代步伐的同时也遭受了一定程度的学术流失，因而在学科个性和理论形态方面并没有真正越出'五四'时期即已逐渐形成和划定的学术范围和思想空间，在某些方面，甚至还呈现出学术上的滑坡和倒退趋势"（见《中国儿童文学理论批评史·绪论》）。

上述说法当然是就当代儿童文学研究现状的整体而言的，它并不否认存在着某些局部和例外的现象。从后一段话看，它甚至暗示了自20世纪80年代以来儿童文学研究界在强化自身学科个性方面所取得的进展。坦率地说，我一直对这类或显或隐的动向怀有特别的兴趣。因此，当我集中阅读收集在黄云生先生这部论稿中的文章时，我从一个活生生的研究个体那里看到了对于儿童文学研究学科个性和独特生存空间的切实不懈的寻找和探求——伴随着这种阅读，一种兴奋之情包裹了我。我意识到，这种不事声张的探寻，比起简单的情绪化抱怨来，显然更具有一种理论上的建设意义。

记不清有多少次了，在云生先生那间卧室兼书房的屋子里，我与他相对而坐，心境从容闲淡，谈论着关于儿童文学研究的种种话题。在我的记忆中，云生先生常常喜欢变换各种角度来谈论我们的话题。他常常逼着我们的对话思路从惯常性的思维定式中摆脱出来。于是，每一次轻松的闲聊最后都会变成一种紧张的追问和探询。而他经常挂在口头的结束语是："不行，这样还是不能说清儿童文学。"

类似的谈话留给我的印象实在是太深了。在我看来，对儿童文学研究独特的学术思路、操作方法，理论话语的关注和探寻，集中表现了云生先生儿童文学研究的理论追求和学术个性。而这种个体化的学术追求，不正是构筑整个当代儿童文学研究学科个性的现实基础和希望所在吗？是的，当儿童文学理论还只是停留在搬用例如普通文学理论或儿童心理学理论的常识时，那么其学科个性的贫弱和生存空间的狭窄就是势所必然的了。十多年前，当云生先生从儿童文学创作领域开始进入儿童文学研究领域的时候，他所面临的基本上就是这样一种局面。然而，对儿童文学研究的理论个性和理论空间的格外执着的寻求，使他的理论思考避免了被传统理论规范的巨大存在所同化的可能。相反，在传统与当代的交汇时期，他以自己独特的理论活动确立了自己的学术个性和生存方位。

我以为，这种个性首先表现为一个学者的自觉的研究意识。除了私下里的交流外，这方面引起我特别注意的是他那篇题为《儿童文学企待着自己的理论》的文章。这篇不长的文字是为"90上海儿童文学研讨会"撰写的，曾被收入那次国际性儿童文学学术会议的论文集。在文章中，云生先生引用了高尔基的那段名言："儿童文学不能是成人文学的附庸，而是具有主权和法则的一大独立国"。他由此阐发说，这里所谓"主权"和"法则"可以看作是儿童文学特有的功能和规律等，应该是儿童文学之所以成为一个独立的文学子系统的标志。那么，儿童文学理论要真正成为一种具有独立品格的理论，也只有把儿童文学的这种"主权"和"法则"作为研究的基点和重心，并由此出发将自己的理论体系建构起来。在这里，他把研究对象及其规律的特殊性看成是形成儿童文学研究学科个性的基础，强调研究对象与学科个性、理论价值之间的根本联系。我想，他的学术冲动和理论思考，正是由此开始被导入了一条独特的探寻之路。

当然，更重要的应该是如何把这种独立的研究意图转化为一种实际的思维操作程序或具体研究策略。或许，正是通过这一转化过程，我们才更能见到一位学者的学术修养和研究风格。从这个角度看，云生先生的儿童文学研究在下述几个方面给我留下了深刻的印象。

首先，云生先生强调的儿童文学研究的学科个性不是一种封闭性的东西，而是在开放的学术视野中锻造而成的。他指出，"只有扩大研究领域，调集各种研究方法，才能把儿童文学特殊的规律的研究深入全面展开"（《儿童文学企待着自己的理论》）。实际上，这一要求与其说是针对儿童文学研究，还不如说是针对儿童文学研究者自身的学养、功底而提出的更恰当一些。在前面提到的我与云生先生的那些私下里的切磋、交流中，他常常变换角度谈论儿童文学，就既是一种开放型思维的表现，又是以其自身的修养为依托的。例如，我曾经仔细阅读过他的一些引起过学术界注意的古典文学方面的论著，深为他的古典文化素养所折服。

他喜欢联系儿童文学跟我探讨诸如杨万里、苏轼的诗词作品中的艺术智慧，常令我这个听众产生一种"赏心悦目"的美感。当然，20世纪80年代是一个开放的时代，各种西方学术文化思潮被大量介绍进来。对此云生先生也怀有充分的敏感和热情。他曾向我推荐过他认为有价值的好书，也从我这里借阅过如皮亚杰等的《儿童心理学》、胡塞尔的《现象学的观念》等一类的书。不过，云生先生并不急于在自己的研究中嵌入新潮理论。他努力开拓自己的视野，却决不囫囵吞枣或随波逐流。我以为，这是一种既开放又严谨的治学作风。

其次，云生先生十分重视根据自己的学术理念、旨趣、条件等来确定自己的研究重心和切入点。这样做，一则可以避免自己的研究陷入零散无序的状态，二则可以通过某些关键点的切入和突破，为儿童文学研究的整体推进提供可能。由此观之，除了对当代儿童文学思潮和作家作品予以关注外，云生先生选择和确定的研究重心有两块：儿童文学作家学和幼儿文学。

这样的选择当然不是随意的。例如他对幼儿学及其理论研究的格外重视，就是基于他对幼儿文学及其理论在整个儿童文学理论研究中的重要地位的独特认识。他在《一个被误解的文学现象——关于幼儿文学及其理论的思考》一文中就曾这样写道："如果说整个儿童文学理论是落后的、薄弱的，那么其中最落后和最薄弱的环节恰恰又是幼儿文学理论。"针对这种现状他进一步指出，"最能反映儿童文学特殊性的理论恰恰是幼儿文学理论。换言之，幼儿文学理论应该是整个儿童文学理论中最核心最本质的所在"。在《儿童文学企待着自己的理论》一文中他也曾提醒人们："其实，幼儿文学的美学内涵和创作规律，至今仍然是一个难解的谜。人们总觉得幼儿文学在明白单纯的语言形式里面有一种令人迷恋的晶莹悠远的韵味。连写过惊世巨著的大文豪，当他们涉足儿童文学创作之后，也大都有给幼儿写作最难的感叹。写作的艰难和作品的浅显，从一个方面说明了幼儿文学浅显之中包含的深奥，是深入浅出的文学。此中的奥妙，一旦得到揭示，必然有利于把握整个儿童文学的本质特征。"

这种对幼儿文学美学个性和潜在理论价值的独特认识，促使他把自己的理论热情更多地投入到幼儿文学的研究和思考之中。他从幼儿文学的历史发生、发展进程着手，对其作为一种"听"的文学的艺术原貌的精彩论述，他对幼儿文学的艺术深度、悲剧意味等论题的机智而深刻的分析，他对婴幼儿文学读者接受问题的多层次剖析，他对幼儿读物、幼儿文学发展史的独到描述等等，我以为都属于近十多年来我国幼儿文学研究中极有价值的理论收获。而且我还觉得，当儿童文学理论界的许多人（包括我自己）把注意力主要集中在少儿文学研究领域，而相对忽视幼儿文学研究的时候，云生先生不附和表面的热闹，坚持在幼儿文学研究这块相对寂寞的领域里深耕细作，这种超然的学术胸怀也是令人感动的。我想，学术研究不是赶集叫卖，但真正有价值的研究成果总是会引起注意的。事实上，云生先生的不少论文，例如《一个被误解的文学现象——关于幼儿文学及其理论的思考》《论幼儿文学的艺术深度》等发表之后，都陆续或被转载，或在学术会议上引起讨论，这大概就是最好的证明吧。

再次，云生先生对儿童文学研究个性的理解和重视，是渗透、落实并表现在他自己的具体思维操作和研究过程中的。一个论题一旦到了他的手中，他总是毫不犹豫地摆脱掉那些"隔靴搔痒"的现成结论，而从容地深入到对象自身的特殊规律中去进行思考、把玩和探析。我在前面说过，云生先生喜欢变换思路来考察、探讨儿童文学。这里我想补充说，他对研究视角或思路的重视，并非纯粹出于个人的研究和思维习惯方面的原因，同时也是基于他对研究对象自身特点的深刻认识和把握。

例如，在《论儿童文学作家的类型》一文中，他首先列举了关于作家类型的一些不同标准和划分方法，如按社会职业可划分为专业作家和业余作者，按体裁专长可划分为诗人、小说家、戏剧家、散文作家，按创作心态可划分为思索型和激情型，按性格特征可划分为知觉型、感觉型和幻觉型，等等。但他并不照搬这些分类方法，因为照搬既难以厘清儿童文学作家群体的那些纷繁的头绪，更无法揭示儿童文学作家自身的特点。他认为，儿童文学作家类型的划分，应该有自己独特的角度。这个角度起码应该为揭示儿童文学作家的自身特点提供可能性。根据这样的思考，他提出"从人们之所以走上儿童文学创作道路的主观原因，从他们创作儿童文学的内在动力来划分儿童文学作家的类型，也许是比较切合实际的"，并把这种类型划分称为动机类型。我觉得，这一类型划分虽然也仅是提供了儿童文学作家类型研究中的一个视角，但这一视角的郑重提出却是大可玩味的。从历史上看，儿童文学的发生发展背后，总是隐含着一定的社会文化动因。中国儿童文学的现代自觉，就隐含着近现代的人们试图把儿童从传统儿童观的桎梏中解救出来这一现代的文化动机。从儿童文学作家看，他的创作总是试图与特定读者群进行自觉或不自觉的艺术对话，因此他无法像成人文学创作者那样可以一味地"自言自语"。于是，"他们为什么创作儿童文学？"或者，"他们为什么能够创作出儿童文学？"等一类动机方面的问题便凸现出来。因此，从动机角度切入分析儿童文学作家的类型，可以说是触到了问题的关键处。此外，如云生先生关于幼儿文学文体分类的见解，甚至摆脱了一般儿童文学的分类框架，而紧密联系幼儿读者的文学接受特点来进行论析。在论述张天翼前期儿童文学创作的漫画技法或杲向真儿童小说的艺术品格时，论者则表现出精细独到的文本解读和感悟能力。在类似的关节点或细微处，颇可见出论者的研究功力和个性。

云生先生的儿童文学论著在发表时我绝大多数都认真拜读过，其中有些论文，如《安徒生童话的自我象征》，我还曾多次作为例子在辅导学年论文、毕业论文写作的讲座上向大学生们详细介绍、分析过。但这一次集中重读云生先生的这些理论文字时，更引起我注意的却是他这些论著中所表现出的研究特点。我以为，从个体研究者来说，形成自己的学术个性，也就意味着找到了自己的学术生存的空间；从整个儿童文学学科来说，强化了自身的学科个性，同样也有益于确立和扩大自身在人文科学领域的存在空间。所以，我对云生先生在长期的儿童文学学术研究活动中所表现出的对于个性和空间的执着寻求，深感敬意。

末了，我还想向读者朋友透露一个消息：在把《幼儿文学原理》一书交付出版后，云生先生又全身心地投入了新著《人之初文学解析》的写作之中。我难以忘记当初云生先生把他经过多年酝酿的这部新著的目录和提纲展示给我时，我所感受到的那种震动和振奋之情。

我要借这个机会，把我深深的祝福带给云生先生！

（本文系作者为《黄云生儿童文学论稿》所作序言，漓江出版社1995年版，另载《儿童文学研究》1995年第1期）

我们思想舞台上的优雅舞者

在我们这个相对孤寂清冷的思想舞台上,汤锐以她轻盈而又坚实的思想舞步和几乎可以说是流光溢彩的思想舞姿,赢得了众多学术上的知音和喝彩者。对此,汤锐似乎没有太在意,更没有陶醉其间。这当然并不意味着她的孤傲和冷漠——我觉得,这正好标示了汤锐为人为文沉稳内敛、学术心灵清静大气的特质。

20世纪80年代初期,汤锐和一批跃跃欲试的理论新手们一起,挤进了儿童文学研究的学术领域。这批新人的知识结构、思想背景等等,显然与他们的学术前辈们有了颇多的不同。这使得他们的研究工作几乎从一开始就显露出了某些不同于其学术前辈们的天真而又执拗的学术心性和志趣。相比之下,汤锐在儿童文学研究舞台上的最初亮相显得小心翼翼。20世纪80年代前期,她在攻读硕士学位期间,曾在《浙江师院学报》发表过一篇题为《一束小葩——读孙幼军童话近作》(1984)的论文。文章的选题、标题和论述格局,都表现得十分谨慎低调。她在这一时期发表的理论批评文字大体都表现出这样一种学习策略:不是急于摆开某种学术架势,而是更致力于理论感觉的培育和学术底气的积蓄。1984年,当她以研究张天翼前期儿童文学创作的学位论文顺利通过毕业答辩时,人们才从那篇扎实流丽的研究论文中,隐隐感觉到了作者优秀的理论素质及其蕴藏的学术潜能。

不过,汤锐理论才情的真正喷发,是从80年代中后期开始的。那个时候正是中国当代儿童文学创作思想最为活跃、创作面貌最为斑斓的时节。这既为儿童文学学术界提供了思想开发的机会，也提出了不容置疑的现实挑战。在众多学者的理论描述、分析、判断、争鸣所构成的喧哗声中，汤锐的声音曾经引起我的格外注意。她的《不断丰富的童话创作》(1987)、《印象：一束浪漫主义者的心灵之光——〈曹文轩作品选〉序》(1987)、《酒神的困惑——近年儿童文学速写之一》(1988)等文章的陆续发表，构成了一个具有独特灵性和才情的感悟世界。可以说，正是这些文字的发表，人们才开始清晰地辨识出汤锐理论批评的独特气质。

许多人都描述过那个时代的儿童文学身影。汤锐的独特之处在于，她对那个时代的思想跟踪和理论勾勒表现出了一种纯净、机敏、缜密的感悟品格；与这种品格相联系，她的理论表述也常常是简约而灵动的。她仿佛不用什么特别的气力，就为我们描画了一幅幅简洁漂亮的文学发展图景。在《不断丰富的童话创作》一文中，她以三千字的篇幅，高屋建瓴，勾画了20世纪80年代中国童话发展的基本艺术眉目。在《酒神的困惑——近年儿童文学速写之一》一文中，她同样以三千字左右的篇幅，对"悄然漫入儿童文坛"的"一股新的创作潜流"做了十分传神的勾勒："仿佛给人这样一种印象：80年代中国的儿童文坛诞生了一个酒神，它先是以婴儿般的活泼、新鲜、稚气和大胆的喧闹震动了世界，继而又逐渐有了个性的另一面，开始沉浸于神秘、多思、忧郁的青春早期的困惑之中。从喜剧走向历史剧、从明朗走向神秘、从单纯走向复杂，这或许是酒神在走向成熟的兆示？"她的那篇篇幅稍长，自称是"一堆印象"的"杂陈"的《印象：一束浪漫主义者的心灵之光——〈曹文轩作品选〉序》一文，堪称是 80 年代儿童文学评论界在作家研究方面提供的具有某种经典品质的批评文本之一。这篇清幽而又俊爽、华美而不失典雅的批评文字对曹文轩笔下的艺术世界的精微、绵密、独到的感悟和分析，曾经引起过我不小的阅读兴奋。譬如她对曹文轩二维交叉的文化心理结构的点评，她对曹文轩创作中忧郁情感体验的分析等等，都是十分细腻、精妙而又坚实的。请看她对作家独特气质和心灵的揭示："从他对莫名激情和内心感受的偏爱的描写，从他对少年坚韧性格的夸张般的骄傲，从他对色彩的敏感以至近乎滥用，从他热衷于为自己作品织染的浓烈氛围中，他已经清楚地勾勒出了自己的心灵图像：激情、天真、神秘感、梦幻和忧郁，甚至还有些神经质。这些，都是浪漫主义者的典型心态特征。他可能不具备诗人的技巧，他的才华可能仅属叙事性的，但在本质上，他是个诗人……这种鲜明的浪漫气质，使他无法将自己拘禁于统一规格的理想主义，却越来越快地走向个性的、心理的空间。"

有一次，我跟汤锐在一起谈论彼此学术写作的某些习惯时，汤锐告诉我，她不太喜爱写长篇大论，而喜欢写作三千字左右的文章。我知道，这种显现于写作篇幅或者说是写作秩序上的偏好，其背后隐藏的正是汤锐认知习惯和学术心性上的某些特性。通常，当她面对纷繁涌动的文学现象时，她更习惯的是深入文本，含英咀华，借助心灵的会通领悟来鉴赏、把握儿童文学的艺术神采和发展潮流。而当她试图通过文字阐述自己的艺术感觉时，她常常放弃了那些过度的铺陈，以及那些殷勤而多余的说明，而将思想浓缩在尽可能简约玲珑的文字表达之中。所以，虽然她经受过良好的属于学院派一路的学术训练，但她的学术研究与通常意义上的学院派有了很大的不同。简单地说，她保留了学院派庄重的研究气度,但少了些凝重、拘谨和呆板,多了些灵动、轻巧和洒脱。

对于近二十年来的中国儿童文学理论批评界来说,汤锐学术活动的价值恐怕首先就在于她为我们提供了一种良好的、独特的艺术感觉。坦率地说,当代儿童文学批评曾经经历过一段相当长时期的感觉麻木期,甚至是感觉剥夺期。因此,在同样是相当长的一个时期里,儿童文学批评界的艺术感觉能力是相当迟钝和紊乱的。从这个背景上看,可以说,汤锐带给我们的清新、通脱、精妙的艺术感悟是独特而宝贵的。

这种感悟品格的形成,除了汤锐自身的悟性和修炼之外,与她早期所倾心和接受的学术滋养也是分不开的。她曾经充满感念地这样回忆道:"记得在念大学四年级时,读到了丹麦著名文学史家G·勃兰兑斯的《十九世纪文学主流》,顿时像被磁铁吸引了一般,爱不释手,它是我那时唯一能像读小说读诗一样如痴如醉的理论著作。尤其是其中的第二册《德国的浪漫派》,译者刘半九漂亮得令人炫目的译文更衬出原著的充满灵性。稍后接触了尼采的《悲剧的诞生》,方叹知'理论'这东西原来也能够拥有如此流光溢彩的面目。像勃兰兑斯、尼采、宗白华、刘小枫等人的著作,读来真是一种艺术的享受,枯燥的理论宛如生出了鲜活的翅膀,那生命的活力分明闪烁在理论的外观与结构之中。"[1]当然,20世纪80年代的批评界也是一个开始张扬批评个性的时代。汤锐学术个性的逐渐生成,与时代氛围的滋养和包容,也是密不可分的。

进入20世纪90年代,汤锐的学术活动也随之进入了一个新的时期。在已有的研究基础上,她选择了一些更为厚重、更具创造性的研究课题，陆续出版了《比较儿童文学初探》（1990）、《现代儿童文学本体论》（1995）、《北欧儿童文学述略》（1999）等引人注目的学术专著。这些著作，确立了汤锐在中国当代儿童文学理论批评界的学术地位。

《比较儿童文学初探》是一部尝试构筑中西儿童文学比较研究新体系的理论著作。我们知道，中西儿童文学比较研究在中国现代儿童文学研究起步时期就是由于西方人类学派研究方法等的影响而出现的，周作人、赵景深、郑振铎等人均有涉猎。但由于种种可以理解的原因，当时的比较研究"应该说还是粗浅、零散的，有很大局限性"[2]。更令人遗憾的是，自20世纪30年代中期以后，比较儿童文学研究就因为各种社会文化方面的原因基本中断了。因此，《比较儿童文学初探》一书实际上承担了恢复和振兴比较研究这一儿童文学研究分支领域的理论重任。而人们知道，中西儿童文学发展存在着巨大的历史时差和文化位差，比较研究谈何容易。但是，汤锐认为："当我们将中西儿童文学各看作一个有机生命体时，便能发现，虽然二者之间有明显的时间差，虽然后者对前者产生过并仍产生着重要影响，它们毕竟各有其从幼年走向成熟的完整而独立的发育过程，二者最根本的可比性特征正在于斯。"由此出发，《比较儿童文学初探》一书"将中西儿童文学的发展各理出一条线索，来研究各自的发展轨迹和特色"[3]。因此，该书不是对中西儿童文学发展的枝节和局部的比较研究，而是以历史为经线、以理论为纬线构筑了一个史论结合的中西儿童文学比较研究的新体系。早在七八年前，我在撰写拙著《中国儿童文学理论批评史》时就认为，汤锐"这部著作的出现为重建儿童文学比较研究这一分支领域的理论殿堂，举行了一个漂亮的奠基仪式"[4]。

《现代儿童文学本体论》是汤锐迄今为止十分重要的一部理论专著。该书将学术触角伸向了现代儿童文学的本质、功能、美学特征、创作机制等一系列重大而基本的理论问题。汤锐试图突破以往仅以儿童(读者)为单一逻辑支点的封闭式的儿童文学理论框架,而努力以"成人—儿童"双逻辑支点为基础,建构新的、开放式的现代儿童文学理论体系。她指出:"由'成人—儿童'为逻辑支点,这就必然会将思考的焦点引导到成人与儿童(作者与读者)两种审美意识的相互协调、双向交流上来,而这正是具有双向结构的现代儿童文学理论体系的关键环节。一旦我们把握住这一环节,现代儿童文学观念与实践中的一切主要问题都将迎刃而解。"[5]

从"成人—儿童"或"作者—读者"的双重视点来认识探讨儿童文学的特殊性问题,汤锐也许不是第一人。早在20世纪80年代,不少研究者对此已先后有所涉猎。例如,班马在写作于1985年的《对儿童文学整体结构的美学思考》一文中提出,应突破儿童文学原有美学观念上的"自我封闭系统",走向一种儿童与成人(社会)之间有机对话的双向结构。吴其南的《从系统结构看儿童文学的创作思维》(1986)、杨实诚的《是奴隶,也是主宰》(1986)、黄云生的《简论儿童文学创作的读者意识》(1988)、以及笔者的《儿童文学:在创作者与接受者之间》(1987)、《儿童文学本体观的倾斜及其重建》(1988)等文章中,都分别从不同角度论述过这个问题。但是,以"成人—儿童"双逻辑支点为理论核心和基本出发点,构建系统严整的理论体系,并使之具有巨大的社会历史感和广泛的理论涵盖力,汤锐无疑是完成此项学术工程的第一人。

《现代儿童文学本体论》出示了一个融解、弥漫着良好悟性的精致、绵密的理论构架。在此书中，作者除保留并发展了她充满感性色彩和优美品格的研究个性外，还显示出了相当出色的理性分析和逻辑演绎能力。曹文轩教授曾经评论说："这本书使人感觉到，一位女性只要她愿意去构建一种体系，且又得到了良好的知识武装，那么她在理性上所显示出的力量，足以使那些在逻辑中进行智力游戏，在构建大规模体系之中获得理智快感的男性感到震惊并觉得望尘莫及。"[6]写到这里，我突然意识到，在较早的那些学术短章和《比较儿童文学初探》中，我们其实已经领略过汤锐那些从容流丽、不紧不慢的文字中所辐射出的坚实的逻辑力量和灼人的理性气息。事实上，她始终是一名在感性和理性交互相融的宽广舞台上徜徉起舞的思想者。感性和理性，思想和情感，在她的学术思考和学术文本中，得到的是轻巧而美妙的配合。

我们当然仍然能够在20世纪90年代儿童文学思想舞台的一些不同位置上看到汤锐的舞姿。例如她对儿童文学年度发展态势的精到点评，例如她对多媒体时代儿童文学发展的独特观察，都是90年代儿童文学思想舞台上上演过的漂亮节目。汤锐似乎并不乐意在这个舞台上抢风头，直到今天，她仍然是这个舞台上一名小心翼翼的舞者，至少在她的主观心性控制中，她是低调而谨慎的——尽管她的声音和身影一旦出现，便常常会招来她无法躲避的关注甚至喝彩。

人们不一定会同意汤锐的所有思想和观点，但是我相信，人们会毫无保留地欣赏汤锐的思想舞姿和风采，因为她的确是我们思想舞台上一名优雅的舞者。

（原载《中国儿童文学》2000年第1期）

注 释

[1] 汤锐:《现代儿童文学本体论·后记》,南京:江苏少年儿童出版社1995年版,第49页。
[2] 汤锐:《比较儿童文学初探》,武汉:湖北少年儿童出版社1990年版,第3页。
[3] 汤锐:《比较儿童文学初探》,武汉:湖北少年儿童出版社1990年版,第34页。
[4] 方卫平:《中国儿童文学理论批评史》,南京:江苏少年儿童出版社1993年版,第412页。
[5] 汤锐:《比较儿童文学初探》,武汉:湖北少年儿童出版社1990年版,第18页。
[6] 曹文轩:《女性与理性——读〈现代儿童文学本体论〉》,《儿童文学研究》1997年第3期。

我们所不知道的童年更深处
——《班马文集》总序

2010年10月中旬，借助主办者身份的便利，我把近十余年来极少参与儿童文学界活动的儿童文学作家、学者班马，请到了在浙江师范大学举办的"第十届亚洲儿童文学大会"的会场上，并安排他在第一场会议上做题为"中国儿童文学精神：批评与构想"的大会发言。记得主持那一场大会的曹文轩教授说："班马在这里的出现，令我们产生一种'王者归来'的感觉！"

是的，我想，对于我们来说，那个曾经深深地影响了二十世纪八九十年代我们儿童文学艺术生活的作家、学者班马，值得我们重新走近和解读。

一

班马在当代儿童文学界有"鬼才"之誉。仔细想来，非"鬼才"一词的确不足以形容其丰沛、奇绝的才华和个性。

20世纪80年代初，班马的名字像一股旋风般刮入中国儿童文学的创作和研究领域，并在这两个领域同时激扬起具有极大牵引力的思想和艺术气流。在那样一个以充满了吸收、创造、思考和探求的激情为基本特征的文学时代里，儿童文学的写作和思考也迎来了其在当代史上最具爆发力和震撼性的一个发展阶段。这个阶段的主要文学史表征之一，是一个有积累、有想法、富于艺术冒险和创新精神的青年儿童文学作家与批评家群体的出场。

那是一个几乎要被思想在沉寂之后的格外热闹和喧哗所"撑破"的时代，许多儿童文学写作者致力于将文学表现的触角伸向童年生活的各个新的艺术角落，而年轻的研究者们则满怀激情地投入到儿童文学观念和理论体系的当代建构进程之中。班马是这个群体的核心成员和意见领袖之一，他兼有儿童文学作家与批评家的双重身份，并在这两个身份中同时显示了强大的艺术和思想气场。在那个年代的儿童文学先行者中，班马的身影不是唯一的，但无疑是最独特的。他的创作涉猎之广博、理论思考之新锐、现实践行之蛮勇，都令人深为惊叹、感佩。更重要的是，他在上述每一个领域都取得了令人惊讶的业绩。在我看来，他的一些儿童小说和散文当属于当代中国儿童文学顶尖的一部分作品；他的《中国儿童文学理论批评与构想》，则是这么多年来我在每一届儿童文学研究生的理论课程上必定要单独郑重推介的一本研究著作。这部十万字的著作仅有薄薄的一小册，却包含了作者有关儿童文学的许多富于洞见而又高度浓缩的思想。班马在这部著作中所提出的"儿童文学的游戏精神""学习大于欣赏""儿童反儿童化"[1]等美学命题，既包含着作者本人丰富的文化和理论积淀，又越过理论，穿透了儿童文学文类的某种本质。在当时的文化语境下，作者想要"创造"和"言说"的愿望太强烈了，以至于他的思考几乎是以一种喷涌而非缓缓流出的方式在文本中得到呈现的。我有时想，今天，我们恐怕很难再看到这样的每一寸文本都浸透着如此高浓度思想的儿童文学理论著作了。

班马的理论思考始终与他的写作实践融合在一起。这种融合的方式很奇特。我们可以说他的理论思考在一个很高的思想平台上支撑着他的创作，但与此同时，他的写作又远不只是观念的一种落实，相反，我们会觉得，那些理论恰恰是从这些充满生命感的文字中生长出来的观念物，正因为这样，班马的儿童文学理论思考与他的儿童文学写作实践一样，总是带有一股强大的裹挟人的力量。从这个意义上说，班马首先是一位作家，更确切地说，他首先是一位诗人，他的文字和思想中充满了美学意义上的诗的魔力。《风之少年》中收录的班马的一些儿童诗作，其意象和语言都挟带着极强的情感冲击力；而他的以李小乔为主人公的一些儿童小说片段，则是现在回头来读仍然令我感到热泪盈眶的文字。2009年，我在编选《中国儿童文学分级读本》时，在不同年级的分册为班马的作品单独设立了三个单元。重读择人这三个单元的班马的儿童诗、短篇散文和儿童小说作品，我的阅读感受中依然包含了一种强烈的被卷起、被吸入、被融化的体验。我在想，班马的一些儿童文学写作，真的在呈现儿童文学独特的美学世界的同时，把这一文类的写作起点放到了与一般文学一样的艺术准线上。

这或许是因为班马所吸收的文化营养，原本就大大越出了传统儿童文学的狭义边界。在他还远没有与儿童文学结缘的时候，他的身上已经储备了一腔蓄势待发的才华。从他的散文集《孤旅迷境》中，我们可以隐约读出一个始终在尽情地体验、用力地吸收、开阔地思考并且不断追寻着生命上升状态的年轻的班马。这个班马与他的同时代人分享了20世纪80年代特有的一种精神状态，那是一种试图向身体之外最阔大的自然宇宙和身体之内最深刻的生命意识打开自我，并试图以自我来容纳这二者的时代精神。它赋予了后来成为儿童文学作家和研究者的班马以一种开放而又深透的文化视野，以及一种面朝现实的珍贵的理想主义情怀。这使他的作品在触及各种童年和儿童文学的话题时，总是能很"鬼"同时又很准确地切入它们的精神深处。比如，在《六年级大逃亡》这样的儿童小说中，他能够在把童年的游戏狂欢和叛逆行径书写到极致的同时，恰如其分地写出这游戏和叛逆中所无处不在的童年的真诚，他也能够在淋漓地表现边缘童年所遭遇的种种压抑和误解的同时，在看似不经意间为童年的"不幸"点染出生活的温暖底色。

所以，阅读并触碰班马笔下的儿童生活和童年世界，我有时会不由自主地激动起来。我觉得，他的叙说不仅在把童年带往生活的更深处，也常常在把我们带往我们所不知道的童年更深处。

二

班马的儿童文学写作常常指向这样一些具有特殊的精神意味的关键词：旅行，远方，荒野，太古，幽秘，以及野蛮。仔细探究，我们不难发现，这是一些在班马个人的儿童文学艺术图谱中相互关联的词汇，它们共同传达了班马对于当代童年精神、童年美学以及童年教育的独到见解。这些词语无一例外地与一种时间或者空间上的绵延感、辽阔感有关，与此相应地，他的许多作品都倾向于选取大海、太空、密林、高原、长江、峡谷、沙漠、荒原这一类充满时空苍茫感的场所来展开故事的叙述。收入《夜探河隐馆》的四则幻想故事（《池塘之谜》《暑假的野蛮航行》《沙漠老胡》《夜探河隐馆》），场景和叙事的调子各不相同，其文本却都弥漫着一股与人类时空移换有关的沧桑感和幽秘感。不论是池塘底下刻满古文字的千年老龟，黄浦江水底的古城传说和两岸的古镇古园，还是被称为"老胡"的沙漠气旋和埋在沙漠下的远古森林与古城，以及不甘于在时间中沉寂的明代藏书楼，都带有一种悠远、开阔的历史时空的气息。收入《幻想鲸鱼的感受》的十四则短篇作品，所叙的故事上至太空，下至大海，远至沙漠，深至古林，大到宽背巨鳍的蓝鲸，小到一只不起眼的招潮蟹，都被赋予了历史时间与思考的重量。长篇童话《沉船迷书》则是将远古的巫术、传说、历史和文化揉入幻想的情节，为古蜀国的"鱼凫"部族构想了一段浪漫的历史。这些作品的取材和情节往往包含了丰富、生动的历史知识和凝重、厚实的文化内容，它们也显示了作家本人在这方面扎实的底蕴和长期的积累。在儿童对于现实的体验正变得日益单薄的今天，班马似乎着意要在当代童年的身心里恢复一种对于真实、厚重的历史时间和空间的深刻印象。

而这种时空感并不仅仅关乎现实，更关乎我们内在的生命感觉。在《孤旅迷境》中，他反复强调着"行游"对于童年的特殊意义："你感觉到了吗，在这个'世界'之上能够不把自己'弄丢'，这其实是一件很大的事呀！""'旅行'其实是一件很有意思的事，我们不但在外面玩，事实上也是在暗暗培养起关于在一个世界中的'方向''位置''辨识'等等的能力。"（《福州路口迷失记》）这里，收在引号内的"世界""弄丢""方向""位置"和"辨识"等词，在班马的叙述语流中都有着丰富的复义内涵。它们首先指向着旅行的一种当下功利性的现实意义，亦即通过旅行的锻炼，使个体获得应对现实生活的强大能力，这里面包括在特定的空间场域内进行寻找和发现的能力、做出判断的能力、解决问题的能力，等等。与此同时，它们也是指旅行对于个体存在的另一种更具隐喻性和哲思性的意义——如果说生命正如一场"旅行"，那么个体在茫茫的世界乃至宇宙空间中，如何认识和理解自身存在的位置，以及在纷繁复杂的生活中，如何寻找和确定自己灵魂的位置，正是这场旅行的要务。假使缺乏"旅行"中的方位感和远见，眼前的日常纷扰和一地鸡毛会很容易地阻断我们的视线，限制我们的视野，进而遮蔽我们对于这世界和人生的认识与把握。而"旅行"正是童年向着世界的打开，是童年身体和精神的双重拓展，个体正是通过这样的拓展才慢慢培养起对于世界和生活的掌控能力。

  因此，班马的写作格外关注童年的力的美学。在他看来，对于"力"的吸收和释放的渴望是童年的天性，而这个天性在今天并没有得到很好的唤醒和培育。为此，他有时是故意在用野性的东西去滋养童年。他的一篇令我印象深刻的儿童散文，题目就叫《野蛮》，那种游荡在文字间的强劲、蚀骨的童年蛮力的气息，一直鲜活地留在我的阅读记忆里。我常常想，这里面是不是包含了作家对于身体和精神压抑之下整个当代儿童群体"力量感"消退的一种隐忧？有时候，读班马的作品，我会觉得他的文字里燃烧着一种内在的企盼，即期望儿童能够以一种更强力、更博大的姿态，学着成为他们自己世界和生活的主人。他为少年朋友们写的《世界奇书导读》，其中百科式的选目和导读，就充分传达了他对于童年成长的这种期望。

  但这也是一种不无危险的力量，在过度"喂食"的情况下，它很可能会膨胀为对身外世界的一种傲然的凌驾和自私的占有。因此，在张扬这种主体力感的同时，班马也一直在寻求着来自另一种力的平衡——如果说是前者是个体的一种意欲把握世界的能量感，那么后者则表现为世界自身对于这种把握的抗拒。我们会发现，班马的那些充满"旅行"和冒险精神的生活和幻想故事，一方面致力于张扬和表现人的探求和把握世界的精神，另一方面，在人与自然蛮荒的对峙中，始终存在着人所无法克服的某种力量，它是古林里的"绿色太阳"，是没来由的"野蛮的风"，是幽灵似的"沙漠老胡"。它使我们在与自然面对面的时候，从心底里升起一种与敬畏有关的崇高感，也使我们在为人类文明的功业感到自豪的同时，懂得心怀谦卑地思考这文明的限度。在童话《星球的第一丝晨风》中，作者借"外星人"之口道出了这种限度的其中一个方面："我们可根本不是为这些人类而来地球的，我们不曾认识他们，我今天来，才看到他们这种两腿的生物突然冒出在地球上，很陌生。"在古老的地球史上，人类仅只是占据了其中的一个时段，这意味着，人并非世界的主宰，而只是这宇宙时空里的过客和成员，是万千生命形态中一个特定的类型和伙伴。这样的认识在我们心里孕育起一种对于世间万物的敬畏和尊重之情，以及对于地球的一种家园感。

　　这种家园感，其实也就是班马所说的"星球意识"。在《星球的细语》中，班马用另一种深情的笔法细细描摹着宇宙景象。在这里，个体想要探询和把握世界的欲望与力量，自然而然地转化为与世界的一种平等、友善的相互理解和对话。作者告诉孩子，这才是人类真正得以打开世界的方式。正如在《沉船谜书》中，第一次在湖底见到"瑰丽而又明净"的古沉船景象，老木舅舅的第一反应竟然是："……

呀，对不起。"这位考古学家从这静默的古沉船中读出了一种庄重的意绪，一种生命的邀请，这句莫名的道歉所表达的正是他内心因此而生的敬重之情。同样，面对古沉船的"考古疑案"，老木舅舅不是单凭考古学的专业知识，而是通过与古沉船的穿越时空的心灵交会，也就是作品中多次被提到的"仿古心理学"，才解开了沉船之谜。这个在班马的其他故事中同样被阐说过的"仿古心理学"，正可以理解为一种开阔的生态和生命意识。

  阅读班马，我常常惊讶于他能够把一种如此急于自我扩张的童年生命状态和一种如此平和自持的自然生态意识，完好地融合在他的写作里。从他的创作和理论阐述来看，作者似乎倾向于用男孩的形象来传达前一种状态，而以女性的符号来表现后一种意识，但这两者同时又是互融的，它们促成了作品中童年生命能量的一种放肆而又持重、轻盈而又有力的流动。从这个意义上说，班马的儿童文学写作具有一种积极的双性气质，它既充分肯定了主体对于世界的扩张和把控，又强调这种扩张的目的不是对世界的占有或征服，而是去进入它，理解它，并与之形成生命的交融。这当然是一种理想中的童年精神，然而，哪怕是关于可能存在这样一种精神的怀想，也令人对我们今天这个世界的未来充满了遐想。

三

  "鬼才"之"鬼"代表了一种越出常规的想象力、洞察力和创造力，我们或许可以说，这种"鬼"也代表了班马对于他所格外关注的童年生命状态的一种理解。长篇儿童小说《李小乔这个李小鬼》中，被老师称为李小鬼的李小乔，看上去顽劣多动得令老师和家长头疼，但也正是从这个"鬼"般精灵的孩童形象身上，我们看到了现代教育体制的压迫之下童年身上所难以驯服的那些自由和创造的力量。作者希望我们看到，对于童年来说，这种表面的"鬼头鬼脑"之下，可能包含着强烈的自尊和自爱，包含着丰富的思想和情感，同时，还包含着深不见底的文化吸收和创造的能力。事实上，教育最应当看重和珍惜的，我以为正是这些童年灵魂深处的内容。

《李小乔这个李小鬼》最早是班马的一部名为《没劲》的中篇小说，后来曾由作者续写为长篇小说《六年级大逃亡》。这部小说很可以看作是班马对于他所极力倡导的童年和儿童文学的游戏精神的一次艺术诠释。在中国当代儿童文学界，班马是在创作和理论的双重维度上主张和实践游戏精神的第一人。他关于游戏精神的理解吸收了来自西方哲学、美学、人类学、教育学等学科的相关资源，同时更体现了他本人对于儿童文学艺术功能与精神的深刻体认。

班马的"游戏"不是简单的"玩"。在他的那些张扬游戏精神的儿童文学作品中，一种酣畅淋漓的游戏快感始终与另一种对待游戏的严肃感、庄重感结合在一起。比如，李小乔的故事中，有一章讲述了这么一次"多米诺骨牌"的游戏：在柳老师的安排下，全班同学从家里搜罗来上万只麻将牌，在教室里上演了一场声势浩大的"多米诺骨牌"游戏。大家在课桌拼成的大平台上分组搭建各自的骨牌阵式，这些阵式最后将汇成"一个庞大的阵群"，以制造一次骨牌连锁效应。游戏越是展开，全班同学就越是紧张，因为到了最后阶段，"大家都不是只关心自己的这一摊了,而是紧张地关注别人的动作,一个弄不好,全体就碰砸了"。

随着第一张骨牌被推倒,一场盛大的"多米诺骨牌"游戏在所有人的关切下开始了。眼看着"我们的小龙身手不凡,翻山越岭,穿透迷宫,一路乘风破浪",全班都兴奋不已。然而,当骨牌形成的"小龙"由于两张牌之间的距离"大了一点点"而在王榴之的"超级立交桥"上停滞不前时,一种前所未有的共同感攫住了大家的心——"我们真的从来没有这样感到全班是连在一起的。再做一百次报告也不会有这种'感觉'"。

这个故事包含了班马关于童年游戏精神的两个基本理念,一是玩的精神,二是操作的精神。这里的"玩"既是一种释放和宣泄,又是一种参与和创造;"操作"则是强调游戏中的身体参与和身体体验,它是一种有目的的身体实践。"玩"的精神赋予游戏以想象和创造的自由,"操作"则使游戏的自由创造具有了某种特殊的目的性,这个目的的最终意图并不在于完成某个要求,而是对于游戏能量的一种汇聚,是对于游戏快感的一种升华。由李小乔作为第一人称叙述者的这个故事洋溢着童年游戏的快意,但它并非涣散或随意的快感,而是来自童年不同寻常的聚精会神和全力以赴。这个游戏形式上的操作终点是骨牌接龙的大获成功,但其操作的意义则在于一种融会了独创性与合作性的创造精神,以及对于那从最深处把我们联结在一起的生命共同感的体验。

这就是班马对于游戏精神的理解。游戏精神不是简单地倡导"玩"的快乐,而是通过"玩"来拓开童年的生活感觉,丰富童年的生命体验,充实童年的文化蕴含。同样地,儿童文学的游戏不是童年剩余精力的肆意挥霍，而是在自由的游戏中将这精力自然地导向对世界、对自我的身体和精神的双重把握。因此，班马笔下的童年游戏可以是快活的、放肆的、张扬的、狂野的，却从来不轻浮。这些童年游戏的翅膀拥有内在的力量的骨骼，它们使得翅膀的飞翔能够驭风而行，从而获得真正的自由。

也正因为这样，作家笔下李小乔们"没心没肺"的游戏里，总有一种从心灵深处撼动我们的力量。在与柳老师告别的那场足球赛上，"我"在同学们的嘘声中疯狂地踢球，一次次攻破柳老师的防守。整场比赛变成了"我"一个人的表演。只有柳老师明白，"我"的"疯狂"是向这位唯一理解"我"、鼓励"我"、给"我"自信和尊严的老师的一种特殊的告别：

> 我拉住球门稳住身体，喘着气，在太阳光下用手甩着脸上的水，不知是汗水还是泪水……我觉得我向柳老师跳完了一场伤心的舞。
> 伤心的跳舞就是这样不要命的。

每次读到这里，我的眼眶都会难以控制地湿润起来。这段文字里面有太多不曾道出的厚重的情感内容，它的突然的静止感与此前"我"的疾风骤雨式的动作和叙述形成了鲜明的对比，在叙述时间的暂歇中，所有的情感凝聚在一起，蓄而不发却充满了力量。这是属于一个男孩的独特的道别，它以游戏的方式，承载了属于童年时代的真诚的感怀、深切的眷念，以及深刻的悲伤。

在儿童文学的游戏精神越来越多地被误解为娱乐快感的今天，班马关于游戏精神的文学演绎和理论阐说把我们带向了关于游戏精神的艺术反思。作为中国当代儿童文学界倡导游戏精神的先行者，班马笔下的童年游戏恰恰展示了游戏自身的精神重量，它不是在嬉笑中飘忽而过的童年的某种快感体验，而是沉淀着童年对于生活和世界的至为丰富的感受、领悟，它们以游戏的方式成为童年面向世界的一种庄严的表情。班马笔下那些狂野至极、幽默至极的童年游戏之所以令我们有发自内心的感动，正是因为在这野蛮和幽默之中，包含了童年对待自我和世界的最赤诚、最认真的态度。

四

班马的创作中有着当代儿童文学写作最缺乏的东西，那是一种建基于人类文化的大视野之上的深刻的童年理解，以及从这童年理解出发而抵达的对于人类精神的深入解读。这与他身为儿童文学理论家的专业学养密切相关，但在根本上更与他自己内心深处长期以来的精神思考和追寻有关。我一直觉得，班马作品中丰富的文化指涉并不来自一般的写作素材准备过程，而就是作家自己多年来的知识兴趣和人生积累，同样，这些作品中所传达的对待世界和生活的观念、信仰等，也不只是出于童年教化的意图，而同时是作家本人的生命思考所指。阅读《孤旅秘境》中的散文，我们能够感受到这些思考在班马生命中所占据的位置。换句话说，作家是在把自己的灵魂写出来给孩子们，这样的写作是认真的，诚恳的，是把孩子们看作平等的交流者和对话者的。因为这个原因，班马早期的一些作品（比如《鱼幻》）甚至显得太过凝重了些。但在李小乔的故事里，他寻找到了将这种思想的凝重感与童年最轻灵的身体和精神姿态相结合的方式。小说中李小乔的叙述是对于一种地道的当代童年幽默精神的演绎，但这幽默中又无时不透露出童年倍受压抑、不被理解的深刻悲伤。它写出了当代童年生存的某种渺小而又巨大的"悲壮"感，这"悲壮"不只是与童年有关，也关系到我们全部文化的问题和未来。

班马想要改变这种童年的"悲壮"局面，不仅仅是通过写作，也是以亲身参与儿童教学实验的方式来实践。1995年，他在自己任职的广州儿童活动中心建立了"快乐作文课程教学实验基地"。这个乍听上去像是今天名目繁多的儿童补习课程之一的"基地"，其实是班马借以实践其儿童教育理念的场所。我没有亲眼见过课堂上的班马，但从他发表的文章以及与他这些年的交谈中，我能感受到他的激情和创造力在这个领域的新的延续和挥洒。一直以来，班马都很强调童年的身体操作和学习，进入教育现场的近二十年来，他的这一观念还在朝着更开阔的文化方向发生新的拓展。在他看来，儿童的身体操作越来越不局限于桌面上、屋子里或者某一户外场地的游戏，而是指向着身体的广义"行游"，亦即一种由身体感觉全面参与的"行动""探索""发现"与"创造"。他在活动中心主持的儿童游学活动项目、少年旅行者俱乐部、作家DV工作室等，鲜明地体现了他的这一有关身体操作和实践的教育理念。我隐约觉得，他的这些教育实践是有意迎着现代教育体制的大弊端而上的。现代学校普遍的轻身体而重知识的教育传统在抑制当代儿童身体能力发展的同时，也在导致儿童精神的萎缩，而要挽救和培育这种儿童精神，其起点和契机恰恰在于儿童的身体。对于儿童来说，身体与思想、与智慧是融为一体的；某种程度上，关注童年的身体，正是因为"我们更在乎的是一个中国当代孩子的气质与思想。"（《我叫班马》）

在现代教育体制的反衬下，班马的努力带着他笔下"柳老师"式的悲壮感，但也因其悲壮而令人心生敬重。我佩服班马的勇气，也衷心祝福这位倔强的理想主义者。

我不知道儿童文学界的这位"鬼才"，未来还将给我们带来什么样的惊喜。

我在期待。

我相信，儿童文学界也有许多人和我怀着一样的期待。

（原载《南方文坛》2013年第5期）

注 释

[1] 参见班马：《中国儿童文学理论批评与构想》，武汉：湖北少年儿童出版社1990年版。

冰波童话的情绪变调

按照时下童话评论界通行的"热闹派"和"抒情派"的划分法，冰波无疑是属于抒情派童话作家之列的。冰波先前的一些作品给我的印象大抵都是明丽温馨、柔情绵绵的。

自然，对于抒情体童话来说，重要的不是展现一个故事情节，而应该是一种流贯全篇的情绪波动。冰波自己曾经坦白地说过："我这个人大约不善于编故事，与有情节的幻想不太有缘。我的幻想常常处在一种朦胧的状态下。通常，幻想里总有某种捉摸不定、游动的、轻盈飘逸的'东西'，那'东西'很神秘，会勾引我去寻找一种气氛，捕捉一种感觉，体验这种气氛和感觉里所产生的情绪。我喜欢做这种努力。"于是，我们在读他的作品时，也常常会进入到一个独特的感觉世界里，并进而感受到一种紧紧包裹着自己的情绪氛围。

统摄这种情绪的主题是"爱"。抒纯情、写至爱，这几乎是冰波前期童话作品的全部主题。在《夏夜的梦》和《窗下的树皮小屋》这两个姐妹篇里，他写了一位善良的小姑娘与蟋蟀吉铃及其伙伴萤火虫和小蚂蚱之间奇妙的情绪碰撞和交流。这里有希望和快乐，也隐隐交织着凄清和忧伤。《秋千，秋千……》中那只生来就看不到光明的小白兔本身就让读者油然而生怜爱之情，但小白兔对秋千的天真的幻想、美丽的憧憬，兔妈妈和小猴子给小白兔的爱和帮助，又多少稀释、缓解了故事中的沉重感。这种美好得令人鼻子发酸、心里发紧的"爱"，便是冰波前期童话整体情绪特征的主题契机。

不久前遇见冰波。他告诉我,他正在创作中做一些新的尝试。我找来了他近期发表的作品,遍读之后发现,冰波的童话有明显的情调变化:早先作品中那种一以贯之的温婉恬淡、平和明朗的情绪基调不见了,取而代之的是一种躁动不安的心绪,一种抑郁沉滞的情感,乃至一种悲凉凝重的总体氛围。

从表层即语象层面看,首先是清丽淡雅的色调减少或者消失了。原先,冰波喜欢写大海"把雪白的浪花推上金黄的沙滩";喜欢写月亮"把柔和的、银色的光,洒在大地,也洒在这一片小小的草丛上";喜欢写"漫天飞舞的雪花,飘下来了";还喜欢写"小兔白白有一身美丽的白毛,白得像雪一样""兔妈妈坐在藤环秋千上,她那白色的身体,在星空下画出一道道白色的弧线"。如今,他却更愿意写雄狮那一头的鬃毛"仿佛太阳在燃烧",目光"像火一般炽烈";写那使一只小螃蟹如醉如痴的红颜色;写"平静而炽烈的夕阳";写海鸥嘴尖那一小块如血的红斑。令人心绪不宁、激情涌动的暖色调置换了平和冲淡的冷色调。这种色彩变化给予读者的审美感受差异是十分明显的。它是否最先向人们暗示、传递了作品情绪特征的某些变化?

其次是童话形象的变换。先前冰波笔下常常出现一个美好而善良的小女孩的形象,由这个小女孩又牵引出一连串动人的形象。或者,他就写小黄鸟、小白兔和小猴子。这些形象大多是秀美可爱的。而现在,冰波却写威武孤独的雄狮,写迷狂激愤的螃蟹,写寂寞悲凉的毒蜘蛛,写凄惨、不幸的海鸥。伴随着这些形象所展示的事件,也不复是轻松明快的了。

而情绪,也终于变得热烈而又滞重,缓缓流动,渐渐蔓延,终于化为沉郁而又不安的艺术氛围,一种让你亢奋,更引你思索的艺术氛围。

这种情绪基调的变换,同样也隐含着一个深刻的主题契机。冰波似乎不满足于仅仅在传统艺术主题圈定的领域内回旋运笔,他开始试图把抒情体童话同某种更纷扰繁复、更丰厚沉重的艺术主题结合起来。他说:"我希望,'现代化'的童话,不但给少年带来轻松、快乐,同时,也带来深沉、严肃,带来思想的弹性,带来对人生、对世界的思考。"正是一种深沉、严肃的思考,带来了一种新的艺术主题,也正是由于作品深层即意味层面所蕴含的主题本身的发展变化,才带来了冰波童话整体情绪特征和基调的变化。

且让我们对作品本身做一番透视。冰波暂时放下了他所钟情的"爱"的主题,而思索起一些显然让人觉得更冷峻、更繁复而沉重的主题。在《狮子和苹果树》里,冰波写了一头在荒凉的原野里感到孤独的雄狮,"他希望这里再出现一头狮子",于是他徘徊,他寻找。一头母狮子终于出现了,而雄狮在消除孤独感的同时,却感到往昔的那种寻觅没有了,那种祈望没有了,那种骚动也没有了。恼怒之下他赶走了母狮。母狮变成了一棵苹果树,她的心变成了一个鲜红的苹果。这棵树搅得雄狮六神不宁。最后,他用真诚、耐心和不寻常的目光,使母狮恢复了原形。是的,孤独是可怕的,然而不孤独何尝又总是那么美好?需要的是相互之间的真诚和沟通。在这里,两头狮子的"合——分——合"的过程,似乎寄寓着作者对人与人之间除了"爱"以外的另一关系的思考。可是蓦地,我的思维又被导入了这样的轨迹:当我们苦苦追求的目标一旦实现的时候,迎接我们的不光是欢乐,还可能有新的失望和烦恼,然而既然是属于自己的，就应当珍惜。哦，哪一种理解更贴近作品呢？或许，作者的思考本来就不是单一单义的，而需要读者相应地具备一种灵活和开放的接受和阐释态度。

《那神奇的颜色》中那只生活在一片青色的山谷里的螃蟹被新娘头上扎着的一只大红蝴蝶结的颜色所吸引、所激动。他如痴如醉，终至于迷失了自我，失去了自我。他死了，在火焰的炙烧下，他身上也出现了那种神奇的颜色。作者写道："螃蟹的身上，本来就深藏着这种颜色。"这里，主体意识失落的不幸，对自我价值缺乏认识的悲哀是作者所要揭示的深层题旨，而螃蟹与新郎、新娘的心灵阻隔，又丰富、拓展了这一题旨。就情绪氛围而言，螃蟹的痴迷和激动，螃蟹与新郎、新娘的"冲突"，显然不可能再给人一种平和宁静的感觉。

如果说上述两篇童话由于写了一种不安的躁动而带来一种亢奋和凝重的情绪氛围的话，那么，《毒蜘蛛之死》《如血的红斑》的情绪基调则由于写了一种令人惊叹的"死"而显得抑郁和悲凉了。毒蜘蛛临死前产下了后代，是否昭示着生命的世世代代连绵不断的延续？毒蜘蛛对后代的无私的奉献，使人联想到人们对"母爱"的永恒的歌颂。毒蜘蛛被自己所产的后代注进了毒素并被麻痹了神经，然后又被吞噬，这是否意在揭示一种"异化"现象？而毒蜘蛛与老树的关系，是否隐喻着人类与其生存环境特别是与大自然之间的密切联系？如此等等，也许都是，也许都不是。人们的审美知觉在这里遇到了阻碍，也获得了机会。

看来，这些童话确实是向我们显示了冰波艺术情致的某些变化。他的早先偏向于纯情柔美的艺术气质逐渐添加了理性的成分。"情"与"理"的交织缠绕、融合互渗，使冰波的艺术世界显得开阔起来了。

而当他试图用那些富有弹性的艺术主题来提高作品的艺术深度,用弥漫全篇的哲理意味来加强作品的艺术力度的时候,一种凝重的艺术情绪也就被裹带、灌注到他的晚近童话作品之中去了。

对于冰波的这种追求,我是感到高兴的。我一向觉得,童话乃至整个儿童文学要提高自己的艺术品位,就不能不首先扩展自己的艺术气度和胸怀。试想,《皇帝的新衣》如果没有那种力透纸背的社会讽刺和批判意味,《丑小鸭》假定少了那些艰辛而深刻的人生内容和生活哲理,安徒生还会是现在的安徒生吗?黑格尔说,童话"是一种关于人的事情……按照其内在意义,来启示给人","抽绎出一种道德格言、告诫教训和箴规"。这不妨也可以理解为童话不应满足于语象层的构造,而应该追求语象层和意味层的立体构筑和有机叠合。当然,从艺术生态学的角度看,我们需要各种各样的童话,任何风格和特色的童话作品都有自己在艺术世界中的不可替代的位置。然而,同样毋庸置疑的是,只有那些深刻的艺术品,才可能在艺术世界中占据着重要的地位。

这里,我还得坦率地承认,我读冰波晚近的童话作品不仅有一种情绪上的凝重感,还常常有一种阅读本身的疲劳感。我想,少年朋友们读来大概绝不会觉得比我轻松的。这一方面固然可能是因为冰波的执着探索使他的作品给人以强烈的陌生感,使我们已有的视读经验一时感到难以适应;另一方面,当冰波执着地把他的思考溶解到那种凝重的情绪氛围中去的时候,他的情思似乎完全沉浸到一种深层的意味层面而显得无法更从容地构筑语象层面。因此,读者感受到的不仅仅是沉重繁复的意蕴,还有带着些艰涩突兀的表层形象和事件。这些形象和事件作为符号和工具,其功能似乎局限于把作者的思考传达给读者,而缺乏自身的艺术逻辑和有机联系。撇开意蕴层，这些符号自身的审美价值就相形见绌了。冰波晚近的童话由于追求深沉和凝重而失去了早先作品中语象层面的机巧和练达，这不能不说是一个遗憾。冰波似乎陷入了创作上的两难困境：按照既有的创作路子，他难以突破、超越自己；探索新的艺术可能，他又未能构造从容、自然而且富有艺术魅力的语象层面来传达意味层面。

我不知道冰波的下一篇作品会有什么样的情绪倾向，明朗或者阴郁，沉重还是激昂？抑或是一种令人感到陌生和惊奇的情绪基调？不管怎样，我的愿望是一样的：我期待着冰波拿出更加厚重而精美的童话艺术品来。

（原载《当代作家评论》1988年第3期）

童话是写给孩子看的
——郑渊洁童话评说

20世纪80年代初期，郑渊洁童话以其鲜明的美学个性给当时尚很沉闷的儿童文学领域带来了一股强烈的冲击波。如今，郑渊洁已成为新一代"童话大王"。他的童话已牢牢地吸引了众多的小读者。

很显然，郑渊洁童话的艺术冲击力，一方面源于其独特的美学个性，另一方面也与他进入童话创作的历史时机有着密切的联系。

了解中国儿童文学发展历史的人都知道，20世纪的中国社会文化现实，以及重视"教化"功能的文学观念，从整体上决定并塑造了20世纪80年代之前中国儿童文学的主导美学性格：强调儿童文学对现实的贴近与再现，强调儿童文学的艺术教育功能。应该说，作为一种历史选择、运作、发展的必然结果，这种强调现实性、教育性的文学观念及其存在是无可厚非的。问题是，当这种偏狭的文学心态和美学观念被无限度地扩张和放大并处于"唯我独尊"的地位的时候，当社会发展在客观上要求儿童文学的美学观念趋向开放和多元的时候，上述偏狭的美学观念就显得很不合时宜了。例如，受"文以载道"传统的影响，中国童话几十年来占主导地位的是偏重强调作品教育作用而较为忽视娱乐功能的教育童话。教育童话在艺术上通常是以拟人手法编织一个富有意义的教育故事，作为童话创作的一部分，教育童话无疑是有其存在价值的。但过去几十年间教育童话一统天下的结果，是造成了童话创作中凝固、僵化的创作模式。这也就是80年代初期中国儿童文学的最基本的艺术现实。

郑渊洁恰巧出现在这个时候，1979年，北京的《儿童文学》杂志刊登了他的第一篇童话《黑黑在诚实岛》。接着他陆续创作发表了例如《脏话收购站》《"哭鼻子"比赛》《开直升飞机的小老鼠》《皮皮鲁外传》《皮皮鲁小传》《鲁西西外传》《乔麦皮外传》《大头托托奇遇记》《魔方大厦》《舒克贝塔历险记》和十二生肖系列童话等大量富于艺术个性和魅力的作品，并且作为唯一撰稿人支撑了《童话大王》专刊。这些作品所构成的冲击波掠过文坛，震动了80年代初、中期的中国童话界乃至整个儿童文学领域，郑渊洁本人也成为影响巨大的"热闹型"童话创作的领衔作家。

郑渊洁童话的成功，从文学观念的层面上考察，是因为他在进入童话创作领域不久，就比较迅速地抛弃了那种相对狭隘的文学"教化"观念，确定了相对开放的快乐主义原则。

早在1981年，郑渊洁的第二篇童话《"哭鼻子"比赛》被《儿童文学选刊》创刊号选载时，他就在"作者的话"中这样写道："一篇好的童话，应该给人美的享受，给人增添欢乐、情趣……孩子的天性是活泼的，儿童文学作者应该给他们多写一些基调明快的作品，使他们在上了一天课后，捧起作家叔叔、阿姨给他们写的书就笑，既消除了一天的疲劳，又得到美的陶冶。"很显然，快乐主义童话创作原则的确定，促使郑渊洁迅速摆脱了传统童话相对沉闷、呆板的艺术框范，开创了以大胆的想象、夸张、变形为外部表现特征，以弘扬游戏精神和解放当代儿童心灵为内在艺术旨趣的童话创作流派——这个流派后来被称之为"热闹派"。

快乐主义童话创作原则的实质，是对儿童读者心理特点和阅读个性的高度肯定和重视。郑渊洁曾在《童话属于孩子们》一文中认为，童话是写给孩子看的，因此童话作者首先应该想到孩子，应该剖析和了解儿童的特点。可以说，郑渊洁童话的成功，就在于他的艺术思考和创作不是基于成人的立场，而是真正把儿童读者置于儿童文学活动的核心地位。以此为轴心，他的童话创作呈现出全新的艺术面貌。

首先，郑渊洁童话以极其丰富的想象力，开拓了中国当代童话的艺术想象空间。

传统的凝固、僵化创作模式的表现之一，便是想象力的贫弱。郑渊洁认为，孩子的想象力最丰富，他们观察周围的世界时，总是带上五光十色的奇特想象，这是孩子身上最宝贵的地方。因此，孩子喜欢看想象丰富、幻想奇特的童话，而不爱看想象力贫乏的童话。在这种想法的支配下，郑渊洁写出了一批"天花乱坠"的童话。在这类作品中，他放弃了传统童话观念中对所谓"生活逻辑"的简单、机械的遵从，而尝试对生活意象和事件进行超出常规的新的排列组合，并通过这些千变万化的排列组合构筑出妙趣横生的童话幻想世界。例如他的《脏话收购站》，"脏话"的物质载体是声音。声音是无形的，如何收购？作品通过奇特的组合化无形为有形，将脏话论斤收购，按斤出卖，讲述了一个怪诞而又"顺理成章"的故事。与传统童话相对拘谨的艺术思维模式相比较，这类"异想天开"型的作品显然更容易受到当代孩子们的喜爱和欢迎。

其次，伴随着艺术想象力的解放，郑渊洁童话还最大限度地张扬了儿童文学的游戏精神。

所谓游戏精神，是指在儿童读者的文学审美活动与日常游戏活动之间，存在着极为深刻的潜在联系。儿童在游戏活动中，能够全身心地进入对象的状态，甚至具有超常的信念；这种游戏活动实际上已成为儿童的一种审美活动方式。在儿童文学中注入游戏精神，是儿童读者审美心理发展的必然要求。郑渊洁许多童话中的人物、故事、情节、环境等都经过了大幅度的变形和夸张，犹如漫画和闹剧，给人以强烈的新奇感、怪诞感和滑稽感。同时，人物的大幅度运动，情节的大开大合，情感的大起大落，更增添了童话的热闹气氛。因此，所谓"热闹"，正如有的研究者所说的，既是指童话的夸张、变形和大幅度的运动等等给读者带来的新奇而快乐的阅读感受，同时也是指这类童话所具有的富于游戏意味的审美特征。在《皮皮鲁外传》中，皮皮鲁坐着"二踢脚"直上天空，还拨动控制地球转速大钟的指针，好让地球加快转动，结果地球上的一切都乱了套。而《舒克和贝塔历险记》则写的是两只可爱的小老鼠的故事。作者让他们当上了勇敢的飞行员和坦克兵，只要舒克摇动操纵杆，米黄色的直升机就可以自由升降；而在贝塔的坦克中则装有对外观测的潜望镜和炮塔，只要在炮膛里装上炮弹——花生米或小石头，一按电钮，就会命中敌人。作者时而让空中的飞机和地面的坦克展开惊心动魄的大战，时而又让他们联合起来，通过无线电联络，共同行动，制服猫王国的国王——移植了老虎胆和人工心脏的小白鼠。这种上天入地、无拘无束的情节运动，无疑展示了一种自由、活泼的现代美学心态，并且极大地满足了当代儿童读者的游戏欲望和追求新鲜、刺激的审美心理。

　　与上述特征相联系，郑渊洁童话的另一个重要贡献是在审美心理方面确立了"释放"（宣泄）的概念。

传统儿童文学重道德教化而轻心理疏导，因而缺乏对儿童文学之于儿童心理的审美宣泄功能的认识。现代儿童社会学和儿童心理学研究表明，处于现代快节奏的竞争社会的儿童，实际上也处于各种各样的心理压力和重负之中，他们同样有程度不同的心理压抑、苦闷和焦虑。因此，儿童读者实际上常常需要通过文学阅读来排遣心中的烦恼和焦虑，释放郁积的情感。在这一点上，郑渊洁是极为敏感的。他曾经这样表达过自己的创作动机和艺术策略："我想的是我的读者，想他们最需要什么。中国的孩子最需要的是民主。无论在老师还是家长面前，他们是不平等的，受压抑的。我写作，就是要为他们提供一个宣泄的场所。他们作为消费者，掏钱买我的一本书，总得让他们有所得吧？至少，也得让他们读个痛快，有一种共鸣。如果我的书是那种居高临下式的说教，他们是决不会掏钱来买的。"正因为如此，郑渊洁童话的幻想世界总是与当今中国孩子的现实命运和生存状态密切联系在一起的，他的作品总是最直率地道出了孩子们的困惑、委屈、苦恼和不平，总是最充分地表达了孩子们的愿望、幻想和欢乐。例如在《皮皮鲁全传》中，皮皮鲁每天放学之后，连水也顾不上喝一口，就得拼命地做作业，他因此陷入了苦恼之中，他用的铅笔，每支有一米多长。作业本一买就是两千本，做作业时他从下午写到深夜，右手写累了换左手，坐着写累了站着写。他没有时间听音乐，没有时间吃糖，即使吃，也是一边写作业一边吃，连糖是甜是苦也不知道。这种童话夸张的背后当然是一种沉重的现实。为了化解现实中的烦恼，宣泄生活中的郁闷，郑渊洁在作品中设置了作业调整公司，让小读者和作品中的主人公一起分享作业减少、睡眠充足的快乐。所以，当代少儿读者在现实生活中无法实现的愿望，却通过阅读郑渊洁童话得到了满足和补偿，他们在生活中郁积的情感也由此得到了最好的疏导和释放。

丰富的艺术想象、自由的游戏心态，以及贴近儿童心灵的审美宣泄功能，使郑渊洁童话以毋庸置疑的美学力量打动和征服了当代少儿读者们。

应该指出的是，从具体文本的艺术水平和作品的美学品位来看，郑渊洁童话的不足也是十分明显的。在我看来，郑渊洁童话的艺术缺陷主要表现在以下两个方面：

第一，郑渊洁童话往往是表层的热闹，游戏性有余，而文学的美感、韵味不足。七年前，我曾在《童话的立体结构与创新》（载《儿童文学选刊》1987年第1期）一文中，把童话的艺术织体分为"感知层"和"意味层"两个基本的层次。其中感知层主要诉诸欣赏者的感知觉，意味层则有待欣赏者审美理解力的介入和参与。对于高品位的童话作品来说，仅有表层的热闹有趣是不够的。童话作为一种艺术结构系统，完全可以涵纳更加丰富深刻的意蕴。以此来考察郑渊洁的作品，则不难发现他的许多作品过于浅露和直白。他常常迫不及待地直接在作品中发表自己的议论，而似乎并不想考虑如何把作品的意蕴表达得更内在、更意味深长一些。这就使他的许多作品虽然吸引人，却缺乏让读者回味、鉴赏的韵味和魅力。

第二，从情节设置、人物塑造到语言表达等艺术表达层面来看，郑渊洁童话的艺术质量并未随着他的声誉鹊起而相应提高，相反却日益显露出随意、粗糙、简陋和重复的缺陷。近年出版的《童话大王》，坦率地说，我从中读出的更多的是商业气而不是艺术。以1993年第一期为例，64个页码中，《郑渊洁与皮皮鲁和鲁西西对话录》占了45页，广告占了约2页，而作品仅占约17页。我感到，与"童话大王"的声誉相比，《童话大王》已经名不副实了。

在1993年第6期《童话大王》杂志上，郑渊洁通过《皮皮鲁与鲁西西对话录》向读者透露了自己打算"急流勇退"，于1994年底封笔不写童话，并告别《童话大王》的消息。也许，对于郑渊洁来说，"换一种活法"不失为一种明智的选择。

事实上，总计达五百万字的郑渊洁童话已经成为当代儿童文学创作中的一种独特现象：一方面，它以自身强烈的艺术冲击力征服了众多的当代小读者；另一方面，它的成败得失又留给人们许多值得研究的艺术课题。我以为，郑渊洁童话是值得用几本书的篇幅来进行研究和评说的对象——而这样的研究，总有一天会提上儿童文学理论界的议事日程的。

（原载《少年儿童研究》1994年第3期）

《彭懿童话文集》序

一

职业的和非职业的儿童文学研究者们——或者说，那些对儿童文学具有各种思想兴趣并试图发出各种声音的人们，通常都无法回避或绕开童话这样一种重要的艺术存在。认真追溯起来，我们会发现，20世纪中国早期的那些小心仔细而又热情澎湃的儿童文学理论思考，主要就是围绕着童话而展开的：从周作人的《童话略论》《童话研究》《古童话释义》，到张梓生的《论童话》、冯飞的《童话与空想》、徐如泰的《童话之研究》、赵景深的《童话概要》等等。而20世纪50年代，我们则可以读到贺宜、陈伯吹等一代作家所发表的广有影响的童话理论文字，如"一根本""三要素"。最近十多年来，激进主义的艺术变革似乎更多地成为少年小说作家们的行为，少年小说也因此成为中国当代儿童文学艺术舞台上风光占尽的主角。在童话创作和研究领域，锋芒毕露的观念或技术变革行为相对显得稀少，理论上短兵相接的热闹场面也难得见到，但是我以为，就理论思考的认真和扎实程度而言，童话研究是并不逊色的——这不仅是指童话界也有过认真的学术研讨，更是指若干年来在童话文体的基本理论建构和童话发展的历史叙述及重构方面，人们也取得了卓有成效的进展和独树一帜的成果。

我也注意到，在关于童话的种种理论思考和理论述说中，迄今为止仍充斥着许许多多的分歧和争执，其中包括一些最基本的理论问题，如童话的本质、童话的可能、童话的当代性等等。作为儿童文学界的一名从业人员，一些年来，我的好奇心和注意力一直被上述问题所吸引。另一方面，我也隐约感到，能够引导人们走出扑朔迷离的童话理论迷宫的阿里阿德涅彩线仍未被我们找到。因此，我在关注童话思考的进展的同时，一直有一种困惑：童话究竟应该怎样被分析和表述？我不想把童话视为儿童文学思想领域里的不可捉摸、不可理喻的异端，但我也相信童话确实是难于被思辨和逻辑所驯服和掌握的一种文体。恩斯特·卡西尔对神话特性的说法令我深有同感。他说，在人类文化的所有现象中，神话（和宗教）是最难相容于纯粹的逻辑分析了。神话乍一看来似乎只是一团混沌——一大堆不定型的语无伦次的观念。要寻找这些观念的"理由"似乎是徒劳无功和枉费心机的。如果说神话有什么特性的话，那就是：它是"莫名其妙"的。（《人论》，中译本第92页）对于我们来说，在儿童文学的所有现象中，童话不也正是这样一种有些令人"莫名其妙"的文体吗？

也许正是由于上述原因，我在对当代童话研究怀有强烈好奇心的同时，也对它保持着一种谨慎的观望态度。大约十年前，我曾经写过《童话的立体结构和创新》《冰波童话的情绪变调》等一些算是涉及了童话的理论的评论文字。我知道，那些文字虽然谈论了童话或童话作家，但其学术触角并未真正伸进童话思考的核心或本质。

今天，我的长久以来形成的怯场心理或观望态度被童话作家彭懿先生的一个电话轻巧地击毁了。彭懿从上海打来电话说，他的四卷本童话文集就要出版了，希望我为文集写一篇序文。

出于十多年来对彭懿童话的浓厚兴趣和阅读好感，同时大约也是被如彭懿这样有成就的，但按照现行习惯基本上还属于"青年"的童话作家能够出版文集这件事情弄得有些兴奋，我爽快地答应了。

彭懿先生"得寸进尺"地建议说，你不妨少谈我的作品，放开来谈谈童话。

这是一个十分少见和奇特的建议。而我也突然发现，我不得不面对令我困惑的童话理论思考。

二

十多年前，一批生气勃勃的童话作品的连续发表使我注意到了彭懿这个名字。在当时，这个名字是与一批被冠以"热闹派"的童话作家的名字联系在一起的。许多人可能还记得1986年下半年上海《儿童文学选刊》发起的那场"现代童话创作漫谈"。在那年第5期的刊物上，彭懿和他的热闹派童话伙伴们发表了各自的带有宣言和内省性质的文章。这些精粹的短论透露了那个时期一批最有才华的青年童话作家的创作旨趣和美学关怀之所在。那一回彭懿发表的文章题目叫《"火山"爆发之后的思索》。我们从中可以看出，彭懿们是以一种对经典童话形态的游离、叛逆姿态出现的。彭懿在文章中对热闹派童话的独特风格有过这样的概括："这些作品是从儿童现实生活出发的；运用瞳孔极度放大似的视点，夸张怪异；追求一种洋溢着流动美的运动感，快节奏、大幅度地转换场景，以使长于接受不断运动信息的儿童读者，在令人眼花缭乱的类似电影运动镜头的强刺激下，获得审美快感；采用幽默、讽刺漫画、喜剧甚至闹剧的表现形态，寓庄于谐，使儿童读者在笑的氛围中有所领悟，受到感染熏陶。"

  传统童话思维和传统童话文本的艺术积累在我看来并非铁板一块，换句话说，即使是热闹派童话，它依然应该拥有自己的可以分辨的历史线索和美学先驱。对这一代的童话作家来说，张天翼的童话就是一个不难指认的出自本土的艺术样板。但是我还想说，在张天翼的前前后后，他所能遇见的创作同道和艺术知音实在是太少了。这种情况直到热闹派童话出现时才开始得到改变。由此我们可以这样认为，具有类似彭懿文章中所概括的那种风格或特色的作品至少在80年代以前显然未能构成中国童话的主流艺术风格之一。而一进入90年代，中国童话至少从现象上看已经开始变得千姿百态、面目全非了。

  彭懿就是这样一个时代中出现的一个具有代表性的人物。

  按照彭懿在电话中的那个建议，我还是想把话题先引向童话自身。

  事实上，相对于其他文体而言，童话一直便是一种富于变化的文体。人们在形容浪漫多姿或神奇多变的世界时常常会习惯性地想到这个词汇或文体：童话。那么，丰富多彩、浪漫飘逸、天真美好、可歌可泣的童话是否具有其内在的质的统一性或规定性呢？或者说，从古老的民间童话到经典性的现代童话，再到热闹或不那么热闹或根本不热闹的各类当代童话，只要是童话，它们拥有自己独特而又一致的艺术标志吗？它们佩戴着自己精致而又统一的美学徽章吗？

  根据普洛普在《民间故事的形态研究》一书中所提出的观点，任何童话在结构上都是同质的。作为结构主义或形式主义学派的理论家，普洛普发现并一语道破了童话结构中的"二重性"现象："童话具有二重性：一方面，它千奇百怪，五彩缤纷；另一方面，它如出一辙，千篇一律。"在我看来，普洛普的研究至少可以给我们一种启示或安慰：寻求童话艺术真谛或终极本质的努力是可行的。

事实上，童话的本质或特性问题，在20世纪中国儿童文学研究中一直是一个吸引了众多注意力和热情，并且是极富专业色彩的一个理论话题。长期以来以权威话语姿态出现并流行于这一领域的观点是"幻想说"，即认为"童话的最显著的特点就是幻想。童话是用幻想来反映生活的，没有幻想便没有童话"。当代中国儿童文学界那些声名显赫、令人肃然起敬的作家、理论家们在这个问题上保持了相当高度的一致性，以致"幻想说"几乎成为童话本质研究中不证自明的一个"公理"。

大约在80年代中前期，我曾注意到有个别比较年轻的人士在某些场合对"幻想说"表达了尖锐但音量微弱的质询。说它"音量微弱"是因为发出这种质询的场合（可能还有时机）不很重要因而未能引起人们更多的关注和应有的回应。进入90年代，一篇作者名字令人感到完全陌生的论文《童话的幻想和童话的假定形式》发表于《儿童文学研究》1991年第5期，并引起了一次不算轰轰烈烈却也令人注意的讨论。这个陌生的作者名叫葛玲玲，此后她（他？）似乎就再也没有进入过人们的视野。葛在文章中一一分析并批评了"幻想是童话的核"或"根本""没有幻想就没有童话""幻想是童话的主要特点"等观点，并提出了自认为"没有这般的玄虚和神秘"的童话观："童话是一种用非写实性假定创作出来的儿童文学，特别是叙事类的儿童文学。其中有带有幻想的，也有不带幻想的。"

这篇在当代童话研究中直捣黄龙的论文引起了童话研究者应有的关注和应答。《儿童文学研究》后来又先后发表了唐再兴的《关于童话与幻想的思考》、朱自强的《人类幻想精神的家园——论童话的本质》两篇文章。两位作者在肯定葛文不乏意义的同时又分别为"幻想说"做了认真的辩护。我注意到，两位作者在坚持"幻想说"的同时也表现了一种开放的理论意识。例如朱自强表示："不同意把造成童话理论肤浅的原因归咎于我们把幻想看作了童话的本质。问题的根本症结在于童话理论研究（当然也包括儿童文学其他许多领域）长期处在封闭状态之中。我们对童话中幻想的性质、形态、生存方式并未做过深入的研究。"他提出了应尽快了解世界童话的发展、世界童话理论的面貌，如此才能建立真正货真价实的童话学的设想和判断。

已有的关于童话幻想品性的理论说明在解释童话的特性方面的确显得十分粗疏、乏力和模棱两可。例如，幻想作为一种艺术话语形态的构成物或构成方式，并不为童话这一文本所独具——它出没于多种（可能是所有）文体的边界，显示着多种文体呈现的可能。因此，泛泛地说幻想是童话艺术的特质犹如说童话是语言的艺术、童话是情感的艺术一样，既真实又空泛。

在我看来，对童话的把握或描述应该有两个基本的视角或支撑点。一是童话的历史发生机制，它酝酿、隐含或是提供了童话的原初品质和样态；二是童话的现实生成逻辑，它提醒或告诉我们童话的艺术基质在当代为什么变得丰富或面目全非了。前者提供的是童话悠远的、原始的、相对稳定的品性，后者展示的是童话当下的、相对活跃的现实精神。

在有关童话发生的历史考察和理论索解过程中，人们曾陆续提出过"神话渣滓说""神话分支说""包容说"等种种说法。尽管这些论点的具体解说不一，但它们都不约而同地把童话的源头追溯得很远很远。在西语中，fairy tale 直译的意思是神仙故事、精灵故事，指的是那些描写了神仙精灵，或并非专写神仙精灵的、带有奇异色彩和神奇事件的故事。产生这类故事的可能的精神背景或文化土壤的确可以隐隐约约地追溯到十分久远和独特的远古时代，那个原始智慧光芒闪烁的神话时代。早在 18 世纪上半叶，意大利人维柯就在他那部在文化史上占有重要地位的杰著《新科学》中重点探讨了原始的诗性智慧问题。他认为"原始人没有推理的能力，却浑身是强旺的感觉和生动的想象力"。原始人们按照自己的观念，认为使自己感到惊奇的事物各有一种实体存在，正像儿童们把无生命的东西拿在手里跟它们游戏交谈，仿佛它们就是活人。维柯说，最初的哲人都是些神学诗人，他们凭借着诗性智慧创造了最初的神话故事。同时，人类的思维又是发展的，"人最初只是感受而无知觉，接着用一种惊恐不安的心灵去知觉，最后才用清晰的理智去思索"。

随着理性时代的降临，神话时代的文化水土发生了不可逆转的历史流失，然而，神话时代所创造和保存的诗意的世界也日益显示了其不可替代的精神的、文化的、美学的价值。在西方，神话所代表和保存的诗性智慧和原始文明，成为近代人们渴望回归的精神故园。不是吗？当近代文明刚刚取得它最初的成功的时候，卢梭就明确指出其危害性，主张人们离开社会，返回自然浑朴的原始生活。而技术和理论时代的逼临和统治，引起的是近现代人们更加深重的精神恐慌感。神性和诗意被放逐，人成为精神上无家可归的浪子，流落异乡。正如尼采说的："想起这种惶惶不可终日的科学精神所引起的直接后果,便会立刻想到神话是被摧毁的了;由于神话的毁灭,诗被逐出她自然的理想故土,变成无家可归。"(《悲剧的诞生》)

无家的失落与返乡的渴望构成了近现代人们精神生活的双重变奏。德国浪漫派美学家施勒格尔、谢林都提出了创造"新神话"的构想。进入20世纪,包括哲学、心理学、人类学、文艺学等学科在内的诸多学科对神话所表现出的普遍的关注和兴趣,其实也正是非神话时代的人们对于人自身的精神状态与精神本身充满关注和兴趣的表现——虽然神话作为人类早期文明的代表物,已不可能在它原初的意义上被再造了。

在我看来,不管童话与神话的关系如何,童话在特定意义上的确可以被看作是一种新的"神话":它以自身特有的童年精神气质拯救并保存了人类进入理性时代后逐渐失去的童年时代的纯真、欢乐、浪漫和遐想。从贝洛童话到格林童话,到安徒生童话,童话迅速地使自己从民间自发的文学存在演进成为自觉地贴近儿童读者的儿童文学艺术家族中的一支旺族。我想说,这个过程的意义是多方面的——它不仅意味着近现代意义上的儿童文学在西方的逐渐自觉和形成,意味着童话这一古老而又全新的文学样式成了童年生命特性的理解者、解放者,成了童年生命内涵的艺术表达者、承载者,而且,它还意味着童话成为神话时代消失之后人类诗意渴望的某种新的实现渠道和表现方式,成为人的精神解救之所,心灵憧憬之邦,它与诗歌一起成为近现代人们漂泊的灵魂的栖居方式和安置场所。

童话从原初的民间形态推进到近代经典的文学形态,其儿童文化史的意义和价值是显而易见的。另一方面,童话对人类自身的精神意义和价值,却一直较少为人们所谈论。事实上,从具体作家的创作动机看，贝洛整理、改写《鹅妈妈故事集》，便是在法国文学界那场著名的"古今之争"后开始的。他认定了民间童话可以用来表现自己不同的政见、理想和愿望，民间童话的"精妙的寓意"和"独具的生活特色"将能够实现他返璞归真的美学愿望。安徒生也曾明确表示："我写的童话不只是写给小孩子们看的，也是写给老头子们和中年人看的。"由此看来，童话不仅是人们为儿童创造的一个独特的艺术空间，它同时也是为成人预备的一份高尚的礼物。我想说，童话正是以其质朴的想象力和纯真的诗性品格，制造了后神话时代人类精神生活中一个独特的艺术家园和阅读奇观。

童话在其绵延不绝的历史发展和现实生成过程中，进行了不断的艺术添加和美学扩散，也就是说，童话不时随着社会生活和人类心灵的发展而进行着自身的艺术调正和丰富。童话的原初艺术气质和美学品性逐渐散逸和泛化，它变得丰富多彩，甚至频出怪招，令人感到面目全非。

我们可以以此为立场来看待中国当代童话的艺术发展。

20世纪的中国童话创作在一个很长的时期内保持了相对收敛、单一的艺术姿态。其中，现实关怀和教化动机几乎是一以贯之的文学精神——这与传统的文学载道意识，现实的艺术召唤，以及儿童文学作家特有的艺术良知等等都有关系。当然，理想化、诗意化的童话气质仍然隐约可见，从叶圣陶早期的童话到郭风童话，到《神笔马良》《野葡萄》《火萤与金鱼》等作品，都流溢出质朴、纯净的美，表达了同样质朴、纯净的理想和愿望。

进入80年代，中国童话从叙事层面到意味层面都可以说是发生了大面积、全方位的变化。这种变化的内在动力来自人们对童话及其依存背景的新的理解。事实上，童话的文化精神和美学样态归根结底是人的存在方式及人们对自身存在方式的理解的现实投射和艺术转化的结果。就80年代热闹派童话的崛起而言，其实质便是这一代童话作家普遍意识到，童话提供的不仅是一个具有教化功能的艺术课堂，它同时也应该成为一个童年时代艺术游戏和精神狂欢的场所。这种童话观的产生，直接促成了当代中国童话史上一系列相关而持续的艺术哗变和美学革新事件的发生。在传统童话以诗性和遐想为主要气质的艺术累积之外，热闹派童话的流行也表现了这个时代相当一部分童话作家对儿童特征及其精神需求所持的新的理解立场。毫无疑问，他们的艺术努力对于当代中国童话艺术面貌的丰富乃至更新，是功不可没的。

我相信，这部四卷本的《彭懿童话文集》，也提供和记录了这样一段历史。

三

收入这部文集的长、中、短篇童话，基本囊括和反映了彭懿从事童话创作以来的主要成果。这里应该告诉读者的是，这些童话是作者在两个不同的时期创作的，它们反映了作者不同的创作思想和艺术追求。

20世纪80年代后期到90年代前期，彭懿曾去日本留学六年，主攻"西方现代幻想文学"。他在这方面的研究成果已写成专著《西方现代幻想文学论》，由少年儿童出版社出版了。彭懿迄今为止的童话创作也由此分成了前后两个不同的时期。

80年代中期前后，正是所谓热闹派童话美学变革烽火正旺的时节。彭懿作为热闹派童话美学运动的一名主力,发表了《太阳系警察》《外星人抢劫案可口可乐鼠》《爸爸的秘密摄像机》《古堡里的小飞人》《鼠洞外的怪城》《矮星人核潜艇橡皮泥大盗》《女孩子城来了大盗贼》《男孩子城来了小矮人》《五百个试管喜剧明星》《来自外星球的妖精》等一大批广有影响的作品。这些作品从一开始就以一种游离甚至叛逆的姿态,摆脱了传统经典童话相对沉闷、单一的艺术框范,建立了以大胆的想象、夸张、变形为外在叙事特征,以弘扬游戏精神和解放当代儿童心灵为内在艺术旨趣的童话文本类型。从中国当代儿童文学的历史发展来看,这类童话出现的意义是不可低估的。

如前所述,20世纪的中国社会文化现实,以及重视"教化"功能的文学观念,从总体上决定并塑造了80年代之前中国儿童文学的主导美学品格:强调儿童文学对现实的关怀与服务,强调儿童文学的艺术教化功能。公正地说,作为一种历史选择、运作、发展的必然结果,这种强调现实性、教育性的文学观念及其存在是无可厚非的。问题是,当这种偏狭的文学心态和美学观念被无限度地扩张和放大,并处于"唯我独尊"的霸权话语地位的时候,当社会审美思潮的发展在客观上要求儿童文学的美学观念趋向开放和多元的时候,上述偏狭的美学观念就显得很不合时宜了。例如,几十年来占据主导地位的教育童话作为一种文体类型当然是有其存在理由的,但是,几十年间教育童话一统天下的结果,是造成了童话创作中凝固、单一的创作模式。这也就是80年代初期中国童话创作的最基本的艺术现实。

因此,彭懿前期创作的大量童话(当然,也可以包括当时整个热闹派童话),至少在这样一些方面为中国当代童话提供了新的美学内容。

一是它们以极其丰富的想象力,开拓了中国当代童话的艺术想象空间。从遥远的绿色星球上发生的神秘故事(《矮星人核潜艇》),到蛋糕盒里出现的奇形怪状的小矮人(《外星人抢劫案》);从古堡小飞人曲折惊险的经历(《古堡里的小飞人》),到彼此用摄像机相互监视的爸爸和儿子(《爸爸的秘密摄像机》),彭懿为我们讲述了一个个怪诞而又"顺理成章"的故事。与传统童话相对拘谨的艺术思维模式相比较,这类异想天开的极富想象力的作品显然更容易与当代儿童的阅读趣味相吻合。

二是艺术想象力的解放最大限度地张扬了儿童文学的游戏精神。彭懿的"热闹体"童话中的许多人物、故事、情节、环境等等都经过了大幅度的变形和夸张,犹如漫画和闹剧,给人以强烈的新奇感、怪诞感和滑稽感。同时,人物的大幅度运动,情节的大开大合,情感的大起大落,更增添了童话的热闹气氛。这种上天入地、无拘无束的叙事策略和情节运动,展示了一种自由、活泼的现代美学心态。我想,它们应该能够满足当代儿童读者的游戏欲望和追求新鲜、刺激的审美心理。

三是在审美心理方面确立了"释放"(宣泄)的功能观。传统童话重道德教化而轻心理疏导,因而缺乏对童话之于儿童心理的审美宣泄功能的认识。儿童社会学、儿童心理学研究表明,处于现代快节奏的竞争社会中的儿童,实际上也处于各种各样的心理压力和重负之下,他们同样有程度不同的心理压力和焦虑。因此,儿童读者实际上常常需要通过文学阅读来排遣心中的烦恼和焦虑,释放郁积的情感。对此,彭懿有着充分的艺术敏感。在系列童话集《爸爸的秘密摄像机》中,彭懿展示了父子之间监视与反监视、限制与反限制等等的矛盾和冲突,并且通过神奇、夸张、诙谐的故事讲述,最直率地道出了儿子们的困惑、委屈、苦恼和不平,最充分地表达了儿子们的智慧、愿望、幻想和欢乐。我相信,当代儿童在现实生活中无法实现的愿望,往往可以在阅读类似的童话时得到满足和补偿;他们在生活中郁积的情感,也可以由此得到疏导和释放。

在日本留学的六年期间,彭懿暂时停止了他的童话创作。不过,这一时期,彭懿实际上处于童话创作的一个新的艺术调整和积累时期。他在东京学艺大学选择学习研究"西方现代幻想文学"这一课题时所涉及的种种创作、理论现象,无疑给了他丰富的艺术美学滋养。1994年,获得教育学硕士学位的彭懿回国后连续写作并出版了两部长篇幻想小说《与幽灵擦肩而过》《半夜别开窗》(均由作家出版社出版)。这两部奇特的作品引起了文学界的广泛关注和好评。几乎与此同时,彭懿重操旧业,在童话创作中再试身手,创作了长篇童话《疯狂绿刺猬》和短篇童话《红雨伞·红木屐》(均收入了本文集)。

这一长一短两篇童话作品,与作者前期的童话创作相比发生了重要的变化,它们透露了彭懿童话的新的艺术走向。两部作品一方面保留并强化了作品基本叙事构成的真实感和现场感,如《疯狂绿刺猬》描述"校园暴力"现象时的那种残酷的真实,《红雨伞·红木屐》所渲染的异国他乡雨日黄昏里的都市场景和氛围;另一方面,它们又异曲同工地突破了生与死之间、实境与幻境之间、人类与异类之间、现时与历史之间等等原本畛域分明的界限,实现了一种全新的童话时空构建。作品中不时飘来的缕缕淡淡的神秘、恐怖氛围,令人产生一种紧张好奇、欲罢不能的阅读心理体验。此外,作品的主题力度以及凄艳、凝重的叙述语言系统等,都比作者前期童话作品所设定的叙述基准有了明显的变换和推进。

毋庸讳言，彭懿新近表现出的童话创作灵感在相当程度上是从他沉浸数年的西方幻想文学那里获取的。不过，对于中国当代童话创作来说，彭懿的艺术借鉴和发挥却是极有价值和意义的。因为这种借鉴和发挥不仅仅为我们打开了一扇窗口，而且在新的时代背景和文学环境中为中国童话的艺术创造展示了一种深具潜力的艺术可能。

对于彭懿新近的艺术努力，我是抱持着激赏态度的。回想起来，彭懿早期那些被归入热闹派的童话作品乃是一次热烈的童话美学运动的产物，而如今，彭懿所提供的文本类型在中国当代童话创作行为中则更具有一种独立的探索和示范意义。

当然，如何创造出更为完善的文本，仍然有待作家们的努力。

这部童话文集所呈现的作品，对于20世纪80年代和90年代的中国童话来说都是富有代表性意义的：它们不仅展示了80年代最具有影响力的热闹派童话美学运动中一位极具知名度的青年作家个人的富有生气的创作成果，而且记录并预示了90年代后中国童话创作的某些值得注意的艺术动迁现象。我相信，无论对于孩子还是成人来说，《彭懿童话文集》都将是一部饶有兴味、富有启迪性的作品集。

我还相信，在一个即将到来的新的世纪里，童话仍将一如既往地承担起传达人类精神追求和诗意渴望的艺术天职，童话仍将以她永恒的诗性的光芒和遐想的魅力温暖、滋润着绵延的人生。

或许，穿越童话迷宫的阿里阿德涅彩线就在我们每个人自己的手中。

（原载《彭懿童话文集》1—4卷，明天出版社1997年版。）

常新港的艺术世界

一

常新港出生在渤海岸边一个温暖的港口城市。九岁那年,他随父亲到了北大荒。十多年以后,当他提笔为少年朋友写小说的时候,北大荒这片粗犷的带有野性和原始魅力的土地为他的文学想象提供了独特而辽阔的艺术空间。命运的磨难终于成为文学生命的一笔财富,这不能不说是生活对一位作家的最好的回报和补偿。

是的,常新港的艺术激情和灵感来自对北大荒生活的眷恋。在作者的笔下,北大荒不再遥远、不再陌生——这实在是因为常新港太熟悉那片土地了。有人称北大荒是片神奇的土地,常新港却说:"我认为它不神奇。我常把森林比作院墙,把湖泊比作院中的一口小井,把沼泽地比作后院的一块荒地,那里存在着许多说也说不完的梦。"[1]而当常新港如数家珍地把北大荒的梦和故事说给我们听的时候,他也带给了我们一个独特的、属于他自己的艺术世界。

二

在常新港的小说世界里,北大荒首先无疑是一个特殊的地理环境,一种具体的自然背景，但是，北大荒同时也塑造了常新港小说的艺术个性和精神特征，因而，它更是一种艺术气质的感性呈现，一种文学境界的形象提示。

这是一种忧郁沉重的精神气质，一种宏阔悲凉的艺术境界。诚然，童年时代对生活、对大自然的诗意的感觉曾经带给常新港以无尽的幻想和欢乐。康·帕乌斯托夫斯基说过："在童年时代和少年时代，世界对我们来说，和成年时代不同。童年时代阳光更温暖，草木更茂密，雨更丰沛，天更苍蔚，而且每个人都有趣得要命……对生命，对我们周围一切的诗意的理解，是童年时代给我们的最伟大的馈赠。"[2]但是，当常新港回首往事时，他的情感是复杂难言的。生命记忆深处泛起的更多的是早熟的孤独感和艰辛的生活体验，尽管其中也隐约沉淀着儿时的天真的快乐和稚气的梦幻。因此，他的笔锋常常是冷峻、凝重的，他的小说世界常常笼罩着一种阴郁、凄苦、苍凉甚至悲壮的艺术氛围，而在这个世界中生存、摔打、活跃着的小主人公们，也就把一种北大荒式的粗犷而刚强的性格展现给了读者。在人们感叹当代少儿文学甜美、阴柔有余而雄健之风、阳刚之气不足时，这股"常新港冲击波"显然是具有特殊的意义和力量的。

常新港小说中最早引起读者普遍注意的，恐怕是他那篇首次被选入《儿童文学选刊》的《回来吧，伙伴》。小说中全子为了换钱给妈妈抓药治病，与两个伙伴一起上山采榛子。他们遇到了马蜂的侵袭、迷路的困扰，黑夜、饥渴、寒冷也交相威胁着他们。终于，在凶狠的黑熊面前，在生与死的临界点上，全子把被马蜂蜇得眼睛已经什么也看不见的同伴推上了树，自己却葬身熊腹！这篇小说峻洁的艺术质感和浓郁的悲剧气氛,几乎成为常新港后来全部作品的基调。我们看到,他的小主人公们面对的是生活的贫困与磨难,他们稚嫩的双肩过早地挑起了沉重的生活担子。因为穷困,潘根兄弟远走他乡去淘金子(《第一百零一座草棚》);为了筹一笔爷爷奶奶的迁坟费,霍东跟着粗野而可怜的父亲进山打猎(《儿子·父亲·守林人》);还有彭大手、"破笛子"们(《有这样一个村庄》)……艰苦的磨难让他们早早地踏上了人生之路。他们活得艰难,甚至足够悲壮和惨烈。"破笛子"的父亲将村上人托他卖黄烟所得的钱全部吞下,一去不回头;母亲后来也疯了。可怜的"破笛子"在人们的冷眼和欺侮下苦苦挣扎,"一个人放羊,还种着地",只有一根不知从哪儿捡来的破笛子终日陪伴着他。当其他孩子因玩鞭炮引起火灾而吓哭了时,"'破笛子'出现了。他奔跑过来,瞪着一双大眼,左右一看,飞跑到一个脏水坑里,跳进去,扑腾了几下,带着一身湿漉漉的水,扑到火跟前,将身子一横,像放倒了一根木桩,就躺在火里了,石磙子似的,在火上滚了起来……"火扑灭了,"他从地上捡起笛子,看见笛子的半边已被火烧焦了,发黑了,心疼地擦了一下,默默地转过身去……"一个几乎根本不被人们放在眼里的孩子,又有多少人能理解和看重他那惨烈的举动呢。"破笛子"的境遇因而更透露出几分沉重和悲凉的意味。最后,这个渴望有正常的父爱和母爱(或许还有一个正常人应该获得的全部的人间之爱)的少年为了给病中的"土豆大叔"打一条鱼,跑到了几十里外的湖里,却不幸在寒流的侵袭下冻死湖上。在常新港的小说里,这种悲壮凝重的描写不时出现,正如有的研究者所说,伤残死亡在常新港的作品中已不再是偶然的因素,而成为他反复抒写的主题。可以说,正是这些笔墨,典型地凸现了常新港小说忧郁、悲凉的精神气质和艺术情调。

在常新港笔下，北国少年表现出诚实、直率、倔强、彪悍、勇敢、豪爽的品格，尽管北大荒同时也把某种粗鲁、野蛮的习性赋予了他们。当霍东发现父亲在打猎而无收获的困窘之下偷了好心的守林人那张珍贵的狐狸皮时，他毫不犹豫地把真相告诉了守林人；"我"不顾一切从那些想吃牛肉的人们的刀口下救出了老牛"尤特兹"，表现出对一切生命的怜爱同情之心（《黑色的尤特兹》）；他们也不时会有一些粗野的行为，会来那么一些恶作剧……所有这一切，构成了一幅笔触冷峻凝重而又充满生机和情趣的艺术画卷——这便是常新港向我们展示的艺术世界。

三

常新港小说不仅表现出一种特殊的精神气质和境界，而且也潜藏着作者对生活、对命运、对人生的理解。这种理解是内在的、不露声色的。我以为，这些作品中有两个最基本的主题，这就是：从生存的困顿和艰辛走向精神和性格的成熟，因精神和心灵的阻隔而渴望沟通和理解。这两个主题成为常新港小说人生内涵的两个基本的支撑点，并为他的作品带来了一种内在的力度。

如前所述，常新港的小说世界常常笼罩着一种悲凉的气氛，少年主人公的生存状态充满艰辛。然而，对于作者来说，他更着力表现的是他的小小男子汉们顽强的生存意志和在生活的逼迫、启悟下走向成熟的艰难过程。在《一个普通少年的冬日》里，这种过程描述得很耐人寻味。"我"15岁时，父亲给我下了一个定论："你15年白活了！"那么，这15年里我干了些什么呢？三年级时，我把妈妈要我买的一斤醋一口一口地喝完了，然后拎着空瓶子回家跟妈妈说："钱丢了！"六年级时我学会了挑剔自己的老师；再后来我连最后一次加入少先队的机会也失去了；我爱打架，尽管常常被人打得鼻青脸肿；我为了报复他人一连点火烧了三家的柴草垛，其中两家竟完全是代人受过，为的是不让被报复者怀疑是我干的……然而，在异常繁重而严酷的共同的体力劳动中，我同父亲的相互敌视和情绪对抗渐渐消融，我第一次真正地被父亲打动了：

  我忘不掉，空旷的雪野地，父亲缩在豆秸垛里的身影。

  也许，就在这无言的感动中，一种对沉重生活意义的彻悟，一种从未有过的责任感就悄悄地爬上了少年的心头。当他的伙伴再来找他，大喊"打野猪真没意思"的时候，他却不再叹息"没劲透了"，而是狠狠地说道："你如果只会说没意思、没劲透了的屁话，就不要再来找我！"

  这是来自生活自身的令人铭心刻骨的感悟，一种让人辛酸、让人沉思的少年式的成熟！

  学会生存、走向成熟，这是常新港带给我们的一个沉甸甸的命题。

  渴望沟通、渴望理解，这是常新港钟爱的又一个主题。他常常不惜用最残酷的方式来表现不被理解的少年心灵的极度痛苦和由此造成的悲剧性结果。那篇曾经得到过广泛瞩目并获得中国作家协会首届儿童文学奖的小说《独船》，描述的便是这样一个令人揪心的故事。少年石牙渴望合群和友谊，也渴望父亲能理解他的内心要求和愿望。然而，在生活中变得异常自私、冷酷、狠心、孤僻的父亲张木头却宁愿离群索居，在小河边厮守着独屋、独船、独子度日。他粗暴而专断地拒绝了石牙的合理要求。在张木头的影响下，石牙遭到了同学们的误解和羞辱，被逼上了孤独、与同学隔阂的境地。为了摆脱孤独，获得同学们的友谊和尊重，石牙顶住了父亲的训斥和痛打，尽了最顽强的努力。最后，这位少年孤独者毅然划船去搭救落水的同学，并在这最后的渴望和努力中献出了自己的生命。而痛失儿子的张木头这才幡然悔悟，但悲剧终究已经发生了！为了寻求沟通和理解，石牙做出了最悲壮的努力，付出了最惨痛的代价。类似的不幸还发生在许多孩子的生活中。《他和他永恒的朋友》中那个失去了双眼和双腿的孩子多么渴望与外面的世界交流啊，但是残疾切断了他通向世界的一个又一个通道。终于，鸽子"小白"成了他永恒的朋友。可是，好心而不知情的陈大爷和妈妈却把"小白"做成了一道好菜给他吃。这好意的举动带给残疾孩子的却是巨大的伤害！作者用这种令人震颤的方式呼唤着心灵的沟通和理解。在少年儿童的心灵和精神世界还常常被误解、常常遭委屈的社会里，这种呼唤难道不应引起人们尤其是大人们的警醒吗？

四

常新港小说油画般凝重、冷峻的笔触常常令我们想起北大荒那深沉的黑土地和同样深沉的北国少年。毫无疑问，这是常新港艺术世界的基本色彩。不过，在另一些时候，常新港也会变一种色彩，换一副语调。这就使他的小说世界在保持其内在气质和情绪的统一的同时，还呈现出一种外在表达方式上的变化与灵活性来。

例如，在《一个普通少年的冬日》中，当"我"叙述自己无聊、荒唐和恶作剧的经历时，作者就更多地使用了一副戏谑、调侃甚至有些滑稽的自嘲腔调：

> 我的对手如果是比我壮的孩子，我们一交手，我的双腿就不听使唤，而脚常常被对方抡得离开地面，然后姿势难看地摔躺在地上……
>
> ……我那次被打得极惨，衣服扯烂了不说，门牙被硌掉了半颗，使我这颗牙拔不得也镶不得，影响我一生的美观。

而在《他和他永恒的朋友》中，作者则用了那种温婉、抒情的语调来讲述那个残疾孩子的渴求、幻想、欢乐和忧伤："声音越来越近，那是鸽群在天空用翅膀扇出的音乐。鸽群里有他离不开的好朋友、永恒的朋友。他尽管看不见，可他还是把脸仰向天空，苍白的脸上露出等待和深情的笑意。"在《麦山的黄昏》里，"我"深深怀念着那个金色的黄昏里所感受到的友情和欢乐，也忘不了那粗暴的呵斥和盘问。于是，作者的叙述笔调是峻洁而富有生气的，又不时透露出动人的忧郁和失落后的感伤："那个黄昏过去，我不再爱讲故事了。"留给读者的，则是淡淡的愁怨和悠长的回味。

于是，我们也可以说，常新港的艺术世界是独特的，它的色彩也并不是单一的。

而且，谁能料定今后常新港不会把他的艺术天地开拓得更开阔一些呢？

(原载《少年世界》1990年第6期)

注 释

[1] 引自常新港:《未来》,南京:江苏少年儿童出版社,第12辑第104页。

[2] 参见[俄]康·帕乌斯托夫斯基:《金蔷薇》,上海:上海译文出版社1988年版,第22页。

教师笔下的少年形象
——谈余通化儿童小说形象塑造的特点

近几年来，儿童小说正以新的面貌，获得她在儿童文学领域中应有的地位，涌现出一批富有创作才华的儿童小说作家。令人欣喜的是，这些作家中有不少人直接来自教师的行列。他们怀着满腔的热情，提起笔来为孩子们写作；他们以自己的创作，为儿童小说带来了新的活力；他们的许多作品，受到了孩子们的褒奖和欢喜。

余通化同志，就是这样一位正在为越来越多的小读者们所熟悉的教师作家。当他在1978年第6期《少年文艺》上发表处女作《全数通过》(后被选入《1949～1979上海儿童文学选》)时，他就以对学校生活的敏锐的感受力而受到人们的注意。四年多来，余通化同志还在《少年文艺》上先后发表了《同学》(1979年第10期)、《聪明的人》(1980年第5期)、《一个团支部书记的苦恼》(1980年第9期)、《勇气》(1981年第6期)、《失群的雁》(1982年第9期)等儿童小说。这些作品发表以后，受到了小读者们的热烈欢迎。许多小读者称他是"我们的知心朋友"，说"你的作品说出了我们的心里话"。毫无疑问，这是小读者们对余通化同志和他的作品的真挚而宝贵的评价。

作为一名教师作家，余通化同志的作品有着自己的特点。这些特点，我认为最集中地表现在作品的形象塑造上。本文试图通过对上述作品的分析，谈谈笔者在这方面的粗浅认识。

文学，尤其是小说的成就如何，总是与是否成功地塑造了人物形象密切相关的。成人小说如此，儿童小说亦然。优秀的儿童小说，有哪一部不是与其中成功地塑造的人物形象的名字联结一起的呢？当小读者们翻开《铁木儿和他的队伍》《我和小荣》等作品时，迎面向他们走来的是铁木儿、小荣这些勇敢的小英雄的形象；当提起《最后一课》《罗文应的故事》等作品时，小读者就自然会想起那个平时爱逃学，然而在就要失去学习祖国文字机会的时候而懊悔不已的小弗朗士的形象，那个虽有理思，可是缺乏自制力，最后在温暖的集体的帮助下克服了缺点而得到转变的罗文应的形象。正是这些形象的力量，激荡着小读者的心灵，使他们受到鼓舞，受到教育。无怪乎20世纪40年代苏联卫国战争期间，千百万少年儿童掀起了轰轰烈烈的"铁木儿运动"，50年代我国许许多多少年儿童曾经从罗文应身上获得了改正缺点的勇气。因此，那种认为儿童小说作者只要编好故事情节，而无须在人物形象的塑造上下苦功的看法，从根本上说是错误的。

每当读完一篇余通化的儿童小说，掩卷沉思的时候，我的眼前总会闪现着作品中描绘的一个个少年的身影。我感到，作者是力求在作品中塑造真实可信的当代新型少年的形象的。从《全数通过》到《勇气》《失群的雁》，作者为我们提供了一系列当代少年的艺术形象。由于他既是以一位教师的身份来从事儿童小说的创作，又是以一位作者的身份来观察、感受生活，所以，他笔下的少年形象总是带着自己的特点。

富于时代特征，是余通化笔下少年形象的第一个特点。

少年儿童并不是生活在真空世界或世外桃源里的，时代的风云变幻、兴衰沉浮，必然会给他们的生活带来这样或那样的影响，并且在很大程度上塑造着他们的性格。成功的儿童小说，大都塑造了富于时代特征的人物形象。余通化在自己的创作中，也力图把握人物的时代特征，塑造了一系列富于我们时代色彩的少年形象。

在《全数通过》里，作者写了一个优秀少年任学锋的形象。小说的背景是粉碎"四人帮"以前的1976年上学期，中一（5）班的学习委员任学锋是一个各方面都优秀的学生，借一位男同学的话说就是：他"守纪律，爱护公物，肯帮助人，学习成绩全班第一；体育也不赖，上次运动会得了个一百米第二名呢！——缺点嘛，我看没有什么缺点，就是，许多人说他是'小绵羊'！""小绵羊"，这是一顶那个年头在学校里多么流行的"帽子"啊！任学锋何以会被戴上"小绵羊"的"帽子"呢？原来，上个学期评选三好学生时，任学锋在班里获得全数通过，可是学校革委会却没有批准，原因是：任学锋没有"反潮流"精神，头上没有角，身上没有刺，是个"小绵羊"。在当时的社会环境下，像任学锋这样的少年学生，还是无法对现实采取抗争态度的。作者没有脱离时代去拔高小主人公思想性格的基点，而是准确地表现了他心里的迷惘和思索，塑造了他忍耐而不消沉、坚定而不屈从的性格特点。应该说，这是具有一定时代特征的人物形象。

但是，《全数通过》之所以引人注目，主要是因为提出了"什么样的学生才是真正的三好学生"这样一个在当时看来十分敏感的问题。这篇小说的人物性格还不够鲜明，形象也比较单薄。尽管如此，这毕竟是余通化儿童小说创作的一个很好的起点。更可喜的是，作者没有在自己熟悉的学校生活面前止步，而是紧紧跟着时代的步伐，深入观察我们的时代给少年学生的精神面貌、思想性格带来的深刻变化，同时也不回避少年学生中出现的新的问题,在塑造具有我们时代特点的少年形象的道路上迈出了坚实的步伐。

1980年第9期《少年文艺》上发表的《一个团支部书记的苦恼》,写了高中一年级的团支部书记朱建敏为个别团员不顾组织纪律,拿原则做交易的不正之风而产生的苦恼。作品写的仅仅是一位班级团支书的苦恼吗?不,这中间包含着众多的社会内容!作者将朱建敏这位团支部书记放在令人苦恼的位置上,是有时代和社会的内容作为背景的。

值得注意的是作品还塑造了父亲的形象,虽然笔墨不多,却很令人寻味。父亲是厂党委委员、车间主任。他是在朱建敏最感到苦恼的时候出现的,他的启发、支持,给了朱建敏信心和力量。父亲的形象(还有作品中其他一些形象)无疑代表了我们时代的势不可当的扶正祛邪的力量。所以,作者虽然没有写到给朱建敏带来苦恼的那些事件的最后解决,却使读者看到了团支书的苦恼一定会解除的现实性和不正之风必将被彻底清除的历史趋势。当朱建敏满怀信心地决定再去找入团志愿书未能通过的周舟去谈心的时候,读者不是也可以受到那正义力量的鼓舞,看到那希望之光的照射吗?这一切,正是因为作者深刻地把握了我们时代的本质特点,把握了人物的时代特点的缘故。

《勇气》塑造的刘丽华是一个更有光彩的形象。《全数通过》里面的任学锋,面对现实还无能为力;《一个团支部书记的苦恼》里面的朱建敏,面对不正之风更多地感受到的还是苦恼、彷徨;而《勇气》里的刘丽华,则是一个敢于怀着极大的勇气向落后现象进行挑战和斗争的少年形象了。乍看起来,小说似乎没有摆脱写男女同学的关系这个老套套,细细探究,却不完全是那么一回事情。作品中的刘丽华热情、爽朗，敢说敢做，在她身上，一种充满朝气的代表未来的素质在形成。她冲击的何止是一条横在男女同学之间的界限，她也是在冲击着根深蒂固的旧的传统观念和陈腐不堪的流俗！因此，这个形象具备了较丰富的内涵。刘丽华身上所表现出来的素质，并非自天而降，而是时代的产物，是时代所需要的，因而，也是必然有广阔的发展前途的。

在以学校为环境塑造儿童形象的同时，余通化还注意把笔触伸向更广泛的领域。《失群的雁》写了李薇薇为同学们同自己疏远而感到的烦恼，其实，作者在这里提出了一个学校、家庭（也应包括整个社会）应该如何对待那些学习尖子的问题。对于成绩特别优秀的学生，学校、家庭给予种种特殊照顾的情况，在现实生活中并不罕见。这是关系到如何培养下一代全面、健康发展，如何在少年儿童的心田里撒下精神文明的种子的大问题，不可等闲视之。薇薇这个孤独者，并非天性使然，更主要的是一种偏见和错误的教育方法把她推入了孤独、冷漠、痛苦的深渊。她的天性需要合群，需要同学们的友情和集体的温暖，而不是宠爱、包庇和特殊的照顾。从某种角度来看，李薇薇是一个同谢惠敏（刘心武：《班主任》）有同等意义的形象。当我们早就认识到并努力去拯救谢惠敏那样被过去的岁月扭曲了心灵的孩子的时候，我们能够再去制造李薇薇这样的新的被扭曲了心灵的孤独者吗？我们能够漠视李薇薇在孤独的深渊里发出的"不要包庇，我不要包庇"的强烈的呼声吗？我们能不去拯救她并制止类似的悲剧再度发生吗？作者塑造的这个形象，在特定的历史时期是有其现实意义的。

综观余通化笔下的这些形象，我们深深感到，作者在塑造我们时代的新型少年艺术形象道路上不懈追求的精神,是十分可贵的。他在自己的作品中,发掘了少年一代中形成的具有无限生命力的新的品质和性格,真实地再现了他们的内心世界和心路历程,以及这一代少年的精神岔道,朝着不同方向变异的客观事实,而这一切,又都是富于时代特征的。

余通化笔下的少年形象的第二个特点,是具有较鲜明的性格特征。

长期以来,儿童小说创作中存在的一个较普遍的问题,就是在表现人物形象时,不注重人物性格的刻画。其实,少年儿童的性格虽然还处在不稳定的逐步形成的过程之中,但他们的语言、行动和心理活动还是有自己的特点的。就拿被称为过渡期的少年期来说,儿童心理学的研究表明,这是一个半幼稚、半成熟的时期,是独立性和依赖性、自觉性和幼稚性错综矛盾的时期,少年总是具有一种半儿童、半成人的心理,同时,每个少年还具有自己的个性。儿童小说在塑造人物形象时,就是要刻画独特的"这一个"。余通化小说中的少年形象,虽然还不能说已经具有非常鲜明的性格,但作者在人物性格的刻画上,仍然是做出了自己的探求的。

《同学》中的马雅萍,是一个刻画得比较成功的形象。小说一开始,作者就用白描的手法,把一个成绩优秀、好胜心极强,却又胸襟狭窄的少年学生的形象勾勒了出来:

> 中午,数学试卷发下来了。马雅萍像抢传单一样从发试卷的同学手里抢过自己的试卷,立刻把它掩了起来,不让别人看到分数。然后,她一个人走到壁角里,再把试卷偷偷展开来看。

寥寥数笔,非常传神,而且这些又同小说里的另一个人物包奋拿到试卷后大方地摊在课桌上认真查看的情景，形成了鲜明的对比。作品不仅抓住了人物这些富于个性的外部特征，而且还从人物的内心世界来展示人物的性格特点。当马雅萍知道包奋和自己一样，也得了 98 分的时候，作品里有一段揭示她心理活动的文字："在马雅萍看来，成绩的好坏不能光看分数的多少，而主要得看名次的高低。马雅萍就是喜欢自己永远在全班的最前面。况且，这次考试是要决定参加市数学竞赛的人选的。如果只有她一个人去参加竞赛，那有多光彩啊！"这段文字直接从人物内心来揭示人物好胜、自私又有点儿爱虚荣的心理，突出了人物的性格特点。

马雅萍无疑是一个有缺点的孩子，但作者在刻画这个人物时，没有采取简单化的办法。作为一名中学教师，作者长年生活在孩子们中间。他熟悉这些孩子、热爱这些孩子，所以他不是抱着旁观的态度披露笔下人物的缺点，更没有进行刻薄的挖苦和粗暴的指责，而是在叙写缺点的同时，也写了马雅萍身上的许多优点，例如她学习十分认真刻苦，也曾经热情地帮助同学们学习，并且敢于改正缺点等。这样，就写出了人物性格的丰富性，使人物显得有血有肉、真实可信。

《勇气》中刘丽华的形象，以她那热情爽朗、勇敢坚定的性格而放射出独特的光彩。作者在塑造这个形象时，注意突出她在不良现象面前不畏惧、不妥协的主导性格，但也没有把她写成一个无所不能、所向披靡的人。她也有受气、被侮的委屈和苦恼。她曾在内心空虚的同学放肆的恶作剧面前"脸羞得像一块烧红了的烙铁"，也曾在向陈腐的流俗妥协的同学莫名的发火面前变了脸色，猛地转身跑开。然而，她身上已经形成的新的品质和性格，毕竟还是给了她巨大的战胜落后现象的勇气，也正是在同那些落后现象的斗争、撞击中，她的性格才迸射出耀眼的光彩。在作者塑造的少年形象中，刘丽华无疑是最受读者喜爱的人物。

当我们细读余通化的儿童小说时，就会发现作品在塑造形象方面的第三个特点，即富于儿童情趣。

这里的儿童情趣，即是少年儿童的想象、思想、情感等心理状态及与之相应的语言、行为在刻画人物形象时得到的艺术反映。在儿童小说中塑造儿童形象、儿童情趣是必不可少的因素。缺乏儿童情趣，少年儿童形象就往往会被写成"小大人""小干部"。这样的形象，就不会是成功的艺术形象了。

但是，儿童小说塑造少年儿童形象要做到富于儿童情趣，却不是轻而易举的事情。因为儿童情趣来自少年儿童的生活，不熟悉少年儿童的生活，不了解少年儿童的思想感情和心理特点，是不可能做到这一点的。余通化从事教育工作多年，他不仅熟悉一般的学校生活，而且熟悉少年学生的心理特点，所以他笔下的少年形象，充满了少年学生特有的情趣。

例如，究竟什么样的人才是聪明的人，根据人们不同的生活经历、思维方式等，回答是不同的。对于抽象思维在很大程度上还处于经验型水平的初中学生来说，他们会怎样看这个问题的呢？在《聪明的人》这篇小说中写到的陈国勇等好些男同学眼里，"聪明不聪明主要看两条：一是看平时用功不用功，平时用功的，成绩再好也不稀罕，平时不用功成绩又好才算真本领；二是看考得快不快，迟迟交卷的考个高分也没啥了不起，最早交卷的即使分数低了些（当然不是不及格）也光彩！"因此，他们佩服的是平时既不用功读书，考起试来又常常第一个交卷的"聪明人"金辉，而就是不佩服每次考试成绩都在90分以上的学习委员何娴娴。"是啊,何娴娴有什么了不起,她成绩好是'啃'出来的,考试时又那么慢,做好了还要看几遍,这算啥聪明!"这是多么符合少年初期学生心理特点的描述啊!

陈国勇佩服"聪明人"金辉,便处处学金辉的样子:金辉说自己从来不复习功课,陈国勇就照着去做;金辉主动提出语文考试看谁考得快,结果陈国勇落在金辉的后面,第二个交了试卷,他也学着金辉的口气高喊:"第二!第二!"这些描写,把一个模仿力和好胜心都很强,然而毕竟还不成熟的少年形象写活了。少年期学生自我意识的一个特点是,他们已经能够更自觉地评价别人的和自己的个性品质。但是,和青年或成人比较起来,少年评价别人的和自己的品质的能力还是不高的,而且是不稳定的。小说中的陈国勇就是这样。最后如何呢?平时不认真复习功课,这样的"聪明人"怎么可能获得好成绩!陈国勇的语文考试只得了58分,而自称从不复习功课的金辉,却得了85分!

其实,金辉这个小家伙也不是陈国勇他们心目中那样的"聪明人"。他口头上常说自己从来不复习,可是刚跟陈国勇约好回家后不为第二天的数学考试进行复习准备,一回到家却马上复习起来,结果被陈国勇撞见,好不狼狈!这极富儿童情趣的一笔,把金辉这个"聪明人"的老底揭穿了。在学习委员何娴娴的帮助下,在事实面前,这两个一心想当"聪明的人"的孩子,终于聪明起来了。

作者塑造的这两个少年形象,语言、行动和心理活动都很符合他们的年龄特点。同样,《失群的雁》中的李薇薇的形象,也很富于儿童情趣。她是一个因为成绩特别优秀而受到老师、家长溺爱和照顾的学生。在学校,她可以得到老师的特殊辅导,可以不和同学们一起参加劳动而留在教室里做习题；在家里，她从妈妈那里得到了比妹妹更多的疼爱。起初，她曾为此感到自豪、感到光荣。然而，她毕竟是个孩子，后来，当她逐渐失去同学们和妹妹的友谊和尊敬时，她感到了孤独，她陷入了苦恼。回到家里，她沉着脸一声不吭。这时，妈妈愈是偏袒她，她愈是感到苦恼；妹妹愈是不服她，她愈是感到孤独。但是，李薇薇这个女孩子，怎么才能摆脱失群的苦恼，重新回到同学们和妹妹中间呢？终于，当妈妈说"就算我包庇你"时，她挣脱了妈妈搭在她肩上的手，竟冲着妈妈嚷起来："谁要你包庇啦？谁要你包庇啦？……我不要人家包庇，谁也不用来包庇我！谁也不用来包庇我！……呜呜，呜呜……"她竟伤心地哭出声来。这完全是孩子气的语言和举动，大概也就是李薇薇所能采用的唯一反抗办法了吧！

余通化同志带着自己作为教师和作家的双重的责任感，塑造了一系列既富于时代特征，又有比较鲜明的个性特点，富于儿童情趣的少年形象。他笔下的人物形象，不是抽象的概念或主观意念的化身或传声筒，而是来自熟稔的学校生活，因而总是让读者感到亲切自然、真实可信。我们为余通化同志在为孩子们创作的道路上已经迈出的步子而感到高兴，同时更祝愿他在今后的创作实践中塑造更多新的美的少年形象！

（原载《宁波师专学报》1983年第2期）

文学盛装年代的个人表情
——论张婴音的小说创作

一

差不多20年前，中国儿童文学界逐渐孕育和生长着各种丰饶而又芜杂的艺术欲望。很快，在这些艺术欲望的膨胀和推动下，中国儿童文学以罕见的盛装扮相，开始了一个以"突围"和"实验"为主要内容的艺术出演时代。张婴音也是在那个时期悄然加入那场令人忘情和激动的盛装演出的。登载在1982年第2期《小学生》杂志上的《发生在星期天》，是她发表的第一篇儿童小说。

今天回头来看张婴音最初的文学亮相，我们不难看出其艺术"动作"和"表情"还带有某些稚嫩的痕迹。张婴音自己在给我的一封信中也曾坦率地认为这篇小说"现在看起来实在太幼稚"。小说叙述的是一个孩子的愿望与长辈的愿望发生冲突的日常故事，主题发掘并未见出惊人之处，情节设计和故事讲述也相对平实。总之，与当时一些出手不凡的文学新人比较起来，张婴音的文学出场和亮相实在是并不引人注目的。

不过，这篇小说也隐隐向我们预告了作者后来创作中所逐渐显示出来的一些重要而独特的文学思考和艺术气质：关注"错爱与抗争"的家庭（学校）关系结构，表达代际沟通与理解的人文化的教育理念，青睐幽默、流畅的轻喜剧式的叙述风格，重视丰富而生动的细节设计和叙事策略的运用……从这个意义上说，《发生在星期天》仍然是作者值得我们重视的一次艺术出场。

二

1984年和1985年，张婴音先后在上海《少年文艺》上发表了两篇引人注目的小说《后脑勺》和《计划之家》。其中《计划之家》很快就入选当时极具影响力的《儿童文学选刊》。可以说，这两篇小说呈现了典型的张婴音式的文学感知空间和叙事偏好。

《后脑勺》中的李小彤是一个在父母和班主任心目中老实听话、守纪律、负责任、集体观念强的乖孩子。老师的"偏袒"和父母的"严格"不仅使李小彤的天性受到极度的压抑，而且也导致了同学们对他的不满和嘲弄。作者用轻巧而流畅的故事讲述，塑造了一个惹人发笑又令人同情的灰色的"小人物"形象。小说中关于"后脑勺"这一绰号来历的描述是极其精彩而传神的。学校组织大家去参观小学生画展，回来后孙老师让同学们谈谈都看到了什么，有什么感想。轮到李小彤时，他支吾了半天才说："我，我看到了后脑勺。"在大家莫名其妙的时候，李小彤可怜巴巴地解释说："出发时，老师说，叫我们不要东张西望，后面的人要看着前面的人的后脑勺，我就看着陈小芳的后脑勺，其他什么也没看到。"这一细节夸张、诙谐而又不失其冷峻的现实感、灼痛感，是当代儿童小说中最令我难忘的细节设计之一。

《计划之家》也是一篇流畅好读的小说。暑假就要到了，伙伴们开始制订美妙的暑假计划。那么"我"呢？"我"的爸爸"是一个工厂的计划科科长，擅长订计划。在家里，他也全给我们订了计划。妈妈有'学习电子技术'的计划；外婆有'学习烹调'的计划；我有作息计划、复习功课计划；他自己有读书计划、读报计划、家务计划；每个人还有如何订计划的计划，如何督促各人执行计划的计划……"结果，爸爸帮我制订了一个暑假计划，外加一个如何执行计划的计划。而孩子们渴望自由而丰富的暑假生活，他们按照自己"没订计划的计划"，凭借他们的天真和智慧，度过了一个多彩而又富有收获的快乐的暑假。

我们注意到，作者的文学知觉空间常常设置在"学校—家庭"这一规定情境之中，长者们的错爱与孩子们的无奈而有趣的小小揶揄和抗争，构成了作品基本的情节结构方式和发展线索。应该说，这样的题材呈现或主题表达，在儿童文学中也是比较常见的。张婴音的独特之处在于，她以丰富饱满的细节、生动流畅的叙事，来展现由于缺乏对孩子们的理解而在生活中普遍存在着的教育迷思和关爱迷误，来揭示在"关怀""疼爱""呵护"等等正当名义的掩护之下，我们的家庭教育和学校教育中普遍存在的对于孩子们的生活践踏和精神灼伤，来表达孩子们对于沟通、对于自由成长的期盼和渴望。我们会发现，在孩子们弱小而无奈的心灵和肉体之中，其实也潜藏着阵阵精神的旋涡与风暴。也许，正是作者对儿童精神真相的这种持续关注和揭示，我们被日常生活揉搓得有些麻木和迟钝的感官，才会受到一次又一次轻巧而又精确的撞击和震动。

如前所述，张婴音发表这些作品时，正值当代儿童文学进入了一个盛装出演的年代，儿童文学的观念翻新、能指革命正如火如荼地迅速突进。与那些奋激而昂扬的文学同侪相比，张婴音的出现算不得最引人注目。但是我想说，她仍然是那个时代的儿童文学所不能缺少的。她从儿童成长角度所进行的文学思考，她以细节串联成的轻喜剧式的叙事风格，在那个热烈而激昂的文学盛装年代，显示出一份相对平静、沉稳的美学心情和态度。

张婴音的这份美学心情和态度的形成，显然与她自己的成长体验和文学理想有着密切的关系。在她早期所写的一篇题为《进入孩子的心灵深处》的创作谈中，她自述："小时候是个非常淘气的姑娘……经常会做出在大人看来是十分可笑的事……后来长大起来了，我发现周围几家邻居也是这样。大人喜欢孩子，希望孩子有出息，往往把只有大人才会想出来的东西硬塞给孩子，而剥夺孩子自己的想象力和创造力。久而久之，孩子在心灵上与大人似乎隔了一道厚厚的堤坝，而大人全然不知。这是多么可悲又可怕的结果！"在写作策略上，她认为："给孩子写东西，要多一点儿情趣，少一些理念。因此，抓住符合儿童情趣的细节是很重要的，用细节来充实人物形象，人物才能活灵活现。我动用了平时的生活积累，在情趣和细节上多花笔墨。"在另一篇题为《让我也在春天里微笑》的创作谈中，她谈道："儿童文学对我的诱惑，起先也不外乎是可以获得快乐，可以大笑，可以获得梦幻般的满足……童年应该是快乐的，美丽的，应该把那份属于孩子们的快乐还给他们。这就是我写小说的本意，并且在小说中贯穿的思想。"显然，这些个人经验和创作理想也还算不得有多么独特或惊世骇俗，但是，当我们把作者的写作自述与作者的写作实践相互进行印证时，我们会强烈地感觉到，在张婴音的自述中，的确包含了她对于生活、对于童年、对于儿童文学的一份源自心底的独特体验和感悟。

三

　　张婴音不属于那种高产作家，她以差不多平均一年发表一篇小说的速度，平静而从容地行进在儿童小说的创作路途上。在很长的一段时间里，张婴音恪守着她自己对于生活、对于童年、对于儿童文学的那份体验和感悟。她的小说题材绝大多数都来自她所熟悉的城市少年儿童的日常生活；主题则以关注儿童的生存和成长状态为主，用她自己的话说就是，发出的"都是为儿童争取自我的呼吁"；在写作的修辞策略上，则表现为不断丰富的幽默和戏剧化的叙事风格。例如《聪明爸爸》《变色口红》《留守父女》等作品，都透露着张婴音式的清新和诙谐——尽管生活中有着诸多的缺陷和无奈，但生活的流动依然不乏生趣和快乐；虽然思考中夹杂着灼人的焦虑和痛楚，但故事的展开还是充满了情趣和笑意。

　　另一方面，张婴音在坚守自己的艺术旨趣的同时，也在逐渐拓展着自己的文学视阈和感知范围。例如，在发表于1995年的《留守父女》中，"我"因妈妈出国，只好与爸爸相依为命，偏偏爸爸是一个夫子气十足的书呆子："从我懂事到现在，爸爸好像从来没有笑过，看小品、看相声、看王景愚表演哑剧，我和妈妈笑得滚作一团，爸爸却一点儿不笑。有一次，我心血来潮，自己创作了一种熊猫舞，举手投足，憨头憨脑，滑稽极了，我故意去摸摸爸爸的胡子，去呵他胳肢窝，他一点儿反应也没有，就是不笑。他除了写论文、查资料、做卡片，就是看书、买书。书柜装满了，便堆到柜顶上，柜顶承受不了，书都掉下来，掉在过道上，爸爸走路就要跨过许多'书山'。他漠无表情，很耐心地一一跨过。"小说表现的不是父母与子女间的错爱式的关系与冲突，而是彼此的心性、志趣、阅历相去甚远的两代人如何在特定的家庭生活情境中相互支撑、调适、温暖的情感故事。我曾在一篇评论文字中认为，《留守父女》中的幽默的细节、风趣的叙述，同样显示了张婴音小说所具有的叙事个性。

从整体上看，张婴音较近期的作品在总体艺术风格不变的情况下，也在做着局部的艺术充实和拓展。在《葱灯》中，作者涉足了她从未表现过的山村儿童生活题材，作品中散发着缕缕乡土文化的清纯气息。《问题女孩》则融汇了一些紧张和惊险的美学元素。作者迄今唯一的一篇中篇小说《罗老师的月亮》，在情节构架上进行了新的尝试，同时触及了今天中学生的情感生活层面。从艺术思考看，张婴音在近期作品中表达了较为丰厚的人文思想。例如，《葱灯》中关于公正对于孩子心灵成长的重要性的问题的提出，《快乐妈妈和快乐女儿》里对当今教育现实中对学生的评价体系的质疑，对多元智能观、成长价值观的呼唤等，都表明作者试图给读者提供一些新的现实感知和现实探索。对于我们来说，作者的这份努力也是值得珍视的。

说到这里，我想，我们已经可以触碰到张婴音儿童小说创作的一个最基本的情感内核了，这就是，在轻快的文学表情之中隐藏着的一种对于童年、对于成长的悲悯情怀。我以为，对童年的理解和悲悯意识，几乎是驱动和滋润张婴音艺术情感的全部心理动力和精神养分。正是这样执着的情怀，才促使她二十年如一日地迷恋于承担一个真正的儿童世界的艺术关爱者、呵护者的角色，并且乐此不疲。

也许有人会怀疑，把"悲悯"这样一个沉甸甸的词语用在张婴音小说上是否会显得不那么协调？那么我想说，当一位作家用她二十年的文学生命表达着她对于童年、对于成长的疼痛和无奈、忧伤和呼吁的时候，所传递出的不正是一种伟大悲悯的情怀吗？

尽管，作者显示给读者的文学表情是快乐的。

四

从文学履历看，张婴音属于新时期成长起来的第一代青年作家。她在一个文学的盛装年代出场，并始终以自己的个性化的文学表达呈现给读者。但是，二十多年的岁月流转，我相信，到了今天，张婴音创作上所面临的困惑和苦恼，肯定要大于她内心的愉悦和满足感。毕竟，这是一个充满了变数的时代。对于张婴音来说，她无疑也面临着在如何坚守个性表情的基础上拓展创作面貌的课题，例如，怎样在新的社会生活表象中去发现新的生活细节和故事，如何更深地切入隐藏于存在背后的真相或本质……

在我看来，一种叙事方式总是体现着、暗示着一种具体的生活形式或态度。生活之流在不经意中带给了我们许多新的认识可能和表现可能。这是生活给予作家的一份恩赐，更是生活对作家的一种挑战。

我相信，张婴音会有一种新的继续，或者，会有一个新的开始。

（原载《中国儿童文学》2004年第2期）

文化纷扰时代的理性坚守

米兰·昆德拉有一次引用过一句犹太谚语："人们一思索,上帝就发笑。"这句谚语轻巧而残酷地道出了人类理性和思考的某种无奈、尴尬的处境,但是,富有理性和思想能力可以说是人类生存的基本精神特征之一。对于作家(包括少儿文学作家)来说,他在创作中也总是要面对、议论、把握、思考些什么,不管这些思考是冷静含蓄的,还是热烈尖锐的,是浮浅表面的,还是深刻有力的。读李开杰的少年小说,我就更加相信了这一点。

大体说来,李开杰的少年小说作品总是保持着一种对于现实,尤其是对于当代少年儿童的生存现实的强烈的关注姿态,同时,我们也很容易从中感受到作者的那种既十分突出又富有节制感的理性气质。20世纪70年代和80年代初的少年小说曾经有过一个充满了问题和思考的"理性"时代。我当时曾在一篇文章中认为:"新时期儿童文学带有明显的'思考'特征,一个又一个问题出现在儿童文学作品中,就仿佛一个涉世未深而面对生活的斑斓多变的少年在低头沉思。"但是不久后,随着80年代少年小说作家美学趣味的某些微妙变更,强烈的思考姿态和理性气质,已不再是此后少年小说创作的总体和主要的特征,而是成了局部的、个体作家的艺术保留或追求——李开杰的小说文本基本上便属于这种情况。

不过,与20世纪七八十年代之交少年小说的理性姿态相比,李开杰的小说思考便相对显得内敛和不露声色了。他不是在作品中声嘶力竭地发布自己的思想和观点，而是借助对现实生活的较为独特的截取和叙述，来构成小说的思考方式，也就是说，进入李开杰小说的故事本身，往往已经经过了作者思想目光的拣选。随着故事的展开，我们会感到一种隐伏于故事层面的思考张力。

《黄昏两小时》中的主人公小睿的故事就很耐人寻味。在妈妈的眼中，小睿是一个聪明、热心、对世界充满好奇的孩子。小睿关心的不仅仅是书本中的世界，同时也渴望融入自己生活的现实之中。当作家的爸爸虽然对小睿有更多的理解，但当小睿表现出对周围的世界，对她生活的那个由两排平房组成的二十多户人的院落的关注和兴趣时，爸爸却"连连挥手""讳莫如深"。因此，爸爸、妈妈都出去值班的那个星期六，小睿才拥有了她出生"十年来第一个美妙无比自由无度的"两小时。正是在这"黄昏两小时"中，小睿弄清了邻居女孩的名字；认识了能干的芸芸爸爸、会唱动人歌曲的阿姨和"看着很凶"的老大爷；也知道了住在自家后面的那个老太婆确实是位孤寡老人，她经常倾诉、唠叨的对象是她自己养的一群兔子⋯也正是在这"黄昏两小时"中，小睿感受到了生活中的琐碎与丰富、艰辛与善良、孤独与温情，有了属于自己的平凡而又鲜活的生活体验和朦胧感悟⋯⋯

这篇小说展示了当代儿童富有时代感的世相生活和性灵生活。一方面，他们常常被一条无形的绳索束缚在书本和由父辈规定的狭窄的空间之中，人与人之间缺乏自然、真诚的沟通和诚挚、美好的关怀；另一方面，孩子们又几乎是天然地具有一种交往、沟通的本能和渴望，对友情、对交流、对这个人与人构成的世界，他们有着一种自发的亲近心理和参与欲望，他们需要学习和了解比书本内容更丰富、更具体的人生知识，他们需要接触和体味更广阔、更鲜活的生活内容。于是，《黄昏两小时》这篇小说便有了一种较为深刻的启示和警醒意义。当然，这种意义是由故事暗示给读者的。

如果说小睿是我们生活中随时可以遇见的一个普普通通的邻居孩子的话，那么，在《汤圆》《班长瑞瑞》两篇小说中，作者则将眼光投向了另外一些较为特殊的少年群体。这两篇小说发表后都不同程度地引起了儿童文学界的注意。《汤圆》在《儿童文学》1993年第2期发表后入选过《儿童文学选刊》和《中国少年文学书系·小说卷》；《班长瑞瑞》在1997年第2期《儿童文学》上发表后，也引起了评论界的注意。《汤圆》中的汤圆是一个极度缺乏家庭温暖和关怀的少年，生活的运转将他带到了城市的街头，成为一名以"摸包"为"职业"的街娃。在他身上，扭曲的善良、艰难的憧憬、无奈的沦落、可恶的陋习融为一体。作品相当细致地描述了一颗单纯的心灵怎样被侵蚀和损害，又怎样在对希望的无望的挽留中成为魔鬼的俘虏。事实上，汤圆本是一个敏感而又具有美的颖悟力的纯朴的孩子，即使是在街头干着"摸包"的活儿时，他内心仍有一种对于美、对于善的执着而动人的记忆和怀念。一次，他偶尔回到自己曾就读过的山村小学，走到自己曾坐过的座位前时，"有一种很沉的失落感笼罩着他，他在那一刻突然发现自己原来是非常喜欢读书的，他真正的欢乐是在书中找到的"。然而，当他以自己的"摸技"获得哥们儿的拥戴时，当他以"摸包"的收获给贫困的家庭带来"欢乐"时，特别是当汤圆妈妈住院后，汤圆因他的"能干"而成为小城的名人时，汤圆身上的那一丝残存的耻辱感，那从小接受的一点点正面的价值观便逐渐直至彻底地消散了。这篇小说的独特之处在于，它不但展现了一名不良少年的独特的精神现象及其演变历程，而且富有深度地展示了导致主人公沦落，并最终成为少年犯的严峻而复杂的现实环境和心理背景。这是《汤圆》在同类题材小说中稍高一筹的主要原因。

与汤圆这一形象截然不同，《班长瑞瑞》中的瑞瑞则是一所中学里具有"贵族风度"的英语重点班的班长。她富有个性，卓尔不群。但读完小说，一缕异样的沉重感同样会悄悄地从我们的心底泛起。正如《儿童文学》在发表这篇小说时所附的明理的文章中所分析的那样，这是一篇比较典型的问题小说，作品采用了双重视角：站在阅历丰富的"父亲"的视角来观察瑞瑞，站在瑞瑞的视角来观察校园生活。由于这双重视角同时出现并互有交叉，因而使作品展示的生活现象具有了一定的深度。值得注意的是，李开杰在呈现当今学校生活的情状时，并未做出简单化的价值分析和是非判定，而是尽可能自然地展现实际生活中的种种矛盾、冲突、无奈、尴尬及主人公微妙的心理轨迹和精神变迁。瑞瑞从竞选班长到主动辞职，从"当了班长后觉得好累"，到辞职后逐渐变得"好轻松"，个中的意味是十分丰富难言的。这一切引出的自然不是一个简单的结论，而是一言难尽的沉沉的思考。

可以说，关注现实的理性气质表现在李开杰的整个小说创作之中。当然，具体的表现方式在不同作品中有时候会有一些具体呈现方式上的不同。例如，相对于上述几篇小说的平实的叙事而言，《枪机击断的歌》颇有些童话的色彩。作品中病魔缠身的美丽少女与窗外高大的白果树上那只美丽的，能发出很清脆的、很响亮的叫声的小鸟之间相互沟通、相互支撑，所谱写的生命诗篇，不就是一则美丽的童话吗？而那个"刚搬来的一脸霜色的大汉"在用他的双筒气枪射杀了鸟儿的同时，少女的生命支柱也就突然折断了。作者把强烈的愤懑和谴责表达得真切而又不动声色。《失去的小溪》则是一篇散文体小说。"那条短短的、窄窄的小溪，是我童年的全部美好记忆……我认为至美的一切全在那条长不到百米、宽不足两米的小溪中包着、溶着。"清亮的小溪不仅是"我"童年时代的乐园，也是"我"人生成长和精神出发的家园。小溪曾是那样美丽地塑造、滋润了一颗纯真、善良的心灵，然而，岁月的流逝和社会的变迁，竟使小溪惨遭损毁："小溪已没有了，只是那干涸的河床上偶尔一洼黑水还想证明这溪水曾经有过的辉煌。"散文化的叙事中同样有着沉重的艺术心灵。

也许，对思考的偏爱和对理性的眷恋，构成了李开杰创作的基本艺术情结。坦率地说，就时下的文坛而言，李开杰式的文学路子已经很难获得更好的艺术命运了。这是一个问题众多而文学对问题多半已失去了激情的时代。这对李开杰们大约有些不公。不过我以为，文学创作不是赶集叫卖，文学创作应有自己坚守的品质和情怀。对于李开杰来说，重要的也许应该是如何检视自己创作中的不足，如何把小说写得更加深刻、更加艺术、更加有力量。例如，就我的阅读感受而言，李开杰小说的叙述语言还显得有些单一和直白，同时也缺乏更丰富、更自然和更富有表情意味的叙事手段，作品艺术思考的深度也还可以做进一步的开掘。

在这样一个文化纷扰的时代，我格外看重李开杰小说创作中的理性坚守，我也祝愿他在今后的创作中更上一层楼。

（原载《儿童文学》1998年第6期）

情趣与理趣
——桂文亚儿童散文略说

这个题目所提示的评说视角也许并不是讨论、欣赏桂文亚儿童散文的最佳角度，但肯定会是一个有意义的角度。

桂文亚的儿童散文好读、耐读，深受海峡两岸少儿读者的喜爱（有许多事例可以为证），其原因之一，我以为是：她的作品中总是充盈着活泼天真的情趣和高雅智慧的理趣。

与许多作家所走过的创作道路相反，桂文亚是在其成人文学创作取得颇多收获的情况下决定在成人文学创作方面"封笔"，而专心投身于儿童文学的编辑和创作的。或许，正是这其中的巨大反差，使桂文亚一开始为少儿读者写作散文，就确定了相当明确的读者意识和文体意识。对她来说，为少年儿童写作散文，就意味着必须关注作品的"意旨与角度是否切合读者之体会能力与兴趣"（《散人散语》），意味着必须遵循和掌握一系列新的艺术手段和法则。

而"情趣"，活泼、自然、纯真的情趣，无疑是构成桂文亚儿童散文艺术特色和阅读魅力的一个重要因素。桂文亚的创作取材主要来源于三个方面：一是童年生活和童年情绪记忆，二是游历世界各地的见闻感受，三是对当下现实社会生活的关注和思考。其中对童年生活的回忆和述说，在她的创作中占有重要的位置。在这些回忆和述说中，作者以她率真、灵巧而又不失纯净、优雅的艺术笔触，为我们描绘了一幅幅情趣盎然、灵动幽默的童年生活图景。桂文亚曾经说过，儿童散文创作中要注意"儿童个性"。"什么是儿童个性——即人的若干'原始本能'——因此要学会呼唤自己的童年。"（《散人散语》）在这里，"儿童个性"指的是童年生命现象和童年生命本质的独特性——桂文亚的儿童散文创作正是由此确立了自身艺术哲学的立足点。而童年所特有的稚拙、纯真的生命品质，又赋予桂文亚的创作以丰腴、秀丽的情趣之美。在例如《走在放学回家的路上》《抽烟的滋味》《小调皮》《球场火拼记》《裤子》《门》等篇目中，童年故事中所拥有的意趣和情味，显示了桂文亚儿童散文独特而鲜活的生命诗意和生命美感。而这种诗意和美感，正是来自桂文亚所说的"儿童个性"。

当然，这些也来自作家自己的精神天性和美学理想。桂文亚是一个富有艺术才情和个性气质的作家，也是一个极具童心和幽默感的作家。她对生命和世界既充满敏感好奇的探究之心，又满怀着大度平和的宽容之情。她认为，童心是做不出来的，大凡幽默有趣的人、爱美的人、从事艺术创作的人，一定有童心。她还认为，幽默非常重要，幽默即宽待世界的善心。因此，在她的笔下，童年故事中的种种天真可笑的尝试、烦恼、争吵、打斗，乃至出洋相、恶作剧等等，都不仅仅只是有趣，而是表现为一种意趣盎然的生命存在方式，表现为对这种生命存在方式及其价值的充分品味和肯定。于是，这些述说便成为一种艺术、一种幽默，便拥有了一种活泼优雅的艺术情趣。

另一方面，桂文亚又是一位极富理性和责任感，喜爱观察和思考的作家。她的第一本儿童散文集叫作《思想猫》，其中有一幅作者的照片，旁边的文字说明是："沉思默想已成为每天的功课。"的确,"思想""思考""思索",可以说是桂文亚散文创作所隐含的基本的艺术姿态;"思想猫"这个既可爱又好玩的形象,也可以被认为是桂文亚儿童散文富于思考品质和理趣之美的一个最早的提示和象征。

可以令作者感到满意的是,她摆开的这种"思想猫"的架势,一开始就得到了小读者的接受和认可。台北的一位六年级的小读者说:"《思想猫》常先说一个小故事,平常我们或许也听过这些故事,却不会深思其中有什么含义,《思想猫》则会在故事讲完后,把其中的含义明示出来。而说明时又绝不会长篇大论,反而让我们在不知不觉中懂了许多待人处事的道理。"(《思想猫·小朋友看思想猫》)

从《思想猫》到《美丽眼睛看世界》,桂文亚儿童散文的艺术思考始终拥有并围绕着一个核心的、至高无上的理念,这就是"美"。可以说,对美的自然的热爱,对美的人生的向往,对美的社会的渴望,一句话,对美的世界的发现、思考和追求,构成了桂文亚儿童散文理趣之美的基本内容。这种对"美"的热爱,使她拒绝、排斥一切"不美"的事物。她批评贪婪的人们(《一定要吃那么多吗?》),她拒绝粗俗和漫不经心的工作态度(《嘿!计程车》)……而对于"美"的事物的发现、思考和期待,她又总是显得那么执着和沉醉,那么一往情深。桂文亚的近作、摄影散文集《美丽眼睛看世界》不仅是一部新颖别致、充分展示世界之美的作品,而且也是一部引导读者寻找美、发现美、创造美的充满高雅的审美理趣的作品。《美在发现》《秩序之美》《美在颜色》《自然美》《孤独美》……桂文亚热切地把自己对美的发现和思考传达给小读者。她欣赏艺术大师罗丹的名言:"美,到处都有。对于我们的眼睛,不是缺少美，而是缺少发现。"她同意哲学家罗素的说法："沉思默想是智慧慢慢结晶的过程。"她认为，现代人很少能拨出时间作从容不迫的思考，几乎把时间都消耗在无谓的忙乱中了。结果，人的聪明虽然增加了，智慧却相对减少。她告诉小读者，"沉思默想"的基础，是建筑在用心看、用心听上面。美在发现，美由心生，这就是桂文亚试图传达给小读者的理念（《美在发现》）。在《秩序之美》一文中她说："静和动的秩序，在我看来，都动人。因为无论怎么静和动，秩序本身就存在了稳定、沉着的美好特质。"在回忆了童年时代富有秩序感的家庭生活后她说："……其实我更应该怀着感谢说，我从秩序的生活中学会了自律和组织，也从秩序中感受了含蓄美的内涵。"作者用自己的全部经历、感受、热情和思考告诉读者，什么是美的人生和美的生活，怎样才能发现和创造美。

桂文亚儿童散文中情趣与理趣、叙事与议论的结合虽然并非篇篇都恰到好处，但是从整体上看，她多年来在少儿散文方面的写作经营是相当成功的。相对说来，她前期的作品较多偏重于叙事情趣的描绘，近期作品则加强了思想理趣的表达。丰富的情趣描绘使她的作品变得轻逸、秀美、灵动，睿智的理趣表达则使她的作品显得高洁、坚实、厚重。桂文亚曾说："儿童文学的'轻'是'举重若轻'之轻，'避重就轻'之轻，是'像鸟儿那么轻，而非像羽毛那样轻'。"（《散人散语》）我想说，桂文亚的少儿散文创作，是实践了她的艺术见解的。

（原载金波主编《读她写她》，台北亚太经网股份有限公司1996年版）

在感觉和想象的尽头
——桂文亚儿童散文阅读札记

在海峡两岸儿童文学界，以儿童散文创作著称的作家为数并不多，桂文亚女士是其中十分重要的一位。早在1996年，上海、北京等地儿童文学界就曾陆续举办过桂文亚儿童散文创作研讨会，我想，这在一定意义上，是否也可以被视为是对这种重要性的一个注解？

与许多作家走过的创作道路相反，桂文亚是在其成人文学创作取得颇多收获的情况下，决定在成人文学创作方面"封笔"，而专心投身于儿童文学的编辑工作和创作实践的。对此，十多年前，我在《情趣与理趣——桂文亚儿童散文略说》一文中曾经认为："或许，正是这其中的巨大反差，使桂文亚一开始为少儿读者写作散文，就确定了相当明确的读者意识和文体意识。对她说来，为少年儿童写作散文，就意味着必须关注作品的'意旨与角度是否切合读者之体会能力与兴趣'，意味着必须遵循和掌握一系列新的艺术手段和法则。"

桂文亚的儿童散文创作取材主要来源于三个方面：一是童年生活及其情感记忆，二是游历世界各地的见闻和感受，三是对当下社会现实生活的关注和思考。其中，对童年生活的回忆和诉说，与儿童的对话和交流，在她的儿童散文创作中占有重要的位置。在这些回忆、诉说和对话中，作者以她率真、谐趣、灵巧而又不失纯净、优雅的文学笔调，为我们描绘了一幅幅情趣盎然、灵动幽默的童年生活图景，创造了一种亲切自然、娓娓道来的文学对话氛围。很显然，这是因为在桂文亚的儿童散文世界中，总是有一些特别的"意旨与角度"，一些特别的文学感觉和想象，引领着我们进入并抵达一片独特的文学境域。

首先，这是一种向着可能的"尽头"不断推进和延伸的感觉和想象。

通常情况下，在儿童散文创作中，作家都会十分重视对童年经验、记忆的发掘和对童年感觉、想象的呈现。但是，在桂文亚的儿童散文作品中，我们会发现，作者对于童年生命的感觉、理解和想象，总是在努力地突破日常的、平面的、众所周知的童年生活现象或记忆的限定，向着童年生命感觉、生活想象的尽头不断地伸展和蔓延。当作者把这种伸展和蔓延演绎到某种极致的时候，我们会突然意识到：一位儿童散文作家，或者，一种儿童文学体裁，竟然可以把童年的生命和意趣，展现得如此细腻、精致和丰饶！

《你一定会听见的》是桂文亚的散文名篇之一，入选了人教版小学语文教材五年级上册，还有《新语文读本》（小学卷）等课外读物。这是一篇以自然界的"声音"为题材的儿童散文。作品一开始，作者就以问句的形式，提醒小读者去关注自然界那些细微的、不易被察觉的"音响"。"你听过蒲公英梳头的声音吗？""你听到八十只蚂蚁小跑步的声音吗？""你听过雪花飘落的声音吗？"……坦率地说，当我很可能只会想当然地从自己大脑的声音记忆库中提取鸟啼、雷鸣、惊涛拍岸等"音响"的时候，我真的被作者细腻、精妙的声音感觉和想象能力深深地吸引住了。

《最小的时候》则是一篇试图追问童年记忆的源头的作品。妹妹说，她最早的记忆"是那个ㄜㄌㄧㄥ（e ling）糕小贩的叫卖声"；

弟弟汉明最早的记忆是"哥哥的手指头流血了，我哭得比他还大声"；弟弟大头说，"我记得捂在妈妈温暖的怀里吸奶，吸呀吸呀就睡着了；我记得躺在浴缸里，捧着一个奶瓶吸奶，也是吸呀吸呀就差点儿睡着了"。在展示了个体孩童最初记忆的多彩多姿之后，作者这样概括和描述了"我们"童年可能共同拥有的集体记忆："我们有小时候，还有更小的时候；我们有更小的时候，还有更更小的时候。那时候，我们浸润在妈妈的子宫里，天上人间都很遥远，也很陌生。我们好奇极了也顽皮之至，总是不停地这儿踢一脚那儿戳一下好想快点快点。"作者最后的结语是："其实我们最早的记忆是妈妈天使般的声音：快了快了。"是的，个体的童年记忆可以千差万别，千姿百态，但是，最小的时候，我们的记忆原型一定是相通乃至相同的，而且，它一定是与"母亲"这个平凡而又高贵的词语联系在一起的。

就这样，作者把对"最小的时候"的追忆推进到了童年生命的源头，那时候，我们与"母亲"血脉相连、融为一体。我们知道，这种追忆其实并不是一种现实性的记忆，更准确地说，它是一种基于人生体验和情感的想象性的追忆。正是这种追忆，把我们对于"最小的时候"的感觉和想象，推到了记忆的源头。

从对"声音"的感觉，到对最小的时候"记忆"的想象，逼近"极致"的文学努力，在桂文亚的笔下常常俯拾即是——《我和我的影子》中关于影子的描绘，《走在放学回家的路上》中关于闭着眼睛走路经验的叙述，等等。我们都能从中感受到由生活中的平凡世相、琐碎记忆，到一位作家独特的文学感知与升华的展开过程。是的，借助这个过程，我们发觉自己跟随作者抵达了一种感觉和想象的"极致"。

其次,这种"尽头"的感觉和想象是属于童年的。

呈现儿时生活的天真和顽皮,展示童年生命的意趣和魅力,是桂文亚儿童散文带给我们的一个重要的阅读体验。你看,作者是这样描绘八十只小蚂蚁集体做操的情景的:"那一天,蚂蚁们排列在红红的枫叶上准备做体操,噗,一粒小酸果从头顶落下。'不好,炸弹来啦!'顷刻间,它们全逃散了!"(《你一定会听见的》)在《走在放学回家的路上》一文中,作者这样叙述饥饿而又馋嘴的童年时代,"我"在放学回家的路上偷抓了一把虾米干后的惨状:

"汪!"转角忽然蹿出两条狗,一黑一黄,一前一后地追逐着。我吓得倒退三步,一脚踩上了一堆未干的牛粪。我大叫一声,想立刻抽回另外一只脚,身子却一斜,把书包给甩掉了!我赶紧伸出手来抢救书包,完全忘了手里捏着的那把虾米干。完了!虾米干飞得一地都是,书包也掉在牛粪上!

在《我和我的影子》一文中,作者写到了童年时代"我"和"影子"的故事:

当我还是一个小学生的时候,影子是我最最好的朋友。我敢发誓,没有谁比它更了解我了。我一向是个不大合群也不太乖的小孩,喜欢独自做些别人没做过的事,例如我决定发明三十二种以学校为起点的不同的回家路线,我要仔细地记录下来,装订成一册《到我家的方法》。而协助完成这个冒险计划的,非影子莫属了。它永远支持我的一举一动,就算没半个人理会,它也绝对、死心塌地地陪着我完成每一件事情,包括我生气的时候使劲去踩它,它也绝不喊疼。

桂文亚是一位极具童心和幽默感的儿童散文写作者。她对童年生命和儿童生活既充满敏感好奇的探究之心，又满怀着大度平和的宽容之情。她曾经认为，童心是做不出来的，大凡幽默有趣的人、爱美的人、从事艺术创作的人，一定富有童心。她还认为，幽默非常重要，幽默即宽待世界的善心（《散人散语》）。因此，在她笔下，童年故事中的种种天真可笑的尝试、烦恼、争吵、打斗，乃至出洋相、恶作剧等等，都不仅仅只是有趣，而是表现为一种意趣盎然的童年生命感觉和想象方式，表现为对这种生命感觉和想象方式及其价值的充分品味与肯定。于是，这些童年感觉和故事的述说，便成为一种幽默，便拥有了一种活泼、俏皮的散文情趣。

再次，这种属于童年的感觉和想象是富有理性和思想张力的。

桂文亚是一位富有理性和思考能力的作家。她的第一本儿童散文集的名字叫作《思想猫》，其中有一幅作者的照片，旁边的文字说明是：沉思默想已成为每天的功课。的确，"思想""思考""思索"可以说是桂文亚散文创作所隐含的一种基本的艺术姿态。"思想猫"这个既可爱又好玩的形象，也可以被认为是桂文亚儿童散文富于思考品质和理趣之美的一个最早的提示和象征。在《你一定会听见的》中，作者告诉我们："当一个人丧失了接收'世界声音'的能力，不也正意味着这个人内心世界封闭和退缩，成了一个不折不扣的木头人吗？"她还告诉我们："聪明的人，知道什么时候该听，什么时候不该听，这是因为他在'听'的成长过程里，学会了选择和思考。"在《秩序之美》一文中她说："静和动的秩序，在我看来，都动人。因为无论怎样静和动，秩序本身就存在了稳定、沉着的美好品质。"在回忆了童年时代富有秩序感的家庭生活后她说:"其实我更应该怀着感谢说,我从秩序的生活中学会了自律和组织,也从秩序中感受了含蓄美的内涵。"

可以令作者感到满意的是,她摆开的这种"思想猫"的架势,一开始就得到了小读者的接受和认可。台北的一位六年级的小读者说:"《思想猫》常先说一个小故事,平常我们或许也听过这些故事,却不会深思其中有什么含义,《思想猫》则会在故事讲完后,把其中的含义明示出来,而说明时又绝不会长篇大论,反而让我们在不知不觉中懂了许多待人处事的道理"。(《思想猫·小朋友看思想猫》)

在关于童年的感觉和想象中,我们跟随着作者桂文亚女士一起,触摸感觉和想象的尽头,领略童年盎然的生命意趣,回味童年带给我们的思考和感动。我想说,作为一位儿童散文作家,桂文亚女士是独特的,也是幸福的。

(原载《小学语文》2009 年第 12 期)

好一个"语言的贫户"
——读林焕彰的童诗

林焕彰在童诗领域的探索显然是不遗余力地,而令人惊奇的是,他的每一种别具风格的探索和尝试,总能引起我们情不自禁的赞叹。他取来一个平常的意象,就能让它变得神采飞扬;他把诗的形式码齐了又推散,收紧了又松开,却总能恰到好处地叩中我们的心扉。有的时候,我们很难相信,他的那些灵巧的、朴拙的、优雅的、絮叨的、活泼的、安静的、温暖的、冷峻的、丰润的乃至枯瘦的诗,都是从同一支笔下绽放出来的美丽的花朵。

很少有一位童诗作家能够静静地坐拥这样一座缤纷的诗的花园。

所以说,林焕彰是一位珍贵的童诗作家。

林焕彰的儿童诗有一种自然天成的童趣。它不是简单地再现童年的心理和情绪,而是把独属于童年的思想、想象和精神之美,与一首诗的美完好地结合在一起。他喜欢选择自然界和人间的小生物作为吟咏的对象,他笔下的小动物往往透着一种轻巧的情思。比如在《鹭鸶》一首诗中,"喜欢白衣服"的鹭鸶的形象既被做了恰切的拟人化处理,又仍然符合它原本的物性,诗歌意象散发着乡间田园生活的恬静气息。而《图书馆附近的小麻雀》则多了一丝俏皮的调笑和幽默的嘲讽。这种轻巧的诗意也体现在诗人以普通的生活意象为题材的诗作中。在《旧布鞋》里,那个伸出旧布鞋的破洞偷觑外面的世界的大脚指头,代表着一个孩子观看世界的清新视角，而"爷爷奶奶经常帮我洗"旧布鞋这一意象，还包含着温暖质朴的生活情感内容。我们读《影子》这样的诗，会从诗歌的意象和它简洁、整齐的韵律里，读出一个孩子天真的游戏心情，而这首诗的形式本身不也成全了一次完美的语言游戏吗？读一读《公鸡生蛋》《鸽子学飞》《咪咪猫》《晒谷场上的小麻雀》这些诗歌，我们会叹服于作家从最平常的意象和语言里"随手"编织童年诗意的本领。

很奇怪，在林焕彰的笔下，组成一首诗的文字可以变得如此服帖，又如此不同寻常、韵味十足。请看《鸽子学飞》：

鸽子学飞，

鸽子鸽子喜欢飞。

鸽子学飞，

鸽子鸽子喜欢绕着圈圈飞。

鸽子鸽子喜欢飞，

鸽子的家住在屋顶上，

鸽子鸽子喜欢绕着自己的家，

飞飞飞，飞飞飞……

在这首诗中，词语、句型的不断重复非但没有减损诗的情味，反而生动地传达出了鸽子盘旋学飞的动作感觉，其间还夹着一份家的安详和温暖。诗歌《小麻雀》和《晒谷场上的小麻雀》，用非常口语化的句子来写诗，在看似随意的"说话"中，我们仿佛亲见了麻雀们跳来跳去、叽叽喳喳的小身影，有一种快乐的温暖在我们的心里荡漾开来：

"一点两点三四点／小麻雀在晒谷场上／是不用排队的／这里一

点／那里一点／头也不用停的／上下点一点／点点点，点点点／／小麻雀吃饱了谷子／飞到附近的电线上／一点两点三四点五六点／排得很整齐／是在清点鸟数吧／12345678910／麻雀妈妈说／啊！真好，一只都没少。"（《晒谷场上的小麻雀》）而像《花和蝴蝶》《小狗》《不是也是》这样的诗歌，则让我们体味到了语言在舒展优雅地盘桓回绕间所传达出的悠扬婉转的诗意。

谈起自己在儿童诗创作中的语言运用，林焕彰曾经自称是"语言的贫户"。他解释道："我所谓的'语言的贫户'，意指我写诗所使用的文字不多，字字都是'浅白的'口语化的日常用语，没有繁复、艰深的语汇。不过，我很自觉地在努力通过自我对创作理念的坚持，让浅白的文字也能做到丰富现代诗学以及现代的儿童文学。"读他的儿童诗作品，我们对此会有真切的感受。

林焕彰对诗的格律了然于胸，他的许多诗歌都有着漂亮的形式美感，但他的许多童诗却又有意放弃了节律的严谨与整饬。通过取消格律的限制，或者说通过改变诗的格律可能，一种特殊的情感得到了特殊的表达。《在岸上的那条鱼》以独白式的语体，在一种近于黑色幽默的氛围中，传达出一个诗人眼中的属于一条鱼的悲伤与愤慨；《种树》和《在心里种一棵树》，同样是用并不那么整齐的口语式表达，来抒写孩子和诗人心中对树以及树所代表的自然的亲近与爱意。《蜻蜓》和《小猫走路没有声音》两首诗，则同时运用了回环往复的诗行设计。前者在相对轻、静的氛围里由静写到动，把蜻蜓点出的水波比作池塘的笑靥，又以"受惊"来解释蜻蜓的一对大眼睛，比喻和拟人都用得十分新鲜。后者则有意采用朴拙的重叠语式，反复解释"小猫走路没有声音"的原因，每一次诗行的增加，也是诗歌情感浓度的增加，而这渐次增强的情感又始终被规束在小猫"轻轻的"脚步声里。阅读全诗，我们也会忍不住为了小猫和妈妈之间这份"爱惜"的深情而屏息凝神。因此，如果我们读得缓慢而又仔细，一定会注意到，在这些形式、语言都十分素朴的诗歌里，有那么一种令人为之震颤的情感的力量，在一下一下，撞击着我们的心灵。它是从诗人心中流出来的对于自然、对于世界、对于生命的真挚的深情。

如果说林焕彰的儿童诗展示了一个儿童文学体裁所拥有的丰富的艺术可能，那么贯穿在这些艺术可能之间的，正是这样一份执着的深情。而他本人对于儿童诗艺术创新的执着和顽强，也令人印象深刻。他曾经这样说过："我一直在努力思考如何写出'新的东西'。'新'的意义在于有别于'过去'。我一直有一种自觉，要求自己写出属于自己的东西；不能模仿别人，也不能重复自己。如有相同题材的出现，也是因为有新的发现、新的想法、新的表现方式，要写出新的东西。"也许，正是这样一种执着，他最终以自己的创作，为儿童诗带来了一种又一种新的艺术可能。

（原载《文艺报》2010年4月16日）

思想的翅膀
——阅读王淑芬

"思想是有翅膀的,你的翅膀呢?"台湾作家王淑芬用她的文字推开一扇扇窗,这样问着我们。

她说:"月亮是绿色的,/石头是可以吃的,/椅子是会飞的,/天空是踩在脚下的。//白马不是白的,/黑夜不是黑的;/眼睛不是看的,/嘴巴不是说的。//漂亮是不漂亮的,/简单是不简单的;/我说的都是真的,/你猜的都是对的……"她到底要说些什么呢?这个把语言变得如此充满魅惑力的文字的女巫!

她当然不仅仅是为了让我们相信,这个世界上,还有一枚绿色的月亮,有一种可以吃的石头,有一些会飞的椅子,有一瓣被踩在脚下的天空……她是想告诉我们,月亮、石头、椅子、天空,这一切的一切,除了我们所习以为常的模样之外,还包含着另外一些新鲜的可能。

这一切的可能,就像一个花蕾那样,深藏在我们的思想中。

读王淑芬的作品,我们看到了这个花蕾是怎样亮闪闪地开放出来的。

王淑芬深谙语言的形式安排效果。在诗歌《我是你,我不是你》和《躲雨》中,她以语词之间捉迷藏般的相互追逐、环绕,来表现两种思想、两种感觉。"我是你,/我和你住在一起;/我走的路你走过,/我唱的歌你唱过。//我不是你,/我们喜欢不同的东西;/我爱晴天,/你爱下雨,/我爱玫瑰,/你爱蜥蜴。//我是你,/我也不是你。/我是你，／我也是自己。"诗歌中的"我"是谁，"你"又是谁，"我"和"你"之间又是谁和谁？"全世界都在下雨／我在一本书里躲雨／天空很脏／地面很暗／我的手心很干净／小心地翻开第二页读第一行／／第二页第一行／我读着全世界都在下雨／只有我的手心很干净／小心地翻开第三页读第二行／／第三页第二行／我读着全世界都在下雨／我在一本书里躲雨"——究竟是书外的世界在下雨还是书里的世界在下雨？"我"躲的又是哪一个世界的雨？这些问题的答案是开放的，它给我们的思想以足够的空间，让我们去寻找，去发现，去自己构想一种可能，也去自己品味这种可能的意义。

所以，你大可不必纠缠于《101怪表》《一百个冰激凌》《可食之书》这样的童话以及故事到底要表达一个什么样的意思。它们或许只是作家用来试验想象力可以变得如何夸张、离奇、幽默、"美味"的故事游戏。换句话说，想象本身就是它们的目的。你不觉得吗？只有对一个充满新鲜的想象力的头脑来说，真正有质量的思想才可能出现。

不是吗？正是在《我不笨，因为我要出书》《瓶子人》《大大国与小小国》所构造的一个个幽默夸张的想象世界里，我们读出了生动而又深刻的社会批判、人生寓言和世界哲理的内涵。它们完完全全地隐藏在故事里，却又是那么自然地显现于其中。当然，没有人会舍得抛却这些故事所带来的带有狂欢色彩的阅读快感，而一味去追寻故事的含义。作家王淑芬很明白，正是借助于故事的想象，思想才得以走出自己独特的姿势来。

但你不要以为王淑芬只偏爱幻想的世界。读一读《养一只乌龟》《女儿黑》《手帕与树枝》这样的散文和生活故事，你会发现，王淑芬总能在极度的幽默之间奇妙地传达出极度准确和细腻的文字表达才华，这使她的散文、小说弥漫着一种极为个性化的、引人入胜的叙事力量。

在她的代表作、中篇小说《我是白痴》里，作者选择了一个智障儿童的视角，来描述一个被蔑称为"白痴"的孩子眼中的世界。小说中的"我"叫彭铁男，被大多数人叫作"白痴"。尽管"我"是一个智障的孩子，有时会被一些同学瞧不起，但"我"仍然努力做好每一件事，仍然每天积极地面对一切。"我"的"傻"给生活和学习带来了不少麻烦，但"我"的单纯、敦厚和善良却总能把不那么美好的生活变得可爱起来。比如当调皮的同学丁同挖苦他"白痴，赶快把花送给你妈妈，好让你妈妈喂你吃奶"时，"我"很认真地认为："他大概不知道，我已经没有在吃奶了，现在我都吃面"；当老师用"甲""乙""丙"来讲解数学题目时，不能理解这些抽象概念的"我"认为只要找到那几位名唤"甲""乙""丙"的人，"可能数学就变懂了"……

小说的题材和叙述都很特别，关于"白痴"彭铁男的这些小小的故事，也令人感动和感慨。他的世界与所有普通人的世界一样，有阳光也有阴霾，有自己对于一切事物的认真执着的理解。作家完全隐身在小说主人公的背后，透过他的眼睛来看学校、家和身边的一切，来看一些属于普通人性的并不那么阳光的内容，让我们更加理解了一位特殊的孩子所拥有的特殊的快乐和烦恼。尽管小说的主旨并非借智障孩子的视角来实行现实讽喻的功能，但这种隐藏在文本内的曲折深意，的确为小说的阅读增添了许多趣味。如果说在一部分成人文学作品中，带有智障意味的儿童视角常常是作者借以实现叙事技法创新的一个支点，那么在这部小说中,作家所在意的显然并非某种文学表现的特殊手法,而是一个智障孩子真切的生命和人生图景。小说里的"我"被许多人蔑视地唤作"白痴",也因为这"白痴"的身份遭受到许多欺辱。彭铁男的明朗而纯净的心灵,是会让我们每一个人都生出深深的感动与自省吧。

这就是王淑芬。她用她的文字让我们笑,让我们在不断抹去的笑的泪花中感动和思考;她让我们即便没有看到她的署名,也会指着这些文字,毫不犹豫地说出她的名字。

(原载《文艺报》2011年6月20日)

孙雪晴：年轻的方式

坦白地说，就生命的自然历程而言，年轻于我已经沉淀为一种记忆，或者，只能是一种想象了。

好在，年轻的生命们仍然纷纷诞生并且生长。所以，对我来说，年轻就不仅仅只是一种方式的记忆，同时也意味着一种对于年轻的"他者"的发现角度和理解过程。

这本《温暖等待》，就让我真切地感受到了一种年轻的方式，而且，这些感受中所夹杂着的轻柔与坚硬、欢快与疼痛的感觉，在我的阅读经历中是不常出现的。

一

作者孙雪晴，这个高中三年级的杭州女孩，我一直叫她小雪。

用她爸爸的话说，我是"看着她长大的"。

小雪上小学的时候，每次我去她家，她见了我都十分亲热。有时候，她会欢快地拿出作文本让我看。在翠苑新村那个略显逼仄的家中，童年的小雪留给我的印象，一如天底下许许多多个童年的孩子那样，天真而快活。

后来，小雪家搬到了青春坊。我仍然常常去她家。慢慢地，小雪长大了；慢慢地，小雪变得对我客气和"疏远"起来。每次见我去，她都会从课桌上抬起头来，叫一声"方叔叔好"，又一头扎回到一大堆凌乱的作业与课本中去……

我十分理解小雪的这种变化。一个渐渐长大的孩子也会渐渐拥有并守护着一个属于自己的世界，何况与所有重点中学的学生一样，小雪的生活中肯定也充斥着常常令她头疼甚至窒息的课业压力。事实上，每次去她家，与她爸爸——我的一位好友海阔天空地聊天的时候，我都生怕搅扰了小雪那单调而又宁静的读书生活。因此后来，我对小雪的了解更多的是从她爸爸那里获得的——我知道她在课余时间喜欢读书，喜欢写作，而且，她的眼光独特，水准不俗。

而这一回，读到小雪这本几乎由她的整个中学时光一点一点汇聚并串联起来的散文集的时候，我才真正触碰到了属于小雪的这一段生命的历程。我发现，年轻的方式及其展开竟然可以如此丰富而又缠绵，成长的过程及其表达原来可以这般隐秘而又明亮。

二

帕乌斯托夫斯基曾经感叹过童年所具有的对于自然、对于世界的诗意的感觉能力。是的，在小雪的笔下，年轻的方式首先就是一种感知和触摸世界的方式。她把自己的感官淋漓尽致地打开，机敏而又细密地捕捉并呈现着那些令她怦然心动的物象和景观。阳光、灰尘、绿树、落叶、风、雪以及雨等等，构成了小雪笔下纯粹而又富有情意的自然图谱。毫无疑问，生活中的这些自然物象实在是平常得会让人有些麻木了的。但是，小雪却以她别样而又精致的感觉方式，让我们感受到了寻常事物中常常不幸被遮蔽了的自然肌理或感觉可能。例如，她发现了冬日阳光的纹路："我喜欢冬天，因为冬天还有温暖，还有从窗外射进来安静的、纹路清晰的阳光。"（《简单》）她让飞扬的灰尘成为一个心情故事中令人难忘的角色："坐在我旁边的老奶奶用藤编一下一下地拍打着松软的被子，那些细软的灰尘便在阳光照得到的地方飞扬。我抬起袖子，很轻很轻，那些轻柔的灰尘就搭在我的袖子上。我为它们搭了一个站，让它们陪我分享等待。"（《温暖等待》）她的记忆中保存着对一种声音的感觉和记忆："……在我很小很小的时候，爸爸常常拿出这些书安静地读。每回都用手指压着纸一行一行往下读，手指与书摩擦时会有一种极细极温柔的声音。或许是在我很小的时候就已爱上了这种声音。我可以安静地坐在一边，吮着手指，似乎望见了俄罗斯细腻微黄的初雪。"（《游走在我的明亮的天空》）在这些时候，个性化的感觉被定格、放大。阅读它们，我们会惊叹它们的精致与纤巧、细密与轻柔。真的，是一种年轻的感官，带领我们感受和分享到了世间万物中隐藏着的那份美好的陌生感。

但是，仅仅这样理解还是不够的。我认为，小雪笔下的物象呈现的不单单只是一份关于自然的意象图谱，它们同时更是一个年轻的心灵成长世界的隐喻或代码。在阳光的倾洒和灰尘的飞扬中，在落叶的飘零和细雨的迷蒙中，年轻生命里的快乐与痛苦、温暖与落寞、坚强与脆弱、幸福与忧伤……一句话，成长过程中那些无所不在的温柔而细密的体验，一齐向我们涌来。阳光、落叶、风雪、细雨，构成的其实是一道纷乱犹疑却又明亮无比的成长风景线。

　　成长是一个过程，一个由许多个瞬间和片刻凝结而成的生命过程。小雪的感知方式中就包括了她对这些瞬间的感应，对这些片刻的凝固。寻觅，等待，相遇，告别，怀念，徘徊，沉思，遐想……这些看似平常的生活片段，构成了小雪把握生活、感受成长的切入方式和基本场景。在《那年夏天》《一个人回家》《温暖等待》《于是，又有了一朵玫瑰》《告别》《寻访雨巷》《在冬天怀念秋天》《为自己找间卧室》等篇目中，小雪为我们记录了一些充满温柔气息和神秘感觉的成长时刻和场景。她的感觉的触须在这样的场景和思绪中鲜活地延伸，轻快地游走；年轻的感觉滑翔、坠落在一个个人们通常很难感知和抵达的心情角落与灵魂现场。

　　在小雪那里，这种独特的感官搜索与接受能力不仅表现在她对日常生活的询问和思考过程中，也表现在以阅读、体悟为主要形式的精神生活记录中。例如，她对周国平《妞妞，一个父亲的札记》一书的解读角度，就极具一种私密化的个人色彩。周国平先生在读了小雪的《永远的小世界——"A-NA-XI-DI"》一文后，在一封有关的通信中就谈道，小雪的解读角度"是独特的，在对《妞妞》的评论中，还没有人像她这样，从'小世界'——'A—NA-XI-DI'来解读妞妞。是孩子最能理解孩子吗？或者，其中的神秘，一般读者都忽略了的，却被她感应到了"。

　　小雪散文的感觉世界之所以独特而隐秘，我认为，一个重要的原因是，她以一颗年轻多思的心，潜回到了自己最内在的精神生活之中，而当她提笔为文的时候，她又遵从、响应了自己内心的要求和呼唤。因此，在表达的失语和表达方式的日益公共化、群体化成为许多青少年写作（尤其是学校写作）中的流行病症的时候，小雪那自然、清澈、明媚、真诚的写作感觉，就显得十分脱俗和难得了。

三

小雪散文写作的意义还在于，她的感觉世界绝不只是停留在感官的自在层面，而总是不可遏制地深入到价值和灵魂的层面。在她几乎所有的散文写作中，飘逸、感性的文字背后，总是在执拗地发出一次又一次关于价值的追问，总是在艰难地进行着一场又一场锻造灵魂的搏斗。从夜空泻落的流星雨，她发现，"流星都有着它们的故事，但至少在它们陨落天际的一刹那，它们都是勇敢的……世上也许任何事都有过它的美丽，只是我只发现了其中的极小一部分"。（《天上，有好看的星星》）在一次没有心理准备的与老房子的邂逅中，她发现自己"很多很多童年零零星星的温暖记忆一直住在老房子里，没有跟我们一起搬走"。她这样整理了自己的心思与感悟："我们总抱怨生活走得太快，抓不住它，没有时间去品味、关心。但又在每天的生活中麻木地将一切关于它的细枝末节统统省略，那些细小、琐碎的片段呵，它们并没有在生活的过程中沉睡，它们被安放到一个叫作'站'的地方，静静地等着你去发现，也许它们先到那儿，等你，又也许你先到那儿，等它。在温暖的等待过程中，幸福总会来的。而这个站也因为有了等待会变得轻柔起来，在某个不知名的街口，在某颗不知深浅的心里。"（《温暖等待》）在与妈妈的冲突游戏中，她"第一次，第一次想做个快乐的失败者，让妈妈傻乐一回，赢我一回。毕竟她和我之间的游戏,她注定输一辈子。我对她的关爱永远不及她对我的关爱"。(《游戏》)从姐姐所讲的一个故事中,她领悟到,"其实人的一辈子会做很多很多的傻事,我们不能一一都放在心里,那样心会被胀痛的。我们只有拿出一些和昨天的自己暂时告别,然后继续勇敢自信地走自己的路……慢慢学会告别,学会取舍,然后慢慢学会长大,人生就是这样一个过程。想着思绪也会像一片干净的白羽毛,轻轻落在心田"。(《告别》)

  这些从年轻的生命经历中拣选、提炼出来的人生思索和感悟也许不一定有多么深刻,但它们是从作者自身的精神旅程中浮现、提取出来的,因而格外显得真切、诚实、自然。它们不仅是作者成长过程中心灵搏斗和升华的记录,而且使可能是纯粹的感性抒发、软性写作,最终走向了优美而坚实的青春表达。换句话说,正是这些思索和感悟,使感觉的碎片获得了精神的聚合,使感性的迷茫获得了方向的指引,使可能充满困惑和忧伤的青春写作,有了光辉而伟大的价值力量的垫底与支撑。

四

  因此,小雪的散文写作在总体上是一种优美而坚实的感性写作。细加玩味,我们则会发现,小雪的文字中已经表现出了某些特殊的文学智慧。例如,她的写作中明显地表现出了对于作品标题、切入角度、讲述技巧、语言质地等等文章面貌和内在秩序等的高度关切和自觉安排。在《温暖等待》《讲个故事给你听》《游戏》《在冬天怀念秋天》等作品中，作为一名中学生作者，她对散文讲述方式的自觉设计已经达到了令我惊讶的水平。一些经典的叙事技巧和写作策略，已经开始融入小雪的文学智慧之中。因而，我们在阅读中会被吸引，会被"耍弄"，会被感染，甚至会被震撼。我读《游戏》一文时，就几度无法控制自己的情绪。在语言运用上，小雪显然也在做着尽可能丰富的尝试。比如《行云流水的高一》是一份鲜活的中学生活实录，小雪的语言运用也就变得调侃、幽默，透着一种没头没脑的"酷"劲儿；《轻声絮语中的玩味生香》是古典文学名著《红楼梦》的读书笔记，于是小雪笔下便透着一股斯文气息与老辣之味……

  这里便牵扯出了另外一个问题：一个年轻的写作者的精神构建和写作能力是如何形成的？

  很显然，除了一般意义上的学校语文教育和写作实践训练之外，我以为，小雪的精神构建和写作能力的培养在很大程度上是由学校语文教育延伸开去的自由的课外阅读与闲暇美育来承担和完成的。这本散文集中的部分文字，向我们透露了许多这方面的消息。

  作为一名今天的中学生，小雪自然也会接受某些流行文化，特别是流行音乐、流行影视剧的影响。她坦率地表白说："我听小柯、听老狼、听刘若英也听周杰伦……我不否认我更喜欢英国20世纪70年代甚至更老些的乐队，那个时代独有的质感能让我安静。"她这样理解"甲壳虫"乐队："他们用略带嘶哑的歌声宣泄着叛逆的六七十年代。他们标新立异，放荡不羁，但也遮掩不住心灵的失落。'甲壳虫'不矫情、不浮华的低吟，总让人在不经意间安静下来，身体或心灵都只有呼吸

和毛孔收缩的声音，然后音乐便直至内心深处，心不经意地疼了。"（《回旋在文字音符上的事件》）

与此相比，我更在意的是小雪与中外经典作家作品的不断亲近，与古今名家名作的频繁相遇。这本散文集中所包含的读书清单，也许最好地提示了小雪精神成长过程中那些最基本、最重要的文化和美学营养的构成和来源。她读《红楼梦》《呼啸山庄》、契诃夫、郁达夫、沈从文、张爱玲、村上春树、周国平……对于一个很少拥有多余时间的今天的中学生来说，这已经是一份几乎可以称得上奢侈的阅读清单了。而我想说的是，正是这样一份显然是被压缩了的阅读清单，向我们表明了一位年轻写作者的精神世界及其存在方式的一些重要侧面是如何建构起来的。

毋庸讳言，是流行文化与经典文化共同参与、支持了小雪的精神与写作智慧的塑造过程。从一定意义上可以说，是流行文化元素的加入，使小雪的写作打上了鲜明的时代印记；是经典文化元素的渗透，决定了这本散文集作为中学生写作所能达到的精神和美学的高度。

五

年轻的生命各有各的存在方式，年轻生命的文学表达也各有各的形态风格。但是我还想说，与某些龇牙咧嘴、张牙舞爪的青少年写作相比，我个人更喜欢这本散文集中所显示出来的精神格局和文学气象：它展示个性空间却绝不偏狭局促，它寻求无限可能的同时不拒斥最基本的价值传承，它在清澈中表达忧郁，它在孤独中憧憬开阔，它在枯淡中描绘绚丽，它在迟疑中充满顿悟，它是开放的，又是纯粹的——一个纯粹的中学生的视界，一个纯粹而年轻的生命的低吟与歌唱……年轻的方式，似乎就应该这样。

（原载《中国儿童文学》2004年第3期）

轻轻敲开儿童文学之门
——吴洲星和她的儿童文学创作

记得是在2008年秋天的儿童文学课堂上,我第一次见到吴洲星。那天下午课间休息时,一位略显腼腆的女同学拿着一叠打印的小说文稿,走到讲台边,希望我能看看,给点儿意见。

我就这样认识了吴洲星。

洲星给我的最初印象是,安静,内向,酷爱文学和写作。在大学里,尤其是在中文专业,这样的同学并不少见。但是不久,洲星心性和禀赋中的某些特质,渐渐地引起了我的注意。

一次,我们在讨论一部新出版的少儿小说的语言风格时,洲星说,该作品的语言有一些地方与张爱玲小说的语言气质十分相像。一向显得文静内敛的洲星对我说,她熟读张的小说,可以"大言不惭"地说,张的作品她熟悉到能够背诵某些段落,哪怕其中改了词句,她也能够一眼就看出来。她最喜欢张爱玲的长篇小说《半生缘》的叙述语言,并认为张爱玲短篇小说的语言有些太过于精致,但是《半生缘》的语言就很好,朴实的叙述中不时有警句跳出来,而且在情节的衔接上巧妙而又不露痕迹,非常自然。

除了张爱玲,洲星还偏爱汪曾祺。她认为,作为读者,我们只有静下心来,才能体会到汪曾祺文字里的美,以及字里行间里流淌出来的智慧。她说自己很幸运,读到了这些作家的文字:"张爱玲的小说教会我如何写作，包括小说语言、情节构造等，而汪曾祺的小说却是一部人生的书，他教会我如何生活。"

是的，只要是谈起文学，谈起自己喜爱的作家，看似腼腆低调的洲星，就变得有些充满激情，变得滔滔不绝。

洲星的童年时代是在浙东一个名叫古山的小山村里度过的。那是一个美丽的小村子，春天的时候田野里会长出一种叫紫云英的小花，样子像小荷花，一大片一大片到处都是，紫郁郁的。离家不远，有一条很宽的河流，河边生长着一丛丛芦苇，秋天的时候会抽出洁白的穗子，像谁的白手帕在风中轻轻飘着。洲星说，小时候每次跟着妈妈去河边洗衣服，总会看到飘逸的芦苇，不知为什么，总觉得心里有些莫名地忧伤……

小学三年级时，洲星的家搬到了一个小镇上，但是我以为，乡村和自然环境中展开的童年生活，已经塑造了洲星最初的对于万物和人世的感知方式和情感世界。洲星告诉我，后来，她就试着用笔来描述这些细腻的情感——"我想，自己和文学结缘，就是从那个时候开始的吧。上小学的时候，我写的一篇作文被老师当作范文在班上朗读，从那时候起，我就觉得我可以把作文写得很好。"

从此，洲星变成了一个喜欢写作文的孩子，还成了《宁波晚报》的小记者，开始在报纸上发表文章。

洲星最初的创作是从成人文学开始的，并有过在校报以及一些杂志发表的经历。但是，对于这个心性单纯的女孩子来说，她一直在寻找的是一个相对纯净的文字世界。她曾经十分坦率地告诉我，她总觉得成人文学不适合自己，而与儿童文学的相遇使她倍感幸运。"我喜欢儿童文学，因为这是一个纯净的文字世界。在儿童文学的世界里，我觉得自己像一条游鱼，在水中自由地穿行。"2009年，她的第一篇儿童小说《紫云英》以头条位置发表在了《儿童文学》（经典版）第10期上。

我们可以从这篇质朴而又充满灵秀之美的作品中，发现少儿时代的乡村和小镇生活、文化氛围等对于洲星创作题材的选择及其处理方面的深刻影响，读到张爱玲、汪曾祺等前辈作家及其作品对于洲星创作智慧和文体意识形成的启迪和滋养。在这篇也许可以被视为洲星儿童文学创作的亮相之作的短篇小说里，我们看到了一位儿童文学新手是如何操控和泼洒自己的文学笔墨的。细腻生动的小镇风俗画卷，简笔勾勒出的富有个性的人物群像，舒缓而又具有张力的叙事节奏，淡雅而又回味无穷的意趣把握，我想说，作为一个新手，洲星给了我们一个令人感到惊艳的开始。

当然，对于我来说，与洲星的一些私下里的文学交流，是更加令我难忘的。偶尔，她会把新作的打印稿拿给我看。记得去年上半年，她拿来的一个短篇《飘扬的红腰带》让我读后欣喜不已。恰好那个学期我给本科生开了一门"儿童文学创作"课，我就隐藏了作者的身份，把这篇作品拿到课堂上与同学们一起分析。大学生们在课堂上的讨论往往是直率而又尖锐的，可是这篇小说却收获了绝大多数同学的喜爱和肯定。最后，我才抖开包袱，把我专门请到课堂上来的作者请了出来，与同学们一起交流和分享创作中的体会和心得。那一堂课，我相信，给修课的同学们，给洲星，都留下了难忘的印象，当然，也是我教学生涯中十分难忘的一课。

不久前，洲星告诉我，她的第一部长篇小说《红舞鞋》即将由中国少年儿童出版社出版。这并不是一个令我感到意外的消息。我知道，对于洲星来说，儿童文学创作已成为她生活中的一项主要内容，写作给她带来的不仅仅是快乐，还有生活的目标和意义。

洲星儿童文学创作的题材，主要来自两个方面，一是记忆中的乡村和童年生活，二是个人成长过程中的校园生活体验和想象。《红舞鞋》属于后者。一个名叫李莎莎的女孩的梦想、磨砺和成长过程，构成了这部长篇小说的基本情节和故事线索。这是洲星第一次驾驭和编织一部长篇规模的故事及其结构——在同学、老师、父母们等等所组成的人物关系及其命运的讲述里，在对李莎莎纯净、执着而又不乏困惑、焦灼的心灵描摹之中，在对"红舞鞋"这一象征着梦想和追求的意象的演绎和诠释里，洲星初步显示了她在儿童文学创作上的更为大气的才能和潜质。当然，作品在细节处理、情节呼应等方面，可能还有某些可以进一步推敲、完善乃至升华之处。洲星曾经跟我说，这是她初次尝试长篇写作，她愿意把这部小说当作第一步，并希望以后自己会越走越稳。我相信，正如小说中执着、坚韧的李莎莎一样，洲星对于儿童文学创作的迷恋、追求，会带着她一步一步踏实前行，并且将带给我们越来越多的阅读惊喜和思考。

（原载《文艺报》2010年8月30日）

童书大时代的"文化英雄"

在传统纸质出版业不断遭受新兴媒介的挑战与冲击的时代，中国当代的童书出版却创造了一个被称为"黄金十年"的出版大时代。我们不禁好奇，这样的出版奇观，究竟是如何创造出来的？

原因显然很多，其中一个重要的原因，无疑是一些童书出版人的坚守、努力与创造性的工作。

我以为，在一个喧闹的时代，我们这个民族，我们这个国家的文化事业，更需要一些优雅的智者和从容的灵魂，一些富有想象力和开拓性的业界领袖。这些人是我们事业的引领者和文化英雄。

在我看来，海飞先生就是这样一个人。

作为一位曾长期执掌中国重要童书出版机构的出版家，海飞是一个冷静、专业的观察者、思考者。

海飞用自己持续积累的职业经验和专业知识，用自己激情洋溢和富有见地的文字，为这个时代的少儿出版勾勒业态的画像，甚至制造、引领了这个时代童书出版的概念运用和运思路径。他关于童媒、童书等概念的倡导及其论说，用自己的方式勾勒、描述了这个纷乱而蓬勃的时代的少儿出版、童年生态及其文化地图。我相信，对于许多读者来说，海飞的描述、勾勒，在某种程度上已经成为他们有关当代童书出版及其发展历史的知识来源。对于我来说，它们甚至已经为我构建了童书出版领域的思考背景和知识体系。从这个意义上说，他无疑是童书出版领域一个十分成功的观察者、描述者和言说者。

作为一位在童书出版领域富有影响力的出版家，海飞更是一个高瞻远瞩、格局开阔的构想者、预言家。

他总是站在大国出版、世界视野的高度，来思考他的童书出版事业。在我看来，他从来就不是只属于一家出版社、一座城市，或者一群朋友。他考虑的总是童书出版的中国大事，思考中国童书出版业应该如何做一些与这个国家的文化身份相匹配、与这个世界的历史发展大势相一致、能够创造一个童书大时代的事情。例如，一些年前，他就提出了关于建设童书出版强国的三个中国式梦想，一是设立中国的国际儿童图书博览会，二是设立中国的国际儿童文学大奖和儿童插图画大奖，三是制定中国的中小学生基础阅读书目。这些年来，在他的呼吁、奔走、努力下，在许多有识之士和有关方面的共同努力之下，这些梦想已经或正在逐步实现和落实之中。

近年来，在我国童书出版经历了前所未有的繁荣发展的"黄金十年"，正处于一个重要时间节点、发展节点的时候，他在认真调查研究和分析思考的基础上，又提出了我国童书出版的三个预判，即中国童书出版，正在从数量、规模增长型向质量、效益增长型方向发展；正在迎来第二个"黄金十年"，其标志是儿童文学出版的继续繁荣和图画书时代的到来；正在迅速国际化，象征儿童文学创作和出版顶峰的国际安徒生奖将向我们走来。他的构想和预言，正在应声而至，成为现实——我想说，所有这一切，可能是这个童书大时代带给我们的最神奇的童书故事和出版传奇之一了。

童书大时代的这些神奇的故事，也把一个情怀高远、富有担当和魅力的"文化英雄"的形象带给了我们。捷克作家伏契克在《论英雄与英雄主义》一文中说过:"英雄就是这样一个人,他在决定性关头做了为人类社会的利益所需要做的事。"从中国童书出版业的发展来说,海飞正是这样的一位做了"需要做的事"的"文化英雄"。

记得2014年岁末,我与已经退出童书出版一线工作的海飞先生,一起参加"大众喜爱的50种图书"专家评审环节工作时,他曾摩挲着一本本精美的图书跟我说:"做了那么多年的童书出版,还是没有做够啊。"从这句发自肺腑的感叹,我读到的正是这位资深的童书出版家对这个时代的童年、对这个民族的童书出版事业的最深挚的眷恋和热爱。

(原载《中华读书报》2016年12月14日)

远行精神与家园意识
——薛涛少年小说论

一、"林子""地平线"与童年之谜

薛涛的少年故事里有一种渺远的气韵，这气韵使它们以独特的表情和姿势，静立于当代儿童文学的艺术城池。当大多数儿童故事里的孩子在"家—校园—街区"构成的日常空间里探寻、建构其童年体验的时候，薛涛笔下的少年们却将这种日常性远远地抛在身后。这是一些显然难以被普通生活的缰绳收编和驯服的孩子，他们或是只身踏上穿越边境的危险之旅，或是凭借一己之力在都市一角自谋生路，有时则仅仅为了一个突如其来的念头，便闯入一场未知的远行和冒险。即便是在那些以日常生活为基本背景和素材的故事里，作家也要让他的少年主角摇摇晃晃地撞开边界，跃出规束。好比《小城池》里那个从生活的各种庸常里冲杀出来、潇洒而落寞地入住废墟小屋的少女沙漏，父母离异，亲子隔阂，师生矛盾，同侪排挤，织成一张逃无可逃的生活之网，却没能网住女孩的世界，而是最终成了悬浮在她身后的一幕背景。背景之上，女孩的目光和脚步向着遥远地方的某处光亮，仿佛这个世界始终收不住她的身体和灵魂。

你不知道这些小孩究竟在想些什么，他们的摇晃的姿态和斜睨的目光，好像刻意与众人熟知的那个孩子的形象保持着距离。这大概也是为什么薛涛的故事读来总带着些许不轻松感的原因之一。我们习惯了打开一个儿童故事，轻快地收纳它的全部文字和意义——一个儿童故事像一个孩子那样，总是相对容易被看透和收服的。但薛涛的小说显然不适合快读，尤其是不适合那种一目十行的跳跃式快读，这会令你丢失一些与故事前程有关的重要讯息，到头来，为了收拾故事的意义，你还得重新回去，老老实实地捡起那些最初不够认真对待的文字。在这个快读流行的年代，这样的阅读体验颇有些特别：当我们的目光和理解力试图像快马那样踏着纸页疾驰而去、征服文字，文字却反过来牢牢地扼住它的笼头，迫使我们不得不在疾驰中慢下节奏，按辔缓行，细细琢磨这个故事和故事里的这个孩子，究竟在想些什么，又要做些什么。

薛涛的少年小说似乎是要向我们证明，童年的经验是配得上这样仔细的咀摸和切磋的。唯有在这样认真细致的对待中，我们才能像懂得《小王子》里那条吞下大象的蟒蛇、那个装着小羊的盒子一样，理解童年简单、稚气、一目了然的外表之下蕴含的丰富、奇异、却也往往无人在意的内容。或如法国哲学家加斯东·巴什拉所说，这一个"童年"，实在是一口"深不可测"的"存在的深井"。[1] 童年的这种如谜般的生命感觉和文化质地，可能就是薛涛小说着意想要表现的一个重要方面。少年小满谋划着一场不可能的行动，一而再，再而三地向边境线发起秘密的"突击"，谁能说清这番"疯狂"之举究竟是为了寻回黑狗九月，还是出于某种辩不清、道不明的精神的骚动？事实上，这种骚动在故事起始、九月仍然陪伴着小满的时候，就已经酝酿成形，蓄势待发。在这里，真正带给少年困扰的问题不是"五乘九"等于几，而是那片被人们引为禁忌的神秘对岸，"草木茂盛，炊烟升起，对岸的人永远也看不到它的清晰面目"[2]。这近在眼前又远不可及的"对岸"，对少年构成了莫名的诱惑和强烈的召唤。说到底，九月的出逃其实是为这份冲动提供了一个切实的爆发点。还有少女小菊，为了保留拥有一只青蛙宠物的权利而干脆休学回家，又为了电视节目上一瞬而过的若干镜头而决定离家出走。这样的行为举止除了向我们昭示一个孩子过分的率性和任性，是不是还带着那么一点儿不知天高地厚的年纪才有的天真的胆量和雄心？像故事里的"风镇"所寓言的那样，成人们拖着生活的思虑滞重而行，孩子们则带着轻扬的灵魂高高地飞翔起来。

因此，薛涛小说中不时出现"林子"和"地平线"的意象，并非偶然。甚至，这两个意象不但透露了薛涛本人生活理解和审美经验中的某些重要内容，也透露了他的少年小说和这些小说中少年精神的某个基本面向。林子是阔大、深茂和窅无边际的，也是鲜活、美好和生机勃勃的，它还是与大地、天空和太阳有关的那个远方，因为林子往往伫立于地平线上，仿佛伫立于天和地的尽头。薛涛的林子里总有一棵或一片白桦树，那种刷白细长的优雅树体，令人想到某种同样优雅的存在的姿态。它们是流浪少女网小鱼在都市楼墙的包围下坚持温习的关于家的记忆："天空和大地在那里都到了尽头，形成一条交界线，太阳每天就从那条线下面露出头，再一点一点跃到上面。它是天和地的界线。它很长，远远看去就像一条漂亮的弧线，这条弧线断断续续，被远方的几片林子截成几段。"[3]"林子"和"地平线"的存在，更准确地说，意识到"林子"和"地平线"的存在这件事情，令人惘然若失而又兴奋莫名，"既幸福又忧心忡忡"[4]。你像一个豁然开蒙者，从此知道世界不仅仅是低矮的屋顶和围墙,生活也不仅仅是吃饱穿暖的卑微生存;但你的身心从此也开始了不安分的游荡。薛涛笔下的少年主角们,无不是被"林子"和"地平线"的远大风景诱惑着的孩子们。他们对待大人们看重的日常生活的某种心不在焉,底下掩藏着的是对那片广阔的"林子"和那道遥远的"弧线"的全心倾慕。少女沙漏站在高高的领操台上向她的仰慕者宣布:"我看见地平线了,那边有一排白桦树"。她也倚着废墟小屋的门这样劝告拆迁者:"要是到处都盖上楼房,就看不见地平线了。"[5]网名鼠辈的少年一跃而起,去拥抱"太阳在林子后面落下去"的地方,那里,"一条地平线闪现出来。大地和灰蓝的天空逐渐接近、融合,在那个细微的地方形成鲜明的界限,把大地和天空分割"[6]。对于少年小满和少女小菊来说,一片林子意味着一段刻骨铭心的旅程,一次书写生命的成长。"四周的林木连成一片,沿着河岸向远方蔓延,最终形成一条地平线"[7],少年在疲倦地追寻和奋争之后,终于满足地睡下。

  我们大概明白了,为什么日常生活的篱墙圈不住这些孩子的世界,因为他们的目光远远地越过篱墙,投向了视域尽头的阔大世界,就像"木排的目标是绚烂的河流尽头,听说那里的水域无比开阔,能容纳落日,也能容纳所有的江河"[8]。从站立的这头到遥望的那头,"一半是活着,一半是梦想"[9],少年的脚步试图征服这段"无法逾越"的距离。你会觉得,这些孩子的思想和作为方式大为超出了我们对于一般童年的理解。但仔细想来,你或许也会承认,这样的"不切实际"和"野心勃勃",可能才是童年时代方有的精神财富和气魄。

二、传奇、现实与童年之力

所以，薛涛笔下的少年主角们总在远行，或是身体的历险，或是灵魂的出游，他们忍受不了望见远方却顿步不前的状态。

而远行注定与传奇有关。废墟中央的孤岛小屋，冰河那岸的异域森林，烂尾楼里的"富翁"岁月，雪山脚下的凶险逐猎，无不激起我们关于传奇生活的各种遐想。这些跳脱平淡和寻常的传奇经历，是对少年敢于远望和远行的胆气的丰饶回馈。在新作《形影不离》中，作家将他擅长的另一支幻想的墨笔也施用到生活传奇的书写中。小菊的风镇旅程，分明由寻常风景的巷口转入，却在不知不觉中深陷奇境的包围。这段历险带着某种荒诞暗黑、充满隐喻的幻想气质，或许教我们想起了德国作家奥得弗雷德·普鲁士勒的名作《鬼磨坊》。"只有入口没有出口"的古怪小镇，将各式旅人困于其中。神秘的乌鸦驻守入口，掌控着风镇的秩序。人们茫然无奈地穿行其间，等待一场无望的大风的降临——使你的灵魂轻到足以被风带走，这是离开这个荒诞小镇的唯一可能。困境中的少年如何解开神秘的禁制，寻找脱身的出口？如此激发童年冒险本能的悬念，足以对少年读者构成难以抗拒的魅力。李利安·史密斯认为，这样的历险故事迎合了儿童天性中对于"浪漫和刺激"的追求，由此"给儿童带来了某种感同身受的体验，扩展了他们的兴趣，提升了他们的视野，满足了他们对想象的需求"[10]。

然而，薛涛的传奇，其要旨却并不在"奇"字。它虽由一个逃离日常生活的姿态开始，却有别于斯蒂文森《金银岛》里那种远离普通生活语境的历险。后者看似在现实生活的情境里展开故事的叙说，实则更多是在远离现实的想象里编织惊心动魄的奇遇。一张指点宝藏的地图，一座满藏财富的孤岛，在这些意象跟前，现实生活按下了暂停键，另一段奇异的旋律悠然响起。那是一个与日常烟火生活隔岸相望的英雄故事空间。但在薛涛的传奇里，英雄的遭际奇则奇矣，其超然的身份特权却并未在故事逻辑层面得到积极的回应，生活的那种不无黑色幽默感的偶然性，始终在不断打破英雄行为及事件的"奇"和"巧"，为的是把我们的目光重新带回现实的地面。《九月的冰河》里，小满想方设法要偷渡边境河，现实世界却并未向这孩子气的轻率闯荡做出廉价的、欺哄性的低头。借船，偷船，造木筏子，每一项尝试都遭遇了现实生活逻辑下可想而知的失败。他居然敢趁着冬天的夜色从结冰的河面上匍匐过境，但这番在许多英雄故事里足以赢得奖赏的"壮举"，很快也被冰面中央支开的一个野兔夹子无情地阻断。生活就是如此，它很少依照少年的雄心展开它的逻辑。就像《大富翁》里的城市流浪少年们，在废弃的都市一角开掘自己的"财富"王国，日常生计却远没有他们想象的那样简单。凭小聪明规划的"生意"很快泡汤，彩票的梦想始终遥不可及，好不容易挣得的"地盘"被大人侵夺……比之浪漫虚幻的谎言，作家似乎更愿意向孩子透露生活的不无冷峻的本来面目。真实的世界，何曾会为一个孩子心中的"林子"和"地平线"作轻易的俯就？

于是，生活对孩子而言，不再是屋檐下大人俯身给予的糖果，而是他们需要充分调动自己的体魄和心智去丛林里摘取的果实。这片丛林里穿行着有各种目的和企图的大人，并不会为一个孩子的愿望做太多让步，而且可能充满危险。如果说现实中的孩子难免为生活所迫闯入这片丛林，那么让人更为印象深刻、也更意味深长的，或许是薛涛的少年们主动拒绝成人世界收编的姿态。《大富翁》里，对三个流浪少年留意许久的瘸龙再三表达了"招安"的愿望和善意，却遭谷哥一再拒绝。这拒绝里有叛逆的意气，也有对成人世界的不信任和深深失望。透过这个姿态，一种比表述清楚的规则、观念和伦理道德复杂得多的现实世界的"儿童—成人"关系以及童年对生活的理解，进入了我们的视野。从规则、观念和社会伦理的角度，儿童救助站站长的话道出了与童年有关的一种公理："赚钱跟战争一样，让小孩儿走开。你们是小孩儿，赚钱是大人的事情。保护好你们也是大人的事情。"[11]但这只是对于"儿童—成人"关系中后者理应如何的理想要求和期望，它像天空中太阳的光芒，粲然至极，投到现实的地面上，却也迎来了各个不同的阴影。这才有了谷哥的诘问："大人在哪儿啊？"这真是一个充满隐喻的质问。当大人们肆意破坏他们在孩子面前"理应如何"的规则，却要孩子站在原地，深陷谎言，这是对童年的二度不公。因此，谷哥拒绝瘸龙，拒绝儿童救助站，正如沙漏拒绝老师沙宣递来的橄榄枝，拒绝父亲和继母的边角料式关心，因为它们更像是大人想把孩子乖乖揽在旁边的糖果，而不是目光平视、彼此尊重、并肩而行的握手。

正是在与这样的现实相搏的过程中，童年的力量得到了充分的施展，也因此得到了有尊严的确认。当一群孩子努力破开成人世界和现实法则的重重包围，向着心中的"林子"和"地平线"突进，这本身就是一种传奇的冒险。面对困境和绝境，这些少年往往表现出与其年龄不相称的沉稳和淡定，但它却非成年人的老辣与世故，而是来自童年时代看待世界的独特视角和化解压力的独特方式。这视角和方式里闪烁着童年天性里的乐观气质和幽默精神，那是由孩提时代有限的经验和无限的想象力交织而成的奇妙本能——有限的经验使孩子不必忧心忡忡、深思熟虑地关切太过遥远的生活算计,因而比成人更能看见近在咫尺的平凡事物的乐趣、意义并将它们放大;无限的想象力则使他在最清贫艰难的生活中,仍能凭借一点儿想象的支撑,为自己造起一个完满的王国。饥饿中的三个红薯,足以让三个孩子满足地坐在太阳底下,正儿八经地探讨"两元钱让三个人吃饱"究竟是"能力"还是"运气"的哲学。"太阳温暖,热气腾腾地照耀着谷哥的富翁居",而所谓的"富翁居",其实是一幢无主的烂尾楼,钢筋裸露,四面漏风,但在孩子眼里,"这幢楼足足十层,够高,也很大。住上一个富翁,外加他的第一号保镖、表妹以及她的宠物猫,这都很匹配"[12]。此番话语中的"富翁""保镖""表妹""宠物猫",无不充满了复义的幽默与反讽。同样,少年小满口中的"船长""大副""出国""旅游",少女沙漏眼中的"城池""领主""公主""光明",也无不包含了现实对象与童年目光相碰撞、现实所指与童年解释相交叠而造成的复义内涵,前者的凡常低微与后者的精彩宏大之间,构成了幽默有趣而富于意味的张力。

　　薛涛对童年语词的这种复义性无疑有着特殊的钟爱。在他的少年小说的文本之内,充满了童年视角下世界和生活的这种复义感觉。一面是童年生存现实的真切困境,一面是童年眼中世界的迷人面貌,后者既构成对前者的批判和讽喻,也构成了对它的重构与抵抗。有如"小城池""大富翁"的题名所喻,大人们眼中毫无价值的废墟,落到孩子眼里却是弥足珍贵的城池,坐拥它,足可以富翁自居。这背后有某种与现实有关的深刻的悲伤,也有童年借以应对这悲伤的了不起的审美天性与精神。更重要的是,在这些少年身上,这种天性并不止步于精神上的自我抚慰，而是化为了努力重建自我生活的单纯而不懈的行动。

这样乐观无畏的进取理想与单纯明亮的欢乐精神，是我们许多人在成年之后已然失却的力量。

三、成人、家园与童年关怀

不难理解为什么，薛涛小说的童年镜子里，总有一个大人（往往是父亲）的身影。这个形象站立在少年的对面，既构成他的烘托和背衬，又仿佛是其未来的某种预言。有时候，少年的目光有多远大，成人的视界就有多狭小；少年的生命力有多鼓荡，成人的存在感就有多萎缩。沙漏的父母是在平庸生活的数字算计中彻底忘掉"林子"和"地平线"的大人。对小满的父亲而言，那个眺望对岸悸动不安继而做出越境的荒唐之举的儿子，同样十足地衬出做父亲的毫无光彩的"老老实实"和"循规蹈矩"。这种激越与庸常、冲撞与规束的相碰，注定要挑起少年与成人之间的文化战事。《九月的冰河》开场，小满与父亲之间那段弥漫着火药味的对话，犹如双方"出战"的宣言。而对沙漏来说，这场"战争"的铺开面要广得多，它最后造成的后果也严重得多。沙漏在父母的漠视中渐行渐远，终于没有冲破那张等待着她的不幸之网。从生活的逻辑来辩，她的死亡是可以避免的，但从小说的逻辑来说，少女的意外之死完成了对那个不可靠的成人身影的终极判决。

然而，站在童年视角向成人提出生活的批判，只是上述"少年—成人"对位关系的表层蕴含。在薛涛手里，这一对位法的安排还别有深意。

我们看到的是，很多时候，成人不仅作为少年的对手立于其形象的对面，也构成了与少年身影之间的某种暗自呼应甚至彼此诠释。小满的父亲一面为儿子的荒唐行径头疼不已，一面又对他怀着难言的歆羡。他"常常对儿子冷嘲热讽一番"，心里却"还藏着那么一点儿欣赏，甚至是钦佩。他从儿子身上能看见自己的小时候，他是长大以后才变成现在这么老实的"[13]。实际上，某种近似于儿子的精神骚动正折磨着他。身为护林员的他"一方面迷恋现在的工作，隔三岔五去林子里转转，心里便敞亮；另一方面，他又想走出林子，到外面的世界去闯荡一番……"[14]《白银河》里，这种精神上的"不自在"几乎同时发生在父亲段老倌和儿子龙雀的身上，进而将他们一道推入远行的旅程。小菊的父亲则更像一个从未长大的少年，着迷于"沿着地平线走，找最宽敞的地方，天空做屋顶，天边做墙壁"[15]的远行生活。女儿小菊从潇洒退学到离家出走的种种"任性"，无疑正是继承自这位同样"任性"的父亲。瘌龙与谷哥在城市里抢生活的交手中分享着共同的"逃亡"命运。这对并无血缘关系的成人和少年，不知为何更令人联想到父与子，那种狼狈落魄中的坚强，精明狡猾里的深情，在彼此的过招中交相映衬。小说里，这些大人与少年一道历经传奇，他们的形象也常常与少年叠合在一起。我们从成人身上看见了那个不安分的少年身影，也从这个身影里看到了从少年到成人的某种不变内质。

更重要的是，透过这一成人镜幕的反观，我们对于"林子"和"地平线"所代表的少年精神，以及它们所标示的现实出路，有了更为完整的认识与理解。这个成人的身影促使我们回过头去重新审视和思考："远行"对于小说中的少年和成人远行者们来说，究竟意味着什么？通过"远行"，他们所追寻的又是什么？同样是被不满于现状的躁动和焦虑刺激着，父亲与小满一样，选择了"到外面的世界去闯荡一番"。他的传奇闯荡原本注定失败，但意外救回儿子，却使这场远行有了最了不起的收获。最终，躁动和焦虑不再困扰着父亲，他坦然决定，"留在林场，陪伴着这片杂交林"[16]。这个回归的结局或许令我们有些豁然开朗："林子"原来不一定在外面，"远行"的终点也不一定在远方，它的目标，毋宁说是为了寻找身心的真正归宿，或者说，一种"远行"之前未能得到确认的存在的家园感。在小菊父亲身上，这一回归的深意表现得更隐晦，却更能说明问题。这位父亲着迷于远行的自由，"像一只鸟，怕笼子，喜欢四处飞"[17]。乍看之下，这是一个从未失却少年时代自由冲动的成年人形象。然而，这种洒脱无羁的远行，并未能解决他灵魂里"毫无目标"的不安。直至陪伴小菊走完那段奇异的旅程，通过那些严峻的考验，他才在蓦然回首的顿悟中，明白了使远行变得有意义的内容究竟何在。"现在，他躺在一张木床上感到惬意。这间屋子不大也不小，恰好容纳他的身体和灵魂。……他可以回家了。"[18]

事实是，追寻这种"恰好容纳"的妥帖和"可以回家"的踏实，才是小说中的少年和成人们踏上旅途的最终动因。正是在这一目标的照亮下，原本处于对抗或疏离状态的"儿童—成人"关系，获得了其意义重大的重构契机。旅途中，一方面，孩子是使成人的追寻最终有所着落的重要动力和标的。《形影不离》中乌鸦的独白蕴含深意："没有女儿，就没有爸爸。"[19]成人是因孩子而学习、晓悟如何做一个真正的大人。从这个意义上说，在孩子面前，大人们一样面临着自我成长和身份重构的课题。沙漏的父母实际上没有迈过这道成年的门槛。小菊的父亲在任性的远行中一度茫然若失,对女儿的牵念使他的行走有了目标,在与女儿形影不离的飞翔中,他实现了父亲身份的圆满完成,也因之获得灵魂的安定与充实。对小满的父亲来说,他在自我迷失的远行中与儿子意外相逢,这个过程让他最终理解了儿子,也更清楚地认识了自己。显然,在这些成人"回家"的旅途中,孩子扮演了某个不无救赎意义的角色。

而另一方面,对孩子们的闯荡和行走来说,成人的身影也是他们最终实现自我、有所归栖的根本仰仗与支撑。某种程度上,薛涛的小说常常既诠释着"孩子在哪儿"的话题,也在回答"大人在哪儿"的质问。从《小城池》里的父母角色缺位,到《大富翁》里的父亲角色补替,再到《九月的冰河》《形影不离》中的成人拯救性角色,我们清楚地看到了作家对于"大人"的某种角色的理解和期望。《形影不离》几乎明白无误地表达了这种期望的理想。小菊的父亲怀着"爸爸要陪着你"的强烈愿望,在与离家出走的女儿通话的瞬间被雷电击中,身体昏迷,灵魂出游,从此寄身飞鸟,陪伴着女儿的行程,在迷途给她点拨,在困境给她勇气。如果没有父亲的陪伴和帮助,小菊可能闯不出风镇的迷局,也可能已经被杂木林里的寂寞和细墨河上的疲累所吞噬,或者无声地沉没在桃花吐的隧道里。爸爸就是那只乌鸦,"他不停地飞,与那个任性的女儿形影不离","爸爸是虚的,乌鸦是实的。爸爸不在场,乌鸦一直在场。乌鸦找到她的行踪以后,几乎到了形影不离的程度。……难道,乌鸦和爸爸之间达成了一个默契?乌鸦替代爸爸,爸爸呼应乌鸦"[20]。薛涛的小说里,很少出现如此明白无误的主题表达,也很少有如此完备的成人守护者形象。让我们把它看作深埋于薛涛少年小说文本底部的某种迫切冲动的表征——不论小说里的少年们如何努力摆脱那个在他们眼里常常不值得托付的成人身影的压制，挥动权杖另建自己的世界，成人在孩子面前，仍然承担着一种无可回避的生活和文化的责任。

这样，薛涛的少年小说从一个激进的远行姿态出发，最终回到了一种传统的家园意识，其"儿童—成人"关系也从一个激烈的对抗姿态起始，最后回到了一种温情的守护理想。这或许是一个对童年怀有真诚关怀和殷切期望的儿童文学作家最终必然会选择的目标。但这种回归并非后者对前者的简单替代或否定。相反，薛涛对少年时代的那种远大妄想和自由意志，始终怀有莫可名状的深切迷恋。他有一篇题为《铁桥那边的林子》的散文，回忆童年时代"远行"的乐趣，颇可视作作家骨子里莫可名状的远行冲动的纪念。读者或许会觉得，薛涛小说里这些始终不服膺于日常现实的圈养、甚至与这一现实有意保持疏离的少年，并不代表童年现实生活的普遍状态。大多数时候，一群孩子中的绝大多数成员无疑更习惯于"家庭—学校—社区"构成的稳定空间以及其中稳定的生活方式，在这个群体里，小满、沙漏、谷哥们永远是异数。但在这些异类个体的身上，恰恰流动和闪耀着属于童年的某种普遍精神。那样的不安分和不安定，有若牛虻，刺激起我们身体里永不能被驯服的对自由和阔大的向往。救助站里的网小鱼说："在这里不开心，这里也没有地平线，还是外面自在。"这段话表达的"还是外面自在"的情绪，与谷哥向瘸龙开出的"不上学"的条件一样，更应当作象征来读。这里面当然有对现实的不满——之所以"不开心"，并非孩子不愿受到照顾和教养，而是这个庇护所不够温暖和理想。但另一方面，即便生活优渥，一切满足，精神的骚动难道就会因此停止？因此，"还是外面自在"，非是对流浪生活的虚幻美化，而更多是对难以忘却"林子"和"地平线"的精神本能的表达。这样的表达是薛涛少年小说永恒的主题，也构成了其独特的魅力。

但作家显然并不满足于书写童年自我的精神呓语，而是进一步把它推到儿童生活的现实关切和成长语境里，审视其现状，想象其未来：对童年来说，向着"林子"和"地平线"的瞭望与追逐，它的终点究竟是"远方"本身，还是经由"远方"想要寻找的某个地标？同样，在"远行"的过程中，少年与成人的对抗、与现实的博弈，是以对抗为最终的姿态，还是向往和追寻着一种新的和解？

问题的答案并不简单。薛涛笔下，少年的远行和反抗或许永无止歇，但家园与和解的希望也在彼处熠熠闪耀。"找到地平线，就找到了家。"[21]某种意义上，薛涛的少年小说写作本身也是一种寻找"地平线"的努力，在那里，或许是遥不可及的远方，一座属于童年、也属于成人的完美家园，向作家和读者闪耀着永远的诱惑。

（原载《当代作家评论》2020年第2期，本文与赵霞合作）

注　释

[1]［法国］加斯东·巴什拉：《梦想的诗学》，刘自强译，北京：生活·读书·新知三联书店1996年版，第144页。

[2] 薛涛：《九月的冰河》，天津：新蕾出版社 2014 年版，第 4 页。

[3] 薛涛：《大富翁》，天津：新蕾出版社 2015 年版，第 5 页。

[4] 薛涛：《小城池》，昆明：晨光出版社 2013 年版，第 81 页。

[5] 薛涛：《小城池》，昆明：晨光出版社 2013 年版，第 54、67 页。

[6] 薛涛：《大富翁》，天津：新蕾出版社 2015 年版，第 205 页。

[7] 薛涛：《形影不离》，青岛：青岛出版社 2017 年版，第 147 页。

[8] 薛涛：《形影不离》，青岛：青岛出版社 2017 年版，第 147 页。

[9] 薛涛：《大富翁》，天津：新蕾出版社 2015 年版，第 205 页。

[10]〔加拿大〕李利安·H.史密斯：《欢欣岁月》，梅思繁译，长沙：湖南少年儿童出版社 2014 年版，第 185 页。

[11] 薛涛：《大富翁》，天津：新蕾出版社 2015 年版，第 115 页。

[12] 薛涛：《大富翁》，天津：新蕾出版社 2015 年版，第 11 页。

[13] 薛涛：《九月的冰河》，天津：新蕾出版社 2014 年版，第 64-65 页。

[14] 薛涛：《九月的冰河》，天津：新蕾出版社 2014 年版，第 65 页。

[15] 薛涛：《形影不离》，青岛：青岛出版社 2017 年版，第 14 页。

[16] 薛涛：《九月的冰河》，天津：新蕾出版社 2014 年版，第 193 页。

[17] 薛涛：《形影不离》，青岛：青岛出版社 2017 年版，第 15 页。

[18] 薛涛：《形影不离》，青岛：青岛出版社 2017 年版，第 200-201 页。

[19] 薛涛：《形影不离》，青岛：青岛出版社 2017 年版，第 189 页。

[20] 薛涛：《形影不离》，青岛：青岛出版社 2017 年版，第 200、189 页。

[21] 薛涛：《大富翁》，天津：新蕾出版社 2015 年版，第 205 页。

作 品

走向新的艺术常态
——《我们没有表》《六年级大逃亡》读后

我们不难察觉《我们没有表》和《六年级大逃亡》[1]在一些方面的不谋而合之处：它们不约而同地表达了当代少年的某种精神状态和情绪特征，并且择取了相近的艺术表现方式，甚至故事发生的具体空间也存在着部分的重合——京沪线上来往的列车。所不同的是，两篇小说的主人公生活在两种不同的历史氛围和文化环境中，这直接决定了两者所蕴含的时代内容和情绪特征的具体历史差异。

当梅子涵用不无调侃而又不露声色的方式轻轻翻出那一页已开始泛黄的历史时，一代青少年曾经有过的精神历程仍然让我们感到震撼。《我们没有表》所表现的盲目的精神骚动和迷乱的心理状态，是一种富有象征意味的提示：一段缺乏正常节奏和秩序的历史过程塑造了一代青少年盲从、莽撞与浮躁的精神性格。这是那个时代青少年人生经历中一次令人痛心的精神流失。

相形之下，班马的《六年级大逃亡》所诉说、流露和宣泄的则是属于更贴近现时生活的当代少年的一种心理郁闷和情绪体验。一个名叫李小乔的13岁男孩和一个叫安丽的14岁少女的旅途邂逅，汇聚了一种自然、真切、动人的少年式的感怀和理解。应当说，李小乔还只是个孩子，可是生活在他身上却倾泻了过多的误解、成见和冷漠，一颗稚嫩的心灵终于过早地告别了天真的欢乐和幻想。他逃离了他所厌倦的学校和家庭，跟着白头翁叔叔卷入了一种对于13岁的孩子来说显然是极不协调的人生运转。然而，从他那不无夸张、油滑和故作老练的言行中，我们却可以读出一种隐隐的凄凉和酸楚。事实上，在表面的轻松、调侃背后，隐藏的是一颗孤独、忧郁、敏感、倔强的心灵；在李小乔的情感深处，仍然潜伏着对于往昔学校生活的深深眷恋，潜藏着寻找属于自己的精神归宿的真切渴求。只是，当这种眷恋和渴求不被理解和接受时，精神上的自尊和心理上的失落、漂泊感便被一种夸张、戏谑、嘲弄、不恭、愤懑和漫不经心的人生方式包裹、遮掩了起来。因而，在李小乔身上，稚气与早熟、自卑与自尊、桀骜不驯与敏感脆弱、无可奈何的失落感和发自心灵深处的渴求，种种矛盾的因素既相互冲突又彼此交错、融合在一起。这是一种颇有深度的精神现实。

安丽能理解他。如果说，当安丽在火车上被小乔那些玄乎而又充满谐趣的话语所吸引时还只是表现了她的正常的交流愿望和对生机勃勃的天性的欣赏能力的话，那么，当小乔在派出所里彻底暴露真实身份而感到无地自容并面临着新的怀疑和盘问时，安丽毅然出面为他作证就需要一种深刻的理解和接纳能力了。这是一份真挚、洒脱、美丽的理解和友谊。

然而，我们将怎样看待李小乔？

我想起塞林格的《麦田里的守望者》。这部"20世纪流浪儿小说"中的主人公霍尔顿对社会、对人生由热爱而失望、而激愤，他不愿认可那个社会，也不能见容于那个社会，于是他只能用一种夸张的、玩世不恭的态度来对待现实。福克纳在50年代读了这部作品后评论说，霍尔顿得不到社会接纳，不是因为他"不够硬气，不够勇敢，或缺乏价值"，而是由于他找不到能够接纳他的社会和人类。

而我们的社会能理解、接纳李小乔这样的精神上和人生观念上的流浪儿吗？我觉得，这与其说是李小乔在接受审视和选择，毋宁说是对我们社会的文化观念、气度、姿态的一次诘问和考验。

从艺术形式上看，这两篇小说选取了几乎相同的表现方式，即第一人称口述体的叙述方式。实际上在此之前，两位作者在这方面已经做过不同程度的尝试，例如梅子涵的《蓝鸟》《双人茶座》《老丹行动》等等。在这些作品中，叙述的展开主要不是受制于某个清晰的外在的事理逻辑，而是更多地服从于叙述者模糊的内在的情绪逻辑。这种叙述方式保留了口语自然、随意，甚至某些粗俗和不规范的特点，并且更能传达出人物意识流动的随机性和不完整性，以及潜流于人物意识层面之下的某些无意识状态。这里的关键在于，作品的叙述语调及其蕴含的情绪特征是否协调。在《我们没有表》中，叙述语言里透着无所忌惮的戏谑而俏皮的气氛，而作者的态度则是一种含蓄、超然的冷峻。这与作品试图传达的意味是一致的：一场沉重的精神悲剧却以闹剧的形式表现出来。《六年级大逃亡》也在口述体的随意中尽可能容纳和表现出主人公心灵的原生状态，从而通过叙述形式本身直接实现了一种精神现实的展示。这是少年小说文体形态的一次极有意义的实验。

《我们没有表》和《六年级大逃亡》相隔不久分别在两家有影响的少儿文学刊物上发表，这看起来只是互不相干的巧合。但是，一旦我们把这两篇小说放在近十年来整个儿童文学艺术实践的背景上来揣摩，或者当我们进一步联系两位作家本人文学思考和设计的演进轨迹来理解和把握它们的时候，这种表面的巧合所掩盖着的一种内在的艺术联系和必然的逻辑进程便会凸现出来。

我们还记得两位作家早先那些曾经引起过普遍关注的实验性小说。这些小说的共同特征之一，是试图对当代少年的精神现象进行深层的艺术把握和再现。例如，班马尝试沟通当代少年与一种历史文化背景的联系，尝试发掘当代少年精神深处的"幽古意识"和"人的根"。不过，在《鱼幻》《那个夜迷失在深夏古镇中》等作品里，当代少年的心灵世界与外在的文化现实和文化精神之间的沟通、联系还表现出某种不无生硬感的牵制和规范，其文学符码呈现出幅度过大的解读困难。我在这里丝毫没有否定这些作品的意思，相反，我曾经毫无保留地肯定了这些作品的审美实验功能。在我看来，这些作品的文化和美学品位是高档的。只是作为少年小说，它们在由一种文化精神向少年文学的艺术转化过程中，尚未找到一条合适的艺术途径。因此，它们的意义更多地存在于儿童文学艺术发展的环链之中，也就是说，它们更主要的是具备了一种文学史的意义。

这种文学史意义随着少儿文学艺术实践的进程而逐渐丰富和显示出来。当最初的理论反思和实验过去之后，少儿文学作家在新的艺术哲学的基础上开始了对于一种更富有现实意义的艺术常态的构建，而且，这种艺术构建开始从主要体现理论观念的设想逐渐走向与当代社会现实和精神现实的更为密切的联结。在《六年级大逃亡》中，作为社会存在的文化环境、氛围与主人公的精神世界之间，已经开始实现了一种自然而深刻的沟通和联系。这是实验小说进入新的艺术常态并逐渐走向成熟的一个预兆。两年多前，周晓同志曾在一篇文章中提醒说："青年作家要十分注意改革时代的社会现状、广大少年儿童的现状，尤其要努力于寻找创作与少年儿童密切的精神联结。"看来，他的愿望没有落空。

而少年读者也以他们真诚的共鸣回报了作家的努力。当我读到少年朋友给发表《六年级大逃亡》的《少年文艺》编辑部和作者班马的部分信件时，我为他们对作品的深切体味而感动。（我暂时还不了解读者对《我们没有表》的反应。）他们用"李小乔和女孩子安丽相处时那种洒脱的、稚嫩的、融洽的感情令人十分陶醉、羡慕""李小乔真棒""班马叔叔，你了解我们这一代"这样的话语来表达他们的理解和感受。我由此又一次感到：我们的少年读者也正在走向成熟，走向新的阅读时代。

（原载《儿童文学选刊》1991年第1期）

注　释

[1] 见《儿童文学选刊》1990年第6期，原载《儿童文学》第4期，《少年文艺》第6期。

《灰颜色白影子》的意义

应当说，80年代中国童话创作的发展呈现了一种良好的势头。以孙幼军、郑渊洁、周锐、冰波等为代表的一大批童话作家的创作实践，使处于传统与未来交汇点上的当代中国童话创作形成了一种新的艺术格局。这一格局随着童话艺术实践的推进而逐渐充实、完整和清晰起来。然而，业已初步形成的这种艺术局面还能得到新的添加、补充和发展吗？当读完刘海栖的长篇童话《灰颜色白影子》（济南出版社1990年版）后，我对此得出了肯定而乐观的结论。

虽然我们不能认为中国童话从来没有出现过充满幽默气息的作品（这样的例子我们很容易举出张天翼早期的作品），但是在读完《灰颜色白影子》之后，我想说，这部通篇散发出幽默艺术才情和语言智慧气息的长篇作品为我们带来了中国当代童话中尚属少见的一种独具特色的快乐情调，因而，它在新的童话艺术实践背景中获得了自己的存在价值和意义。

《灰颜色白影子》不像许多童话那样试图通过一个故事来表现一个主题，或达到一个什么教育目的。在这部作品中，贯穿始终的是一种充满启悟力的人生智慧，因而，它更多的是在一种快乐的气氛中给予读者一种启迪、一种回味。

从结构上看，作品有动物和人世这两条相对独立而又密切联系的线索，造成了一种似真似幻、亦真亦幻、真幻交融的童话艺术氛围。在这里，动物世界成了观察世态万千的一个别致的切入角度，而人情世态又在动物世界那里获得了一种微妙的注解。作品以此暗示了一种美丑并存的生存状态，一种正负兼有的价值系统。正直、善良、同情、互助、诚实、勇敢与自私、狡诈、欺骗、倾轧、懦弱、卑微、愚蠢等等，一切都那么真实而自然地存在着、冲突着，让人在微笑中感到一种深刻、一种豁达，又从一种深思、一种启示中品出一丝幽默。你会在感到滑稽、露出微笑的同时陷入沉思，一份沉重感会悄悄地爬上你的心头。这就是刘海栖，即使当他要把某种生活的酸楚和沉甸甸的启示传递给你的时候，也会让你在轻松和愉快中接受这份馈赠。

当然，《灰颜色白影子》的幽默气息更多地是来自于它的叙述语言。诙谐、风趣、俏皮而又富有智慧的语言，构成了作品最直接而外在的艺术特征。很明显，刘海栖的兴趣主要还不在于叙述一个完整的故事，而在于这个故事的叙述过程和呈现方式的本身。也正是这种叙述语言的机巧和活泼劲儿，使作品产生了独特的艺术魅力。

1. 非叙述性语言的运用

叙述性语言是指叙述者叙述故事进程的语言，非叙述性语言则是叙述者向读者讲述故事如何讲述的语言和注解故事的语言，它们共同构成具体作品的语言表达系统。在具体的接受情境中，非叙述性语言的功能是多种多样的。对于儿童文学来说，其主要作用在于缩短小读者与文本之间的距离感，使小读者产生一种仿佛面对着叙述者、看得见叙述者的神态表情的亲近感。例如《灰颜色白影子》开头部分有这么一段："一切故事都有一个开头，就像吃橘子得剥了皮儿，吃核桃得砸开壳儿。这个故事当然也有一个开头，可这个开头简单得不能再简单了。怎么个简单法呢？这么说吧，其实比吃橘子剥皮儿吃核桃砸壳儿还要简单。不过再简单也是开头，咱们不能因为这个开头过于简单而从尾巴上讲起，那不是在讲故事，而是在拿大顶，这样会让人感到不舒服的。"这段话如果纯粹从叙事角度看似乎没有什么意义，但在实际的文本接受过程中，它那单口相声般活泼灵巧的语言风格，却能产生特殊的叙述效果，从而引导读者进入与特定作品叙事风格相吻合的"语境"中去。对于童话作品来说，这显然是一个十分有效的叙述手段。刘海栖显然也成功地运用了这一点。

2．语意与语调的矛盾组合

《灰颜色白影子》常常以语言意味与语调色彩的矛盾组合形式制造出一种阅读效果：表达某种深刻、沉重的意味，却以幽默、调侃的叙述语言出之；相反，将某些滑稽、谐趣的东西却又表现得严肃而庄重。例如，在写到波斯猫米特的身世时说："米特这个家族在猫族中算得上是血统比较高贵的一支，因为这符合时下在一些人中比较流行的看法。正如老寒说的，米特的种儿是'外国的'。既然电视机、组合音响、月亮、小汽车、胃药、运动衣、化妆品……都是外国的好，那么猫当然也就不能算作例外了。"作者意在讽刺一种畸形的崇洋心理，语调却轻松、调侃。

3. 新奇的比方

　　刘海栖喜欢打比方，有时候甚至是一串串的。如吱吱想从自私的老寒那里偷出"擎天柱"给嘟嘟玩，而完成这个过程要同时具备多项条件，作者形容其困难程度时说是"其概率大约相当于天上的一颗流星掉下来正巧掉在谁端着的一只酒杯里"。写吱吱想摆脱那些成帮结伙的同类的艰难时说："一只单身的老鼠要想在这种环境中洁身自好不与之同流合污并且保护住自己的生命，其困难程度绝不亚于一块巧克力要想逃离那个胖男孩的嘴巴或者一瓶雪花膏要想逃脱那女人的脸皮。"这些比喻生动、形象、新奇、妙趣横生，强化了作品诙谐、幽默的叙述效果。

　　《灰颜色白影子》的语言魅力还在于，它不仅具有儿童语言的天真和活泼，而且融入了成人语言的睿智与练达，因而不仅保持了童话语言应有的可读性，而且拥有一种较高层次的可品味性。

　　写到这里，我想我还应该指出这样一点：上面甲乙丙丁式的罗列纯粹是因为分析本身的需要，是出于一种技术上的考虑。在《灰颜色白影子》中，语言的幽默、诙谐的风格完全不是支离破碎的技巧和手段，不是需要时就撒一点儿的胡椒粉式的调料品，而是一种整体的艺术氛围和境界，一个有机的艺术生命机体。我总是在猜想：刘海栖是沉浸在一种充满幽默智慧的心境中从事写作的，因而，作品的独特味道不是来自他对于一种外在艺术目标的追求，而是来自他的艺术生命的冲动本身。

　　于是，刘海栖的童话也就拥有了自己的艺术感觉和表达方式：《灰颜色白影子》不像郑渊洁童话那样表现出天马行空式的热闹、夸张和奇想，而是从更寻常的生活描述中显示出一种诙谐的情趣和智慧；不似冰波那些抒情体童话的温婉、明丽，却多了份机智与俏皮。于是我们也会更强烈地意识到，童话不仅需要更多的新奇的幻想，也需要更多的艺术智慧和才情。

于是，《灰颜色白影子》也便拥有了自己的意义。

（原载《文学评论家》1991年第1期）

响应当代生活的呼唤
——读《蓝皮老鼠大脸猫》

最近读到葛冰的新作、童话集《蓝皮老鼠大脸猫》，觉得这部作品在展示当代生活和当代孩子的愿望、开拓童话的幻想空间方面进行了颇为有益的艺术尝试，因此就想借这部作品来谈一谈这个话题。

《蓝皮老鼠大脸猫》是湖南少年儿童出版社推出的"中国新童话丛书"中的一种。在这套丛书的"编者的话"中有这样一段话："……童话，作为孩子们喜欢的文学样式，孩子们希望它能够表现新的生活，表现他们身心的全面发展。表现更为真实的情感、大胆的追求和奇特的幻想。"这就是说，用童话形式来反映丰富多彩、瞬息万变的当代生活，寻找童话艺术的当代表现形态，这既是时代的呼唤，也是当代儿童审美趣味不断发展变化的要求。我很赞同这个说法。此外我还想补充一点：这也是童话艺术自身发展、创新的要求。从文学史的角度来考察，童话最初是植根于民间文化的艺术土壤的。自从安徒生在童话创作中表现出作家个人非凡的艺术创造能力，为童话反映时代开辟出一条崭新的艺术道路之后，表现当代生活、不断丰富童话的艺术表现手法和形态，就一直是童话作家的努力目标，也是童话自身内在艺术发展的要求。葛冰的这部童话集就是在这一艺术背景上出现的一部成功地展现了当代生活的节奏和色彩，反映了当代孩子的幻想和愿望，艺术上颇有新意的童话作品。

你瞧，漂亮的老鼠蓝皮和他的伙伴大脸猫组成了一个"魔星杂技团",他们坐着他们的巧克力吉普车周游世界,巡回演出,经历了许许多多惊险有趣的事情:蓝皮和大脸猫吃了一种特制的萤粉,变成了两只"影灯",受到人们的欢迎,他们便想办一所"灯泡学校",把使用萤粉的方法教给大家(《蓝皮老鼠大脸猫》)。五年级小学生刘金刚的"变形金刚"丢了,却意外地得到了一小瓶"万能变形水",它能将一切动物的特点集于人身上,人服后经短暂变化,即可恢复原形,于是,在刘金刚和他的同学们中间便发生了一连串神奇有趣的故事(《"金刚"变形记》)。在这些作品中,童话的幻想世界处处散发着当代生活的气息,具有十分强烈的时代感。很显然,童话艺术不断向当代生活开放,首先就应该善于从当代生活的发展中去寻找、提炼新的艺术素材,这既是时代生活的要求,也是童话艺术自身发展的必然要求。

  当然,从根本上说,一切文学艺术都必然是作家的艺术思维对特定社会生活的反映的结果,但是,不同的艺术种类或文学体裁表现生活的手法、方式又是不尽相同的。对于童话来说,它主要是运用幻想的形式,通过对儿童思维状态的艺术模拟,来反映时代生活的。因此,在作品特殊的假定情境之中,运用变形、夸张等手法来构思故事、塑造童话形象、推动情节的发展,就成为童话反映生活的特殊方式。在《"金刚"变形记》中,刘金刚喝了"万能变形水"后,先后变成了会打地道的鼹鼠、会变幻各种颜色的变色龙、会发射"子弹"的射击鸟,还有会放烟幕弹的章鱼……他的同学李小过因为考试做错了一道算术题,星期天刘金刚决心帮助好朋友,让他变成一只无忧无虑的鸟儿。可是变鸟心切的李小过却说"只要能变,变耗子都行",说完果真变成了一只小白鼠。正当小过父母和刘金刚担心小过被猫吃掉时,小过正坐在一只空罐头盒里跟一群老鼠在一片水中玩划船比赛呢。后来,小过回到家里,恢复了原形,爸爸终于眉开眼笑,小过又来劲地吓唬说:"你们再带我做题,我可还变老鼠!"在这里,当代孩子的愿望通过变形、夸张的方式得到了淋漓尽致的表现,令读者在捧腹之余不能不为之而动容。

不难发现,当葛冰用幻想的方式来表现当代生活和当代孩子的欢乐、烦恼、爱憎和愿望的时候,当他的作品给读者带来欢笑和愉快的时候,他并不放弃用一种高尚的情感给读者以熏染,用一种美好的思想给读者以启迪,而且,当这份动人的思想情感在一种愉快的童话氛围中走向读者的时候,它是如此易于为我们所接受。老鼠丘力克的右耳朵里住着一只会唱歌的金甲虫和一支会拉琴的绿甲虫,吵得丘力克心烦意乱,因为"居住面积太紧张"啦。丘力克便请其中一位住到了左耳朵里,他对小甲虫们说:"我总不能让房子空着,而你们却挤得那么难受。"于是第二天,丘力克便在绿甲虫专为他拉的《早安,你好》的小提琴曲声中醒来,晚上又在金甲虫献给他的《迷人的夜晚》的歌声中进入梦乡……他明白了:自己越关心别人,别人也才越关心自己(《大耳机老鼠和金甲虫》)。魔鬼机器人有着世界上最可怕、最丑陋的一张脸孔,他本来是为了去黑谷消灭一种吸人血的怪兽才被制造出来的,可是却被错送到一座城市里来,引起了这座城市的惊慌和骚乱。魔鬼机器人虽然外表丑陋,却有一颗最善良、正直的心,可是,人们都怕他,只有不懂事的婴儿、看不见东西的盲童不怕他。最后,为了保护城市不受损坏,他毁坏了自己,而在人们心中,魔鬼机器人已留下了最美好的印象(《魔鬼机器人的故事》)。在这些有趣的故事中,隐含聚合着动人的思想力量和情感力量。我们会深切地感到,在这个日益向前发展的社会里,一切优美、善良的品德，一切美好、真挚的感情，都应该加倍地为我们所珍视，都应该永远为我们所张扬。

（原载《文艺报》1991年7月6日）

幽默艺术及其超越

仅仅在大约不到十年以前,在我们儿童文学艺术谱系的配置上,"幽默"还是一种令人感到十分缺乏的艺术因子和话语风格。紧锁的眉头、凝神的思考、紧张的拷问、沉重的喟叹,构成了当时儿童文学的更为基本的情绪氛围和艺术姿态。对此,我在八九年前所写的《论当代儿童文学形象塑造的演变过程》一文中曾做过这样的描述:"新时期儿童文学从总体上说大致发生了这样的转变:文学情绪从充溢着肤浅的热情、天真、乐观转而为蕴含着内在的冷隽、深沉和严峻;理想主义的热烈颂歌,转而为现实主义的全景式的立体观照。"

不言而喻,今天情况又发生了许多变化。其中之一便是,无论是作为一种独具魅力的文学气质或审美形态,还是作为一种特定的文学话语风格或招笑儿技法,幽默都已日益活跃地出现、渗透在我们的文学生活之中。

事实上,对儿童文学幽默品格的呼唤可以说是由来已久。在一个不算很短的时期里,人们对儿童文学幽默品格的议论和期盼一直就没有停止过。不过,当今儿童文学幽默品格的某种程度上的强化并不单纯是人们紧锣密鼓议论呼唤的结果,其更深刻的原因是与当代文化环境的具体情状及其变迁紧紧联系在一起的。当然,每一位个体作家艺术动机的分化及其艺术个性的解放也是不容忽视的原因。

起初,这种动机和个性是以短篇作品为载体而得以显露和实现的，但是不久，正如人们所看到的那样，它在中长篇创作实践中得到了新的延展。

中长篇幽默作品创作的活跃，在儿童文学界大体上是进入20世纪90年代以后出现的一个重要现象。其中1991年复刊的大型儿童文学创作丛刊《巨人》在这方面所做的努力给我的印象尤深。该刊曾陆续发表了秦文君的《男生贾里》、李建树的《暑假真奇妙》、韩辉光的《三个冒险家》等具有轻喜剧风格或幽默特色的中长篇小说。1992年夏季号，《巨人》还推出了一辑富有幽默气息的作品专辑。可以说，《巨人》在倡导和推动中长篇幽默儿童文学创作方面的意图是十分自觉、明确和执着的。

在不久前揭晓的少年儿童出版社首届"巨人"中长篇儿童文学奖评奖中名列前茅的《男生贾里》，就是在上述背景下出现的具有代表性的幽默型长篇少年小说之一。

在我看来，《男生贾里》表现出了一种相当纯正的幽默趣味和格调。它的生气勃勃而又富于机趣的情节开展，它的轻捷畅达而又活泼俏皮的语言韵味，它的交织着谐趣、揶揄、宽容、无奈的情绪咏叹，都显示了一份很地道、很高级的幽默艺术智慧。在这一点上，我以为它很接近任溶溶式的幽默。任溶溶虽然没有写过中长篇规模的儿童文学作品，但他的短篇幽默作品却是极值得我们重视的。我以为，任溶溶也许是他那一代作家中最富有"孩子气"的作家——不是那种我们常常可以见到的故作姿态的天真，而是从气质、从天性、从精神深处流泻出来的浑朴、可爱和纯真。因此，任溶溶的创作往往在不知不觉间就达到了儿童文学创作的极高境界：风趣、诙谐而又毫无匠气。（我在《中国幽默儿童文学作品精粹》

一书的《前言》中对此有所论述。）在这里，我想说，《男生贾里》也表现出作者秦文君对笔下人物个性世界的透彻了解和把握。作品所展示的那个有趣的男生世界，处处显露出一种明朗而又充满谐趣和灵秀的幽默之美。

不过，我的阅读直觉告诉我：《男生贾里》绝对是一部上乘之作，但还不是一部杰作。我想，首届"巨人"中长篇儿童文学奖的评委们把它列为二等奖头名，而将一等奖空缺的做法，是否也暗示了这一点？

如前所述，《男生贾里》对人物精神的把握是机智、细腻而灵巧的。但是问题也许正出在这里：当作品把艺术焦点对准人物明朗得多少有点儿单调的个性世界时，其思想和情感的空间也收缩到了最小的范围。在贾里和围绕贾里所展开的故事里，男生世界的丰富多彩掩盖了作品艺术内容的相对单薄和贫乏。我觉得《男生贾里》的成功主要还是得力于作品在语言、情节层面上显示的较为圆熟的幽默策略，但作品缺乏更深厚的精神背景和社会内容的支撑，而对于一部称得上杰出的中长篇幽默儿童文学作品来说，这样的支撑显然是必不可少的。

当然，这种支撑必须是纯文学式的。从历史上看，张天翼的长篇童话曾经表现出一种泼辣而又深厚的幽默艺术才情和功力，从而把中国现代儿童文学中的讽刺性幽默艺术发挥到了极致。但是我也感到，张天翼先生的过于明晰的理性认识倾向，也在一定程度上限制了他的幽默艺术向着更内在、更深沉、更富有意味的艺术境界延伸。很显然，历史已经为今天中国幽默儿童文学艺术的更新发展提供了宝贵的经验。我想，当幽默对于我们的儿童文学来说不仅仅是手段，也不仅是它自身的时候，当代儿童文学的幽默艺术就有可能实现新的艺术超越。

（原载《儿童文学选刊》1995年第1期）

秦文君和她的《男生贾里》

中国当代少年儿童文学创作中出现过好作品吗？

一些年来，整个社会一直怀着疑惑的心情向少儿文学界发问。

少年朋友们由于种种原因，也常常抱有这样的疑问：作家为我们写过什么好作品吗？

他们说："我们想知道。"

《少年世界》的编者王卉小姐跟我谈了开设本栏目的想法，并让我来主持这个栏目。

我未加思索，就在电话里说好的。

王卉小姐在电话的那一端又建议说，就从秦文君的《男生贾里》开始介绍吧。

我说好的。

对许多少年朋友来说，提起秦文君这个上海女作家的名字和她的一些作品，大家也许是不会感到陌生的。我很喜欢她的一些作品，譬如短篇小说《老祖母的小房子》《四弟的绿庄园》，譬如长篇小说《孤女俱乐部》。秦文君在一篇文章中曾说，她自己最喜欢的作品是长篇小说《十六岁的少女》。不过我没读到过这部小说，这让我有点儿惭愧。

我喜欢的秦文君的那些作品留给我的印象是：描写细腻，文字感觉有些优雅；内在的气质情绪忧郁而凝重；艺术思考的问题都严肃得要命——譬如人情、人性，譬如"代沟""对话"，等等。这些作品逐渐把秦文君塑造成了一个有个性的少儿文学作家，慢慢地也使她成了一个有成就、有影响的作家。

到了写中篇小说《男生贾里》的时候，秦文君的创作路子发生了显而易见的变化。或许是她对儿童文学的艺术特性和艺术可能有了新的发现，或许是她想换一种方式写少年小说，或许是其他的什么原因吧，反正，秦文君收起了她那种优雅的、略带矜持的写作姿态，而操起了一副轻松、活泼、略带调侃的叙述语调，来讲述生活中普通孩子的普普通通的故事。整个作品于是就变得十分有趣并且有劲起来。记得有一个专弄文学理论的叫罗兰·巴特的外国人曾经把那些难读的小说称为"作家型"小说，把易读的小说称为"读者型"小说。我不敢说秦文君以前的作品是难读的"作家型"小说，但我却想说，《男生贾里》是一部好读的"读者型"小说。

《男生贾里》写的是一个叫贾里的初一男生的故事。整部作品分为18章，基本上讲的就是贾里先生上初一时发生的18个故事。当然，也顺便写到了贾里的妹妹贾梅、爸爸贾作家和他的男女同学们。上海的另一位小说家梅子涵教授在一篇《简说〈男生贾里〉》的文章里说，这部作品"没写什么大事，全是鸡毛蒜皮。贾里先生们会有什么大事呢，他们有的只是些鸡毛蒜皮。他们天天踏着鸡毛蒜皮走过来奔过去，就在鸡毛蒜皮里长大"。作品借助这些琐事，来展示当代都市少年的日常生活和心性志趣，来揭示他们心灵成长的隐秘流程。所以，读者读起来的感觉也就特自然、特顺溜、特亲切。

从艺术上看，《男生贾里》采用了一种幽默的叙述语态，十分出色地完成了一种轻喜剧风格的叙述样式。关于《男生贾里》的幽默艺术，我曾经这样说过："《男生贾里》表现出了一种相当纯正的幽默趣味和格调。它的生气勃勃而又富于机趣的情节展开，它的轻捷畅达而又活泼俏皮的语言韵味，它的交织着谐趣、揶揄、宽容、无奈的情绪咏叹，都显示了一份很地道、很高级的幽默艺术智慧。"可以说，《男生贾里》"所展现的那个有趣的男生世界，处处显露出一种明朗而又充满机趣和灵秀的幽默之美"。（《幽默艺术及其超越》）

《男生贾里》出版后，许多读过这本书的少年朋友都喜欢得不得了。有一位少年朋友还给作者秦文君女士写信，说是希望尽早读到贾里先生后来的故事。秦女士正忙于别的创作，这位读者等不及了，便自己操笔写了五万字的续篇，寄给了最初发表《男生贾里》的上海少年儿童出版社的大型少年文学丛刊《巨人》编辑部。

后来，秦文君又写了一本关于贾里的妹妹贾梅同志的书，题目叫《女生贾梅》，也一样有趣得要命。

《男生贾里》的出版，几乎给秦文君带来了一个作家所能获得的一切。这部作品不仅赢得了很多少年读者，而且获得了从上海到全国的一系列文学大奖，还被摄制成电视剧和故事片，上海、北京两地先后召开了研讨会，该书的日文版、英文版等也已经或将要出版……

而对这一切，秦文君是十分清醒的。不久前她在发表的《我的儿童文学情结》一文中说："在我的心目中，真正的儿童文学精品应该在艺术上炉火纯青，毫无造作，带点儿浪漫，也就是说它从形式到内涵看来很单纯，没有触目的理念痕迹，然而它却可以是蕴含不朽意蕴的，甚至表达出全人类情感的……十五年来，我之所以这么急切地写作，就是一直感觉隐约看见了到达那种境界的道路，而却总是抵达不了。我想，也许再投进十五年去，我会找到它。我又想，即使我找不到它，下一代儿童文学作家会找到它。"

让我们为作家祝福，为儿童文学祝福！

（原载《少年世界》1997年第1—2期合刊）

班马和他的《六年级大逃亡》

在中国当代少儿文学领域，"班马"是一个响亮的名字。我这样说是有道理的，不是随便瞎说的。

班马这个名字有点儿童话味道，也有点儿怪，是不是？据说有一次一个朋友到广州后打电话找班马，结果电话不知错打到哪里去了，接电话的人说："什么斑马？这里又不是动物园！"你说好笑不好笑！不过，很多少年朋友都喜欢这个名字，四川一位小诗人还写过一首关于班马叔叔的诗歌呢。

其实班马本来不叫班马，叫班会文。这个叫"会文"的挺黑挺瘦的小伙子（现在是中年人了）的确很会写文章的。他给自己取了个笔名叫"班马"，人们也就班马班马地叫他。弄到后来，许多人只知道班马，而不知道班马本来是叫班会文的了。

会文改叫班马，这没什么关系，反正他还是越来越会写文章了：作品越写越多，书越出越厚。他写少年小说，也写散文、童话、诗歌、戏剧，还写了很多的理论文章和理论书。

不过，班马之所以名气大，主要还是因为他的作品常常会给读者带来新鲜感，常常会引起人们对于少儿文学创作观念和艺术理论方面的一些问题的思考。譬如短篇小说《鱼幻》《野蛮的风》，十来年前一发表就引起了关注和讨论，许多人写文章，争论得面红耳赤。直到最近，还有人在谈论《鱼幻》呢。有人说《鱼幻》连大人看起来都很吃力，小读者能看得下去吗？

关于这些争论我们在这里暂且不去管它。我只想说，班马早期的小说着力揭示、描绘的是少年人内心深处那些隐秘的、野性的、亦真亦幻的心灵内容及其感知和探究外部世界的相应的思维方式和过程。我这样说可能有些吓人。很抱歉我一下子也想不出另外的更通俗的表述法。不过你可能也隐约感觉到了，班马的那些小说是挺特别的。

后来，班马准备变换一下路子，从神秘的、野性的氛围中退出来，写一部很写实、很贴近现在的少年儿童生活现实的作品。这就是我这里要介绍的《六年级大逃亡》。

《六年级大逃亡》1990年在上海的《少年文艺》上发表时是一个短篇。1995年，作者把它续写为一部20万字的长篇小说，当年11月由江苏少年儿童出版社出版。

书中的《内容提要》是这样概括作品的内容的：

> 这是一部反映当代少年现实生活的长篇小说。作品真切地表现了在中国目前变革的社会景象之中少年人微妙的精神世界，多层次地展示了当代学生敏感、叛逆、灵活、有趣的心理景观。作品以主人公李小乔的少年人语调及其他奇特的经历，诉说了成年人往往未曾用心去体察的少年内心感受；又通过李小乔的家庭、学校、伙伴群以及浪迹社会的宽广叙述背景，反映了当代学校教育所面临的改革紧迫感。

这样的概括当然是十分简约和理性的。当初短篇小说《六年级大逃亡》发表时，我应上海的《儿童文学选刊》的编者之约，也写过一篇挺理性的分析文章。其中的分析现在看来基本上还是有道理的。例如我这样分析李小乔：李小乔是个孩子，可是生活在他身上却倾泻了过多的误解、成见和冷漠，一颗稚嫩的心灵终于过早地告别了天真的欢乐和幻想；他逃离了他所厌倦的学校和家庭，跟着白头翁叔叔卷入了一种对于13岁的孩子来说显然是极不协调的人生运转之中；在李小乔的情感深处，仍然潜伏着对于往昔学校生活的深深的眷恋，潜藏着对于寻找属于自己的精神归宿的真切渴求。（参见《走向新的艺术常态》）

如果让我不那么理性，而是比较感性地表达我自己读了这部长篇小说的感受的话，那么我就要用李小乔的那副腔调惊叹：哇，真是有劲得一塌糊涂！

《六年级大逃亡》的基本讲述角度和语言是采用李小乔的口述形态，讲他自己的学校生活故事，讲他在外面的漂泊经历，讲他的老师、父母、大小伙伴和他见识过的男男女女。在《走向新的艺术常态》那篇文章中我说，《六年级大逃亡》在口述体的随意中尽可能容纳和表现出主人公心灵的原生状态，从而通过叙述形式本身直接实现了一种精神现实的展示。你别被我这句话吓着。这句话的意思基本上就是说：李小乔的讲述语态（实际上也就是作者创造、设置的讲述形式）使这部作品、这个人物显得格外真实。你读读这部作品，看看李小乔像不像你的某个同学或伙伴？

我还想告诉你，李小乔讲述的故事不仅好玩、有劲儿，而且还有许多令人感动的东西在里头。李小乔的经历、处境和他那些又稚气又早熟的情感、思绪，都可以引起我们的深深的思索和品味。

令我遗憾得要死的是，这部长篇小说第一次印刷时只印了1500册。

全国多少少年朋友才能摊到一册呀！不过，如果我们都知道有这么一本好书，都拼命想去找来读，那么出版社知道了就要高兴死了，就会赶紧去印刷厂加印的。

（原载《少年世界》1997年第3期）

周锐和他的《哼哈二将》

周锐是我十分喜欢的一位童话作家。他今年44岁，身高一米八多。儿童文学理论家王泉根教授曾经这样描述周锐：他"长得人高马大，熊腰虎背，貌似一员大将；可走近一看，却像许仙，面孔白净，举止斯文，说话和颜悦色，见到小朋友，更是亲热得不得了。"我见到过的周锐，也正是这样一个人。

大个子周锐1968年初中毕业后，就去云南、江苏插队务农，后来又当过长江油轮上的船员、钢铁厂的工人。现在，他住在上海，在一家出版社当编辑。

平常，除了当好编辑，周锐最喜欢做的事情是为少儿朋友写童话。他写童话又认真又勤奋。有一年我和他一起在杭州参加一个儿童文学笔会。会开完了，主人安排半天时间让与会者游览景点，周锐却没去，他把自己关在房子里写童话。如今，他已写了三十几本童话，其中像《扣子老三》《特别通行证》《鸡毛鸭》《哼哈二将》等，都是很有影响的作品。周锐的童话作品数量宏富，艺术质量也相当齐整，这很不容易。在创作上，我们听说过不求数量但求质量的"苦吟诗人"（所谓"两句三年得，一吟双泪流"），也见过只求数量不管质量的粗制滥造者。而在中国当代童话创作领域，要说"高产"且"质优"的作家，周锐肯定是十分突出的一位。

周锐童话给我留下的印象，大致有这么几点：

一是文化底蕴相当深厚。

周锐虽然没有接受太多的正规教育，但他兴趣广、悟性高，加上他这个人又十分刻苦努力，所以作为一个童话作家，他的综合素质是相当出色的。他喜欢音乐（喜欢听，也喜欢唱），喜欢戏曲（特别是京剧），喜欢古典文学（特别是古典诗词），喜欢曲艺（特别是相声、评弹、评书），喜欢武侠小说和民间故事，喜欢象棋等等。这些才华和修养对他的童话创作大有裨益。他为少年朋友写的童话作品也就常常透着十足的文化底气。例如，他的作品中不时有相声般机智的对话，或带着古典小说、民间文学的艺术神韵，或夹着对仗工稳和格律讲究的旧体诗词。相对于一些比较缺乏文化和艺术素养的童话作家来说，周锐应该是一个优秀的榜样。

二是艺术思考相当深刻。

我曾经在一篇有关周锐作品的评论文章中说过，周锐是一位富有特殊的童话气质的作家。他的艺术灵感常常来自对社会、对人生的独特观察和感悟。他的童话不管多么离奇荒诞、稀奇古怪，都能够揭示一种深刻的社会人生规则，或表达一份动人心魄的情怀。因此，他的作品常常经得起我们细心的咀嚼，经得起挑剔的品赏。

三是幽默天赋相当出众。

我在一本书中写过这样的看法：周锐童话智慧的一个重要方面，即在于他对幽默艺术的执着的、深刻的理解和把握。或热闹，或诙谐，或凝重，或冷峻，在周锐那里都可能成为童话幽默艺术的一种色彩，一种格调，而且，是一种高贵的色彩，一种高雅的格调。当然，周锐自己的说法就比较客气了。他说自己写童话向来把可读性放在第一位，而要提高可读性，放噱头是一种重要的手法。不管幽默也好，噱头也好，反正，周锐的童话就变得很具有"可读性"了。

我应该还可以举出第四点、第五点……但主要的就是上面这几点。

最后我们来说说《哼哈二将》。

《哼哈二将》是周锐的一组系列短篇童话。哼将军和哈将军是住在天上的一对好朋友。五百年来，他们天天要见面，可谓形影不离。哼哈二将上天入地，发生了许许多多古怪而又好玩的故事。例如在《汗如雨下》这篇童话中，哼哈二将以汗代雨，为百姓救急解难。可是，当有人想把他们当成摇钱树时，他们毫不犹豫地拒绝了。又如《等待天偷星》中，作者这样介绍天偷星的偷技：天偷星替人"搬家"的本事大，"同样是偷，天上地下两回事。咱们这儿的小偷素质太差，偷了别人的东西很少想到要还。如此说，天上干这行的境界就那么高，偷了会还？那当然，没听见有这么句话：'有偷有还，再偷不难。'天偷星是天上的星宿，什么都不缺，只是经常喜欢卖弄一下本门的神通。"说得一本正经，煞有介事，而又令人捧腹……

大个子周锐的童话作品数量多，质量又好，于是他就老是获奖。在儿童文学界，他算得上是一位"获奖专业户"。这不，前不久，《哼哈二将》又获得了中国作家协会第三届全国优秀儿童文学奖。

（原载《少年世界》1997年第4期）

孙幼军和他的《怪老头儿》

1961年，孙幼军的长篇童话《小布头奇遇记》由中国少年儿童出版社出版了。

谢天谢地，谢爹谢娘，让我也赶在那一年"问世"。我与小布头成了"同龄人"。

《小布头奇遇记》使作者孙幼军一举成名，这部童话不仅是孙幼军个人的处女作、成名作和早期创作的代表作，而且也当之无愧地成为那个时期中国儿童文学创作最具有代表性的作品之一。

可是，等到我念书识字的时候，碰上了"文化大革命"。少年时代我读过《闪闪的红星》《渔岛怒潮》《向阳院的故事》《新来的小石柱》……却没有读过《小布头奇遇记》。

读《小布头奇遇记》，是长大后我成了儿童文学专业硕士研究生以后的事情。而且，我不仅读到了小布头，还读到了孙幼军新发表的为小朋友写的《小贝流浪记》《小狗的小房子》《吉吉变熊猫的故事》等作品，读到了他为少年朋友写的系列童话《怪老头儿》。有一天，我还收到了幼军先生寄赠的童话集《怪老头儿》。

是的，《怪老头儿》！

孙幼军是写作幼儿童话的高手。他的幼儿童话具有一种纯真而又大气的美学风范，在儿童文学界有口皆碑。而《怪老头儿》则是一部为少年读者写作的童话，是孙幼军80年代以来童话创作的重要代表作。幼军先生的好朋友金波教授在为系列童话集《怪老头儿》所作的序文中曾这样写道:"我认为这部系列童话是幼军进入新时期以来的重要代表作……正像研究孙幼军的童话创作,不能不研究他的《小布头奇遇记》一样,也不能不研究他的《怪老头儿》。"

我很同意金波先生的上述说法。

系列童话集《怪老头儿》的《内容提要》是这样写的:

> 别以为90年代的孩子全生活在蜜糖之中,其实,令他们烦恼的事儿多着哩。小学生赵新新受到了不公正的待遇,内心有许多委屈和不平,但他很幸运,有一个忘年交的朋友怪老头儿为他分忧解难。怪老头儿,是幻想中的、令所有的孩子着迷的、富有神奇色彩的童话人物。愿小读者都有一个像怪老头一样的好朋友。

怪老头儿是我国当代童话创作中出现的一个少有的充满魅力的老神仙形象。在传统的仙人童话中,仙人一般都是承担着"引人向善"职责的有点儿高高在上的超凡人物,而孙幼军笔下的怪老头儿可不同。他是一个既神奇古怪,又富有爱心和童心的人物,一个令人感到可以亲近的人物。他具有无所不知、随意变幻的魔法。他理解孩子、尊重孩子,并总是乐于用自己的魔法来帮助孩子。因此,偶尔认识了怪老头儿的小学生赵新新的生活就变得十分神奇起来:怪老头儿为赵新新选了个替身,代替他坐在屋里完成妈妈布置的各种额外作业;怪老头儿把传家宝飞天树木片送给赵新新,帮助他做成了创世界纪录的滑翔机……可以说,怪老头儿是作者塑造的一个既富有传统艺术光彩,又具有当代精神特征的崭新的艺术形象。

《怪老头儿》所表达的艺术主题,所呈现的童话思维方式,所塑造的人物形象,所运用的文学语言……都是很有嚼头很可玩味的。比如语言,无论是叙述、描写还是对话,《怪老头儿》都既保留了北京口语生动俏皮的特点,又达到了文学语言明净晓畅的境界,还总是透着一股子不露声色而又令人忍俊不禁的幽默诙谐劲儿。有的评论家因此名之为"京味儿童话"。举个例子吧,在《爸爸就是爸爸》一篇中,"我"(赵新新)挨了爸爸揍,委屈地去找怪老头儿诉苦:

> 怪老头儿听得动了气,胡子翘起来了,脑门儿上的青筋也蹦起来了。我还没说完,他就扯住我袖子说:
> "走,找他算账去!"
> 我挣脱开,问他:"您想怎么算账?"
> 他一瞪眼说:"先揍他一顿,给你出气,然后再跟他评理!"
> 我摇摇头:"您打不过他。"
> "什么?"他气哼哼地说,"打不过他,你瞧瞧我这'块儿'!"
> 他把衣袖往上一撸。他的袖子肥,一下子就撸到肩膀上。然后他把胳膊弯成90度,用另一只手往上一拍说:
> "瞧见没有?"
> 我瞧见了。皱巴巴一层老皮包着根儿细骨头,上边爬着两条青筋。他自己拍了一下,就在上面留下个红手印子。

《怪老头儿》的整个语言风格,就是这般畅达、幽默、生动,透着浓浓的京味儿。

孙幼军的童话创作成就获得了很高的评价。他被童话史研究专家金燕玉教授称为新时期"童话两大家"之一。他是我国第一位获得国际安徒生奖提名的作家。《怪老头儿》也先后获得过中国作家协会第二届全国优秀儿童文学奖、全国优秀少儿读物评奖一等奖、国家图书奖提名奖、宋庆龄儿童文学奖金奖。这些可都是些响当当的大奖啊。

《怪老头儿》是由湖北少年儿童出版社1991年出版的，印数3400册。我想，喜欢这样有味儿的童话的小读者，肯定不会只有这么一点点吧？

（原载《少年世界》1997年第6期）

梅子涵和他的《女儿的故事》

梅子涵是一位小说家，也是一位学者。学者梅子涵教授曾经写过一本理论书：《儿童小说叙事式论》。在这本书中，梅子涵立场坚定、情绪饱满地说了这样一段话："我的基本点是强调创新。我一再表达过这样的看法，作为小说家、儿童小说家、儿童文学作家，他的存在价值不仅仅在于提供一篇一篇、一本一本的读物、故事、小说，还在于推动、发展他所从事的那种形式。这是一种层次和高度的区别，这是一种精神和理想的体现，这是一种希望和未来的所在。"

最近十年或更长一些时间以来，梅子涵几乎一直是中国当代少年小说界最喜欢谈论"形式"的一位作家。他的一系列少年小说作品更是一以贯之地表明了他对于更新少年小说叙述模式、创造新的叙事可能的迷恋和执着。我在一篇文章中十分肯定地说过：梅子涵无疑是近十几年来少儿文学界最具有形式感和先锋意识的作家之一，他的许多作品都显示了强烈的个性表达欲望和形式更新倾向。（参见《形式及其他》）

那么，什么是小说的"形式"或"叙事方式"呢？

这个问题要是从理论上细细说起来，那就复杂了。我们还是把问题说得简单一些吧。简单地说，小说总是要告诉我们一些"东西"，比如一个人物的经历、一个事件等等。这些"东西"在进入小说之前，常被称为素材，或称为本事。那么，怎样叙述和重新组织这些本事呢？这就涉及了小说的叙事艺术问题。通常，一种叙事方式出现之后，许多作家或模仿，或被束缚，于是，这种叙事方式就成了一种小说叙事常模。

可是，也有许多作家不愿意用人家常用的叙事方式，他们总是在叙述的方式上打主意，这样，小说中就常常出现了一些新的口味、风格，一些新的叙事样式。

梅子涵就是这样的一位作家。

早在80年代，梅子涵的《课堂》《走在路上》《蓝鸟》《双人茶座》等小说就以其新颖的叙述方式和语体意味引起过儿童文学界的广泛注意。进入90年代，当不少作家因为种种原因在儿童文学艺术实验领域偃旗息鼓、抽身离去的时候，梅子涵（当然还有其他一些作家，可惜他们的数量减少了很多）却拒不"投降"或"洗手"歇息，反而以更加忠诚的艺术态度、更加有效的艺术行为继续着他的小说叙事艺术的革新努力。他的《林东的故事》《曹迪民先生的故事》，直至最近的《女儿的故事》，都频频引起了儿童文学界乃至更大范围的人们的关注。这些作品继续显示了梅子涵特有的强烈的个性表达欲望和形式更新倾向，其中又以《女儿的故事》最为引人注目。

《女儿的故事》是一组发表于《巨人》《少年文艺》等刊物上的系列作品的总题目。一看"故事"两字，你可能要激动了：故事来劲！可是，给你讲故事的不是别人，是作家梅子涵！作家梅子涵有作家梅子涵自己讲故事的方式。

《女儿的故事》其实只是用看起来拉拉杂杂、毫不经意的方式来讲述女儿梅思繁以及爸爸、妈妈、同学等等人物在日常生活中的那些琐碎而又鲜活的片段，这些片段构成了小说中像日常生活那样平凡和自然的叙事流程。比如女儿梅思繁一直当班干部，因为偶尔对群众态度不好就当不成了。她喜欢和擅长文科，于是在中文系当教授的爸爸为了她的升学考便老是跟在后面督促"数学抓抓紧抓抓紧"。她体育成绩不好，爸爸便说："身体要锻炼好太重要了，以后考高中，考重点，也要看体育成绩的。"还有，梅思繁如何参加作文比赛、辩论赛、英语演讲、语文演讲、大合唱比赛等等。在系列小说《女儿的故事》中，梅子涵似乎放弃了经典少年小说的一切叙事技巧和艺术秩序，而展示了一种无传统技巧或反技巧的叙事可能。我在另一篇文章里谈到梅子涵的一篇近作时曾说，用传统的技术主义观点来看，它的随意和任性已经到了令人惊讶的地步，但是，它在似不经意的叙述形式中，仍然为我们提供了一种超越传统技术美学观念的文本形式。

这些少年小说带给读者的阅读感觉是别致甚至是怪异、灵动而又诙谐的。它们会使我们在一种怪异而又愉快的阅读过程中发现，原来故事不光可以那样叙述，还可以这样叙述；小说不但可以那样结构，也可以这样结构！

你会发现，这篇小说所叙述的事情本身都是十分当下化、生活化的，但小说的叙述展开、叙述结构和语体意味却是十分独特的。这种独特的叙述形式来自作家梅子涵对生活的独特言说能力，表现的是作者对生活的独特观感和驾驭小说的叙事才能。

《女儿的故事》系列小说发表后，不仅少儿文学界关注，成人文学界也注意到了。《小说月报》就选载过发表于《巨人》的中篇小说《女儿的故事》。少年小说能引起如此的重视，是并不多见的。

我还想顺便一说的是，梅子涵先生与武汉、与湖北少年儿童出版社挺有缘分的。他的《老丹行动》《双人茶座》等小说都发表于湖北少年儿童出版社的《少年世界》，湖北少年儿童出版社还出版过他的小说集和理论著作。今年，他又在为《少年世界》主持"每月随笔"专栏……

我与梅子涵是同行，也是朋友。我们不时会有见面聚谈的机会。有时候，我们在谈到其他某位作家的某篇作品时，梅子涵会说："这篇作品如果由我来写，会更好！"

瞧，这个梅子涵，他不会假谦虚，他对自己的叙事能力充满了自信。

就在我准备写这篇文章的时候，作家梅子涵从上海打来电话说，《女儿的故事》单行本被列入少年儿童出版社（上海）的《巨人丛书》，已经出版了。

（原载《少年世界》1997年第5期）

张之路和他的《第三军团》

在谈论《第三军团》之前,先来谈谈作者张之路显得特别有必要。

我曾经读过好几位儿童文学界朋友写的关于张之路的文章,例如汤锐的《张之路其人其作小像》、梅子涵的《话说张之路……》、桂文亚的《速写张之路》等等。大家喜欢写张之路,不光是因为他人缘好,还说明他这个人有特点。这个外表斯文、气质儒雅的作家身上,据说有着一种直率、刚烈的男儿血性。汤锐女士在她那篇十分生动传神的文章中是这样勾勒张之路的"小像"的:"奶油小生的外表,红脸汉子的脾性,这是他的朋友给他的一个简要描述。确实,乍一看,张之路有一种白面书生般的温文尔雅之貌,谁也料不到其内里却奔流着山东汉子的烈血,冲动起来便要拔拳相向,在泰山,在外省小饭馆,他颇有一些令其朋友津津乐道的斗殴谈资。生性直率、认真、容易冲动,在他身上,委婉、迂回等很少见到。这种性格有时使他显得有几分咄咄逼人,有时也给他招来些麻烦,而他后来的不少作品中那一种冷峻的艺术氛围,大概也可以从这里溯源吧。"

的确,"文如其人"的讲法在多数情况下是有道理的。像《第三军团》这样一部流贯着正义之气、洋溢着青春豪情的作品,由禀性刚正、生猛的作家张之路的笔下流出,就实在是太顺理成章了。

1992年11月,我在北京参加中国作家协会主办的第二届全国优秀儿童文学作品评奖工作时,一口气读完了长篇小说《第三军团》。记得当时曾与几位一起参加评奖工作的同行十分兴奋地谈论过这部作品。只是我们的评奖推选工作一结束,书也就同时交公了。不久前,之路先生知道我想向《少年世界》的读者介绍《第三军团》,就应我的请求设法买了最新印刷的书寄来。我收到书后来不及写信去道谢,就先忙着写这篇介绍文章了。

《第三军团》的故事梗概是这样的:几个疾恶如仇的高中学生以"第三军团"的名义,在汽车上惩治公开抢劫的流氓,打击在火车站勒索乘客钱财的个体运输户,追查以贩卖黄色书刊起家又制造假酒假药的"众生贸易公司"……他们惩恶扬善,使坏人恨之入骨,闻风丧胆,而好人则扬眉吐气,拍手称快。校长顾永泰不明真相,为追查"第三军团",指派新分配来的大学生华晓扮成学生打入他们中间……于是,演出了一幕幕险象环生、可歌可泣的戏剧。

在我看来,《第三军团》是一部十分典型、优秀的长篇少年小说。少年小说这一概念如今我们用得挺多,好像也挺顺手了。但究竟什么样的作品是少年小说?或者再进一步问,究竟什么样的作品是好的少年小说?对此,作家们仍在尝试各种各样的艺术可能,搞理论批评的人们似乎也还在耐心地思考和等待。不过,可以肯定的是,少年小说不会只有一种单一的面貌和样式——至少我是这么认为的。而且我还认为,少年小说的写法可以各式各样,但各式各样的写法对少年小说来说肯定不会都同样有价值,也不会都同样能体现少年小说的精神气质和艺术特性。我还想说,《第三军团》就是我心目中那种好的、成功的少年小说作品。

为什么这样说呢?

首先,这部小说中所涌动的英雄主义的正义之气和青春豪情令我振奋和感动。

在日常生活中,我们都能感受到整个社会的令人鼓舞的发展节奏,同时我们也时时会发现伴随着社会发展而出现的种种丑陋、腐败、邪恶的现象,例如关怀的丧失、人心的冷漠等等。正如作品中所写的,许多成年人"学会了世故,学会了周旋;他们学会了迎合,学会了迂回;他们学会了狡猾,学会了趋炎附势;他们学会了做违心的事而不脸红;学会了如何在危险出现的时候保卫自己的安宁;他们学会了忍受……同时他们也学会了残酷和冷漠"。作者把激情、正义、勇敢、善良等等品质赋予了笔下十六七岁的主人公们——他们充满幻想、血气方刚,他们爱憎分明、疾恶如仇,他们惩恶扬善、除暴安良……用他们自己的话说,解放军是"第一军团",警察是"第二军团",他们自称"第三军团"。每一次惩治了坏人之后,他们都要留下一张卡片,上面是这样四句话:"七尺男儿不为民,愧对父母枉为人。世间自有正气在,路见不平有须眉。"署名"第三军团"。因此,这是一部现实主义与理想主义相结合的作品,是一部充溢着纯真、美好、青春气质和正义、勇敢、献身精神的青少年小说。在我看来,作品中的正义豪情不仅仅是一种感人心魄的精神力量和表达内容,而且也构成了作为青少年小说的一种特有的艺术品性和气质。

其次,从艺术结构和表现手法上看,《第三军团》作为少年小说也做出了一种成功的示范。

少年小说的"可读性"当然不等于"易读性",但易读、好读肯定是少年小说所应具有的阅读状态之一。据说,当代美国少年文学的基本特点之一,就是摒弃了冗长乏味的叙述,情节发展迅速，人物形象鲜明生动，像音乐电视一样，运用蒙太奇的手法，把一个个生活场景剪辑合成而呈现给读者。可见，少年小说绝不排斥可读、好读，而应寻求一种适合少年读者的可读、好读状态。《第三军团》在表现手法上采取了欲扬先抑、欲露还藏的策略。"第三军团"的行动神出鬼没，不仅给作品中的坏人、恶势力制造了一种威慑感，而且对读者来说也设下了强烈的悬念。同时，作品的基本精神和艺术视角是写实的，但在具体的表达上又颇具理想、浪漫、神奇的色彩，融现实思考与浪漫激情于一体，塑造了几位理想化了的少年奇侠的形象。因此，捧起《第三军团》，你八成是要欲罢不能，一口气读完了。

我收到的《第三军团》（中国少年儿童出版社出版）是1996年5月第3次印刷的，本次印数5000册。累计印了多少册，版权页上没说。

最后，我还想补充说一点：张之路其人其文除了豪情万丈的一面之外，也有温情似水的一面。1996年12月，我与他一起去台北参加'96海峡两岸少年小说研讨会，路过香港时，之路想着为在北京念中学的女儿买一双合适的皮鞋（他说前不久在北京曾陪着女儿转了好多商场也没买成）。那天我们从铜锣湾繁华的商业区一直转到不知名却同样繁华的小街巷。虽然鞋最后还是未能买成，但之路身上流露的那份父女深情，着实令我羡慕和难忘。

（原载方卫平《文本与阐释》，明天出版社2006年版）

冰波和他的《狼蝙蝠》

80年代，咱们中国的童话创作中曾经出现了两个很有影响的流派。一派叫作"热闹派"，代表作家是郑渊洁、周锐、彭懿等；另一派叫作"抒情派"，代表作家首推冰波。

冰波那时候还是一个二十多岁的小伙子，可是，他写的童话却大多是明丽温馨、柔情绵绵的，比如《大海，梦着一个童话》，比如《夏夜的梦》，比如《窗下的树皮小屋》，比如《秋千，秋千……》。许多读者读了冰波的童话，又从冰波这个有点儿秀美的名字上去猜测，便以为冰波可能是位女性作家。血气方刚、创作势头日益见涨的冰波听到这个消息，心里大概也暗暗有些叫苦。为了"证明自己尚是个男子汉"，冰波就写了《蜗牛奇侠》等他自称是"武"的童话。可是，读者却不认这个账，还是"连推带搡"地把他推上了抒情派童话代表作家的宝座。

冰波曾经写过一篇文章，题目是《笔名的故事》。他在文章中记叙了自己笔名的来历。在他就要上小学的前一天，他妈妈对他说："明天，你要上学了，要好好读书，将来当个作家。"妈妈还告诉他："作家都要有个笔名，你出生时，我就给你取好了笔名，你将来当作家的话，只要把姓去掉，就是个很好的笔名。"冰波大受鼓舞，他在文章中说："从那天起，我真的认定我将来是要当作家的。我的'笔名已经取好'了，不当作家当什么？"在文章结尾冰波这样写道："回首往事，我常想，对孩子来说，母亲的理想是多么重要啊！"

这最后一句话真有些让我感动。

对了，我还想告诉读者，冰波本名叫赵冰波。

冰波上学后果然对文学产生了极狂热的兴趣。中学时代他抄过70万字的文学名著，包括泰戈尔的诗集《飞鸟集》等。高中毕业后，他开始尝试诗歌、散文创作，后来改写童话，一发而不可收。

冰波虽以典雅、柔美的抒情体童话创作闻名，可实际上，他的作品不仅数量多，而且题材风格也是多种多样的。他写过《秋千，秋千……》《花背小乌龟》等属于幼儿童话类的作品，也写过《毒蜘蛛之死》《那神奇的颜色》等探索性少年童话作品；他写过大量抒情优美的童话，也写过如《凡尔医生出诊记》《阿笨猫和外星小贩》等不少幽默夸张、诙谐滑稽的具有热闹派童话韵味的作品。进入90年代，冰波童话创作的艺术视野更加开阔，艺术风格也更加丰富、成熟。1993年12月，他的童话新作《狼蝙蝠》由江苏少年儿童出版社推出，很快引起了整个儿童文学界的重视。

这是一部适合少年朋友阅读的想象奇特、场面壮阔、主题深邃丰盈的长篇童话力作。

大名鼎鼎的科学家申其教授做了一个奇怪的梦："在梦里，我看见了一只从来没有看见过的动物，它的身体非常庞大，如同中生代的恐龙。可是，它不是恐龙。它长着一个巨大的、像狼一样的头。它的四肢既结实，又显得十分的灵巧。在四肢和尾部之间，长着皮膜，看起来就像是蝙蝠，不过它有非常巨大的身体。它像是一种生活在中生代的侏罗纪和白垩纪的动物。但是，它绝对不是恐龙，是一种从来没有被记载的动物，也从来没有被发现过化石的动物。我给它命名为狼蝙蝠。它，就在南极！"

受这个怪梦的启发和暗示，申其教授率领一支科学考察队奔赴南极，竟然真的在一个深不可测的冰洞里发现了已经"沉睡"了大约七千万年的巨大的动物狼蝙蝠。申教授用他自己发明的针剂将处于休眠状态的狼蝙蝠复活了。复活之后的狼蝙蝠竟吞吃了最爱它的小姑娘丽丽。正当人们对狼蝙蝠充满了恐惧感时，不料它又吐出了丽丽。丽丽因此而学会了狼蝙蝠的语言，并由此了解了狼蝙蝠的来历、特征及其与人类沟通、渴望得到人类拯救的漫长期待和执着愿望。原来，狼蝙蝠们大迁徙到最寒冷的南极，在厚厚的冰层下，等待着拯救自己的智慧生物……在人类终于理解了狼蝙蝠时，那一只最先被发现的狼蝙蝠却因为针剂的注入，而将在顷刻间变为化石！然而，在冰层下，仍然有无数等待着被拯救的狼蝙蝠，它们会有什么样的命运呢？作品结尾处，疲劳的申其教授喃喃地说："我累了，我该退休了……"而丽丽们的存在，似乎又预示着某种希望……

《狼蝙蝠》是一部笔力遒劲厚重的作品。看得出，冰波在写这部童话时不仅在古生物学、考古学等方面做了比较充分的知识性准备，而且对自己的思想艺术积累做了大幅度的调动和投入。作品气势恢宏，想象斑斓，挥洒之处，尽现物种漫长历史的沧桑感，激发起读者对自然、对历史、对文化、对生命的深沉思索。其思想内涵和力度，都是近年童话创作中较为少见的。

从艺术角度看，《狼蝙蝠》构思庞大而又十分精巧，充分显示了冰波童话创作在艺术上的进一步成熟。青年评论家孙建江曾在一篇题为《一部耐人寻味的作品》的评论文章中，从三个方面对《狼蝙蝠》的写作技巧进行过分析。第一是作品的虚实。千万年前的生物不吃不喝竟然活着，人竟然与千万年前的生物实实在在地生活在一起，人与狼蝙蝠竟然可以产生情感上的交流。虚虚实实、真真假假。第二是作品采用的结构。这部作品采用的是双情节线结构。一条线讲述的是有关人的故事，人如何发现狼蝙蝠，如何对狼蝙蝠进行研究，如何"唤醒"狼蝙蝠，又如何致使其成为化石等等；另一条线讲述的是有关狼蝙蝠的故事，狼蝙蝠如何孤独地等待，如何设法与人类交往等等。双线交叉并述，相互映衬，相互渲染。第三是作品的叙述视角。这部作品同时采用了两种不同的叙述视角。在写人的活动时，作者采用的是第三人称的叙述视角，而写狼蝙蝠时，采用的则是第一人称的叙述视角。这一双重视角的并用，显然从不同的层面丰富了作品的内涵和人物的性格。

你如果有兴趣的话，不妨想法找到原作来读读。《狼蝙蝠》1993年由江苏少年儿童出版社出版，第一次印刷的数量是10000册。

《狼蝙蝠》一出版，就开始"大肆掠夺"各种儿童文学奖项。1994年，它获得了宋庆龄儿童文学奖二等奖；1996年，它勇夺中国作家协会第三届全国儿童文学奖优秀作品奖。不久前，由江苏少年儿童出版社出版的包括《狼蝙蝠》在内的《中华当代童话新作丛书》又荣获由国家新闻出版署、中华人民共和国教育部等八部委联合主办的第三届全国优秀少年儿童读物评奖一等奖。我估计，《狼蝙蝠》"掠金夺银"的势头还会持续一段时间。不过，我更感兴趣的是，如果把这部童话拍摄成动画片，可能会很好看的。

（原载方卫平《文本与阐释》，明天出版社2006年版）

孙云晓和他的《隐患》

1993年秋冬至1994年春夏之际,一篇3000字左右、题目叫作《夏令营中的较量》(以下简称《较量》)的文章被广泛转载介绍,引起了社会各界的普遍关注和热烈讨论。说起《较量》这篇文章,也许有些少年朋友当时就读过,并且还留有一些印象吧?因为那段时间里,几乎是你说《较量》,我也说《较量》;学校里说《较量》,家里也说《较量》;报纸上说《较量》,电视里还是说《较量》……我猜想,你可能也躲不过那场"较量热"的。

《较量》的作者孙云晓,那年还不到40岁。在我国儿童文学界,孙云晓是写作少年报告文学的一位名家高手。早在1986年,儿童文学评论家周晓先生就在评论孙云晓的报告文学作品《"邪门大队长"的冤屈》时认为,在崭露头角的新作者中,"南有刘保法,北有孙云晓",他们是少年报告文学作家中的佼佼者。如今,孙云晓创作或主编的各类著作已有几十种之多,其中报告文学集《16岁的思索》、中篇报告文学《英雄少年赖宁》、长篇传记小说《赖宁的世界》、长篇教育小说《孩子,抬起头》等,都是颇有影响的作品。不过,孙云晓最有影响的,而且是产生了连锁性、轰动性效应的作品,可能应该首推他的《较量》了。

1991年和1992年,中国、日本有关单位连续在中国举办了两届中日儿童探险夏令营。作为专门以少年为研究对象并为孩子写作的作家，孙云晓在获悉有关信息后，即陆续对两届夏令营的活动情况进行了调查和采访。1993年3月，他在中国青少年研究中心的《少年儿童研究》杂志上，发表了《夏令营史上的一场变革——'92中日儿童草原探险夏令营启示录》一文。广东的《黄金时代》杂志的编者慧眼识珠，特约作者将此文缩写成3000字在该刊7月号发表。不久，广有影响的兰州《读者》杂志的编者也看中了此文，在第11期刊物上予以转载时，将文章标题改为《夏令营中的较量》。

一次次发表、转载，《较量》一文很快以其强烈的现实感和思想冲击力吸引了公众的注意力。特别是《人民日报》、中央人民广播电台、中央电视台、《中国教育报》《羊城晚报》《北京青年报》等新闻媒介，或展开专题讨论，或制作系列专题片，或发表批评文章，使"较量热"很快传向全国。上百家媒体竞相介绍，各地的人们纷纷卷入了有关的思考和论争。

大约是1994年初的一天，我收到云晓先生的一封信，里面附有他刚发表于湖南的儿童文学刊物《小溪流》上的一篇新作的复印件。这篇新作的题目是：《隐患——中日少年内蒙古草原探险沉思录》(以下简称《隐患》)。

这是一篇与《较量》题材相同，但内容更丰富，思考更深入，而且更适合少年朋友阅读的少年报告文学作品。当天晚上，我给当时任《儿童文学选刊》主编的周晓先生写了一封信，建议《儿童文学选刊》重视这篇作品。

没过几天，我收到了周晓先生的回信。他告诉我，《儿童文学选刊》编辑部看到了《隐患》，并临时将已编好的第2期刊物的内容作了调整，把该文安排上了这一期。

现在，我要把《隐患》介绍给《少年世界》的读者朋友们。

少年报告文学是少儿文学中的一个特殊品种。据理论书上介绍，少年报告文学的基本特点是新闻性、真实性与文学性的有机统一。不过，我一直挺固执地认为，报告文学的艺术震撼力首先不是来自它的技巧、手法或文学性，而是来自它对于时代、对于社会的洞察力，来自它主题的力度和思想的深刻。换句话说，在少年报告文学那里，离开了新颖的取材、新鲜的感受、新锐的思想，就绝没有什么真正的艺术性可言。

当初读《较量》《隐患》，首先令我感到震惊的便是作品中所表达的那份带着焦虑、充满关切的独特思考。作为一位富有爱心和责任感的作家，孙云晓曾经说过：当代少年将是一代巨人。正是为了这些未来巨人的未来成长，他才从中日少年儿童探险夏令营中的某些现象那里发现了隐患，他才能以一种对当代少年、对民族未来的深切的关怀之心直陈隐忧。

当然，如果细细品味一下，《隐患》这篇作品的成功也很有些值得分析的地方。一是它取材的生动独特。探险夏令营，还是中日两国少年共同参与的，其中发生的种种故事当然是读者十分希望和乐于知道的。二是对比手法的成功运用。作者没有把作品写成夏令营活动的全面报道和总结，也不是对中日两国孩子作全面比较，而是从一些丰富具体、发人深思的细节入手，写出了一种令人触目惊心的真实来。第三就是作品所呈现的思想的深度和力度。夏令营中的竞争或者说是较量，其实质是两种教育模式和文化观念的较量。中国营员身上暴露的不足，正是我们文化模式、教育模式中人格塑造和素质教育不力的直接后果。而少年强则国强，少年弱则国弱，作者把视点定位在了揭示民族未来的隐患上。这是一种多么宽广、深远的视点啊！

"隐患之所以危险，是因为它具有毁灭性的力量，却又不容易被察觉！"

作者在作品中向少年朋友们发出了强烈的信息：

发现隐患！正视隐患！消除隐患！

我很欣赏作者在作品中所表现出来的锐敏、坦诚和勇气。在我看来，这种锐敏、坦诚和勇气，正是一位报告文学作家真正艺术才能的展示！

（原载方卫平《文本与阐释》，明天出版社 2006 年版）

金曾豪和他的动物小说创作

　　大陆有许多优秀的写作动物小说的作家。其中，金曾豪先生是我十分看重和喜爱的一位。1992 年初冬，我在北京参加一项儿童文学评奖工作时，第一次读到了金曾豪的长篇动物小说《狼的故事》。当时的那份惊喜至今记忆犹新。如今，民生报社慧眼独具，把金曾豪的动物小说作品加以精选，编成这本《独狼》介绍给台湾的少年读者。闻知此事，我在心里就有了一种隐隐的预感：台湾的少年读者朋友们一定也会喜爱这些作品的。

　　我读金曾豪先生的动物小说，常常会在心底涌动起一种感动之情——为作者对大自然中各种生命形式的深深的理解和尊重。在我们生活的这个世界上，各种生命形式和物种的存在都是自然界长期演变、进化的结果，都是千百万年的自然史馈赠给今天这个世界的珍贵财富。从这个意义上说，人和动物在这个世界上的生存权利是平等的。可是，正如我们都知道的那样，随着人类活动领域和生存方式的不断拓展，动物的生存家园及自然界的状况日益萎缩和恶化，地球上的各种生命形式正以空前的速度不断消亡。也许有一天，人们只能通过记忆和传说来了解这个星球上曾经有过的各种生命形式，来怀念这个世界上曾经存在过的喧闹和生动了。

　　那一天何时会到来呢？

　　我们能够推迟或阻止那一天的到来吗？

　　也许，动物小说作家们对此都有特别的敏感和警惕。他们心存忧患、"悲天悯物（动物）"，于是在他们的笔下，对动物等各种生命形式的理解和关怀就是情不自禁、顺理成章的事情了——金曾豪先生的动物小说创作也是如此。

不过，据我所知，金曾豪动物小说的创作灵感和经验源泉不仅来自他成年后的观察、知识和思考的累积，而且也与他童年时代的生活经历和心理体验密切相关。他小时候生活在江苏南部一个小镇的边缘地带，先后"轰轰烈烈"地养过三条狗，几头山羊。曾豪先生曾经告诉我："说'轰轰烈烈'是因为我几乎是它们的唯一'监护人'，小小的我得承担几乎全部的责任。这和一般孩子与宠物的相处不是一回事情。"这里，他接触的虽非野兽，但这些经历无疑也锻炼了他与动物相处、沟通的本领。曾豪先生说："这'本领'说起来其实很简单，就是比较平等地对待它们，承认它们的情感与个性。"这些经历和经验，后来也影响到了他的动物小说观。他说："我以为写不出动物的真实的情感和个性就不能算动物小说，只能称动物故事。事实上，目前的许多'动物小说'还停留在故事的阶段。有的则把动物的情感写得比人还细致，就成为童话的另类，亦难说是动物小说。"（引自金曾豪先生致笔者的信）这些观点，对我这样一个喜欢儿童文学理论思考的人来说，是十分乐于认同的。

金曾豪先生的这部小说集，在动物小说的艺术创造方面显示了良好的艺术分寸感和相当纯净的美学品位。他不是把动物简单地处理成人类的某种观念符号或人格面具，而是力求以一种更超脱的眼光或视角来还原动物和人的形象及生活，来描述动物和人的现实及艺术关系。他把这种视角称为"上帝视角"，即大自然视角。这是一种平等看待人与动物的视角，也是金曾豪先生为他的动物小说创作设定的一个独特视角。

从具体的艺术表达上看，金曾豪的动物小说，形象生动中见个性，情节曲折中见丰富，情感粗犷中见细腻，语言流畅中见韵味。例如，他的动物小说语言生动流畅而斑斓多彩，或优美传神，富有诗意（如"这头想飞的小鹿在翠绿的草地上疾跑、腾跃，使草地有了弹性，使空气有了看得见的线条，使天地之间充满了青春的活力和说不尽的美丽"——《小鹿波波》）；或简洁深邃、富有哲理（如"真正的猎人不希望狼灭绝"——《独狼》；"既然狼宁死不向人类屈服，那么人和狼之间的仇隙就永远不会冰释……囚笼中的狼依然是狼，它们总还想着有所作为"——《囚狼》）。因此，我觉得，金曾豪先生的动物小说作品，不仅适合我们随意轻松地阅读，更值得我们细细地欣赏品味。

不久以前，我到浙江省武义县的大山里去参观一个叫郭洞的古老的村落。村里的人告诉我，村后的那座山上，四五十年前还有老虎出没，如今，老虎的踪迹已彻底消失了。我想起我幼年时候生活的那个城市与乡村交界的地带，在蓝天上、枝条间、清溪中、野地里，还不时能见到大雁齐飞、小鸟鸣唱、游鱼戏水、野兔乱窜。可是今天，这一切景象已很难见到了。金曾豪先生也曾在信中告诉我，他家乡的虞山上以前有狐，二十年前还有，并且时不时地下山来到城里转悠一下。中医院在山脚，就常有狐来玩。有几次它学着护士戴了白帽子在走廊里走，把起夜的病人吓得要命。三十多年前的江南农村有不少荒坟野滩，亦有狐和獾的出没，生动着呢。我想，仅仅只是几十年的光阴，我们这个世界就消失了许多的"生动"和"趣味"。那么，再过几十年呢？

读动物小说，我们不能不一再地思考这样一种现实和这样一些问题。

（原载金曾豪《独狼》，台湾民生报社2000年版）

当代中国儿童文学的一座艺术峰峦
——读《一百个中国孩子的梦》

  20世纪80年代对于中国儿童文学界来说，是一个酝酿、调动了许多艺术憧憬和创造才情的文学岁月，也是一个酝酿并提供了许多重要的当代儿童文学文本的历史时期——董宏猷的长达四十万字的梦幻体儿童小说《一百个中国孩子的梦》（以下简称《一百个梦》）就是其中十分引人注目的一部作品。记得将近十年之前，《一百个梦》给我带来过许多新鲜、奇特的阅读体验，我曾隐约意识到，这是80年代乃至整个20世纪中国儿童文学领域里出现的一部奇书，一部难得的力作。的确，《一百个梦》在出版后引起的艺术震动及其所获得的广泛欢迎和好评，也清楚地说明了这一点。最近，在作者和二十一世纪出版社的共同努力下，经过大幅度改写和修订的新版《一百个梦》漂亮地面世了。这无疑给近期的儿童文学出版界平添了一道亮丽的风景。

  我把《一百个梦》看成是中国儿童文学创作中的一部奇书，首先是因为它展示了一个宏大而又别致的艺术视野。在谈到最初的创作构想时，董宏猷曾说："它应该是一部更真实地从整体上宏观地反映中国孩子的生存状态、人生意识、深层心理的长篇小说，一部以梦幻为双翼，更充分、更自由地展示中国孩子的心灵空间、心灵生活的长篇小说……"《一百个梦》以中国当代四至十五岁的少年儿童的梦幻世界为描写对象，全方位地、深刻地展示了不同年龄、不同地区、不同生活背景中的孩子们的精神世界和性灵生活，使作品的艺术内容具有了极大的概括力和包容性。而我们也知道，当代释梦学理论不仅将梦境的展开、梦的联想和梦的象征看成是个人愿望的达成，同时也注意到它常常是人类特定的现实生活环境和文化传统背景折射和影响的结果。因此，一百个中国孩子的梦，实际上就是当今中国孩子的幻想之梦、人生之梦，是他们真实的精神现实和生存状态的特殊方式的展示。而且，在《一百个梦》中，作者将深邃、独特的目光投向了尽可能隐秘的童心世界，将灵敏、犀利的思维触角尽可能地伸向了最曲折、最偏僻、最隐秘的精神角落和地带，从而使整部作品以自己的方式创造并拥有了中国儿童文学创作所少有的艺术深度和广度。

我把《一百个梦》看成是中国儿童文学创作中的一部奇书，还因为这部作品在儿童小说的文体构筑方面显示了独特的艺术才情和创造能力。事实上，梦幻体小说的艺术思维与儿童读者的思维结构之间本身就具有一种异质同构的关系；文学梦境的神秘色彩，梦境中的"错觉""幻觉"世界，显然与儿童的思维特征是相契合的。因此，梦幻体儿童小说的艺术开发和构筑对于整个儿童文学创作来说都是极有意义和价值的。概括地说来，《一百个梦》在文体创造方面的成功主要表现在这样几个方面：

首先，作者在书中所精心描绘的一百个梦并不是简单散乱的堆积，而是一个有机的艺术整体。整部小说依年龄为序，一一叙来，构筑了一座矗立于中国当代坚实的现实土壤上的儿童精神世界的大厦，因此，全书仿佛一座大楼，每一个"梦"都是构筑这座大楼的有机的一砖一石；每一个"年龄段"便是这座大楼顺序上的楼层和空间上的构架。于是，整部作品的叙事结构庞大而有序，它既不是短篇作品的一般汇集，又突破了传统长篇小说的叙事规范，而具有了相对独特的儿童小说叙事结构上的创造性。

其次，就文体特征而言，《一百个梦》突破了通常儿童小说的文体边界，对梦幻体儿童小说的文体特性作了机智、大胆的探索和尝试。作者曾经十分准确地指出："孩子们的梦幻本身，就已经融汇了小说的叙事、童话的变形与荒诞、散文与诗的抒情、纪实文学的纪实等诸多文学元素了。"因此，《一百个梦》在确立了以小说叙事和文体构筑作为基本的艺术前提之后，在具体的梦幻描述和叙事展开中，大胆地借鉴了童话、散文、诗、纪实文学等诸种文体的艺术元素，广泛运用了变形、夸张、荒诞、意识流等多种文学表现方法和手段，使整部作品完成了一种开放的小说文体构筑，为当代儿童小说创作探索新的文体可能提供了一个成功的范例。

再次，《一百个梦》在梦幻体小说情调和色彩的设置方面，也做出了成功的努力。作者对当代儿童心灵生活和生存状态的全方位透视，使得作品所描绘的一个个梦境呈现出丰富斑斓的艺术色彩和情调：明朗的、神秘的，活泼的、凝重的，甜美的、辛酸的，清亮的、阴郁的……这些不同的情调和色彩犹如色彩绚丽、变幻莫测的魔方上的一个个色块，而这些"不同色块的组合也有其内在的规律，那是一种'最美丽的杂乱无章'，一种'潜在的秩序'"。我想说，正是这丰富斑斓的梦幻世界，最真切地展示了当代儿童同样丰富斑斓的心灵生活情状。

可以说，正是由于上述成功的艺术创造，使《一百个梦》以其相当宏大而独特的美学格局和艺术气象，成为80年代以来中国儿童文学创作实践中出现的一座引人瞩目的艺术峰峦。这里我还想说的是，在新版的《一百个梦》中，作者对原作进行了大幅度的改写和精心修订：一是根据90年代的生活演进，调整并重新创作了11篇"梦"，使作品融入了新的时代气息；二是从读者的角度出发，从增加可读性的原则出发，作者对有些故事内容进行了调整和充实，同时做了许多技术性的处理，使得整部作品更贴近今天的小读者，更便于他们接受和欣赏。

愿《一百个中国孩子的梦》给更多的孩子们带去快乐、沉思和遐想！

（原载《新闻出版报》1998年4月1日）

和谐：一种信念和渴盼

仅在几个月之前，我对李潼的了解还是十分有限的：读过他的少量作品，知道他是台湾最具实力的少年小说作家和"得奖专业户"，似乎还享有一个"巨人"的称号——不光是因为他的身材，更因为他所拥有的艺术力量。

几个月前，在上海的第三届亚洲儿童文学大会上，我与李潼先生初次见面，李潼送给我《顺风耳的新香炉》等三部著作。感谢周惠玲小姐和桂文亚小姐又先后寄来了李潼的另外一些重要作品，使我有机会比较全面地领略李潼少年小说的艺术景致。

这是一个丰厚、绚丽的艺术世界。从题材看，它往往融通历史与现实；从叙事风格看，它或幽默诙谐，或凝重质朴，或细腻缠绵；从表现手法看，它兼具写实与魔幻；从主题构成看，它更呈现出一种开放、大气的格局。我相信，这种丰厚和绚丽可以为我们提供许许多多富有理趣和魅力的研讨话题。换句话说，李潼所构筑的少年小说的艺术世界，蕴含着极为开阔的解读空间和众多的诠释可能。

但是，在这篇短文中，我必须立即说出我读李潼少年小说最初的也是最基本的印象——这就是作者对于"和谐"这一理念和主题的钟情、偏爱和求索。

在我看来，对"和谐"和"和谐感"的孜孜以求，构成了李潼少年小说创作的一个基本动机，并直接决定了李潼作品内在的主题力度。

在《顺风耳的新香炉》中，顺风耳的出走、找寻和最终回归的过程，按照马景贤先生的看法，正是在"诠释人与人之间的和谐真谛"。是的，这种"和谐"，从自我角度看，意味着寻求一种和谐的人生状态和自我价值定位；从自我与他人的关系看，则意味着在社会性的人际网络中寻求一种和谐的彼此相容的人际关系。

在《美人鱼与香蕉船》《砂金操场的歪脖儿》《绿衣人》等作品中，李潼把艺术视点聚焦在成长中的少年的心灵层面。这些作品展现的是少年成长的复杂心灵过程和周边图景，揭示了当代少年心灵觉醒、成长过程中的内在冲突和自我调适过程。耐人寻味的是，作品中小主人公的心灵成长常常是神秘、自发地进行的，并通过自我的精神领悟来实现和完成，而作品中出现的成人却往往不能理解，甚至未能察觉到少年精神世界中存在的这些内在的隐秘过程。

在另一些更具艺术规模的中长篇作品中，李潼把视点投向了历史文化的深厚积层。《博士、布都与我》中三位少年分属于外省人、台湾少数民族和闽南人族群。他们伴随着成长而逐渐觉醒和丰满的心灵，促成他们抵抗并化解了彼此之间的对立和冲突。与此相似的是《少年龙船队》，它以划龙船的民间习俗来构成故事，上下两庄少年的合作和努力终于驱散了两庄大人们之间密布的阴云。而《少年噶玛兰》则借助少年潘新格沟通历史与现实的时光之旅，回溯噶玛兰人的历史沧桑和民族生命之源，并在这种回溯中找到了自我对身世血统以及种族的认同感。在这些作品中，透露着作者期盼在更深厚的根基中建立人与人、族群与族群、人与历史和文化血脉之间相互和谐或认同的关系的写作理念。

我们还可以从其他作品中发觉这种理念的不断扩散和推演，例如对家庭和睦的关注（《秋千上的鹦鹉》），对人与自然万物之间如何和谐相处的思考（《大蜥蜴》）。在《带爷爷回家》这篇小说中，作者甚至以轻巧的笔触通过一次回乡的旅程，诉说了时代的不幸造成的亲情悲剧和人间磨难，那一串怎么也打不开锁的钥匙，仿佛一种沉重的隐喻和昭示……这里同样表达了"和谐"的另一种方式的思考。

当然，我这里未能展开对李潼小说的艺术方面的分析。我希望这不会造成一种误解，即以为李潼小说只是某种理念或思考的图解。事实上，李潼是一位具有很高的文学智慧的少年小说作家，而"和谐"正是通过他的文学智慧传达给我们的一个主题。这个主题来自作家内心的人文理想和未来关怀，因此，它既构成了作品的主题，更表达了作家的一种信念和一种渴盼。

（原载台北《儿童文学家》1996年夏季号）

秦文君和她的《小捣蛋外传》

对于大陆的许多少年朋友来说，提起秦文君这位上海女作家的名字和她的一些作品，他们是不会感到陌生的。我作为一个大读者，也很喜欢她的一些作品，譬如短篇小说《老祖母的小房子》《四弟的绿庄园》，譬如长篇小说《十六岁的少女》《孤女俱乐部》等等。秦文君的这些早期作品（创作于80年代）留给我的印象是：描写细腻，文字感觉有些优雅；内在的气质和情绪是忧郁而凝重的；艺术思考的问题都严肃得要命——譬如人情、人性，譬如"代沟""对话"等等。这些作品逐渐把秦文君塑造成为一个有个性的少年小说作家，慢慢地也使她成了一个在大陆很有成就，而且很有影响的作家。

到了90年代写作中篇小说《男生贾里》《女生贾梅》等作品的时候，秦文君的创作路子发生了明显的变化。或许是因为她对儿童文学的艺术特性和艺术可能有了新的发现，或许是她想换一种方式写少年小说，或许是其他的什么原因吧，反正，秦文君收起了原先她那种优雅的、略带矜持的写作姿态，而操起了一副轻松、活泼、略带调侃的叙述语调，来讲述人们身边那些普通的小男生、小女生们的那些似乎是普普通通的日常生活故事。这些作品于是就变得十分有趣、好笑，也十分有劲起来。记得有一个叫罗兰·巴特的专门研究文学理论的外国人曾经把那些难读的小说称为"作家型"小说，把易读的小说称为"读者型"小说。我不敢说秦文君以前的作品是难读的"作家型"小说，但我却想说，秦文君在20世纪90年代创作的一系列少年小说作品，的确都可以称得上是好读的"读者型"小说。

《小捣蛋外传》是秦文君的近期作品之一。小说讲的主要是一对表兄弟之间发生的许多有趣的故事。正如作者在《自序》中说的，这部小说的"主角是两个调皮的'难兄难弟'，哥哥顽皮绝顶，处处以大哥自居，期望监管弟弟；弟弟却自有一套，想方设法不落哥哥的'圈套'，可结果却总是难以幸免。不过，他俩联手行动，瞒过大人，做成过几桩惊人的'壮举'"。

除了"我"和表弟"小沙"之外，《小捣蛋外传》其实还讲到了更多的人的有趣故事，例如姑妈和姑父，"我"和小沙的同学张潇洒、林第一等等。小说借助"我"的口吻，讲述了当代少年成长过程中所发生的那些小故事、小片段。通过这些小故事、小片段，作品展示了当代少年的日常生活和心性志趣，揭示了他们心灵扩展和成长的生动而隐秘的流程。所以，我们读这部小说，感觉也就会特别自然、特别亲切。

从艺术上看，《小捣蛋外传》也颇有特色。其一，作品由50则短小的系列故事构成，每则故事篇幅虽短，但作者都精心构思，使得几乎每一则故事都变得精巧有趣，甚至气象不凡。显然，这是一种本事：在小小的篇幅里，容纳一个有趣的故事——有些甚至是不乏悬念、一波三折、出人意料的故事。例如，在《淘金者》一则中，"我"在上体育课时看到王老师从沙坑里挖出一只金戒指，便以为那儿是个出金子的地方。于是，四个小财迷天天去沙坑淘金，小刀挖断了三把，可什么金银财宝也没挖到。结果四人被校长训话，最后才知道王老师捡到的戒指是他跳远时掉进沙坑的！你说好笑不好笑？

其二，作者描绘的是当代少年的现实生活，但她又不是照相式地记录客观生活，而是在描绘生活和塑造少年群像时，融入了自己的独特创造和艺术处理。秦文君曾经认为，能让孩子们觉得小说中描写的生活与他们的很像而又有所不同，并且对他们有吸引力，这就是文学的力量；小说创作重要的是传达出这一代孩子们的神，而不应仅仅只描摹他们的形。所以，她笔下的"我"、小沙、张潇洒、林第一等少年人物，既像是生活中我们随处可以见到的一个个调皮可爱的同班同学、邻居男孩，又显然是经过了巧妙的文学夸张和变形处理之后，更加生动和富于魅力的文学形象。所以，他们活灵活现地出现在我们面前，是因为作家的创造赋予了他们更加鲜活的艺术生命。

其三，与《男生贾里》等作品一样，《小捣蛋外传》也采用了一种幽默的叙述语态，并十分出色地完成了一种轻喜剧风格的叙述样式的创造。我们读这部作品，可以品味出一种轻捷畅达而又活泼俏皮的语言韵味。这种语言风格与作品中生机勃勃而又富于机趣的故事展开，以及生动活泼的人物形象塑造结合在一起，就使得整部《小捣蛋外传》所展示的那个有趣的男生世界，处处显露出了一种明朗而又充满谐趣和灵秀的幽默之美。

秦文君以她理解、宽容、机智、深邃的目光回顾和打量那些充满生命的鲜活和成长的意味的调皮的日子，这种目光使她的近作拥有了一种独特的气质。一位大陆少年读者认为，秦文君的作品中"弥漫"着"非凡的气质"，他为此而感动不已。

不知台湾的少年朋友读后会有怎样的感受？

（原载秦文君《小捣蛋外传》，台湾民生报社 2000 年版）

无边的魅力
——读《中国幽默儿童文学创作丛书》

案头置放着一套刚由浙江少年儿童出版社经过精心策划和编辑推出的国家"九五"计划重点图书——《中国幽默儿童文学创作丛书》(以下简称《幽默丛书》),共12册。在谈论这套丛书之前,我想先从儿童文学的现状谈起。

许多人可能都会有一种朦朦胧胧或者是漫不经心的印象:在当代,儿童文学不仅是远离文坛中心的一个边缘门类,而且其数量似乎也是十分稀少的。不是吗?常常会有人发出这样的疑问:我们的儿童文学作品在哪里?

不过,对于儿童文学的从业者——儿童文学作家、研究者、出版人等等来说,若干年来儿童文学在数量上的增加和一定程度上的丰富却是一个他们十分乐意承认的事实。所以,我想指出当代儿童文学在公众印象中所留下的艺术上或商业上的匮乏感,实际上并非起因于儿童文学作品的量的不足,而是源自某种质的贫弱或缺失。于是,上面那个发问也许可以作这样的改动:我们的儿童文学佳作在哪里?

是的,如果我们拥有一批能够征服今天那些越来越难以伺候的读者的儿童文学佳作的话,或者,即使我们仅仅拥有几部能够征服这个时代的儿童文学力作的话,那么,当代儿童文学的面貌就可能为之一变——许多时候,一个文学时代的艺术门面就是靠几部经典之作支撑起来的。

不能否认，今天的儿童文学水准在艺术质量上已经得到了有力的提升。但是我仍然认为，能够傲视这个时代的儿童文学作品却是凤毛麟角。人们也许能够举出《男生贾里》《花季·雨季》《草房子》等产生了比较广泛的影响的作品，但是从总体上看，应当承认，今天的少儿读者对当代少儿文学作品的实际接受和阅读仍然是十分有限的。唤回读者，或者深入读者，成了这个时代儿童文学作家和出版家们的一个执着的愿望和梦想。如果说，80年代的许多作家还常常陶醉于"自言自语"式的艺术探索的话，那么，90年代儿童文学的探索姿态则更多地表现出了人们与少儿读者进行艺术对话的真挚渴望。

因此，当我读到浙江少年儿童出版社推出的《幽默丛书》时，我首先读出的就是作者和出版者携手表达的这样一种心愿。

毫无疑问，当代少儿读者疏离儿童文学作品的原因是十分复杂的。就儿童文学创作的内部原因而言，我以为一个重要的原因是，今天的儿童文学创作从整体上看，还比较缺乏对于儿童文学经典美学品质的强烈关注、认同和着意发掘、培育。差不多一年以前，我在《重建经典品质——90年代儿童文学创作评议》一文中认为，90年代的儿童文学创作虽然已经拥有了更为开阔的艺术空间和更为丰富的艺术经验，但是，我们还相当缺乏那种充满了浓郁的儿童情趣、蓬勃的艺术想象、强劲的艺术幽默并融之以深刻思想内涵的作品。我以为，富有儿童情趣的高度的幽默智慧、丰富的艺术幻想等等，造就了儿童文学独特的纯真、稚拙、欢愉、变幻和素朴的美学品质。具有这些品质的儿童文学作品几乎构成了一部世界经典儿童文学的艺术创造史和接受史。而今天，我们的儿童文学创作显然还不具备充分驾驭儿童文学艺术天性的才情。因此，当代儿童文学遭遇少儿读者的某种程度的挑剔和冷落，就是难以避免的了。

从这样的背景来看，我认为，《幽默丛书》出版的首要意义就在于，它以一种自觉的眼光重新关注幽默这一儿童文学的艺术天性和美学品质，在20世纪将要结束的历史时刻，为这个世纪颇显凝重的中国儿童文学提供了一个新的具有标志性意义和独特美学价值的艺术工程。

《幽默丛书》共收入了12部各具特色的原创幽默儿童文学新作，即任溶溶的《我是一个可大可小的人》、孙幼军和孙迎的《漏勺号漂流记》、张之路的《足球大侠》、高洪波的《懒的辩护》、董宏猷的《胖叔叔》、梅子涵的《我的故事讲给你听》、金曾豪的《绝招》、汤素兰的《笨狼的故事》、杨红樱的《那个骑轮箱来的蜜儿》、韩辉光的《特色学校》、李建树的《校园明星孙天达》、任哥舒的《敬个礼呀笑嘻嘻》。从作者阵容看，这些作家中既有声名远播、成就斐然的老作家任溶溶、孙幼军等，也有实力坚强、如日中天的中年作家张之路、高洪波、董宏猷、梅子涵、金曾豪等，还有异军突起、身手不凡的青年作家汤素兰、杨红樱等。其中任溶溶、韩辉光、梅子涵、张之路等更是在幽默儿童文学创作上经营有年、素养深厚的作家。从12部作品的体裁来看，它包括了小说、童话、诗歌等儿童文学的主要艺术门类；从读者对象看，它兼有幼儿童话、儿童诗歌、童话、少年小说等适合不同年龄层次读者的作品。可以说，一套《中国幽默儿童文学创作丛书》，在很大程度上集中了当代具有代表性的幽默儿童文学作家的佳作和力作。

《幽默丛书》的更重要的意义在于，它展示了我国当代幽默儿童文学创作的最新风貌和丰富个性。从丛书中我们可以看到，在近年来中国儿童文学幽默品格逐渐加强的基础上,其幽默艺术的美学色彩、风格、手段等等也渐趋多样。换句话说,幽默更多地开始表现出了作家的创造个性,幽默艺术的品质呈现出丰富多彩的景象。例如,老作家任溶溶的幽默儿童诗显示了浓郁的语言游戏意趣和纯真的人格心性。我曾经在《20世纪:中国幽默儿童文学之艺术发展》一文中认为,任溶溶也许是他那一代作家中最富有"孩子气"的作家——不是那种我们常常可以见到的故作姿态的天真,而是从气质、从天性、从精神深处流露出的浑朴、可爱和纯真。因此,他的创作常常在不知不觉间就达到了儿童文学创作的极高境界:风趣、诙谐而又毫无匠气,仿佛漫不经心处就流泻出了一串幽默艺术灵感,似乎轻轻巧巧就营造出了一片欢快的喜剧氛围。读诗集《我是一个可大可小的人》中的作品,如《没有不好玩的时候》《请你用我请你猜的东西猜一样东西》《北京——外国——宇宙》《告诉大家一个可以大喊大叫的地方》等等,我们会领略到任溶溶信手拈来、皆成佳构的极高的艺术天分,会强烈地感受到任溶溶幽默儿童诗的创作个性:轻捷、畅达、妙趣天成。

此外,在《幽默丛书》的其他作品中,我们都会品味出不同作者特有的幽默艺术个性和风格。韩辉光擅长捕捉当代校园生活中的喜剧因素,并将它们纳入一个相对完整的、出人意料的情节框架中;张之路的小说从现实生活入手,同时融合了幻想、夸张、荒诞的表现形式,在行文上又常常给人以不露声色的幽默感;金曾豪则以独特的选材和流畅的叙事,显示出一种颇耐品味的文化趣味;梅子涵的幽默则一如既往地表现为一种渗透在小说文本之中的别致的语体意味和潇洒的现代精神格调。透过这套《幽默丛书》,我们可以发现,中国当代儿童文学的幽默艺术已经在更多的层面、环节、范围和意义上开始获得实现。

　　读《幽默丛书》，我们还会发现，除了一部分可称之为有意味的"纯幽默"作品外，还有一部分作品则显示了强烈的现实意识，具有相当丰厚的思想承载。其中既有对人生况味的思索，也有对社会生活尤其是现实的教育体制、观念和儿童生存境况的关注和透视，部分作品则表现出较强的教育色彩。对此，我想说，儿童文学主要是成人社会为满足儿童读者的精神需求和成长需求而创作、提供的一种文学产品，它既反映着成人社会对儿童的理解和认识，也必然会携带着成人社会的观念和期望。因此，教育性几乎可以说是儿童文学的文化本能和文化天性的一个重要组成内容。换言之，教育性与儿童文学的审美本性在文化天性上是可以相容的。在儿童文学的艺术语境中，审美价值的"天敌"不是教育价值，而是伤害、践踏审美价值的说教主义暴行。从世界儿童文学史上看，在许多处于经典位置的幽默名著如《木偶奇遇记》《豆蔻镇的居民和强盗》等作品中，众多而明显的教育意念总是会不时地与读者不期而遇，但它们仍然被看成是成功的、具有稳定的经典品质的作品而被我们永远敬重和继承。这是因为，在这些作品中，教育性并没有构成对审美性的冲击或伤害，至少是没有构成超出一般艺术分寸感的冲击和伤害。再看《幽默丛书》，我想说，它的作者们普遍表现出了高明的儿童文学作家的明智和素养。整套丛书所展示的幽默艺术世界是迷人的、有趣的，这使得作品中所有思想的表达、意味的呈现，都变得十分自然而又妙趣横生、充满魅力。我相信，无论是小读者还是大读者，都会把这些作品作为一个完整的世界接受下来。

据介绍，《中国幽默儿童文学创作丛书》的编辑和创作意图是：其一，幽默、轻松、好读，紧扣小读者的阅读兴趣；在幽默、轻松、好读中显示作品的深刻寓意。其二，通过对幽默儿童文学的倡导和张扬，使中国儿童文学的整体艺术格局更趋合理化。其三，追求高品位儿童文学作品与儿童读者和文化市场的最佳结合。可以预期，这套极具匠心、印制精美的丛书，是能够实现这些意图的。因为我相信，对于儿童读者来说，幽默的魅力是无边的。

（原载《中国少儿出版》2000年第3期）

童年记忆与精神自传
——序《你是我的妹》

对于一位作家来说，童年的经历常常会成为他创作的一个精神上的出发点，规定和控制着他的创作取向和姿态，从题材的选择到对社会、历史、人生的思考，直到文学趣味的整体形成和实现。从彭学军的创作看，情况当然也是这样。

彭学军的童年时代曾在湘西度过。那是一个风光秀丽，民风淳朴、诡异而又散发着某种刁蛮之气的偏远之地。我们在沈从文的名篇《边城》里曾经读到过一个发生在湘西小城茶峒的令人迷恋而又不乏伤感的故事。通过沈从文，湘西成为一个令人心动和神往的文学地名。

彭学军文学感觉和文学情感的建立，也与湘西这片山水息息相关。长篇小说《你是我的妹》保存着那段山乡生活经历所烙下的最真切的生活印痕，最刻骨铭心的情感记忆。可以说，湘西为彭学军的创作提供了关于生活和情感的全部的最柔软，也最神圣的体验和记忆。

"每每忆起童年的岁月，那记忆往往脱不了黛青的底子，那是山野的颜色。我在那里捡蘑菇、摘茶泡、挑胡葱，掬一捧山泉洗脸，揽一把清风梳头，若是爬上学校后面的那道山梁放眼望去，就能看见一树灼艳繁茂的桃花，就会有一声幽远而深情的呼唤声越过树冠，烟岚一般袅袅地传过来，如黄昏里飘浮着的清婉的歌……"

彭学军就这样开始了她的回忆和叙述。在这里，蘑菇、茶泡、山泉、清风、黛青的山野、灼艳的桃花,还有阿桃那别有韵味的呼唤声,这些不仅构成了作家心灵深处保存着的关于湘西和童年生活的自然性与情感性的记忆符号,而且为整部小说确定了一种充满自然气息和边地情调的优美的叙事特色。

童年记忆中的山水是美丽的,童年记忆中的人情也是美丽的。作品的叙述重点在于对那个非常时代的童年生活故事的重新发掘和整理。"文化大革命"中两个不同背景的家庭里几个半大女孩儿之间发生的亲情交融和碰撞,构成了小说的情节主干。细细读来,我们会发现,小说的情感容量是丰富的。阿桃和妹、"我"和阿桃姐妹及其一家、"我"和老扁、阿桃与龙老师、女孩儿们与阿秀婆,还有阿桃爸爸和妈妈那具有传奇色彩的恋爱故事……彭学军用她细腻秀丽的文笔娓娓道来,使这部小说弥漫着清澈、纯洁、幽婉、忧伤的情感氛围,也不时爆发出悲壮惨烈、感人肺腑的情感力量。

边地的民风和习俗描写,也是这部少儿长篇小说的一个突出的特色。例如,奇异的传说和生活传统,山民质朴中透着原始愚昧的文化观念,甚至苗族住房的布局、独特的婚恋习俗等等。这些作为民族生活和文化家园的"载体",向我们传达着一种鲜明的文学情意。

而背景——"文化大革命"那个特殊的时代背景,则被淡化了。虽然小说故事发生的情节逻辑与那个背景密不可分,但是,作者所着力表现的人情的美丽,所着力描绘的人性的光辉,其意义已经超越了具体的时代和环境,而具有了一份穿越时空、感动久远的力量。

彭学军曾经回忆说:"回想起来,我做女孩的时候一直不快活,我的忧郁好像是与生俱来的……也许因为自己曾是一个不快活的女孩，于是对不快活的女孩便多了一份关注、一份温情。"彭学军对于女孩的内涵及形象曾有着一种不变的审美：清纯、真挚、自然、宁静、羞涩、灵慧、柔顺……她把这些品质比较多地送给了《你是我的妹》中的阿桃。她说："在写阿桃的时候，我一心一意地塑造着我心目中的完美无缺的少女形象，我以为那样才是真正的女孩，我对女孩的形象一直定位在淑女型。"因此，至少在写作这部小说时，彭学军是在调动着她的全部童年生活和情感记忆的。从这个意义上说，《你是我的妹》尽管带有浓郁的生活自传意味，但是，如果我们把它看成是作者的一部精神性的自传，那么，我们对作品的理解也许会更加准确一些。

（原载彭学君《你是我的妹》，台湾民生报社 2003 年版）

我所熟悉的思想猫

家中客厅的墙上，挂着一幅我非常喜爱的摄影作品：一只浅褐色斑纹的小猫，孤独地蹲在乳黄色窗台的一角，仿佛在注视、探究、思考着什么；深色的室内背景中，若明若暗地随意挂着两条也许是主人刚刚洗净的裤子。寂静之中，我们仿佛能听见那缓慢而清幽的滴水之声。整幅作品由深蓝色的相框衬托着，恰到好处地传递出一缕孤独凄清的气息，呈现出一种深邃悠远的沉思或冥想状态……

一次，一位来客问起这幅作品的标题或意味是什么，我不假思索地脱口而出：这是一只思想猫。

我当然是不假思索脱口而出的。因为，这幅作品的创作者桂文亚女士的雅号之一，就叫"思想猫"。1988年，思想猫专为小读者创作的第一部散文集《思想猫》初版发行。据说从此她便"猫名"大振，并获赠"思想猫"的雅号。

思想猫本人对这个雅号好像也颇为满意。后来她陆续又出版了许多部儿童散文集，其中一部书名就堂而皇之地叫作《思想猫游英国》了。

我与思想猫认识之前，相互之间已经通过信、寄过书。回想起来，那种感觉真叫作"未见其人，先闻思想"。比如，她第一次给我写信时，全信只有20个字左右，可能还来不及表达什么思想。第二封信有90个字左右，她就按捺不住地写道："文学本来就是寂寞之路，但有那么多提灯人，便总是亮光不熄。"这形象的、格言式的话语，让我在悲壮中感受到了温暖和力量。的确，好的思想是可以给人以温暖和力量的。

思想猫给我寄来她的新作时，扉页上就题着"美由心生""美从苦中提炼"……这些话就更简洁，仿佛也更"深"了。我收到书后，总是要先稍稍将这些题词玩味一番。是的，好的思想也是可以给人以启迪和智慧的。

不过，当我认识思想猫，并且逐渐与她成为"很铁"的朋友之后，我发现，思想猫构筑的，其实是一个魅力四射、流光溢彩的生命世界。她以一副敏锐的目光打量世界，以一种严谨而干练的风格投入工作；而她又天生拥有一颗博大、友善的爱心。有缘接近她的人，都会因此而沉醉在她播撒的友情的芬芳之中。令我感到惊讶的是，在思想猫的世界中，执着、严谨、紧张、从容、优雅、精致、大度、慷慨、快乐、幽默、俏皮、淘气等等不同的品质和风格，竟能调适、搭配得如此协调而完美——当她投入工作时，她思想集中、全神贯注、一丝不苟、有条不紊，当她放下工作时，她的智慧和天性，又成为朋友们欢乐的源泉。

思想猫现在的职业身份主要是作家和编辑。自从18年前，从记者和成人文学领域转入儿童读物编辑和儿童文学创作领域以来，她就心无旁骛，一直专心为少儿读者编书、写书。而作为一位专攻少儿散文的作家，思想猫所取得的创作成就及其所引起的广泛注目，都是异乎寻常的。我觉得，接近一位真正的作家的最好方式，是进入他(她)的作品本身。因此，如果你有机会读到《思想猫》，那么，我相信你获得的将会是一次非常愉快而又充实的文学鉴赏经验。

我还要告诉小读者的是，思想猫似乎总是摆开一种思想家的架势，其实，她的作品才不是光有思想呢。她的思想总是和充满情趣的故事情节、生气勃勃的幽默智慧结合在一起的。作为儿童文学作家，她坚持写作时应秉持纯粹的儿童文学意识。她常常提醒自己：除非小读者了解、喜欢自己的作品，否则，任何一种赞赏，都不应当太过在意。

瞧，这话说的……她心目中首先看重的总是小读者们的意见。可惜我已经无法"混"进小读者的队伍了，大概说什么好话坏话都是白搭。唉，不说也罢。

除了小读者，思想猫也喜欢真正的猫咪。我知道在大陆，喜爱猫的名作家有冰心、严文井、夏衍等。在台湾地区，要说爱猫的作家，我知道马景贤先生是一位，思想猫肯定也是一位。几天前，我刚好收到思想猫寄来的几幅小猫咪的照片。背景是我十分熟悉的思想猫台北家中客厅的沙发。小猫咪或趴或蹲或立，神情十分招人怜爱。思想猫在信里告诉我："这猫是在隔壁流浪，被豆豆发现收留的。两个月大，十分顽皮。我们全家都很喜欢这位猫小妹，前几天，我还请她吃巧克力冰激凌和乳酪。但这位小姐并不因此而对我逢迎。她是猫咪，猫就是那种很自由自得的动物。狗把人类当作主人，猫把人类当作朋友。这是一位爱猫的朋友对我说的。"

你看，思想猫说着说着，又悄悄开始摆开"思想猫"的架势了。我还是摘抄到这里为止吧。

那位收留小猫咪的豆豆，是思想猫的儿子，也就是《思想猫》一书里《孙悟空到"些"一游》中的那位主人公。现在的豆豆，已经是一位很有思想，也很酷的大学四年级学生啦。

（原载桂文亚《思想猫游英国》，台湾民生报社 1999 年版）

《班长下台》的作者及其他

1995年11月,第三届亚洲儿童文学大会在上海的龙华宾馆举行。台湾地区儿童文学界组织了一个阵容强大、名家众多的代表团参与了那次盛会。就是在那次会议上,我有机会见到了许多台湾地区儿童文学界的朋友,其中包括桂文亚女士。

在与文亚女士初次见面之前,我已经读过她的《思想猫》《班长下台》等多部少儿散文作品集。《班长下台》中那个风风火火、纯真可爱、机灵顽皮、洋相百出的"桂老头",给我留下了太深的印象。由于这部散文集所具有的鲜明的自传性质,所以,我很自然地就在"桂老头"和作者之间画了一个等号。

现在,"桂老头"已经变成了"桂女士",但是在"桂女士"身上,一定还保存着当年"桂老头"的某些特征吧——我这样猜想。

可是,我几乎完全猜错了。

初次见面,我发现桂女士气质端庄娴雅,仿佛已经全没有了当年"桂老头"的"风采"。其间的巨大反差,同样给第一次见面的我留下了很深的印象。

这些年,随着交往的增多,我对文亚女士有了更多的了解。如今,我明白了,要认识一个人,包括要认识一位作家,用单一的眼光去看,是很不可靠的。

西方有一位心理学家认为,每个人身上都有三种本性或三种意识,即父母意识（Parent）、成人意识（Adult）和儿童意识（Child）。这三种本性（简称P—A—C）会不时地以不同的方式表现出来。借用这种说法，我想说，桂文亚女士的创作人生，显示的也正是一个丰富多彩、魅力四射的生命世界。

例如，当她面对世界时，她的目光敏锐而美丽，当她投入工作时，她严谨执着、一丝不苟……这些时候，她是具有高度修养的桂女士。

而另一些时候，例如当她为小读者写作的时候，当她与好朋友们在一起的时候，她的快乐的本色，她的性情深处所保留的当年那个"小顽童"的率真天性，又会一一浮现出来。所以，当我们读到《班长下台》这部散文集中的那些有趣的故事时，我们实在也能感受到作者的那一份纯真活泼的创作性情。

海峡两岸的许多小读者都表达过他们对《班长下台》这部作品的理解和喜爱，许多大读者也都曾指出这部作品在当代少儿散文创作中的独特艺术地位和价值。的确，《班长下台》在少儿叙事散文的创作上提供了一个洋溢着浓郁的诙谐、幽默、滑稽氛围，极具可读性和品赏意味的文学文本。它所表达的游戏性、调侃性、戏谑性等等，可以说是对当代儿童散文美学的一个重要贡献。

我还想告诉小读者的是，《班长下台》仿佛是一个多姿多彩的童年生活的万花筒，当我们轻轻旋动它时，我们看到的不仅仅是童年生活中的快乐、顽皮、淘气和恶作剧，还有童年生活中的真情和感动。例如，在《珍珠泪》中，我们会读到一颗十分纯净而美好的爱心；在《巨人阿达》中，我们能触碰到一颗对不幸者充满真挚关切的同情之心……

读过《班长下台》的一些小读者，还有一些大读者，都可能隐隐约约地产生一点儿好奇心：这些"秘密"都是真实的吗？比如放学途中偷抓一把虾米，不料却踩了一脚牛粪，书包也掉在上面（有的读者还追问，你是怎么把书包从一堆牛粪中捞出来的？此后还背它吗？）；比如个子娇小却能在篮球场上纵横驰骋。关于这一点，我可以提供一点儿背景情况，谨供参考。

1999年6月的一天下午，我与文亚女士、班马先生等友人在台北市郊的一个家用篮球场上"各显身手"。也许是为了检验一下各自的技艺吧，我提议与文亚女士来一场定点投篮比赛，规定每局各投十个球，投中多者为胜者，一共比赛三局。比赛开始，我信心十足。这里我交个底，想当年，我读中学时也曾是学校篮球队的成员呢——虽然只是替补队员。不料，第一局，我就以四比六的比分败北。最后，不管我如何摩拳擦掌、咬牙切齿，终于还是以零比三的大比分彻底落败。

我只有不服气又无可奈何地暗暗叫苦：桂女士不愧为当年的"桂老头"呀。

（原载桂文亚《班长下台》，台湾民生报社2000年版）

记忆里的滋味与关怀

桂文亚女士儿童散文集《班长下台》纪念版就要出版了。

我和文亚女士是二十多年的好朋友。廿余年时光弹指一挥间,时光好像并没有从她身上带走多少东西。自我与她初识到现在,她还是那样优雅、精致、宽厚、从容。

从她的散文里,你也能读出这份优雅、精致、宽厚和从容。二十五年前,文亚的儿童散文《班长下台》在上海的《少年文艺》发表,一石激起千层浪。她的文字简净生动、活泼真诚,以及寓于纯正幽默趣味之下孩提时代的微末烦恼和真切情思,打动了多少当年的少年读者。在我心里,它也是当代华语儿童散文的经典和名篇。

读文亚女士的散文,我们会惊讶于作家的心里和笔下,那些已经远去的童年生活滋味,是如此完好地保存在她的感觉和记忆里;童年时代的身体对于外在世界的那份超乎寻常的敏感,在她的作品里得到鲜活的呈现。太阳底下,行道路上,顾自忙碌和喧闹的大人世界里,有谁注意到一个小孩子怀着健康的饕餮感,享受而遗憾地走过路边的一个个小食摊,又有谁会理解她"闭着眼睛""看"世界的游戏里那份自在而丰足的"无聊"?也是在这个大人们往往并不知晓、更懒得理会的小世界里,上演着"粉笔头和毛笔的战争"、收集糖果纸的"装备"竞赛、男生女生的"故事擂台"会、"和火车赛跑"的"秘密",还有那场"成功"而"惨烈"的"月桃花"演出……

这些童年的故事，洋溢着小时候的懵懂欢乐。我们几乎可以从字里行间听见一群孩子的嘻嘻哈哈，想见他们挤在一起时的你推我搡。在一群孩子最初踏入生活的这种左右冲撞和喧哗不息里，有一份诙谐幽默的天真稚趣，也有一份激荡人心的蓬勃朝气。孩子的世界是多么小啊，一切忧乐悲喜，恩怨爱恨，皆因其"小"而变得不同寻常起来。一张糖果纸可以激起无限的欢乐，一件大外套也可能包藏着无限烦恼。文亚天性达观，她写童年的那些旧事，不论事件本身怎样令人气恼沮丧，到了她的笔下，无论如何总会透出些幽默的光芒。她写自己如何与狗血同桌"斗智斗勇"；写吃药撒谎失败后认真总结"人生经验"："做坏事首先要'沉得住气'，别做太突然的改变，否则很容易叫大人生疑。"就连战兢兢地揣着三门不及格的成绩单去见妈妈，为了避免受罚而把"32"改成"82"的身影里，都透着一抹浅淡的幽默。不是每个人都看得到，生活对孩子来说与成人一样，也充满各式的困境与迷茫。当一个孩子用他天真的急智和贸然的行动应对生活抛给他的难题，在错位的幽默中，我们恰恰看到了童年迎向生活的永无懈怠、永不灰心的表情。

所以我读《班长下台》，每读到最后，辞选班长的"我"与同学赵怡德之间那段平平常常的对话，都会感到一种莫可名状的心旌神摇。彼时的"我"，对于刚刚的辞选事件"心里头还是觉得很乱"，但《茶花女》的名字又是如此自然地激起了"我"对那因之而受罚的欢乐生活的重新向往。于是有了下面的对白："万一又被撕破了？""再用胶带一页页粘好还我啊！"童年啊，永远在挫折中，却永远是这样本能地热爱着生活。或许，唯有在童年时代，凭着单纯而健旺的活着的力量，生命才会拥有如此纯粹的乐观意志。

因之，你从文亚女士散文中能读到单纯的幽默，却读不到轻佻的滑稽。在这里，哪怕最狼狈的生活瞬间，也始终蕴含了某种生命的优雅和温暖。描述童年时代清澈情感的《直到永远》和《菜刀喜欢你》，现代校园应试体制造成的压抑与不公虽是其中童年基本的生活境况，也无时不给孩子幼小的身心带来着屈辱和伤害，但是，在这些作品中，这份童年的沮丧却被推到了淡远的背景上。从近景里浮凸而出的，仍是那样奔腾的欢乐，那样鲜美的情感。《直到永远》中，别离在即，"我"和周君隔着竹篱笆，"一直笑，笑得坐倒在地上"。这个场景和它带来的那种极欢乐又极惆怅的奇妙滋味，长久地盘桓在我的阅读记忆里。它让我们体味到，童年的欢乐是如此充满了情感和体验的重量。

从这部散文集里，我们读到的绝不只有童年怀旧的回味，更有一份借回忆来抒写的关切与情怀。《老师，别打我！》《巨人阿达》《雪山马兰》等作品，始于欢闹喧腾的童年嬉戏，却在难以言说的悲伤或忧愁中戛然而止，留给读者无尽的感慨与叹息。《宽恕》《珍珠泪》《老师的一百分》《这样做，是对的》等文，在戏剧性的生活片刻或转折里，烘托出日常生活中平凡、细小而又切实、珍贵的淳善与温情。有时候，我们能清楚地听到作家从她的文字里对我们耳语："这样做，是对的。"而另一些时候，从这些文字里透出的困惑、迷惘和滋味复杂的感叹，则在生活的无奈和无解中，让我们看到理解、同情和关切本身，也是一种重要的姿态。

文亚的这一部《班长下台》纪念版，别出心裁地约请、选收了海峡两岸十位著名儿童文学作家叙说他们的"班长"往事。相异的时代、生活、个性和笔法，造就了十篇各具滋味的童年回忆录。

保存、展现在作家们各自记忆里和墨笔下的那段童年时光，或温暖或沉郁，或俏皮或警醒，或文丽光亮或晦昧酸涩，尽显童年一词的复杂滋味与丰厚蕴含。将这组回忆散文与《班长下台》相共读，除了可供写作学习的上佳参照，更可令少年朋友在生活视野的打开和情感经验的扩容中，领略到生命美妙的丰饶与厚度。

许多年前，我在为《班长下台》写的一篇文章中提到过，海峡两岸的许多小读者，都表达过他们对《班长下台》这部散文集的理解和喜爱，许多大读者也指出过这部散文集在当代少儿散文创作中的独特艺术地位和价值。现在，这部作品的25周年纪念版就要面世了，我相信，今天的小读者，仍然会从这部当代少儿散文经典作品中，读到无限的乐趣和滋味。

2017年岁末于丽泽湖畔

（原载桂文亚《班长下台25周年纪念版》，台湾也是文创有限公司／巴巴文化2019年版）

侠骨柔肠管家琪

在台湾儿童文学界，管家琪女士豪爽随和的个性几乎是人所皆知的；在大陆，一些熟悉她的儿童文学界朋友对此也深有感触。有一年岁末，北京作家张之路在写给管家琪的贺卡中，就用了"飞檐走壁又一年"这样的句子，来描述管家琪一年来豪侠般的行踪。我觉得，这真是十分形象传神的概括和描绘。

大约五年前，管家琪女士来大陆参加一个有关少儿散文的笔会时，我与她初次见面相识。五年来，管女士数次来大陆参加各种儿童文学活动，我也曾经应台湾的中国海峡两岸儿童文学研究会、联合报系文化基金会等单位的邀请，先后三次赴台湾参加学术会议、讲学、从事学术研究活动。每次我去台湾，管女士都会自己驾驶着小车，和朋友们一起到台北的桃园机场迎送。特别是1999年6月间，管女士驾车陪我和另外两位台湾儿童文学作家畅游台湾中部的溪头、日月潭一带。她既是司机，又当导游。我们三位坐在她车上的男士都为自己的"无所事事""袖手旁观"颇感不好意思，而她则毫不介意。当然，想到她一向率真热情、豪爽开朗的个性，想到她那个响当当的绰号——"管大侠"，我也就对她的"拔刀相助"之举，稍感心安理得了一些。

不过，读管家琪的少年小说，我常常会产生一种惊讶，一种反差很大的阅读体验。从她的少年小说世界中，我发现了她性情和精神世界中丰富深广的底蕴，特别是她个性和情感世界中敏感、多思、细腻、包容的一面。读她的《珍珠奶茶的诱惑》《家教情人梦》《真情苹果派》等少年小说集，我不时地会为她对少女少男心理世界的细腻把握而感到惊讶，为她对少女少男精神成长的深刻理解而大为动容。青春期的多思和骚动、幻想和迷茫、激情和无助、失落和成长，在她的笔下得到了真切、自然、美丽的描绘和展示——那些青春期的隐秘心情故事，那些少女少男特有的精神成长历程，的确是美妙而动人的。

这些故事中显然保留着作者自身青春时代的记忆和感受。管家琪曾经坦率地承认，《家教情人梦》等故事中"自然有许多我当年青春期时候的心情和幻想"。同时，她又把"许多主观的感觉都经过了转化的处理，而且把时空放在现代，为的是希望更贴近时下青少年朋友的心灵"。于是，我们读她的少年小说时，不仅能感受到作者曾经有过的心路历程，而且能够体味今天这个社会的时代脉搏和青春气息。例如，我十分喜欢和欣赏小说集《珍珠奶茶的诱惑》中的那个同名短篇。这篇小说从一个少年的独特视角切入，既生动、细腻地描绘了青春期少年的鲜活情思，又简洁而有力地表达了当代人对于那个正逐渐从我们身边消逝的更富有"人味"的世界的依稀感觉和无法挽留的失落感。我们由此可以体察到作者那精巧中透着沉重的感伤情怀。这是一种足以令我们感动和深思的情怀。

管家琪的小说以简练明快、跌宕有致的叙事和丰富多姿、委婉动人的心情展示，在台湾获得了很多小读者和大读者的喜爱。事实上，生活中的管家琪不仅爽直仗义，而且也有善解人意、细腻温婉的一面。例如，作为一位知名作家，她的创作任务十分繁重，但她对于少年读者那些天真热情的来信，总是认真对待，尽力回复。为此，她竟有固定的

"回信日"——每隔若干天,她就会抽出一天专门用于给小读者写回信。有些小读者因此一直与她保持书信联系,直到成为一名大读者。从她尊重读者、善待读者的举动里,我发现的也是她善良、温婉的品性。

从管家琪其人其文,我读出了一种奇妙的人生和艺术的叠合——一方面,她侠义率真、干脆爽直,另一方面,她又诚挚细心、温婉有礼;一方面,她的作品情思绵密、跌宕多姿,另一方面,她的作品中又时时透露出对于童年、对于青春期的深刻理解和坚定卫护。侠骨柔肠,在管家琪身上,得到的是一种自然的结合和展现。

管家琪女士的少年小说,将与她的其他作品一起,由浙江少年儿童出版社介绍给大陆的读者。作为同行和朋友,我盼望着她的少年小说作品能够得到大陆读者朋友们的喜爱和欢迎。

(原载管家琪《管家琪少男少女系列》,浙江少年儿童出版社 2001 年版)

稚拙可爱的童话形象
——读周锐的《啊呜喵》

许多年来,我一直对周锐的童话作品怀有一种好感。

《啊呜喵》是一部低幼系列童话。主人公啊呜喵本是一只猫,因为看武侠书入了迷,便想仗义行侠。可惜身为一只猫,缺乏"行侠"的本领,于是他就想变成一头大老虎,最后竟变成了一只一半是老虎一半是猫的啊呜喵。他发出的吼声也变成了"啊呜——喵!"整部作品讲的就是啊呜喵仗义行侠的故事。

周锐的艺术灵感常常来自对生活的观察和感悟,而生活素材一旦进入他的作品,就会成为很地道的童话。啊呜喵行侠的故事中无疑也融入了作家本人对社会生活的观察、认识和感受。作品中所展示的童话场景常常具有一种强烈的生活质感,很容易引起读者对社会现实生活的自然联想。例如,在啊呜喵行侠的故事中,主人公碰到过欺软怕硬的狼、兜售伪劣泉水的小店老板、狡猾的小偷、爱赶时髦的女郎,也遇见了智慧的乌龟公公、神勇的警察等等。整个童话故事犹如一个小小的万花筒,折射出社会生活的五颜六色。不过,我们在阅读、欣赏这些故事的时候,不会觉得这是在简单地演绎生活,而会觉得这是幻想,是童话。这是因为,这部作品同样显示了作者巧妙的童话艺术策略和部署。

《啊呜喵》采用的是系列童话的结构方式,其情节展开和故事编织是以主人公啊呜喵的性格特点为辐射核心的。啊呜喵正直、热心，具有侠义心肠。看见大个子老鼠欺负小个子青蛙，他路见不平、挺身相助；走在街上偶遇小偷，他大吼一声，当街阻拦；在乌龟公公的帮助下，他学会把病人的毛病转移到自己身上的本领……另一方面，啊呜喵又是一个性急的，甚至有点儿笨拙的家伙。就是因为性子急，缺乏耐性，他喝了小店老板的伪劣泉水，结果想变老虎未成，却变成了一个半虎半猫的啊呜喵。在算不上十分狡猾精明的小偷面前，啊呜喵一下子就在简单的智力游戏中陷入圈套，弄得真伪莫辨，善恶颠倒。但是尽管如此，善良、正义始终是啊呜喵的基本品质。因此，虽然他有时候显得那么性急、愚笨，但依然性急得纯真、愚笨得可爱，依然是一个惹人喜欢的小家伙。

周锐童话智慧的一个重要方面，即在于他对幽默艺术的执着的、深刻的理解和把握。或热闹，或诙谐，或凝重，或冷峻，在他那里都可能成为童话艺术的一种色彩，一种格调。《啊呜喵》的幽默感主要来源于作品中人物心理言行表现的稚拙意味。稚拙和稚拙美可以说是儿童文学，尤其是幼儿文学天然拥有的美学语汇和艺术特质，但是要表现好稚拙美却并不容易，它要求作者对儿童生活和儿童心理中的稚拙情态有着深刻的了解，还要有高超的艺术表现能力。在《啊呜喵》中，作者对啊呜喵稚拙的心理言行的表现是十分精彩的。例如啊呜喵为了分辨谁是小偷、谁是受害者，让大个子和小个子分别说出钱包里有几张钞票。大个子说："好像是……6张吧。"啊呜喵竟说："不对，少说了1张。"然后又让小个子说有几张，从而使真正的小偷小个子得以浑水摸鱼，轻易得手。类似这样的描述，是既拙朴又富有情味的。

周锐仍在勤奋地笔耕。我相信他将会继续为孩子们写出更多更好的童话作品来。

（原载《文艺报》1997年4月15日）

传统模式与当代意识的艺术融合
——读汤素兰的《小朵朵和大魔法师》

自20世纪80年代初期以来,中国当代童话创作领域已经发生了许多重要的变化。其中一个重要的变化是,传统童话的结构方法和叙事模式基本上被搁置到了一边。在寻求、创造与当代生活方式和生活节奏、当代审美情趣和审美习惯更为谐调的童话叙事结构方面,作家们做出了许多新的努力和尝试。

最近,我阅读了江苏少年儿童出版社出版的汤素兰所著的中篇童话《小朵朵和大魔法师》。我想说,这部作品在寻求童话创作的传统模式与当代意识的艺术融合方面,做出了有益的尝试。

在《小朵朵和大魔法师》中,对传统模式的借鉴最突出地表现在作品的结构方式上。

这部作品采用了"漫游式"的结构方式。一个名叫朵朵的9岁小姑娘走出了自己生活的星沙城,进入了一个新奇有趣的幻想世界——豌豆城。在豌豆城,小朵朵认识了许多有趣的人物:戴着黑边圆框眼镜、外号"学问"的白马先生,会用毛线织出各种"跟真的一样"的动物和花草的胖奶奶,拖着煎锅上街去生蛋的母鸡,还有豌豆城的市长——神奇的大魔法师等等。朵朵也碰到了许许多多让她惊异、让她快乐的事情。可以说,是"漫游记"这一传统的结构方式,为作品提供了一个整体性的叙事框架。

同时，在这部作品中，漫游记叙事框架的运用又是开放的，也就是说，作品以漫游记为基本结构方式，同时又根据情节发展和人物塑造的需要糅合、穿插了奇遇式、历险式、寻宝式等种种传统童话结构方式，使之成为一个有机的结构整体。例如，为了找到给魔法师治病的龙蛋，朵朵只身前往黑森林，并经历了由王子分别变成的驼背老头、盲眼老太太、奇怪的老乞丐、张着血盆大口的龙的考验。在这些考验中，朵朵展现了她的聪明、慷慨、善良、勇敢的品质，并最终找到了龙蛋。在这里，漫游式的叙事框架中又结合了寻宝式、历险式的叙事技巧，使整部作品线索集中而又富于变化。

当然，当代童话创作毕竟是当代生活和当代意识的产物。在《小朵朵和大魔法师》中我们可以看到，运用传统叙事模式构筑的幻想世界处处渗透、散发着当代生活的气息。豌豆城这个童话世界既是幻想的，又是现实的。在豌豆城，一味的谦虚并不被认为是一种美德，而坦诚地展示自己则是一件十分自然的事情；豌豆城的孩子们每周有两个星期天，其中一个星期天规定大人们必须陪着孩子们玩；豌豆城学校的课堂学习生动又有趣，老师们给每个学生都打上一个最高分，大胡子校长说："因为学生每天都在学习新的知识，探索新的问题，他们的本领每天都在增强，只有用最高的分数，才配得上他们。"我们发现，豌豆城实际上是一个与当代儿童的现实愿望相吻合的幻想世界。作品以丰富有趣的幻想来赢得小读者的喜爱，并且让他们在现实世界中被束缚、被压抑的愿望和想象在童话世界里获得自由的实现和满足。

不过，作者在满足小读者的愿望和想象的同时，也并没有放弃以当代的观念、品质、理想去滋润当代少年的心田。例如，"学会关怀"

始终是这部中篇童话中一个响亮的声音。豌豆城的人们为了给他人带来更多的快乐,想出了许多新奇的主意;朵朵为了帮助大魔法师,成了千百年来"第一个为别人寻找龙蛋的人"。而"学会关怀"正是从传统教育的"学会生存"的主题发展而来的当代教育的基本主题。在这一面向未来的当代观念的烛照下,作品的传统叙事模式传达了全新的艺术内涵——我想说,这是童话创作的传统模式与当代意识的艺术融合。

(原载《新闻出版报》1994年11月28日)

风趣·儒雅·多思
——《蝗虫一族——趣味昆虫童话》序

在见到真的张嘉骅以前，我曾读过他的少量作品。后来，收到嘉骅寄来他的新著童话集《怪物童话》（台湾民生报社出版），我便有机会通过更多的作品来了解他。而且，借助书中"成长相本"栏中所收的11张照片，我还见识了张嘉骅从小到大的模样。虽然不能说这些相片上的张嘉骅是假张嘉骅，但见到相片上的张嘉骅和见到生活中真的张嘉骅肯定不是一回事儿。这一点我很清楚。

照片上的张嘉骅给我的印象绝对是一个嘻嘻哈哈的家伙。特别是他扮济公的照片，让我疑心这家伙会不会是济公转世了。等到我读了书中附录的林立耘小朋友的文章《我们的超级"搞笑大王"》和桂文亚小姐的文章《诗人他乐透了》后，便断定不管济公有没有转世，张嘉骅肯定是个怪有趣的人物。

这一点，我当然也从有趣的《怪物童话》那里找到了佐证。

去年12月，我去台北参加"96年海峡两岸少年小说研讨会"，见到了真的张嘉骅。那是到达台北第二天的上午，在联合报系大楼的一个电梯门口，照片上的张嘉骅突然就出现在了我的面前。陪同我们的主人桂文亚小姐笑盈盈地介绍说，这是张嘉骅。我看着眼前180厘米高的张嘉骅，也笑盈盈地说，我已经认出来了。是的，真的张嘉骅跟照片上的张嘉骅长得一模一样。

可是，乍一接触，真的张嘉骅似乎完全不是我主观想象中那个疯疯癫癫、嘻嘻哈哈、怪模怪样、调皮捣蛋的大男孩。他气质儒雅，举止斯文，谈吐不俗，浑身透着书卷味儿。

这是怎么回事儿？我有些看不懂了。

我们在台湾的那些日子里，嘉骅除了忙于会务和会上会下的发言讨论外，还与其他主人们一起热情地陪着我们逛书店、商场，参观报社、出版社、台北故宫、美术馆，游览阳明山，访问台东师院……我们很快就熟悉了。我发现，嘉骅兴趣广泛、勤学多思、博闻强记。在诚品书店，在台北故宫展厅，在台北美术馆，甚至在各种物品琳琅满目的商场，嘉骅的见识和学养都使他成了一位十分称职的"导游"。

初次见面的拘束和矜持消除之后，真的张嘉骅很快就暴露了，或者说是恢复了他乐天风趣的本性。在后来那几天里，张嘉骅不时妙语如珠，有时还发展到与我们这些远道来客斗嘴打趣的"严重"程度！当然，他也有丢"面子"的时候。有一天下午，桂文亚小姐安排我们在一家英式茶馆里，与台北市的几位青年童话作家聚谈。大家约定每人说一则笑话。等到张嘉骅说完笑话，他自己捧腹大笑，大家却面面相觑，不知道他为什么在笑。过了七八秒钟，大家才一起大笑，笑张嘉骅那莫名其妙的大笑。

不过，这时候，我才渐渐发现自己对真的张嘉骅有了更完整的了解。我相信，幽默、儒雅、多思，都是张嘉骅天性和气质构成中不可缺少的要素。

如今，我还发现，张嘉骅的童话，包括这本《蝗虫一族——趣味昆虫童话》（以下简称《蝗虫一族》），也散发着张嘉骅个性和气质中那些富有魅力的气息。

　　首先当然是趣味和幽默。

　　你读读《蠹伯伯》的开头："蠹鱼，又名衣鱼，由于爱吃书的缘故，所以也被叫作书虫。蠹鱼喜欢吃书，就好像米虫喜欢吃米，他们通常躲在书柜里吃书，一待就是老半天。他们很少离开书本，除非是闹肚子。"你再读读《哇噻邦邦》："人类爱杀蟑螂，其实给蟑螂并没有造成多大损失，因为蟑螂积累了几百万年的经验，也想到用一个办法对付人类，那就是：生，不断地生；被打死一只，就生两只，被打死两只，就生四只。"这些叙述语句看似说明书，却透着一股浓重的幽默意味，读来真让我笑痛肚皮。在叙述语言上，张嘉骅常常借助夸张、移植、仿拟、反语、双关、反复、谐音、对比、矛盾法、词义引申等多种手段来制造幽默效果。此外，在人物塑造、情节构架等方面，他的童话也时常会有令你挡不住的趣味效果。

　　其次是儒雅的书卷气。

　　张嘉骅的童话总是有一种文化知识的底蕴，比如《怪物童话》中的许多怪物形象出自中国古代神话《山海经》，比如这本《蝗虫一族》中也时不时会有一些显然是可靠的昆虫方面的知识。在《蟋蟀之歌》这篇童话中，甚至赫然出现了一个古文字。这个怪字电脑字库中没有，一般词典中也查不到。要命的是，我只学过汉语拼音，没有学过注音字母，所以连这个字该怎么念也不知道。作者在作品中告诉我们，这个字的"意思是秋天，可字形刻画的却是一只蟋蟀"。我本想再请教一位同事，是一位六十多岁专事古汉语、古文字研究的老教授，可不巧老先生外出了，我只好暂时作罢。虽然这是一个极端的例子，但张嘉骅童话中的知识内容所造成的特殊阅读口味,却是一般童话中不多见的。这自然是得益于作者自身的学识与涵养了。

最后是多思的品性。

张嘉骅是一位勤于思考的作家,他笔下的昆虫童话都不仅仅只是一个童话故事。法国作家法布尔(1823—1915)写下过十大卷的《昆虫记》。这十卷巨著也具有一定的文学色彩,但那基本上是为介绍、阐述昆虫知识服务的,是更偏重于自然科学的科普类型的读物,而张嘉骅笔下的昆虫世界则更侧重于社会人生、童话美学方面的思考与艺术发掘。例如《哇噻邦邦》对人性的叩问,《十七年蝉空空》对人类文明与大自然关系的思考,《布布放大屁》对理解和宽容的呼唤,《蝗虫一族》借一场思维游戏对人类精神状况的透视,如此等等,都是富于理趣和启示力量的。

风趣、儒雅、多思,这就是张嘉骅其人其文留给我的主要印象。

(原载张嘉骅《蝗虫一族——趣味昆虫童话》,台湾民生报社1997年版)

《月亮生病了》序

我们知道，童话最初是从民间文化的原野中孕育发展起来的。带着民间纯朴的天性和丰饶的情感，操着民间天然的语汇和温婉的语调，古老的童话进入了一代又一代读者的日常生活和精神记忆之中。

在我看来，传统童话拥有一些极富特色和韧性的艺术特质，例如质朴、幻想、诗意、幽默……这些特质来自民间生活的赐予，又反过来影响和塑造了一代又一代人的文化心灵。后来的童话整理者和写作者们，像贝洛、安徒生、格林兄弟、卡尔维诺等，都以自己特殊的文学智慧和灵性，呵护和培育着经典童话特有的艺术气质和美学天性。质朴、幻想、诗意、幽默……就这样成了童话艺术最传统、最突出的文学特征。

以这样的历史认知来考察中国当前的童话创作，我不想隐瞒自己常常会陷入一种失望的阅读境地之中的事实。在《中国儿童文学5人谈》一书的《关于童话》一节中我曾经谈道："在某种意义上说，一部童话的历史构成了一部儿童文学的历史，但今天它却给人这种文体不再重要的感觉。在现实的儿童文学展开过程中，童话往往有很多不能令人满意的地方。"当然，恭敬而执着的童话写作者仍然存在，但不可否认的是，在一些时候，童话写作已经成了胡编乱造、随意涂抹的同义词。在那些随意、轻率的写作中，传统童话的艺术气质和特质，已经荡然无存。

童话集《月亮生病了》的作者鲁冰，显然是一位对童话创作抱着恭敬和执着态度的写作者。近一年来，我与他通过电子邮件，多次交换过彼此对于童话、对于童话艺术的看法。在这些交流中，我发现他是一位对童话创作充满了挚爱、激情和理想的年轻人。与许多地处文化中心或大都市的作者不同，鲁冰生活在山东一座不大的县城里，从"文化地理"或"文学地理"的角度来看，他大体上可以算是处于文坛边缘地带的"小人物"。但是我以为，就他对童话艺术的理解和追求而言，他几乎毫不迟疑地进入了童话创作的艺术腹地，把握住了童话美学的某些最核心的内容。因此，就童话的艺术美学版图而言，鲁冰不是处于创作的边缘地带，而是站立在了一个相对靠近中心的位置。

读这部《月亮生病了》，我们会发现，鲁冰坚持的是一条正规而又精致的写作路线。读《蜗牛送信》《花钟》《星姐姐和星弟弟》《擦星星》《百花枕》《星星睡在蝶翅上》《小燕子》《篱笆》等作品，我们可以看出作者在童话形象的选择和描绘、童话意境的营造和展现、童话语言的提炼和运用等方面的匠心和追求。蜗牛为生病的熊妈妈送信，他爬过了四季，爬过了一路的花的美丽，终于将信送到了小熊手中，而风儿早已将四季的花儿捎回给了熊妈妈，并让她恢复了健康。故事在柔美的叙述中传达了一缕温暖而美好的情感（《蜗牛送信》）。一群星星在夜晚跳进湖水玩耍，当他们飞回幽蓝的夜空时，那颗最小的星星，却在湖边那只蓝蝴蝶的翅膀上睡着了……作品呈现出一种空灵、美丽的童话意境（《星星睡在蝶翅上》）。与一些粗糙任意的童话写作相比，鲁冰坚持的精致细腻的写作姿态和美学追求，无疑是难能可贵的。

这种精致细腻写作姿态的背后，是作者对于传统童话诗意品质的痴迷和继承。诗意是以安徒生作品为代表的经典童话所具有的一种鲜明的艺术品质，它构成了传统童话最重要的美学魅力之一。

鲁冰最心仪的童话家正是童话大师安徒生。他曾经跟我说，在他走上童话艺术创作之路的时候，安徒生童话曾经给了他最重要的滋养和影响。事实上，我们在读鲁冰的童话作品的时候，的确能隐约感受到这种滋养和影响的存在。至少，鲁冰那正规而精致的写作追求，其动力在很大程度上正是来源于安徒生的启示和召唤。

在另一些作品如《小和尚与老鼠精》《蜘蛛开店》《黑毛衣，白毛衣》《小猫做梦》等的创作中，鲁冰也初步显示了他构思和编织故事的能力。这些故事妙趣横生，读来令人赏心悦目。有时候，语言的机巧和诙谐也令人难忘。例如，"从前有个小和尚——一个非常聪明的小和尚。他的庙坐落在一片光秃秃的平地上，庙门亮光光的，庙瓦亮光光的，庙里盛着水的瓷缸和铁锅也是亮光光的，但这一切都比不上一个东西亮——那就是小和尚的脑袋瓜儿"（《小和尚与老鼠精》）。这令人忍俊不禁的语言，也透露出某些传统叙事的文学神韵。

读鲁冰的童话作品，我也想谈谈我的两点期待。

其一，鲁冰的童话充满了思考的激情，这种激情对于童话思想力度的构成来说是十分必要的。同时我也感到，鲁冰某些作品中的思想空间和呈现方式还存在着比较直接、拥挤、平白的缺陷。如何把作品的思想表达得更加开阔、更加含蓄、更加别致，可能是鲁冰下一步需要继续努力的一个创作课题。

其二，精致的诗意写作构成了鲁冰童话的一个特色。我以为，在保持这一特色的基础上，进一步加强童话的故事性，将可能使他的童话更具阅读魅力。

虽然我和鲁冰至今没有见过面，但他的第一部童话集将由素负盛名的文学出版大社——人民文学出版社推出,我的心情和鲁冰一样感到振奋。这是一个很高的起点。我相信,这个起点会激励鲁冰向着童话艺术的更高的目标不断靠近。

(原载鲁冰《月亮生病了》,人民文学出版社 2005 年版)

当代少年精神世界的守望者
——读邱易东诗集《地球的孩子，早上好》

当代生活中发生的许多事情或变化，促使我愿意相信这样一种说法：历史的进步常常是以某些令人感到沉重或痛心的付出作为代价的。毫无疑问，当代中国的经济生活、文化生活等正在发生着许多重要的变化。至少，作为社会发展进程中的一个阶段或环节，这些变化的历史进步性是不容怀疑的。但是另一方面，伴随着这些变化而来的种种不同程度上的感觉迟钝、情感迷乱、心态浮躁等等精神现象，也令人不能不对此保持一种警惕的姿态。面对那些散乱无序或漫不经心的精神流失，我们显然应当毫不犹豫地大喝一声："不！"

我愿意以这样的心情和思考为起点来谈论邱易东的诗集《地球的孩子，早上好》。

或许，就动机而言，邱易东并不是怀着一种反抗或救赎的心情开始他的少年诗歌创作的。从天性上说，邱易东属于那种特别富有诗心诗性的人，诗歌不过是他从心底里流淌出来的歌吟。当然，"诗教"的愿望仍然是存在的。作为一名小学教师出身的诗人，毋宁说，邱易东的这种愿望还表现得十分强烈。在早先出版的几本诗集的后记中，邱易东曾多次透露过自己的写作心迹，他对自己想象中的少年读者说："我一直这样想：你和其他所有的少年朋友，只要能够用心灵去接受一首好诗，就会变得聪慧、高尚一点。为了这，我就这么一首一首努力地写下来了。"不过，我感兴趣的现象是，在这样一个时代，当那些细腻的感觉、诗意的想象、青春的激情、价值的关怀……似乎正从我们的生命存在中渐渐隐退的时候，邱易东却在少年诗歌的艺术疆域里，顽强地试图挽留我们生存现实中固有的诗意，坚韧地试图激活青春生命中内在的灵性。在这样一个时代，邱易东以自己的少年诗歌创作行为，担当起了当代少年精神世界的守望者的职责——我正是因此对他的艺术努力产生了好感乃至敬意。

是的，邱易东的诗让少年朋友进入对天籁的谛听和对自然的出神状态："树叶的声音是绿色的／花朵的声音是五彩的／晶亮晶亮的浪花／是流水哗哗的脚步／山的沉思在我眼前起伏／海的呼吸在我的耳边回荡／闪烁闪烁的星星／是宇宙默默的心跳。"（《倾听》）

他真挚、执着地引导少年朋友去品味生活，呵护纯真："在高楼与高楼／大街与大街间来去／孩子是城市的小鸟／从早上飞到傍晚／左边的翅膀叫孤独／右边的翅膀叫幸福。"（《城市孩子的幸福与孤独》）"让我与你一道／护卫你的纯真／你的微笑／你的眼睛／你的公开和隐秘的日记／你的心灵的泉水／都是纯真的／而且应当永远纯真。"（《护卫纯真》）

他启发少年朋友去省思和怀想生命超越时空的美丽和价值："不久以前的一滴泪珠／不久以后的一抹欢乐／不久以前的一枚鸟蛋／不久以后的一次飞翔。"（《不久以前，不久以后》）"人类从远古出发／独木舟穿过许多风雨／面对未来／我们该怎样驶出／生命的小船。"（《渡》）

他以博大的爱意和温暖的憧憬祝福地球的孩子："在非洲丛林低矮的木屋里／在北极冰川飞驰的雪橇上／在赤道线灼人

的阔叶林中／我的无边无际的阳光／是我的无边无际的问候／地球的孩子，早上好。"（《地球的孩子，早上好》）

在邱易东的这部少年诗集中，诗意的目光穿透历史与未来，想象的翅膀从地面划向高空和蓝天，我们从中感受到的是一颗开放、包容的诗心。在这里，远古意象与宇宙视点，城市风景与乡村情调，小鸟吟哦与月光遐想，少年幻想与诗人情怀……我想说，很少有当代的少年诗集像这本诗集一样发现并展示了如此辽阔的诗意。当人们的心灵被当下充满浮躁和困惑的生活挤压得狼狈不堪的时候，我相信，失魂落魄的人们或渴望诗意的人们，都会从这样的诗歌中找到心灵的安置场所。荷尔德林说："人充满劳绩，但还诗意地栖居于这块大地之上。"这一古老而浪漫的诗句，仍然应该继续得到后人的吟唱。那么，读一读这本《地球的孩子，早上好》如何？你会从中领略到那种古老而又年轻的诗意心情，进入一种属于青春期的纯真、热情、柔美、出神的诗意状态。我更相信，每一位敏感、多思的少年朋友，都会从这样的诗歌阅读中培养起一颗真正的诗心，培养起一种对于生命、对于生活、对于历史、对于宇宙的诗意感受和幻想能力。

记得七八年前，我第一次读到邱易东的少年诗（儿童诗）时，曾有过这样的感叹：这是真正的少年诗歌！在我从专业角度接触当代少年诗（儿童诗）以后的相当长的一段时间里，我一直有一个比较固执的看法，就是认为当代少儿诗创作从整体上看，诗心混浊，诗艺贫乏。这种情形甚至还出现在某些被认为是具有某种经典意味的当代少儿诗歌作品中，而邱易东的诗与当代少数优秀的少儿诗诗人（如金波）的作品一样，发掘或者说是创造了少儿诗歌的诗美特质，技巧的锤炼达到了相当纯粹的境地。

这当然与诗人的艺术才能特别是对艺术、对少年朋友的真诚态度有关。在获奖诗集《到你的远山去》的《后记》中，邱易东曾经这样对他的少年读者说："我知道你们读诗，并没有技巧的概念，但我却在心里存着这样的愿望：把我自己最好的给你们，以你们能够接受的方式，在诗作里努力藏进智慧力量和创造的火花，使你们掀开这片星空的时候，不知不觉地得到了丰富或者改变了人最根本的东西。我决不会浅薄地取悦你们。为了这样的责任，可以向你们透露一个秘密：对每一首诗，我都尽我所能反复修改，十几遍地修改，甚至几十遍地修改，直到自己满意。"虽然我不能说邱易东笔下的少年诗歌篇篇都是上品，但我的确想说，他以自己辛勤的诗艺磨炼，为中国当代少年诗创作提供了一种成功的典范。

海德格尔在评论我前面引用的荷尔德林的那个诗句时曾指出："诗并不飞翔凌越大地之上以逃避大地的羁绊，盘旋其上。正是诗，首次将人带回大地，使人属于这大地，并因此使他安居。"是的，真正的诗意和关怀总是来自现实的灵感和对当下的观照，它引导我们摆脱平庸、萎靡的生活方式，超越具象世界和现实泥潭的羁绊，带我们从更高远的视点逼视生活、叩问人生，让我们以诗意的心情培植美好的人生，陶冶健康的灵性。

我要向诗人道一句：写诗的易东，你好！

（原载《儿童文学研究》1998年第1期）

《雨雨寓言集》序

我与孙建江是 1984 年秋天认识的。那时候我知道他倾心于儿童文学研究。共同的爱好，特别是在以后的交往中彼此对中国儿童文学理论研究现状及未来所流露的许多相同或相似的情绪和想法，使我们之间的相互了解和友情逐渐加深。对于建江在理论研究中所取得的成绩及其所表现出来的思维个性，我是一直关注并且常常为之而感到振奋的。1987 年秋我在参加选编《中国儿童文学大系·理论卷》时，就特别收入了他的论文《在运动中产生美——兼论儿童文学的美感效应》。1990 年 2 月，他的第一本理论著作《童话艺术空间论》也出版了。对此，我和朋友们都很为他高兴。

一次偶然的机会中，我知道建江在业余从事理论研究的同时，还摆弄一些创作，比如诗歌、散文、童话、寓言什么的，而且，成绩似乎也挺不错：他创作的诗歌《问奶奶》曾获得过刊物的佳作奖；我参与选编的《中国儿童文学大系·诗歌卷》也收入了他的诗作；特别是他用笔名"雨雨"发表的寓言作品，被选入过《当代中国寓言大系》《中国新时期寓言选》《中国现代寓言名篇选析》《儿童文学选刊》等多种书刊。锱铢积累，收获渐多。现在，这本《雨雨寓言集》就要出版了。建江叮嘱我在书前写几句话，我当然乐于从命，尽管这一阵子很有些忙碌的样子。

这次有机会集中读建江的寓言作品，我发现我十分喜欢他的这些作品。像《沙粒和水珠》《山和雾》《门窗》《春风轻轻走过》《老鼠的意见》《公鸡的叫声》《鲤鱼与大雕》《习惯》，以及那些只有一两句话的微型寓言，我觉得都是很可读，也很耐品味的作品。这里有尖锐的揭露、辛辣的讽刺，也有深情的礼赞，而且，从寓言艺术特征的角度来看，它们也是十分优秀的作品。沙粒和水珠各自炫耀自己家族的伟大，却没有料到最后都被对方的家族所消融。作者把关于集体与个体、伟大与渺小的关系的思考留给了读者。老鼠为主人忘了邀请自己参加粮仓的落成典礼而不满，大雁却说："主人不邀请你，正是因为没有忘记你。"真是又巧妙，又犀利。还有那只学习不动脑筋，终于丢掉了自己的特长而被主人拎入厨房的公鸡，还有那只凶狠而又愚蠢的大雕……这些寓言形象都是令人难忘的。我觉得，这本寓言集中的许多作品都能把故事和寓意两个部分很好地融合起来：寓意借助故事而显得形象生动，故事通过表达寓意而变得意味深长。当然，也有个别作品在故事的构思和寓意的锻炼方面还显得一般化了些。这里用得着人们常用的一句话："艺无止境。"对于建江和我们任何人来说，恐怕都是如此。

　　据我平时接触寓言作品所得到的印象来看，我以为这些年来寓言创作的进展和收获是明显的。但是，在寓言界以外，它所受到的关注和研究似乎还很不够。这或许是因为寓言太短小太不引人注目？严文井先生曾经说过，寓言"是谦虚的，当一个刊物邀请它去做客的时候，它就等各种长篇大著都坐下之后，悄悄坐在补白栏里……它做了大量有益的工作，而从不炫耀自己，也不指望从别人手里得到什么"（《关于寓言的寓言》）。不过我想，寓言的短小乃至谦虚，并不意味着它就应该被忽视和冷落,至少就审美的独特性和不可替代性而言,它与其他文学体裁应该是等值的。建江执着于寓言创作,成绩可喜。我相信,凭着这种执着,他会为我们写出更多更好的寓言作品来!

(原载孙建江《雨雨寓言集》,甘肃少年儿童出版社 1991 年版)

栩栩如生的寓言形象
——读严文井的《会摇尾巴的狼》

还记得《伊索寓言》中那则《狼和小羊》的故事吗？还记得狼与小羊的那次对话吗？是的，不管狼的理由多么荒唐可笑，不管小羊的辩白多么真实有力，可怜的小羊最终还是被蛮横的恶狼吃掉了。我相信，凡是读过这则寓言的人，都不会忘记狼的蛮横凶恶和羊的谦卑柔弱——这是世界寓言人物画廊中两个具有高度概括力和典型意味的艺术形象。

这里我们要欣赏的严文井的《会摇尾巴的狼》，用精练而传神的笔墨，也为我们塑造了两个栩栩如生的艺术形象——他们同样也是一只狼和一只羊。

严文井（1915—2005），原名严文锦，湖北武昌人，是中国当代著名的儿童文学作家。早在20世纪40年代初，他就出版了第一本童话集《南南和胡子伯伯》。1949年，他创作了童话《丁丁的一次奇怪的旅行》。从20世纪50年代到80年代，他又先后创作了《小溪流的歌》《"下次开船"港》《习惯》等精美而广有影响的童话、寓言作品，成为当代一位具有独特艺术风格的儿童文学作家。

就数量来说，严文井的寓言创作并不丰硕。人民文学出版社1982年5月出版的《严文井童话寓言集》共收有十则寓言作品。但是，数量的相对单薄却不等于艺术价值的微小。读了严文井的寓言，我们会更加坚信这一点。

在谈到自己对童话创作的理解和追求时，严文井曾经说过两段很值得我们注意和品味的话。他说："我的基调是从人生观、世界观上考虑得更多一些。这也是我的一点肤浅的哲学思想。"他还说："我认为好的童话都是一些'无画的画帖'，或者又是一些没有诗的形式的诗篇。"并表示自己向来把童话"算作一种诗体，一种献给儿童的特殊的诗体"。严文井的童话创作是实践了他的艺术追求的。深邃的哲理性和浓郁的诗情画意，正构成了严文井童话的两个基本特色。与他的童话创作一样，严文井的寓言作品在总体上也体现出这种特色。例如《三只蚊子和一个阴影》《尘土的"独立思考"》《向日葵和石头》《回声的结局》等作品，都不是一般地阐述某个道理，而是努力纳入更深刻的哲学思考，达到一种哲理的深度。同时，在揭示题旨的过程中，又常常渗透着浓郁的诗的韵味。《向日葵和石头》通过一粒种子顽强地萌发生长，成为一株大向日葵的过程，歌唱生命和阳光、春天和秋天、追求和运动。同时讽刺了那块厌恶生长和运动、喜欢平静和安宁的"古老的石头"。正如有的评论文章所说的，这篇寓言气势雄伟，像一首雄辩而形象的哲理诗。这或许也可以代表严文井寓言的总体艺术特点吧。

与此不同，《会摇尾巴的狼》不以哲理和诗韵的表达见长，而是以简练的人物勾勒和传神的性格描绘取胜。因此故事虽短，但狼和老山羊的形象却跃然纸上，令人难忘。

在寓言作品中，狼和羊是经常出现的形象。通常，狼总是以凶残、蛮横的面目出现。《伊索寓言》中如此，克雷洛夫根据《伊索寓言》改写的同名寓言也是如此。中国明代马中锡的《中山狼传》里的那条中山狼不是连救了它的命的东郭先生也没有放过吗？而羊在寓言中总是表现得温顺、柔弱、善良和无辜，最后也难以逃脱被恶狼吃掉的悲惨命运。可是，在《会摇尾巴的狼》中，我们却会发现，那只老山羊终于没有落入狼口，尽管那只狼是那样狡猾和善于伪装。

这是因为，作者为这则寓言设计了这样一个特定的情境：狼掉到猎人设下的陷阱里去了，怎么跳也跳不出来，而老山羊却站在陷阱外面。这就是说，人物关系进入一种新的格局，狼对羊的直接威胁和攻击暂时解除了。正是在这一人物关系和特定情境的规定下，引出了狼和羊的一段新的故事，中外寓言中狼和羊的传统性格也得到了新的发掘和丰富。

你看，陷入绝境的狼一反常态，表现得如此"友善"和"可怜"。当一只老山羊慢慢走过来时，狼连忙向老山羊打招呼："好朋友！为了友情的缘故，帮帮忙吧！"不过他当然明白，一只羊是绝对不会去帮助一只作恶多端的狼的。于是，他谎称自己是一只"又忠诚又驯良"的狗，并把自己装扮成一个舍己救人的英雄。看，当需要的时候，恶狼也会装出最友好的微笑，甚至不惜往自己脸上涂抹最漂亮的油彩！

但老山羊毕竟是老山羊，而不是小山羊，作家这样设置也是颇具匠心的。老山羊经事多，尤其是有过险些被狼吃掉的经历，他哪里肯轻易上当。当他发现这只"狗"用狼一样的神气看着自己因而表示怀疑时，狼连忙半闭了眼睛说："我是狼狗，所以有些像狼。但是，请你相信，我的的确确是狗。我的性情很温和。我还会摇尾巴，不信你瞧，我的尾巴摇得多好。"为了骗取老山羊的信任、同情和帮助，恶狼毫不顾及自己的"尊严"，摇尾乞怜，出尽洋相。

在老山羊的再次诘问下，狼有些不耐烦了，然而小命要紧，他不得不继续发誓赌咒，献媚求救："没错，没错！我可以赌咒。

快点吧，快点吧！为了友情的缘故，只要你伸下一条腿来，我马上就可以得救了。我一出来马上就报答你。比方，我可以给你舔舔毛，帮你咬咬虱子。真的，我是非常喜欢羊，特别是老山羊的。"但是，当老山羊仍然表示"我得考虑考虑"时，狼终于忍耐不住了。他龇牙咧嘴，暴跳如雷，露出了凶残的本性。而老山羊也终于彻底认清了恶狼的本来面目，尽管这是一只"会摇尾巴的狼"！

  这则寓言只有八百字左右，但是它在寓言人物形象塑造方面却十分成功。一般说来，寓言的特点在于寓意于言，即通过一个短小的故事来阐发一种道理，而形象的塑造则不太为人们所重视。但事实上，许多优秀的寓言名篇往往能够用精炼的笔墨、寥寥数笔，勾勒出鲜明生动的人物形象，使作品具有更出色的艺术价值。《会摇尾巴的狼》就是一篇这样的作品。

  首先，这则寓言善于通过简洁传神的人物语言、动作和神情描写，来层层深入地揭示人物心理，表现人物性格。当老山羊刚刚看到陷阱里的狼时，他在心理上还是没有设防的，他的关切的发问表现了老山羊善良的性格，而这时的狼则"装出一副又老实又可怜的模样"。然后，作者用"看了他几眼""慌忙后退了一步""又往后退了一步""冷静地看了他一眼"等几个连贯动作的勾画，揭示了老山羊始而怀疑、继而犹豫、接着防范、最后识破狼的花招的整个微妙而复杂的心理变化过程，也生动地表现了老山羊冷静、沉着、谨慎的性格。对狼的心理和性格，作者则用"连忙半闭了眼睛""拖着那条硬尾巴来回摇了几下""有些不耐烦了""咧开嘴，露着牙齿，对老山羊咆哮"等神情、动作和那些假心假意的花言巧语来揭示和描绘。写狼开始装模作样、甜言蜜语，但在老山羊的一再怀疑和诘问下，他终于迫不及待、凶相毕露了。因此，羊与狼之间彼此言行、神情的逐渐变化，既是双方心理发展的微妙流露，又是他们性格特征的绝妙显示。在这里，作者着墨不多，笔力却是入木三分的。

其次，作者善于运用对比手法来刻画人物。这主要表现在两个方面。第一，通过人物形象的相互对比、彼此衬托，来进一步突出人物的性格特征，即通过老山羊的善良、谨慎、冷静来反衬狼的伪善、凶恶和暴躁；反之，狼的伪善、凶恶和暴躁，也更衬托出老山羊善良、谨慎、冷静的特点。第二，通过人物自身语言、行动与心理、性格之间的反差对比，来突出人物的形象特征。例如，狼企图用虚伪的言行来掩盖其真实面目，因此，狼越是伪装得老实可怜，他的花言巧语越是美妙动听，就越是暴露出他虚伪、狡猾、狰狞的本来面目。

总之，《会摇尾巴的狼》是一则笔墨精炼而形象生动、富有新意的寓言精品。

（原载艾青、严文井等著《寓言欣赏》，湖南少年儿童出版社1991年版）

不露声色引人荒谬
——读艾青的《画鸟的猎人》

读《画鸟的猎人》，你会从作者那不露声色的描述中看到一种荒谬，品出一种幽默，你会情不自禁地露出会意的微笑。

这则寓言的作者艾青，原名蒋海澄，1910年出生于浙江金华，是我国现代和当代著名的诗人。年轻时代，他曾留学法国，专攻绘画。后来，他走上了诗歌创作道路，出版过《大堰河》《向太阳》《火把》《春天》《海岬上》《归来的歌》等诗集。艾青的寓言作品不多，但寓意深刻，不乏诗意，被认为是寓言体的讽喻诗。

《画鸟的猎人》写一个想学打猎的人拜猎人为师学艺，但却终于什么也学不到、练不成的故事。应该说，猎人起初是诚心诚意地向徒弟传授打猎技艺的，因为这位徒弟有一支好枪，而且他在许多职业里偏偏选中了打猎，期望到树林里去打到自己想打的鸟，可见他是一个有决心的徒弟。于是，猎人就告诉他各种鸟的性格和有关瞄准与射击的一些知识，并且嘱咐他必须寻找各种鸟去练习。可以看出，猎人的传授是热情、细致、周到，并充满诚意的。

可是，当猎人发现徒弟既想学习打猎技术，又缺乏学艺应有的勤奋、踏实、顽强的品格时，他就改变主意，顺着徒弟的思路和愿望去"传授"技艺。结果徒弟学艺不成，却在不知不觉中闹了一场令人哭笑不得，同时也发人深思的笑话。

在这里，猎人按照徒弟的想法"传授"技艺而终于导致了荒谬的结果，这种方法类似于逻辑学里的归谬法。归谬法的内容和特点是，为了要驳倒或否定他人的论点或想法，先假定对方的论点或想法是正确的，然后顺着对方的思路从中推导出非常明显的荒谬结果，从而推倒对方的论点和想法。当然，文学作品不同于抽象的推理或反驳，而是借助艺术形象来显示其内在的逻辑力量和深刻寓意的。《画鸟的猎人》同样也是这样。

那个想学打猎的徒弟听了猎人的一番教导后，以为只要知道如何打猎就已经能打猎了，以为从此那些鸟儿就都逃不出他的枪口而他从此也就是一个出色的猎人了。殊不知，学习打猎不仅是一个了解、掌握种种有关知识的过程，而且更是一个将这些知识转化为一种技能的过程，一个需要勤学苦练、不断积累经验的艰苦的实践过程，因为，猎物绝对不会自动跑到你的枪口之下。但是，那个徒弟却不知此中道理，所以他在打鸟不成的情况下又找到猎人说："鸟是机灵的，我没有看见它们，它们先看见我，等我一举起枪，鸟早已飞走了。"

这时，猎人已经摸准了徒弟的心理：他既想打到鸟，又不愿面对现实，勤学苦练。不过，猎人没有如此这般地搬出一番大道理来教育他，而是按照徒弟的心思问他："你是想打那不会飞的鸟吗？"

果然，徒弟也很坦率："说实在的，在我想打鸟的时候，要是鸟能不飞该多好呀！"

飞是鸟类的习性。想打鸟，又要鸟不飞，那么好吧，猎人就教他一个在硬纸上画鸟然后挂在树上来打的办法。

那人居然真的如此照办了。但是，他还是打不中画中的鸟。

最后，当他再次来找的时候，猎人告诉他一个保证万无一失的办法：把一张大一些的纸挂在树上，朝那纸打。徒弟苦笑了，说："那不是打纸吗？"猎人却很严肃地告诉他说："我的意思是，你先朝纸只管打，打完了，就在有孔的地方画上鸟，打了几个孔，就画几只鸟——这对你来说，是最有把握的了。"

这时，不管那个徒弟是否已悟到自己已经陷入了一种荒谬的境地，读者却早已露出了一阵微笑。是啊，不敢面对现实，不愿勤奋刻苦地练就一套真本事，而只是一味地为自己寻找台阶，那么到头来只能落得个一事无成、一无所获的结局，并给世人留下一个笑柄。不是吗，画鸟打猎就跟画饼充饥一样荒谬、可笑！

《画鸟的猎人》在艺术上的主要特点，在于它用一副冷静、收敛的语调来叙述一个充满滑稽意味和荒诞色彩的故事。你看，尽管师徒俩"传艺"和"学艺"的过程逐渐从一种生活常态被悄悄地引入一种荒唐的变态中去，但作者的叙述语气却始终是不露声色的。猎人仍然是那么认真严肃地传艺，徒弟也同样认真虔诚地学艺。当徒弟打不到飞鸟时，猎人教他画鸟学打猎，并鼓励他说："你一定会成功。"当徒弟连画在硬纸上的鸟也打不中时，猎人"沉思了一阵"后说："对你的决心，我很感动……这一次你一定会成功。"当徒弟仍是"担忧"，仍是"苦笑"时，猎人便"很严肃地"告诉他先朝着纸打，再按孔画鸟的办法。这里没有进行直接的嘲讽和挖苦，其外在的直接的语言效果是平实的、收敛的，但是，就其内在的精神实质和寓意而言，却是一种漫画式的夸张和极度辛辣的嘲讽。因此，这种不露声色的叙述语调所表现出来的诙谐、幽默意味往往能够令读者发出会心的微笑，产生特殊的艺术效果。

所以，我们也可以说，这是一种更巧妙的讽刺，这是一种更高品位的幽默。

（原载艾青、严文井等著《寓言欣赏》，湖南少年儿童出版社1991年版）

亮丽无比的图画书

在中国，为儿童编绘、印制图画书的历史也许可以追溯到十分久远的从前（例如明代，或者更早些）。可是，现代图画书观念的建立和相应的理论研究的展开，却是一件晚近才发生的事。难怪就在几年前，季颖女士在翻译一部日本的图画书理论著作的时候，心里还会有一种为中国儿童文学界偷盗"天火"的感觉。

今天，随着编绘经验的累积和艺术观念的成熟，以及印制能力提高所提供的技术层面的保障，图画书的创作愈来愈成为中国儿童文学艺术和出版现实中的一个亮点。坦率地说，北京少年儿童出版社最近推出的四册一套的幼儿图画故事书《李拉尔故事系列》（梅子涵著，沈苑苑、赵晓音绘），就再一次让我体验了那种在突如其来的阅读遭遇中产生的"眼睛忽然一亮"的心情和感觉。

从梅子涵的文学创意看，这四册《李拉尔故事系列》有一个共同的特点，即它们都是在儿童世界与成人世界之间的游移、变换和相互碰撞、交融中来获取创作灵感、制造文本趣味的。在《我是一个小孩儿》中，李拉尔自我介绍和解释说："我是一个小孩儿。什么是小孩儿呢？小孩儿就是喜欢玩的。我好喜欢玩哦！"可是，"妈妈叫我弹钢琴，爸爸还要叫我画画"，小小的李拉尔于是发出了"你说我是不是挺不幸的"这样的感叹。他想出来的抗争办法，就是声称自己"不当小孩儿了"，而是要"让爸爸妈妈当小孩儿，我要当比爸爸妈妈还要大的大人。这样，我就可以叫他们老老实实地弹钢琴和画画了"。在《我也会当爸爸》《爸爸小时候什么样》《大人都是猫咪》等作品中，儿童世界和成人世界的碰撞中同样分布、聚集、闪现着丰富的艺术灵感和纯真的美学趣味。的确，生命的成长和展开使世界有了儿童和成人之别，而这个世界的许多生机和趣味也因为儿童世界与成人世界的区分、对峙、互动而产生。李拉尔显然是一个稚气十足的小小顽童，但他同时又是一个对大人世界充满了好奇和神往的孩子。显然，当李拉尔以幼儿天真的眼光打量世界，以孩子式的逻辑对成人世界作出解释和模仿时，挡不住的幽默和趣味就产生了。

《李拉尔故事系列》的趣味性不仅来自故事中洋溢着的孩子式的现实幻想和解释逻辑，而且还来自梅子涵为这一系列文本所设置的纯真、稚拙、顽皮而又富有神韵的叙述语感。在当今的中国少儿文学界，梅子涵是一个罕见的对"语感"充满了迷恋和追求的作家。从80年代到90年代，梅子涵在少儿文学叙事语感的苦心经营方面从未厌倦和停歇过。《李拉尔故事系列》同样显示了他在幼儿文学叙述语感上的独特追求。我们几乎可以说，是梅子涵式的语感呈现，构成了他的艺术世界。

《李拉尔故事系列》的基本语感特质，来自作者对幼儿纯真、俏皮的口语形态的准确理解和艺术再现。例如《我也会当爸爸》中，李拉尔有这样一段感叹和想象："啊呀，如果我以后结婚了，那个当妈妈的千万别叫我洗碗！如果她一定要叫我洗，我就说，刚才结的婚不算数！不过，我如果真要结婚，和谁结呢？我真不知道和谁结婚，林小琪知道他和谁结婚吗？"当全班的女同学都高喊"我不和你们结婚"时，李拉尔又自以为是地说："我们什么时候说过要和她们结婚了？

我们怎么会和她们结婚,我们要结婚肯定是和大人,她们只不过是小孩儿。"李拉尔的天真幼稚、顽皮可爱在这些想当然的喃喃自语中被表现得淋漓尽致。

图画故事书的佳境自然是文图俱佳、配合巧妙。从这个角度来看,沈苑苑、赵晓音的绘画作品与梅子涵的文学作品可谓相得益彰。虽然两位画家的画风略有不同,但其配图却都以扑面而来的稚拙意趣令人喜爱。欣赏这一套亮丽无比的《李拉尔故事系列》,我们会进一步理解,在图画故事书的创作中,作家和画家之间的默契配合是多么重要。

为幼儿创作,是一件高尚而又艰难的劳动。许多文学大师都曾经在这块园地倾注过自己的心血,例如列夫·托尔斯泰、欧仁·尤涅斯库。今天的幼儿文学创作,包括图画故事书的创作,同样期待高手的加盟,期待着大手笔的出现。

(原载《中华读书报》2000年7月12日)

一个恒在的方向

在阅读《青铜葵花》的过程中,我一直在思考两个问题:一是随着对生活发现和驾驭能力的提高,曹文轩对作品的构思和感受都在不断完善。二是曹文轩在这二十年儿童文学的发展中扮演什么角色?可以肯定地说,他是一位先锋的、明亮的,具有个人风格的作家。20世纪80年代,他以凝重、优美的个性化写作在当时的中国原创儿童文学中成为一道亮丽的风景,作品成为众多专家学者研究的对象。90年代,出版与市场的接轨不可回避,但曹文轩依然如故,以自己的才华、自己的声音,以流畅巧妙的构思、丰厚的内涵打动读者。今天,以《青铜葵花》为代表的儿童文学又进入了21世纪。这些年中,不少儿童文学作家不断地来来去去,很多人都离开了,而曹文轩却一直都在,没有停顿,他的存在代表了一个方向。

曹文轩的艺术特质是鲜亮的、稳定的、唯美的,那么他作品的美感和内在力度来自哪里?可以讨论的角度很多,我想从作家的文化心理结构来谈,从他的创作心理和文化背景来谈。曹文轩生活的、精神的背景结构连着苏北、连着童年、连着乡村,乡村的记忆构成一个巨大的存在,一个无处不在的背景,它的影响是全方位的。这种乡村的记忆包括对自然的记忆、对乡土风情的记忆和个人的乡村生活体验。后来,他进入了北京大学,成为一个知名学者,一个思想者。因此我从他的作品中读到高贵的知识者、智慧者的思想。这种乡村的记忆和一个智者的思考共同构成了他思想的高度，这种高度是儿童文学中少有的高度，他的声音是高远的、明亮的，他对儿童文学的独特思考渗透在他的作品中，这是他美学思想的体现。

值得商榷的是，在《青铜葵花》中，曹文轩的作家意识有一些不协调的存在。比如写青铜、葵花的孤独，好像是作家有意给予的。作品写到死亡和火灾时也带有一些偶然性，我想以自然灾害为主的描写对作品的力度是不是会产生一定的影响？是不是要思考一下什么是人生的大苦难？我们的童年是快乐而清苦的，在这些苦难的叙述中有没有作家自己的主观意识？

瑕不掩瑜，在我们的文学越来越没有美感的时代，曹文轩以他的作品不断提醒我们：文学是美的、自然是美的、人性是美的，因此他的作品是大气的。

（原载《中国图书评论》2005年第8期）

为童年做一件艺术品

每一部儿童文学作品的出世，常常都伴随着一个十分朴素的初衷。这个初衷与童年有关，它既仰仗童年的各种天然的生命形态和面貌，又致力于从中提炼其独特的生机和意趣。简言之，它是要以童年为基模，把它做成一件漂亮的语言艺术品。

是带着这样的初衷吧，在大头儿子之后，郑春华又送给我们一个马鸣加。

马鸣加在一年级的集体照上，故意只照进自己的一个肩膀；马鸣加画地图，发现了从学校到家里的六条路；马鸣加主持倒说敢死队；马鸣加被革职语文课代表；马鸣加组建旋风足球队……哎呀呀，这一个快活多动的马鸣加，很多人是会笑着喜欢上他的吧。

而童年的趣味也就这样从马鸣加简单快乐的学校和家庭生活中流出来了。趣味是从故事开始的，而故事在作家笔下，除了以情节的线索来串联之外，同时也是用童年独特而好玩的视角、思维支撑着的。集体照上的马鸣加只有一个肩膀，他却得意地想："这样谁都找不到我，要想找到我，就只好来问我。"可是一年后第二次集体照，同学们都比着两张照片看自己的变化，马鸣加只有肩膀可以看，又实实在在"后悔得要命"。马鸣加七岁生日，被邀请的七位同学一共收到了马鸣加的六张自绘地图，得分别沿着马鸣加"发现"并命名的总统路、将军路、元帅路等来到他家参加生日会。童年特有的富于创意和想象的思维方式与思维成果，制造着故事中一处处小小的阅读意外和欣喜，让我们在微笑的同时，还会心生一点点别样的羡慕。

　　于是，童年的生命力也就这样自然地、活泼地彰显出来了。在好的儿童文学作品中，趣味的意义总是大于趣味本身的，它不再仅仅作为一种引人入胜的写作策略进入文本，更是以童年的蓬勃生机和无限潜力的代言者出现的。就在马鸣加动感十足、逗人发笑的各种"说"法、"想"法和"做"法中，我们看到童年生命的势能在不断积蓄和膨胀着。马鸣加的很大一部分故事，让我们切切实实地感受到了这样一种向外发散的童年的能量。或许也是出于这方面的考虑，作家在马鸣加的另外一部分故事里加重了关于成长和变化的内容，比如马鸣加如何从反感到接纳新的同桌刘纤纤，如何帮助"丢"了妈妈的小妹妹等。大概因为过于关注主题本身的原因，这些故事的趣味性不可避免地受到了一些影响；毕竟，如何把这两方面更好地结合在一起，是中国儿童小说创作目前面临的共同的课题。如果说有一个童年的艺术橱柜，那么作家郑春华已经以她对童年的真诚和个性的诠释方式，把马鸣加和他的故事展出在里面了，而这个展区，相信是值得作为观者的我们驻足流连的。

（原载《中国儿童文学》2007年第1期）

结构·心理·时代背景
——说说《腰门》的遗憾

《腰门》是作家彭学军的长篇儿童小说新作。这是一部凝聚着作家的心血、为作家所珍爱的作品。对于这样一部作品，我的内心也同样充满了好奇和期待。

五年前，我曾为彭学军获"宋庆龄儿童文学奖"大奖的长篇小说《你是我的妹》的台湾版写了一篇序言《童年记忆与精神自传》。我在那篇文字中谈到童年经验对作家的创作影响时说，"对于一位作家来说，童年的经历常常会成为他创作的一个精神上的出发点，规定和控制着他的创作取向和姿态，从题材的选择到对社会、历史、人生的思考，直到文学趣味的整体形成和实现"。从彭学军的创作来看，情况当然也是这样。彭学军的童年时代，曾在湘西度过。那是一个风光秀丽、民风淳朴、诡异而又散发着某种刁蛮之气的偏远之地。我们在沈从文的名篇《边城》里曾经读到过一个发生在湘西小城"茶峒"的令人迷恋而又不乏伤感的故事。通过沈从文，湘西成为一个令人心动和神往的文学地名。事实上，湘西也是彭学军笔下屡屡出现的一方文学水土，一个独特的文学世界，"湘西为彭学军的创作提供了关于生活和情感的全部最柔软也最神圣的体验和记忆"（《童年记忆与精神自传》）。

《腰门》也是彭学军童年生活和情感记忆的又一次较大规模的文学调动、创造和呈现。忙于铁路修建工作、到处流动的爸爸妈妈，因不能照顾六岁的女儿沙吉，把她寄养到了边远小城里温婉、善良、坚忍的云婆婆家中。小城的民居都有两扇富有地域特色和韵味的腰门。一天又一天，沙吉在云婆婆家的腰门的开开合合中渐渐长大。不幸而又善良的水、先天有缺陷而又幸运的青榴、贤惠美丽的苇林姐、顽皮而又勇敢的铜锣、聪明可爱的巧巧、令沙吉心仪的"哥"、幼小的边边，还有小说开头和结尾处与沙吉不期而遇的小大人等等，他们在沙吉童年的日子里进进出出、来来往往，使沙吉的童年岁月变得斑斓多姿，充满意味……我们发现，童年的湘西寄居生活，迷人的民俗风情和生活气息，天真质朴的人们，细腻而诗意的笔调，构成了彭学军小说叙事的艺术底色，同样也成了《腰门》呈现给我们的基本文学面貌。另一方面，细细玩味，我以为，在《腰门》中，作家既带给了我们许多意外和惊喜，也留下了一些艺术上的瑕疵和遗憾。

首先，"腰门"是一个很童年、很乡土、很地域，也很民族的意象。腰门是安装在普通民居大门之外半高的门，在南方一些地区的传统民宅中很常见。由于腰门的特征与童年经验之间的某种对应关系和特殊联系，选择"腰门"作为作品的重要叙事内容和核心意象，实在是这部作品的一个非常精彩的创意和构思契机。事实上，《腰门》中的"腰门"已经不只是一个生活意象，也可以成为小说串联人物和故事、结构情节和叙事的一个重要文学手段。

当六岁的小沙吉第一次来到云婆婆家的时候，腰门已经在静静地等候着她了。"那两扇腰门——在高大的双开的木门前面有两个小小的门扇，比我高出许多，须站在小凳子上，才能将下巴搁在门框上。而腰门的高度正好是大门的一半，是因为这个就叫它'腰门'？"在小说的"尾声"部分，作者再一次写到，"七年，我从这腰门出出进进，我的时光就在它每一次开启和闭合之间一点点地流走。然后，我长大了，走了……"在关于白猫、水、"哥"、边边等相关的故事段落，作者融入了关于腰门的一些描写，但是，对于这样一个以作品标题来呈现的核心意象，作者却仅仅只是对它作了一般性的生活描绘，在很大程度上，作品中的腰门只是一道普通的门，沙吉和其他人一样在那道门的里里外外生活着。换言之，作者未能更好地发掘、发挥"腰门"在叙事和象征等方面的功能和意义。我想说，这多少是合上这部长篇小说时，留在我心头的一个遗憾。

我对彭学军作品文学品质的可靠性一点儿都不怀疑，也一点儿都不担心，自然的湘西气息在她的文字中总是会自然而生动地散发出来。事实上，她的小说总是表现出一种散文化的写作特质。也许，她的文学天性、气质、笔调和创作心态等等，可能更适合一种散文化的写作形态。一般说来，小说的结构和要求与散文的有所不同。当然，在儿童文学创作中，长篇小说的结构也是需要多样化的。但是我认为，散文化的、自传性的小说，同样需要用比较缜密的情节链来组织整部作品。我担心的是作者在用散文笔调写作长篇小说时，怎样将童年的状态抒写得有完整的故事性，有层次感，有深度。散文化的小说怎么结构故事？这是一个需要认真思考的创作问题。如果作者更自觉地使用"腰门"来组织结构，使"腰门"这个意象在作品中的运用更加丰富，并成为作品叙事结构的重要手段，那么，作品的构思可能会更加细密、集中。当然，最好的文学构思和结构展开，应该是那种用尽心机，但读起来了无痕迹的作品。

其次，就彭学军以往作品中所体现出来的文学情致而言，她更属于少女文学作家，或者说，她更擅长表达、描述处于青春期前后的少女的心情和故事。沙吉在《腰门》中刚出现的时候是六岁，小城寄养生活结束时，沙吉十三岁。但是，作者在整个作品中并没有很好地、准确地把握沙吉成长过程中的年龄特征，尤其是年幼时代沙吉的心理、感知活动特点。例如，作品一开始，作者是这样描绘六岁的沙吉所喜爱的玩沙子的游戏的：

> 我喜欢对着太阳做这个游戏，眯起眼睛，看着一粒一粒的沙子重重地砸断了太阳的金线，阳光和沙砾搅在一起，闪闪烁烁的，像一幅华丽而炫目的织锦。
>
> 有时，我不厌其烦地将沙子捧起，又任其漏下，只为欣赏那瞬间的美丽。

显然，这不应该是一个六岁孩子对游戏、对自然界事物的感知和心理活动方式，哪怕是一个敏感的、早熟的六岁孩子。当作者以她擅长的多愁善感的少女心理描绘方式去表现一个六岁孩子的心理活动时，作品在文学表现的自然感、分寸感方面就打了一个很大的折扣。

又如，当男孩水要离开小城的时候，作者这样描述六岁的沙吉的感受："我躺在床上，感恩又伤感地想道：没人知道，水，他其实救过我的命，就像没人知道沙吉其实是沙子的意思，而沙子是留不住水的。水就这样从我很短的日子里穿越而过，水过无痕，我想，以后可能再也见不到水了。"显然，这样的心理描绘及语言运用，也不符合一个六岁孩童应该具有的内心世界以及情感表达方式。而在《腰门》中，这样的段落会不时地出现在我们的眼前。

从《腰门》的整体人物塑造和心理描写来看，从六岁到十三岁，沙吉的心理状态缺乏人物成长过程中本来应有的变化和发展，或者说，作者将主人公的心灵历程做了扁平化和单一化的处理。作者用她擅长的敏感、多情、多思的少女心理描绘，替代了对于主人公从幼年到少女时代心理和情感世界的长度和过程的描绘。这是作者写作过程中文学思虑方面一个明显的欠缺，同时，它也导致了作品人物塑造的可信度受到了一定的影响。

再次，彭学军的童年和少年时代分别是在60年代中后期和70年代中前期。她早先的长篇小说《你是我的妹》中，描绘的生活背景是"文化大革命"时期，其实，那也就是作者自身曾经有过的生活经验，因此，写起来相对真实、自然、流畅。而《腰门》中描绘沙吉的生活和成长岁月时，作者把背景挪到了改革开放的年代。根据作者的说法，她希望这样的背景处理，可以使作品更贴近这个时代的读者。也许，对于今天的小读者来说，这是作者主观设定的一个非常贴心的写作策略。但是，由于作品中描绘的生活实际上已经不是作者的童年经历和经验了，所以作品中的相关描绘就难免显露出某些犹疑、矛盾的地方。

此外，还有一些细节的处理是可以讨论的。例如，在附于书后的《腰门》的代后记《水灵灵的凤凰》一文中，作者写到了她成年之后对湘西作家沈从文故居的寻访。在《腰门》的第9节"一个秋天的午后"中，描写了"我"在放学之后在"曲里八拐的巷子里"走进了一位作家故居的情节，但此外作品中就没有对此进行其他的描写或呼应了。也许，沈从文对于后来彭学军的创作非常重要，但是我认为在《腰门》中，这一情节实际上是作者叙事上的一个"硬块"或"疙瘩"。

记得一位作家曾说过:"如果你在作品开头时描写到墙上挂着一把猎枪,那么在故事结束之前,这把猎枪就一定要用上。"是的,细节之间的呼应和情节链的缜密对于一部好的小说同样是不可疏漏的。

童年经验、湘西生活是彭学军儿童文学创作可以不断开发的矿藏。我相信,如果她在保持湘西特色和诗意风格的同时,在情节的完整性、细节的缜密性、结构的紧密度上能够更上层楼的话,她将会为我们带来更大的惊喜。

(原载《文艺报》2009年2月14日)

在尖叫声中成长
——读曹文轩"我的儿子皮卡"系列

曹文轩念念不忘他的水乡童年。那永不止歇的水声从那时起就织进了他的生命,也织进了他所深爱的每一篇文字中。他在他的文字里不断回溯着这份记忆,也在回溯中不断地对它进行重构。结果是,这记忆正如水流一般,浸没了他笔下许多少年主人公的生活。

从水乡走出的曹文轩怀着这个情结,在自己的文字里一次次归去。这一次,是一位从我们熟悉的那片江南油麻地走出来的父亲,把他的儿子放回到了油麻地的天空下。

这个儿子叫作皮卡。

与曹文轩笔下的许多其他儿童主人公不同,皮卡不是从乡村走出去,而是从城市来到乡村的;而且,在油麻地生活的皮卡不是少年,而是一个未满五岁的孩子。但我们一眼就能看出,皮卡和曹文轩所写过的许多少年主人公一样,只要站在那里,就注定了是个不一样的孩子。

果然,初到油麻地的皮卡用他独一无二的"尖叫",给我们留下了深刻的印象。他那几乎足以撞碎乌云的尖叫有一种穿透力,不仅在故事里搅了爷爷的午睡,惊了周五爷的蛋鸭,"弄砸"了学校的演出,吓坏了幼儿园的孩子,竟也让我们的耳膜隐隐疼起来。

读《尖叫》的故事时,我一直在想,作家用"尖叫"的意象,究竟要传达些什么样的意义。

皮卡的尖叫当然不仅仅是有趣那么简单。他用这样一种方式来表达他的高兴、愤怒、兴奋、害怕、伤心、失落等等一切的情绪。这锐利的声音让皮卡心满意足地确证了自我的存在。我们可以说，这是年幼的皮卡在沉默地看了许久天空和流云之后，开始对世界说话的一种方式。它在开始的时候还是一种单纯的表达，还来不及顾及世界的回应，因此，皮卡对于这尖叫带给身边世界的慌乱，最初也怀着一种恶作剧的窃喜。一直要到在幼儿园的那天，在尖叫所引起的孩子们的惊恐中，皮卡才开始明白一个人的尖叫并不是世界的全部；在自己的尖叫声之外，还有一个大大的他人的世界。

当皮卡含着泪水放弃尖叫的时候，他是不是朦胧地明白了走进这个世界的含义？在《仰望天空的猫》中，皮卡将痴迷的目光先后落在了蜻蜓、橘猫、鸽子和那头因为皮卡的喜爱而被亲切地唤作"皮三"的水牛上。最初，他的这份痴迷无疑有着很大的任性的成分——他无休止地捕捉蜻蜓，把它们"囚"在自己的"蜻蜓房"里；他用皮卡式的有声和无声的方式说服大人们留住了小猫、鸽子和小牛，尽管它们可能带来许多说不清的麻烦。然而，不论皮卡多么迷恋他所钟情的这些小生命，最后，他仍然为了生命的缘故，毅然割断了这份痴迷。这是一种带着孩子气的痛感的成长经验，作为一些特殊的事件，它们很快便过去了，但作为童年所接受的最初的世界图像，它们或许会在皮卡的生命里留下永久的印痕。

在小说的后两册，乡下的皮卡被带回到城里，开始学着适应和参与到另一种不同的生活方式中，但他对世界、对生命的那份好奇、敏感与天生的理解力、同情感却在新的生活里延续着。我们看到，《再见，钢琴》和《淘金兄弟》中的皮卡因为那与钢琴相连的梁老师与絮絮的不幸，永久地放弃了他对钢琴的热情；因为与哥哥皮达之间的情谊，把自己"赚"来的藏了许久的钱换成了送给哥哥的山地车。他也用他独特的方式，不声不响地帮助了陷入窘境的杜夏老师，维护了出身贫穷的小女孩草环的尊严。与他的许多其他的小说一样，曹文轩笔下的童年有时带着一种只可意会而难以言传的神秘感，它所用来体验和解释遇见的一切人事的方式，表现出某些令大人们讶异的成熟和深刻。这使得小男孩皮卡的形象时常在现实与虚构的真实之间摇摆。如果我们从一个特定的现实童年表现的角度出发来读皮卡的故事，那么总是被身边的人们环绕着、欣赏着、呵护着，而无须面对多少真正的生活烦恼的皮卡，或许并不是一个十分令人满意的现实童年形象。然而，如果我们从另一种卢梭式的童年观出发来体会寄寓在这部作品里的童年理解，那么小说所营造的这个皮卡的世界便不仅仅是为皮卡而存在的，也是为我们每一个曾经有过童年的成年人而造的。在皮卡身上，我们重新看到了一些容易随着年岁的增长而逝去的美好的东西，比如理解世界的能力，与世界对话的能力，以及同情的能力，等等。这一切使得关于皮卡的种种故事尽管是在流水一般的叙述中不断朝前推进，而始终缺乏一个聚焦性的矛盾，却一样令人欲罢不能。

　　曹文轩是一位对文学的运墨有着近乎苛刻的自我责求的作家，他的文学世界无一不传达了他对于文学语言及其意义的精致追求。但在皮卡的故事里，他很决然地放弃了自己一向擅长的精致、细腻、密丽的文学表达，转而以一种较为简洁、平实的白描语言，来向我们讲述年幼的皮卡的故事。这或许不是一次容易察觉的叙事改换，但它的的确确展示了作家曹文轩的文学自信。

　　（原载《文汇读书周报》2010年5月28日）

在传统与创新之间
——《植物王国的歌》序

谢采筏先生创作的儿歌集《植物王国的歌》就要出版了。他发来电子邮件，希望我为这本儿歌集写一篇序。对于我来说，无论从哪个角度看，这篇序我都应该写。

儿歌作为一种传统的语言艺术样式，与童话一样，最初都是从民间文化的沃土中孕育发展起来的。我曾在为一位朋友的童话集所写的序文中写过这样一段话："带着民间淳朴的天性和丰饶的情感，操着民间天然的语汇和温婉的语调，古老的童话进入了一代又一代读者的日常生活和精神记忆之中。"

古老的儿歌显然也是如此。近年来，在《新语文读本·小学卷》《最佳儿童文学读本·小学卷》《中国儿童文学分级读本》等选本的选编工作中，我集中阅读了大量传统儿歌，深为传统儿歌天然的意趣和韵律所折服。同时，我也强烈地意识到，如何承继古老儿歌的艺术和审美传统，创作既能保存传统儿歌的文化天性和美学神韵，又能反映这一艺术样式时代特征的新儿歌，应该是当代儿歌创作者的一种使命和责任。

但是，毋庸讳言，儿歌在这个时代的命运早已发生了深刻的变化。与祖辈们不同，在当代儿童的"日常生活和精神记忆"中，儿歌似乎已经显得不再那么重要了。这其中的原因自然十分复杂。对当代的儿歌创作者来说，他们所有的坚持和努力，也就被赋予了某种宿命的色彩和惨烈的意味。

　　谢采筏就是这样一个被边缘化，同时又长期坚守在当代儿歌创作领域的儿童文学作家。许多年来，他在儿歌和低幼儿童诗创作方面笔耕不辍，成为当代幼儿诗歌创作领域的一位知名作家。他的许多作品，如儿歌《小家伙们》（五首）、《冰锅盖》，儿童诗《海带》等，已被列在当代幼儿文学界名篇之列，入选过各级语文教材和许多重要儿童文学选本。

　　这本《植物王国的歌》收录的是谢采筏以植物为题材创作的一百余首儿歌作品。阅读完这本儿歌集，我的第一感觉是，集子中的许多作品，在儿歌艺术性的创造和打磨方面，达到了相当高的水准。

　　例如，《水仙》：

　　　　水仙娃，

　　　　顶呱呱。

　　　　大冷天，

　　　　光脚丫。

　　　　喝清水，

　　　　开白花。

《洋葱》：

　　　　好笑好笑，

　　　　脱衣睡觉。

　　　　脱了八套，

　　　　还有八套。

　　　　脱了半天，

　　　　还没脱掉。

两首儿歌分别以水仙和洋葱两种常见植物为题，用简朴而不乏幽默感的文字，形象地勾勒出它们的习性或特征，看似浅白，却妙趣横生，韵律天成。我个人非常喜欢这种取材自然、行文轻灵、节奏明快、情趣盎然的儿歌作品。从意味层面上看，它们也许可以算得上如周作人所说的那样，是表达了"无意味之意味"的作品。我们知道，在传统儿歌中，这样的作品是很多的，它们构成了传统儿歌中最精华的部分。例如传统儿歌《天上星啦斗》："天上星啦斗，／地下鸡啦狗；／园里葱啦韭，／河里鱼啦藕。"在看似东拉西扯的吟唱中，展现了天地万物的纷呈与活气，也让欣赏者体味了汉语言音韵节奏的神妙。一首儿歌做到了这个份上，我以为，它就把儿歌这一文学样式推进到了一种出神入化的境界了。

　　在谢采筏的儿歌创作中，颇得传统儿歌艺术真经的作品也许不在少数。在这本以植物为题材的作品集中，如《荞麦花》："荞麦开花一汪白，／香雪，／香雪。香香雪……"《夏夜荷风》："荷塘边，／放凉床。／一阵香，／一阵凉。"《乌桕树》："大北风，呼啦啦，／乌桕叶，落光啦，／乌桕籽，满枝丫，／远看好像蜡梅花。"《迎春花》："春姑娘，羞答答，／坐花轿，回娘家。／谁抬轿？唐老鸭。／谁吹号？迎春花。／嘎嘎嘎，嘎嘎嘎，／呜里呜啦呜里啦……"以及《鸡冠花》《睡莲》《金银花》《送花郎》等等，大体都属于才思飞扬、浑然天成的儿歌佳作。

　　从总体上看，谢采筏的这本《植物王国的歌》在儿歌艺术性方面有这样两点特别值得称道：一是选材集中于植物，而具体作品又能紧扣不同植物的特性寻找灵感，展开文思；二是不少作品音韵自然，朗朗上口。在我看来，能够做到这样两点，就把握住了儿歌创作的艺术精髓。

当然，对于当代儿歌创作来说，作家们必然都面临着一个共同的文学课题，即如何在尊重和把握儿歌文学特性的前提下，在创作中注入当代生活的气息和元素。我以为，把当代生活内容引入儿歌创作并不难，难的是如何把当代生活元素与儿歌古老的、天籁般的文学特性融为一体。在这方面，许多当代儿歌作者都曾进行过尝试，谢采筏先生也不例外。不过，与上述那些趣味纯粹、浑然天成的儿歌作品比较起来，我个人觉得，他那些在内容上试图与当代生活建立紧密联系的儿歌作品，在儿歌艺术的纯粹性和水准方面，可能就要稍逊一等了。

例如，《何首乌》："何首乌，何首乌，／白发老翁头转乌。／中华医学就是好，／你说玄乎不玄乎！"很显然，作者的创作意图值得肯定，但在儿歌的文学艺术呈现方面，这些作品多少就显得比较勉强了。这说明，要把当代生活元素纳入儿歌创作，创造出富有时代感的儿歌精品，对于我们来说，都还需要做出不断地探索和努力。

1993年秋天至1994年夏天，采筏先生曾来浙江师范大学儿童文学研究所访学一年。就是在那一年间，我们围绕着儿童文学，围绕着儿歌创作和研究，共同探讨、切磋，常做竟日长谈。访学期间，他所撰写的关于儿歌的极有质量的研究论文，后来陆续发表在《儿童文学研究》《浙江师范大学学报》等刊物上。采筏先生对儿歌创作的挚爱，对友情的珍视，给我留下了极为深刻的印象，我们也因此成了十分相知的忘年交。自从那个夏日的雨夜送别采筏先生之后，转眼十五年过去了，我们一直没有再次相聚的机会，但是我知道，那份相知和友情，一直珍藏在我们彼此的心底。

借着谢采筏先生这本儿歌集出版的机会,我要祝福他健康、平安,也祝愿儿歌这一伴随了他一辈子的文学伙伴,能够带给他新的灵感和快乐!

(原载谢采筏《植物王国的歌》,金盾出版社2009年版)

小小说的艺术与文化基底
——序赵淑萍的小小说集《永远的紫茉莉》

大约是 2007 年夏秋之际,赵淑萍发给我一组她新创作的小小说,流溢在作品文字间的才情给我留下了十分深刻的印象;其时,她正在浙江师范大学攻读教育硕士学位。回想起来,这或许是她小小说写作的起点,但从这几篇作品中透露出的她对于小小说语言和故事的敏感与熟稔,却极少生涩和练笔的痕迹。看得出来,多年的文学浸淫和修养对于她的创作来说意义重大,而更为难能可贵的是,她对于小小说体裁特有的故事感觉和结构规律,保持了一种既契合传统又充满创意的理解。

从这个颇具高度的文学起点开始,近年来,赵淑萍的小小说创作进入了一个或许可以称为爆发期的阶段。她的作品频繁地出现在各类相关刊物上,并多次被《小小说选刊》转载,以及收入多个当代文学和微型小说选本。在这个过程中,除了对于故事艺术的持续探寻之外,她的小小说的写作题材也在不断地拓宽,小说的笔触从她所熟悉的浙东乡土和日常生活题材,渐渐延伸到了历史、官场以及对某种苍凉的生活感觉和微妙的生活参悟的捕捉中。她的《一堵有诗的墙》《捉月》等作品,将遥远年代里的一份凄怆爱情从湮灭无闻的历史时空中钩沉出来,以小说的想象为两个无名而又不幸的古代女子各自补填了一枚命运的书笺。她的《新年的第一场雪》以一种有意平淡化的叙述口吻,来讲述未脱却读书人气息的小官员胡乐乐的短暂仕途与意外死亡的命运。小说不露声色的叙述声音里透着对于特定文化下现代知识人的某种真实而又细碎、浮泛而又深沉的生活困境的洞察。小说的叙述在主人公死亡前后的时间里穿插跳跃着展开，描述包围着胡乐乐的种种现实，但这位被设置为胡乐乐同事的叙述人却似乎从不表露出他本人对这些现实的观感。是因为身为小公务员的他没有思想吗，还是因为他已经沉沦到不屑于展示自己的思想？抑或是，他的思想正是藏在这些看似缺乏温度的文字之间，因为这样一种文字的面貌，很可能比任何切实的情感描述都更能传达对于人生现实的批判和对于人的生存困境的同情？

当然，赵淑萍写得最好的题材，还是她从一开始到现在都格外钟情的乡土世界。她的《女巫》《三婶的主意》《看戏》等作品，以饱满、水灵、精细中藏有质朴的语言书写了三个乡间女子的命运：乡女凤儿因爱生恨，将自己变成了村里的女巫；漂亮、好脾性的三婶把自己的一辈子年华，毫无怨言地锁在了自家的院落里；女孩"她"执着守护着年少时爱的承诺，直到现实把它彻底击碎……作家似乎很喜欢以叙述的密度来挑战小小说文字篇幅上的限制，她笔下的许多人物都在短短的三两千字间走完了一生或者半生的旅程，这其中也包括上面提到的三个乡间女性形象。对于小小说来说，这样的写法既是一种突破，但同时也造成了作品艺术表现上的限制。以小小说的篇幅来覆盖一个人几十年甚至一辈子的光阴，在催生我们心头白驹过隙般的人生感慨之余，其讲述总显得略为匆促和急迫了些。这也是收入作家这本小小说集的不少作品给我留下的阅读印象。

从这个角度来看，我特别欣赏赵淑萍的《客轿》这样的作品。这则作品秉承了微型小说最为经典的写作技法，将一个故事的情节浓缩在短短一天的时间里,更将情节高潮汇聚在小小的一个生活场景上。在这样密集的时间跨度里,作者有足够的思想和文字的精力,来一步一顿、悠游不迫地谋划和布局整个故事。小说中,从郑店王的出行,到他在城里看戏的情景,再到他兴冲冲借着客轿的亮光走回村里的过程,处处布满了可以品咂的细节,而这些细节又紧紧围绕着主角的"吝啬"特征展开,从而使整篇小说犹如一根枝叶密集的树条,显出一种小巧、紧凑、均衡之美。作品取用了一个既符合传统乡村生活的现实,又具有高度戏剧性的生活事态,并充分运用了小小说特有的夸张手法,将一个一毛不拔的传统乡绅的形象,无比生动地推到了我们的面前。尽管我们很难说这样的作品中包含了多么了不起的微言大义,但它毫无疑问为我们提供了一次充满罕见的悬念感和愉悦感的故事体验,而我认为,故事正是小小说最本质也最重要的那个核心,对这个文类来说,它的意义不但先于高远的思想,甚至也先于语言上的经营打磨。

由于对《客轿》的特别偏爱,2009年,我在选评《中国儿童文学分级读本》时,完全不顾它是否隶属儿童文学作品的身份疑虑,将这篇小小说收入了读本中。

赵淑萍小小说的文字也显示了颇强的锻造力。在总体上,这些作品的文字无不显出一种成熟、流畅、圆润、雅致的质感,而落实到具体的作品中,它们又会随物赋形般地呈现出各个不同的气质。像《三婶的主意》这样的作品,其语言在细巧中带有一种淳朴自然的清新感,像《捉月》这样的作品,故事的语言则更多地显示出一份婉曲逶迤的江南诗意和风情,而在《客轿》《凑巧》这样的作品中,作家灵性飞扬的文字浸染了乡间传统生活的瓷实气息,仿佛一个个沉沉稳稳地坐定下来，着实地落在纸页上，但又处处洋溢着乡间语言的朴实而又活泼、新鲜而又生动的意味。在作家的小小说作品中，后者是我最为喜欢和欣赏的一种文字感觉。

  赵淑萍的小小说创作有着这类文体中不多见的地域文化意识。作为来自宁波的小小说作家，这个城市的新旧文化及其更替变迁为赵淑萍的小小说提供了特殊的素材和文化养分，比如《客轿》中的地域背景、角色、物事等，都带有宁波文化的鲜明特征，而这些烙有地方文化印迹的小说作品本身也是对于文化的一种自然传播。我想，在淑萍接下去的小小说写作中，这一从《客轿》开始就显露出其特殊魅力的文化基底，或许不应当被轻易放弃，而作为一个在宁波度过了十载青少年岁月的异乡人，我也期待着从淑萍的小小说中读到更多与这座城市有关的独特文化记忆和传统。

（原载赵淑萍《永远的紫茉莉》，宁波出版社 2011 年版）

黑色的夜与彩色的幻想

当夜的黑缓缓铺展，我们身边的现实也随之慢慢退去，却常常有另一种现实在我们的心里迅速地生长起来。在彼得·潘飞进的窗台上，在汤姆的午夜花园里，在许许多多童话的入口处，黑色的夜开出了幻想的花朵。

这或许就是为什么直到今天，我们仍然在自觉或不自觉地向黑夜寻求想象和灵感的原因之一吧。在《力头先生》和《费先生的刺猬头》这两篇童话里，不论是"我"与巨人力头先生相遇的场景，还是从刺猬头变成真刺猬的阿扎和针子相会的故事，都是在无人知晓的黑夜里发生的。

"力头先生"出场的情形，会让我们联想起英国作家罗尔德·达尔笔下的小姑娘索菲第一次与好心眼儿巨人相遇的那个暗夜。当这位巨头怪在"我"意外的那一摔中吓得抱头躲藏时，故事到此为止蓄积起来的所有紧张和恐惧，都化作了滑稽的笑意。而事实上，敏感的读者早就可以从作者叙述行文间的那份调侃里，判断出故事的情节与气氛走向。不过，作者在这里所设置的不少"情节突变"，大多是出于推进情节的方便，还缺乏一些自然的铺垫，其中略显勉强的搞笑努力并不能掩饰情节逻辑上的滞涩。但我又的确喜欢接下去"我"与力头先生之间的这场可爱的对话。"只有孩子才能看见"和"听见"的力头先生，让整个滑稽的故事又多了一份彼得·潘式的童年诗意；而关于"心情银行"的想象和解释，则形象地传达了一个常常被我们忽视了的生活哲理。

而费先生的故事显然不在于寻求现实生活的某种启迪。故事最新奇的地方，是在费先生的刺猬头与真实的刺猬之间实现了有趣的连接，这也成为整个童话想象的生发点。自从"刺猬头"在宠物店遇见针子后，便夜夜在主人和朋友之间奔忙，原本平静的文字间也开始充满小小的紧张与焦虑、兴奋和欢愉。终于有一天，偶然而又必然的巧合把费先生和他的刺猬头都推向了蓄势已久的那个转折：刺猬头"渎职"了，而费先生则在可怕的懊恼中"弄拙成巧"，忽然发现了改换发型的好处，其结果是刺猬头很快变成了各种各样的其他发型，它与针子之间的友情也不得不告一段落。故事的结局以一种让我们意想不到的幽默而又温暖的方式，让始终相隔着的人与物之间实现了戏剧性的沟通。这篇童话的叙述与它的故事情节一样，淡淡的没有什么大起大落，却自有一种徐缓自如的松弛与温馨，这与它所要传达的情绪氛围，也是一致的。

这两篇带有幻想色彩的童话均出自两位80后年轻作家的笔下。与他们的前辈们相比，这些年轻作者的童话想象和笔法都呈现出一种富于时代感的生动、流畅与轻扬。他们特别注重追求故事与表达的幽默质感，其作品往往不乏可圈点的细节，但在故事的紧凑、叙事的凝练等方面，还有待更长时间的练习和打磨。很多时候，这些作品所追求的幽默也主要是一种引人发笑的阅读效果，而缺乏许多文学幽默所具有的丰厚的内涵与悠长的回味。当然，这一点同样需要时间和经验的磨砺。但无论如何，读到这些充满新鲜的气息与活力的年轻的文字，总是让我们对中国童话的未来充满了兴奋的遐想。

（原载《少年文艺》2009年第11期）

空箱子里的现代性沉思
——评张之路短篇小说《空箱子》

最早发表于20世纪80年代末的张之路的短篇小说《空箱子》，十分突出地代表了原创儿童小说在那个充满激情和创造力的艺术探索年代所特有的美学开拓精神，也展示了一位儿童文学作家在以儿童小说的形式即近现实时所可能实现的艺术表现的深度和力度。从当时儿童小说的艺术语境来看，不论是在题材还是写法上，《空箱子》的出现都令我们感到了一种小小的震动。小说中那个满怀真诚地迎接现代物质文明的巨大进程，却又沉默地被这一进程所蚕食、摆弄的小汤镇，以及在曲折的乡土现代化进程中节节溃败的汤百年、汤小年父子，既是对于20世纪80年代起持续在中国乡土社会推进着的经济变革的现实写照，也反映了作家对于普遍的现代性进程中人的总体命运的某种沉思。这种书写和沉思由于被寄托在一个乡土童年的基本意象之上，因而显得格外引人注目和充满震撼的力度。

小说中的"空箱子"是一个绝好的现代性的符号象征。"空箱子"是一个特制的擦皮鞋机，它的外观充分展示了现代技术文明的特征与魅力："一接电源，不但左上角的彩灯轮流闪烁，而且马达嗡嗡作响。"然而，就在这个属于"高科技"现代产品的箱子里，像机械一样运作着的却是一个人，而且是一个年幼的孩子。在这里，"空箱子"是人与现代机器畸形结合的一个产物，它所呈现的"科技"含量与它所带来的经济效益，首先是以人的屈尊和物化为代价的。在小说中，付出这一代价的除了成人，更包括孩子。显然，"空箱子"的命运不仅仅属于小说中的汤百年父子。在更为开阔的乡土背景上，现代化的经济进程给小汤镇这样的边远乡镇带来了空前的物质繁华，却在人们点数货币的快意和兴奋中轻而易举地取消了他们对于社会的一种责任感。小说中，它表现为随着各种营利机构在小汤镇"雨后春笋"般地增加，汤百年企盼中的"窗明几净的教室"不但没有实现，原来的学校反倒成了公司的库房；而当汤百年由民办教师转型成为书店老板时，他对于文化责任的一份质朴的坚守，也成为人们冷落和鄙夷的对象——在专注于"现时"的欲望和资本积累中，我们的孩子还有与此相连的未来的时间，都被遗忘了。

《空箱子》的故事在写作手法上呈现出一种既贴近生活又超越现实的魔幻感和怪诞感，它一方面加强了作家所说的"跌宕和新奇"的故事效应，另一方面也呼应了上述基本的文化批判题旨。小说中的儿童主角汤小年是一个带着些许灵异色彩的孩童，他聪慧可爱，机敏懂事，同时又与自然生命世界保持着某种天然而神秘的感应。小说结尾处，"空箱子"里的汤小年化作蜜蜂，告别父亲和奶奶，"迎着那皎洁的月光飞去"的意象，既可以被视为生命在现代文明下被迫异化的象征，也可以被理解为现代生命朝向自由世界的某种逃遁。沿着小说充满反讽和调侃意味的行文读到这里，我们会意外地捕捉到一份沉静、诗意而又略带一丝无奈和忧伤的语气，它不是对于现代人的命运和现代童年的命运的解答，而是一种沉默然而有力的警示。

从《空箱子》最初发表到今天，二十余年过去了。与当下出版的各种幻想类儿童小说相比，"空箱子"式的魔幻和怪诞手法或许早已显得不足为奇，但"空箱子"以其魔幻和怪诞所传达出的深刻的现代性批判，以及作家从这一批判出发对于当代儿童小说形式创新的自觉意识，却很少得到真正的继承。我想，这正是我们今天重读《空箱子》的意义之一。在现代文明的语境下，张之路的"空箱子"代表了一个恒久的人文和艺术话题，也代表了当代儿童小说所应持有的一份深刻的童年与社会关怀。

（原载《儿童文学选刊》2012年第1期）

雨林"寻父":找寻远去的生命家园

千百年来滋养了一代又一代人的自然世界,如今在机器时代的快节奏生活中,越来越成为一个被人们遗忘的家园。对于今天的许多孩子来说,那种与过去童年相伴随的自然和乡土的野性气息,也在不知不觉中淡出了他们的感官和视野。

我不知道是不是对这一现实的敏感和直觉的忧思,促使殷健灵把她的创作目光转向了尚未褪尽自然魔魅气息的西双版纳,转向了一种与丰饶的泥土、茂密的树林、纯净的阳光以及一切活泼的生命相贴近的生活。她的这部名为《天上的船》的长篇儿童小说新作,在阔大而神秘的云南雨林背景上展开叙事,其故事和文字透着今天的孩子已然疏远了的原始的天空、大地以及动植物的气味。

作品中的两个少年主人公岩糯和奈娜,为亲情和友情而奔赴一场与"瑞福里斯"(雨林)的约会。在雨林中,他们聆听着童话般曼妙的生命之歌,也体验着野性世界无处不在的危险。跟随着他们大胆而谨慎的探险历程,我们能体会到雨林里蓬勃的野性和生命力。安享现代社会舒适生活的人们已经太久地疏远了这样的生命感觉,远得我们几乎要忘了,这个世界原来还有着这样一副粗粝的面貌,还有这样一种粗犷豪迈的生活可能。

《天上的船》是近年并不多见的一部涉及丛林生存题材的儿童小说,我因此特别留意小说中的丛林生活描写。在我看来,这部分内容及其呈现,不但体现了作家驾驭这一特殊题材的能力,更是对作家本人知识积累和消化能力的一种考验。作者写到了两个少年如何在雨林中搭建临时的憩息所,如何生火和觅食,如何寻找最天然的药材为自己疗伤,如何利用雨林的资源制作自我保护的"武器",等等。野外生活并非殷健灵此前的写作长项,更何况是西双版纳的边境雨林,看得出来,她为这次写作花费了不少查阅资料的功夫。与她此前创作的《1937·少年夏之秋》等同样注重资料功夫的儿童小说相比,这一略带神秘感的雨林题材构成了又一次新的写作挑战。实事求是地讲,殷健灵笔下的雨林不可避免地带着一个外来者的目光烙印,它让我们想起法国作家勒内·吉约的非洲土著题材儿童小说,虽然还缺乏久居非洲的吉约所感受到那种生活和文化的深层融入感,但尽管如此,小说所呈现的雨林生活的奇谲魅力,仍然引人入胜。岩糯和奈娜在雨林中的各种历险,包括穿越迷幻花园,与河中鳄鱼惊险搏斗,以及巨树下的幸运逃生等,这些富于悬念感的情节无不散发着神秘、野性的自然奇趣。

然而,小说并不只是以奇趣取胜。在所有这些惊心动魄的林莽奇遇背后,有着比趣味更重大的对于自然以及一切生命的敬重和信仰。"上天创造了我们,也创造了蛇、鳄鱼、蚂蚁和甲虫,它们和我们一起在银河系中旅行。""虽然鳄鱼啊、蛇啊,它们有时候会攻击我们,但它们不邪恶。它们只是在按照自己的方式生活。"刻在奈娜心上的这些父亲的话,体现了一种比一般的生态或环保意识更为深刻的生命理解,它带我们走出人类惯有的自我中心,走向万物有灵且平等相待的大宇宙和大生命视角。这一不妨用"瑞福里斯"来标注的思想贯穿了整部小说的叙事,并赋予岩糯和奈娜的雨林历险以一种高贵的精神格调。

这也是这部小说最打动我的地方。奈娜和"我"寻找"天上的船"的过程，既是奈娜找寻逝去的父亲的过程，也是她和"我"一起结识和理解"瑞福里斯"的过程，在这里，主人公历险的终点不在于征服，而在于寻找，在于回归。在看清父亲和瑞福里斯"完完全全地融合在了一起"的刹那，奈娜真正走入了她深爱着的父亲的灵魂，也走入了她和父亲共同信仰的那个以"瑞福里斯"为名的家园。

这样一种与最原始的自然世界和生命连接在一起的家园感，日益离我们远去了。但殷健灵一定相信，阅读关于这个家园的故事，在阅读中体味它的神奇与玄秘，自由与丰饶，也是今天孩子们回归被遗忘的家园的文学路径之一。

（原载《中华读书报》2014年05月14日）

《驯龙记》中的"刘氏幽默"

这么多年来，刘海栖先生留给儿童文学界许多朋友的第一身份印象，首先是一位富有魅力和业绩卓著的儿童文学出版人。但是我也常常猜想，他在内心深处，或许更倾心于当一名自由、专注的儿童文学写作者。早在20世纪90年代初，他就曾连续出版《灰颜色白影子》等多部长篇儿童文学作品。2010年，他从忙碌的出版业务中抽身出来不久，便很快启动并完成了新作"扁镇"系列童话的创作。其后一年不到的时间，我们再次看到了他的这一部童话新作《驯龙记》的出版。我猜想，在出版界多年奔忙之后，海栖一定很享受这样一种创作激情和想法的自由挥洒。而他对于儿童文学写作所怀有的那样一份从不曾随时间的流逝而褪色的热情，也令我由衷地感动。

海栖的儿童文学尤其是童话创作通常都含有一些特殊的新意，而这新意不仅仅是形式层面求新的结果，它的根底处深藏着作家对于儿童文学写作的一些独特的"想法"。从《灰颜色白影子》到"扁镇"系列再到这部最新的《驯龙记》，海栖似乎总在尝试突破一般化的童话写作手法，转而从另一些不一样的技巧入手，来拓展童话表现的美学疆域。他早期的童话作品《灰颜色白影子》，尽管主体部分仍然是一个传统的动物童话故事，却试图通过一种新奇的语言游戏来突破一般故事手法的规训。这种突破的意图在他去年出版的"扁镇"系列童话中得到了更为鲜明的传达。该系列作品大量运用了迄今为止中国童话中鲜少出现的拼贴、互文、碎片化等多种后现代手法，在西方后现代童话作为一种文类得以迅速发展的背景下，这部作品为当代中国童话的美学革新提供了十分前位的思考。

相比之下，这部《驯龙记》似乎是作家从"扁镇"系列的先锋尝试有意折回故事的一次创作。这是一部小说体的童话，它在总体上秉承了作家一贯的童话语体风格，但这一次，作家让童话的故事下降到了普通的日常生活中。《驯龙记》不仅是关于一次异想天开、漫无边际的当代"恐龙"孵化行动的虚构故事，它在骨子里也是关于童年的某种生命精神及其当下生活的现实书写。作品中，孔龙父子从"恐龙汤"中好不容易孵化出的三只小恐龙在一阵折腾之后，并没有像我们所期待的那样引发关于父子俩的任何声名效应，而是仅仅成为动物园里的三位新客人。这样，一直占据着我们注意力的"恐龙"事件忽然退到了故事的背后，而男孩孔龙的生活与成长话题则被推到了故事的前景上。我们不妨说，这部作品表面上是在写"恐龙"，其实是在写孔龙，表面上是在写童话，其实是在写现实。

我一直认为，海栖的童话写作中包含了一些很有意义的"想法"，同时，我也觉得，有些时候，由于故事框架的支撑力还不够，他的有些"想法"还未能得到足够自觉和成功的呈现。《驯龙记》贯穿着一种情节、语言和细节上的特殊幽默感，它们既包含轻快的调侃和反讽，同时也常指向严肃的现实思考。这样一种无处不在的幽默感对于当代童话来说，意味着一种十分重要的精神。可惜的是，由于得不到故事整体上的呼应和统摄，这些穿插于文本间的幽默有时反而容易成为叙述和理解的障碍，并可能会在某种程度上影响故事情节的自然铺展。

我个人非常看重海栖童话中的独特的"刘氏幽默",在我看来,这是一个具有高度艺术标签性和文学生产力的童话手法。我期待着海栖能够将这份幽默更完好地与童话故事的整体结构相融合,以使他的童话创作才情得到更精彩的挥洒,而他富有个性的童话作品也能够得到更多孩子们的喜爱。

(原载《中华读书报》2012年11月7日)

每一个人都需要成长，都能成长
——读周锐散文新作

我熟悉童话作家周锐，但我还是第一次认识"英语菜鸟"周锐。如果不是读到他在散文新作《我上课学驴叫》《不让假牙飞出来》中记述下的这些行游文字，我一点儿也想不到，在过去人们常说的"年逾花甲"的时岁，周锐还能以孩童般充沛的探求欲和冒险精神，为自己选择这样一种充满挑战的生活方式。不过仔细想想，这两个周锐其实是统一的。他写童话这么多年，不也总在用他的笔不断创造和挑战着各种新的童话故事体式？

在周锐的身上有一种精神，他从不做高声的宣言，但只要认定了一件有意义的事情，他的决心和坚持超出许多人的想象。他的童话写作是这样。现在，我们又看到了五十九岁的他怎样以一个小学生的谦虚姿势，开始一个字一个词地为自己搭建另一个语言的世界。一位写童话好到大家都知道的作家，愿意把这样一种谦逊的学习姿势和这样一个充满趔趄的学习过程毫无掩饰和顾忌地摊开在读者面前，这是周锐的坦诚，也是周锐的大气。不论是这谦逊还是这坦诚，都令我感到由衷的钦佩。

然而，尽管作家本人在异国他乡旅游和学习语言的事件是这两本记游作品的中心题材，但我们不要以为周锐的这些文字仅仅是一些新奇的生活或学习经历的实录。在作者操练菜鸟式英语的各种幽默中，在他对异国文化和人情的体验与叙述中，包含了一位作家对于语言、文化和生活的许多真切的洞见，以及他自己在这些方面的身体力行。譬如，他对于外语的交往功能的反复强调，正是在今天的外语教习中最容易被我们遗忘的一点。在最为基础的层面上，语言的发生究竟意味着什么，它的意义又在哪里？作家对于自己如何想要学英语、开始学英语和边学边用、边用边学的那些生活事件与感悟的记录，以极为生动的方式注解着这些最基本的语言问题。我想，对于少年读者们来说，阅读和品味这些感悟，也是一次充满启迪的语言知识启蒙。

同时，行游中那些经过作家的筛选和叙述而得以呈现在我们眼前的小场景，往往也包含了丰富乃至深刻的文化意蕴。地铁站边，一个因为商店严格执行"不能向未成年人卖烟"的规定而在雨中找人代买烟草的少女，因为人们同样严格而自觉地遵守着这一规定而未能获得期望中的"帮助"；公寓楼下，一位始终不曾蛮悍地将她一两岁的女儿塞进童车的母亲，最后耐心地说服了小女孩自己坐上童车；火车厢里，那个由于"我"忙乱中的粗心而被遗落在另一辆火车上的行李箱，在列车员的安排下辗转一圈，如期回到了我们身边；还有普通的民居区内，为了寻找一只走失的宠物猫而无声地聚拢来并延续着的温情关怀……如果我们能时常注意到作家记游叙述中的这样一些有意味的插曲，我们也会明白，正是这些看似微小的细节诠释着文化一词真正的应有之义。

而我最看重的是，通过经历并写下这一切，作家向我们展示了一种永恒的"成长"精神。在这里，成长不是人生某个阶段的事情，而是每个人一生的事业，它指向着人的生命不懈的自我丰富和提升的愿望，亦即在任何时候，我们的眼睛都懂得越过既有的边界，为生活寻找新的内容，为生命寻求新的意义。它实际上是人的生命力的自我肯定和张扬。通过一种新的语言或者一段陌生的旅行来拓展我们的生活和思想，是"成长"的践行方式之一，但在这里，语言和旅行其实都是譬喻，它们最终指代的乃是一切向着更高更远处的生命追寻。正是在这个意义上，作家想要透过"一个六十岁的人还需要成长，还能成长"的事实，来告诉我们"每一个人都需要成长，都能成长"的道理。我一直认为周锐是一个了不起的童话作家，而读完他的这两本"世界行"，我觉得，他也真是一个了不起的人。

（原载《文学报》2014年6月12日）

浅语中的智慧
——读"林良美文书坊"

林良先生是一位有大智慧的儿童文学作家。多年前,他提出"浅语的艺术"来指称儿童文学的核心艺术精神,这个精炼、准确而生动的概念从此频繁出现在两岸同行谈论儿童文学的语境中,他以此命题所倡导的儿童文学的"浅语"精神,也在很多时候成为这一文类的艺术代名词之一。而多年来,他的儿童文学写作也以其至为清浅的语言面貌和至为纯真的情感境界,践行着这一"浅语"艺术的真谛和追求。

林良的创作,我们最熟悉的是他的儿歌和儿童诗。他的《蘑菇》《蜻蜓》等形式简朴而意味隽永的小诗,在几十年前便经各种刊物、选本传入大陆,深受读者欣赏和钟爱。这些诗歌透过孩童式的感官和心灵来描写他们身边的小事物和小世界,其清简的儿童诗语中洋溢的童心童趣,不但彰显了儿童诗独特的艺术感觉,也塑造着儿童诗独有的审美趣味。

但儿歌和童诗只是这位台湾儿童文学"大家长"创作的面向之一,他笔耕的兴趣还要广泛得多。从"林叔叔"到"林伯伯"再到"林良爷爷",他笔下的童诗、散文、故事、童话等,陪伴和滋养了几代台湾少年儿童。近年来,致力于推进两岸儿童文学交流事业的福建少年儿童出版社正陆续在大陆出版林良先生的著述,其中既包括他的各类儿童文学作品,也包括《浅语的艺术》《纯真的境界》等广有影响的儿童文学理论和评论文集。最新由福建少年儿童出版社出版的"林良美文书坊"（共七册），收录了作家的一批散文、书信、故事和童话作品。这些作品为我们勾勒出一个更立体的儿童文学作家的身影，也让我们看到了一个更丰富的儿童文学作家的艺术世界。

林良散文的风格和他的童诗一样，清新，朴素，富于天真的稚趣。收入"林良美文书坊"的《回到童年》和《小太阳》二册，是有关作家童年和成年生活的回忆记叙。散文写小时候看电影、玩游戏、坐车出行、读书认字等经历，浅白的笔墨中满蕴着童稚的幽默。譬如写七岁时读图画书，认得了第一个中国字"大"，于是郑重地"翻开书，把书中所有的'大'字都念一遍"，一时"很得意，有一种'读完一本书'的感觉"。童年纯真的幽默跃然纸上。

不过，与作家的儿歌和儿童诗创作相比，这些散文在浅语的趣味中，往往还饱含着经过成熟生命沉淀的人生感喟和体悟。《回到童年》中许多忆少年、记旧游的文字，内里常藏有一份含蓄的深情。散文写到童年时代父亲工厂的那口井和夏天里冰凉的井水兜头淋下的舒畅感觉，写到小时斗赢蟋蟀后的得意和大表哥开朗潇洒的一句"蟋蟀斗，我们不斗。我的蟋蟀送给你吧"，写到十九岁第一次独自离家、出外谋生时收到父亲来信："回家吧，不要太为难自己"，全是平白无比的记述，却令人长久地回味个中蕴含的过往生活滋味和深挚的情感。

这份滋味和情感在作家成年后的生活叙写中继续着。《小太阳》所描绘的家庭生活图景，既透着丰子恺笔下童稚游戏的绝妙情味，又因大人与孩子之间的彼此护爱而洋溢着太阳天的温暖。收入"书坊"的童话体长篇《我是一只狐狸狗》，实际上也是这种家庭生活的另一种视角的演绎。白日间令人疲惫不堪却又甜蜜至极的喧闹，静夜里平淡无奇而又温暖如诗的"家声"，被一一录入其中。很多时候，明明是一桩极小的家事，一个极小的细节，到了作家眼中笔下，就充满了别样的情致。比如《丢》一文，写自己帮孩子们和妻子寻找丢失的东西的经验，真是一幕可爱而温暖的日常生活喜剧。

　　阅读这些日常生活的片段，令人印象深刻的是一种对待生活的单纯、乐观、真诚的态度，这态度又孕育出一些朴实无华的生活智慧：要谦和，也要努力；要爱自己，也要爱别人；要有激情，还要有理性；要有一双善于洞察生活的眼睛，也要有一颗懂得欣赏生活的心灵。在《爸爸的16封信》《林良爷爷的30封信》中，作家以书信的方式向孩子们讲述着这些生活的感悟和智慧，《会走路的人》《早安豆浆店》则以生活小故事的形式向孩子传递着关于亲情、友情、责任、关怀、读书、学习等的思索。这是一些奠定我们人生基本姿态的起步哲学，它教给我们一种端正的生活态度，一种负责任的生命意识。我想，闪耀在这些文字里的智慧，也会像小太阳一样，照亮和温暖少年朋友的生活。

（原载《文学报》2014年11月20日）

祝福新春，祝福儿童文学

　　1983年春天，经我本科时代的老师徐季子教授推荐，我在当时的《宁波师专学报》上发表了一篇七千余字的习作，题为《教师笔下的少年形象》。这是我在儿童文学方面发表的第一篇评论文字。整整30年过去了，儿童文学研究这个职业，给了我的人生和整个生活太多的馈赠和赐予，而我也在这条路上倾注了自己的生命和热情。值此新春佳节来临之际，回首往事，回望过去的一年，不禁感慨系之。对于儿童文学，对于儿童文学研究，我的学术之梦还没有止息。

　　我盼望，我们的儿童文学研究和儿童文学学科建设能够得到不断的提升。

　　20年前，我在《儿童文学研究的理论意义》一文中认为，当代儿童文学研究应该追求一种超越以往儿童文学研究水准的更高的学术品位和更宏阔的理论境界。事实上，儿童文学研究的最高成果可以为整个文艺学、美学、心理学、教育学、哲学等学科提供思维成果和理论材料。儿童文学研究者应该具有这样的学术胸怀和抱负。

　　今天，我仍然怀有这样的梦想。

　　我盼望，我们的儿童文学批评是坦诚的、智慧的，是富有勇气和道义感的。

　　健康的儿童文学批评应该是对儿童文学负责任的、坦诚的批评。批评者面对的是文学，怀有的是艺术的操守，批评者与被批评者因为艺术上的平等和差异而被联系在了一起，他们首先应该珍爱和疼惜的是关于文学和美学的真理与良知。批评者的文学素养，包括知识的累积和鉴赏眼光的培育都应该是专业的，值得信赖的。而通向这一境界的途径，是批评者在批评职业中保持一种永久的恭敬和敬畏之心，一种永久的吸收和学习心态。

我还盼望，我们的儿童文学研究是开放的、充满现场感和当代意识的。

当代儿童文学研究一方面期待着新的理论充实与学科提升，另一方面，当代社会生活与文学生活又不断地向儿童文学学术领域提出了一个又一个的现实疑惑和研究课题。在经历了20世纪八九十年代和21世纪初的视野与论域拓展、方法与话语更新之后，中国儿童文学研究来到了一个新的社会现场，也必然要进入到一个新的话语空间。

祝福新春，祝福儿童文学！

（原载《文艺报》2013年2月8日）

走向经典

——"国际安徒生奖大奖书系"总序

亲爱的读者朋友，我们知道，国际安徒生奖是世界儿童文学界的最高奖项。这个被全球业内人士亲切而自豪地称为"小诺贝尔奖"的奖项，像它所借用的那位著名童话作家安徒生的名字一样，传递着一种经典的儿童文学气象。自20世纪50年代中期设立至今，先后获得国际安徒生奖的五十余位儿童文学作家和插画家，以他们奉献给孩子们的那些丰饶、瑰丽的儿童文学作品，延续着从安徒生开始被发扬光大的那个为童年写作的传统，也不断诠释、丰富着儿童文学经典的内涵与意义。

国际安徒生奖也是中国儿童文学界的一个情结。这些年来，我们对国际安徒生奖始终怀有一份恭敬而热切的向往。对于中国儿童文学界来说，走向国际安徒生奖，不仅意味着一种走向世界的勇气和自信，更意味着一个走向经典的姿态，一份走向经典的气度。我以为，在这个过程中，让中国儿童文学真正抵达并汇入到一种世界性的思想、情怀和艺术视野中，远比单纯赢得一个奖项的荣耀更重要，也更富有价值。

因此，2011年夏秋之交，当我获知安徽少年儿童出版社将与国际安徒生奖的设立者和主办者——IBBY（国际儿童读物联盟）合作，推出一套规划专业、宏伟，运作规范、精心的"国际安徒生奖大奖书系"时，我是怀着颇为振奋和恭敬的心情，应邀参与到这套书系的出版工作中来的。在我看来，走向经典的过程，首先必然是一个阅读和享受经典的过程，这种阅读使我们的目光越过一个世界级奖项的耀眼光芒，去关注这个奖项所内含的那些最生动的文本、最具体的写作，以及最贴近我们文学体温的语言和故事。

这套"国际安徒生奖大奖书系"，是迄今为止中国范围内以国际安徒生奖获奖作家、画家的作品为对象的最大规模的一次引进出版行为，也是首次得到该奖项主办者国际儿童读物联盟授权并直接合作支持的安徒生奖获奖作家作品书系。书系计划结合儿童文学的专业艺术评判以及对中国儿童读者阅读需求和特征的充分考量，从国际安徒生奖获奖作家、画家的作品中持续遴选、出版一批富于艺术代表性的童书。值得特别一提的是，书系并非对所有安徒生奖获奖作家作品的简单引进，相反，其中每一本入选的童书，都是在认真的专业考察和比较基础上择定的作品。同时，书系规划的引进对象，既包括荣膺国际安徒生奖作家奖和插画家奖作者的作品，也包含获得该奖提名的一部分优秀作家、画家的作品。之所以将后者纳入其中，是考虑到那些参与安徒生奖角逐并获得提名的作者，其作品往往也在很大程度上代表了相应国度儿童文学创作的最佳艺术水平。通过吸收和容纳这一部分作家的优秀作品，书系希望将更多的世界儿童文学佳作，呈献给我们中国的读者朋友们。

整个书系由文学作品系列、图画书系列、理论和资料系列三大板块构成，其中文学作品系列呈现了安徒生奖获奖者的文学作品，图画书系列包括了获奖者的图画书作品，理论和资料系列则意在展示相关的研究成果和资料。

总的来说，为中国的孩子们奉献一套高质量的世界儿童文学经典丛书，是这套"国际安徒生奖大奖书系"最大的理想，而这理想的背后，是从出版社到儿童文学专业领域的众多参与者为之付出的艰辛而持续的努力。我所看到的是，在前期的准备阶段，从选题的规划论证到作品的判断遴选，从版权的洽谈落实到译者的考评约请，从内容、译文的推敲琢磨到外形的装帧设计等等，围绕着丛书开展的一切工作，无不体现了与国际安徒生奖名实相符的精致感和经典感。从这个意义上说，这套大奖丛书不但意味着一项以经典为对象的工作，它本身也在寻求成为当代童书引进史上一个经典的身影。

身处童书引进出版的当代大潮之中，我想特别强调后一种经典的意义。近二三十年来，一批数量庞大的国际性的获奖童书被持续译介到国内，并在中国的儿童读者中广为传阅，进而演化为某种逢奖必译的童书引进出版盛况。或许，很少有一个国度像今天的中国这样，对来自域外的童书抱着如此巨大而饱满的接受热情。然而，也正因为这样，域外童书译介工作本身的质量，尤应引起人们的关切。在我看来，这项工作的意义不仅仅在于对经典文本的介绍和转译，更在于寻找到一条从世界儿童文学经典通往中国儿童读者的最完美的路径，它能够在引进经典作品的过程中，从一切方面为中国的孩子们尽可能地保留那份来自原作的经典感。这是一种对经典的继承，也是一种对经典的再造。它所播撒开去的那一粒粒儿童文学经典的种子，将成为童年生命中一种重要的塑形力量。对成长中的孩子来说，这样的经典阅读带给他们的，将是最开阔的思想，最宽广的想象，最丰富的文化体验，以及最深厚的语言和情感的力量。

我相信并期待着，"国际安徒生奖大奖书系"的出版，能够成为中国童书译介走向经典路途上的一个引人瞩目的标识。

2014年2月8日于浙江师范大学红楼

（原载"国际安徒生奖大奖书系"，安徽少年儿童出版社2014年5月起陆续出版）

从世界中来，到世界里去
——谈"国际安徒生奖大奖书系"的编选与出版

2014年3月，应安徽少年儿童出版社（下文简称"安少社"）的邀约，我赴意大利参加博洛尼亚国际童书展。书展期间我的主要活动之一，是参加由我担任主编的安少社"国际安徒生奖大奖书系"的新闻发布会。

26日下午两点半，发布会在博洛尼亚书展的作家咖啡角举行。绿绒地的半圆形主席台上，排开了"国际安徒生奖大奖书系"第一辑的中文样书，作者阵容包括了伊列娜·法吉恩、姜尼·罗大里、涅斯特林格、尤里·奥莱夫、安娜·玛丽亚·马查多、罗杰·米罗等多位国际安徒生奖获奖者。值得一提的是，罗杰·米罗是两天前国际儿童读物联盟在书展上刚刚宣布的2014年国际安徒生奖插画家奖获得者。书系第一辑中收录了他自写自绘、风格特别的图画书《若昂奇梦记》。不过，这部作品从选目到翻译的过程中，米罗都是作为安徒生奖提名作家之一进入书系作者队列的；而就在书展的第一天，他成为最新的大奖获奖者，这实在令人惊喜。获奖消息发布时，我与张克文社长、罗杰·米罗同在现场，我们向他道贺的同时，也告知他《若昂奇梦记》中文版本的出版消息，他听了非常兴奋。

在书系的发布会上，IBBY（国际儿童读物联盟）现任主席卡鲁丁先生、本届国际安徒生奖评委玛丽亚·耶稣·基尔女士，以及CBBY（国际儿童读物联盟中国分会）主席、中国少年儿童出版社社长李学谦先生，安少社社长张克文先生和我分别为书系的发布致辞。谈到我主编这套书系的工作，我戏言道，两年多来，我为这套书与安少社编辑们通信的字数，比我这辈子写过的情书字数还要多得多。

虽是戏言，却也是实情。作为主编，我深知这套大奖书系出版过程的诸种艰辛，也对这套书有着特殊的感情。记得是2011年的初秋，我接到克文社长的邀请，赴合肥参加这一国际安徒生奖引进项目的筹备会议。同时赴会的还有明天出版社原社长刘海栖先生和IBBY中国执委张明舟先生。海栖先生是项目最初的动议者，他进一步提议把安徒生奖提名作家的优秀作品也纳入这一项目。明舟先生作为国际安徒生奖评奖和颁奖主办机构IBBY唯一的中国执委，表示很乐意帮助联系IBBY的官方渠道为项目的授权提供支持。而出版社希望我能从儿童文学的角度为项目的启动和开展提供专业性的意见。印象深刻的是，会上的讨论绝少商业运营的气息，而始终围绕着怎么才能把这些优秀的童书选好、做好的问题展开，给我的感觉是，出版社和应邀赴会的朋友们首先都是真心实意地想为中国的孩子们做出一套富于经典性的优质引进童书。

我相信，这是真正有价值、有意义的事情。会上，从丛书品位和品质的角度，我主要谈到了与此密切相关的两个话题。一个是如何准确判断并充分考虑入选作品的经典性和可读性的结合问题。我从2008年起编写和选评《最佳儿童文学读本》《最佳少年文学读本》等一系列"最佳"选本时，就十分看重这个问题。我以为，一切儿童文学的读物，如果想要在少儿读者身上产生切实而有益的影响，就应当既充分体现文学读物本身的审美和艺术价值，又能充分引起孩子的阅读兴趣。也就是说，它最好能够达到文学性与可读性的双重"最佳"状态。

我所选评的"最佳"系列，就努力想要实践上述双重结合的理想。"最佳"读本系列出版后，我从儿童和成人读者朋友的热情回应中获得了对自己这一理念的进一步肯定。

在国际安徒生奖作家作品引进的问题上，上述双重考虑又变得更为复杂。一方面，国际安徒生奖是作家奖而非作品奖，每位获奖作家（包括文字和插画作家）名下都有数量庞大的童书作品，全部照数引进既不可行，也不科学。这样，就需要从同一作家的作品中准确地挑选出文学和艺术价值最高的那些文本。另一方面，由于文化、语言、文学传统等多方面的原因，有的时候，一部作品在本国文化语境中获得好评，并不意味着它在中国本土语境下的传播也能畅行无阻。对各个年龄段的孩子来说，从中选择他们能够理解、喜欢的经典作品，也是经典引进工作要考虑的一个重要方面。

第二是翻译的问题。对于文学作品的引进来说，翻译工作很重要；而对儿童文学图书的引进来说，翻译的责任更为重大，它不但关系到一部外语童书能否得到较为准确的转译，还关系到译文本身是否完全适合另一语种的孩子们阅读。在后一个问题上，说实话，我对近年引入国内的某些获奖儿童文学作品的译文颇有些不满，主要是嫌其语言表达太过直译或晦涩，不符合中文文学表达的艺术感觉。一些译者或许有不错的外语功底，但在文学语言方面显然缺乏敏感，对儿童文学应有的语言感觉更是陌生，大量译文读来拗口而别扭。若干年前，我曾接到出版社传来一部知名英国童书的译稿，其译文中有大量照搬英语语法而不顾中文表达习惯的别扭直译，读了之后，只觉口舌生涩，如"每个人都在吃东西的画面让他意识到他真是太饿了""拐进温莎花园的转角之前，他还回头向那群人发射了好几次抗议的眼神。不过随着熟悉的32号绿色大门越来越近,他的脸上渐渐浮起了思索的表情",等等。在已出版的引进儿童文学作品中,我也常读到像下面这样别扭的口语表达:"我将把你复原到我认可的你往日的辉煌的程度"(《爱德华的奇妙之旅》)。类似的翻译,不但影响了作品原文的经典性和艺术性,也会在很大程度上影响孩子对作品的接受。对成人读者来说,译文的流畅相比于内容的准确或许还是次要的问题,但对儿童读者而言,这些译文很可能会成为他们语言能力建构的直接材料。这样的童书翻译,说得严重些,甚至会给孩子造成语言发展上的戕害。

对于优秀的童书引进工作而言,翻译实际上就是二次创作。尤其目前国际安徒生奖的获奖队伍主要由来自欧美国家的作者构成,从西方语言到中文的翻译,相比于同一语系内部不同语言之间的翻译,其语言转换的跨度要大得多。译者不但需要熟谙外语文学表达的意思,更要能够领会汉语文学表达的妙处,有能力在语言的翻译转换过程中复现文学文本的艺术感觉。在外译童书蔚为大观的今天,我们特别需要优质的翻译力量来保证译介童书本身的文学质量。鉴于此,译者队伍的约请和组织,对这个项目来说也就变得格外重要了。

这是我就这一项目规划提出的两个基本问题。我认为,解决了选目和翻译的问题,书系的工作就能在很大程度上获得成功。

从合肥归来,围绕着这一国际安徒生奖书系项目,我与安少社的相关编辑们开始了漫长而频繁的邮件往来。编辑们陆续通过电邮传来可供挑选的安徒生奖获奖及提名作家作品的讯息,向我征求相关作品的引进意见,其中有些是已有中译本引进的,更多的则是尚未在国内出版的作品。有的时候，为了方便更准确地判断作品质量，编辑还专门将原书快递过来，以供我这边翻阅定夺。与此同时，我也应约提供了一个可供参考的支撑性作家作品选目。两年多的通信往来过程中，第一辑作品的选目和版权逐渐落定。进入翻译工作阶段后，编辑们又陆续传来备选译者的试译译文征求意见。这期间我们探讨作品选目等的邮件来往多达六万余字。去年，我用的网易邮箱推出一项服务，用以统计特定时间段内联系度最高的邮箱，安少社的几位编辑朋友都列在上位。

实话说，要从已经非常忙碌的学术和管理工作中抽出持续的时间来，根据有限的介绍资料对一大批童书作品做甄别遴选的工作，其间还需查询大量资料，对我来说确是一件有压力的事情。但在这个过程中，我也为安少社同仁对待这一项目的勤勉认真和付出的诸多努力而感动。我把这项工作视为我和编辑们共同学习和进步的过程。2013年3月，安少社专为书系的翻译召开译者大会，邀请了"哈利·波特"系列的知名译者马爱农女士和一批年轻的翻译者参与翻译工作，大家在会上交流了童书翻译的经验和各类问题。从书系第一辑的总体译文情况来看，出版社和译者的付出也得到了应有的体现。

"国际安徒生奖大奖书系"在2014年博洛尼亚童书展的亮相，吸引了国际朋友的关注。参加今年童书展的巴西儿童文学作家、2000年国际安徒生奖作家奖得主安娜·玛丽亚·马查多女士来到发布会现场，在展台的样书中见到她的儿童小说《碧婆婆，贝婆婆》，非常喜欢。德国慕尼黑青少年图书馆现任馆长克里斯蒂娜·拉比女士也来到发布会参观。在我看来，这是一个颇富文化意味的场合——从世界各地被引入中国的安徒生奖获奖作家作品,又以中文的面貌重新来到了国际的展台上。它展示了中国童书文化的一种开放姿态,同时也在开放的交流和学习中,传递着中国童书走向世界、走向安徒生奖的强烈愿望。

(原载《文艺报》2014年9月19日)

一个世纪的想象与飞翔
——韩文版"中国儿童文学丛书"总序

一百年,在人类历史的长河中并不是一段多么长的时间,但对全世界许多地方的孩子们来说,这一百年却意味着童年生活和童年文化中翻天覆地的变化。我在这里所说的,是刚刚过去不久的20世纪。我相信,不论对于中国还是韩国的孩子们来说,这一百年的时光里发生的一切,都充满了令人慨叹的各种变迁。这些变迁留在童年身上的许多痕迹,被记录在了一个世纪以来写给孩子们的那些文学作品中。

我很高兴也很荣幸,有机会把这一套书写、保存了一百多年来中国孩子的生活、情感和梦想的儿童文学作品,介绍给亲爱的韩国读者朋友们。我想说,这些来自不同年代的童书,记录了从一个世纪的历史中走出来的中国孩子的身影。

很显然,在不同的时代里,这些身影有着不同的生活姿态和童年色彩。以童话为例,在中国现代作家、教育家叶圣陶写出《稻草人》的20世纪20年代,整个社会的人们面对着一种格外艰难的生活。我们从这篇童话里看到了这一生活的沉重影子,也看到了这个影子加在童年身上的沉重负担。到了20世纪五六十年代,在严文井的《"下次开船"港》、任溶溶的《没头脑和不高兴》、孙幼军的《小布头奇遇记》这样的童话作品中,童年的肩膀已经逐渐卸下了这副生活的沉重担子,我们看到,童话的想象力开始起飞了。虽然这些想象力的背上往往还驮着明显的儿童教训的责任，但直到今天，这些童话里的幻想和想象，读来仍然有着特殊的魅力。到了20世纪、21世纪之交，写给孩子的童话更全面地转向了一种活泼、欢快的童年美学，从金波的《乌丢丢的奇遇》、周锐的《幽默三国》、汤素兰的《笨狼的故事》这样的童话作品里，我们感受到的是一种富于当代气息的童趣、幽默和想象的自由。

但历史又并不那样简单。例如，同样是在20世纪20年代，除了出现《稻草人》这样的童话外，另一位作家冰心的书信体作品《寄小读者》，以温柔、深情的语言与那个时候的孩子们对话，为他们描述异国他乡的生活和见闻，也与他们一起分享人生的各种感悟。其后的30年代，张天翼出版了童话《秃秃大王》，尽管这部童话的主题有着浓重的意识形态色彩，但它却在形式上开创了一种以荒诞、夸张为特色的现代童话幻想美学。这一美学在20世纪后期的童话写作中得到了新的继承和发掘。葛翠琳的《野葡萄》则是50年代中国儿童文学中罕见的清新、诗意之作，这种诗意的风格在很大程度上影响了80年代的童话写作。因此，我们不能以一种简单的进化论的方式理解一个世纪以来中国儿童文学的历史，相反，当代儿童文学所取得的美学突破，离不开一个世纪以来它自身所累积起来的文学传统的滋养。

与此相应地，谈到中国当代的儿童文学写作，我们也很难用几个词语来言尽这一文体在今天所展示出的艺术全貌。例如，除了一种普遍而典型的童年欢乐美学之外，我们也看到了在邱勋的《雪国梦》、张之路的《第三军团》、秦文君的《女生贾梅》、梅子涵的《女儿的故事》、程玮的《少女的红发卡》、刘健屏的《今年你七岁》、彭学军的《你是我的妹》等小说里，作家在或轻扬、或凝重的叙述中展开的对于一些深刻的当代童年生存现实和话题的描述与思考。在曹文轩的《根鸟》、班马的《鱼幻》、沈石溪的《红奶羊》、冰波的《狼蝙蝠》、张嘉骅的《海洋之书》等作品中，中国儿童文学的想象又发展出了另一些奇幻的艺术面貌。经过一个世纪的积淀和探索，中国儿童文学展示了一种比较漂亮的艺术飞翔的姿态，也获得了一个更高的飞翔起点。收入这套丛书的32部作品，以一种特殊而又具体的方式呈现了这一飞翔的轨迹，也让我们依稀看到了这一轨迹的形成、发展和历史走向。

当然，这只是一个世纪以来中国儿童文学十分丰富的美学与历史积累、发展的一种呈现方式。在我看来，在这些作品之外，还有许多其他的作品构成了与这些作品相交叉、互补的另一些同样重要的历史线索，它们不仅凸显了百年中国儿童文学的丰富性，也见证了儿童文学艺术自身的多面性。正是这些从不同角度延伸的纵横交错的艺术脉络，以及其中无数珍贵的儿童文学作品的支撑，构成了中国儿童文学百年地图的丰富面貌，也构成了一个世纪以来中国童年的多彩身影。

中韩两国人民之间曾经共同书写下了一段悠久的文化交流历史。近年来，两国儿童文学界的联系和互动日益频繁。这套大型的"中国儿童文学丛书"的翻译和出版，凝聚着两国儿童文学界许多作家、翻译家、出版家的心血和劳动，我为此深受感动，也深感振奋。盼望以此为新的起点，两国的儿童文学交流更加广泛和深入，以造福于我们的孩子们，造福于我们共同的未来。

2013年2月25日于浙江师范大学儿童文化研究院

（本文系作者应约为韩国宝林出版社出版的"中国儿童文学丛书"撰写的总序）

向"批评"致敬
——序《红楼儿童文学对话》

在红楼启动一系列倡导真正的批评精神的儿童文学研讨会的念头，源于我多年来对儿童文学批评所抱有的某种信念和期望，说实话，也源于我对儿童文学评论现状的某种观感。我认为，要使儿童文学批评活动真正抵达批评应有的价值和境界，就必须恢复"批评"一词在儿童文学艺术评判和鉴赏中的基本批判功能，而这一功能的核心，乃是一种独立、坦率而有见识的批评精神。在儿童文学创作和出版空前盛兴的今天，对于这样一种批评精神的坚持和召回，更应成为批评相对于文学的一种道义与承诺。

对于我来说，红楼儿童文学新作系列研讨会的策划与推动，正是希望依托浙江师范大学儿童文化研究院这样一个相对单纯的学院学术平台和浙师大儿童文学学科的学术积淀与传统，来尝试并倡导一种独立、纯粹、真诚、直率的批评风气，营造一种恭敬、开放、自由、包容的批评氛围。

在关于《腰门》的首次红楼研讨会的开场白中，我谈道，"大概四五年前，有感于我们这个时代的学术研讨氛围的走样，我曾经跟几个朋友交流，我想利用浙师大这个偏僻、相对远离话语中心、相对超脱的环境与平台，尝试建立一种学院的学术研讨体制。所谓学院研讨体制，从表面看，是由大学的学术机构组织或主导的研讨活动；从内在的批评立场与批评态度来说，则是一种保持了与学院身份相符的、相对超脱的学术身份和心态，发挥学院所应该具有的独立、严谨、坦诚、纯粹批评精神的学术探讨制度。"我还说，"如果说会前朋友们的相见是温暖的寒暄，那么我希望接下来的时间将是朋友之间坦诚的，同时也是'面目狰狞'的探讨。"自2008年深秋至2012年初夏，红楼系列研讨会已先后开展了彭学军、张之路、殷健灵、沈石溪、毛芦芦、汤汤、萧萍、李姗姗、陈柳环、林芳萍十位当代作家的儿童文学新作研讨。每次研讨会除了儿童文化研究院专业研究者和研究生参与外，也邀请被研讨作家本人及来自儿童文学创作、批评、出版领域的相关作家、学者和媒体人参与。多重批评视角的交叠在总体上丰富了研讨会的批评格局，也使每一次批评研讨有了更多声音和思想的交汇与碰撞、激荡与闪光。

首次研讨会后，《中华读书报》发表了记者陈香撰写的题为《"面目狰狞"评〈腰门〉》的报道文章，因其报道中的"另类"研讨姿态，颇引起了同行们的关注。文题中的"面目狰狞"一词，意在凸显研讨会上批评的坦率与尖锐，而在我看来，这个加有引号的"面目狰狞"，也暗含了对于当前儿童文学评论的某种乡愿风习的反拨，以及对于一种更富批判精神的批评姿态的向往。这篇报道的副标题"浙江师大希望由此重建文学作品的学院研讨机制"，可以说道出了这一红楼系列研讨会规划的根本宗旨，即通过针对具体作家作品的开放研讨，尝试在儿童文学领域重建一种富于独立批评精神的"学院批评"生态。几年来，在红楼举办的每一场作品研讨会无一例外地都追求并坚持了这一批评的精神，并正在使之逐渐成为一种习惯、传统，甚至是一种批判本能。或许，我可以说，红楼系列研讨会举办至今，已经逐渐造成了一种批评的气场，它要求每一个进入研讨现场的批评者拿出独立、负责、严肃的批评态度，来对待作为研讨对象的每一部作品。

当然，这一学院批评机制的建构尝试本身也是一个探索的过程，其间，研讨者们对于儿童文学批评面对作品可以"批评"什么、应该如何"批评"以及"批评"的价值何在等问题的思考，也是慢慢完善和成熟起来的。在这里，我要对参与研讨会的每一位作家表达我由衷的敬意。我相信，对于任何一位认真对待写作的作家而言，他的作品就是他自己的孩子；没有人不珍爱自己的孩子。然而，他们愿意怀着这份珍爱之情，来到红楼，坐在这里，认真地听取来自每一个角落的批评的声音。作家们的这样一种坦然面对批评、接纳批评的胸襟和气度，成为红楼儿童文学系列研讨会树立起的另一种精神，也是我回想每一次研讨会的场景时最多感动和感慨的地方。我们从各位作家参与自己作品研讨会所撰写的随感中，可以强烈地感受到他们在坚守独立的创作信念和创作姿态的同时，对于批评的真心尊重、真诚收纳、开放探讨和深入思考。作为被研讨的作家，他们以另一种方式和参与研讨的文学批评者们做着同一件事情，那就是向真正的"批评精神"致敬。

我也在内心向他们致敬。

我想特别强调，探索和建构一种独立的学院研讨和批评机制，其最终目的绝不是为了彰显儿童文学批评本身的地位，或是凸显批评相对于创作的理论优势，而是反过来，想要为儿童文学艺术思考和创作实践的进步提供可靠的基底。我相信，文学创作与批评的精神在根本上是一体的，真正高明的写作者对创作、对文学一定有着独到、深入的理解，从而必定也会是高明的批评家；反过来，一位作家如果是真正高明的批评家，那么他的写作也会因此而更加如鱼得水。20世纪著名作家、批评家、1948年诺贝尔文学奖得主T.S.艾略特在题为《批评的功能》的文章中写到过同样的意思："一个作家在创作过程中的确可能有一大部分的劳动是批评活动，提炼、综合、组织、剔除、修正、检验：这些艰巨的劳动是创作，也同样是批评。我甚至认为一个受过训练、有技巧的作家对自己创作所作的批评是最中肯的、最高级的批评；并且认为某些作家所以比别人高明完全是因为他们的批评才能比别人高明的缘故。"我想补充的是，不论创作还是批评的"高明"，都不能仅仅仰仗天赋的才能，很多时候，作家不但需要在创作中提升自己的批评素养和洞见，也需要从批评中吸收文学和艺术鉴赏的养分。儿童文学批评对于儿童文学写作及其艺术提升的最大意义，也正体现在这里。

我希望红楼儿童文学新作系列研讨会所倡导的批评，正是这样一种可以与文学创作彼此激荡、互为一体的批评。我也期待着这一富于生产力的儿童文学批评精神，能够从这样一个自由研讨的学院平台开始，更广泛地流布开去。

在这里，我要对五年来共同参与红楼儿童文学新作系列研讨会的所有作家、学者、编辑、同学们表达敬意，感谢大家为一种批判精神的追求、实践所共同付出的真诚与智慧；感谢多年来为录制、整理这些现场声音付出辛勤劳动的浙师大儿童文学学科的老师和研究生们；感谢曾经不惜篇幅发表了部分研讨会文字的《文艺报》《中国儿童文学》《中国儿童文化》等报刊；感谢一直关注、鼓励我们的前辈和所有同行朋友们!

最后,我要感谢明天出版社支持、出版这部记录红楼独特、有趣的批判声音的书籍!

2013年10月24日晨五点三十分于浙江师范大学红楼

(原载《红楼儿童文学对话》,明天出版社2014年版)

年轻的姿态及其意义

——"红楼书系"第三辑总序

由笔者主编、海燕出版社出版的"儿童文化研究文库",辑录了五位文学博士的专业研究成果,其中四种为儿童文学研究著作,一种为审美教育方面的研究成果。五本著作由五位作者在各自博士学位论文的基础上修订而成。在年轻的学院研究者日益成为学术研究新生力量的今天,我们期望通过这样一种方式,从一个角度来记录和呈现活跃在中国当代儿童文学和儿童文化领域的这个充满活力的学术群体的研究动向与面貌。

丛书的论题主要集中在儿童文学研究领域。在古老的人类文学谱系中,儿童文学是一个相对年轻的文类,针对这一文类的理论研究更是一门十分年轻的学科。不论在东方还是西方,自觉的儿童文学研究历时都并不久长,与其他文学门类相比,其研究的积淀也并不十分深厚。然而,当代儿童文学研究所取得的理论成果和所完成的学术提升,却格外引人注目。尤其是在近三十年间,当代儿童文学研究在理论建构和批评拓展层面均获得了长足的进步,并日益将这一研究领域推向一个更为丰富和成熟的发展阶段。

在这个过程中,来自学院的研究资源和研究力量扮演了十分重要的角色。可以说,当代儿童文学学术研究的重大推进,在很大程度上是借助于高校的专业研究力量得以实现的。当代西方具有代表性的儿童文学研究者如佩里·诺得曼、彼得·亨特、杰克·齐普斯等,无不是经受过学院专业培养的学者,他们中的大多数后来仍然留在高校从事专业研究和教学工作。在国内,从20世纪80年代起,一批从新时期最早的研究生培养体制下走出来的年轻的儿童文学研究者,同样为中国儿童文学的理论建设事业作出了重要的贡献。与此同时,随着学院研究的持续拓展和深化,儿童文学理论批评的密度、广度和深度也在不断得到新的开掘。

这其中,处于学院培养体制顶端的博士生阶段专业研究,对于当代儿童文学学术事业的延续和拓展又起到了一种生力军式的作用。在美国,这一点很早就被儿童文学学科的早期建设者们所注意到。20世纪70年代初,美国第一份专业的儿童文学学术研究刊物《儿童文学》(年刊)问世之初,其中一个十分关键的办刊举措,就是在刊物中专门开辟"学位论文索引"的专栏,用以开列相应年份完成的涉及儿童文学研究论题的学位论文目录。随着该刊的持续发行,一方面,刊物所显示的研究层次和学术水平有了极快的提升,另一方面,与此相应地,其"学位论文索引"的目录也反映了学院儿童文学研究在理论资源、研究视点、研究方法等方面的迅速拓展。我们可以认为这两者之间存在着双向的研究互哺关系,即一方面,学院儿童文学研究从专业刊物中受益良多,另一方面,前者的研究进步也大大促进了后者学术面貌的提升。今天,一批儿童文学研究方向的博士生已经成为美国《儿童文学》《儿童文学学会季刊》《狮子与独角兽》等刊物的重要供稿者,与此同时,近二十余年间出版的许多影响深广的儿童文学研究论著都属于博士阶段的研究成果。这些年轻研究者的论文和著作往往善于从材料中独辟蹊径,来发掘独特的研究对象和研究视角,其论说也十分富于理论创新的锐意和朝气。今天,这些年轻的力量正在越来越成为西方儿童文学研究的学术主力。

在国内,儿童文学博士生培养机制的建立还是近十余年间的事情,儿童文学博士作为一个群体的研究力量,也刚刚开始以一种低调的姿态证明和展露自身。但我们很可以从中窥见年轻一代学院派研究者的学术实力与潜力。它既表现在研究者对于已经建立起来的儿童文学理论谱系的继承和延伸上,也表现在他们对于诸多新的富于当代性的研究论题的发现和开拓上。

收入本丛书的陈恩黎博士的《儿童文学中的轻逸美学》与钱淑英博士的《雅努斯的面孔:魔幻与儿童文学》,分别探讨儿童文学的两个美学范畴,两位研究者所对准的美学论题尽管不一,但却一致地凸显了当下儿童文学美学研究对于文本解析的器重和对于本土儿童文学艺术命运的关怀。

《儿童文学中的轻逸美学》是作者对于自己若干年来一直致力于思考的儿童文学美学观的一次系统的探究和观念的升华。这部著作从童年美学、儿童文学的艺术精神以及具体的儿童文学文本三个层次来展开关于儿童文学"轻逸美学"的探讨,并以此来重新观照中国儿童文学的历史和当下书写。书中轻灵飞举而又饱含精神重量的"轻逸"范畴,道出了儿童文学的某种本质性的艺术特征。

《雅努斯的面孔:魔幻与儿童文学》探讨作为一种叙说方式和艺术精神的"魔幻"与作为一个文类的儿童文学之间的历史渊源与当下关联。作者的思考中包含了针对当下少儿文学和文化现象的十分切近的现实关怀起点，但其理论的触角却伸向历史深处。研究对于儿童文学艺术场域内的"魔幻"范畴的技术和艺术解读，清理了儿童文学的一个重要艺术传统。

王晶博士与陈莉博士的两部著作体现了当代儿童文学研究朝向"文化方法"的拓展。这是近年来特别受到年轻一代学院研究者关注的一个研究理路。王晶的《经典化与迪士尼化》从一个经典化了的历史文本出发，考察多媒体尤其是当代新媒介环境下这一文本的经典化过程。作为该研究关键词的"经典化"和"迪斯尼化"，都鲜明地体现了当代文化研究的方法论路径。目前看来，这一路径很有助于启发当下许多儿童文学和文化现象的解读。

陈莉《中国儿童文学中的女性主体意识》内在地糅合了传统文学研究与当代文化研究的方法，来书写20世纪中国儿童文学中女性主体意识的建构过程。作者援引了当下女性主义研究的多种理论资源，将它们转化入有关历史文本的艺术和文化思考中。这一研究尝试体现了年轻一代学院研究者针对"理论"的儿童文学化和本土化的努力。

丛书中郑素华博士的《审美教育行为特征探析》，是一部十分厚重的审美教育基础理论研究。审美教育是与儿童文学和儿童文化密切相关的活动，从某种意义上说，它也是儿童文学和儿童文化最为根本的精神归属。该研究从人类学的视野来探讨作为一种"文化行为"的审美教育的特征及其教育实施的原则、方法等。作者在研究中所运用的全文化、全生活的观念和方法，内在地应和了世界范围内儿童文化研究的方法论趋向，对于当前的整个儿童文化研究领域也富于启迪。

20世纪80年代，主要由一批年轻的研究力量所参与促成的儿童文学理论批评的学术突破和建构，对于我这样的亲历者来说，已经成为一个为许多难以忘却的回忆所填满的历史片段。这些年来，我在谈及儿童文学研究的不少场合提到过这样一个观感：今天，我们的年轻人或许正在逐渐地、然而也是全面地"超越"我们。这样说的时候，我心里怀着对当前活跃于儿童文学领域的一批富于灵气的年轻研究者的真诚激赏。我所说的"超越"也并非意指一种研究高下的比较——这无疑是一个要留给历史的话题，而是指新的现实环境下青年一代研究者在研究视野、理论和方法上所显示的学术提升的姿态。今天，这种姿态正在越来越影响到中国儿童文学和文化研究的理论格局和学术水平。从这个意义上说，我真心盼望着来自年轻人的这样一种"超越"的姿态。

这套"儿童文化研究文库"，同时也是浙江师范大学儿童文化研究院组织出版的"红楼书系"第三辑。感谢海燕出版社对于丛书出版的大力支持。我相信，这样的出版文化行为虽然可能缺乏来自市场的直接经济回报，却会像文化自身那样，在时间的河流中长久地留下声息与印痕。

（原载"红楼书系"第三辑"儿童文化研究文库"，海燕出版社2012年版）

"红楼书系"第四辑"儿童发展研究丛书"总序

这一套由四种著作构成的"儿童发展研究丛书",系浙江师范大学儿童文化研究院"红楼书系"第四辑,也是我院"当代儿童发展研究重大课题"招标项目部分课题的最终研究成果。

这一招标项目的设计与实施,是浙师大儿童文化研究院学术发展规划中的一项重要工作,其宗旨是借助研究院的专业平台,在科学设计和论证研究课题指南的基础上,面向学术界征集、资助一批关注当代儿童生存和发展重大理论、政策及现实问题的研究成果。2008年6月,在浙师大校方的大力支持下,"当代儿童发展研究重大课题"招标通告刊发于《光明日报》,正式对外接收申报。在项目招标的通告与课题指南中,除自选课题外,共提供了19个经过反复研讨和论证的研究方向与课题。

在这一课题招标工作中,我们怀有三个基本的期望。

一是围绕着当代儿童发展的核心题旨,将长久以来分散在各个不同学科领域的儿童研究力量集中起来,以加强国内儿童研究界从一个富于统摄性的视野支点来考察、应对当代儿童发展问题的意识与能力。从当前儿童研究事业的发展现状来看,它所亟须推进的工作之一,正是这样一种综合性视野的建构。实际上,从2007年浙师大儿童文化研究院启动《中国儿童文化研究年度报告》系列的编撰工作开始,我们就已将这一研究统合作为研究院工作的重要内容,此次课题的招标设计,也在很大程度上得益于年度报告工作的准备与支持。

二是借助上述研究力量的统合及其呈现，探索和凸显我们一直在思考与关注的儿童学学科建设的问题。鉴于这一考虑，我们在招标课题的指南设计中有意融入了以下问题的思考：作为一个学科的"儿童学"如何可能，它应当包含哪些内容，它与当前中国儿童发展现实的关联又在哪里，或者说，这一学科建设本身将以何种方式促进我们对儿童现实问题的关切和思考？招标课题的指南凸显了这一注重理论与实践相结合的儿童学学科建设方向。

三是突出对于儿童研究的中国化与中国问题的思考。在招标课题的指南中，这一思考又体现在两个方面。一是在全球化背景下，目前中国儿童发展面临的许多问题也是包括东西方发达国家在内的许多地区共同面临的问题。因此，通过吸收和借鉴国外儿童研究前沿性的理论和实践成果，可以为我们应对相近的本土儿童问题提供重要的参考。二是由于中国社会特殊的政治、经济、文化环境，我们的儿童研究又面临着各种特殊的本土问题，比如独生子女问题，流动与留守儿童问题等。这些问题与儿童保护、新媒介环境等普遍的儿童发展问题相互交缠，使得关于后者的思考到了中国的语境，也变得格外复杂起来。在此次重大课题的招标工作中，有关本土儿童研究的思考构成了一个重要且基本的维度，它也落实在了课题指南的整体设计中。

招标公告发出后，我们陆续收到了若干来自高校和其他机构的项目申报书。经过严格的专家评审，最初共有8项申请获得立项。此次出版的四部著作，是其中四项已经完成并通过结题的成果。这四部著作所探讨的研究问题涉及流动儿童教育、儿童网瘾防治、学前教育政策和儿童幸福感研究，均系与当前儿童发展现实密切相关的话题，其作者也大多为相应领域的研究先行者。

周国华的《流动儿童的教育管理与社会支持》一书，以近年来颇受关注的流动儿童群体为研究对象，从学理性的角度探讨这一群体的教育问题及出路。该研究融入了作者与他带领的研究团队亲身搜集的许多有价值的第一手调查访谈资料，这为整个研究工作提供了十分重要的现实依托，也使其理论探讨得以展开在更为坚实的现实基石之上。而我尤其看重的是，作者不仅是以一名高校研究者的专业态度和精神，更是怀着对于流动儿童群体的真诚同情和由衷关切，投入到这项研究工作的研究之中。我以为，这样的精神和情怀，正是今天的儿童研究事业格外需要的。

周小虎的《美英学前教育政策比较研究》一书，其主要的研究内容为美国和英国的学前教育政策，但其重点的研究旨归，则在于通过"他山之石"的经验，来启迪和促发中国本土的学前教育改革与发展。近年来，学前教育在整个儿童教育链条上的重要性及其存在的诸多问题与不足，越来越引起国人的关注。而在发现和改进这些问题、提升本土学前教育质量的过程中，政策的维度不容忽视，甚至可以说，在现阶段，它比许多具体的教育实践更决定着学前教育事业的长远未来。就此而言，《美英学前教育政策比较研究》为国内学前教育政策的规划和思考，提供了一个开阔、前沿的视野和一种及时、有益的借鉴。

章苏静与金科合著的《亲子关系与儿童网瘾防治策略》一书，探究从亲子关系层面来展开儿童网瘾防治的基础与可能、对策与实践等，书中探讨的"儿童网瘾防治"问题，是当前越来越多的家庭共同面临的教育困惑，也与当前网络媒介环境下儿童的生存现实息息相关。与其他层面的方案研究相比，从亲子关系的角度展开的儿童网瘾防治，不是以"堵"和"罚"的方式，而是通过"疏"和"导"的途径来进行。而且，由于这样的疏导在最亲密的亲子关系中展开，其效果也得到了来自亲子情感的支持——毫无疑问，在儿童应对日常生活的各种问题时，这也是一种最有力的情感支持。因此，对于儿童网瘾的防治而言，它应该是一个富于成效并且值得大力普及的取径。

叶映华的《儿童的幸福感：基于社会与自我比较视角的研究》是一部探讨儿童幸福感的研究著作。这显然是一个极具当代性的课题。随着当代家庭物质生活条件的日益提升，儿童的幸福感在儿童的生存发展中愈益受到人们的重视。在实地儿童访谈和实证调查工作的基础上，这部著作提供了考察儿童幸福感的一个重要视角，其研究发现对于我们理解儿童幸福感的形成，以及帮助提升儿童幸福感的指数，具有特殊的理论和实践参考意义。

以上四部著作作为本次重大课题招标的首批成果，从一个侧面展示了当代儿童研究作为一个学术领域的开放性、丰富性及其独特的人文和学术价值。我要感谢这五位研究者。为了我们关切的儿童和儿童研究事业，我们付出着共同的热情和努力，愿这努力的火种有助于将本土儿童研究的思考与想象，带到一个更远的地方。

我也要感谢山东教育出版社，感谢你们为这样一个纯粹的文化学术事业所作的奉献。我相信，在本土儿童研究的发展进程中，这将是一个会被历史记住的姿态。

2013年9月30日于浙江师范大学红楼

（原载"红楼书系"第四辑"儿童发展研究丛书"，山东教育出版社2014年版）

海峡那边的风景
——"海岸线书系"总序

许多年来,我在心里一直把台湾的儿童文学放在一个很独特的艺术位置上。

这份心情来自我对台湾儿童文学作品最贴近的阅读体验,并且经过了时间的沉淀。在我看来,当代中文世界中部分最优秀的儿歌、儿童诗、童话、儿童小说和儿童散文作品,正是出自台湾儿童文学作家的手笔。以台湾的人口数量和地域面积作为比照,这里出现的优秀儿童文学作家和作品的密度,真是令我心生羡慕和钦佩。

熟悉台湾儿童文学的读者朋友,从这套"海岸线书系"所邀集的十一位作家的名字里,就可以感受到台湾儿童文学的艺术分量。这些年来,台湾儿童文学作家的作品被持续地引介到大陆出版,或者被多次收入大陆的各类少儿文学读本,因此,我们对于这里的一些名字,应该不会感到陌生。不过,当这么多优秀的名字及其作品同时排开在我们眼前时,我们大概也会忍不住有些惊叹——原来海峡那边,台湾儿童文学为我们拉开的是如此壮观的一道艺术海平线。

由于地域和文化上的差异,与我们相隔一道海峡的台湾儿童文学,在总体上形成了属于它自己的某种易于辨识的美学气质。它体现在台湾儿童文学的题材、语言、风格、趣味等多个方面。我相信,有经验的大陆读者拿到一篇(部)优秀的台湾儿童文学作品,就能从中闻见浓郁的台湾气息。但这绝不意味着我们可以用同质这样的语词来理解台湾儿童文学。相反，收入这套"海岸线书系"的十一位台湾作家的作品，无不体现了每位作家鲜明的艺术个性。这十一位作家在童诗、童话、散文、小说等领域各有所长，同时，即便是同一种文体，在不同作家的笔下，也各有其风格迥异的精彩。读一读林焕彰、林世仁、王淑芬、张嘉骅的童诗，你会深深感到，原来同一种儿童诗的艺术，所蕴含的竟是如此丰富而开阔的创意空间与书写可能。读一读上面几位作家以及管家琪、方素珍的童话，你看到的是童话的笔法如何在诗意的温暖、明快的幽默、游戏的奇趣直至荒诞的狂欢之间率性而行，而相近的风格在不同作家笔下，又被赋予了独一无二的面貌。林海音先生的作品，是在她本人摄影作品的基础上，配上了专为儿童读者而写的小散文，读着这些亲切的文字，你会为作家笔下行云流水的文化风情、恬淡温暖的生活情味以及丰厚的人生阅历所深深濡染。而读桂文亚的散文，你又会体验到儿童散文的写作是如何将小说的叙事艺术自然地融会于其内，从而赋予散文写作本身以一种说故事般的迷人情味。将这两位作家的作品与林芳萍、冯辉岳等作家的散文共读，又有另一番新的滋味。读过其他几位作家的儿童小说，再来读李潼的作品，你所感受到的是儿童小说这个文体本身所蓄积的丰沛艺术能量。

　　透过这些来自海峡对岸的作品，我们更进一步理解了儿童文学独特的艺术智慧和审美情怀。从这个角度来说，"海岸线"真是这套书系的一个漂亮而又合适的名字。海的意象让我们想到一种开阔和博大的境界，而海岸则让我们想到海峡的两边，有人居住的地方，人与人之间充满真诚与渴盼的结识和交往。我想，这套"海岸线书系"的出版，正是为了给海峡这边的少年朋友们提供一个可以瞭望到对岸的儿童文学与文化风景的平台。为此，出版社又别出心裁，为每位台湾作家的作品集各邀请了一位大陆儿童文学家撰写伴读，他们有的本人即是活跃的儿童文学作家，有的则是儿童文学的研究者，他们在牵手文字中写下了阅读这些台湾儿童文学作品的亲身感受，这些文字将带读者进入到每一部作品思想和情感的更深处。

但我要说的是，你还将从这些文字中体味到比一般的文学阅读感受多得多的意味和内涵，它包含了富于洞察力的文学识见，率真而豁达的人生情怀，以及历经这么多年岁月积淀的深挚友情。在越过海峡的交流和相会中，许多两岸同行彼此成为一生的挚友。因此，在这些文字里，也有着属于两岸儿童文学同行朋友的许多难忘的故事和温暖的记忆。这十一本作品集的作者，绝大多数都是活跃于当代台湾儿童文学界的作家，他们也都是我熟悉的朋友。在台湾和大陆各地，我们多次为了儿童文学相聚在一起，留下了许多美好的文字，更收藏下许多珍贵的记忆。这是一种奇妙的文化遇见和交会。我们从海峡的两岸而来，为了同一个事业，这让我们认真地看见、理解并且懂得真诚地欣赏对岸的风景。这是一种生活的扩大，一种视野的扩大，更是一种心的扩大。

我想，这也是这套"海岸线书系"最重要的意义之一。

2013 年 8 月 14 日于浙江师大红楼

（原载"海岸线书系"，浙江少年儿童出版社 2014 年出版）

序谢采筏先生儿歌集

与谢采筏先生初识，是在 1993 年的 9 月。其时，采筏先生作为访问学者来浙江师范大学儿童文学研究所做一年的访学，我亦在所里执教，我们有多次学术上的长聊，至今仍是难以忘怀的记忆。此后重聚的机会虽然不多，但常从先生处得知他笔耕的新消息和新收获。采筏先生是一个单纯的诗人，他愿意与我分享这样的乐事，这使我感到欢喜和荣幸，也常为他写作的勤奋和才华生出由衷的敬意。

作为儿童文学作家的谢采筏最为读者所知晓的，是他的儿歌和童诗创作。这也是他的创作给我留下最深刻印象的两种文体。在我看来，他是当代儿歌作家中能够把本属于传统儿歌的自然的声韵、简朴的语言、清新的情致完好地融入创作儿歌的少数写作者之一。我个人特别欣赏他的一部分以动物、植物和自然现象为题材的咏物儿歌，尤其是收入这部集子的两组植物童谣和自然童谣。这些轻浅有趣的韵文作品一方面承继了传统儿歌天然的节奏和韵律特征，另一方面又传达出一种纯真、活泼、幽默、快意的当代童年生命情味。因此，阅读这些儿歌，我们既能感受到一种古朴、地道的民间童谣的形式气息，同时又能体味到其中处处洋溢着的现代童年的生命感觉。

我一直认为，童谣从本质上来说是一种属于过去时间和民俗文化土壤的文体，我们今天所说的"创作儿歌"，由于时移世易和个体创作的原因，往往难以再现传统童谣在音韵、语言、民俗生活和情怀上的神韵和特质，因此，今世的大量创作儿歌大多只是一些"顺口溜"式的童言童语——请恕我冒昧，我从谢先生的儿歌中，也读到了一些这样的"顺口溜"作品。但是，他的那些打动我的儿歌，却让我看到了"创作儿歌"作为一种当代儿童文学文体的合乎情理的艺术身份和无可取代的艺术价值。譬如这首《睡莲》："红公主，/好模样。/家住哪？/芦苇荡。/绿水床，/月光帐。/轻轻风，/细细浪。/摇呀摇，/晃呀晃，/摇摇晃晃到天亮！"整首童谣的声韵感不但体现在可见的结构和韵脚形式上，而且无处不在地融入歌行之内和之间，"红公主""好模样""家住哪""月光帐"等句，短短的三字歌行之内还藏有二字或三字的韵脚关系，"芦苇荡"与"绿水床"更是字字扣韵，其语言既体现了传统歌谣的简白文风，又吸收了现代诗歌的优雅意境。另如《秋天》《四季风》等咏唱自然时节的儿歌，在朴拙稚趣的歌行之间，还飘缈着一种与大地时空和人间生活有关的淳厚、绵远的情感气息，读来简洁舒展而又令人回味。

这或许与作者对于儿歌这一文体样式的深入理解有关。采筏先生曾于中国古代童谣的研究上用力致深。他关于古代童谣的"荧惑说"、童谣中的远古文化讯息、民间童谣的反讽手法等话题的分析和阐述中，可以见出作者对于传统童谣及其艺术的了解之广、考察之深。他的这些研究思考的成果，也收入在这本集子当中。在中国当代儿歌创作者中，具有如此研究积淀和素养的作家实在少之又少。

但我内心里总觉得，谢采筏的儿歌写作所仰仗的主要不是一种理性的艺术理解，而是一种天然的艺术感觉。或者说，他的艺术天性中似乎就包含了对于韵文体的儿歌和童诗写作的敏感。对于一个作家而言，这或许是更珍贵的一笔写作财富。采筏先生是一位有童心的诗人，与他的交谈总让我感到，他对生活、对生命，始终保持着孩童般那种新鲜的热情和纯粹的欢愉感。他的儿童诗与他的儿歌一样传达出了这样一种天性的童心，不过由于脱出了儿歌的外在形式规约，这些诗歌比童谣少了些声韵游戏的趣味，却多了另一些童趣的想象和婉转的情思。"红荚里的豆豆说：世界是红通通的，／绿荚里的豆豆说：世界是绿蒙蒙的……"（《红扁豆和绿扁豆》）"有个小孩想得十分新鲜，／躲在西瓜里度过炎热的夏天！"（《西瓜》）"妈妈，你脸上的笑，／是爸爸寄来的吧？"（《爸爸来信》）这些短小的诗歌所呈现的，是童年特有的生活和世界感觉，它虽然细小，却自有一种天然的艺术情致。与这类诗歌相比，像《雪人也想暖和》这样的童诗，则在童年的想象之外，更融入了一种深沉的生命情感蕴含。这些长短不一、题材各异、风格多样的儿童诗作品，显示了作家丰富的写作面向和充沛的创作才华。

  我也敬佩采筏先生的勤奋，这么多年来，写作一直是他日常生活的重要内容。近年来，他在幼儿童话的写作上持续用心，每年都有一批新的作品发表出来。这些童话或许不像他的儿歌和童诗作品那样富于一种文体艺术的神采和创作的个性，但其中却饱含着作家对于童年成长的关切之情。我相信，这份关切在采筏先生的笔下，一定还会继续延伸下去。

2012 年 10 月 8 日于浙江师大红楼

  （本文应谢采筏先生之邀撰写。儿歌集尚未出版，采筏先生不幸于 2013 年 9 月 9 日因病去世。现将本文收在这里，以表我的怀念之情。）

和孩子的相遇，一生一次
——序保冬妮童诗集《从前有个小小妖精》

保冬妮和她的女儿浇浇合作，在北京师范大学出版社出版了两本书，一本童诗集《从前有个小小妖精》，一本儿童生活故事集《小孩儿，来了》。母女俩一文一图，一写一绘，除了别致的意趣，其中更洋溢着言语道说不尽的深情。

不久前，冬妮在一封电子邮件里告诉我："我写儿童诗，实际上更想用孩子的感觉、语言、节奏去表达他们的小世界。像《闭嘴》和《大悲神咒》《拓麻歌子》等很多作品几乎直接来源于女儿的真实生活。"读冬妮的童诗，你会觉得她是真的走进了孩子的世界，透过他们的眼睛、感觉和充满幻想的心灵，来表达他们独特的认知、感受和想法。

收入《从前有个小小妖精》的童诗，从各种角度描绘孩子生活中那些缤纷的想象、新鲜的趣味和无稽的游戏，诗歌节奏明快、叮咚有声的韵律烘托出童年生活中抑制不住的那份自由、欢快和潇洒。这使得她的一些童诗读起来似乎莽撞摇晃，却也颇有些无厘头的意趣。一个孩子，就是她自己世界里的"小女王"，这里的一切仿佛都为她而在，一切也仿佛都迎着她而来。"我的晴天，/ 我的树。/ 我的云彩，/ 我的路。/ 我的太阳，/ 我的鸟。/ 我的脚丫，/ 跟我跑。"在这样充满张扬感的"我字体"诗行中，我们看到了一个孩子与身边万物之间天然的一体感，以及她想要以自己的语法建构和诠释这个世界的天真的自信。这一充满稚气却也充满气魄的"指点江山"的身影,其实是童年无边无际的创造力和生命力的表现。

所以,作家也以诗的方式提醒我们,成人世界有时以怎样的不经意扼杀着童年这份珍贵的创造力和生命力。在分数的逼迫下"刻苦与牺牲"的小孩(《大悲神咒》)、在僵化的管制中被勒令"闭嘴"的小孩(《闭嘴》),在残酷的校园竞争中"得不到奖励的小孩"(《得不到奖励的小孩》),是童年世界里那些随时会令我们感到沉默的身影。冬妮曾跟我说,早在女儿三四岁时的幼年时代,她就常常看到女儿随手画下的涂鸦。问她为什么这样画,她的回答有时叫母亲非常难过。冬妮由此发现,成人对他们的伤害实在太大了!"几乎所有的孩子可能都是这样过来的。这两部作品就成了我们那些年生活的纪念。从那时我更觉得,做小孩太不容易了。他们经常是被伤害者,有时是身体的,更多的是心理和精神的。只是大人很少去自省。"尽管如此,冬妮的这些诗歌最后却无一落在一种沮丧的情绪里,相反,作者要让这些孩子的童稚和幽默照亮他们自己的生活,让他们自己为自己开解困境。这样的安排进一步凸显了儿童自己所拥有的生活能量,也让我们看到了新的时代里属于孩子们的新的文化姿态。

然而,这个看上去由孩子作主的世界并不是唯我独尊的,它有力地抵抗着来自成人世界的专制,却也保持着与这个世界之间真挚的情感牵连。这部诗集里,我个人最喜欢《妈妈,我不会走远》一诗:

　　妈妈,我不会走远,
　　　我就在楼下的滑梯旁。
　　妈妈,我不会走远,
　　　我就在游乐场的木马亭。

妈妈,我不会走远,

我就在学校的科技馆。

妈妈,我不会走远,

我就在地铁的东单站。

妈妈,我不会走远,

我就在新疆的疏勒县。

妈妈,我不会走远,

我就在剑桥大学的医学院。

妈妈,我不会走远……

"我知道,你在飞往麦哲伦星系的八又四分之一点。"

在这首诗作中,与"妈妈,我不会走远"的反复表达相伴随的,是一个孩子逐渐远离父母、走入世界的身影。这里,表达中的"不会走远"与事实上的"不断走远"之间,既构成了一种有意味的反差,又巧妙地传达出了成长中的孩子对妈妈不变的爱和牵挂。冬妮在这首诗的"保妈妈微语"中写道:"所有的孩子都会慢慢地走远;他们慢慢地离开妈妈的怀抱,下地,学走路,然后,离开家。跑向大自然,跑向他们的理想,跑向他们的爱。永远抱着孩子的妈妈是愚蠢的妈妈,阻拦他们奔跑的妈妈是病态的妈妈。撒开双手,向远去的他们招手的妈妈,心离他们最近。"是的,诗歌末行以妈妈的一句"我知道"结尾,看似简单的回应,实则蕴含了一个母亲对孩子的那份自豪的牵念和理解的深情。

我惊讶于冬妮能够把一首儿童诗在形式、内容上的朴拙稚趣与情感、气韵上的意味深长如此完好地融合在一起;不过,读了她写在《小孩儿,来了》中的那些属于她和女儿的共同的故事,我想，这一切其实顺理成章。"小孩儿来了，小孩儿还会走的"，或许，只有母亲们才能最深刻地体会到这是一场多么短暂、多么甜美、多么珍贵的与孩子之间的"相遇"。我相信，冬妮和女儿浇浇合作的这些诗、画和故事，也是她们一起写给和画给这场一生一次的美好相遇的纪念。

（原载《中华读书报》2013年5月8日）

自然、乡愁与童年
——序"薛涛心灵成长小说"系列

20世纪90年代中期,年轻的薛涛提笔开始儿童文学写作不久,即成为东北儿童文学界一位引人瞩目的作家;在当时被誉为"东北小虎队"的辽宁儿童文学作家群中,他是最年轻的代表作家之一。

薛涛是带着坚实的微型小说写作经验进入到儿童文学创作领域的,这使他早期的一些短篇儿童小说写作在构思、语言和叙事技法上都显出一种难得的成熟感,其作品也很快在儿童文学界引起关注。近二十年来,薛涛的写作令我印象十分深刻的一点在于,从起始到现在,他似乎一直在尝试变换他的儿童文学写作的步法。这一变换既涉及文体,更多地则指向题材和手法,它的目的显然不是为了追新逐异,而是出于对一种更为开阔和多样的艺术表现可能的自觉探寻。毫无疑问,一位作家如果没有足够的创作自信和发自内心的创造欲望,是很难变换和适应这样的步法的。

晨光出版社出版的这套"薛涛心灵成长小说"系列,从一个角度记录和呈现了作家的上述创作探寻所留下的足迹。它选录了作家开始写作至今的八个中篇儿童文学作品,这些作品的叙事在当下与历史、幻想与现实的不同文学区间里展开,从现实的《我家的月光电影院》到幻想的《蒲公英收购站》,从描写当下童年生活的《小城池》到由历史演绎而来的《庚子红巾》,还有穿行在真幻之间的《正午的植物园》《打开天窗》等，有的作品之间甚至在叙事语言上都形成了十分相异的风格。显然，薛涛的创作笔意延伸得很开，这使得对于其作品的集中阅读并不容易引发我们文学审美上的倦怠感（这种倦怠感在类似的童书阅读之中常常不难遇见），相反，我在阅读或重新阅读他的这一组作品时，却时常会为作家所展示的丰沛的创造力和表现力而暗自拊掌。

不过，无论文学的体式如何变换，薛涛的写作似乎始终被一个意象所牢牢牵引，或者说，他的写作总是无法放下对这个意象的系念。它是《小城池》的主角沙漏所心心记挂着的那棵白桦树和树下的小屋，是《正午的植物园》里作为生命来去的通道并与之相融合的花草和水滴，是《护林员的春天》中吞没了护林员杨木林的孩子却更令他一步也离不开的林场，也是《打开天窗》中给残疾女孩单单带来快乐的"小飞人"小烟所来自的那片林木以及单单的老木椅所牵挂的那个绿色的故乡……的确，自然的意象仿佛是刻写在薛涛的写作灵魂之中的一个记号，它不仅仅形构了充满故事各处的许多事物，也不仅在故事中被赋予了各样的叙事功能，而且沉淀为故事基本精神的一部分——沙漏的"小城池"是现代城市化进程中太阳镇上留下的一抹与自然有关的记忆，也是自然以其无力之力与现代城市的吞噬相抗衡的最后一个证明。

实际上，类似的隐喻在薛涛早期的短篇儿童小说中就已初现端倪。比如他较早的短篇作品《稻田童话》，以不到千字的篇幅浓缩了城市化过程中土地的命运：能够带给女孩"美好开阔的感觉"的"稻田"最终被城市的垃圾吞没，成为一个虚幻的"童话"。多年来，这样的精神隐喻以不同的形式反复出现在薛涛的书写中，并越来越渗透他的叙事动机深处。作家似乎想以这样一种方式，来为现代童年挽留住一些正在不断逝去的美好的东西。

这一"挽留"的努力，使我们常能从薛涛的作品中读出一份特别的"乡愁"。

如果说自然的意象在薛涛的儿童文学写作中扮演了某种精神"绿洲"的角色，那么它所最终指向的是现代生活和现代童年所亟须的一种家园感。乡愁正起于这一对家园感的渴求。显然，沙漏的"城池"不只是一个悲壮的抵抗符号，它还是被学校和家庭所误解和"遗弃"的女孩沙漏寻求精神安宁和庇护的所在。这座"孤城"是沙漏可以把"精神世界搬到这里"的地方，是女孩心中真正的家园。同样，《打开天窗》里的那个装下了星光、鸟鸣和友情的红顶小楼，让女孩单单真正体会到了"家"的感觉，并在与老木椅和棉布娃的分离中，学会了从心理上接受与母亲的诀别。正是红顶小楼上的这个"家"给孤寂中的单单带来了身体和心灵的双重修复。如果我们仔细阅读薛涛的作品，一定会感受到，这种通常被寄寓在自然意象之上的家园感和乡愁感，构成了作家迄今为止的全部儿童文学写作最为重要的一个精神向度。

但我也想说，激荡在薛涛文字之间的这样一份精神，固然给他笔下的许多童年文本带来了开阔的艺术气象和有力的精神脉息，但有的时候，它的重量也会给面朝童年的特殊的故事叙写带来难以克服的滞赘感。坦率地说，阅读《小城池》多少给我留下了这样的印象。这部小说意在描绘外表叛逆、灵魂丰满的青春期女孩沙漏的"精神城池"，在特殊的成长阶段里，似乎没有人走得近这个城池，而在沙漏所面临的生活境遇中，事实上也没有人在意它的存在。小说淋漓尽致地传达出了青春期少年与整个世界对峙的那种精神感觉。然而，作品安放在沙漏和她的"小城池"之上的精神寓意显然有些滞重，它使沙漏的形象（言行、思想等）有时会溢出一个六年级女孩的思想和体验边界，成为一个更具符号性的少年角色；与此相应地，故事里女孩的"城池"总体上也缺乏一些更凸显生活质地的存在感，作者似乎更乐意于把它作为少年精神领地的一个标志性的象征。我丝毫不否认这样的象征可以成全一部优秀的小说，但对于儿童文学的写作来说，我们还会更期待在这样的象征里，看到更多真实、饱满、动人的童年生活感觉。

也正因为这样，我个人特别欣赏收入这套作品集的《我家的月光电影院》。这部中篇有一个充满诗意同时又浸透了日常生活感觉的中心意象——"月光"，它为小说中发生的一切故事铺开了基本的背景，也为它们涂抹着情感和氛围的基础色调，我们甚至可以说，整篇小说所意在表现的题旨，就是一种月光般澄澈素朴而又俏皮可爱的生活气息、童年感觉以及人间的温情。但在小说中，这样的题旨并没有借任何符号的象征来急切地显示自身，而是如月光般消散、弥漫在文本的各个角落。在张罗自家院子里的"月光电影院"生意的过程中，由父亲、母亲、"我"和好朋友李小蝉分头行事的"画"票、揽票、倒票、查票、"打假"、捉贼等情节，既有不无夸张的戏剧性设计，又全在自然的故事逻辑情理之中，并且充满了现实生活的质感和情味，乃至小说中许多普通的生活对白，读来也常令人回味。小说的叙事对于童年真切的生活感觉和趣味的专注落实到了最小的细节里，有时甚至是一句话、一记动作、一个表情。所有这一切看似轻悄悄地缺乏重量，然而，在我们一家三口为了补贴家用而齐心奔忙的喜剧场景中，在我与李小蝉的铁杆友情中，在我们和杨棵木、宋朝之间因看电影而发生的"恩怨"中，却饱含了日常生活中最真实也最动人的关切、理解和无言的善意。尽管小说中放映"老电影"的场景与当下童年生活之间存在着明显的距离，但它所传达的那种自然的生活情趣和童年韵味，恰恰赋予它一种超越时空的隽永美感。阅读这样的作品，我们真的会感到一种精神寻找到家园的怡悦和满足。

我很期待薛涛在他的为童年而筑的文学城池里，能够给我们带来更多这样的"回家"的感觉。在我看来，这是我们能够向一位儿童文学作家提出的最奢侈的要求。

（原载《文艺报》2013年6月21日）

一种童诗写作的境界
——序林焕彰诗集

林焕彰先生首先是一位诗人,其次是一位儿童诗作家。我这么说并非以为儿童诗在艺术等级上先天地次于一般意义上的诗歌,而是反过来想要强调一种成熟的诗艺对于优秀的儿童诗创作的根本意义。

在我看来,焕彰先生作为一位真正的诗人的气质,在很大程度上影响甚至决定着他的儿童诗写作的艺术高度。这也是为什么他的童诗作品往往能够在童年趣味的点染、童年意境的织造以及童年哲理的表达方面,拥有某种令人耳目一新的风采。

读焕彰先生的许多优秀的童诗作品,我们一方面看到,它们所书写的确乎只是一些属于童年的小趣味、小意境和小哲理,但另一方面,诗人又总能令童年的这些"小格调"焕发出某种不同寻常的诗的精神。

譬如收入这部诗集的《拉锯之歌》,以强烈、分明的歌谣节奏和声韵吟唱童年"拉锯"的游戏,其语言的游戏从内容到形式都透着一种浑然天成的质朴美感。但这简单的游戏又多么像对于人类文明的某种寓言式写照——透过其中承载着从古至今最普遍的一种人类生存讯息的"劳动号子",我们仿佛看到了千百年来人类共同为之尽力的生活。游戏中的"桌椅""滑梯""床铺"和"房子",在更深的层面上也指向对人类来说至为重要的几个基本文化范畴:劳作与憩息、学习与游戏,以及对我们每个人来说都意义重大的家园。"拉锯!拉锯! / 我们先工作,再休息。/拉锯!拉锯!/我们先读书,再游戏。"在这样朴素的吟唱中,我们读到的远不只是一则儿童诗的寓教于乐,更是那最简单直白也最寓意深刻的人类生活精神的自然传递。

从焕彰先生的许多质白拙朴的童诗中,我们都能读出这样的深长韵味。我认为,这样的童诗才华不是经由一般的写作训练就可以达到的,它在根本上有赖于一种从诗神缪斯处直接分得的高贵的诗艺天分。

细数来,焕彰先生写下的优秀童诗作品数量之丰富,风格之多样,足以令作为读者的我们感到惊讶和钦佩。我个人对焕彰先生的童诗有着格外的钟爱,他已在大陆出版的儿童诗作,我基本都细心赏读过,而他的像《影子》《妹妹的红雨鞋》《小猫走路没有声音》等一批佳作,都是我十分喜爱并且常读常新的作品。但他还一直有新作出世,同时更在专注于写诗的同时,将这种诗意的探求拓展到了更开阔的艺术层面。记得2008年春天,焕彰先生来浙江师范大学儿童文化研究院交流,儿童文学方向的研究生、本科生同学以各地方言热情朗诵他的童诗作品。我也是在这次交流中第一次听他提到了"撕贴画"的创作构想。此后,我陆续拜读了他自写自画的多本诗歌集。这些风格别致的插画是对于他的童诗意境和情韵的另一种传达,也以其独特的方式诠释着诗人的别样诗心。他的那样一份似乎永不降温的创造的激情和才华,真正令我感到敬佩。

近些年来,焕彰先生的童诗写作似乎更多了一份游戏式的洒脱。这当然不是说他对童诗的写作有任何的不在意,而是他的在意越来越融化在一种无所羁绊、手到拈来的自由写作姿态中。

我想,这样的洒脱代表了一种境界。它是可以为当代的童诗写作提供方向和灵感的一种境界。

（原载林焕章《我和我的影子》，福建少年儿童出版社 2016 年版）

序《汤汤灵动系列》

2007年年初,汤汤发给我一篇她的新作《守着18个鸡蛋等你》。这是一篇让我眼前一亮,也让我对汤汤的创作开始刮目相看的作品。我给她回邮件说,这是一篇难得的佳作,建议投给一个一流的儿童文学刊物。

当年5月,这篇童话在《儿童文学》杂志以头条位置刊载了出来。

汤汤是一位来自浙江中部一座小县城的小学女教师,她的童话文字透着一种成熟的质朴,但这质朴间又流溢着才情的光华,它的许多看似寻常的述说,通向的往往是一个自出机杼的想象世界。她的作品既在日常生活的逻辑之外开辟幻想的天地,又饱含着人间的深情。正因为这样,汤汤的那些天马行空的童话故事,常常能够格外触动我们内心的情思。

收入这套《汤汤灵动系列》的童话作品,同样呈现了汤汤童话中具有代表性的两种意象,一是自然,二是死亡。作为当代童话最常见的主题之一,自然题材在汤汤的童话中常常透出一种空灵玄奥的气息。她写一个家族的人们与鱼之间的某种生命关联,写一个都市人与鹅、与碧草青青的自然世界之间的血脉系连,写两个古老的藤精对一个他们养育过的孩子的深情,其旨归不是落在自然对人间的美刺和警示上,而是完全走到了人世的外面。这些故事尽管是以日常生活的场景起始的,但随着情节的展开,现实人间的气息越来越趋于消退淡化,取而代之的是另一种遥远得有些空寂、轻灵得有些飘渺的气氛。

这样的气氛也氤氲在她的那些涉及死亡意象的童话作品中。逝去的妈妈化作"琶蕊黛鸶花",守护在女儿身边十二年,逝去的姥姥从死神的看守下冒险逃出,为了回来看一眼心爱的孙女,这些故事的场景看似设置在人间,却不知怎么会令我们生出一种脱却尘寰之感。和《守着18个鸡蛋等你》这样的早期作品相比,收入本书的汤汤童话似乎朝着玄想的路子走得更深远了一些。

与童话相比,汤汤的短篇儿童小说则显出一种与少年生活、心理、情感的贴近感。她的儿童小说的题材相对狭窄,除了一部分介于童话和小说之间的带有玄想成分的故事之外,其作品所书写的主要是与校园生活密切相关的事件,其中包括少年期某种特殊的叛逆和游戏心理,少女成长中不为人觉察的敏感和自卑,青春期某种单纯青涩的情感萌发,以及从社会蔓延至校园的某种早熟的世故。看得出来,这其中既融入了作者本人的成长体验,也包括了她在自己的教学生涯中所积累的不少素材。

较为成熟的文学运笔能力使汤汤的儿童小说一旦落笔就达到一定的水准,然而从我们对于优秀儿童小说的艺术期待来说,这些作品在题材上也许稍嫌狭窄,在故事上也显得过于着实,相比之下,她在童话创作上的优势显然更胜一筹。

坦白地说,从收入这套作品集的汤汤的童话和小说作品来看,我们还可以对汤汤的创作怀有更高的期待。当然,这是对于一位优秀的儿童文学写作者的不无挑剔的期待。就我个人看来,近年汤汤发表的童话越来越走向了一种偏于安房直子式的空灵的幻想,这其中也包括她鬼故事系列中的若干作品,而她的儿童小说则尚未习惯熟练地以文学的方式来安排生活的故事，因而在直接攫取生活题材的同时，不免显得有些局促。应该说，幻想本身并非坏事，但对于幻想本身的迷恋和耽溺，却容易使童话作品在精神上呈现出一种缺乏地气滋养的苍白；同样，小说对生活的切近本身也并无不妥，但如果这种切近不能由生活中抽离出来，从一个更高的思想和艺术的视点再进入生活，那么它也很可能会仅仅成为一种普通的生活"复写"。从这个意义上说，我更欣赏汤汤早期童话所显示出的那份灵动的想象力与坚实的生活质感之间的完好融合。

汤汤毫无疑问是一位有着珍贵的写作感觉的儿童文学作家，她的所有作品在叙述和语言上都给人以精致之感，然而我想，作家的所有这些精致的语言作品，以及她的所有才情，还等待着一种更为宽阔、深厚的思想和情怀的充实与拓展。而这一拓展显然需要更多的时间和练习。所以，我很希望在今天这样一个难以撇去急躁的写作和出版的年代里，汤汤的写作可以更"慢"一些，并在这"慢"里仔细琢磨出一批能够真正被人们长久地记住的作品。事实上，这不仅仅是我对于汤汤这样一位作家的期待，可能也是人们对于当前正处于蓬勃期的整个儿童文学写作事业的一种期望。

2011年12月18日于浙江师范大学红楼

（原载汤汤《汤汤灵动系列》，新蕾出版社2012年版）

诗是灵魂的事情
——序顾军编选《漫游诗歌花园》

两年多前，在一次浙江师范大学红楼儿童文学新作研讨会后，顾军女士告诉我，她正着手为少儿读者编一个诗歌选本，其中拟收入一批她最为欣赏并且想要推荐给孩子们的诗歌作品。我的第一感觉是，她不是把这件事情当成一桩任务，而是当作一种乐趣、一件乐事在做。这也让我对她的这个选本充满了特别的期待。

不过，我原以为这会是一本以儿童诗为主的选集，收到书稿时才发现，诗集中的大多数作品乃是一般意义上的诗歌，儿童诗只占了其中的一小部分。这意味着，本书预备提供给孩子们的，乃是一种完全意义上的诗歌阅读。作为编选者，顾军不是把它当作一本普通的少儿诗集来看待，而是想要通过它，把一种属于全人类的诗的文化和精神，带到当代童年的阅读视野中。

这一意识促使我调整对顾军的这项工作的看法，并更加理解了她在诗选作品的甄选取舍和安排布局方面所付予的诸多用心。选集有意打破常例，将中外古体诗（尤其是中国古诗）与自由诗、散文诗一道依特定的题旨加以编排组合。编选者以"春""夏""秋""冬"四个季节将所有入选的诗歌作品依其主旨、情感、意象等分为四辑，每一辑除了收入应季应景的诗作外，也包含了对这一季节所喻指的生命阶段的吟唱，比如童年、青春、爱情、生命、回忆、死亡，等等。显然，编选者也希望通过这样安排诗歌作品的方式，来传达、显示属于诗与生命的某种根本精神与内在关联。从新鲜而雀跃的春日，经过蓬勃而热烈的夏天，又经过丰饶而沉思的秋季，最后来到安详而宁静的冬天——将这本诗集从头至尾读完，我们仿佛翻阅了生命从始至终的一次旅程，而说到底，诗歌不正是对这循环往复而又独一无二的生命旅程的吟唱吗？

生命之树常青，而诗之歌也常新。为此，编选者有意将一些具有显在阅读可比性的诗歌排放在一起，比如古米廖夫的《童年》与绿原的《小时候》，比如索德格朗的《星星》、谢尔·希尔弗斯坦的《总得有人去擦星星》和米斯特拉尔的《对星星的诺言》，再比如普希金的《假如生活欺骗了你》和海涅的《我的心，你不要忧悒……》，等等。这些作品为孩子们提供了一个诗歌比较阅读的机会，同时也让他们看到，虽然这同一个世界，你我他都居住过，这同一个生命，你我他都在度过，但在诗的国度里，这亘古的世界和生活，恰恰有着吟唱不尽的新意。

这是诗的意义，也是诗艺的妙处。而这意义和妙处的呈现，则在很大程度上有赖于编者本人的艺术感受力和判断力。也就是说，这些诗歌的选择，首先不是依据任何抽象的观念统领，而是以生动、贴近的阅读体验为依循的。我相信，正是这切身的阅读感受比其他编选意图更指引着顾军的这一工作，也在根本上决定着这个选本的艺术质量。我从选录其中的许多诗歌里，看到了顾军对诗的艺术、对诗歌精神以及对儿童读诗的意义的深入体悟。很多时候，仅是阅览诗歌的题名，我们就能感受到这个选本的某种精神气魄：《统一》（聂鲁达）、《我来到这个世界为的是看太阳》（巴尔蒙特）、《愿世界永远有太阳》（列·奥沙宁）、《生命》（特里莎修女）、《你不要挤，世界那么大》

（查尔斯·狄更斯）、《多美呵》（英贝尔）、《世上每个人都特别有意思》（叶夫图申科）……这是我个人非常喜欢的一些诗歌，我觉得，这样的诗，有一种能够令人的呼吸、目光和心灵为之舒张的力量——这也是童年时代最需要培育的一种力量。

然而，在将偌大的世界展开在孩子们面前的同时，编者并没有把童年自己的小世界抛在身后。收入选本的《需要什么》（罗大里）、《打》（希尔弗斯坦）、《坐椅子》（米尔恩）、《进城怎么走法》（丹尼斯·李）、《不应当只记得》（金波）等童诗，让我们看到了童年如何将奇妙的想象和活泼的诗意带到我们的大世界里，看到小时候单纯的欢乐和智慧怎样启迪着我们的大生活。编者有意将这些童诗与其他诗歌排在同一队列，这似乎也是提醒我们，童年不是从生命的大地图上割出的一小片时空，它就在广阔的世界之中，在丰富的生活之中，而且以它独特的简约、单纯与这广阔、丰富彼此映衬、交会、相融。

我注意到，选本中那些一定也曾滋养过顾军女士本人的少年和青春岁月的诗歌：《无题》（卞之琳）、《偶然》（徐志摩）、《烦忧》（戴望舒）、《一代人》（顾城）、《所有的日子都来吧》（王蒙）、《面朝大海，春暖花开》（海子）、《我的信仰》（席慕蓉）、《乘着歌声的翅膀》（海涅）、《我愿意是急流》（裴多菲）、《往日的时光》（罗伯特·彭斯）……对于一代人而言，这些诗歌给年少的灵魂带去过最初的战栗，相信那种灵魂的翅膀开始舒张翕动的声音，到今天还清晰地留在感官的回忆里。它使我们深深意识到，少年时代所获得的诗的启蒙，是如何长久地营养着我们未来的成长。在为少年朋友们选取这些诗歌的时候，顾军也许怀着与诗人何其芳一样的心情，那就是让"所有使我像草一样颤抖过的／快乐或者好的思想，

/都变成声音飞到四面八方去"(《我为少男少女们歌唱》)。

  从这个意义上说,《漫游诗歌花园》不但是一本个性化的诗歌选集,也是一部个体化的诗歌选本,它带着编者生命的热度,并且想要以这热度,去点亮和温暖更多人的生活。顾军把这些带有她自己体温的诗歌特别献给了少年朋友们,她或许期待着,通过在童年的阅读中努力召回诗的传统和精神,我们也能使童年的生命获得一种与诗有关的力量和气度。因为说到底,诗是关于灵魂的事情。

2013年9月16日于浙江师范大学红楼

(原载顾军编选《漫游诗歌花园》,海豚出版社2014年版)

分享阅读的快乐和幸福
——序《小人儿由由》

十五年前,我第一次读到由由的故事,就喜欢上了这个天真可爱的小姑娘,喜爱上了这个顽皮活泼的小丫头身上发生的一个又一个故事。我买了二十本《小人儿由由》,兴奋异常地逮着谁就送给谁一本:"看看吧,一个可爱的小丫头的故事。""看看吧,一个中国版的长袜子皮皮的故事。"

那些日子,我几乎成了一个十分夸张的《小人儿由由》的义务广告人。

不久,各种反馈陆续传来——"方老师,你送的书我女儿喜欢极了,一边看一边笑。""方叔叔,你那里还有这样好看的书吗?"有一位小学语文老师告诉我,她的班上人人都在传看由由的故事。

这本书中的故事发生的时候,由由还是个三岁到六岁的幼童。书中的一个个小故事自然而又多侧面地展示了由由自由活泼的天性和美好善良的品质。是的,由由出了许多洋相,闹了不少笑话,但是,正是从这些洋相和笑话中,我们感受到了一个天真生命的成长,感受到了这种成长过程中所包含的许多美好而又温暖的人生内容。

小人儿由由的故事把一种蓬勃的游戏精神带入到了中国当代低幼儿童文学的写作中,十五年前,这些故事刚刚开始出版的时候,它们所散发出的童趣、幽默和快乐的讯息,代表了这个写作领域的一股很新鲜的力量。而在我看来，这部作品更珍贵的地方还在于，作者在着力书写和渲染幼儿生活世界中各种可爱的想法和行为、烦恼和尴尬的同时，始终坚持着对于一些积极的童年价值的守护，这些价值不是一般的儿童道德规范，而是童年所自然持有的对于周围世界的一份单纯的好奇心与关切感、一种独特的创造力和参与意识。因此，阅读这些故事，我们所获得的不仅仅是观看童年游戏的快感，更是对于童年所独有的那份天然、率真、活泼、淳善的生命美感的欣赏和领会。

也许正因为如此，十五年过去了，我们再来阅读由由的故事，依然会打心底里喜欢上这个古灵精怪而又善良可爱的小人儿。

现在，这本大家喜爱的书经过作者的修改，由浙江少年儿童出版社重新出版。在这里，我特别高兴向读者推荐这本我喜爱的书——让我们一起分享阅读这本书的快乐和幸福吧！

（原载郝月梅《小人儿由由》，浙江少年儿童出版社2013年版）

走不出的故乡
——序《爷爷的故乡》

初读爱薇女士的长篇新作《爷爷的故乡》，我在想，作家是把属于无数早期马来西亚华人的一个缱绻缠绵而又铭心刻骨的乡愁情结，以儿童小说的方式书写和记录了下来。

小说中的少年俊杰跟随阿公回返的中国福建省，也正是作家本人的祖籍地，因此，谈及这片土地的人文历史、风物人情以及文化遗产的种种，作者的笔触总是透着一份如数家珍般的亲切与自豪。我想，这或许也是许多早期移民的马来西亚华人在念及少小作别的故乡时总会滋生出的一种集体情愫。从这个意义上说，这部小说不仅仅是一部普通的故乡题材的儿童文学作品，也是一部包含了丰富的历史文化记忆与民族情感的叙事作品。因此，小说中少年俊杰的阿公心心系念的家园，在显而易见的地理故乡意义之外，更被赋予了一种典型的文化故乡的标识与深情。

这一内在的情愫注定了小说的叙事虽然起于当下，却必然要超越当下的时间，向遥远的历史记忆自然地延伸出它的触角。对于重回故土的阿公来说，触目皆是往事的回忆，而这些回忆既包括属于一个小家族的相对私己化的生活体验，也指向着一个文化族群的公共记忆。"卖猪仔""下南洋"，那迫使阿公远离故乡的年代所记录的是一段同属于个人和民族的辛酸的历史。从那时起，"回家"对于无数与阿公同命运的马来西亚华人而言,就成为艰难的生活打拼中的一个奢侈心愿。只有真正进入这一历史的背景,才能理解小说中这样一次回家的旅程对于阿公而言具有多么特殊和重大的意义。执着于回乡的阿公不仅是为了在有生之年为逝去的母亲再尽孝道,也是为了重回那片记忆中魂牵梦萦的母亲般的故土。对于人类来说,这份乡愁几乎表现为一种无法抗拒的生物性的冲动,年岁愈长,这一乡愁的感受也愈见强烈。我想,对于早期旅居海外的许多华人来说,小说中阿公的经历和感受,大概代表了一种具有高度共通性的乡愁经验。

然而,这部作品所关心的远不只是一种乡愁感的抒发,也不仅仅是一种历史感的追怀。我们看到,面对故土的一切,在阿公怀旧的目光背后,还有着另一双完全不同的观察的眼睛,那就是来自马来西亚华人少年俊杰的独特视角。对于这个只是从书本的学习、长辈的回忆、同伴的流言和一些日常生活的细节中懵懂了解阿公故乡的少年来说,跟随阿公的这趟旅行既代表了某种精神和文化上的寻根隐喻,又是一次全然陌生的文化交会和碰撞的过程。

作为一名地道的马来西亚少年,俊杰对于这一自我身份的认同感是不言而喻的。出发前,他从同学处道听途说了中国的"脏乱""落后"与那里的穷亲戚的"贪婪";初下机场,他和堂妹小嫔又对这里通用的"面包车""师傅""卡车"等"奇怪的名称"感到百般纳闷。此后俊杰的一路行程始终伴随着这一新奇和纳闷相交织的心理感觉,而他的所见所闻则不断地印证或推翻着他对这片土地的各种成见。这一切使得这部少年小说带上了鲜明的跨文化色彩。从俊杰和小嫔踏上中国福建的土地开始,他们就经历着本土和异国文化之间从景观、物产、语言到生活习惯等各个层面的频繁碰撞。这碰撞中包含了不同文化之间的差异，更包含了不同文化之间的理解和沟通。对于两个孩子而言，阿公的故土意味着一方不无"神秘"的领地，而与阿公的归乡路相比，走在这里对他们来说更是一个接触和理解异国文化的过程。

但这个过程又不应该被理解为简单的少年异国游记。毕竟，俊杰行走于其上的并不是一方普通的异域乡土，而是他的先辈们曾经长久地劳作和生活于其中的故乡。而作为马来西亚华人的后裔，俊杰一代的身上仍然保存着由这片故土孕育而来的无数华人文化的痕迹。小说起始处关于马来西亚华人节庆传统的叙述，便透着浓郁的中华传统文化气息。因此，对于阿公的故乡来说，俊杰一代并非真正的异乡人，他们身上某些文化的根须，仍然牢牢地牵系着这片遥远而陌生的土地，尽管这种牵系感显然也在不断减少。从老一辈马来西亚华人身上，我们看到了保存这种文化牵系的艰难而又珍贵的努力。比如，小说中阿公曾谈到今天马来西亚的年轻华人越来越丢掉了长辈从故土带来的方言文化，对此，他的决心是，至少要在家里延续家乡的"方言"，"如果不这样，他们很快就忘了自己的根"。

在我看来，这一有关文化的"根"的意识，是这部小说另一个重要的题眼，也是小说乡愁的另一重深刻的意义所在。在这里，"根"并非完全指从故乡原样移植过来的华人文化，而是指马来西亚华人在移居异乡之后逐渐创立起来的自己的文化传统，而华人文化正是这一传统的必要构成部分。因此，小说借长辈之口向小杰介绍了陈嘉庚、陈六使、林连玉等对包括马来西亚地区在内的华人移民群体的文化保存做出过重要贡献的历史人物，肉骨茶等从特殊年代马来西亚华人的艰难生活中诞生而来的独特饮食文化，以及"南管"这样随着华人移民的到来而在东南亚地区广为传播的华人民间艺术，等等。所有这些穿插于对话间的文化知识面向的隐含观众，其实是俊杰这样的年轻一代。在这些可能不无说教意味的文字中，我们可以感到小说的作者深深关切着由马来西亚华人创造的独特文化的代际绵延，以及与此相关的一种独特的马来西亚华人文化身份感的代际延续。这是这部小说超越一般少年游记的根本之处。

这一文化的纪念中蕴含着这样一个重要的意思：每一个族群自己创造的文化，都是这个族群中的人们不应该离弃的那个精神的"故乡"。对于从过去艰难的生活环境中打拼出来，至今仍然需要在一种充满艰难的文化环境中生存的马来西亚华人来说，这一体认显得尤为重要，与此相应的文化保存实践也因此而更显出它的特殊意义。

我与爱薇女士相识已有二十余年。作为马来西亚华人儿童文学界重要的代表作家之一，多年来，爱薇女士一直在马来西亚坚持和推广华文儿童文学的写作。她以这样一种坚守的姿态传递着她对于马来西亚华人文化传统的至深关切。我由衷地敬佩她的这份文化守望的勇气和执着。我想，中国的少年读者们也能够从这样的故事里，读到全世界华人所共同拥有的那个大文化脉络在另一方水土中默默成长的生动气息。

2013年1月27日于浙江师范大学红楼

（原载《文艺报》2013年3月13日）

序《真正的陪伴：爸爸教育孩子的9个关键词》

我是一口气读完了《真正的陪伴：爸爸教育孩子的9个关键词》一书的书稿。这是一部带有育儿手札性质的著作，作者张贵勇先生既是教育媒体领域的一位优秀记者，也是生活中一位优秀的父亲。我听说他的这些文章，大部分都是发表在博客上的育儿体会和感受。在烦冗的工作之外，他不但匀出时间陪伴他的孩子，而且有心地记录着与孩子在一起的点滴感受和思考，更把这样一种看似微不足道的写作行为一直坚持了下来，着实令人钦佩。显然，这样的写作不但源自作者对儿童教育的充沛热情和独到思考，更源自一颗深爱着孩子的父亲的心。

结合自己的育儿经验，作者为孩子的成长总结出了九个关键词：阅读、运动、陪伴、榜样、游戏、情商、学习、大自然、学校教育。我以为，对孩子的教育和成长而言，这九个关键词非常重要，它们构成了一个相对独特、完整、有机的儿童教育的观念体系，其中有些关键词，比如运动、陪伴、大自然等，显然也是今天的童年生活和成长中越来越缺乏的教育元素和资源。贵勇有着多年的教育采访工作经验，对许多当代教育问题也倾注了长期的关注，在他提出的这九个关键词中，包含着深刻的现代教育精神和智慧，也包含着对于当前一些儿童教育问题的关切和反思。

不过，如果仅以理论的方面而论，那么我们从许多其他的教育论著和育儿书籍中，也可以读到不少相似的论说。事实上，阅读这本书，最吸引我的还不是作者就儿童的各类教育问题展开的理论思考和总结，而是他在与自己的孩子相伴的这些岁月里，他们彼此所付出和体验到的那份发自内心的快乐和爱。正是诞生在一个父亲和孩子之间的这样一份真挚的欢乐和爱，赋予了书中的教育论说以一种动人的温度，它不是一个科学的教育工作者在客观地总结孩子的教育和成长规律，而是一位全情投入的父亲在向世人展示自己与孩子的彼此教育与共同成长的过程。

在我看来，使这本书变得最为与众不同的，是与作者本人真实的家庭生活体验联系在一起的那份生动的教育在场感和深浓的亲子之爱。它赋予了这本教育手札以一种怡人的亲切之感，也赋予了其中的教育智慧以一种日常生活的真实体温。在谈到教育的许多经验和体会时，作者的许多文字其实不是说理性的，而是抒情性的，它首先是对于作者本人曾体验过的那些美好、动人的亲子生活场景的充满深情的书写。比如谈到阅读对孩子成长的意义，其中最触动我的不是关于阅读功能与意义的任何理论性的阐说，而是那个在被孩子冰雹般的问题砸得手忙脚乱的同时，仍然坚持每天和孩子一起读书、一起分享阅读快乐的父亲的身影，还有那个不管多晚都等待着父亲归来与他一起完成共读约定的孩子的身影。在这里，阅读不但被表述为一个有效的教育途径，更成全了父亲和孩子生命中最珍贵的一段时光和记忆。

我特别喜欢该书每一章最后所附的"成长片段"部分。这些记录着孩子诗意的日常言行和动人的成长瞬间的文字，是这本著作中可以当作"诗"来读的一个部分。只有那些对孩子满怀挚爱的父母们，在与孩子的朝夕相处中，才能捕捉住这么多一闪而过的成长的小碎影，并且懂得从这些碎影的折射中去理解和学习那个光彩熠熠的童年的世界。它让我想起意大利哲学家、心理学家皮耶罗·费鲁奇的著作《孩子是个哲学家》。这本以作者本人对自己孩子的日常生活观察为思考触发点的儿童哲学小书，让我们看到了成人除了能从孩子身上发现孩子自己的世界之外，他们还能够从这个世界里学到什么。就此，我们也可以说，《真正的陪伴：爸爸教育孩子的9个关键词》不是要教人们如何教育孩子，而是要告诉人们如何与孩子一起建造一种美好的生活——而我相信，把教育还原为美好的生活，这正是教育最应有的本义。

在今天的家庭教育背景下，《真正的陪伴：爸爸教育孩子的9个关键词》还有一个特别的教育意义：它出自一位父亲之手。这样，这本书在探讨一般的家庭教育方式之外，又多了另一重富于当下性的教育意义，那就是关于父亲在孩子的成长中能够以及应该扮演什么样的角色的思考。这是一个意义重大的家庭教育课题；贵勇以他的亲身实践，向我们展示了父亲如何担任着孩子成长中的陪伴者、守护者和分享者的角色。相信父亲们读完这本书，一定也会觉得受益匪浅。

2014年1月22日于浙江师范大学红楼

（原载张贵勇《真正的陪伴：爸爸教育孩子的9个关键词》，中央编译出版社2014年版）

少年写作最富价值的内涵
——序《窗外飘过两朵蝴蝶云》

我认为,少儿写作作为一种特殊的创作现象,其写作的标准和意义较之一般的成人写作有所不同。对少年儿童来说,这样的写作主要还是一种语言、情感和艺术表达的练习。因此,很多时候,我们也会比较自觉地从"练习"的标准和角度,来欣赏、评价这类写作的文字。

但是,另一方面,这些练习里也常常可能隐藏着某些独一无二或一般成人写作所无法替代的内容,例如,它们可能记录了某些成人笔墨难以抵达的少年儿童最本真的生活、情感和心性,它们也可能以孩子才会有的自然和率真,为我们提供观察世事的另一种别致而又发人深省的视角。

读饶芷华、饶芸华姊妹的这些博文,我的一个深刻的印象,就是她们文字间透露出的那份孩提时代的率真气息。

两位小姑娘显然经受过良好的写作语言训练,在同龄人中,她们的文字感觉是比较漂亮的,也是比较成熟的。然而,令我感到欣喜的是,这种极容易导致语言和情感的标准化模式的写作训练,丝毫没有磨去孩子天真的性情,相反,倒是孩子单纯的目光、真诚的心性,赋予了她们的习作以一份难得的真实、清新、生动、有时甚至是颇为深厚的蕴含。小作者写日常生活中的人事见闻,写自己与家人、老师、同学以及陌生人的相处片段,其不事雕饰的真情,最是令我感动。比如《意外的委屈》一文,写"我"与妈妈之间因爱的误会而发生的矛盾和争执，在不无孩子气的叙说中讲述家庭生活的琐事和母女关系的小情感，写出了日常生活里平淡、真切而动人的滋味。我们从这些文字中也常可见到小作者对事物的细致观察和生动叙写，比如，"姥姥顺手拿起一块毛巾，拂了拂床沿，灰尘像风吹了的蒲公英一样，漫天飞舞"，这个风吹蒲公英的不无夸张的比喻，形象而生动地渲染了姥姥留守的旧居的"破败"。还有那些情感充沛而又富于文化气息的记游文字，不但展示了两姐妹的文字表达能力，也常常体现出一份少年"观看"世界的视野和情怀。

童年的心灵也渴望着来自大人们的理解。《孩子的委屈》写出了对总是"不满意"的父母们的意见和期望，《小宅女的理由》写下了忽然得知自己将被送往异域求学时的惶惑心情，《不该的掌声》则以一种引人注目的坦率笔法，写出了孩子们与那些他们并不喜欢的老师之间的某种颇为复杂的情感，文中交织着的那种没能找到确定答案的复杂心情，令回应的网友也生出了"说不清""不知道"的感慨。

少儿习作能写出这种说不清、道不明的生活感觉，实在难得。而这样的处理复杂情感的能力，还表现在《愿她有个温暖的家》《卖水的小姑娘》《消失的灯笼树》等一些题材较为特别的文章中。在这些文字里，作者毫不隐藏自己眼中看到的生活和社会的阴暗和复杂。那个被迫为别人乞讨的小女孩，那个用更高的价格卖水的小姑娘，还有奶奶那株因为可以用来帮别人治病而被偷走的灯笼树，让"我"体味到了同情的某种更为复杂的滋味。也正因为这样，"我"的不后悔的肯定回答和奶奶最后仍然想着别人的自言自语，读来更富于情感的冲击。这其中，《消失的灯笼树》是我最喜欢的作品之一，它拥有一个很具文学气质的结尾，看似简单的收尾,却饱含语意,充满张力。我们看到,这其中有生活的令人不愉快的一面,却没有故作老气的愤世嫉俗,没有强赋愁词的悲情失意,相反,少年清澈的目光和真诚的文字带着我们越过世俗的污浊,去看见一种仍以纯真为本质的生活。

我以为,这份纯真的孩子气,正是少儿写作最有价值的内涵。

这对孪生姊妹的母亲,也是我结识有年的同行编辑。早听说她有这么一对优秀可爱的女儿,现在读到她们的文字,令我欢喜不已。借这篇短序,我也要向这对富有灵气的姊妹送上诚挚美好的祝福!

(原载饶芷华、饶芸华《窗外飘过两朵蝴蝶云》,福建少年儿童出版社2014年版)

序《给孩子的哲学探险故事》

读海天《给孩子的哲学探险故事》这部作品，我很容易就联想到了挪威作家乔斯坦·贾德的《苏菲的世界》。它们无疑都属于同一类体式鲜明、风格独特的少年哲学小说。与许多同样涉及哲学话题的当代少儿小说相比，这类作品的旨趣不仅在于通过虚构的故事阐明某些生活的哲理感悟或思考，更是直接以哲学知识的呈现、辩说、解释等为自觉的写作追求。

这一点，通过本书目录就能清楚地看到。"世界是实体还是虚空""世界的本原是什么""世界是彼此孤立还是充满联系的""世界的运动是无序的还是发展的""主观唯心主义""客观唯心主义""唯物主义""人可以永生吗"……

就像乔斯坦·贾德试图在苏菲的冒险故事里安放进一部西方哲学史一样，作者海天也在尝试使他的这部"寻宝"故事同时成为一部启蒙性的哲学知识集。孔子、柏拉图、亚里士多德、帕斯卡尔、罗素、霍金，物质与精神、实体与虚空、矛与盾、生与死，当这些哲学家名字与哲学词汇在一部少年小说中密集地出现，我们知道，作者正在铺开的，是一个多么重大而又充满难度的写作话题。在这里，需要关注和处理的不仅是小说叙述本身的线索和肌理、结构与节奏，更包括这一叙述与知识解说之间存在的某种难以解决的矛盾。

小说的核心是叙事，它可以用来直接"解说"知识吗？或者说，当小说的叙述声音开始承担"解说"的任务,它还是小说吗?

显然,作者海天在努力探寻和建立两者之间的关联。《给孩子的哲学探险故事》,一方面是充满悬念的"寻宝"故事,另一方面则是开阔辽远的哲学课堂。故事里神秘的"自由男神",既扮演着探险故事中必不可少的悬念制造者角色,同时又承担着两个少年的哲学知识启蒙者的角色。由他发起的寻宝迷宫,对两个少年主角来说,既构成了一场场富于挑战的游戏,也是一次次探求新知识的学习。

在我看来,因为有了悬念的支撑,整个故事虽然遍布哲学知识的讲解,读来却不乏引人入胜之处。"自由男神"何许人也?他跟奇奇之间有什么样的联系?他的"迷宫"是一个什么样的游戏?他要送给奇奇的礼物究竟是什么?这些悬念推动着奇奇和妙妙的每一次行动,也不断牵引着读者的关切。同时,那些在生动的生活和游戏过程中向孩子们逐渐展开的哲学知识,既因其与生活和游戏的联系而变得具象起来,又令小说带上了一种十分奇特的风味。

当然,这样的写作本身就意味着一场不同寻常的冒险。除了哲学知识的解说意图不时对小说悬念和叙述统一性、合理性的实现构成障碍外,更大的挑战或许是,对于这些哲学知识的解说本身,可能也处处充满了危险和陷阱。

奇奇、妙妙和"自由男神"谈论的每一个哲学问题,都不仅是一个问题,而是蛛网般地关联、触动着无数相关的思考和探讨。它们是广泛的,同时也是深刻的。要用相对通俗的语言完成对它们的解释,无疑对作者构成了写作上的挑战和考验,稍有不慎,甚至不知不觉中,就可能滑向对于知识的某种误会或简化。更进一步,许多哲学问题本身就是存在争论的历史,而且迄今也无定论;更有一些疑问,其根本的价值便不在于答案本身,而在于人类思考本身的绵延不绝。在这个过程中,作者既要把握知识解说的质的准确性,也要把握这种解说的度的准确性,实属不易。

所以我读此书,既对作者的勇气和见识心生佩服,也对其中一些哲学的思考和解说,产生了进一步思考探究的兴致和念头。在我看来,小说的这种写作的体式,迄今还在不断的探索中,还有许多有待探讨的话题。海天的这部作品,除了呈现童年时代的哲学思考,或许也为这类少年小说的艺术创作,提供了有益的启迪。

又或许,阅读这样的作品,本身就不是为了寻求问题的答案,而是为了更多地激发起少年朋友对哲学知识和哲学思考的兴趣。那些遍布字里行间的思索和探究,如果成为故事之外少年朋友们继续思考的起点,那么作者的写作用心,就一定会得到更加动人的实现。

2020 年 4 月 26 日于剑桥

(原载海天《给孩子的哲学探险故事》,北京联合出版公司 2020 年版)

童心、诗心与儿童文学的故事艺术
——读张炜儿童小说《少年与海》

1997年底，我在山东省作家协会的儿童文学年会上与张炜先生结识。十多年来我们偶有联系，不常见面，但作为一位读者，我从张炜的文学作品和他的艺术思想中获得了许多阅读的乐趣和感悟；而作为一名儿童文学研究者，我对张炜在他的散文中曾多次笔涉的童年生活，则更是充满了探询的兴趣。2012年，一家文艺理论刊物邀我主持一个儿童文学研究栏目，我首先便想到了张炜先生。那一年，张炜正好出版了他的儿童小说新作《半岛哈里哈气》系列。应我的邀约，他为该栏目第一期撰写了题为《诗心和童心》的专稿。这篇情感丰沛、充满诗意的文稿，诠释了作家张炜对童年、文学以及儿童文学的艺术与精神的深刻见解，它包含了一位作家在尽阅世事的繁芜之后，试图从迷离的生活中析取出那个诗意的核心，从复杂的人性中析取出那个纯真的核心的努力。"童年的纯真里有生命的原本质地，这正是生命的深度"[1]，这样的表达或许让我们想起了本雅明对陀思妥耶夫斯基小说精神的指认。因此，张炜并不把儿童文学当作一种异质的文学，或者把儿童文学的写作当作一种异质的写作，而是在他的关于童年的书写中探寻着生活的某种本质之美以及人性的某种本真内涵。

2014年，安徽少年儿童出版社出版了张炜的又一部儿童小说新作《少年与海》。阅读这部由《小爱物》《蘑菇婆婆》《卖礼数的狍子》等五个章节构成的长篇小说,我们可以更鲜明地体会到作家所说的"诗心"和"童心"如何在一种有关童年生活的叙事中得到淋漓尽致的传达,又如何将这些童年生活的日常故事提升至"诗"与"美"的境界。小说本身就是一阙诗意的海边童年生活牧歌。在精力过剩的少年时代,"我"与虎头、小双这三个男孩忙碌地探询着海边生活的各种秘闻轶事,也在这一过程中悄然接收、吸纳着来自大海和林地的丰厚滋养。他们在这里结识了充满奇趣的海边人事,也领略着人与海、与自然、与天地融为一体的生存感觉。这里有绰号"见风倒"的护园人与被孩子们昵称作"小爱物"的林间"小妖怪"之间的朦胧情爱,人们口中由妖怪"闪化"而来的蘑菇婆婆与老歪、老熊之间的恩怨纠葛,被人们认作"狍子精"的林间老人和他的奇妙"礼数",还有从伍伯和他的镶牙馆流传出来的各样动物故事……童年的泛灵视角赋予小说的叙事以一种亦真亦幻的质地。正是因为经过这一视角的过滤,小说中的海边生活被赋予了一份生动的奇趣。我们看到,这个源自"童心"的视角能够从普通的生活里发现最新鲜的诗意,同时又懂得以天然的善意来理解和对待生活本身。这也正是那尚未从天真状态剥离出来的"童心"的质地。

  实际上,在《少年与海》里,这一视角不仅仅属于孩子,也属于成人。故事中的海边人似乎都沉浸在一种尚未与自然割裂的生活感觉里。在人们关于老歪与老熊"不二掌"之间隔世恩怨的传说中,在二转儿关于自己如何与狍子精相遇的叙述中,在伍伯关于前来镶牙的各样动物的亲身讲述中,我们看到了一个在人们眼中还保留着活泼的生命感的自然世界,或者说,它就是人们自己生活于其中的这个世界的一部分。诚如作家所说:"我们的敏感,对自然的莫名的感激,更有一些趣味和向往，如今都离我们非常遥远了。"[2]那么《少年与海》所描写的恰恰是这样的敏感、感激和趣味尚未离我们远去的时候。那些关于海边精怪、林间小妖以及山野动物的奇异故事被糅合入海边人的日常生活，人与野地、野物之间也以这样的方式展开着彼此的交流、对话。小说中的野地秘事因此而染上了生活的亲切和淳朴气息，小说中的海边生活也因此而拥有了一种奇幻、灵动的韵味。

这份"诗心"与"童心"彼此相映的独特趣味，一直贯穿到小说的语言表达层面。这部小说采用了海边少年"我"的第一人称叙事，与这一叙事人称相应，其叙述语言也透着一派孩童的天真。例如，作家这样描写"我们"眼中的世界："小蜥蜴四处乱瞅，猫就把它们逮住了。"[3]"这里的夜晚星星大，没有月亮时就格外大。"[4]看似简单而不无稚气的描述，恰恰烘托出童年心理和语言的天然情味。这是纯朴到了极致的诗的语言，让人想起萧红笔下的呼兰河畔生活。再比如孩子们听了老万的胡诌之后，对"见风倒"到底是男是女的问题生出的猜疑："可是我们都想弄清'见风倒'到底是男是女——当我们凑近了端量时，觉得他绝对是男的：嘴唇上有一层黄黄的小绒胡。不过有一点不妙：他的眉毛又细又弯，这可是个问题。"[5]这样稚气而认真的考证与猜疑，完全是孩子才有的心性。

需要强调的是，小说对于"童心"的如此书写，所着力传达的远不只是童年稚气的情趣。透过童年的目光和心性，我们不只看到了童年看待世界和生活的纯真意趣，更看到了经由这一纯真之眼所抵达的对于那被俗世欲望和功利熏染了的日常生活的诗意。比如"我"对于老歪提出的"海边日子为什么过得太快"这个问题的感叹："原来他一个人住在泥屋中,远离村子,一天到晚净琢磨这样的大事!原来他不是在这里等死,而是想着海边日子为什么过得忒快——这才是顶要紧的大事啊!"[6]"海边日子过得忒快",这实在是一项于生活的实利无所助益的莫名烦恼,但正是这被许多疲于生计奔波的现代人遗忘了的时间焦虑,恰恰包含了人的存在感的某种根本体验。"我"叹服于老歪"一天到晚净琢磨这样的大事",真心认为"这才是顶要紧的大事啊",这叹服的表层满是未更世事的孩童稚气,然而深入下去,我们却能从它的孩子式的天真里读出一种纯净的生命诗意。在这里,"童心"本身成为"诗心"的一种表达。

《少年与海》是一部艺术性很强的儿童小说,它的叙述,它的描写以及它对海边日子、野地生活质感的把握与呈现,包括小说中恰到好处地流露出的童趣和幽默,都让我们感觉到这是一个精致的艺术作品。我们可以说,张炜的这部作品展示并证明了儿童小说可以抵达毫不逊于成人文学的文学性的高度。

但从儿童文学的接受层面,我对张炜的儿童小说创作还怀有另一份期待。我们知道,作为一个特殊的文学类型,儿童文学是文学性与儿童性彼此塑造的结果。在这里,"文学性"与"儿童性"的关系是一个相反相成的悖论——在儿童文学的创作中,每当由于作者才情和文学功力的不逮而造成文学性缺失时,我们一定会格外强调文学性在其中的重要意义;反过来,当我们发现某种文学性考虑的过度扩张伤害到了作品的儿童性时,我们一定又会格外重视儿童性的问题。对于儿童文学的创作和批评而言,这是一个永恒的话题。我们也可以说,"文学性"和"儿童性"的考虑代表了儿童文学作用于儿童的两个方向:一个方向是我们怎么以真正体现高文学品质的童年书写来引领、塑造、提升孩子的阅读；另一个方向是我们怎么通过真正贴近儿童读者心性的文学创作，来使优秀的儿童文学更好地走进孩子。

正是站在儿童性的角度，我对《少年与海》这样的儿童小说所采用的故事艺术，尚存有两点想法。

第一，《少年与海》中的每个故事，其叙述都十分顺滑流畅，也充满生活的质感。但与此同时，它的叙事起伏相对平缓，叙事高潮也并不明显。然而，故事的高潮对于儿童读者来说，其实有着特殊的意义。一般说来，孩子总是期待一个故事从低处走向高处再高处，直至令人心悸的顶点，最后安全地滑落到另一个意料之外却又在情理之中的平稳面上。这种阅读带来的情绪的极度收紧和放松的过程，提供了故事最古老的一种愉悦感，它对我们似乎有一种天然的魅力。我们从通俗文学中可以看出人类故事趣味的这种原型——文学史上被读者广泛接受的通俗文学作品，无不是那些包含了意外而又明确的叙事高潮的作品。随着年龄的增长和阅读经验的积累，孩子会逐渐学会接受其他类型的故事呈现方式，但在一定的年龄阶段，这种基本的故事高潮体验既包含了儿童需要的一种阅读快感，也是将孩子带入作品世界的重要途径。简单地说，成功的叙事高潮使儿童故事更能够抓住儿童读者的兴趣。如果像《少年与海》这样的作品，在从容、漂亮地推进叙事的同时能够加强故事的这种"坡度"，它对于儿童读者的吸引力和可读性会更强。

其二，故事里的少年们对生活怀有一种原始而蓬勃的兴趣。面对周遭发生的一切，他们始终在热情地观察，专注地倾听。这面朝世界的"看"与"听"，是少年时代特有的一种身体和心灵的吸收姿态，也是少年走向成长和成熟的前奏。但他们在故事行动中的卷入度和参与度却不高，我们更多地看到他们是作为故事的旁观者或轻度参与者出现在里面。然而，从儿童阅读的特点来看，孩子在阅读故事里，总是倾向于先对故事中的某个儿童角色（或变形的儿童角色）产生认同，这一认同的程度往往决定了他们阅读故事时的投入程度。在《少年与海》中，由于小说所提供的认同角色并非故事情节的直接推动者和强力参与者，这导致儿童读者在进入相应的认同位置后，仍然感到一种与故事的疏离感，进而影响他们投入故事的热情。如果作家能够让孩子成为故事的完全主角，让孩子的行动成为故事情节推进的第一动力，故事对孩子的情感"抓力"也会更强。

我得承认，提出以上看法，是我个人站在一个儿童文学研究者的角度对一位儿童文学作家的期待。就纯粹的"文学性"而言，《少年与海》的独特、灵动与精致显而易见，但是从儿童文学的故事艺术来看，"儿童性"如何与"文学性"融合，仍然是一个值得探讨的艺术话题。

（原载《中国图书评论》2015 年第 5 期）

注 释

[1] 张炜：《诗心和童心》，原载《文艺争鸣》2012 年第 6 期。

[2] 张炜：《诗心和童心》，原载《文艺争鸣》2012 年第 6 期。

[3] 张炜：《少年与海》，合肥：安徽少年儿童出版社 2014 年版，第 9 页。

[4] 张炜：《少年与海》，合肥：安徽少年儿童出版社 2014 年版，第 10 页。

[5] 张炜：《少年与海》，合肥：安徽少年儿童出版社 2014 年版，第 9 页。

[6] 张炜：《少年与海》，合肥：安徽少年儿童出版社 2014 年版，第 76 页。

一种融入自然的成长姿态
——读张炜儿童小说新作《寻找鱼王》

在儿童小说的大量经典叙事中，"出门"和"寻找"往往是少年步入成长的标志性姿态。这一姿态的原型大概可以一直追溯到古老的民间童话——当原本默默无闻的少年或青年主人公由于受到内外力量的某种驱迫，开始出发去寻找和实现属于自己的天命，他也将在这一闯荡的过程中逐渐告别稚气，长大成人。

张炜的长篇儿童小说新作《寻找鱼王》，是对这一成长母题的一次新的演绎和诠释。

在干旱缺水的大山深处，"鱼"成为一种稀有而奢侈的食物，捉鱼和吃鱼则同时象征着不同寻常的本事和身份。正是怀着这一与"鱼"有关的身体和精神的双重向往，小说的少年主人公"我"立志"要当一个捉大鱼的人"，并由此踏上了"寻找鱼王"的路途。这志向中既包含了少年时代浑无边际的远大雄心，又带着贫瘠时代真实的生活欲望："等我逮到第一条大鱼时，立马拿回家！"它同时还延续着父亲年轻时的同一个生活梦想。父子俩历尽艰辛找到了心目中隐居的"鱼王"，"我"也终于得以拜在他的门下。

然而，在与"鱼王"师傅共处的山居岁月里，"我"逐渐认识了一个有别于山乡传说和想象的真实的"鱼王"世界，它无关于各种玄奇的幻想，而是同样为普通人的烦扰和悲喜所左右。在

"青堂瓦舍"的光鲜面目之下，是两代"鱼王"世家之间的恩怨情仇，是人如何在欲念的驱使下一步步走向命运的深渊。"鱼王"师傅的故事模糊了"我"一度坚定的生活方向，也增添了少年的迷茫和踌躇：为什么有了捉鱼的大本事，却反倒"不想逮那么多鱼"？为什么捉鱼时"出手只能一次，不成就走人"？为什么"有些本事不光不能留，还得小心再小心"？显然，这是一些需要时间来慢慢琢磨和体味的人生命题，它们是"鱼王"师傅从写满欲望的俗世生活中领受的深刻教益，也是他希望"我"日后能够领会、继承的人生经验。

　　这一切使得"寻找鱼王"的故事不再是对于少年出走的古老母题的简单延续。我们看到，"我"最初来到师傅跟前时，背负的乃是对父亲口中"吃穿不愁""大富大贵"的"鱼王"生活与身份的期望。然而，当"我"从"鱼王"师傅的教诲中再次反思"学成了吗"的问题时，最初的这份生活欲望却不断退后到了学艺生涯的远景上，占据"我"的思想的是另一种意义上的"学成"，后者并非仅限于获得一门生存的手艺，更是达至一种生活的领悟。小说中的"我"最后明白了，没有人能够真正成为"鱼王"，因为"鱼王"的核心不是"人"，而是"鱼"，更确切地说，是"鱼"的意象背后那由造物赐予人的一切生存之源：山，水，泥土，空气……这是需要人们去敬畏、去守护的生命根脉，而不是去掠夺、去占有的私人财产。这也正是为什么"我"的两位"鱼王"师傅最后选择在山间和水边过最简朴的生活的原因。如果我们读懂了这层内涵，我们就会发现，从故事的起点到终点，作为小说题名的"寻找鱼王"经历了一次意义上的重大翻转——它从人类投射于自然的欲望出发，抵达了人对自我的反诘和反思。这份领悟从根本上改变了"我"

的生活信仰——经历这一切之后，我不再想"当一个捉大鱼的人"，而决心做一个"看护大鱼"的人。这走向并融入自然的姿态，乃是这部小说中少年成长的要义所在。

因此，"寻找鱼王"最终不是一个关于初出茅庐的少年如何征服世界的成长叙事，而是初涉世事的少年如何在成长中学习一种面对世界的恭敬之心。在这样一份恭敬之心正从现代社会的超快速运转中不断逝去的今天，将这一精神的底子还给作为人之初的童年，或许正是包括儿童文学在内的童年文化事业无从推卸的职责。

《寻找鱼王》显然不是一部以悬念性见长的儿童小说，但它并不缺乏少年朋友们格外钟情的传奇性。毫无疑问，"鱼王"的名号本身就是一个充满传奇感的符号。尽管随着作品叙事进程的展开，它原有的传奇内涵不断为现实的合理解释所取代，但在作品中，关于大山里的人们对于鱼的各种独特敏感的渲染，关于"旱手"与"水手"鱼王如何各显身手抓鱼的叙述，关于"鱼王"师傅如何从山谷的水坑、岭背的冰洞乃至无水的沙地里擒出大鱼的描写，等等，无不令人感叹称奇。我想，阅读这些从作家记忆深处流溢出来的真实的和想象的"鱼"的故事，对于已经远离这样的生活的当代孩子来说，也是一种别样的"出门"与成长。

（原载张炜《寻找鱼王》，明天出版社 2015 年版。另以《〈寻找鱼王〉："少年出走"母题的延续与颠覆》为题，载《中华读书报》2015 年 5 月 27 日）

一个质朴、专注的写作者

要谈毛芦芦的创作，一定要先谈她这个人。

二十多年前，在浙江师范大学校园的一个角落里，一个叫毛芳美的来自衢州乡下的朴实的大学生，开始了她自觉的文学写作。我相信那个时候的毛芳美，一定不会想到，差不多二十五年以后，家乡的有关领导和文友，会为她专门召开这样一个隆重、温暖的座谈会。

应该承认，文学也是一片江湖。今天，一个写作者，要脱离这片江湖，是很困难的。但一个写作者最可贵的地方，就是身在江湖，却丝毫不染江湖之气；身在江湖，也还是要把写作这件事情，当作人生最有意义、最重要的工作去做。这些年下来，芦芦给朋友们的印象，就是她身上具有一种天然的质朴和专注的心性。当我们把目光投向毛芦芦的时候，我们最单纯的文学心性就会被唤醒。所以这也就是大家喜爱她、赞美她的一个重要原因。

今天这个时代，一个写作者身上的这样一种品质，愈显珍贵。今天到了衢州，见到芦芦时我就跟她说起，我不喜欢开会，原因有很多，其中一个原因，是我觉得文坛就是个名利场。有的时候你想保持一点儿文学的单纯，却担心这种单纯会被污染。但我觉得为毛芦芦开这样一个会，我们这些来自金华、杭州、长沙、北京的朋友们都为她来，我们有一个共同的感受，就是为了芦芦的会，我们一定要来。我也很高兴，衢州市的领导和文友们，为了芦芦聚在这里。作为同行，我首先为芦芦而自豪！这是第一点。

第二点，我觉得因为质朴，所以芦芦身上有一种大气和豁达。

刚才王建华先生也谈到了，在单位里她不张扬，这一点也很宝贵。因为芦芦和我们很亲，实际上我们跟她交流是比较坦率的。几年前在浙江师范大学的红楼，我们的老师、研究生、本科生们曾为她组织了一场《假小子福官》研讨会，这是我们红楼研讨火力比较猛的一次研讨会。我后来有很长一段时间觉得对不起芦芦。后来我想，为什么当芦芦出现在会场的时候，我们会这么放松，这么坦诚，其实是因为我们把她当亲人，放下了所有的顾虑，放下了所有的担忧，也摘下了所有的面具。在那样的一场研讨会上，芦芦真的表现得非常大度。她微笑着接受所有的建议，当然也微笑着接受所有的表扬。事后，她也没有因此与我反目成仇。所以，毛芦芦的大气、豁达，与她的质朴和纯真是联系在一起的。

第三点，我觉得她是一个专注的作家。

这是一个容易走神的时代，说实在的，同时在文学行当里混的人，包括我自己，都对自己有点儿怀疑，我觉得当年我们走向文学的时候，我们都很单纯。但今天这个时代，把人的心性弄得非常复杂，容易让人走神。在我的视野里，我觉得毛芦芦还是一个非常专注的作家。所以，作为一个同行朋友，我真的愿意把尊敬、赞美和喜爱都送给她。

谈到毛芦芦的创作，芦芦是从散文创作走向小说创作的。从一般的成人文学走向儿童文学的。我知道她出版的第一部作品，是《芦花小旗》，是本小说集子。那是2006年出版的。也就是说当她从20世纪90年代初，我们姑且算1990年开始写作的话（当然，之前在高中时她也开始写作了，她在一篇散文里提到了她高中时的写作故事），一直过了十五六年，她才出了个人的第一本书。而从2006年到2015年，九年的时间，十个年头，她今天出版的个人著作已有 28 本，当然里边也可能有一些是重版修订的，但总的来说，她的写作是勤奋的。我想这背后隐含着这样一些原因。第一，是她的勤奋。第二，是她写作生涯的改变。她从一个艰难的不为人知的写作者，到今天成为一个代表衢州、代表浙江走向全国的重要的中青年儿童文学作家，这当然意味着她写作生涯和生存环境的变化。

谈芦芦的创作，可以谈的话题很多，但我今天想还是稍微集中一点儿，谈谈她的战争题材的少儿文学作品。虽然这套书我今天刚刚拿到，但里面的大部分作品我都已经看过，包括在明天出版社、天天出版社、浙江少年儿童出版社出版的作品。我们也给她组织过研讨会。我首先想说的一点，从创作来说，芦芦是有才华的。其实当我们说一个作家有才华时，我们的用词是很吝啬的。芦芦的写作中还是有一些地方，有意地和无意地透露出她写作的天分和才华。比如说《假小子福官》这部小说，芦芦可能还记得，我曾经在一次研讨会上念过这样一句话，福官和妈妈闹别扭："我知道，自我生下来你们一看我不是个男孩，你们就不喜欢我啦，我知道！"这句话，很伤妈妈的心，妈妈在浓浓的暮色里朝福官扬起了手，想打她，可手在空中举了半天又软软地垂下了："唉，小福，小福，也只有你自己做了姆妈，你才会真正懂得，当妈的，对每个儿女，心都是一碗水端平的呀！"说实在的，这段对话，也许谁都能写出来，是一般的描写。但接下去的这段，却非常出色——"姆妈说着，就啪嗒啪嗒走出去，咔嚓一声将柴门锁啦！能让姆妈把软缎鞋踩出声音来，可见姆妈是真的生气啦！"啊呀，读到这里时，我全身的汗毛都竖起来了，就是这句"能让姆妈把软缎鞋踩出声音来，可见姆妈是真的生气啦！"对，软缎鞋本来是不怎么会发出声响的，这是个很难想到的细节，要让它踩出声音来，妈妈确实是生气了。我觉得这种细节的书写，确实很不容易。有时候看作品，我觉得作者的才华，常常就隐藏在这样的一些细节描写当中。

刚才芦芦说到她的战争题材作品已经写了七部，她要写八部。这是很有意思的一个想法。作为一个作家，有这样的一个小小的设计很有意思！我不知道这第八部是已经在写作了，还是在计划当中。不管怎样，我都建议芦芦暂时先放一放，争取第八部有更大的超越。战争题材的儿童文学作品，里面的说头是很多的。比如在我们战争儿童文学的背后，是我们的儿童观和历史观，是我们对战争、对人性、对童年的基本看法。要写出一部优秀的战争题材的儿童文学作品，我个人觉得，如果不做充分的功课，恐怕你只是写了一部作品而已。

从芦芦现有的作品看，我认为成就是显而易见的。我特别感动的是她这些作品当中对当地文化与历史的关注，比如像《假小子福官》，就有浓浓的衢州历史和抗战背景。像《拯救断翅雄鹰》更是关于杜立特尔中队的历史事迹。我相信，芦芦是做了一些功课的。

但是，战争题材的儿童文学创作有这样几个问题要解决，第一个就是历史文化的理解问题，这里包括童年观，包括作者对战争的看法、对童年和战争的关系的看法。传统的战争题材儿童文学的写作，就是把儿童变成历史中的小英雄。其实真正的童年与战争的关系不是那么简单的，我们现在的文学对历史有了新的看法，包括对小英雄的看法。对于一位儿童文学作家来说，这些问题是必须面对和透彻思考的。

第二个是艺术的准备，比如是不是去写那些血腥的场面就可以了呢？我个人觉得，儿童文学的智慧，尤其是关于战争、苦难的书写智慧不是这样的。去年安徽少年儿童出版社出了一套我主编的"国际安徒生奖大奖书系",里边就有关于二战题材的作品,比如1996年获"国际安徒生奖"的以色列作家尤里·奥莱夫的《隔离区来的人》,他是怎么写战争的,怎么样更深刻地去揭示战争环境下儿童的命运以及人性的,值得我们研究和思考。

儿童文学是不是要把悲惨的事情写得很悲惨?我觉得不一定。比如说人民文学出版社前几年引进过一部非常优秀的巴西作品《我亲爱的甜橙树》,它写了一个底层家庭的孩子泽泽的那种生存状况。我最近在一篇文章中做了这样的分析:在经历了无数打骂之后,一次莫名其妙的委屈挨揍看上去成了压垮泽泽的"最后一根稻草",并促使他萌生了撞火车"自杀"的念头。他带着这个念头去和唯一的好朋友老葡道别:"真的,你看,我一无是处,我已经受够了挨板子、揪耳朵,我再也不当吃闲饭的了……今天晚上,我要躺到'曼加拉迪巴'号下面去。"简单的话语传达出一个敏感孩子对生活的彻底失望。老葡试着安慰他,并告诉他,自己准备星期六带他去钓鱼,这时,"我的眼睛一下亮起来","我们笑着,把不开心的事情全都丢到了九霄云外"。最后,作为大人的老葡带着成人的关切和细心看似不经意地顺便问道:"那件事,你不会再想了吧?"作为孩子的泽泽的回答却令人忍俊不禁:"那件什么事?"那件让他撕心裂肺、让他捶胸顿足的事情,他完全忘掉了。他曾经那么认真地咀嚼过的悲伤,现在又被完完全全的欢乐所取代。这是一个孩子真实的世界,他对生活的苦难怀着最深切的敏感,也对生活中微小的幸福报以最灿烂的笑容,后者使童年的生命拥有了一种超出我们想象的承载力。读着泽泽的故事,我们会由衷地感到,生活这样充满不幸，童年却在深深领受这不幸的同时，这样创造和吸收着属于它自己的生命欢乐与温情！儿童文学如何去写这样一种童年的天性？拿捏好战争、苦难、命运和儿童天性之间的关系，作品就会变得更有智慧，更能呈现儿童文学的美学面貌。

当然我知道，提出这样的一个看法，从我们的阅读经验来说，也是把毛芦芦放在一个很高的位置来要求和期待的。就我个人来说，作为同行和校友，她的作品我只要拿到手都认真阅读，包括2012年寄给我的三本散文集《飞渡油菜花》《爷爷电影院》和《愿望满天飞》，大概有七八十篇散文，我都认真看了。我觉得芦芦是个非常适合散文创作的作家。这些年她把主要精力放在小说创作上，我觉得也非常可贵，尤其是她的战争题材的作品，写得非常用心，我觉得在当代中青年作家里，的确是不多的。

今天，芦芦已经从丑小鸭变成白天鹅了，是我们羡慕的白天鹅。她也是一个母亲，我们许多同行也非常喜欢她的女儿小红枣。小红枣一定是给了芦芦很多动力。她们也有很多故事，比如当芦芦出第一本书的时候，小红枣就说："妈妈，你为什么只有一本书呢？"这就是芦芦的动力，要为小红枣和她的同龄人写更多的好作品。现在我听说，小红枣也成为一个越来越成熟的读者了。现在她们母女之间更应该有一些文学的切磋了啊！加上她们在衢州获得这么好的一片人文土壤和环境。我非常羡慕，也由衷为芦芦感到高兴！

祝福毛芦芦女士在未来的道路上创作出更多的好作品！

（本文根据作者2015年8月21日在"毛芦芦儿童文学创作座谈会"上的发言录音整理，见"浙江作家"微信公众号2015年11月3日）

童话幻想中的生活本相

汤汤的童话常有出其不意的想象。这些想象带着一种超越人间烟火的凌空的美感。她在童话里写鬼怪，写神仙，写妖精，由子虚乌有的幻想中编织着那个超出生活逻辑的陌生化的故事时空。

实际上，这些想象也超越了我们所熟悉的童话故事的逻辑。她本人十分心仪的鬼故事系列，虽然是从中国民俗文化和民间传说中取来"鬼"和"怪"的意象，但这个鬼到了她笔下，就自然而然地脱去了它长久以来留在我们生活和文化中的恐惧印象，而换上了另一副神秘、迷人的表情。那个不得不倒吊在烟囱里治疗失眠症的鬼阿睡，和小女孩烟定下八十八年的约定，并在八十八年里和这个家里的人相互承诺，彼此温暖。在履行对阿睡的诺言的坚持中，失去父母的烟和失去烟的囱，不知不觉地走出了生活的孤独和悲伤。那两个起初心怀积怨的老滕精，在陪伴偷来的孩子滕滕长大的过程中，不但放弃了以孩子换取更长的生命的想法，更以特别的方式为滕滕铺设着她未来的生活之路。还有世界上最后一个孤独而内向的魔鬼，他在雕花木床下劫走了"我"的妹妹多多，最后不得不自己抛头露面，把这个让他又心烦又不舍的小姑娘再送回来。

汤汤的笔很自如地进出这些充满奇想的精怪世界，仿佛她的思想天然地属于这片幻想的领地。我们有时明明知道她写的是童话里才会发生的事情，但我们仍会不能自制地沉浸在她用笔织就的这一个个迷离的梦中。这些显然远离俗世生活的童话故事，像是展开在我们世界的另一个维度；这里超越了世俗算计的善良和温情，也像是从我们生活的另一些角落生长出来的内容。

但我要说的是，汤汤的童话虽然充满灵异的幻想，却从不真正远离人间。这不只表现在她笔下的精灵和鬼怪世界往往与人的世界交织在一起，更表现在故事里发生的一切幻想的事情，不论多么奇异，多么稀奇古怪，它的最深处的情感和精神的底子，仍然是属于人间生活的。《绿藤红藤》里的两个精怪，他们为了做人而偷来了藤藤，最后却选择了为藤不为人的方式，真正成为藤藤的父母。这个关于古藤精怪的故事，写的却是人间最纯粹的温暖与深情。同样，在《天子是条鱼》中，由大头鱼变化而成的天子弟弟一心想要离开地球上这个临时的家，离开后却又忍不住再回到家里来。童话浓墨渲染了天子想要回到天上的愿望，这样，天子最后的选择和行动，才更烘托出了我们日常生活中最珍贵的情感。

在这些天马行空的故事里，其实包含了作家对生活乃至人的某种本质内涵的体味和领悟。为了突出这份精神，作家有时还借人与精怪的对比，来反衬人的生活和精神的某种走样。比如《木疙瘩山的岩》里那个和"我"一起守护草莓的小鬼岩，他怀着忐忑的心情邀请我造访他的鬼屋，又为"我"的来访欣喜若狂，却在回访"我"家时被"我"的父母偷偷摄下照片，慢慢失尽了他的力气。故事最后，"我"和父母选择出售岩的照片的决定，既符合日常生活的一般情理，却又因为这种符合而更让人感到生活对我们的异化改造。直到"瘦成一缕烟"消失，岩还想着怎么安慰"我"。这安慰是一种无声的责备，也是一个强烈的讽刺，它让我们看到在忙碌的世俗算计中，人正失去着什么。

正是这与我们的日常生活紧密相连的情感和精神内涵，使汤汤童话的幻想变得有厚度起来。显然，作为童话作家的汤汤，她的眼睛不只看到幻想的魔魅，也看到了这魔魅的水面之下生活的坚实本相。

（见"浙江作家"微信公众号 2015 年 10 月 16 日）

爱是最高级的教育
——序《爱满教育》

我与何夏寿老师相识多年，三年前知道他开始写散文，而且写得很好。第一次读到他那篇写母亲的文字，我深为感动的同时，也颇有些惊喜。在我的印象中，夏寿是一位聪敏、勤奋、富有创造性的小学语文教育工作者，我没有想到，散文里的他还有着如此细腻、动人的文笔和情思。

他的散文擅写人事，尤其擅长于普通的生活事件中书写令人难忘的性格与感人至深的情感。他不以文辞的华美吸引读者，他写母亲，写父亲，写姐姐，写身边的师长、同事或挚友，大多用的是很日常的笔墨。这些平白如话的文字，读来总是一派素朴，甚至不无朴拙之感。然而，就在这甚少雕饰的字里行间，却蕴含和传递着一份至为真诚的情感，并呈现出一份力透纸背的深情或思考。

很多时候，深深打动我们的正是这情感的内核。在《母亲，我的教育家》中，作者并不以高亢的笔墨大写母亲的形象，而是在一个目不识丁的乡村底层妇人最平凡的言行中，书写着一位母亲如何以其天性的善良和母性的本能，使"我"领悟到终身受益的教育真谛。《姐姐许到后门头》中的小姐姐，真是一个普普通通的邻家女孩，她的懂事，她对弟弟的护爱，都出自一个姐姐淳良而温柔的天性。也正因如此，她的那一记责备"我""眼浅"的巴掌，以及那一句看似简白的"人情一辈子"的告诫，才显出其尤为珍贵的纯朴。《老师领我进了门》《老乡金近》等文，写自己敬重的老师和长辈，话里话外一点儿不掩饰当年浓重的青涩与自卑。从作者的文字里，我们感觉不到一个成就者回望来路的丝毫自得，倒是仍觉得，这仿佛还是当年那个未出茅庐的小伙子向我们坦然诉说着这段温暖人心的记忆，他对长者知遇之恩的感激和铭记，也一如既往地单纯而真诚。

如果说在这样怀人记事的散文中，最打动我们的是那份厚重、深挚的亲情、师情，那么在《"俗人"不俗》这样的散文里，我们则看到了作家对于日常生活和人性的宽容洞察与欣赏。散文由校园和教师的寻常生活写来，将这一生活之"俗"叙写至淋漓尽致。然而，就在这俗极了的生活之中，作者看到并写出了俗世生活和人性"不落俗"的光华：稻粱谋中的责任意识，小急智中的磊落情怀，调笑背后的体贴温暖，不满之间的宽容释怀，等等。

窃以为，夏寿的散文其实也不无这样的"俗"味儿。从这些他名之为"教育散文"的篇什中，我们读到的不是有关教育与教育者的高阔辞令，而是一个教育工作者——或者说，一个常人——真实、寻常的世俗生活。他笔下的人事大多属于凡俗人生，就连叙写教师的生活，也毫不回避个中俗意。教师也是人，也要找工作，下馆子，唱KTV，也会为了世俗欲望和追求的得失而欢喜沮丧……然而，可贵的是，作者能从这"大俗"中见出、写出某种"大雅"的蕴含。不论生活多么难以免"俗"，我从夏寿的散文中感受到的总是人生的豁达、人心的淳善以及人情的温暖。很多时候，生活愈是落俗，那孕育和留存于其中的脱俗的光芒，愈是使人感叹而振奋。正因此，他笔下的这些人事读来总是如此亲切平实，朴质无华，又常饱含令人震动的力量。

夏寿所说"教育散文"，其中的"教育"一词，我理解为情感教育。读者从他的文字中感受日常生活和人情之美，确乎是一种情感的荡涤。而这一情感的核心，说到底，还是人心中那份单纯的善念与爱。譬如"我"的母亲从她有限的乡土表达词汇中总结出的那句"只要对小人好，书便可教好"，譬如姐姐以其质朴的话语教给"我"的那句"一块钱是用得光的，一个人情，是一辈子的"。这些俗而又俗的语言道出的不是高悬于我们生活之上的大道理，而就来自于人的最平常、最真实的生活，但它所传递的善意与爱意，使这平凡的俗世生活拥有了一种自然、醉人的光彩，也使教育这一行当拥有了一份诗意、温暖的美学。

事实上，教育本身也是一桩由大俗中行大雅的事情。尤其对于那些最基层的教育工作者而言，崇高、神圣的教育精神标签有时未免显得过于遥远，更多的时候，他们的每一天与所有普通人一样，也为世俗生活的欲望和悲喜所缠绕，也经受着这一生活的各种塑造与考验。教育并非要求教育者抛弃这一世俗生活的权利，而是愿他们在世俗生活中仍能坚持"教育"一词最核心的精神，即将个体导向人的一种更好、更完整的存在状态。我们今天越来越意识到，在这一引导过程中，情感的陶冶和教育或许扮演着某种至为核心的角色。我猜想，这也是夏寿以"教育散文"命名自己这些文字的初衷之一。

一个多世纪前，意大利作家亚米契斯完成了著名的《爱的教育》一书。将近一个世纪前，同为上虞籍的现代作家夏丏尊先生将它翻译为中文出版。我以为，夏寿将自己的这本散文集题名为《教育的爱》，除了表达自己的教育理念、写作情怀之外，自然也包含了对先贤的钦慕致敬之意。《爱的教育》的意大利文原书名，中文直译作"心"，它的意思很明白，唯有教育者对孩子发自内心的"爱"，才是走向教育的最佳途径，也唯有那被唤醒的内心之"爱"，才是教育的最好结果。从这个意义上说，夏寿的这些散文在其真诚的情感书写中，也继承和延续着亚米契斯"爱的教育"的精神。

2015 年 7 月 25 日夜于浙师大丽泽湖畔

（原载何夏寿《爱满教育》，上海教育出版社 2015 年版，另载《中国教育报》2015 年 11 月 7 日）

"无名者"的纪念
——读图画书《家书》

初读图画书《家书》（陈晖/文，雨荷/图），脑海里升起的是杜工部"烽火连三月，家书抵万金"的名句，句中的"家书"二字所蕴含的情感，写尽了战乱时代普通民众在颠沛流散的生活中对于日常亲情的珍惜与渴盼。然而，这本图画书所写的"家书"，又不仅仅是一般的战时书信，它连接的是前方的战场与后方的家庭，是冲锋陷阵的战士与他留在身后的家人。这样，它所指向的情感内容也就不再仅是离乱的哀愁，而是在生死别离的悲伤与思念中，还埋藏了一份铿锵的豪情。

故事叙述者的爷爷在抗击侵略者的战争到来时，告别妻子和未出生的孩子，由一名文质彬彬的小学教师转而成为一个战士。从此，他将日夜出没于炮火连天的残酷战场，而把对妻子和孩子的柔情深埋心底。在战斗的间歇，用墨笔书写"不知什么时候能寄出"的家信，用画笔想象从未见过的孩子的模样，成为他思念的唯一寄托，尽管一直要到战争结束若干年后，这些信件和画幅才到达了它们的收件人手中。其时，爷爷早已在战争中为国捐躯，父亲继承了他的绘画天赋，并同样坚持用画笔描绘着从未见过的父亲的模样。隔着生与死的帷幕，"我"的从未谋面的爷爷和爸爸用流在他们血脉里的同一种语言，完成了无声的交流。逝者已矣，但在亲爱的人的心中，他们"一直活着"。

这"一直活着"也是一种精神的隐喻。在这场抗击外侮的悲壮战事中，所有以自己的生命为献祭的战士，不但在至亲者的心目中"一直活着"，也在我们民族的记忆中"一直活着"。甚至，和故事里留下家书予家人的父亲相比，无数牺牲者的名字早已随着他们的身体一道湮灭在了战争的炮火中。在历史纪念册上，既没有留下关于他们抗战行为的书写，也没有留下关于他们姓名渊源的痕迹。他们是一个"无名"的群体。但正因如此，他们可能也是最需要人们纪念的一个群体。因此，作者为图画书添上了这样一个副标题——"献给中国抗战中保家卫国的无名英雄"。她或许试图证明，通过以文学的方式书写这些无名战士的故事，历史也终将以"无名"的方式，牢牢记住他们曾经的存在。

（原载陈晖/文，雨荷/图《家书》，解放军出版社2015年版）

不只是历史的温习
——读张炜儿童小说《狮子崖》

翻开张炜的儿童小说《狮子崖》,我们首先会感到一股不一样的气息扑面而来。它的语体、场景以及事件叙述的方式,很容易让我们发觉,这是一个不属于当下的童年故事。事实上,小说中频繁出现的诸如"阶级敌人""革命同志""忆苦会""改造""斗争"等一系列语汇及其所隐含的生活观念和逻辑,或许会令今天的许多孩子感到陌生乃至茫然——在我们的生活史上,曾经有那么一段时期,人们(包括孩子们)是用这样的方式说话,用这样的逻辑思考的吗?

然而,这段历史距离今天其实并不遥远。《狮子崖》成稿于20世纪70年代中期,那是一个从社会生活到文学话语都还笼罩在政治观念的绝对统摄之下的年代。我们看到,小说的主角林林,一个十三岁的少年,从一出场就背负着沉重的包袱。身为海洋科学家的爸爸在政治斗争中入狱去世,妈妈受到牵连,失去工作,带着他回到了海边的老家。即便在这里,母子俩也"不得不小心翼翼地,不敢有一点冒失",因为阶级身份的问题,就连至亲的姨妈也把他们当敌人一般看待。在这样的生活氛围中,林林和小伙伴们全力投入到了一桩了不起的"事业"中:成立"海洋小组",弄清国营育贝场丢失大花贝的真相。

他们研究琢磨大花贝的习性,还偷偷带上干粮工具,出海去追踪大花贝的"旅行路线"。在狮子崖上的勘查让林林们意外追踪到了一大片从育贝场"溜"出来的大花贝,并且意外地发现了"偷贝贼"的可能行踪。故事的结尾,孩子们既收获了科学知识和冒险的乐趣,也协助大人们赢得了阶级斗争的又一次胜利。在记功嘉奖和表彰大会之后不久,林林父亲的冤案得以平反。至此,林林和妈妈终于被包括姨妈在内的阶级大家庭所完全接纳,故事到这里也圆满结束。

对于今天的小读者们而言,阅读这样挟带着阶级斗争"火药味"往前行走的故事,难免会产生心理和情感上的各种"磕绊",因为从那时候到今天,在半个世纪左右的时间里,我们的社会生活发生了许多重大的转变,以至于由今日回头过去,真有恍如隔世之感。但这"磕绊"或许也正是这部儿童小说价值的一种特殊体现。诚如作家回顾自己的这部少作时所说,"让今天的少年通过它了解20世纪的生活,将今天与昨天两相对照,可能也是极有意义的"。显然,这里的"意义"远不是简单的历史温习或"忆苦思甜",而是让我们在历史的温习中进一步理解,今天的生活并非理所当然,它曾经是从那样一个扭曲的时代中努力挣扎和脱胎而出的。认识并记住这段非常态的历史,会让我们更懂得明辨当下生活的意义和方向。

从这个角度说,《狮子崖》是一本适合成人与孩子共读的作品。许多历史的背景需要在共读中由成人解释给孩子,而解释的过程本身对于今天的许多成人来说,或许也是一次必要的回顾。

当然,我们也会发现,不论时代如何变迁,吸引童年的某些内容是永恒的。比如令人好奇的秘密,充满刺激的探险,等等。小说开头,尽管是在典型的现实主义叙事语境下,读者仍然被带进了一种不无神秘的故事氛围里。那是透过孩子的视角看待生活而必然会赋予它的奇妙气息。不论是卢叔口中狮子崖上的"妖怪",还是大花贝无故失踪的"秘密",听在孩子耳中,都引发着诱人的神思。与大花贝有关的那个凄美的爱情传说,进一步增添了这则现实生活故事里难得的浪漫气息。

或许可以说,在童年的身上,存在着一种将生活浪漫化的本能。这使得这部围绕着"阶级斗争"的主轴展开的故事,因为有了童年的参与,在某种程度上依然保留着一份生活的单纯美感。如果我们暂时抛开小说中带有鲜明成人视角和成人话语烙印的那些叙事内容,而把目光专注于其中从儿童视角（主要是林林的视角）出发得以建构的那部分叙述,我们会看到,非常态的政治斗争退到了隐约的背景上,凸显出来的是经由童年目光过滤后的生活的日常气息与温暖人情。看到狮子崖海底的大花贝,林林的第一想法是,这些传说中由海神的女儿化身而成的大花贝,"它们把狮子崖当成了英俊青年的那个岛,它们来找他了……"无怪乎小说在当年投稿之初,会因"火药味不浓"遭到退稿。从这不够浓烈的火药味中透出的日常生活和人情的缝隙,也许恰好透露了那个年代里十分稀有的一种审美的本能。

我想说,这种本能不属于那个时代,但肯定属于童年,属于刚刚开始文学写作生涯的年轻的张炜。

2016年7月2日于红楼

（原载张炜《狮子崖》,山东教育出版社2017年版;另以《〈狮子崖〉:不只是历史的温习》为题,载《中华读书报》2017年1月4日）

用诗性分辨"传统"的美与丑
——读吴然长篇新作《独龙花开》

在我们的国家地理和文化版图上,独龙族是一个遥远的名字,也是一个浪漫的名字。提起这个名字,我们的脑海里或许会浮起这么一些意象:奔腾的怒江,连绵的雪峰,神秘的马帮,奇险的溜索,还有古远的民俗,淳美的山歌……它的偏居一隅的地理和文化位置,恰恰赋予了它某种对现代人而言颇具诱惑的远离尘嚣的美感。

翻开吴然先生的新作、长篇纪实儿童文学作品《独龙花开》,这份美感亦如清风,扑面而来。作品开篇便是这样一幅清新活泼的自然景象:"奔跑的独龙江不睡觉,夜里照样流着,波浪追赶着波浪,又唱又跳。清晨,白而蓝的雾气在江面上飘飞着,在给独龙江洗脸呢。"在这古老却又仿佛永远是童年的江边,在"采呀采呀"的纯朴劳作和歌声里,世世代代的独龙族人过着刻木结绳记事的简单生活。采粮,种地,狩猎,织衣,日出而作,日落而息,时间如独龙江水般涌过,又仿佛从未流逝。此情此景,或许令我们想起了陶潜笔下那片远离俗尘的世外桃源。

但《独龙花开》显然不是一部仅从观赏视角来表现独龙族人及其生活、文化的作品。相反,作者要带我们走出外来观赏者的视角,走进独龙族人真实的生活世界,在那里,远离尘嚣和与世隔绝的背面,是曾经的贫瘠落后与蒙昧无知,是艰难的生存和辛酸的哭泣。缺乏知识和资源的现实,造成了独龙族人的生活窘境,而求取知识和资源的努力则成为那些先行者的第一理想。于是，独龙江边有了第一个识文断字的独龙族人，有了有史以来的第一所小学，有了自己的一群可爱的老师和学生。这个理想像一粒了不起的火种，在独龙江边慢慢却是坚定地燎原开去，并给这个原本蛮荒见弃的部族带来了新的生活面貌和希望。

　　吴然用他敦厚温柔的笔触，写出了独龙族人对这新生活的热情与渴求。随着尘封许久的大门吱呀打开，他们像一群开朗乐观的孩子，毫无芥蒂地拥抱了展开在眼前的这个丰富世界。于是我们看到，当旅游、商业等现代文明形态以最自然不过的方式"侵入"古老的部落时，延续千年的部族生活不但不曾发生痛苦的裂变，反而被赋予了另一种朗亮的神采。绕行于高黎贡山间的简易公路带来了好奇的探险者和旅行者，新鲜的面孔、闪光的镜头、从遥远国度寄来的相片，装点着独龙族小姑娘木琼花的生活。"阿拜"（父亲）就着"月亮瀑布"的景点开起"月亮旅馆"，小男孩龙雨飞像模像样地当起小导游，度过了一个"有趣"而"圆满"的假期。看到古老和偏远是如此单纯慷慨地接纳了现代文明的叩门，两者又是如此融洽地谐和相处、如此自然地合为一体，真叫人打心底里感到欢欣和安慰。那在传统与现代的对撞中往往不可避免的现代性的激烈冲突，在这里却以最单纯的方式被化解了。

　　然而，《独龙花开》也绝不是一部简单地向现代文明致敬的作品。在独龙一族走向现代生活的进程中，传统本身从未被轻易丢弃。相反，借着自然与人力、历史与今天的对碰，那些属于独龙族的记忆被一一复活，有的经受新的反思，有的则被重新拾起。吴然对待这些传统的态度体现了一位作家最朴素的人文情怀。他笔下独龙族人的猎事与猎歌，洇染着人与自然同生共存的诗意。他写"约多"这一独龙族古老的民间工艺，笔调正如木琼花妈妈手下的"约多"般绚丽迷人。然而，当他写到独龙族特殊的"文面"文化，写到这一文化带给部族女性的身心痛楚，也毫不回避地发出了对于文明进化的赞美。他凭一个人文学者敏锐的诗性本能分辨着"传统"的美与丑，善与恶。这样的分辨对于我们今天认识、理解一切有传统的文化，都有着简朴而深刻的意义。

带着这份朴素的情怀，《独龙花开》记写下了一个民族今天的成长故事。它交织着无数大人和孩子的成长身影：还是小女孩的阿丽第一次独自过索溜的身影，原本娇气的木琼花终于从妈妈手里接过"约多"技艺的身影，校长梅西子从被迫受命到欣然履职的身影，还有毅然选择来到独龙江的年轻老师方义和樊娥的身影……这一方奇妙的土地上，孩子在成长，大人也在成长，正是这成长让沧桑的独龙江岸焕发出了年轻的光彩。独龙花一年年谢了又开，就像生活永远有它新鲜的容颜。这新鲜的生机与活力，也是《独龙花开》带给我们的最动人的滋味。

我与吴然先生相识多年。记得2014年12月，当他荣获"王中文化奖"时，我曾在贺信中这样写道："先生数十年为孩子们笔耕不辍，硕果累累，播惠九州，令我们敬仰。'王中文化奖'这一大奖颁授先生，是对您美好文学生涯和巨大文学贡献的最好褒奖。我们远在东海之滨，分享您的快乐与荣光。祝福先生身体健康，继续为孩子们写出更多的锦绣华章！"谁能想到，2015年，他在晨光出版社的协助下，在古稀之年再次走进独龙江，创作了自己文学生涯中的第一部长篇纪实儿童文学作品，让我们跟着他领略、品味了如此丰饶动人的文学风景。我想，对于一位儿童文学作家来说，这不正是他守望童年和自己脚下这片大地和文化的最热烈、最深情的方式吗!

（原载吴然《独龙花开》，晨光出版社，2017年版；另载《光明日报》2017年4月19日）

日常叙说的魅力
——读刘玉栋儿童小说新作《白雾》

刘玉栋的长篇儿童小说《白雾》的童年叙事里，有一种迷人的意味，是那种并非曲折迷离，却充满奇特魅惑的童年日常叙说的魅力。它源自作者对童年的目光、感受及想象方式的精准而独到的审美把握。

且看主角冬冬来到白雾村的第一天，这个世界在他眼前呈现出的生动模样：提着大大的铝壶从站台上慢悠悠地走过来的"黑猩猩"列车员，瘦瘦的、黑脸的、长着一绺灰白胡子的"老山羊"姥爷，躲在姥爷背后怯生生的"小兔子"男孩童木，高个头、长脖子、戴眼镜的"长颈鹿"吴老师，还有围着紫色围巾、絮叨叨、笑眯眯的"芦花鸡"姥姥……本是一场普通的旅途，一个普通的山村，一群普通的人们，在童年无可比拟的想象力的催化下，不知不觉竟通往了另一个奇异的世界。像冬冬一样，我们的"好奇"和"期待"也被强烈地勾引起来了。

这种被陌生化乃至玄奇化了的日常生活感觉，在很大程度上与冬冬在白雾村的身份有关。我们从小说一开头便已知晓，冬冬是从城市来到乡村的孩子，对他来说，本不熟悉的乡村生活的许多人事，自然也就带上了各式新鲜的趣味。就像初来乍到的他坐在姥姥家的房顶上，俯瞰这座再普通不过的农家院子时见到的景象和生出的感触。在这个无比寻常的乡村空间里，母鸡、公鸡、白鹅、黑猪、兔子、山羊、大猫，在一个孩子眼里了上演一幕多么鲜活生动、情味盎然的戏剧，活像安徒生笔下连一间破败的农家屋子都变得活泼极了的那样的童话世界。

事实上，乡间生活对冬冬来说，确乎染上了些许童话般神奇的色彩。他跟着树墩表哥掏田鼠洞，捕河鱼，看露天电影，养喜鹊，偷果子，每桩事情都激起一个孩子对生活的无限想象与热情。乡野环境里，童年天性中的冒险感和猎奇心得到了淋漓尽致地挥洒。在空阔的田间寻找并掘开田鼠洞的过程，绝不亚于一场充满惊喜的历险。那由直而横的神秘洞穴，那出现在穴道分岔处的"卧室""茅房"，还有藏在田鼠"粮仓"里的三十斤黄豆，以及男孩树墩对这一切的了然于胸，真是充满了生活传奇的意味。在起雾的清晨举着网兜捞起一桶"睡倒"的大鱼，不用说，也是前所未有的体验。为了去邻村看一场露天电影，两个孩子想尽办法脱开大人的管束，走上了忐忑而刺激的夜路，不料竟是空欢喜一场，从邻村到镇上，根本就没有电影。然而，由管门的口中甩出的那句"演完了，《月亮奶奶照白墙》"，却以它的粗犷平实的乡间喜感，拯救了这个不无失落和沮丧的夜晚。

刘玉栋把乡村童年生活的场景和滋味写得活色生香，妙趣十足。小说中的男孩树墩，上山下河，无所不能，不管是传说中妖怪出没的"三棵树"，还是现实里大人们把守的一切"禁区"，都不能把这个有着旺盛生命力的孩子限制在闯荡和探险的围栏之外。这是一个多么康健皮实、能干慧黠的乡村男孩啊。正是他的陪伴令冬冬的乡下寄居生活充满了欢乐的奇趣。但作家同时也写出了这一生活的更为丰富的层次。就在少年树墩背着从田鼠洞里掏得的满满半袋黄豆、昂首走在回家路上的身影背后，我们忘不了童木的那个细小却撼人的声音："那些田鼠没有粮食，它们吃什么？它们如何过冬呢？"树墩这样的少年是永远也不会思考这类问题的,毋宁说,他的一往无前的果敢,他的不无可爱的莽撞,他对于乡土生活的熟稔掌控,正源于这种粗野狂放、自我中心的个性。但童木的声音代表了属于童年和人的另一种同样意义重大的情感与思索。在人的生存权利和能力之外,关心一只田鼠的命运,关心一条狗的感受,也是人这个命名应有的内涵。小说里,那仿佛作为生活大油画上的小背景一带而过的记仇的狗的故事,那不知从何而来、也不知往何方去的雪屋子里的流浪汉的故事,如同散落在地上的玻璃碎粒,却反射出了关于世界和人的某些难以名状的内容与光芒。也是它,使小说里的游戏和野趣同时被赋予了一份庄重、柔软的情思。

像许多回溯童年的记忆书写一样,玉栋的这部作品也弥漫着"白雾"似的乡愁。小说的核心叙述人虽是童年的"我",叙述者的声音却总会情不自禁地从长大后的"我"的视角,来遥想、回味白雾村里的这段暂居岁月。那短暂的时光也因此遥想和回味而变得格外清晰、鲜明、摄人心神。这或许是无数人心中童年记忆的共有质地:远去的时光虽如"雪屋子上的雪,已经化得一干二净",但那样一场纷扬大雪带来的欢喜、愉悦、伤感和惆怅,却将永远留在我们最深切的情感和记忆之中。

(原载《中国新闻出版广电报》2017年3月24日)

《吉祥时光》：以小见大的童年书写

《吉祥时光》这部小说，我把它看作中国当代儿童文学最珍贵的童年书写之一。从某种意义上讲，它代表今天中国儿童文学书写的一种高度，对这部作品的接近、打开和阐释可能有很多。

第一，小故事里面有大时代。

大人物和小人物的回忆是历史的还是文学的，传统的史学当然是帝王叙事、宏大叙事，底层百姓的心声是不存在的。但是20世纪的研究越来越强调对历史细节的研究。《吉祥时光》中对于吉祥和他的那些伙伴们的故事，是对一个巨大时代投影的一种折射。这个童年经验让我们返回到那段历史的底层生活，看到历史当中更真实丰富质朴的童年生命的场景，以及陪伴着他们的那些成人们。

第二，小故事里面有大叙事、大智慧。

很多故事引而不发，几乎每个故事都带给我们无穷的回味。作者张之路把童年的那些迷惑、尴尬，那些爱恨，那些疼痛撕开，其实是非常惨烈的，可是在他非常老到的写作当中，他对童年人格或者说对童年本身的呵护可能比某一些事件本身更重要。所以这部作品对童年丰富性的展示以及对于深度和饱满感的表现，也是让我印象非常深刻的。它里面的很多关于童年的故事写到童年普遍的属性，写了很多童年成长的问题，那些迷失、那些对于童年无意的伤害，甚至也涉及一些关于人性的基本话题。而张之路在讲故事的时候又那么内敛，他展示的叙事智慧，拓展了一个新的文学面貌。

第三，小故事触及大伦理。

我在刚才播放的短片当中看到一个词，叫作"中国情操"，让我非常有感触。对童年的描写如果仅仅展示童年的纯真或者童年的搞笑，这样的作品我们已经看得非常多了。怎样通过对童年的伤痛和童年丰富性的展示来达到一个大的伦理提升，这是目前儿童文学写作中一个比较重要的问题。《吉祥时光》正是在这个方面为我们做出了示范，提供了很多有益的思考。

（原载《文艺报》2017年4月5日）

唱给母亲的歌
——读童诗图画书《想念妈妈的自言自语》

这世上献给母亲的歌儿已有万千,我们为她歌唱的热情却从不因此而有所黯淡。翻开老诗人金波与西班牙插画家阿方索·卢阿诺合作的童诗图画书《想念妈妈的自言自语》,那缕萦绕于"母亲"这个词语间的温柔而甜蜜的熟悉气息,便将我们轻轻包围。

"我给这世界的第一声是哭喊,/ 带给妈妈的是喜悦也是希望。"开头的这两行,既写的是生命降生的实景实情,也点亮了整首诗歌的精神意境。西谚有云,人一出生便哭,此后皆是受苦。仔细想来,不无道理。但母亲的陪伴却让这始于泪水的人生拥有了甜美的背景和温暖的底色。轻声吟哦间,我们或许想起了智利女诗人米斯特拉尔的《母亲的歌》,那里面的母亲历经生育的痛楚,却发出了这样的赞叹:"我是谁,膝头能有一个孩子?"在悲伤与欢愉、受苦与幸福的对举中,那个毫无保留地给予孩子温情呵护的母亲的形象,从诗行间温柔地站立了起来。

但这只是母亲形象的侧影之一。诗歌中,母亲给予孩子的不只是情感的慰藉,也是精神的指引,后者赋予金波笔下的这份母爱以更为丰富深广的内涵。母亲"温暖的胸怀"是孩子"躲避风风雨雨的港湾",但这"躲避"却非"逃避",这人生的"风雨"也终需我们去认识和经历。正如诗中所说,"生活其实并非能永远甜美,/ 童谣里也会有许多悲伤的歌",严冬寒雪,荒凉山野,也是人生路上的另一番景况。

这便是"我"从母亲身上得到的另一半启迪——尽管"生活从来就有快乐也有悲伤",但"你是弯下腰,还是昂起头颅",决定了你将迎来什么样的人生。于是,最终带孩子走出生活的悲伤和恐惧的,不只是母亲甜美的"温情",还有她的无言的"坚强"。

这"温情"与"坚强",美与力,一柔一刚,一蓄一张,道出了母亲和母爱的更完整、也更完满的形象与内涵。母亲沉默的身影教给"我"对待生活的温情与善意,也教会"我"直面生活的坚强和勇气。明白了这些,我们就会更懂得在母亲那一声轻轻的"喟叹"里,包含了多少可能的艰辛故事。而当这一切艰辛最后化为给予"我"的"最温暖的情怀",它比一切教诲都更清晰地为"我"照亮着生命的路程。

卢阿诺的富于诗意的插图,延伸演绎着这首母亲之歌的宽厚、温暖、思念与深情。它在时间和空间的双重维度里拼缀起一个孩子成长的图景,其中每一个片段都烙下了妈妈的印记。作品封面上,母亲怀抱孩子的姿势或许让我们想起了西方绘画中广为人知的圣母子图,而封面和封底上,那在母亲身后绽放的白色玫瑰,则进一步渲染出这一形象身上的某种神圣意味。我们能感受到,诗歌里的"妈妈"不是"一个",而是"所有"。她是"我"的妈妈,也是"你"的妈妈,是每一个从母亲怀抱里走出来的孩子心里共同的美的形象。

(原载金波著、阿方索·卢阿诺绘《我爱妈妈的自言自语》,中国少年儿童新闻出版总社2017年版)

文明废墟上开出的儿童阅读之花
——读《架起儿童图书的桥梁》

在安徽少年儿童出版社出版的"国际安徒生奖大奖书系"中,有一部杰拉·莱普曼的回忆录《架起儿童图书的桥梁》,讲述了一个在文明废墟上开出儿童阅读之花的故事。

在世界儿童文学界,谈起IBBY(国际儿童读物联盟)和位于德国慕尼黑的国际青少年图书馆,几乎无人不知。前者是以促进世界范围内儿童文学的创作、阅读、出版、推广等为基本宗旨的非营利性组织,也是世界儿童文学的最高荣誉、国际安徒生奖的设立和评审机构,后者则是目前世界范围内最大的儿童图书馆,在全球儿童文学专业爱好者中广为人知。

今天,IBBY的许多与童书有关的活动享誉世界,国际青少年图书馆古老迷人的馆址布伦敦堡则静静矗立在慕尼黑市一隅,为来自世界各地的孩子们和专业人士提供服务。看着这一切,我们或许难以想象,就在半个多世纪前,在欧洲的反犹大屠杀结束不久之后,杰拉·莱普曼,这位在纳粹执政期间被迫逃亡英国的犹太裔德国女性,选择回到了战后的德国,并在战后那一片文明的废墟上,启动了这些了不起的儿童阅读事业。

杰拉·莱普曼是一位了不起的女士。二战结束后,当她接受美国军方邀请,回到令她悲喜交集的这片故土时,她的官方身份是美军占领区"妇女儿童文化和教育需求问题顾问"。但她很快从这个头衔和工作里,发现了一项令人激奋的事业——她想要借助儿童图书的通道,让那些茫然无措地站立在战争造成的文明废墟上的孩子们,重新走进那个本该属于他们的色彩斑斓的阅读世界。

在一片被深深的饥饿、绝望和无家可归的情绪——这个"家"既是物理空间的,又是精神层面的——所笼罩的战后焦土上,要实现这样一个理想,其过程何其艰难。二战后的德国千疮百孔,对于当时流浪于街头的许多孩子来说,他们最需要的可能是一片可以果腹的面包,而不是一本有故事的图书。然而,在莱普曼看来,饥饿的灵魂和饥饿的身体一样需要食物。而在一个"一切道德准则都被颠覆了"的废墟时代,优秀的儿童图书或许能够为"保护孩子",尤其是保护孩子的未来,架设起一座特殊的桥梁。莱普曼女士本人就像一个孩子,怀揣着这样一份天真的热望,一路急疾前奔。她的天真注定要面对各种现实的打击。然而,生活有时多么奇妙啊——她就那样天真而热忱地冲过一切障碍,在许多人的帮助下,把一个个信念和灵感变成了现实:先是举办了一场成功的国际儿童图书展览,接着建立了一座影响深广的国际儿童图书馆,再后来创建了国际儿童读物联盟,紧接着又设立了有"小诺贝尔奖"之称的国际安徒生奖……

一切都证明了莱普曼对于儿童图书在童年生活中所扮演的重要角色的判断。尽管是在战后生活的艰难和困厄中,三万册儿童故事《公牛费迪南》一经印出,不但成了图书展览上孩子们"争先恐后地抢着要看"的心爱读物,也很快"在柏林的大街小巷流传开来"。"一眨眼工夫,它的首版就售罄",而且,像所有珍贵的生活物资一样,它在黑市上也"变成了抢手货"。寒风乍起的秋天,孩子们披着单薄廉价的棉衣、甚至穿着薄纸板做成的鞋子来到图书馆,生活的困顿不曾阻挡他们前来阅读的热情。这些孩子对书籍的饥渴与对食物的饥渴几乎一样强烈。读着那份从他们耐受饥寒的身体里荡漾开来的小小欢乐,我们几乎要微笑着落下泪来。

书籍带给孩子们的不只是欢乐,它也塑造着战后德国的童年。优秀的儿童图书似乎以一种自然而奇特的方式,激发和强化着孩子们生活中的积极方面。那些沉浸在阅读欢乐中的孩子,尽管还为日常生活的困窘所缠身,却本能地懂得并实践着礼节的尊严、等待的耐性以及真诚的感恩。他们的理性和自制超出了许多成年人的想象。我们也可以说,儿童书籍对于童年的塑造力,同样超出了许多成年人的想象。

这份塑造童年的力量,也在有力地影响并塑造着成年人的生活。当来自不同阶层的人们排起长队,静候在展览馆门前时,莱普曼理想中亟须创建的那个"相对有序的环境",正以孩子为核心渐露雏形。关于"是否允许以前的纳粹分子进入展会"等问题的反思,则充分彰显了一种文明的理性精神对于文明之恶的征服,那也是优秀的儿童图书试图传递给孩子们的一种精神。正是在这一精神的鼓舞下,那些曾在战争中遭受德国侵略的国家也在莱普曼的真诚约请下,为书展寄上了它们的儿童文学经典。历经浩劫之后,一个民族乃至整个世界的未来不是以一种仇恨取代另一种仇恨,而是懂得从一个更完整、深刻的视角来理解人,理解文明,进而懂得朝一个更好的方向塑造人和人的文明。读着这些细节,我们会深深明白莱普曼所说的经由孩子"把这个黑白颠倒的世界逐渐纠正过来",以及"孩子会给成年人指明前进的方向""通过儿童图书促进国际间的理解"等，究竟包含着什么样的深意。

或许，这也是为什么儿童文学以及与儿童阅读有关的这项事业会吸引如此多的人们为之倾心倾力的原因之一。在莱普曼开启的事业中，参与其中的人们包括作家、学者、出版人、教师、科学家、政府官员、军人，等等。事实上，如果没有人们的共同参与和推动，不论儿童书籍还是儿童阅读都无从谈起。从这个意义上看，莱普曼笔下由儿童图书所架设的这座"桥梁"，不只连接着不同地域、语种和文化的童年，也连接着不同职业、志向和生活方式的人们。毫无疑问，对于一个国家，对于全世界，"童年"是能够把我们所有人联结在一起的一种力量。

（原载《光明日报》2016年5月31日）

《书是甜的》："在场"童书评论典范

海飞先生的童书评论集《书是甜的》由辽宁少年儿童出版社精心策划推出，童书评论园地又添新枝。

在中国童书出版界，海飞先生首先是一位战略家。他不仅是童书出版领域的一位行动者、引领者，更是这个童书大时代的一位自觉而独特的观察者、谋划者、预言者和思想者。《童书海论》《童书大时代》等著作，显示了海飞作为童书出版战略家的眼界和格局、智慧和情怀。在这些著作中，海飞用自己持续积累的职业经验和专业知识，用自己激情洋溢和富有见地的文字，为这个时代的少儿出版勾勒业态的画像，甚至制造、引领了这个时代童书出版的概念运用和运思路径。他关于童媒、童书等概念的倡导及其论说，用自己的方式勾勒、描述了这个纷乱而蓬勃时代的少儿出版、童年生态及其文化地图。我相信，正是因为他的这种大气和深邃，他的所思所想，才如此深刻地参与、影响了二十多年来我国童书出版和儿童文学发展的历史进程。

如果说《童书大时代》等著作显示了海飞作为一位童书出版战略家的宽广与深邃的话，那么，《书是甜的》则更多显示了作者作为一位童书鉴赏家、评论家的眼光、灵气和素养。

这种知书、懂书的灵气从《书是甜的》这个灵动、响亮、温暖的书名，就开始传递给了我们。这个书名所提示的犹太人关于童年与书的寓言故事，将书籍与阅读所能够带给童年的甜美和芬芳，一语道破。翻开书页，与书名相呼应的许多篇名依然打动着我。例如关于叶至善先生的《我是编辑》的评论《编辑一生 至善天下》，关于曹文轩海外版贸图书的《用一根针挖一口井》，还有《让每个童年都美好》《听到了开花的声音》等等。而字里行间对一部部童书的分析品鉴，对书人书事的勾勒介绍，更是显示了海飞先生洞悉童年智慧、深谙童书奥秘的专业眼光和气象。

事实上，这部著作不仅以独特的视野和历史脉络呈现，成为当代童书出版和走向的一份历史记录和档案，也是一位智者和行家二十余年童书观察、体味、思考、判断的心血汇集和凝聚。

我还想说，它也是与"学院派"童书评论遥相呼应的"实践派"童书评论的一个可贵的代表和典范。所谓的"实践派"童书评论，是指童书评论者本人即是童书出版第一现场的参与者、践行者，其评论的话题、姿态等，也因与当下童书现场的紧相呼应、紧密对接，而具有了独特的、无可替代的意义和价值。海飞先生童书评论的对象，覆盖了活跃于当前儿童文学界的一大批新老作家及其作品，也涉及当下新兴或典型的各类童书出版现象。综观他的评论文字，我们甚至可以从中描画出一幅当代童书出版发展的参考地图。书中以评带论道出的关于中国少儿图书"黄金出版"时代的全方位分析，不仅涉及代表文体、写作题材、艺术进阶等文学问题的思考，也涉及出版规模、图书结构、印装质量、市场规模、版贸交易、产业潜能等专业出版因素的考量。后者对于我们把握童书出版作为一项文化事业的完整链环，对于我们从更全面的视角理解童书文化的传播和推广，具有十分可贵的价值。比如谈到林格伦作品集的翻译出版，身为出版社社长和出品人的作者谈到了这套作品的翻译、装帧、编辑以及非出版领域的文化机构人士在这一名著译介过程中扮演的重要角色。这些角色虽不直接介入文学的生产，却是直接影响文学传播命运的重要场域因素。关于它们的思考，也为我们提供了重思童书经典化现象的一个有趣视角。而在上述"黄金出版"的大背景下，关于"我国的儿童文学总好像'差'了一点儿什么"的分析和思考，则传递出一位老出版人对于本土童书发展状况的谨慎审思和殷切期望。

在我看来，"实践派"童书评论的优秀之作，远非简单地总结、评述当下童书出版的各类现象，而是在描述现象的同时，还以评论者从事童书出版实践多年累积起的见识、胸襟和定力，把读者进一步引向现象背后的出版意义与文化内涵的思考。读海飞先生的评论，哪怕是单篇作品的点评或序文，你总能读出"单篇"之外一位久经沧桑的出版家更阔大的视野和更深广的思考。在海飞身上，这种思考的"漫溢"不是刻意为之，而是本能使然。每拈起一个作品，在做文学的分析和体悟的同时，他会很自然地把它放到中国童书出版的大语境下，带出相关重要话题的评说。他谈曹文轩儿童文学作品的版权输出，个中分析、判断包含了关于中国儿童文学国际化问题的重要思考。他谈原创图画书《盘中餐》的成功，时时透出的是对于原创图画书发展突破的期望与艺术蜕变的欣喜。他谈张炜的《半岛哈里哈气》、赵丽宏的《童年河》等作品，道及自己在各种场合呼吁知名的"作家"和"科学家"们为少年儿童写作，其中包含的完善当前儿童文学创作生态的苦心孤诣，以及那份为少年儿童、为童书事业的责任心，仔细回味，令人感动。

可以说，正是以海飞为代表的一批对童书事业怀着全身心的热忱和赤诚的出版人的声音、行动，推动了中国童书引人瞩目的当代进程。而我相信，他们的一切奉献和付出，最终都是源于他们发自心底的对于书籍以及它所承载的文化传统的热爱和信仰。如同海飞先生这本评论集的题名所道："书是甜的。"一种以好书为伴的生活，同样充满了蜜甜的幸福。海飞先生付诸童书出版和评论工作的几十年如一日的热情，正是致力于把这份生活的幸福播撒开去，传承下去。作为同行者，我要向他致以由衷的敬意。

（原载《中华读书报》2018年3月21日）

让童年游戏的翅膀驭风而行
——读班马少年小说《我想柳老师》

班马在中国当代儿童文学界有"鬼才"之誉。仔细想来，非"鬼"之一字的确不足以形容其才华。20世纪80年代，班马的名字像一股旋风般刮入中国儿童文学的创作和研究领域，并在这两个领域同时激扬起具有极大牵引力的思想和艺术气流。在我看来，这气流在今天还充满了鼓荡精神的力量。

"鬼才"之"鬼"代表了一种越出常规的想象力、洞察力和创造力，我们或许可以说，这种"鬼"也代表了班马对于他所格外关注的童年生命状态的一种理解。1990年，班马发表了短篇小说《我想柳老师》（长篇小说《六年级大逃亡》片段），这篇小说洋溢着少年饱满的狂欢精神和创造热情。柳老师的到来让整个班级的孩子们发现了学校生活充实的欢乐。他的幽默、才华和他对学生的尊重，征服了少年们的心，鼓励了他们的自信，也让他们真正领会到身在一个集体的荣耀和责任。小说的叙述采用的是五年级二班男生"我"的视角，"我"同时也担任故事叙述者的身份，整篇小说的语言因此处理得十分口语化，也十分符合角色的少年身份和男生性格。前两部分的叙述语势张扬，情感充沛，充分传达出"我"和同学们对柳老师的敬佩和喜欢；最后一部分则在别离的愁绪中制造中狂欢的高潮，对柳老师的尊敬和留恋通过"最后一场球"的激烈碰撞，以一种男孩独特的情感表达方式喷泻出来。作者对于少年心理和情感的把握精准到位，幽默轻快的叙述里浸透着一种说不出的忧伤和沉重。

这篇小说很可以看作是班马对于他所极力倡导的童年和儿童文学的游戏精神的一次艺术诠释。在中国当代儿童文学界，班马是在创作和理论的双重维度上主张和实践游戏精神的第一人。他关于游戏精神的理解吸收了来自西方哲学、美学、人类学、教育学等学科的相关资源，同时更体现了他本人对于儿童文学艺术功能与精神的深刻体认。

班马的"游戏"不是简单的"玩"。在他的那些张扬游戏精神的儿童文学作品中，一种酣畅淋漓的游戏快感始终与另一种对待游戏的严肃感、庄重感结合在一起。比如作品中讲述的"多米诺骨牌"游戏——在柳老师的安排下，全班同学从家里搜罗来上万只麻将牌，在教室里上演了一场声势浩大的"多米诺骨牌"游戏。大家在课桌拼成的大台上分组搭建各自的骨牌阵式，这些阵式最后将汇成"一个庞大的阵群"，以制造一次骨牌连锁效应。游戏越是展开，全班同学就越是紧张，因为到了最后阶段，"大家都不是只关心自己的这一摊了，而是紧张地关注别人的动作，一个弄不好，全体就碰砸了"。通过这个游戏，"我们真的从来没有这样感到全班是连在一起的。再做一百次报告也不会有这种感觉"。

这个故事包含了班马关于童年游戏精神的两个基本理念，一是玩的精神，二是操作的精神。这里的"玩"既是一种释放和宣泄，又是一种参与和创造；"操作"则是强调游戏中的身体参与和身体体验，它是一种有目的的身体实践。"玩"的精神赋予游戏以想象和创造的自由，"操作"则使游戏的自由创造具有了某种特殊的目的性，这个目的的最终意图并不在于完成某个要求，而是对于游戏能量的一种汇聚，是对于游戏快感的一种升华。"多米诺骨牌"这个游戏的形式操作终点是骨牌接龙的大获成功，但其操作的意义则在于一种融会了独创性与合作性的创造精神，以及对于那从最深处把我们联结在一起的生命共同感的体验。

这就是班马对于游戏精神的理解。游戏精神不是简单地倡导"玩"的快乐，而是通过"玩"来拓开童年的生活感觉，丰富童年的生命体验，充实童年的文化蕴含。同样地，儿童文学的游戏不是童年剩余精力的肆意挥霍，而是在自由的游戏中将这种精力自然地导向对世界、对自我的身体和精神的双重把握。因此，班马笔下的童年游戏可以是快活的、放肆的、张扬的、狂野的，却从来不轻浮。这些童年游戏的翅膀拥有内在的力量的骨骼，它们使得翅膀的飞翔能够驭风而行，从而获得真正的自由。

（本文根据方卫平教授对班马先生的相关评论整理而成）

（原载《十月少年文学》2018 年第 6 期）

我读高洪波的儿童诗

高洪波的儿童诗有着太阳般热情、朗亮的气息和光芒。这些诗仿佛为我们打开了张望世界的一扇窗户，透过它，我们眼前展开的这个世界，呈现为某种奇妙的糅合：它是端庄的，也是活泼的；是清澈的，也是多彩的；是温柔的，也是雄浑的。

洪波的儿童诗里有天真的童趣，童趣之下，又总是沉淀着某种引人回味的深挚与厚重。《懒的辩护》的幽默俏皮里，隐约闪耀着童年思想的机锋。《图书馆之夜》的瑰丽幻想中，暗暗鼓动着童年感觉的浩荡。读"爸爸的背是一座高山／我最爱爬上又爬下／爸爸山会发出轰轰的笑声／还会甩动一头森林似的头发"，我们从一个孩子关于"爸爸山"和"森林"的奇趣想象里，从童年无忧无虑的欢乐游戏中，还读出了日常生活的一种沉默的深情。读"大海和太阳的好意／我们都记在心间／不过最难忘却的／是那平坦的沙滩"，我们从这一片"最难忘却"的"平坦的沙滩"上，读到了童年情感的朴实的生动和真切的自然，也读到了这朴实和自然的背后，一种心怀大海和太阳的广大辽远。

读这些诗，不知为什么，你会在心里想象一种站立的姿势，脚下是广袤的大地，眼前是无垠的风景。

就让我们从这样一种姿势，开始人生最初的旅程。

（原载《少年诗刊》2020年第1期）

世上会有一匹白马等着你
——读图画书《马头琴的故事》

马头琴的故事,始于一片空旷的原野。山峦如呼吸般轻轻起伏,草木健旺而沉默地生长,湖水静静流淌。

这样的空旷和宽广,静默和孤独,就好像时间、空间还有一切的一切,刚刚开始的时候。

就在这片旷野上,住着云登和他的两只小羊。无边无垠的旷野,有了一个牧童和两只小羊的身影,虽然是那样微小,却让世界变得那么不一样。太阳从头顶照下来,在云登和小羊身后投出蓝色的影子,迷迷蒙蒙,如梦幻般。时间一点点地过去,又好像从来没有过去。

也许,生活可以一直这样过下去。

但是云登的梦里,有了一匹马,一匹不在这片旷野上的白马。它"跑起来比风还快","鬃发像旗帜一样在头顶飘,眼睛温顺又俊美,像宝石一样"。这匹梦中的白马打开了云登的世界。在梦中想象它,渴望它,等待它,云登的生活里有了伤感的惆怅,也有了美好的向往。终于有一天,如愿以偿,白马来到了云登身边。他们一起度过了四十九天欢乐的时光。随后,白马在云阵的召唤下"高声嘶鸣,飞奔而去",重新回到了可汗山。

《马头琴的故事》有着蒙古族民间风物传说的烙印,但是,当我们静静赏读这部由鲍尔吉·原野著文、贵图子插画的图画书作品时,不知是在语言和图像叙事的哪些角落,奇谈异说的感觉悄然剥落,另一种深入灵魂的悠远和怅惘,渐渐淹没我们的感官。

  遇见白马以前,云登尚不知时间为何物。或者说,他还不曾领悟,一种有限度的时间到底意味着什么。从白马降临开始,故事叙述的调子仍是平实,却透着一份结实的欢乐。"从那天起,云登和白马还有他的羊,每天都在一起。"如果仔细回味,我们会发现,云登和他的羊,从来也是"每天都在一起"。但那时的时间,似乎还值不得这样郑重地提起和讲述。与白马在一起的"七七四十九天",让云登第一次领会到时间的意义,也第一次体味到无法克服时间限度的深切悲伤。这是生活的限度,也是生命的限度。或许,只有经历过、懂得了这样的欢乐和悲伤,属于生命的那段时间,才会被赋予真正充实的意义,并且因此而永远不会被忘却。泪水化作歌声,是时间留给生命的永远的纪念。

  这一刻,云登长大了。

  这不仅是一个孩子的成长,也可以理解为所有生命成长的某种寓言。

  长大后的云登发明了"马头琴"。那琴柱顶上的马头,带着云登对白马所有的想念,也让人想起与时间有关的一切欢乐和忧伤。白马的到来和离去,对云登来说,有如幻梦一场。但这幻梦改变了他生命中的原野。"他想起做的梦,心里说,世上会有一匹白马等着他。"平凡的生活中有了这样的梦和向往,生命该是多么地富有光彩和希望。

  青年插画家贵图子敏锐地把握住了马头琴故事中所具有的辽阔、孤独的草原气息和奇幻、有力的神话色彩,她采用丙烯这一厚重又富于变化的绘画材料呈现,同时在构图、色彩、媒材使用和图像叙事节奏等方面进行了独特的艺术创作,显示了优秀的创作才能。

或许，我们怀着的那些梦，即使永远只是以梦的形式存在，我相信，它也将改写我们生活于其上的旷野的风景。

世上会有一匹白马等着你，不论是在天上，还是在你的心里。

2020年3月28日写于康河之畔

（原载鲍尔吉·原野著、贵图子绘《马头琴的故事》，中国少年儿童新闻出版总社2020年版）

品味原创

鲁兵：在教育与审美之间

在中国当代老一辈儿童文学作家当中，鲁兵称得上是一位天分和才情颇高、审美趣味丰富而独特的作家。就是这样一位作家，把自己毕生的心血和智慧，全部投入在了属于"小娃娃"们的文学工作中——为"小娃娃"们编书，编出了《365夜》（上、下两册）这样影响了几代读者的儿童文学经典选本；为"小娃娃"们写作，写出了不少脍炙人口的儿歌、儿童诗、童话、故事等等。

读鲁兵的儿童文学作品，我们不难感受到作家深厚的民族和传统文化素养对于其创作的影响。《纺织娘》《赏荷》《蜻蜓》《不倒娃》等儿歌作品在看似平常的取材和吟唱之中，传达出了儿歌艺术的轻巧、率真、活泼和妙趣天成。《上学去》《小书迷》《渔家女》《纳凉》等作品，内容上更贴近儿童的现实生活体验，在儿歌形式表现上同样颇具传统童谣的美学神韵。而童话作品《顶顶小人》对民间故事三段式叙事结构的化用，《一只小鸟和三个孩子》中所设置的一个近似于民间故事叙事者的声音，如"这是谁的家？""后来呢？""再后来呢？"等叙述语言的运用，同样显示了鲁兵儿童文学创作与民族、民间审美传统之间的内在联系。

给学龄前和学龄初期的孩子们写作，加之特定时代文学观念和文学趣味的影响，鲁兵曾经写过一些富于训诫意味的作品，这是可以理解的。但是，我们也不难发现，在鲁兵的创作中，尤其是在他创作的后期，其作品中的主题设置和价值取向，逐渐发生了某些重要的变化。儿童诗《小老虎逛马路》、童话《顶顶小人》《一只小鸟和三个孩子》《大树大树高高》等，显示了作家对于儿童文学主题表现可能性的重新审视和思考。在一个老是被"关在笼子里"的小老虎因为偶然的原因"溜了出来逛马路"的故事中，作者由以往作品中常常扮演的童年的"训诫者"，变成了童年的"思考者""护卫者"；在围绕着小鸟、围绕着大树而展开的不同的故事中，作者把环境、自然及其与人类、与童年的关系和思考，巧妙地融入了故事的发展和叙述之中。我想说，在这些作品中，作家的创作已经在不知不觉中实现了一种重要的提升乃至飞跃。

自然、诙谐、有趣，始终是鲁兵儿童文学创作的重要美学追求。"听不见知了叫／听不见蜜蜂闹／小鸟飞来瞧一瞧／我也不知道"——生动地勾勒出一幅小书迷专心致志、心无旁骛的读书图景；"小青蛙，小青蛙／咱们一起说说话，好吗／小春娃，小春娃／我只学会一句话：'呱——'"孩子的天真与青蛙的"物性"巧妙结合，简洁的对话中透着淡淡的幽默感。对于鲁兵来说，坚守儿童文学的"教育性"是他一生的创作理念和担当，但是，当他以蓬勃的才情走过了为小娃娃写作的一生的时候，我们会蓦然发现，他其实也一直在朝着审美的方向前行着。

任溶溶：日常生活到一首诗的距离

任溶溶是一位真正用"白话"也即普通的生活语言来写诗的作家。他把日常得甚至有些琐屑的生活写成了诗，也因此把诗变成了实实在在的生活。他的儿童诗从来不用任何"诗意"的文学字眼，而是以简朴素白同时又充满童趣的口语，如日常说话般地"说"诗，但是很奇怪，他居然就这样"说"出了许多漂亮极了的童诗。他使日常生活与一首诗之间的距离，变得如此微不足道。

这些素面的童诗让我们想到诗歌的某种返璞归真。我想，只有对语言的节奏和韵律烂熟于心，对童诗的体式有了某种了悟，才会写出这样的诗歌。

任溶溶用口语写诗，却格外看重诗的节律。他的每一首童诗都讲究声韵、节奏的谐和搭配。他尝试过四字、五字、六字、七字、八字等等不同长短的诗行，每种诗行都有着分明的韵律。在同一首诗内，有的时候，他把不同长度的诗行有规律地连缀起来，造成有规律的节奏错落；有的时候，他又有意打断节奏行进的规律，借助一个或几个不规整诗行的插入，使诗歌在形式上显出更多俏皮的意味。他能够把日常生活中的拟声词、叹词、数字乃至算术题、方程式等等与诗歌相去甚远的"符号"巧妙地镶嵌、融入诗的内容和韵律中，丰富诗歌的形式面貌及其节律变化。读任溶溶的童诗，孩子们很容易跟上其中音乐般的韵律，而那些埋伏在诗行间的小小的节奏"斜坡"，则使诗的节律变得更为活泼和富有灵气了。

任溶溶的童诗创作始终保持着一种世界性的思想与关怀的高度。当许多同辈作家的创作常常自觉地服从于某种意识形态话语控制的时候，他仿佛在不经意间就投下了一个格外令我们敬重的创作身影。他善于发现儿童生活中充满童趣的语言、场面和情感体验，加以定格、放大、渲染，从而表现童年独特的生活情趣。比如《口袋》中的哥哥在影院门口使劲掏电影票的场景，《爷爷他们也有过绰号》《奶奶看电视》中透过孩子的眼睛所映照出的大人们的可爱模样等等，都呈现出十足的轻喜剧的幽默。他也善于从平凡的生活中发现朴素而又珍贵的生活哲理，比如《什么叫作幸福》中一个孩子关于"幸福"的最平常、最切身的体验，《我的一个大发现：妈妈为什么叫妈妈》中把"妈妈"这个词放在世界语言体系里的有趣、温暖的诠释，以及《北京——外国——宇宙》中从"广州人""中国人"到"地球人"的"同乡"情谊所表达出的宽厚的人类情怀。他还喜欢在诗歌里向孩子们介绍一些有趣的现象，比如《女儿和儿子的话》中南北地区不同气候的对比，《信不信由你》中东西半球昼夜时间的差异，等等，但从不摆出"我来告诉你"的居高临下的姿势。他把自己对世界、对生活的朴素而又真诚的体验放进童诗里，和孩子们一起分享。很多时候，他在自己的诗里变回了一个单纯的孩子。

我想，诗歌里的这个任溶溶会陪伴着我们，走到很远很远。

金波：诗与思的芬芳

我一直觉得，金波的文字是有香味的。他的每一个小而精致的作品，都散发着沁人的诗与思的芬芳。

金波的作品很少雕饰，他的文字读来总是那么清新素雅。但正是在这些朴素的文字所构筑起来的想象世界里，却流淌着一种别样的光彩。那顶着一身花叶的光影在森林里飞奔的小鹿，那悄然"飘进"画里的"洁白的云"，那金子般"撒遍田野、高山和小河"的阳光，那因为无数美丽的叶子而亭亭站立着的美丽的大树……这些意象在我们心中所激起的丰盈而又活泼的想象，如幽邃夜空中的星辰，熠熠地闪着光。我想，作家身为诗人所特有的对于文字的色彩、音质的敏感，一定深深地影响了他的创作。正因为这样，阅读金波的许多作品，我们总是难以自禁地沉入它们所铺设的场景及其氛围中，并被深深地感染。

当然，在作家所编织的所有意象里，还藏着一份温暖、别致、深厚的情思。树林里的小鹿与每一棵树"交谈着春天的消息"，春风里的小树许诺给爱唱歌的小鸟一个"温暖的巢"，倒下的树执着地"长出无数的耳朵"倾听鸟儿歌唱，一片花丛将晚风揽进家的怀抱……可以说，自然、生命和宽广的爱是金波笔下最为重要的三个命题，它们在作家的诗歌和散文中，以树、鸟、花、草、风、云、雨、露等等意象反复被吟唱和诉说。这里面有《小树谣曲》这样柔和、绵软的温暖，也有《让太阳长上翅膀》这样开阔、磅礴的情怀。

金波的儿童诗里藏着一双童年的眼睛，它晶亮、明澈，盛装着童年独有的生命力和创造力。它属于作家心中那个永远的孩子。他拥有无尽的梦想的诗意，想变成"一棵树""一朵花""一阵风""一朵白茸茸的蒲公英"……他收纳同时也吐放爱和关怀，渴望把心中的光和热"送给所有的人"，渴望把爱的信笺写给世间万物。就是这个孩子，他也永远记得在美丽的星光、月色和春天的花朵之外，那一只被蛇吞噬了的鸟儿和它的"没唱完的歌"——在金波的儿童诗作品里，这首《记忆》以它并不十分规整的格律、叙事化的吟唱和令人震撼的情感表现，展示了童年和儿童诗的另一种厚度。它所表现的生命之美在暴力下骤然消殒的过程，不仅仅是一个特殊的童年记忆，有阅历的读者也能够从中读出对于人类历史命运的思索。

　　金波的许多诗歌和散文都有着清浅、明亮的格调，但这并不妨碍它们成为有重量的作品。在诗歌《不应当只记得》里，诗人从普通的日常物件起笔，向着辽阔、高远的诗的境界慢慢延伸，而这延伸又始终紧紧地贴在我们生活于其中的这片土地上、这个世界里；看似平常的联想和类比，因此拥有了辽远淳厚的诗意。读一读《做一片美的叶子》《白丁香 紫丁香》，你会发现，这些散文里也满漾着诗情与诗美的芳香。

高洪波：心里住着一个孩子

高洪波为孩子们写诗的时候，常常忘掉了自己。他走到一个孩子的思想和心灵中，用诗行来表现这个孩子对童年生活的感受和思索。这些感觉和想法有的散发着自然的诗意，有的饱含着生活的温暖，有的纯然是一些调皮的点子，还有的则藏着孩子心里小小的苦恼。这样，从他的诗歌里就走出来了许多姿态各异的童年身影。这些身影叠合在一起，构成了一个生动而又多彩的现代童年的孩童形象。

他关注这个孩子对"生命"与"生长"的体验。在诗歌《我想》中，他写一个孩子在春天里的生活想象与成长感觉，将自然意象与童年的身体巧妙地融合在了一起。诗中的"我"变成了举着花苞、牵着阳光的桃树的一部分，变成了高飞的风筝、发亮的小草、芬芳的小花、飞翔的柳絮和蒲公英的一部分。诗歌借童年的感觉写出了大地上的活泼春意，也借这些自然意象写出了渴望"生长"和"飞翔"的童年的"春天"。他也关注这个孩子的日常生活体验。在诗歌《生日》中，他用"甜的""红的""长的""活的"这四幅画面的蒙太奇式组合，生动而又特别地表现了"生日"这一天留给一个普通孩子的感觉印象。他关注这个孩子自己的思想。在诗歌《我喜欢你，狐狸》《懒的辩护》《我是一个小学生》中，他让我们看到了童年身上常常蕴藏着的那份活泼、自由、创新的生命力。他也关注这个孩子有时不得不承担起的某些生命的缺憾，并导引他去发现这缺憾中所包含的完美——在《我的太阳》中，他用深藏着情感的笔墨与"盲童朋友"对话，诗中看不见太阳的盲童，却用他"又大又亮"的心房，点亮了我们的眼睛。

如果说高洪波的童诗里住着一个他心里的孩子，那么在他的散文里，我们则看到了作家自己孩童和青春时代的影子。在《翠绿色的歌》《山那边的风景》《打雪仗》等散文中，故乡夏天的蝈蝈和冬天的雪，童年登山的梦境和青春时代对于"山那边的风景"的执着，以或充满童趣、或意味深长的方式，越过遥远的时空被推到了我们的眼前。对于今天的孩子们来说，阅读这些文字，有如在时间的长河里回溯一段属于父辈们的已经成为历史的少年和青春岁月，而这样的回溯构成了对于当下童年体验的一种有益的丰富。

高洪波并不仅仅是一位儿童文学作家。他的笔流连于童诗和儿童散文的创作，却并不拘限于此。他写过《山那边的风景》等一系列表现他所亲身经历的军旅生活的散文，这些文章在记取一段特殊的人生经历的同时，也传达出他对于人生、世界、存在的哲思。他还写过包括《西皮流水》在内的一些文化散文，读来别有一番酽茶醇酒般回味深长的意蕴。毫无疑问，他的诗人和散文家的身份影响了他的儿童文学创作，使之常常在铸字炼句、描景抒情、意境提炼等方面更添一份浑厚与深刻。而另一方面，他从儿童文学创作中所获得的那样一份成熟的单纯与清洁的洒脱，或许也对他的诗歌和散文创作产生了另一种深刻的影响。

薛卫民：为自然和童年而歌

自然和童年这两个意象在薛卫民的儿童诗里占据了极为重要的位置。当然，在诗人的笔下，它们不再是两个泛化了的抽象概念，而是浓浓地沾染了诗人自己的文学情怀和文字个性。

作家写自然，但他的笔下不是单纯的描绘，而是一种兴味盎然的"发现"。他写无影无形的风，却能让我们透过诗行"看"到风的模样，"听"到风的喊声，就像看到了一个活泼的孩子。他写山上弯弯的小路，却并不立即把小路指给我们看，而是让我们跟着它"爬山"，一圈一圈直到山顶——"弯弯的小路爬山"，这是多么有趣又多么贴切的比拟！他用太阳和野花的"上山下山"来描绘世界的"一天"和"一年"，从而把属于生命的色彩、温度和情感重新还给久被机械化了的世界时间，也诗意地诠释了时间的自然循环。看得出，诗人对天地自然怀着一份真切的尊重和喜爱。他甚至不惜以自嘲的手法，通过在自然与人类社会之间设置带有讽刺性的对比，来突显对前者的肯定。这样一种美学上的价值倾向毫不隐讳地流露在《小鸟总唱歌》《大家的太阳》《鸟教的》《小猴发表演说》等诗歌作品中。

不过你一定得看明白些。在这些诗歌里，与自然形成对立的是早已从自然中分化出来的、自以为长大了的"人"，而不是仍然与自然保持着亲密关系的孩子。相反地，在薛卫民的笔下，童年似乎是一个天然地属于大自然的名词。他也喜欢把童年和自然的意象并置在一起，但却不是为了对比，而是为了展开类比。他用小树"悄悄长高"的现象来喻指一个孩子"悄悄长大"的过程（《悄悄》），用"大路和小路，/都有自己的去处"来提醒我们重新认识大人和小孩之间的关系（《路》）；他把云朵和孩子分别叫作"天上"和"地上"的娃娃（《云朵和孩子》）；他也深深理解一个孩子对一棵小树的同情（《房顶上的小树》）……我们看到，作家写童年，但他不是把童年当作一个观赏或者挑剔的对象，而是亲身站到童年的视点上，为它发言和辩护。"大人们不一定就'大'/小孩子不一定就'小'"——诗人要我们明白，在生命的宇宙里，每一颗"星星"都有它独特的光芒。

薛卫民的童诗创作，有一点不免令人惊奇而又佩服，那就是他特别擅长在诗歌的节奏形式与它们的情感氛围之间实现恰到好处的调谐。他要一首诗动起来，于是它的句子就活泼地跳跃、游动和相互追赶起来；他要一首诗静下来，于是它的音步就平缓起来，轻收轻放起来；他要一首诗踏着舞步行进，于是它的节奏就优雅地回旋起来；他要它像散步一样悠然地走，于是所有的语词们就松开手，轻轻松松地步行起来。

这样一种语言调遣的才华，不是我们能够在童诗作品里常常遇到的。

王宜振：一行诗歌的温度

王宜振对诗的语言的铸炼有一种近乎痴迷的执着。他在许多诗里都表露了这样一种想把词语和句子"磨亮"的痴迷。在他的笔下，语言是可以嗅，可以尝，可以搓揉，可以咀嚼，可以像对待一朵花、一个果子那样把它掐下、晾干、收藏了再取出来慢慢嚼食的一种存在。

或许正因为这样，诗人对"嚼"字情有独钟。他似乎觉得，只有这样一个充满力度的味觉动词，才能把语言所蕴藏着的绵远淳厚的滋味，比较充分地表达出来。"一小段晒干的／话儿嚼它／需要我一生的／时间"，"一个名词／加一个动词的小句子／就这样被她三嚼两嚼／嚼得又香又甜了"，"嚼着、嚼着／把日子嚼甜了／把生活嚼香了"，读着这样的诗句，我们的两颊仿佛也不由自主地咀嚼起来，我们的舌尖仿佛品到了语词的甜香。

王宜振正是这样一位咀嚼语言的诗人。他把每一个语词和句子放进嘴里，反复地品味，固执地寻找最耐得住咀嚼的那一个词。他在熟悉的语词里来回穿行，翻寻着每一种足够新鲜的感觉和气味。所以，他的诗歌里总有一些锃亮的字、词以及句子，会在一瞬间把我们抓住。比如他用一个"喂"字来写家："用春天般的温暖去喂它／用一点一点的爱去喂它／……用一声问候去喂它／用亮闪闪的眼神去喂它……"(《喂家》)，这新鲜的比拟把"家"这个词所包含的温暖的感觉和丰富的意义，恰切地表现了出来。再比如诗歌《你的名字》，用"牵"，用"握",用"煮",用"织"来记住一个"名字",多么奇特的搭配!我们每一个人的生命里,不都有那么一些重要的名字,正是我们一路牵着、握着不能放下,在心里煮了许久、织了许久也依然"新鲜如初"的嘛!

诗人王宜振说自己"倾心关注一些微小的事物"。他关心一朵小花、一声鸟鸣、一束阳光、一个词语。他努力把这些容易转瞬即逝的美留住在他的诗里。他要美的声音不但可以被听见,也能够被看见和触摸。在诗歌《母亲的嘱咐》和《声音的味道》里,一句话,一个声音,变成了可以餐的干粮、可以饮的佳酿;听觉变成了味觉,也因此有了可以触碰的着实的滋味。在《一声鸟鸣》里,他把鸟鸣声揉进灿烂的阳光、柔软的云朵、春天的腰肢、蝴蝶的舞步,揉进绿野和薄衫里,于是,我们在触目所及的每一样春天的事物里,都"看"到了这声欢快的鸣叫。有时候,他也收藏一些属于生命的忧伤,比如他在诗里捡起的那粒从枝头滚落的、藏着泪珠的啼鸣。

就像一盆花把一个家点亮,一声鸟鸣把一个春天叫亮,王宜振用自己酿的词语,把诗行变得"水灵起来","芳香起来","明亮起来"。他的诗因此有了生命的温度。

林芳萍：开在时间里的生命之花

林芳萍的儿童诗透着一份清亮的智慧。她的笔下颇多山水花树等自然意象，但这些寻常见惯了的景物到了她的诗里，总能够平添许多新奇的情致和韵味。在《雨声》和《夏日音乐厅》这两首诗里，自然的雨声和夏虫的蛩鸣在作者耳边织成了轻重缓急的念书声和此起彼伏的奏乐声。跟随着诗歌"一声慢 一声急""这边响，那边静"的描绘去慢慢倾听，我们也从自然的声响里发现了别致的意义。在《谁要跟我去散步》中，作者让"风儿""夕阳""花香"和"影子"成为"我"散步的伙伴，从而使自然的物象拥有了活泼的童趣，也使"散步"这件寻常的事情变得充满了诗的情味。在颇具民歌风味的童诗《秋天，到处走走》中，作者用一个"走"字同时连接起了"风筝"与天上的"云"，"云"和山里的"湖"，以及"我"和草原上的"画"。"走走"是一个闲适的动作，它使诗歌所描绘的每一幅秋天的景致仿佛在不经意中与读者悠然相遇，在我们心中激起一片讶然的欣喜。

林芳萍在她的童诗里取用、设置诗歌意象时，显示了一个诗人特有的灵气与智慧。在《最远的地方》这首诗中，她用"最高""最蓝""最远"的意象层叠来传达一种悠远而又复杂的乡愁：高山和海洋是美丽的梦想所在的远方，而当我们从故乡出发抵达远方时，却总是发现自己正在回过头去，遥望那被留在另一个远方的家园。这简短的诗行里包含了关于永恒的出走与归来、追寻与落定的人生悖谬和哲思。在《动物园内的白日梦》中，作者通过动物园铁笼里"踱步"的老虎、狮子、花豹三个意象的并置，来传达失去了自由与故乡的生命的无奈悲哀。另一首诗歌《流浪的小狗》也采用了意象之间的并置与对比。作者先通过"流浪的云""流浪的风"的比喻来正向烘托"流浪的小狗"的孤独，继而又以相同的意象、却从不同的方向来反衬小狗的孤单，最后仍然借这两个意象巧妙地传达了"我"对小狗的关怀。

作家的许多诗歌都给人这样一种浑然一体的结构美感。但在她的散文里，林芳萍放下了诗歌的紧致，而改用另一种疏朗散漫的笔法来记写自己的童年与生命体验。不过读到后来，我们总会发现，它们略显松散的叙述是被同一根情感的线索牢牢牵系着的。状如兄弟的两座山峦默默地看见了一对普通兄弟的生长与衰老，竹林的过去和今天记录了一个普通村落的生活变迁，村角的樱花树下安放了一段晴好的童年时光，入冬的橘山上挂起一树树金灿灿的甜蜜……林芳萍用散文的笔调探询着普通生活的温度。她笔下的喜悦与忧伤、幸福与烦扰，都是真诚的、朴素的、清清净净的。这些从她自己的回忆里剪辑出来的生活影像，像一枝枝从时间的土壤里开出的生命之花，有一种被定格了的遥远而又清晰的美。

包蕾：从经典出发，抵达经典

20世纪50年代，当包蕾决定拈起从《西游记》中取来的灵感，开始创作他的《猪八戒新传》时，他面临的是一次带有冒险性的创作尝试，因为他所面对的前文本是一部如此著名的中国古典白话文学作品，也因为包蕾选择这一传统题材的目的并不是为了对它进行任何方式的改写，而是一种"续写"和"仿写"。它的难度在于，既要隔着时空的距离使作品在情节设计、性格表现、语体风格等方面达到与原著"神似"的效果，又要在模仿的同时写出有别于被仿文本的新意。因此，这样一个写作计划的制定，为包蕾的创作设定了相当的难度。

而我们看到的是，从猪八戒的新传故事第一次与大小读者见面开始，包蕾就以几乎完美的创作姿态应对和消解了上述难度。他在故事里延续了《西游记》的基本人物关系和情节模式，将发生在猪八戒身上的各个故事仍然放到唐僧师徒西天取经的基本框架中，并将它们处理成取经途中的一段段小波折。这样一来，这些故事就不是游离于原著之外的，而更像是原著的一个自然的旁枝。更为重要的是，包蕾在熟读《西游记》的基础上，将明代古白话的语体风格娴熟地运用到自己的文字中，从而使这些故事愈发蒙上了一层几可"乱真"的阅读感觉。

在很长一段时间里，一部《西游记》的接受史是以同时结合了神性与魔性、既桀骜不驯而又重情重义的孙悟空为中心的。包蕾却敏锐地发现了蕴藏在"猪八戒"这个角色身上的童趣。八戒的贪吃、贪便宜、好面子等性格特征，为整个西游记故事增添了许多幽默滑稽的情趣，也成为包蕾写作他的故事的基本生发点。《猪八戒吃西瓜》是其中最为人称道的一篇作品。作者既紧紧抓住八戒"吃西瓜"的中心事件来表现八戒的基本性格，又在许多小细节处巧加点染（比如八戒自告奋勇前去化斋时心里怀着的小九九，以及不堪行路劳顿的他望见树荫时心中打起的小算盘），从而使角色性格的展开有了合适的铺垫。同时，故事既突出八戒的贪吃偷懒，又合情合理地写出了他可爱的善处（比如他在一个人"吃西瓜"时，起先还不忘给师父师兄师弟们各留一块），从而使这一形象具有了较为丰富、幽默的性格内涵。可以说，包蕾把猪八戒这一形象身上所包含的童趣，淋漓尽致地发掘和表现了出来。值得一提的是，在整个过程中，行者的形象虽着墨不多，其性格却同样得到了鲜明的呈现。

　　包蕾当初创作猪八戒的故事，除了让小读者觉得好玩之外，还怀着另一个十分明确的意图，即希望故事对孩子们有所教益。在《猪八戒学本领》中，这教益甚至直接透过行者的话"说"了出来。然而，在一个童话作品的现实教益内容不再显得那么重要和必要的今天，包蕾笔下的猪八戒故事仍然以其清新幽默的童趣和韵味天成的语言，吸引着孩子们的阅读兴趣。我想，包蕾最早写下《猪八戒新传》的时候，或许没有想到，他从《西游记》这部传统经典中取来的灵感，会成就20世纪中期中国儿童文学的另一个经典。

张秋生：小巴掌里的世界

作家张秋生为他的小童话取了个生动而又别致的名字——"小巴掌童话"，意思是说，这些童话看上去只有"巴掌"那么大，但许多个巴掌合在一起，却能够装下满满一个世界。

我们来看一看，这是一个什么样的"小巴掌"的世界。

"小巴掌"童话的篇幅都非常短小，因此，阅读一则童话，就像展开一幅短短的画卷，画卷上往往只有一个或很少的几个场景。比如《小企鹅和爸爸》，整个故事只描写了一个场景，那就是小企鹅从爸爸的肚皮底下伸出脑袋看世界时，和爸爸之间的三次对话。再比如《奇怪的雨伞》，只选取了发生在不同时间里的两个相似的场景。不过，虽然作家所使用的都是十分简洁的文字，但它们所表现的这些小小的场景，却包含着十分丰富的内涵。

有的时候，它是一种温暖的情思。比如，《小企鹅和爸爸》《奇怪的雨伞》《五颗蜜蜜甜的葡萄》这三则故事所描写的场景里，藏着孩子与父母之间的深情；《鲸鱼和小鱼》《找朋友》《犀牛和朋友》这三则故事，生动地诠释了友情的温暖和意义；而《躲在树上的雨》《馅饼小镇》《风儿讲些什么》，则包含了日常生活中人们无时不在给予和领受着的关怀的温暖。

而很多时候，在这样一个温暖的情感的底子上，我们还可以读到令人触动的关于生活和生命的哲理思索。《第一个上门看屋的人》《早上好，朋友》《原野上，一朵花开了》，这些温情的童话在讲故事的同时，其实也在向我们讲述人生的智慧：学会欣赏自己的生活，学会善待身边的人们，学会分享……而像《鹿的对话》这样的故事，在结构和文字安排上，则更具有当代寓言的气息。需要说明的是，作家从来不是摆着一副严肃的面孔说出这些道理的，他只把故事用心地编织好了，放在我们面前。在故事里，他常常保持着一言不发，但是他心中所怀着的对于生活的爱和理解，却通过童话故事里简约的场景呈现，得到了生动的诠释。

　　然而，只用温情和哲思来描述张秋生的小巴掌童话，显然是不够的。你看，在《爱读诗的鱼》《给狗熊奶奶读信》《拔河马比赛》《刺猬和老虎》《没有脑袋的鸟》这些作品里，一种充满幽默的活泼、俏皮的童话情趣，常常逗引出我们会心的微笑。而在童话《但愿》里，一种难以言说清楚的淡淡的忧愁弥漫在文字间，它是属于故事里小白桦的，也是属于将被砍伐的整个森林的，同时，更是属于即将因为自己的行为而失去森林的人类的。很显然，作家所铺设的这一条通往"童话王国的路"，它最后的终点，还是在现实生活的关怀里。

　　或许，应该这样说，在小巴掌童话里，作家张秋生向读者展示的，不仅仅是一个大大的童话和童年的世界，也是一个大大的"人"的世界。

幽默的周锐和周锐的幽默

我相信，每一个阅读周锐童话的人，读着读着，都会忍不住笑起来。是那种会心的、默契的微笑。我们就带着这样的微笑，看大人、孩子怎样怀恋地享受"最后一个冬天"的快乐，看小外星人怎么把地球人的"钞票"叫作"不好看的书"，看"我"怎样刚从苹果人的遭际里摆脱出来，转眼又跌进了柚子人的噩梦，看慢性子裁缝和急性子顾客之间怎样上演可爱的喜剧……

写童话的周锐绝对是一个浑身装满幽默细胞的作家。

周锐的幽默是一种精致的、成熟的、稳重的幽默。他不用任何轻薄的搞笑来点缀故事。他在童话里说笑的时候，神情永远是认真的、端庄的、一脸平静的，好像他本来不知道这是一个多么有趣的说法，但如果你一定要笑的话，他也没有办法。就是他的这样一种端端正正说笑的姿势，把我们都逗乐了。

在周锐的童话里，步步埋伏着这样的幽默。他常常不放过哪怕一个小小的细节，有时甚至只是一个名字、一个称呼、一句平常的话语，来悄悄地安放他的幽默。在看似毫不经意的改换下，这些词句变得充满了纯正的喜剧情味。他这样形容"最后一个冬天"里响起的喷嚏声："这也许是最后一次打喷嚏的机会了，现在如果打不出来，以后就没指望了。"对于"最后一个冬天"的怀恋，在这样的调侃里得到了特殊而又贴切的表达。他让地球上的大人对着小外星人手里的一沓钱这样发话："你的

'书'更好看。这种'书'越厚越好看。"不需要更多的笔墨，就是这么两个简短的句子，把发话者的表情、心理、情绪以及故事内藏的讽刺，淋漓地表现了出来。他一本正经地把"哈密瓜系"编制到大学教育的科系中，又不惜自嘲地在楼梯上把"伟大坐家"变成了一个严肃的考题。与前面那些意味深长的幽默相比，这种相对语体之间的"嫁接"和互会，增添了阅读停歇间隙里的喜剧效果。

但周锐的幽默却不是停顿的，而是蔓延的，是春草般连成一片的。有的时候，我们的想象还逗留在前面一个幽默的细节里，我们的眼睛却已经觅到了又一个新的微笑。他的幽默也不是随意散置的，而是在看似随意的姿势里，蓄积着朝向同一个方向的力。在《慢性子裁缝和急性子顾客》中，围绕着一卷布料和一宗交易，作者极力在裁缝的"慢"与顾客的"急"之间展开对比。结果呢，慢性子裁缝的"慢"恰恰弥补了急性子顾客的"急"，而如果不是急性子顾客的"急"，我们又怎么领会"慢"的好处？在《电话大串线》里，作家用"错位"的夸张把日常生活中的电话串线现象写进童话，其中每一次串线不但场景各不相同，设计也各有妙趣，但它们串联起了一个相对完整的生活世界，从而使每一次偶然的"错位"所产生的喜剧感，都从生活的一个角落远远地弥漫了开去。

读周锐的童话，我们常常抑制不住地微笑起来；但是笑着笑着，我们也会不知不觉地沉默下来。在"最后一个冬天"的想象里，在"不一样的眼泪"的夸张里，在关于"好看的书"和"不好看的书"的幽默里，在既记得又忘记了父亲生日的三个孩子的信里，在电梯里、楼梯口、半空中、月亮上人们相遇时的笑容里，总有些什么让我们不自觉地沉默下来，开始要认真地想一想我们的世界，我们的生活。

冰波：童话的难度

冰波是一位很会讲故事的作家。他可以在乍看之下十分平常的故事语境里，不露声色地把我们推到一个有着沉默的感动或者意外的惊喜的结局里。

我们看《甜甜的手掌》和《西瓜船》这两则小童话。作者在这里所设计的故事、所使用的语言，散发着为学龄前和学龄初期孩子们而写的童话所特有的简洁、稚拙的意味。但这两个故事又是如何以它们的这份简洁和稚拙，深深地打动着我们。两只可爱的小熊在冬眠的树洞里，因为不能确定"是苹果味的好呢，还是草莓味的好"，互相分享了对方"甜甜的手掌"。在这个充满童稚气的分享行为中，有着一份因为真实而变得尤其珍贵的温暖。同样，在《西瓜船》的故事里，作者始终没有就青蛙和蛤蟆的西瓜船上发生的变化展开任何评论，但就在大河马跳上蛤蟆的西瓜船的那一个瞬间，一个重要的角色性格和故事氛围的转变，已经巧妙地完成了。

这是一种并非经常能够见到的低幼童话的叙事艺术。而它也正是冰波的此类童话创作所具有的其中一个十分重要的意义。

应该说，冰波童话的艺术色调是多样的。像《安静的雪人》《流星花》等童话，其情感抒发、语言叙述都较为婉转和细腻，可以看出冰波早期抒情童话的影子。而在《伤心的小蜗牛》《云朵变的小羊》《一封奇怪的信》等作品里，虽然抒情的感觉还约略存在着，故事的情感基调也是柔和、温暖的，但叙述语言却别有一种利落的简洁和朴拙，从而使故事所传达的情感少了些精细，而多了些质朴。比较之下，《长寿面》《新的秋千》《阿远和阿闻》《螃蟹裁缝》等童话，则更多幽默的设计和游戏的意味。此外，《青蛙国王》《青菜熊和萝卜熊》这样的作品，在夸张幽默的故事情节中，又多了一份颇具深度和耐人寻味的思考的内涵。作为儿童文学作家的冰波似乎在有意地探寻着童话创作可能的边界，而他的这种探寻，恰恰构成了对于低幼童话艺术可能的一种富于意义的拓展。

也是在这样一个过程中，冰波此类童话的艺术构思越来越发展出了一种自然的奇巧和朴拙的深刻。比如在童话《蛤蟆的明信片》里，从青蛙手里传递出去的一封简单的信变成蛤蟆所收到一张"最美丽的贺卡"的过程，是那么水到渠成，又那么地充满了真诚、温暖的人情味儿。

在他的许多童话故事里，冰波都巧妙地使用了一种最早从民间故事中借鉴过来的叙述技巧，即特定句式的有变化的重复。在《西瓜船》里，在《蛤蟆的明信片》里，在《老火车头的故事》等童话里，我们一定会注意到那些被重复使用的句型。这是年龄较小的孩子们最喜欢的一种说故事的方式。它们使整个故事的叙述有了分明的节奏，也常常渲染出一种可以回味的情感氛围。

有时候我想，只是为了这样一种特别的语言滋味，冰波的这些童话，也值得一读再读。

汤素兰：给童年一双翅膀

汤素兰儿童文学创作的姿态是优雅而舒展的。

作为一位经历过一段时间的成人文学创作熏染的作家，汤素兰的儿童文学创作较早就开始发展出一种颇为成熟的故事结构和语言能力。她的短篇作品有如一枚枚细巧的贝壳，在不大的空间里，却藏有一圈圈令人赞叹的美丽花纹。她写诗歌，写散文，也写儿童故事，不过她最偏爱的，显然还是童话创作。

我们或许可以说，汤素兰的童话创作，已经发展出了一种可以辨识的个性化的语体风格。在《好长好长的名字》《好森林的故事》《退休的鞋子》《红鞋子》等童话里，诗化的语言恰到好处地传达出作品轻扬的幽默和大气的温暖，它们充满温情却绝不甜腻，讲究趣味而绝不轻浮。它们的可读性是与作家文学追求的高度一道呈现出来的。

但文学语言上的优势并不足以成就一则童话的成功。对于有着相当文学语言功底的汤素兰来说，如何跳出对语言调度本身的沉浸和迷醉，而将注意力更多地放在如何更好地完成一则"故事"的讲述上，需要一种自我反思、质疑和超越的勇气。我们看到，在《小白和小黄》的故事中，两只小狗之间的生命友情并不是在我们所熟悉的叙述中展开的；在这个作品里，一种深深的忧伤被包裹在了刻意收敛起来的叙事声音中，却因此具有了一种令人微微震颤的情感力量。而在《桥那边》等作品中，作者似乎有意地放逐了语言方面的过多修饰，而把注意力更多地放在了故事结构的设计上。《桥那边》几乎是以一种完全白描式的语言呈现,讲述了发生在小木桥两边的这个幽默温馨而又意味深长的故事。作家把整个故事处理得清浅而又单纯的,却也在"不经意"间赋予了它丰富的意义发散可能——在我们的世界里、生活中,存在着多少这样的"桥"?我们许多人不正是缺乏到"桥那边"去看一看的想法和勇气吗?

需要澄清的是,在汤素兰的童话作品中,过多的寓意延伸显然不是作家的本意。事实上,作家创作的关注点始终是放在作品内部故事和语言的安排上的。比如读者尽可以就《谁来帮助它》这则童话展开自己的寓意诠释,但作家在这个作品里所用心编织和呈现的,只是一个由奇妙的夸张想象和精巧的起承转合连接起来的充满趣味的故事。这使得她的童话在整体上带来一种浑圆的故事感觉,也使这些故事带给我们的阅读印象里,多了一份温暖的亲切和熨帖。

汤素兰是一位理解孩子、理解童年的作家。她在《长着蓝翅膀的老师》里所描写的翅膀与飞翔,不仅仅是一种童话的幻想,也是她所一直坚持的对于童年精神的理解、尊重和关怀的象征。而她的儿童文学创作,正是献给童年的一束美丽的花环。

方素珍：童年生命的力量

方素珍善于从普通的生活场景里敏锐地捕捉到那个最富于童趣的点，继而将它生发开去，使之变成一首有趣的诗，一个有趣的童话。她在诗里写一个孩子远足前的兴奋心情，却只字不提"远足"，而只选取了一个特定的动作——"翻过来……翻过去……"，把诗中孩子迫不及待的心情传神地表现了出来。她在童话里写小猪仔参加"白雪公主"的表演，先围绕着小猪的角色卖了许多关子：演出前，猪妈妈、猪爸爸、猪爷爷、猪奶奶一起问小猪；演出时，猪奶奶、猪爷爷、猪爸爸、猪妈妈之间互相猜问。但一直到谢幕时，小猪的角色才得到揭晓：原来他演的是大树旁边那颗胖石头！回想起小猪演出前的兴奋和演出时的认真，再看一看演出结束后他毫不掩饰的开心和自豪，我们禁不住想为他的这份孩子气的单纯、真诚和自信，认真地鼓一鼓掌。

作家似乎挺乐意让这样一些带着稚拙气的主人公走进她的作品。除了扮演胖石头的小猪仔外，还有听课发呆出神的孩子、爱做梦的小鼹鼠阿鲁米、出租友情的猩猩"大个儿"，等等。他们的行为往往令我们发笑，但他们天真的敦厚、善良和单纯的欢乐带来了一股清新、朴素的童年生命力量。有的时候，我们感到自己的生命也被这样一种清澈的感觉激荡得洁净起来。在《我有友情要出租》的故事里，寂寞的猩猩"大个儿"迎来了寂寞的男孩"小丁子"。两个家庭境况迥异的"孩子"就着"友情出租"的招牌正儿八经地谈"生意"，那场面颇令人忍俊不禁。"出租友情"是一个富于创意的搭配，在故事里，它涤除了"出租"这个词原本具有的世俗色彩，也使两个孩子之间的"友情"以一种独特的方式得到了呈现。作为读者，我们十分清楚，"友情出租"其实不是一笔交易，而是一场纯粹的童年游戏，通过这样一种特殊的方式，两个寂寞的童年世界在相交中彼此给予了快慰。正因为这样，故事最后"大个儿"贴在榕树上的那张泛白了的"出租广告"，一定也让我们有些怅然。

方素珍的许多童话喜欢开门见山地介绍角色、开始情节，从而使小读者能够较快地把握故事基本的题材内容、角色关系、情节方向等。但她的有些诗歌作品却在起始处有意藏起人物，而通过一些相关的场景描写或细节特写，间接引出她笔下的人物。在诗歌《卖玉兰花的女人》中，首先出现在我们眼前的不是"卖玉兰花的女人"，而是"太阳下／马路中／一顶斗笠／一盘香花／一脸的笑"这五个连续的意象，以及随之而来的卖花声。这五个意象指向的是谁？叫卖香花的又是谁？作者故意不说，让我们自己读下去。你注意到了吗，这位卖玉兰花的母亲始终不曾在诗里露出面孔，那是因为"我"和小英一直"低着头"，这"低头"是身体的动作，也是心里的动作，它在我们内心激起了关于这位母亲的许多想象。这样，通过"藏"起人物，诗歌写出了人物。

王一梅：字与词之间的童话感觉

作家王一梅十分善于发现和捕捉一些细微、精致而又贴近生命的童年感觉，并把这种感觉完好、细腻地传达到童话的纸页上。她写过一组带有幻想色彩的变形童话，其中包括《我是蜗牛》《我是一只羊》《我是一条狗》《我是一棵树》等。在这些童话里，作家想象中动物、植物的感知特征与一个孩子对于"万物有灵"的生命感觉，很好地结合在了一起。随着故事主人公的变形，我们被一下子带入到了一种有别于人类的细小、别致、有趣的观察和思维的视角里，并透过这个视角，来重新认识人类世界的意义。例如，在《我是一只羊》里，作者对于羊和草的感觉的表现既精细入微，又充满幽默的童趣；故事结尾，变回了人的"我"和爸爸妈妈一起脱下鞋子的细节虽然只是一带而过，却带给读者久久的回味和感动。这也是我最为欣赏的王一梅的其中一篇童话。

当然，在作家的许多童话里，真实的儿童并不常常走进故事里来，而是更多地隐藏在故事背后。在《兔子萝里》中，萝里对自己的"短耳朵"兔子身份从沮丧到接纳的过程，也是一个孩子在成长过程中常常需要经历的自我认同过程的写照。而《尖嘴巴和短尾巴》《小老虎的成长记录》中吵吵嚷嚷田鼠娃娃和可爱机灵的小老虎，则让我们看到了现实童年的不同侧影。

但王一梅的童话世界显然不仅仅是现实童年世界的一个倒影。作家也把自己关于世界和生命存在的许多细腻的敏感和思索，调和进了这一方想象的天地中。例如，《蜗牛的森林》同时包含了生命自我认同和认识论方面的辩证思考，《女巫和老房子》触及了生命存在的孤独与幸福，《洛卡的一天》则是一次十分特别的爱的诠释。作家细腻的情思透过文字，一点一点地渗入到我们的阅读感觉中的。很多时候，我们甚至没有办法清楚地用语言来描述这份印象，它与故事仿佛是同一的，不可割离的。发生在女巫和老房子之间的那样一个简单的故事在我们心底所激起的那份柔软而又略带忧愁的生命情愫，到底是从哪里生长起来的？从故事开头和结尾处那两个简洁的排比段落中吗，从寒冷的冬天、孤独的老房子、一个人走路的女巫这样一些特别的意象中吗，抑或是从作品如原木般质朴直截而又充满情感张力的语言中？确切地说，它是随着作家倾力而又从容的叙述，浮动在每一个字词之间的。

　　所以说，王一梅的童话有一种诗的气质。即便是在她的那部分带有幽默风格的童话里，我们也能够不时察觉到作品在情感表达、文字经营方面的诗的韵味。但作家的创作追寻从未止步于此。读一读像《狮子的座位》《青蛙先生看报》《胡萝卜先生的胡子》这样一些童话故事，我们会感觉到，近年来王一梅童话创作的边界，已经实现了又一次较为成功的拓展。

吕丽娜：让童话飞得更高

吕丽娜是一位年轻的童话作家，但她的童话创作却很早就开始濡染上了一种较为地道的经典感。它既体现在作品的幻想设计、故事安排和语言调遣中，也体现在它们所传达的悠远、开阔而又充溢着人间温暖的思想情怀中。

熟悉吕丽娜的读者一定会注意到，在这位年轻作家的童话作品中，留有古老的民间传说的叙事踪迹。最为显而易见的是，作者频繁地使用了源自民间故事的三段式情节和语言回环。你注意到了吗，在《太阳·月亮·星星·故事书》《有一天，太阳想出了一个故事》《我的感觉，和你一样》《波比的老爸》《小猫藏在篮子里》等童话中，都出现了典型的三段式的叙述回环。有的时候，这一回环延迟了问题的解决，制造了适当的紧张气氛，比如《波比的老爸》中，波比爸爸到森林里去为波比请狮子所经历的波折，就让小读者怀着些许担心。有的时候，它烘托出回环之后所出现的那个变化的意义，比如《小猫藏在篮子里》中，小猫是在经历了两次"放逐"之后，才得以留在了小女孩的身边，这就使得它与小女孩的相聚显得尤为珍贵。还有的时候，它成全了一种格外巧妙的情节设计，比如在《小乌龟写诗》这则童话里，通过三次回环，故事最后仿佛又回到了它的起点；正是在这样一个首尾相衔的回环中，小鸟和小乌龟的友情获得了自然而又温暖的诠释。

我们也会注意到，吕丽娜喜欢在童话中使用"太阳""月亮""云彩""从前""古老"这样一些容易让我们联想起世界最初诞生时的情景的词语或意象，它们使作家的童话里隐约藏有一脉神话般开阔、悠远的气息。事实上，作家也巧妙地撷取和运用了这种创作灵感。她的《心爱的名字》《第一朵花的故事》等童话，颇显出些解释世界的气度，只不过这种解释的焦点不在凌空的宇宙中，而在最平凡、最微小的生命和生活关怀里。

吕丽娜童话的经典气质，一定与它们所取用的上述古老的文学脉络，有着必然的关联。但她的这些夹带着悠长的文学传统水流的童话作品留给我们的阅读印象，却又总是十分新鲜、十分当代的。有时候，读着吕丽娜的童话，我会禁不住想，她是调动了怎样的文学智慧，把古老得有些凝滞了的民间故事的叙事传统，重新激活在了当下的童话创作中，又是怎样使得这些日渐老去的故事模式，焕发出新的结构和语言的光彩的。

或许，这在很大程度上得益于作家安放进童话里的那份温暖的人间情思。不论是精灵童话、生活童话还是动物童话，吕丽娜童话的艺术关怀从未离开过我们所生活于其上的这个平凡而又美丽的、留有我们每个人的体温的世界。这份关怀并不是限制在某一种特殊的生命样式或者生存环境里，而是向外打开的，是覆盖到一切存在的。从这个意义上讲，吕丽娜的许多童话，真正实践着一种具有世界性的艺术追寻。我相信，这样的追寻，将会让我们的童话飞得更高。

孙建江：寓言传统的当代承续

在中国当代显得有些落寞和冷清的寓言创作领域里，孙建江的作品为我们打开了其中一道可以观赏的风景。他曾经以雨雨的笔名，发表过许多精短的寓言作品。这些作品以小小的篇幅，承载起了足够大的关于现实人生与世界的隐喻、讽刺和点醒。

孙建江的寓言创作以十分鲜明的姿态，继承了古代寓言所开创的讽刺传统。他的那些富于讽刺意味又讲究讽刺智慧的作品，构成了作家寓言创作中最引人注目的一个部分。在《见过世面的老鼠》里，作家用一个简短而又生动的"旅行"故事，一个戛然而止却又回味无穷的幽默结局，揭示了"见过世面"这个词所可能包含的令人发笑也引人沉思的讽刺内涵。故事的寓意是开放的，对于它的现实讽喻内涵，我们可以做多重的理解；故事里的这只"见过世面的老鼠"，也因此成为一个生动、具体同时又充满象征意味的寓言形象。这正是讽刺寓言有别于一般故事的文学特质。

作家对于现实的这种讽刺和批判有时呈现出十分犀利、冷峻的一面。如果说像《青蛙的叫声》《号角与蟋蟀》这样的作品还带着些许滑稽的喜剧色彩，那么在《关于回声》《狼与羊》等寓言故事里，作家对于特定的人性与社会现象的深入揭示和批判，则是以一种极为严肃和锐利的方式，穿透在看似平静的故事叙述当中的。在这里，寓言所提供给我们的不再只是一种嘲笑，而是一种无处逃避的精神省思。你一定在现实生活中听过"回声",或许,你也曾经不由自主地成为一个"回声"?面对沉默不语的羊,打算吃掉他的狼一样可以找到看上去合理的借口,达到自己的目的;自伊索以降,这样的"狼与羊"的故事,不也一直在人类的历史中上演着?

不过更多的时候,作家是怀着积极的善意来书写这些寓言作品的。他以春风、月季与小草之间的对话,来传达一份生活的感恩;他借不倒翁的特性,来表现"一切的一切,首先是不要倒下"的生活哲理。有的时候,为了更加突显故事所"瞄准"的那个寓意,作家常常采用并置和对比的烘染手法。例如,在《无花果》中,作者借两个游人之间言行的对比,在生活的细节中阐释"发现"的道理;而在《山和雾》《脚和手》《猎狗》这些作品中,作者则以两个角色之间由合而分、再由分而合的关系变化过程,来表现日常生活中生命与事物相互依存的道理。与前面提到的作品相比,这部分寓言在情节的铺展、角色的表现上显得更为具体、实在,其寓言象征的内涵也因此得到了较为具体、切实的限制,在意义的延伸阐释方面不如前者丰厚;但也正因为这样,这部分作品显得更加贴近我们普通得甚至有些琐屑的日常生活。

在儿童文学的各个门类中,寓言是一种从不放弃其确定的精神指引意图的文体。每一则寓言都呼唤着读者到故事里领取一个精神的内核。在孙建江的寓言里,我们看到,这样一种坚持是与这一文体的文学追求同时得到展开的。

张之路：奔突在童年生活里的欢乐与烦扰

在他的儿童小说新作《弯弯》中，写过令许多小读者为之迷狂的霹雳贝贝、足球大侠等传奇性角色的张之路，忽然默不作声地转过身去，开始描画一个看上去无甚奇特之处的现实童年世界，它的主角不过是一个普通不过的名叫徐弯弯的女孩，所记叙的也是一些平常不过的童年的事情。作家的笔行走得从容而又潇洒。有那么一段时间，我们屏息看着他的每一记笔画的转折；我们不确定这种笔法会把我们带往哪里。但还没来得及更多地反刍这种迷惑，我们发现自己已经沉浸在了小女孩弯弯的生活世界里。一架"快速书写器"带来的烦恼，一个奇怪的梦惹来的麻烦，一盒"神秘"的磁带所收藏的惊喜……跟着小女孩弯弯的步子，我们再一次领略了童年普通而又真切的欢乐与烦扰，以及奔突在童年生活里的那份遮拦不住、源源不断的生命活力。

很多时候，我们所熟悉的张之路式的幽默和调侃被真诚的文字和叙事声音包裹了起来，不容易立即觉察，但幽默的气息还是从故事的各个角落里散发开来。比如，因为"快速书写器"被老师训话、被妈妈罚写检讨的弯弯，在商场里意外地发现同样的"快速书写器"被成排地摆在柜台里出售，这样的收束，使故事充满了意味深长的喜剧效果。再比如弯弯和同桌卞白交换牛奶橙汁的校园生活细节，作者有意淡淡写来，却包含了许多言外的幽默，令人忍俊不禁。这些不时出现的小小的"包袱"，增添着小说的阅读乐趣。

在《弯弯》里，作家采用了一种颇为紧实的叙事笔法。人物的语言、行动，故事情节的发展，一波接一波地持续推进，很少在某一处停滞的时间或者场景里做过多的叙事停留。这样，故事本身被连贯而又完整地托了起来。围绕着弯弯发生的每一个普通的童年事件，一旦开始，就有一种仿佛难以抗拒的引力，让我们沿着作者交给我们的那一根叙事的线索，一直走到它的另一个端点。比如那个关于"三角蛋"的谜，从它的出现到解开，始终紧紧地牵引着我们的好奇心和注意力，令人欲罢不能。

弯弯的故事是属于故事里一个叫弯弯的女孩的，但是毫不奇怪，我们也在里面发现了属于当代孩子的许多童年身影：黑夜里与作业争夺时间的"悲壮"、课堂上遭遇到的老师的误解、校园内外同学之间的小小"角逐"，以及一个孩子自己和自己的精神交谈与"对决"。在这里，童年享受生命的欢愉，同时也要学习用自己的力量来担当同样属于童年生命的无奈，并把它们编织进自己对世界、对人生的认识图式中去。

所以，我们很高兴看到故事里的弯弯认真地守卫着她的真诚，即便这份真诚给她带来了那么多的小麻烦；我们也很高兴地看到尽管要应对这么多的麻烦，弯弯依然是一个对自己、对世界充满乐观和善意的孩子。我们也用作家所提供给我们的这样一种理解的眼光，看到了站在童年背后的成年人们，他们有时怀着对童年的爱而伤害童年，就像故事里古板的"方老师"会当着全班同学的面批评弯弯的作文一样，但我们愿意像弯弯那样，在看到这些大人们的可爱之处时，也仍然能够真诚地说，"方老师这人挺好的"。

这份属于童年的宽容，等童年长大起来，就会属于整个世界。

梅子涵：叙事的冒险

这么多年，梅子涵对儿童小说的叙事始终保持着自觉而又执着的追寻。这种追寻在中国当代儿童文学领域留下了一个独特的、绝不会被错认的身影。梅子涵的小说拒绝一切可能被其他作家、作品所淹没的叙事方式。所以，只要他一提起笔来，我们就知道，写下来的只能是梅子涵自己的文字，是属于他自己的叙事。

比如关于戴小桥和他的伙伴们的这些故事。

梅子涵在小说创作里把"叙述"这个词提到了一个格外显眼的位置上。他的小说永远不会只有故事，没有叙述——我是指一种风格独特的个性化叙述。从这个意义上说，他的每一次小说创作，都带有某些叙事冒险的意味。在戴小桥的故事里，他用了一个看上去格外享受"说"的乐趣的第一人称叙述声音，并把这个声音交给了故事的主角之一戴小桥。这个充满表达欲的声音使小说的整体叙事有如一个打翻了的可乐瓶子，关于戴小桥和他的伙伴们的种种趣事就像原本装在瓶子里的可乐那样，喷着泡沫、迫不及待地冲了出来。和我们通常所熟悉的儿童小说叙事方式相比，戴小桥的叙述仿佛显得絮叨、细碎并且缺少章法。有的时候，他会在一个看似并无要紧的句子上纠缠半天；有的时候，某个叙述点在我们看来似乎变得要紧起来了，但他的叙述声音偏偏在我们的眼皮底下滑向了别处。

梅子涵用这样一种特别的方式提醒大人们：你们所在意的，

不一定是童年所关心的，而童年的注意力放在哪里，你们都看得到吗？

童年的戴小桥们是这样的：他们会为了一个绰号、一记拳头认真地较劲，但一转头就把所有的不快统统忘光；他们从来不懂得皱着眉头和世界打交道，在没有快乐可以拿来享用的时候，他们就自己制造快乐，所以他们发明了自己的"绝活""废话""混合空屁球"等等；他们用自己的方式应对大人们给出的难题，也像模像样地讨论着大人们的事情。戴小桥、林晓琪、马儿帅、刘东、严小杜、汪小中、曹迪民，这些童年的身影以令人难以忘记的一个个姿势，从我们面前奔跑着经过。当然，我们也不会错过像毛小弟这样懂得戴小桥们的大人的身影。

梅子涵的小说很少使用紧张的悬念，它们口语化的叙述生动地映射出现实生活真实的平常与琐屑。但正是这样一种叙述，却以一种毫不逊于悬念的引力，把我们牢牢地裹挟在了文本的叙事语流之中。

你注意到了吗？在戴小桥独白般的叙述里，有时会闪过这样两个词语："你们"和"你"。显然，戴小桥的所有故事，都是讲给"你"或者"你们"听的，他可以是故事里的一个（或者一群）虚拟的听众，也可以是现实中的每一个读者，包括我们。也就是说，戴小桥的这些故事从一开始就像是面对面说给我们每一个人听的。

这是梅子涵的又一个巧妙的叙事策略，它把我们自然而然地吸引到作家的叙述中，并且让我们感到，"你"是重要的，因为故事里的孩子们在对"你"说话，而他们之所以对"你"说话，是因为他们信任"你"，因为他们愿意对"你"说话。

于是，我们只有面带微笑地坐下来，慢慢听戴小桥给我们讲他和他的伙伴们的故事。

秦文君：让向日葵跳出自己的舞蹈

秦文君是一位勤奋的作家。从20世纪80年代初以来，她为她心中的少年朋友们不停歇地写下了许多部（篇）长、中、短篇小说和散文作品。在这个过程中，她也成功地实现了自己的几次重要的创作转身——从较早的带着朦胧、纯净、敏感的青春独白气息的《十六岁少女》，到通向心灵和思想的某个深处的、厚重而又颇具可读性的《四弟的绿庄园》，再到20世纪90年代初在少年读者中风行一时、带有轻幽默色彩的关于双胞胎兄妹"贾里"和"贾梅"的系列成长故事。

21世纪开初以来，秦文君在"小香咕"系列作品中再度改换了已为读者所熟悉的"贾里""贾梅"式的叙事模式与格调，而将小说的隐含读者转向了另一批年龄层次相对更低一些的孩子。对于此前多以花季少年为主人公的秦文君小说而言，这无疑是一次有意味的转变。小说情节围绕着一个名叫小香咕的小姑娘以及她的三个表姐妹们的生活展开，她们的年龄从六、七岁到十三岁不等。这样，作家就需要在同一个作品里完成符合每个女孩特点的故事和语言表现，这在一定程度上增加了小说的写作难度。秦文君显然十分珍爱她笔下的这个小女孩，因为在小香咕的身影里，藏有她亲爱的女儿的形象，在小香咕的故事里，也存放着她在女儿成长途中与她共度过的那些短暂而又珍贵的时光。故事里的小香咕或许并不是一个多么出众的孩子，但她的真诚与善良比任何才华都更令我们感动。另一方面，虽然小香咕不是个喜欢计较的女孩，但在与"刺头女孩"何桑的"对阵"中，看上去总是无奈地处在下风的她也懂得不失时机地还击对手一下。当小猫秧秧即将面临何桑的"酷刑"时，她偷偷拿湿海绵把何桑准备用来虐猫的中号堵了起来；当她自己在餐桌上遭遇不公时，也会"悄悄地把自己的盘子和何桑的对换"过来。在这个既真诚又机灵的小女孩身上，我们真切地看到了当代童年的影子。而当小香咕把一个洗净、吹干、带着香味的头饰重新举到她并不那么欣赏的刁莉莉与何桑的面前时，我们真被这小丫头善良的可爱给深深打动了。

2008年，秦文君出版了又一部新作《会跳舞的向日葵》。这是一部与作家本人的童年经验有着密切关联的小说。在这部作品里，作家似乎有意放弃了典型的故事讲述方式，而专注于呈现一个名叫香草的小女孩和她身边的人们以及她所遇见的整个世界在时间的河岸边缓缓移步的身影。沉浸在反刍童年的快意与伤感中的秦文君，也把这些童年记忆改写成了散文式的文字，于是我们读到了《甜心小猫》《狐狸妈妈家的大餐》《雨点音乐会》《海的那边》这样一些既像故事、又像散文的小短篇。或许，从这些文字里，我们更能明白为什么小说《会跳舞的向日葵》会带上一种清水流泻般的叙事质地。这里面向前流动着的不仅仅是小说的语言与情节，也是缩微在童年回忆里的那一往无前、令人无限甜蜜也无限感喟的时间。但作家所做的显然还不仅是对于童年的回溯，她也想用香草们的故事告诉我们，每一棵童年的向日葵都有着属于自己的舞蹈；要让它们跳出自己的舞蹈！

班马：童年的生命及其跨度

在儿童文学界，班马是一位诗人，也是一个思想者；是一位有个性的作家，也是一位智慧的批评家。他把创作的触角伸向儿童文学的几乎每一个领域，诗歌、散文、小说、童话……没有一次不是撷取着独特的果实归来。而当他同时把注意力投到儿童文学的批评事业上时，他的那些闪耀着独一无二的思想光芒的文字，同样深深地吸引和打动着我们。我们常常讶异于这两种各异其趣的文字编码方式，怎么会如此完好地统一在班马身上，不但彼此不相干扰，反而互为启发和映衬。他的许多作品中蕴含着他对于童年、对于儿童文学的深刻的思索，这份来自思想的深刻却不构成对文学的丝毫损害，而是增加了其厚度与力度。同样地，他的批评文字间常常跳跃着与众不同的奇思妙论，它们不是偶尔出现，而是如同灿烂的烟花般在书页间噼噼啪啪地不断点燃、爆开，令人目不暇接。

所以，在当代中国的儿童文学界，班马是一个注定要被记住的重要的名字。

班马把童年理解为一个在时间和空间上都格外悠远、辽阔的历史存在。他相信在童年里，天然地蓄积着一股原始的生命力量。它是狂野的、张扬的、无可拘束的，同时也是深沉的、绵远的、韵味无穷的。所以，他反对规约童年，而主张把童年身上最为可贵的自我创造、领悟和吸收的力量，最大可能地"爆破"出来。我之所以用"爆破"

这个词，是因为班马笔下的童年形象总是带着些许狂野的气息。它常常表现为少年的某种表面上的玩世不恭以及有意抗拒成人约束的"痞"气。在《爸爸叫我跪在苏州城外祖坟前》《我想柳老师》这两个从班马的长篇小说《六年级大逃亡》中节选的小说片段里，那个不时调侃着自己和他人的第一人称少年叙事声音，使小说的叙述隐约带上了一种"摇头晃脑"般的不稳当感；在这样一个自我意识显得有些膨胀的声音之下，我们常常无法揣透，它的叙述将把我们带向接下去的哪一个落脚点。而正是通过这样一种特殊的方式，小说传达出了童年所藏有的那份难以驯服的生命感觉。

但班马并不放任童年的这种狂野之气一味地飘升。他显然不希望它像飘飞的气泡那样，在瞬间的华彩之后，无影无形地耗尽在空中。他要这股气在爆破的同时，也深深地沉淀下来，变成提升童年的一种力量。在《爸爸叫我跪在苏州城外祖坟前》中，他让一个带着可爱的轻狂气的少年在一场突如其来的暴风雨中，忽然感受到了"祖先"这样一个词所包含着的遥远而又亲切的血脉温暖。在这一瞬间，"我"不由自主地"慢慢地跪下来"，"跪在那里大哭"。这是与父亲一样的"跪"和"哭"的动作，但它又不是父亲的"跪"和"哭"，它并非来自现实的悲伤，而是少年的心灵蓦地与天地世界、与历史时间相遇相识时，所迸发出的不能自抑的深切情感。在《我想柳老师》中，童年的感觉不是向着外在的广阔时空打开去，而是朝向童年自我的深处掘下去。孩子们的一切可以和难以理解的狂野之举，是童年以其独特的方式向我们展示出的心理、情感和思想的秘密。

我们一定会注意到，在这两篇小说中，有一种几欲令人落泪的情感埋藏在那些滑稽的、调侃的、喧闹的童年行动和童年叙述中，也在我们读完了整个故事之后，还挥之不去地萦绕在我们的心上。这正是班马式的幽默。他要我们不仅仅看到童年放肆的摇摆，也看到童年庄重的站立，不仅仅看到童年轻扬的笑，也看到童年亘古的忧愁——这就是班马所展示给我们的童年的生命及其跨度。

彭学军：成长的心思与风景

读完彭学军的《十一岁的雨季》，我惊讶一个作家怎么能够把属于十一二岁女孩的那样一种玲珑、微妙、闪烁不定的成长心思，表现得如此细腻、精准而又含蓄收敛，像一潭内里卷动着漩涡的碧水，水面上却一副波澜不惊的模样。小说中的"我"暗自观察和欣赏邵佳慧练体操的身影，假装"随意"地打探学体操的条件，看似无谓的外表掩饰着内心翻卷的心情。当一个"老"字彻底打碎了"我"的体操梦之后，我却从邵佳慧的眼睛里发现，原来跑道上的自己有着另一种灵巧、轻捷的美，这种美和体操运动中的邵佳慧一样独一无二，一样令人羡慕、感动。

读到这里，我们终于明白，体操也好，跑步也罢，原来不过是成长的一种背景。就像故事里的邵佳慧擅长体操，"我"擅长中长跑，猫则善于长跑那样，每一个成长中的女孩都有着属于自己的那方最适合、最特别的背景，在这个背景上，每个女孩的身影看上去都是那么新鲜，那么芬芳，那么闪闪发亮。彭学军巧妙地以"我"和邵佳慧之间目光的交错，来传达少女成长中对自我、对美的这样一种敏感。她用自己的作品告诉我们，每个女孩在欣赏另一个女孩的时候，也是在欣赏她自己；每个女孩在张望身边的另一道风景的时候，回过头来，就能在自己的身上发现同样的美。

我猜想，许多女孩读了彭学军的这篇小说，会有一种眼眶湿润的感动和领悟。

在带有幻想性的小说《今天要写的作业》里，彭学军换了一种风格和方式，来表现另一个名叫施诗的十一岁女孩的世界。这篇小说涉及了死亡的话题，但它并不像其他许多同类题材的作品那样，着力于探讨如何在少年文学作品中应对青春的夭折这样的命题（尽管在小说结尾，它也涉及如何接受死亡的问题），而是让冬瓜的意外离世成为一段在现实中展开的幻想故事的出发点。彭学军是一位常常会在小说里加入一点点玄幻气息的作家。在她的不少现实题材的作品里，我们都能感觉到带着些许魔魅意味的这样一种场景设置、气氛渲染、情节巧合安排等。她的这部分作品因此染上了一点点说不清的精灵般的神秘。我隐约觉得，在彭学军的心里，这样一种萦绕在文本间的难以完全猜透的神秘感，也是天然地属于女孩子们的。

作者始终记得在小时候漆黑的夜行路上，有那么一个文静的女孩，曾经默默地为她和妹妹点亮一盏温暖的灯。这盏灯留在她的记忆里，变成了一份珍贵的力量。长成大人的彭学军也用她的文字，为所有走在路上的女孩们点起一盏心灵的小灯，好让她们有勇气就着灯光，在成长的夜色里"从容、坚定、自信地走过去"。

郁雨君：给你一片心灵的晴天

郁雨君是一位喜欢把生活打扮得漂漂亮亮的作家。她爱笑，也爱将大把大把的笑声揉进她的小说里。她让我们真真切切地感受到，生活着是如此美好，有什么理由板着脸呢？即使清贫，即使艰难，即使面对的是罹患畸疾的自己或者家人，当我们笑着对待生活的时候，生活也会赠我们以同样的欢乐。

所以，大肚子爸和他的四个并不那么完美的小女儿快快活活住在小院里。尽管饭团、布丁、苏打还有小晴歌各有各的缺陷，但在满肚子爱和快乐的爸爸眼里，她们都是上帝送来的可爱天使。同样，尽管和其他孩子相比，孤儿院里的"我"是只不折不扣的丑小鸭，但家的幸运和温暖却正正好地落在了这样一只丑小鸭的身上。《一人一个小宝贝》《妈妈找到我啦》是从雨君的长篇小说《超酷天使大肚子爸》和《我可以抱你吗，宝贝》中分别节选出来的片段。在上海用心做了那么多年《少女》杂志的主编，雨君的小说中常常不乏各式各样漂亮、可爱的都市女孩。但在这两部小说里，她却把故事的光圈聚焦在了一些身体有缺陷的女孩们的身上。

我不知道是怎样的机缘触动雨君选择了这样一种特殊的题材。但我十分欣赏雨君用她的向来轻快的笔掂起这略显沉重的题材的勇气。作者用真诚的善良、乐观和充满当代气息的童年幽默来填写故事进程中的每一个空格，而她的明亮的小说格调也使这些与不幸的命运有关的故事拥有了不一样的色彩。崇尚阳光的雨君要让这些开在墙角的小花一样领受到灿烂的晴天，一样看到自己的轰轰烈烈的绽放。她们不一定会成为多么了不起的人物，却一定能收到一份了不起的爱；而她们在接受爱的同时，也在把自己的爱热烈地回赠给身边的人们。正是这份爱让人间生活虽然充满艰辛，却值得我们一再流连。

雨君的许多文字都是特意写给女孩子们的。她在小说里描绘女孩的世界，也在散文里和读者分享自己还是一个小女孩的时候所体验到的成长的不安与惶惑、欢乐与忧愁。它们随着妈妈的酸梅汤和爸爸带回的可口可乐，从童年鲜绿色的大象水壶里被慢慢地啜吮出来，也从那个在童年无人知晓的黯淡心事里蹲下身去，用自己的手抱抱自己的小姑娘的身影里涨起来又落下去。它们还悄悄地藏在那个"常开不败"的花台灯下，随着童年的身体一点点地发生着变化……

雨君曾在她的散文里说，世界上再也找不到一件事比长大更有意思了。而她的文字正诠释着这样一份"长大的意思"。对于成长路上的许多女孩来说，雨君的作品就像一个温暖的"抱抱"，在某些心情黯淡的日子里，帮助她们重新寻回快乐和自信。

葛冰的意义

20世纪90年代初,当葛冰的《白鳖》《天音寺》等一批短篇武侠小说出现在《少年文艺》等刊物上时,引来了一些有趣的争议。读了这些小说的一部分孩子与父母同时给杂志社写信,前者极尽褒扬,大赞这些作品的"好看",后者则极力贬抑,批评这些作品的"邪趣"。由于此前,武侠小说一般不被认为是一个适合少年读者的文类,孩子们也很难从成人所提供的正统文学读物中觅到它的身影,我们也就不难理解这场争议所来何自。究竟从通俗文学中生长起来的武侠小说能否成为一个正当的儿童文学门类,而站在儿童文学的视角上,我们又该如何处理武侠小说通常所为人诟病的诸多问题,例如暴力、情色,等等,这样的发问使得我们对于少年武侠小说这样的命名,一度充满了疑虑。

正是从这里,我们看到了葛冰的意义。

葛冰拈用武侠题材及其文学手法的姿势显得如此纯熟,却又那么自然地剔除了这一文学样式中显然不适宜于儿童阅读的成分。他从传统武侠小说中取来我们熟悉的奇侠与高人的叙事模式,围绕一个"奇"字做尽文章,往往使故事情节如盘扣般层层叠叠而又扑朔迷离。这个"奇"又常常借助于武侠小说惯见的武艺比试场面得到突显。在《冰碗小店》《秘方》《天街》和《绝世武功》中,假扮老婆婆的太监及其护卫与小店驼子之间的过招、自诩高手的白闻与卖烧饼的"大脚婆娘"之间的比试、一代宗师鹏万里与刀削面店两个男孩的暗中较劲、"大鞋帮"女弟子与前来挑战的敌手之间的打斗，颇显出武侠小说特有的传奇色彩，令读者一时心悬一线，既觉紧张，又觉惊叹。但葛冰从未在他的武侠小说中流露出任何对于暴力美的迷恋。他所描写的各种比武场景，更多的是一种观赏性质的技艺展示，而无关人的性命得失。武侠小说中常见的血的意象，在葛冰的作品中并不多见。相反地，他把"武"与"侠"所天然包含了的暴力意指，十分巧妙地转化为了一种葛冰式的幽默。

你看，在冰碗小店里，"老婆婆"的护卫、店主驼子以及"老婆婆"本人先后展露的非凡身手，使故事的气氛步步收紧；然而驴子的最后出场却让此前所有神秘严肃的过招变成了一场令人抚掌的误会和笑剧，小说的情节氛围也猛地由紧而松，让人生出一种虚跌一跤的阅读失重感，不由得要回过头去，重新品读隐藏在此前情节里的许多细节暗示。同样，在《秘方》中，作者先是着力渲染"烧饼"里的神秘剑气，但这凌厉的剑气最后却被"大脚婆娘"把"姥姥和奶奶的秘方弄混"的滑稽所消解。在《绝世武功》里，这份滑稽感更是被推到了一个十分显著的位置上。而就在故事气氛从严肃的武力角斗向着轻快的喜剧幽默转变的一刹那，我们也感受到了藏在作家心里的那一份暖暖的人间温情，它越过一切争斗，从驼子的诚实敦厚里，从"大脚婆娘"的粗拙可爱里，从天街小贩的抱朴守拙中，从画锅艺人留给老娘的馒头里，从普通而又淳善的人们所得到的命运眷顾中，默默地流淌出来。

在葛冰的少年武侠小说中，正是这样一种出人意料的幽默和举重若轻的温情，悄然化解了传统"武侠"尚武的一面，并为作品增添了一种独特的风情和韵味。

沈石溪：动物世界的义气与骨气

沈石溪的短篇动物小说只要一开场，就会有一种特别的故事氛围迅速把我们环绕起来。他的开门见山的叙述往往一刀挑开情节的锁链，从这起始的一环开始，故事角色的行动便再无止歇地一路向前。沈石溪的动物故事讲究叙事铺展的紧凑，他的叙述很少在一个固定的场景处停顿逗留；而当他开始在某一个叙述点上放缓脚步时，则意味着他要把一个令人激动的故事高潮推到读者面前了。不错，沈石溪的小说永远不会缺乏高潮，而那个高潮，一定被赋予了某种非同寻常的震撼力。比如《灾之犬》中被"我"多次丢弃、伤害的"花鹰"在"我"危急时刻的突然现身，《老马威尼》中满怀恐惧的威尼为挽救马帮毅然走向虎口的场景，《烈鸟》中的红脸鹩哥王终于开腔放出鸣唱的那一刻，以及《羊奶奶和豹孤儿》中母羊将养子花豹顶入悬崖，自己也随即跳崖的情景。我们在抵达这些情节高处的时候，会感到自己的血气仿佛也随之隐隐沸腾起来。

沈石溪是一位说故事的好手。他懂得如何在自然流畅的叙述中将读者一步步逗引到故事情节的深处，知道怎样的一个转折、一句说笑，会给故事增添比文字空间多得多的趣味。在《灾之犬》中，他先写灾犬"花鹰"带给猎人艾香宰的种种祸事以及巫师为"花鹰"所下的不祥断言，从而使"花鹰"成为一头不受欢迎的猎犬；继而一个转折，安排身为"知识青年"的"我"撇开迷信，将无人问津的"花鹰"收为己有。但随着"我"

所遭遇的种种"不幸"迹象的显现,关于"花鹰"的谶言愈来愈占据了"我"的脑海,最终促使我为了摆脱它而无所不用其极。而就在"我"终于迫使"花鹰"离开自己之后,它却不计前嫌地从印度鳄的口边舍身救下了"我"。故事最后,还是一个转折:我重新搭起狗棚,准备迎接"我"的"花鹰",并且决定"从此以后,我再也不会让它离开我了";然而这一次,"花鹰"能否脱离鳄口,重新回到"我"的身边,则变成了一个永远的悬念。小说层层的起伏与转折,将读者的注意力完全系在了那支射出去的故事之箭上。

在沈石溪的动物小说里,总出没着那么一位作为叙述人同时也作为故事参与者的"我"。这个"我"有着属于人的普通的贪婪、自私与俗气。他出于捡便宜的心思要来了猎犬"花鹰",又为了自己的利益把它甩掉;他为着笼里沉默的鹩哥想方设法,只是为了拿它换个好价钱;他在确认自己没有危险的情况下,放下了指向断腿母豹的枪头,因为"子弹会损伤美丽的豹皮"。这是一个多么不掩饰自己的自私的普通人!故事里的他甚至因为这份坦率的自嘲而变得有些可爱起来。同时,他的俗气也不时反衬出动物身上的义气与骨气。而随着故事的推进,我们也会注意到,这份贪小自私的气味在猎犬"花鹰"不记旧恨前来救助"我"时,在红脸鹩歌王歌尽泣血而亡时,在母羊灰额头与豹孤儿先后坠落悬崖时,早已经消失不见,取而代之的是一种沉默的敬畏。

沈石溪的许多动物小说都以客观的故事场景收结。这样的收尾使得我们在故事情感最为激荡的结局处,却几乎体察不到叙述人的情感温度。这份来自叙述者的沉静与故事结局所包含着的强烈的情感冲击形成了鲜明的对比,它在"收"与"放"之间所形成的充满张力的叙述语势中,蕴蓄起一股有如将爆发的火山般的情感力度。这份情感窜行在表面冷峻的文字之下,仿佛随时都会喷薄而出,却又恒久地保持着这样一种即将喷薄的姿态。

这也是一种最有力量的姿态。

金曾豪：在生活的水流中踏行

金曾豪以文字绘成的画轴里通常着有一抹江南水墨的颜色。即便在他的许多情节紧凑的动物小说里，也盘旋缠绕着一层如烟的水气。这种感觉，一方面是指作家所采纳的题材，另一方面也是指他的笔墨风格。他的《小鹿波波》《渔船上的红狐》《青角》这三个动物故事都展开在或隐或显的水乡背景上，而那个藏在故事后头的叙述者，显然是含着一份如水般柔软、流畅而又韧性十足的语势，在讲述着这些与水有关的故事。

而水又是天然地与人们的生活相连的，它提示我们，金曾豪的这些动物故事同样与人有着密切的关联。我们看到，野生的小鹿波波、红狐丹丹在故事里走进了人类的生活，另一位主人公水牛青角的命运更是自始至终与水乡人的生活交织在一起。

金曾豪喜欢表现人与动物的这样一种相遇，不管这相遇是由于命运的偶然，还是出于生活的必然。从这个意义上说，他的这些动物小说所写的不仅是动物，也是动物与人的一种关系。他没有把这关系放到生命族群的广阔层面上去呈现，而是在质朴的乡土生活中表现发生在人与动物之间的具体、真实的事件。正因为这样，他的动物小说在叙写温情的同时，并不避讳生活中某些残酷的真相。小鹿波波最后"被两个可恶的盗窃犯引到灌木丛里杀死，然后装进麻袋从医院围墙上抛出去"；水牛青角目睹了另一头小牛被穿鼻的痛苦以及屠场里老犍牛脖子上飙出的血光。然而，作者并不是从一个道德判断的立场来进入这些叙述的，他所在意的并非简单的价值判断，而是真真切切的生活的质地，包括它的温暖与冷峻，它的简单与复杂。梅村宰牛场上的血腥味并不是在人们无谓的围观中冷冷地升起来的：挽牛的罗圈腿迟迟不喊拉套，他"想在最后的时刻给老牛一点爱抚，一点温暖"；围观的一个孩子把自己的饼干"诚恳地奉献在老牛的嘴边"；"避过牛的目光"的阿胡子把牛刀捅进去又拔出来的刹那，围观的人们用目光为老牛做最后的送行；前来宰牛的三伯趁机找着借口，"牵着他的牛逃也似的就要走"。这些细节的表现使故事里人与牛之间的关系显得真实而又立体，它带着现实生活的功利性质，却也带着生命的细腻温存。"人也有人的难处"，这就是生存。它有它真实的冷酷，也有它真诚的温情，就像青角眼里至为可恨的阿胡子，也会毫不犹豫地纵身跳到恶豹跟前，用自己的身体换下一个孩子的命。对历经苦楚的青角来说，这是怎样一个可恨而又可爱的世界！而在故事最后扬起的血光里，它为一种爱，原谅了世界的可恨。

  金曾豪的这些动物故事的情节常常并不具有尖锐、集中的矛盾冲突，而是像水流那样，经过一个个生活的普通沟洼。或者说，它所描绘的就是生活的水流，波波、丹丹、鲁鲁和青角的蹄子，都曾踩在这无止歇地向前行去的水流上。它们一路溅起的水花很快重新隐没在了水里，但它们的姿势却留在了人们的故事里。生命来了又去，生活周而复始，这里面有一份恬淡、平凡的诗意，是我们能够从金曾豪的文字间体味到的。

吴然：散文的色彩、声音及其他

吴然的散文正如他笔下那一群斑斓的太阳鸟，美丽，欢快，翅膀上闪着太阳的光芒。

他的散文从不曾离开他所生长于其上的那片风物奇异的土地，不曾离开这片土地所生养的一切活泼的生命。这些作品的文字也因此晕染上了这片土地的各种色彩。在他的许多散文篇章中，作家向他所钟情的自然借来种种色彩，细细安排，层层铺开，读来总让人感觉满目光华，如同一条条在阳光下翻飞的五色缎带。从晨光里飞蹿起来的太阳鸟，闪着火红、灰蓝、金黄、翠绿、紫亮的光芒；被团团绿树所围抱的歌溪，衬着溪上湛蓝的天空和白得耀眼的云朵；泉眼边，嫩草闪着缎子般的绿光，上面点缀着红的、黄的和蓝晶晶的小花……这些散文带给我们的，不仅仅是文字的美感，也是一出想象中的视觉和色彩的盛宴。

尽管吴然在他的散文中常常表现出对于各式色彩的偏爱，但这些作品却并不显得过于妍丽，而是透着一种别样的朴素。这既与它们所常常取材的细小且平凡的自然景象有关，也与作家所设置的天真稚气的儿童视角有关。吴然的儿童散文在呈现儿童视角时的天然与自如，让我们几乎辨不出任何来自作家本人的成年视角的痕迹。他喜欢用"我"和"我们"这样的第一人称展开叙述和描写，这个叙述声音所包含的童年的单纯和稚趣，让我们在读着这些文字的时候，仿佛听到了一个如歌溪般清脆、清澈的童声。这个声音清亮地回响在《赛马三月街》《踩新路》《我的小马》《表哥家的燕子》《爸爸的相册》《卖茶叶的一天》等记人写事的散文里，也在《太阳鸟》《歌溪》《一碗水》等描景抒情的散文中轻轻地展开着述说。

显然，云南独特的风俗民情给了吴然的散文以独特的题材魅力。但我们看到的是，在吴然的散文里，对于一种民俗的表现始终与一个孩子真切、生动的生活情境结合在一起。白族的"三月街"，是通过一个满怀着憧憬走进赛马场、最终闹出一场笑话的孩子的视角，趣味盎然地呈现出来的；独龙族取名和"踩新路"的习俗，是透过一个名叫"孔嘎朋"的男孩的亲身体验，生气勃勃地展示出来的；而德昂族绵长的茶传统，则在两个小姑娘卖茶叶的一天里得到了充满生活情味的展现。吴然从来不在他的散文里以"介绍"某种特别的乡俗取巧，他的注意力集中在这片土地上的一个个鲜活、具体、生动的童年个体身上。他也特别善于从平常的儿童生活细节中发现别样的童趣。一匹小马、一窝小燕、一张爸爸童年的合影，都可以成为无限童年情味的生发点。而在《火柴》里，这种童年情味与童年生活的某种沉甸甸的负重结合在一起，使文本多了一股显然有别于作者其他许多散文作品的苦涩之味。作家用他的文字告诉我们，这也是一种童年！

彭懿：像写幻想一样写旅行

"文如其人"这个词可以很恰当地用在彭懿身上。你只要看到他的身形和面庞，就会想到，那些恣肆着"混沌洪荒"之气的旅行文字，只能出自这样一位身体和精神血脉里都偾张着"原始的野性"的旅人。

"一个命中注定的旅人。"——彭懿在他的名片上这样定义自己。

他的背包可以什么也不装，但一定装着他最不能释手的摄影器材和胶卷；他的心里可以什么也不放，但一定放着他念念不忘的每一方遥远的圣土。他就这样挟着风出发，去探访他心中的高原、大川、雪山、沙漠，一个个如天堂般的地方。

这一次，他去的地方叫阿尼玛卿雪山，一座在梦中频频呼唤他的"神山"。

彭懿说他是把旅行文字当成幻想小说来写的。所以我们看到，阿尼玛卿雪山的故事起始于地铁站口一股"突然"旋起的风和随之飞舞起来的"一张满是泥污的报纸"。紧接着是一个充满神谕色彩的梦境：屹立的雪山、灼目的黄花、猎猎的经幡声、慢慢转向正面的藏族老阿妈的脸，还有那一声"地老天荒般的呼唤"。几乎没有任何犹疑地，"我"踏上了前往雪山的路途。

我惊讶于彭懿在幻想故事式的叙述中，仍然能够潇洒地、恰到好处地展开旅行笔记所特有的描景抒情。他写雨中"水墨淋漓"、透着"隔世的宁静"的玛沁，写漆黑和碧蓝的天幕下或灼目、或温柔地伫立着的阿尼玛卿雪山，有一种时间止歇了般的摄人的力量，让我们禁不住屏起呼吸，随着"我"沉入到那静谧、圣洁的美当中。但我也惊讶于彭懿在遥望和面对着令他身心震慑的这片天地时，仍然一刻也没有忘记他心中的故事。你看，他不是一路把我们直接带到阿尼玛卿，而是让一阵雨把我们阻在玛沁足足七天，接着又在故事里的"我"几乎绝望之时，借神的力量把一个完好的晴天"匪疑所思"地赐给了"我"和我们。像在幻想小说中一样，彭懿毫不掩饰他对于情节之"奇""异"与"巧合"的偏爱。只要稍加注意，我们就可能在作品中发现这样的词句："怪""奇妙""奇迹""不可思议""没人会相信"……显然，他绝不愿意他的阿尼玛卿之行变成一次平直的记游。相反，他要让它是一个故事，一个令人欲罢不能的故事。

他当然成功了。这不仅仅是因为他用一个引人入胜的故事的结构呈现了这次旅行，也因为作品中无处不在的彭懿式的幽默。他乐于自嘲。在火车上、在玛沁的雨街上、在第一次看到自己包下的虫草贩子的吉普车时，他的自嘲为旅途增添了无穷的笑意。他也不时地"取笑"人。在可以让虫草贩子的吉普车一往无前向着阿尼玛卿前进的时候，他却夸张地安排"夏草冬虫"一而再，再而三地折道回头，不是为了某个重要的情节原因，而是为了制造小小的幽默。这些活泼逗人的幽默贯穿了故事的始终，却又与阿尼玛卿的宁静、庄严的神圣奇妙地融合在一起。

但你一定不要把这些幽默只是当成笑料。你也要看到，在所有的自嘲背后，是作家对于天地大美的热泪盈眶的信仰；在所有"记住，……千万别同一个虫草贩子同行"的取笑之后，是那一句听似平常、实则蓄积了情感的"一定要同一个虫草贩子同行"。你要知道，这样的情感表达方式，正属于一个身挟豪气的"血性男儿"。

徐鲁：贴近大地的呼吸

徐鲁关注大地上一切与生命有关的意象，尤其是自然界的意象。他为孩子们写了一些具有自然科普性质的小散文，在这些文章里，他笔下的麻雀、松鼠、杜鹃等不是一些被解说的静止的形象，而是充盈着自然生命的活力。你看，那些成天蹦蹦跳跳、叽叽喳喳的小麻雀，也懂得用它们的眼睛观察人类；而在高高的树杈上搭筑巢穴的松鼠，多么像一个能干的一家之主！

作家也把树木、麦子、大海、小溪等自然意象写进诗里。他用母亲与孩子之间的思念，来形象地表现大海和小溪之间的系连。他从光秃秃的老橡树上挂着的唯一一片红树叶里，读出了生命与生命之间的关怀和眷恋。在《护林的老爷爷》里，他用略带伤感的语调，述说着爱自然的人们与自然生命之间的相互牵挂。在《无名的墓地》里，他用安宁的死亡这样一个特别的意象，来表现人与人、人与自然之间相亲爱、相融合的哲思。在《早安，大地巨人》里，他更是满怀着爱的情愫，将大地想象成一个养育万千生命的宽厚的巨人。或许，正是因为心里装着对天地万物的尊重和爱，徐鲁才特别能够从自然的意象里，读出各式各样温暖、特别的情思。

他也关注源出自然的生命在现代文明环境里所不得不面对的小小困境。在散文《寻找桑叶》中，一对生活在城市里的父女，在偌大的城里为寻找蚕宝宝的桑叶焦急着、奔忙着。冰箱里无奈的桑叶所衬托出的,是"我"小时候所领略过的与天地紧贴在一起的童年的滋味。在《我们的麦子》中,沉默的小麦在作家的笔下有了真切的生命呼吸,它在二月的春风里"脱掉厚重的外壳",在三月里像"最健康的少年"那样拔节,在四、五月里抽穗、灌浆,用"未熟的子房和乳浆"养育乡村的孩子,在六、七月里奉献出沉甸甸的籽粒,来报答质朴、勤劳的农人。而这样一种与田野、与麦子一起生长、成熟的感觉,正在日渐从今天许多孩子的生活中褪去,尤其是从城市的童年里褪去,变成一个久远的记忆。在麦子所唤起的那份简朴而丰盈、静默而蓬勃的生命感觉里,我们品到了一层淡淡的忧伤。

　　徐鲁的怀里抱着一个恬美的记忆。这个记忆与田野、麦子、春蚕、桑葚儿有关,也与甜甜的祭灶果、咯吱咯吱响的压岁钱有关。《甜甜的祭灶果》《何时再得压岁钱》这两篇回忆性的散文,是写消逝了的时光,也是写消逝中的民俗。作者的笔触间不知不觉地泄露出一点点这样的踯躅:他既怀着惜别的心情慨叹今天和将来的孩子们不知道什么叫祭灶的缺憾,又明白"生活的脚步,总是要向着新的岁月迈进的";既清楚灶果、压岁钱与田野里的麦子一样,终将成为"永远的记忆",却又忍不住从当下的童年里一再回过头去,回到那已逝的时间的水流中去。

　　我想,这也是所有现代人共同怀有的一种情愫吧。

湘女：从心底升起来的生命之歌

在她的散文里，湘女这样描写她所听到的傈僳族孩子的歌声："听着那歌，给人最强烈的感觉是与天近了，与人世远了。眼里的景物和人群，都笼罩着一层超然世外的神韵，闪烁着天地间应有的一切原始的美好。"

读湘女的作品，我也隐约感受到了这样一种天籁般的气息。她笔下远离现代尘嚣的峻谷急水、星月雾岚，以及在这片粗粝而又淳美、贫瘠而又富足的天地间生长、作息着的各种生灵，常常令我们满怀叹赞。从怒江夹岸的峡谷间乘着溜索飞渡而过的怒族孩子，在深山里与歌声一起成长、繁衍的傈僳族人，把大山里的月亮"喊"出山头的边地孩子，还有通人性的小猴子、传说般的灵芝蟒、为爱情至死不渝的黑颈鹤等等，这些描写和叙述所绘就的一幅幅生动、活泼、充满灵气的画面在我们的想象中交织起来、叠合起来；透过它们，我们看到了属于湘女的这一方独一无二的天地。在她笔下，这天地透着一份被山泉浸润过、被山风吹洗过的明净和纯朴。

就像山里孩子唱歌，只唱"心里想唱的"，从不问唱的什么歌；湘女的这些散文和故事也让我觉得，作家是被映入眼里和心里的这些风景、生活自然而然地感动着、激荡着，情不自禁地写下这些文字的。读她的许多作品，我们会生出一种漫步的感觉，慢慢地，随着她的文字走在起伏的山峦沟壑间，走过怒族的竹楼、傈僳族的村寨，走过月亮下笑着、哭着的孩子们，走过猎人与动物出没的森林，也走过鹤影盘桓的山中湿地。有的时候，我们甚至不知道作者为什么这样带着我们走，尤其当我们试图寻找这段行程的某一个特殊的目的地，某一种特定的意旨的时候。穿行在文字里的湘女似乎无暇去过多地考虑主题之类的写作命题。她只是一路走着，指点着，说，你们看，这就是我要告诉你们的一个世界。

或许，我们可以说，《会飞的孩子》《歌孩》《喊月亮》这些作品所呈现的一切，就已经是它们所要表达的一切。咆哮的江流、陡峭的岩壁、划破江面和天空的溜索，粗蛮的江河、嶙峋的土地、覆盖了这土地的曼妙的歌声……印刻在这些物事里的单纯、清澈的自然、生命之美，就是这些文字所要抵达的精神的岸埠。而面对像《男孩与猴子》《灵芝蟒》这样的作品，我由衷地希望读者不要把它们仅仅读作某个惩贪劝恶的故事；我希望我们来更多地关注这些故事所呈现的那样一种在既带有现代文明的痕迹、同时又留有些许传奇与魔幻色彩的自然和文化背景下，由不同生命的运行轨迹交错而成的特殊的生存图景。

湘女的文字亦如她笔下的景致，透着一种天然的优雅。她的描写和叙述往往简约而不简单，婉转而不柔媚，字里行间蓄有一份回味无穷的张力。读着这些文字，我们会觉得自己的心也仿佛乘着漫山漫谷的歌声，轻轻地飞了起来。

（以上"品味原创"的文章，原载《儿童文学名家读本》，外语教学与研究出版社2010年版，部分曾发表于《文学报》《中国教育报》等）

简平：为少年而歌

简平的少年小说数量不多，却有一种特殊的风度，这风度让我们想到少年充沛的生命能量与无羁的自由冲动，想到属于所有青春时代的那些无厘头的梦想、无目的的逛荡以及其中或许只有少年自己知晓的义气担当。

阅读短篇小说《尹小亮的流水时光》，扑面而来的是少年式的意气风发和自信潇洒。尹小亮从繁重的初三学习生活中为自己争取到一个"法定的自由日"，在这一天里，他得以按照自己的意志安排生活内容：自行车郊游、参观博物馆、为表妹解围、去网吧上网……作者准确地把握住了少年心理中某种典型的自我膨胀感：他们的言辞和举动中往往透着些许不无稚气的优越感，并随时预备着自己的生活中会发生某些重大的事情；当寻常生活显然并不能满足他们对于"大事"的这种期望时，他们就自己给自己制造各种各样的"不寻常"。因此，尹小亮在郊游路上偶尔撞到的一个黑色塑料袋，成为引发各种联想的"不明黑色物体"；他也在辩论会上向博物馆邀请的教授发出挑战，试图以自己的见解语惊四座，驳倒权威；他为看偶像片而遭遇母亲误解的表妹解围，"成功地调解了一起母女纠纷"并为此颇感自得。作者对于这一少年心性的书写极为自然而到位，有的时候，小说只是在叙述的进程中信笔一带，就将这种青春期独特的自我中心感生动地表现了出来。比如发生在表妹家小区门口的那场有关足球彩票和"百万富翁梦"的幽默插曲，就不动声色却又恰到好处地写出了男孩特有的白日梦心理与自我解嘲的那份豁达。

而我更想说的是，透过男孩眼中这些"不寻常"的生活事件，小说想要表现的不只是少年期特殊的身心感觉，也是一种走向开阔的少年精神。通过把寻常的生活变得至少在他自己看来不同凡响，小说中的尹小亮实际上扮演着某个他想象中的生活英雄的角色。他期待着成为生活的主角，而这主角的梦想里包含了少年心性中期待为世界挺身而出的某种天真、可贵的崇高精神。正因为这样，当整部公交车上都没有人理会那个站着的"颤颤巍巍的老太太"时，尹小亮才会站出来与车上不肯让座的男女青年对峙。在被男青年打出车外的瞬间，少年的理想遭遇了第一次现实的重创。这样的打击是我们完全可以想见的，因为一切少年意气注定要接受来自生活的教训；但也正因为如此，故事里男孩的那份毫无世故的公义信仰以及敢于为此向全世界挑战的初生牛犊的勇气，才格外令人动容。

这种对于少年性情中天然的英雄情结的关注，在另一个名叫黑皮的男孩的故事里得到了进一步印证。黑皮打心底里梦想着"当一回英雄"，为此，他探野地，练武术，并因此格外瞧不起名叫楠的懦弱女孩。在一次与偷车贼的狼狈对抗中，他的英雄梦被旁观人的冷漠和胆怯泼了冷水。少年渴望着成为全世界的英雄，结果却总是遭到世界的背弃和嘲笑。然而多么幸运，黑皮没有轻易丢掉他心里的英雄。在听到女孩楠被父母打骂的声音时，他仍然以英雄的姿态为女孩架起了脱身的竹梯。故事里的男孩最后只成为一个人的英雄，或者说，这个世界上没有人会知道他是一个英雄，但我想，我们都会为了他心中那个尚未褪色的英雄的梦想，感到由衷的高兴和欣慰。

在我看来，这样的一份少年精神气象赋予了简平的少年小说以不寻常的力量，它使得小说的叙事既成功地完成了对于少年自我的精准描摹，又自觉地越出了少年狭隘的自我关注，而指出了一个更高远的精神方向。作者显然认为，这是少年应有的一种精神气度，也是少年可以提供给世界的一种精神能量。在《阿丽·黑皮》中另一则有关女孩阿丽的故事中，在散文《为少年轻唱》中，简平表达了对于这样一种更为开阔的少年精神气度的期望和呼吁。在今天这个充满了世故和功利的生活时代，从这些少年小说中传达出的精神风度因其匮乏而显得格外珍贵。

也正是在这一点上，简平的写作展示了少年小说为少年而歌的真正意义和价值。

（原载《文学报》2013年6月20日）

少年的精神

殷健灵是一位为女孩们写过很多作品的儿童文学作家，以至于很多时候，她也常常被定位为一位少女文学作家。我以为，人们对殷健灵的这个印象，跟她的文字风格有很大关系。她的不少儿童文学作品都是用我们今天越来越不多见到的诗意的美文写成的。这样细腻婉约的文字，或许更适合女孩子读。比如她的散文《你可听见沙漏的声音》，其敏感、细腻而温柔的笔触，就更易于得到女孩们的认同。

但我也会想到殷健灵的《老俞头》。这是我最喜欢的殷健灵的短篇作品之一。在这篇小说里浮动着的那种世侩而生动的城镇日常生活的气息，那种粗粝而无奈的少年生活憋屈的感受，以及同样憋屈的大人孩子之间无声的默契与感动，属于唯有小说才能准确表现的少年生活内容。而且，它的主角是一个男孩。在远称不上完美的成人和少年世界里，老俞头和"我"用各自的方式，在成人和少年的领地里保卫着对方的尊严。殷健灵把这个十四岁的男孩写得活极了。小说的叙述透着她写作一贯的细腻风格，却也同时带着男孩子气的爽快和利落。她的另一篇表现留守儿童生活的短篇小说《夏日和声》，其中的主角毕小胜，也是一个来自拮据的进城务工家庭却仍然充满活力、充满自信并且对生活抱有发自内心的热爱和期望的男孩。

《老俞头》《夏日和声》等作品让我们看到，殷健灵不只是一个为少女写作的作家，她的心里装着女孩，也装着男孩。这使她的写作并不局限于女孩子们的日常生活和感受；她的笔深深探进了更丰富、更完整的少年世界里。

这一点对我们理解殷健灵很重要。我想，在儿童文学的领域里，写作的性别化有时固然需要，但它也很容易造成一种狭隘。谁能说，男孩和女孩的生活、男孩和女孩的心性是可以用不同的形容词区隔开来的？实际上，让少年的精神里同时融进男孩的粗犷和女孩的细腻，让男孩和女孩身上同时具有一种完整的双性少年气质，更是当代少年小说应该追寻的一种艺术气度。

殷健灵没有这样的狭隘。除了《老俞头》《夏日和声》这样的以男孩为主角的小说创作外，她的许多小说尽管是以女孩为主角的，但在这些女孩的身上，我们同样能够感受到一种奔放而磅礴的生长的力量，它是诗意的，却不是纤弱的，是细腻的，却不是自恋的。《出逃》中的米籽，《七年》中的青青，她们感受世界的方式中有着女性特有的细腻与敏感，但她们的身上同时也有一种男孩般豪放的气概，她们充满能量，精神抖擞，"好像时刻准备和这个世界较劲"。好强的米籽在出走中逐渐学着消化她对生活的不满。像所有自尊极强的少年一样，她到底也没有向任何人认错，但当她决定从远方回家的时候，她对自己、对生活，已经有了全然一新的体悟。女孩青青在时隔七年后与忘年交罗纳德的重逢中，感受和感慨着时间的流逝，这里面掺和着少女纤柔的伤感，但更多的时候，我们从青青这个角色身上感受到的，还是少年生命即将蹿长的那份蓬勃的气概。

我从殷健灵写给男孩女孩的这些作品里，读到了这样的一种饱满而健康的双性美学的气息。我想，不论对女孩还是男孩来说，阅读这样的小说和散文，都会是一种积极的生命扩容。

（原载《中国新闻出版报》2015 年 4 月 17 日）

域外偶拾

亲近儿童文学这本大书

从事儿童文学的专业性学习、研究已经二十五年了,我的最大感受就是,优秀的儿童文学作品,构成了人类文化的一个独特而巨大的"文本",这个文本以其独特的文化积淀、人生蕴涵、艺术魅力,成为人类共同拥有的精神财富。许多人对儿童文学抱有一种也许并无恶意的误解和偏见,这实在是因为由于各种原因,他们还没有机缘亲近、认识、享受儿童文学。

例如,名列美国《出版人周刊》评出的"2000年度最佳儿童图书"之列的《亨利徒步旅行记》(Henry Hikes to Fitchburg)是一本取材于美国19世纪思想家梭罗的《瓦尔登湖》的图画故事书。作品中的主人公小熊亨利和他的伙伴相约去三十英里外的菲茨堡。两只小熊旅行的方式却完全不同。亨利一大早就徒步启程,一路上赏鲜花、摘野果、采草莓、掏鸟窝,充分领略生活的美妙和乐趣。而另一只小熊却努力挣钱:搬木箱、锄杂草……终于赚到了一张车票钱。他乘坐火车抵达了目的地。

尽管他比亨利早一刻钟到达，亨利却兴奋地说："我采到了草莓。"作品借助简洁有趣的故事、完美的图文配合，呈现了两种不同的生活方式和人生态度。《出版人周刊》在有关的评论中认为，该书"以最简练的文字和最奇妙的图画，表达了梭罗的哲学信念"。我以为，这样的作品，孩子可以享受它的天真和趣味，而成人除此之外，还可以领略其中的人生智慧和生活哲学。

我想说的是，这样的作品在儿童文学中还有很多很多。例如，《大海的尽头在哪里》表现的是人类对于世界和存在的一种形而上的思考；《我的爸爸焦尼》展现的是单亲家庭父子之间永远无法割断的挚爱亲情；《我有一个跑马场》则借助一个智力障碍孩子与其周边人群之间的感人故事，表现了人世间的真情与大爱。这些作品之所以感人肺腑，并给我们以强烈的心灵震撼，首先就是因为它们触及了关于社会、关于人生、关于人性、关于命运等等最基本的人类价值和命题，因而具有了相当的思想深度和情感力度。

让我们一起来亲近、享受和珍惜儿童文学这一本美妙的大书吧。

（本文系作者2007年5月接受《中华读书报》记者采访时的谈话要点）

庄严的接近　美好的开始

在中外文化发展史上，赫然屹立着一座绵延不绝而又轮廓清晰的精神的峰峦，它们就是由一部一部文化经典构筑而成的人类文化的精神高峰和历史山峦。对于一代又一代的人们来说，它们是我们文化崇尚中长久的膜拜对象，是人类精神生活中永恒的文化支撑力量。

经典不是莫名其妙地就成了经典的。

每一部经典作品，事实上都浓缩隐含着特定时代、特定民族、特定文化所形成的最基本、最具代表性的文化价值观和文化心智成果，代表着人类文化发展的某些不可复制和不可替代的智慧和方向。同时，经典又是经过人类精神的随机拣选和时间长河的无情淘汰，才逐渐浮出历史地表，最终固定在人类精神发展的文化坐标上的。

因此，对于经典的尊崇和信赖，成为人类最基本的精神生活态度之一。

经典可以使我们的情感变得丰富、细腻、坚定，使我们的精神变得深刻、睿智、博大。一句话，经典是我们窥视人类精神奥秘、汲取人类文化精髓、提升自身文化修养的最基本的路径。

儿童文学作为人类文化的组成部分，也历史地形成了一大批影响过一代又一代人的精神发育和成长的经典和名著。这套丛书所收入的作品，就构成了一份值得儿童文学史骄傲和记忆的文学财富清单。提起这些作品，许多人就会有一种重新打开童年的心灵履历的难忘和激动。在他们的童年记忆中，甚至，在他们后来的阅读记忆中，这些作品都曾经那么深刻地参与并影响了他们的心灵建设，为他们的成长打下了宝贵的"精神的底子"。

让每一个孩子在他们的童年时代就亲近名著，亲近经典，是每一位父母、每一位文化工作从业者的心愿。这套丛书精心选择了一批优秀的儿童文学名著和经典作品，并根据低龄儿童的阅读能力和阅读兴趣做了恰当的改编和加工，使孩子们在童年时代就能以一种亲切的方式亲近名著、贴近经典，领略儿童文学名著和经典的基本精神和风采。在这个意义上我想说，这是一套美好而有价值的图书。

愿孩子们在这样的接近和吸收中，开始他们人生最庄严而美妙的精神的旅程。

（原载《小学生注音读物丛书·序》，连环画出版社 2004 年版）

珍视童年　守望天真

回想起来，可以说，几乎从我试图进入儿童文学专业领域的最初一刻起，我就不断地被包括各种儿童文学史著作和儿童文学辞典告知：英国人詹姆斯·马修·巴利的《彼得·潘》是一部经典性的儿童文学作品。阅读这部名著是稍后一些时候的事情。许多年来，我不止一次地阅读过它。每读一次，心底总会涌动起一缕奇异的快乐，一阵莫名的感动。

达林夫妇的三个孩子文蒂、约翰和迈克尔，在神秘的男孩彼得·潘的引诱和帮助下，学会了自由地飞翔，并飞到了奇异的海上世界"永无岛"。"永无岛"，这是一个真正属于孩子们的世界，充满着自由、快乐、神秘和刺激，飞扬着天真、顽皮、勇敢和智慧。孩子们终于都长大了，只有彼得·潘永不长大。他带着一代又一代的孩子们飞向"永无岛"，带领他们去创造和享受属于童年的幸福和快乐……

1904 年 12 月 27 日，伦敦还洋溢着圣诞节的快乐气息。巴利的童话剧《彼得·潘》在伦敦的舞台上首次上演。后来，一部牛津儿童文学辞书是这样追忆和记载那次首演所产生的久远影响的：自从它第一次在舞台上出现以来，它就被看成是永久性的童话剧，持续在英国、美国、法国、德国、奥地利等国家的舞台上演出，后来又被拍成电影。从此，"彼得·潘"成了西方世界无人不知的人物。这部作品和比利时作家梅特林克的《青鸟》一起，同为探究人类幸福奥秘的不朽杰作。

舞台上的巨大成功显然激励了作者。1911 年，巴利将此剧改编成了一部长篇童话。于是，彼得·潘这个永远不长大的快乐而淘气的男孩子，就不仅仅飞翔在圣诞节的西方舞台上和荧屏上，而且，借助文字媒介，它也飞向了更加广阔的世界。

《彼得·潘》是一部属于孩子们的作品，也是一部属于那些内心深处怀有挥之不去的童年情结的成人们的作品。巴利曾说过，《彼得·潘》的写作起源于他内心那种强烈地觉得自己是一个"长不大的孩子"的感觉。据说在英国，许多成人都有类似的感觉。《大英百科全书》的"儿童文学"条目中就写到过，"英国人常常坦率地承认，每当他们告别童年时，内心总是怏怏不乐"。其实，对童年的怀恋和看重，是人类拥有的一种十分古老、执着而普遍的生命情感和人生体认。如我国春秋战国时代的老子，就常常把自己比作"婴儿"。在老子看来，婴儿天真纯朴，无知无欲，所以，它常常以婴儿来比喻得道者的神态情状。可以说，《彼得·潘》对永恒童年的向往和讴歌，正表达了人类普遍具有的珍视童年、守望天真的文化心理与情怀。

1912年，彼得·潘的青铜塑像在伦敦的肯辛顿公园落成。与丹麦海滨那座著名的美人鱼塑像一样，彼得·潘的塑像也已经成为儿童文学在这个世界留下的最令人心动的艺术标志和文化景观之一。

（本文系作者应约为《彼得·潘》所写的导读）

拉丁美洲儿童小说论片

一

仿佛有一种神奇的魔力，我们突然被拉丁美洲文学攫住了——这并不奇怪。众所周知，当代拉丁美洲文学以其色彩斑斓而又独树一帜的风貌为世界文坛所瞩目。我们看到，拉美文学在本大陆之外掀起了一股"爆炸文学"的热潮，不断有这块大陆的作家荣膺诺贝尔文学奖。今天，像安赫尔·阿斯图里亚斯、巴勃罗·聂鲁达、加西亚·马尔克斯这样的名字，已为人们所熟知。这一切，都再清楚不过地说明了当代拉美文学在世界文坛的地位和影响。

在成人文学取得突出成就的同时，拉丁美洲的儿童文学创作也呈现了多彩多姿的景象。早在1889年，杰出的古巴民族英雄、诗人何塞·马蒂就在美国纽约编著出版了"献给美洲儿童"的四期儿童专刊《黄金时代》。他在《致〈黄金时代〉的小读者》一文中说："我们为了儿童而工作，因为儿童是世界的希望。"[1] 近一个世纪以来，何塞·马蒂的这句话似乎已经成为许多拉美作家的共同信念和追求。不少作家，特别是像诺贝尔文学奖获得者、智利女诗人米斯特拉尔，被称为"拉丁美洲短篇小说之王"的乌拉圭作家奥拉西奥·基罗加，阿根廷作家阿尔瓦罗·荣凯，哥斯达黎加的卡门·利拉，墨西哥的马里亚诺·阿苏埃拉，秘鲁的卡·卡·德·努涅斯，当然也包括何塞·马蒂这样一些著名的作家，都曾以极大的热情关注和从事儿童文学创作，从而使拉丁美洲文坛不断绽放出儿童文学的绚丽之花——奇葩异卉，幽香袭人。

儿童小说一直是拉美儿童文学的重要一支。近几年来我国翻译出版的《拉丁美洲儿童小说选》《镜中的小姑娘》[2]两书，集中介绍了拉美19个国家50余位作家的60篇有代表性的儿童小说作品。这些作品显示了拉美儿童小说的创作成就，也向我们展示了一幅独特的艺术画卷。

二

现实主义文学是近、现代拉美文学的主要流派。19世纪独立革命后，加乌乔诗歌、城市小说和印第安文学共同汇成了拉美现实主义文学潮流，到了"20世纪开始的40年间，现实主义小说成为拉丁美洲文学的主流，杰出的作家和优秀的作品，蔚为大观"。[3]在这一文学发展的历史进程中，拉美儿童文学也以其严谨真实的艺术画面，成为拉美现实主义文学的重要一翼。

我们知道，在现实主义成为拉美文学主流的同时，现代主义流派（主要表现在诗歌创作中）曾在拉美风行一时。现代主义的诗人们一方面忧虑民族命运，另一方面又伤感颓废，逃避现实。与此形成鲜明对比的是，当拉美作家提起笔来从事儿童文学创作时，他们仿佛是毫不犹豫地就自动汇集到现实主义的旗帜下，并表现出谨严的创作态度和强烈的社会责任感。我们读到的拉美儿童小说中的不少作品，都以现实主义的笔触，描绘了百余年来拉美人民的苦难和斗争生活，特别是艺术地再现了拉美儿童的痛苦生活和悲惨命运。其中不少篇章带血含泪，令人读之味之，禁不住潸然泪下。

巴西当代知名作家奥·拉·雷森德的《磨粉机》，向读者叙述了一个悲惨的故事：小奇科的母亲死后，他被带到了教父（作品中指干爹）家。凶狠、残暴的教父鲁道弗老爷不仅把奇科当作"小用人"使唤，而且动辄施以拳脚。作品中有这样一段文字描述奇科挨打后的情景：

> 奇科用衬衣下摆擦了擦鼻子，弄得衣服上满是血迹。他走出房间，向畜栏那边蹒跚走去。走到一块岩石边停下来，坐下了。一头乳牛在悲哀地哞叫。风中飘散着一股酸味，一股洗濯阉猪的难闻的气味，那些猪在栏里哼哼叫着。田野、整个世界、所有一切都是陌生的、空旷的、虚无的，只有一个小生灵——可怜的孩子奇科存在着，在受苦受难。眼泪在他的面颊上流着，他不禁可怜起自己来，好像坐在这儿哭着的是另外一个孩子。但是，谁也听不见他的哭声，这哭声同那些猪的满足的哼哼声混合在一起，随着风消失了。

这是叙述，更是抒情。小主人公的听觉、嗅觉、视觉感受和孤独、委屈、辛酸、痛苦的心理体验交织、融合在一起，空漠飘然的艺术氛围中蕴含着现实的沉重苦难，字里行间散逸着深深的悲愤之情。终于，在黑人女仆罗萨里奥的帮助下，奇科逃到了他的姨母家。然而小奇科惊魂未定，凶恶的鲁道弗老爷便骑着马追踪而至，在走投无路的情况下，受尽苦难的奇科跑到一座水磨房里，"把眼一闭，下意识地往下跳去"。磨粉机不转了，水被鲜血染红了……

我们的心也颤动了，揪紧了。这是何等惨痛的画面啊！作者在作品中没有议论，也不曾伤叹，但同情、激愤、不平之情却跃然纸上，引起读者的强烈共鸣。

真实地再现拉美儿童的血泪生活和悲惨遭遇，是许多富于责任感的拉美作家在现实主义旗帜下从事儿童文学创作的必然结果。厄瓜多尔作家翁·萨尔瓦多的《黑人鞋匠》，以极俭省而又富于表现力的笔墨，勾勒了贫困的黑人鞋匠的独生女儿阿尼塔在饥饿和寒冷的无情折磨下误食了房东家毒耗子的面包而惨死的情景；被誉为墨西哥现实主义经典著作的《在底层的人》的作者马里亚诺·阿苏埃拉，则在他的《有钱人的牺牲品》中，描述了一位贫穷的母亲给富人家当奶妈，自己的孩子却得不到爱怜和哺育而死去的凄惨故事；哥伦比亚作家爱·阿·苏阿雷斯的《我和瓜迪安》，以一个流浪儿的口吻，诉说了"我"与小狗瓜迪安在饥饿、孤苦的流浪生活中患难与共、相依为命的动人经历，感情的流动徐缓而滞重；智利作家尼·古斯曼的《皮靴下的面包》，通过一个男孩怀着深情带着面包去探望无辜被拘留的父亲时遭到警察虐待的故事，描绘了"一幅纯洁的感情惨遭践踏的画面"……这些作品，以凝重朴实的笔调，表现了拉美儿童悲剧性的苦难命运，具有深刻的社会意义。

然而，儿童小说毕竟不能仅仅停留在对现实苦难的痛苦描绘上，现实的沉重羁绊不应成为作家探索儿童小说更为广阔的艺术天地的障碍。事实正是如此：当拉美作家直面生活的严峻与艰辛时，他们同时也怀着一颗真诚朴实、灵气飞扬的童心。因此，他们的作品中不仅涂抹着现实的沉重色调，而且还透露出童心的晶莹光泽。或许，正是这种生活的严峻与童心的轻灵的奇妙融合，构成了拉美儿童小说的基本风貌。

例如，在阿根廷作家阿尔瓦罗·荣凯的《伊拉恰》中，小主人公带着孩子特有的天真和坦诚，叙说了自己被逼入歧途，以行窃为生的不幸生活。而当他获得新生，走上新的生活道路时，他向剧团团长提出的同样是充满孩子气的请求："……无论演什么戏，要是有警察，就让我来演。绝对不要我演小偷，我不会演……你笑什么呀？"古巴作家阿·德·拉·伊格莱西亚的《勇敢的小曼比》，写一个爱国的小曼比（"曼比"是对反对西班牙殖民统治的古巴起义者的称呼）的斗争故事。毫无疑问，对敌斗争是严酷的，然而小曼比的斗争方式却是独特的。他被西班牙的清剿队抓住后，敌人把他放在马上，并以一个面包为诱饵，要他喊一声"西班牙万岁"。小曼比机智地想出了对策后，狼吞虎咽地把那个面包全部消灭掉了。接着，小曼比在马鞍上猛地站起来，像皮球一样蹦了下去。就在这一瞬间，整个这一支西班牙军队都听到了一声清脆响亮的童声："自由古巴万岁！"等到敌人清醒过来开枪射击时，小曼比早已在算好的时间和地点跑进了山里。读到这里，我们不仅会被小曼比智斗侵略者的勇敢精神所感动，也会情不自禁地为他巧妙又充满儿童情趣的斗争方式而发出欢笑。是啊，严峻沉重的现实桎梏拴不住飞扬的童心，拉美儿童小说正是在这里放出了自己的艺术光彩。

当然，天真有趣、稚气可掬是童心的表现，而深沉含蓄、藏而不露未尝不可以是童心的流露方式。儿童自有他们独特的心灵世界和情感天地。拉美作家并不满足于浮光掠影地表现这一切，而力求挖掘儿童心灵的深层因素，传达出儿童内在的心理波动，因而他们笔下的儿童形象不仅带着天真活泼的灵气，而且具有浮雕般的艺术感。秘鲁作家阿·瓦尔德罗马的《小鹰飞》，以第一人称的叙述方式，诉说了一个小男孩与马戏团表演惊险节目"小鹰飞"的小女孩奥基德阿之间的动人的友谊。在小说中，他们一个是小观众，一个是小演员，彼此间甚至没有说过一句话,但"我"对奥基德阿的命运的牵挂,以及彼此间真挚友情的交流,却表现得非常纯净优美、哀婉动人。如奥基德阿不幸摔伤后,"我"竟悄悄地掉下了眼泪。一次上学路过海边时,"我"意外地见到了"脸色苍白、形容消瘦"的奥基德阿坐在那里望着大海。小说中没有对话,不事渲染,只有久久的对视,只有默默地微笑,然而两个孩子之间的关切、爱抚、感激之情,彼此间纯洁的友谊,却就在这对视、微笑中得到传递和感应。后来,奥基德阿随马戏团乘船走了,他们俩也在码头边默默分别。作品的结尾是耐人寻味的:

……放学以后,我又来到岸边,坐在那间空房子的木板上,坐在我可爱的朋友待过的地方,向远处望去。那一艘艘轮船用它缕缕黑烟污染着被晚霞映红的天空,渐渐地消失在茫茫大海上。

意境旷远,友情绵绵,两个孩子之间的真挚友谊被表现得淋漓尽致,忧伤而美丽。他们在苦难和不幸中编织的友谊的花环,使整个作品闪烁着圣洁的光辉。尽管作品的基调有些沉郁,但这也正凸现了两个孩子在患难中结成的沉甸甸的友情。

总之,既真实地反映现实的苦难和斗争,又深刻地展现儿童丰富的心灵世界,并力求在两者之间保持一种和谐,这就是拉美儿童小说一条成功的经验。

但是,进一步引起我们的兴趣的,则是拉丁美洲儿童小说显露的更富于特色的东西。拉丁美洲文学既具有真实而深刻地反映历史和社会现实的现实主义精神,又有着与欧美现实主义文学不同的艺术个性。智利文学评论家托雷斯·里奥塞科指出:"西班牙美洲的小说,或者至少是其中的大部分,都属于现实主义类型。这就是说,它们的作者,按照不同的准则，试图再现和表达他们周围的世界的生活。"[4]这说明，拉美作家在表现他们自己大陆的生活时，没有照搬欧美文学的经验，而是根据现实以及自身对现实的理解来确立各自的艺术准则。那么，拉美的现实又是什么样的呢？古巴著名作家阿莱霍·卡彭铁尔曾经说过："拉丁美洲生活从根本上讲，就是不连贯、异乎寻常和怪诞……一切都显得不符合常规：崇山峻岭绵延不断，层峦叠嶂杳无人烟，瀑布千仞凌空而下，荒原广漠无边无沿，密林深处虚实莫测……"[5]从社会生活到自然景象，拉美大陆充满了神奇的色彩。这一切，迫使作家在创作实践中选择和确认自己的艺术法规。加西亚·马尔克斯就承认，拉丁美洲的现实是非同寻常的，由于现实本身存在着神奇的特殊的东西，使他不可能回避。实际上，正是这种神奇的现实和生活之源，为拉美作家提供了丰富的艺术活水，使拉丁美洲文学走上了一条独创的民族文学的发展道路。

同样，作为整个拉丁美洲文学的有机组成部分，拉美儿童文学也充溢着浓郁的民族精神气息和生活情调。这突出地表现在拉美作家善于从民族生活和民族文化的土壤中吸取养料，并善于寻找和运用与丰富的现实生活相对应的多彩多姿的艺术表现手段，从而使拉美儿童文学在接受民族生活和民族文化滋养的基础上，拓展了自己的艺术天地，并形成了自己的艺术个性。

巴拿马作家托·埃·波马斯的《生命之树》，是一篇浸润着印第安人情感的作品。诚如作者所写的那样："生命之树是一个奇迹，而只有奇迹才能使胆怯的印第安人得到安慰。"作品描述的故事似乎是那样令人不可思议：一个印第安少年找到了一棵神奇的大树，树上有一口大瓦罐，罐里总是满满地装着舀不完的香果汁，树顶还有一座遍地是果树的岛子，"整个岛子支撑和连接在这棵大树的树枝上"。这棵树具有顽强的生命力，它不怕刀劈斧砍，即使人们挥动斧头把它砍得伤痕斑斑，流出了果汁，可是第二天它又"完好无缺，连树皮也长全了"。生命之树为人们带来了喝不完的果汁和摘不完的果实，更给人们带来了幸福和欢乐。的确，这是一个奇迹般的故事，其中对于生命的带有原始色彩的理解，似乎包含了古老神话的基因，但也正因为如此，溶解在幻想中的对于生命的朦胧理解，便如此自然朴实地传达了处于现实重负之下的印第安人的真实心态。谁能否认这故事顽强地显示着印第安人民和孩子们对于生活的热爱和热烈期待？生命之树何尝不是一颗寄寓了美好憧憬的幸福之树！

海地作家菲·托·马塞林的《风的故事》，取材于岛国海地经常有大风横冲直撞，破坏了贫苦农民的劳动果实这一生活现实，又做了幻想化的处理。这篇作品既像是意味隽永的寓言小说，又像是奇特无比的魔法故事。但是透过这些样式上的令人迷惑之处，我们看到的是作家对于儿童小说艺术天地的大胆开拓。魔幻手法的运用，寓言形式的介入，无疑充实了作品的意蕴，增强了作品的艺术表现力。这是作家在广泛借鉴中独辟蹊径的结果。

如果说《生命之树》《风的故事》这类作品从题材到表现手法都十分奇特因而才显得别具一格的话，那么在那些主要表现儿童现实生活的作品中，我们同样可以感受到拉美作家在艺术上的大胆创新精神。秘鲁作家卡·卡·德·努涅斯的《镜中的小姑娘》，描写了一个从镜子里走出来的小姑娘与"我"和其他孩子们的交往与友谊；委内瑞拉作家安·阿拉伊斯的《奥斯瓦尔多》中，在主显节之夜，女仆的孩子、可怜的奥斯瓦尔多的鞋上竟然出现了一个漂亮的新布娃娃。这些描写，仿佛信手拈来，而又浑然天成，为作品平添一抹奇异的色彩，也显示了拉美儿童小说作家丰富的艺术想象力。

如前所述，拉美儿童小说之所以闪烁着奇异的光彩，是与拉美独特的现实生活和民族文化（如民间文学）的滋养分不开的。例如《生命之树》的作者托·埃·波马斯，小时候从祖母口中听到许多前人留传下来的民间传说和故事，这为他后来的创作带来了丰富的灵感。看来，儿童文学作家不仅需要熟悉儿童心理和儿童生活，还应该对生活现实和民族文化有深刻的认识和理解，因为这将为儿童文学的创新提供更多的机会和更坚实的基础。

在拉美奇异现实的引导下，拉美作家还喜欢用他们多彩的笔墨描绘美丽的大自然。的确，拉美的自然风光是神奇而迷人的，它常常激发起作家的表现欲望。人们甚至认为，从来没有哪种文学曾经像拉丁美洲文学那样，把大自然作为一个重要的角色来加以表现，"巴西的腹地，阿根廷的草原，亚马孙河的林莽，安第斯山的峰岭，加勒比海的热带风光，都是作家题材的来源"。[6] 这种与大自然的特殊的联系，这种对大自然的热爱和依恋，也表现在拉美作家的儿童文学创作中。在《卡纽埃拉与佩塔卡》《塔普约的罪行》《儿子》《钓鱼》《帕斯托尔的"十个小老头儿"》等作品里，自然的形象有机地融入整个艺术画面之中。不过，与拉美成人小说中经常渲染大自然的神秘、恐怖不同，拉美作家在儿童小说创作中似乎更醉心于描写大自然的优美纯净与盎然生机，例如《钓鱼》中的自然景物描写，色彩明丽，气氛恬静，很好地烘托了小主人公专注顽强的性格；《卡纽埃拉与佩塔卡》的景物描写则生动活泼，充满生气，与两个小猎手天真、勇敢的狩猎活动相映成趣。这样的描写，无疑是拉美作家在创作中考虑到儿童接受特点的结果。

当代儿童文学对我们这个复杂的世界本身倾注了越来越多的兴趣，生活的原生性质不断在儿童文学中得到还原。儿童小说自不待言，即使是一向以描绘幻想世界见长的童话，也正在慷慨地接纳着写实的现实画面。但是，在这种变化过程中，我们不应漠视儿童文学自身的艺术规律，否则，这一切将有可能导致令人尴尬的结局，即儿童文学本体特征的丧失。对儿童文学来说，这并不是一桩令人愉快的事。因此，在逼近现实的过程中，如何选择和确立与少年儿童的审美心理相对应的审美视角，如何寻找和利用艺术手段的多种可能性，就显得特别重要了。在这方面，拉丁美洲儿童小说积累的一些经验，是值得我们思考和借鉴的。

（原载《浙江师范大学学报》1987年第2期）

注释

[1] 转引自孔令森：《浅谈拉丁美洲儿童文学》，载《儿童文学研究》第五辑。

[2] 参见朱景冬选编：《拉丁美洲儿童小说选》，贵阳：贵州人民出版社1983年版；朱景冬选编：《镜中的小姑娘》，哈尔滨黑龙江少年儿童出版社1985年版。

[3] 参见王央乐：《拉丁美洲文学》，北京：作家出版社1963年版。

[4] 参见［智利］托雷斯·里奥塞科：《拉丁美洲文学简史》，北京：人民文学出版社1978年版。

[5] 转引自陈光孚：《拉丁美洲当代小说创作的特点及趋势》，载《文艺研究》1984年第6期。

[6] 王央乐：《拉丁美洲文学的传统与创新》，载《外国文学报道》1985年第2期。

"鸡皮疙瘩"与"安全惊险幻想小说"

长久以来,我们的儿童文学创作对儿童精神现象的涉足是十分有限的。想当然的成人化艺术专制的结果之一,便是在相当程度上使儿童文学成为一个具有教化功能的文学课堂,而无法同时也成为童年时代艺术游戏和精神狂欢的场所。几年前,一项在北京、上海、广州、郑州、成都五城市进行的儿童阅读状况的调查研究,让人们听到了来自儿童群体的率真的阅读渴求和愿望表达。许多儿童用这样一些词语来提示和描述他们所喜欢的图书:"有想象力""恐怖""惊险""惊险科幻又有深刻意义""幽默""历险""娱乐""有趣""有神秘感"等。他们还发出了这样的吁请:"请把书写得风趣些";"请多出一些最恐怖、最惊险、最幽默的书";"请多出一些带有幽默或比较有哲理的书"。一位读者还建议说:"多出一些以'你'来叙述的中、长篇自我惊险小说,就是说主人公是我自己"……

"恐怖""惊险""神秘"这样一些长期在儿童文学的艺术语汇中缺席或不时被拒斥的词语,借助儿童读者之口理直气壮地重返儿童文学的艺术语境。但是,对于今天的儿童文学界来说,诸如"恐怖""神秘"这样的美学特质,在实际的操作中仍有许多令人感到棘手和困惑的地方。一年多前,一位南京作家在接受了一家出版社写作一部惊险小说的稿约之后,给我打来电话讨论创作上的一些问题。在交流了有关看法后我说,凭着感觉和有限的想象力,我们在某些特定类型的儿童文学创作中难免会有艺术上做不到位的时候，如果能研读一些国外的范本，对于我们自己的艺术创作肯定会大有助益的。那位作家朋友感叹说，到哪儿去找这样的范本呢？

现在，接力出版社出版的"鸡皮疙瘩系列丛书"，为我们了解国外儿童惊险恐怖类小说创作现状，提供了一个极具示范性和说服力的样本。

现年五十九岁的作者 R.L. 斯坦是美国著名惊险小说作家，有"悬念大师"的美誉。"鸡皮疙瘩系列丛书"是他的成名作和代表作，据说目前已出版了 137 本。自 1992 年该丛书第一本面世，到 1999 年，它即以 27 种文字出版，全球销售近 2.2 亿册的显赫业绩，被吉尼斯世界大全评为历史上销售量最大的儿童系列图书，作者也被评为当年最受欢迎的儿童文学作家。

首批出版的"鸡皮疙瘩系列丛书"共四册，收入了《死亡之屋》《远离地下室》《噩梦营之旅》《邻屋幽灵》《魔镜隐身记》等八部作品。这些作品中的人物、环境、故事及隐藏于叙事之中的艺术玄机各不相同。作者以其丰富多彩的叙事智慧，把一个个故事摆弄描绘得起伏跌宕，各有机巧和妙趣。《噩梦营之旅》充满扑朔迷离的诡异和悬念，直到结尾才令读者恍然大悟，其情节设计上的绵密与机趣令人叫绝。《死亡之屋》中，当阿曼达与乔西一家终于摆脱了梦魇一般的恐怖纠缠绝尘而去时，一个令人惊异的巨大悬念又笼罩在了读者的心头……一个个故事都是独立不同的，不变的是每个故事中都充满的引人入胜的悬念和恐怖惊险的叙事效果。

作者对儿童的精神世界有着精当的理解。他认为，"和成年人一样，甚至更甚，儿童普遍喜欢历险、悬念、刺激和一定程度上的惊恐。与成年人不同的是，儿童更富想象力和幻想。而且他们的幻想世界往往与现实世界相互交错，互为补充"。因此，《鸡皮疙瘩系列丛书》所展示的是现实人物与现实场景中的神奇与惊险，精细的小说笔法消除了读者的陌生感，使读者在如临其境的阅读中与主人公一起沉醉于紧张恐怖的心理体验之中。

我读这套丛书时特别注意了它在艺术分寸上的把握状态。语言艺术的传达特性使读者避开了那种"具象的恐怖"，因此，R.L.斯坦笔下尽管不时出现幽灵、鬼怪、恶魔等形象，但却并未驱使读者跌入恐怖的深渊。据浦漫汀教授在序文中介绍，斯坦曾特别形象地用"过山车游戏"的原理来比喻自己的创作，而这一创作定位也为在儿童读者中广受欢迎的"安全惊险幻想小说"奠定了基础。过山车虽然让人感受到真真切切的刺激和恐怖，但人们都知道到头来总会有惊无险，安全着陆。正是这种"安全着陆"的经历，使"过山车"游戏花样翻新，让人们屡试不爽。因此，"安全惊险幻想"手法成了"鸡皮疙瘩系列丛书"把握、拿捏小说恐怖美学的基本艺术策略，甚至构成了一种基本的艺术标杆和伦理底线。斯坦在创作中始终严格信守这样一条原则："绝不在自己的作品中涉及性、毒品、离婚、虐待儿童等现实中龌龊和令人沮丧的题材"。他认为，真正的恐怖是现实世界中存在的种种令人沮丧的社会痼疾，而它们恰恰是孩子们不该过早接触和经受的伤痛。我以为，虽然儿童文学的题材范围问题仍然是一个值得讨论的话题，但斯坦的见解至少表明，儿童文学艺术分寸感的建立不仅有赖于作家的艺术智慧，更有赖于作家的艺术良知和关爱儿童的责任感。

很显然，对于中国儿童文学界来说，"鸡皮疙瘩系列丛书"

中译本的出版不仅为读者提供了新的阅读选择,同时也为我们的创作界提供了一次借鉴"安全惊险幻想小说"的机会。

(原载《文汇读书周报》2002年5月31日)

关于《大幻想文学·日本小说》

总共十册的《大幻想文学·日本小说》（二十一世纪出版社，作家出版社1999年8月版），是我国出版界近年来在儿童文学译作出版方面推出的一套选题新颖、艺术价值很高的外国儿童文学译作。

幻想文学是世界儿童文学发展进程中形成的一个具有独特艺术品性和审美价值的文学品种。在欧美、日本等国，幻想文学形成了深厚的历史积累和艺术传统，并得到了少儿读者的广泛喜爱。由于种种原因，特别是由于缺乏对国外幻想文学发展有关作品和信息的了解和借鉴，幻想文学在我国的发展长期以来一直处于一种不自觉的贫弱状态。近年来，二十一世纪出版社将推动中国幻想文学的繁荣和发展作为该社的基本出版战略，在组织出版中国原创的幻想文学作品的同时，也积极组织译介，出版外国优秀的幻想文学作品，并取得了十分突出的业绩。

《大幻想文学·日本小说》的主编和译者都是多年留日的我国知名儿童文学作家、学者。他们不仅自身具有深厚的文学修养和完全可以信赖的中文、日文水平，而且对日本幻想文学也有着丰富的知识和深入的研究。通过他们的精心选择、翻译，这套译丛收入了日本幻想文学创作方面最具代表性的作品。例如古田足日的《蛇山的爱子》、松谷美代子的《阁楼的秘密》、安房直子的《风的旱冰鞋》、矢玉四郎的《晴天有时下猪》、阿万纪美子的《车的颜色是天空的颜色》等，都是日本幻想文学创作上独树一帜、流传广泛、影响巨大的代表作。这是我国儿童文学出版界近年来一次十分成功漂亮的出版行动。正如日本著名作家前川康男在"丛书"的代序中所说的:"像这样选择当代最优秀、代表最高水平的幻想小说,十部一起推出,还不曾有过。"

　　从艺术上看,这些作品题材丰富、幻想奇异、风格独特,或神秘莫测,或灵动诙谐,或清丽哀婉,显示了日本幻想文学独特而又丰满的美学神韵。这些作品不仅为中国的小读者提供了十分精美的精神食粮,也为中国幻想文学的创作和繁荣提供了宝贵的艺术借鉴,更为中国和日本两国儿童文学交流提供了又一个范例。

（本文系作者应约为《大幻想文学·日本小说》所写的评语）

读《科纳马拉毛驴》

法杰恩（Eleanor Farjeon, 1881—1965），英国著名儿童文学女作家，1881年出生于伦敦一个充满文学和音乐气氛的家庭。法杰恩的父亲本·法杰恩是有名的通俗文学作家，母亲乔·杰弗逊是美国的名演员。法杰恩从小就经常与家人们一起观剧和听音乐会，家中有众多的藏书，并且常有知名的作家来访。因此，法杰恩虽然没有接受过学校教育，但从小就深受文学和音乐的熏陶，七岁便开始创作诗歌和故事作品。她二十二岁失去了父亲，并开始正式从事写作活动。十三年后出版了她的第一部作品《伦敦城的童谣》（1916）。1921年出版的《苹果园里的马丁·皮平》，确立了法杰恩的作家地位。20世纪20年代至30年代，她继续发表了许多作品，其中代表性的作品有《老太婆的袜子筐》（1931）、《街角的吉姆》（1934）、《意大利的西洋镜》、《雏菊园的皮平》（1937）等。1955年出版的小说集《小书屋》包括27篇作品，出版后获得了英国图书馆协会颁发的卡内基儿童文学作品奖，并于次年使法杰恩成为由国际少年儿童读物委员会设立的国际安徒生奖的第一位得主。

国外有的研究者指出，法杰恩十分善于讲故事，她喜欢采用在作品中描写一个讲故事人向一个或多个听众讲几个故事的形式。作品中讲故事的人或是萨塞克斯的流浪歌手马丁·皮平，或是一面补袜子一面向孩子们讲故事的老太婆，或是向一个八岁孩子叙述自己年轻时稀奇古怪冒险故事的老水手吉姆，或者就是作者法杰恩自己。

而在叙事上，法杰恩作品的故事情节带有明显的即兴性。我们读《科纳马拉毛驴》时，也可以强烈感受到法杰恩作品的幻想气质以及一种真挚而浪漫的叙事情调。

一般说来，儿童小说总是倾向于运用写实手法来描述一个具有真实感的故事。而在《科纳马拉毛驴》中，法杰恩采用的叙事手法可以说是写实的，而叙述的故事却带有一种天真的、浪漫的抒情气息。小说中的主人公丹尼是个七岁的小学生。他的父亲奥托尔先生是个喜爱随口给孩子编些稀奇古怪的故事的人。奥托尔先生告诉丹尼：他出生在科纳马拉，那儿有一条叫费尼根的白色的毛驴，它的四只蹄子像金子一样闪闪发光，尾巴上挂着一朵玫瑰花。费尼根有许多神奇的故事，费尼根在赛跑时遥遥领先；费尼根在小路上碰到一头疯牛，它大叫一声冲上前去，吓得疯牛掉头就逃，因此救了一位公主的性命，市长给了它一枚奖章；费尼根的叫唤声大得不得了，把所有科纳马拉的报丧女妖都吓跑了。费尼根勇猛如狮，温顺如鸽，聪明如猫头鹰。它能驮个睡着的孩子走十里路不让孩子惊醒；它能在二十个诚实的人中嗅出一个坏蛋来，要是那个坏蛋骑到费尼根的背上，一眨眼工夫就会被它掀倒在沼泽地里……

哇，这是多么神奇的一条毛驴啊，更重要的是，奥托尔先生告诉丹尼：科纳马拉毛驴是属于丹尼的！

天真的丹尼对这一切深信不疑，他自豪地把这一切不断地讲给同学们听。"科纳马拉"这个古怪的地名，闻所未闻的"白色的毛驴"，这些都是多么令人不可思议啊！科纳马拉毛驴的故事在"奥托尔——丹尼——丹尼的同学——女教师达莱小姐——海军中尉佛朗克"之间不断地传递和神化，丹尼的同学们的种种相信、怀疑、否定的心理反应，都造成了作品于写实中透露着梦幻气质的叙事氛围。

这部小说的特色之一在于对儿童心理的准确捕捉和传神的描绘。你瞧，七岁的丹尼对那条神奇的科纳马拉毛驴是何等专注和投入。当奥托尔先生向他描绘"白得像梨花一般"的毛驴时，丹尼兴奋得"两颊通红、双眼放光"，对母亲的问话也答非所问，以至于他妈妈"怀疑他有些神志不清"。而当科纳马拉毛驴是否真有其物无法得到证实而遭到一些同学的嘲讽时，可怜的丹尼急得眼泪汪汪、神情恍惚，最后竟生病住进了医院。法杰恩对儿童天真纯洁、富于幻想的心灵世界的揭示和描绘是异常生动和富有艺术感染力的。

小说中的成人形象也塑造得十分动人。年轻的女教师达莱小姐十分理解丹尼。为了安慰丹尼，保护他那颗天真纯洁的心灵，达莱小姐利用假期回到家乡的机会，在海军军官佛朗克的帮助下，把一条普通的毛驴染成了白色，并在这头白驴的尾巴上拴上了一朵粉红色的玫瑰。这条"科纳马拉毛驴"的照片在学校里引起了轰动，相信的人和不相信的人都发出了惊叹。照片上，孩子们看到他们自己的女教师就站在费尼根的后面，她正闻着费尼根尾巴上的玫瑰花，脸上露出像洒在牧场青草上的阳光一样可爱的微笑。通过这张并不真实的"科纳马拉毛驴"的照片，读者感受到的是作者对孩子们的一份真挚的理解和细心的呵护，而整部作品，也因此洋溢着一缕温馨、动人的诗意。

这部小说表现了法杰恩小说情节构思和叙事手法上的即兴性和灵巧性，具有比较鲜明的艺术个性。

（原载《世界儿童文学名著鉴赏大典·小说卷》，广西人民出版社1992年版）

读《为我唱首歌吧》

《为我唱首歌吧》的作者艾德里安是英国人，生平不详。本文原载美国1979年出版的《鲸鱼能够唱歌及其他故事》。

这是一篇只有两千余字的精粹的短篇作品。作者以极省俭的笔墨叙述了一个动人心魄的故事，使作品具有强烈的情感冲击力和艺术感染力。

首先，小说在选材构思上就很有独到之处。七个身患绝症的孩子为了让耳朵即将失聪而又酷爱音乐的小病友伊丽莎白能够对这个世界的音响留下最后的美好记忆，决定在她十一岁生日的时候为她举行一次音乐会。七个并不具有突出音乐才能的孩子，自身尚在死神阴影的笼罩下，却以一种忘我的友爱、认真和顽强精神为小病友准备一场特殊的音乐会，这一巨大的反差本身就有着震撼人心的艺术力量。作品正是通过这一令人叫绝的选材为作品的成功奠定了基础。

在具体人物刻画上，作者以生日音乐会的准备和举行为线索，既用精炼传神的笔墨勾勒出在这一动人过程中七个孩子以及善良的柯尔比护士、热情的玛丽·约瑟芬修女等人的崇高的艺术群像，又以相对集中的笔墨描绘了七个孩子中的约瑟夫的形象。九岁的约瑟夫动过手术，再也不能使用声带了。当得到翻乐谱的任务时，神色悲哀的约瑟夫变得"两眼炯炯发光"，"喜悦的泪水夺眶而出"。这个既不能唱也不能说话，甚至不会识谱的小男孩，凭着一颗高尚的爱心，终于成为一个信心十足的翻乐谱者。作品正是透过约瑟夫的神情举止的变化，突出了孩子们忘我的、崇高的精神世界。这种特殊的艺术表现手法，使作品显得简练传神，读来令人回味无穷。

这篇小说是以一位父亲回忆往事为方式展开叙述的。作者在叙述中加入了一些直抒胸臆的抒情成分，因而使全篇小说更显得哀婉动人、柔情绵绵。"谁都知道，患不治之症快要死去的孩子，他们忍受病痛同死神决斗的信念，他们的势不可挡的勇气，使我们这些人的心都快要碎了"；"即使到了今天，倘若我闭上眼睛，我仍然能够听见它那每一个震颤人心的音符"。

是的，读到这里，我们的心也揪紧了，那震颤人心的音符也仿佛在我们的耳畔回旋、荡漾……

（原载《世界儿童文学名著鉴赏大典·小说卷》，广西人民出版社 1992 年版）

近年来的外国儿童文学译介

从一定意义上可以说，外国儿童文学的大规模引进和传播，是进入 21 世纪以来中国儿童文学发展总体进程中的一个十分重要的文学现象。由于人们对外国儿童文学译作的引进和流传早已习以为常，因此，这一现象的实际规模及其意义常常会被缩小甚至忽视。

事实上，自晚清以来，外国儿童文学的译介和引进，就构成了现代中国儿童文学历史发展中的重要文学现象。当年，郑振铎在谈到《儿童世界》杂志的用稿时就说："一切世界各国里的儿童文学材料，如果是适合儿童的，我们都是要尽量采用的。"于是，外国儿童文学的译介成了那个时期儿童文学发展的重要历史内容。20 世纪五六十年代，苏联儿童文学一时成了译介的重心。到了 20 世纪 80 年代之后，我们儿童文学界的国际视野，又重新投向了世界各国儿童文学的优秀之作。

但是，在人们的记忆中，20 世纪 80 年代是一个原创儿童文学充满了激情和活力的时期，相对而言，译介儿童文学所扮演的文学史角色就不那么令人瞩目了。当时出版的大型儿童文学译丛主要有老牌的少年儿童出版社陆续推出的"外国儿童文学丛书"和著名的人民文学出版社组织出版的"世界儿童文学丛书"。据介绍，前者历时 13 年，共出版古今外国儿童文学作品 86 册，其中既包括儿童文学的传统经典《鲁滨孙漂流记》《克雷洛夫寓言》《快乐王子》等，也有 20 世纪儿童文学的新经典《长袜子皮皮》《随风而来的玛丽阿姨》《窗边的阿彻》（又名

《窗边的小豆豆》)等；后者也陆续出版了《木偶奇遇记》《夏洛的网》《捉猫故事集》等大量各国儿童文学作品。这两套丛书，成为八九十年代中国儿童文学界重要的阅读资源和文学楷模。

进入21世纪以后，加入外国儿童文学译介出版的出版社推出的各类译丛的数量都有了大幅度的增加。例如河北少年儿童出版社出版的"国际安徒生奖获奖作家书系"、新蕾出版社出版的"国际大奖小说系列"、二十一世纪出版社出版的"彩乌鸦"系列、人民文学出版社出版的"外国儿童文学获奖作家作品丛书"、译林出版社出版的"译林外国儿童文学名著"丛书，等等。除了这些综合性的儿童文学译丛外，一些知名作家的作品也陆续被成规模地系统翻译和引进，例如明天出版社出版的"世界奇幻文学大师精品系列"就包括了罗尔德·达尔(12册)、托芙·扬松(8册)、特拉芙斯(5册)、埃里希·凯斯特纳(8册)等儿童文学大师的作品集；少年儿童出版社则先后出版了《宫泽贤治童话文集》(4册)、《安房直子幻想小说》(6册)；二十一世纪出版社出版了矢玉四郎的"晴天有时下猪"系列(6册)；中国少年儿童出版社出版了勒内·戈西尼和让-雅克·桑贝的《小淘气尼古拉的故事》(5册)，等等。

与名家名作引进相呼应的是，各类不同文学风格和具有较高可读性的儿童文学作品译介工作也引起了更多的关注和重视。这方面风光无限的作品是人民文学出版社出版的J·K·罗琳所著"哈利·波特"系列。此外，很有影响力的作品还有浙江少年儿童出版社出版的托马斯·布热齐纳"冒险小虎队系列"(30册)、新蕾出版社出版的美国作家R.L.斯坦所作的"鸡皮疙瘩系列"丛书(20册)、二十一世纪出版社出版的"大幻想文学精品译丛"，等等。这些作品的引进，不仅让我们领略了当代外国儿童文学多样化的文学和美学风格，而且让我们体验了文学个性与市场畅销之间的碰撞可以闪烁出怎样的文学灵感和火花。

另外一些包含着童年题材的译作，也颇为引人入胜。阿富汗裔美国医生卡勒德·胡赛尼的长篇小说《追风筝的人》虽然不是一部儿童文学作品，但小说前半部分对于童年生活和心灵体验复杂性的描写以及透过儿童视角所展开的对于特定时期阿富汗历史和生活的观察，也可以在思想和情感深度的表达上给儿童文学界以有益的启示。

在近年来所有的儿童文学出版现象中，最令人感到新鲜、兴奋和触目的，无疑是大量图画书的译介和出版。不久前，我在一篇文章中曾经认为，图画书这一20世纪在西方和东方的许多国家被开发得相当成熟的出版门类，对于中国的创作者和出版人而言，仍然是相当陌生的——我们对图画书的文化认知和审美感受程度，在整体上还十分有限。记得2000年深秋，我与几位友人在北方的一座大城市里聚会讨论中国图画书创作和出版的前景时，心里涌起的是一种兴奋而又朦胧的憧憬。坦率地说，当时的大多数人对于图画书的感性期待是要远远超过其理性认知的积淀的。而报刊上关于"图画书将是中国出版业最后一块蛋糕"的预言，显然更强化了人们对图画书的某种莫名的激情。但是，真正的图画书展示的是怎样一个图文交融的审美世界，它会带我们走向一个怎样的文本空间，这一切，似乎还不完全在人们普遍拥有的想象力所能抵达的范围之内。

于是，"引进"成了一条便捷的观摩和思考途径。在投入图画书出版的诸多出版社中，少年儿童出版社、明天出版社、二十一世纪出版社、南海出版公司、河北教育出版社、接力出版社、浙江少年儿童出版社、湖北长江出版集团、湖北美术出版社、中国电力出版社、贵州人民出版社等的表现都十分抢眼，信谊世界精选图画书、启发精选绘本、蒲蒲兰绘本、新经典文库的爱心树绘本馆、海豚绘本花园、电力童书等以译介作品为主的品牌图画书逐渐为人们所熟知。这些优秀的图画书，为我们呈现了图画书异常丰富的创意和想象空间。例如，明天出版社出版的瑞士籍世界著名图画书大师莫妮克·弗利克斯编绘的"无字书"中的《大风》《飞机》《小船》《房子》《字母》《数字》《颜色》《反正》等8册不用一个叙述文字，仅用巧妙的图画展开叙事的无字书，为我们带来了一种十分新颖的阅读体验。与中国古代美术创作讲究的"留白"艺术相类似，无字书也为唤起读者的审美观察力、想象力和思考能力提供了诸多的"空白"。这套书以其异想天开的构思和对读者想象极限的挑战，为中国的图画书编绘者、出版者、爱好者提供了一种新的想象选择、一个新的美学空间。

与20世纪80年代前后原创儿童文学的异常活跃而译介作品相对居于历史配角地位的状况相比，今天的儿童文学译介作品在某种程度上扮演了更为重要的时代角色。首先，由译介作品所引起的不胫而走的阅读时尚和流行口味常常令人瞠目结舌，"哈利·波特"旋风、"冒险小虎队"在小读者中的阅读流行，都制造了这个时代儿童阅读的神话和奇观。其次，那些优秀的引进作品，为我们提供了儿童文学的一个令人兴奋和神往的艺术参照系，丰富着我们对于儿童文学的艺术了解和审美经验。以图画书为例，毋庸讳言，从某种程度上说，是近年来的引进版图画书在一点一点地塑造着我们对于图画书的感觉器官和欣赏趣味，在一点一点地拓展着我们对于图画书的理解能力和想象空间。

在对儿童文学译介作品的诸多批评中，关于经典和名著重复出版的抱怨由来已久。与许多人一样，我个人也认为，翻译常常是一种"重写"（rewriting），任何现实的翻译成果常常会是一种充满变数的对于原始文本的操纵和再创造，因此，允许不同翻译文本的并存，有其文学审美和译事操作上的必然性。例如，在安徒生童话的汉语转换和重写过程中，叶君健、林桦、任溶溶诸位译家的译本，就各自有其存在的价值。应该杜绝的是那些低水平的，甚至是比原译等而下之的翻译作品的出版。

这里牵涉到了目前儿童文学翻译出版过程中出现的一些令人遗憾的现象。例如，为了节省经费、赶出版进度等原因，一些作品就成了某些外语学习者或不具备基本的文学素养的译者练习和试验的对象。在这样的状况下，翻译作品的质量何以保障？

外国儿童文学的大规模译介，已经深刻地参与和影响了近年来中国儿童文学读者的阅读生活和审美趣味的塑造。我们盼望着，在未来的岁月里，中外儿童文学的全方位互动和交流，将会日益频繁、多样，并不断深化。

（原载《中华读书报》2008年5月28日）

晴天居然下猪
——兼谈荒诞故事

两年前的一天,一本书被悄悄地摆上了杭州市一家儿童图书馆的书架。这本书的书名很有趣,可是,似乎并没有谁特别注意它。

一天,一位小读者在借书时,眼球突然就被这本书的书名抓住了。哈,《晴天有时下猪》?

只知道天上会下雨、下雪,还会下冰雹,最多还听过"天上不会掉馅饼"的说法。天上会下猪?而且还是晴天?书名俘虏了孩子的好奇心,他迫不及待地借走了这部讲"下猪"的故事书。

然后,他被书中精彩好玩的内容和稚拙幽默的语言征服了。

然后,这部书就一传十、十传百地风靡开去了……

一年多前,当我们的研究生到这家儿童图书馆调查少儿朋友的阅读情况时,工作人员告诉我们,名列近期该馆儿童文学作品出借率榜首的就是这部日本幻想小说《晴天有时下猪》。

上三年级的则安最自豪的一件事,就是每天记日记。他的日记一天也不拉,还配上了插图。班主任和子老师鼓励则安日记要记真的事,不要作假,要正视自己,还告诉他"日记,不是给别人看的东西哟"。可是,有一天,则安无意中发现妈妈偷看他的日记,十分生气,他决定在日记里写点怪事情,让她大吃一惊。可是,日记不能写谎话呀,则安决定写"明天的日记"。因为写以后的事,不管写的是什么,都不能说是谎话的。

他的日记是这样写的：

6月4日星期二晴

打开厕所门，里头有几条土色的大蟒蛇。人哪怕是被它咬了豆大一口，也活不长了，准没命。我运足了气，啊的一声，把这条叫人发毛的大蟒蛇干掉了。

6月5日星期五阴天

妈妈把铅笔，用油炸了。爸爸说："真好吃！"咔嚓咔嚓吃了进去。

不料，则安在日记中瞎写的怪事情，统统变成了现实。

有一天的日记是这样的：

"今天的天气，一开始是晴天，午后下起猪来了。"

下午，天上传来猪叫声，几百头、几千头猪漂浮在天空中，天晴，真的要下猪啦……

后来，则安又陆续办了《真话报》《吹牛报》《猪报》。一份份报纸不断地引起一些怪里怪气的事。比如他在《猪报》中预告"明天是猪日"，结果第二天，家里就全是猪的天下了。抽屉里、冰箱里、窗帘后面、沙发底下都是猪，呼呼呼呼，有大有小；妈妈拧开水龙头，呼呼呼呼，黄豆大的小猪们涌了出来；走到外面，天空中到处都挂着猪旗；消防队员灭火水管里喷出的不是水，呼呼呼呼呼，全是猪……不管什么地方，都是猪，猪猪猪猪猪猪猪，简直成了猪的洪水。

这是一部神奇、有趣而又极富于现实意味的儿童文学作品。它的作者是日本作家矢玉四郎，中文译者是作家彭懿。据彭懿介绍，矢玉四郎的《晴天有时下猪系列》，是日本20世纪80年代以来最轰动的

"荒诞故事"。该系列共有六本，分别是《晴天有时下猪》（1980）、《明天是猪日》（1985）、《我有时是猪》（1987）、《我连肚脐眼儿都是漫画》（1990）、《梦里来的梦孩儿》（1993）、《搬家机器人》（1995）。据彭懿介绍，自从1980年第一本《晴天有时下猪》出版以后，可以说，整个日本顿时就刮起了一股"晴天下猪"的旋风。它得到了孩子们的极度喜爱，发行量迅速突破百万，成为一本怪物一样的超级畅销书，不仅被改编成了同名动画片，而且还成了一种社会文化现象。"晴天下猪"这个流行语甚至被收入了1987年出版的厚厚的一本《现代用语基础知识》里。矢玉四郎在他的个人网页"矢玉四郎的晴天下猪小房子"上自豪地宣称："根据一家读者数调查公司的统计，它的读者超过了一千万，它在现在二十几岁的年轻人中的知名度，达到了100％。"

矢玉四郎在一篇题为《写篇明天的日记吧》的短文中曾说："发明电灯的人也好，第一个开飞机上天的人也好，驾驶快艇横渡太平洋的人也好，一开始都被讥笑为是'胡思乱想'……如果你胡思乱想了一百次，一定有一个非常出色的点子……所以，一定要学会把自己的感觉、想法说出来。"矢玉四郎对日本儿童文学界、教育界以及日本孩子的生存状况都有许多批评，他说自己写《晴天有时下猪》时的唯一准则，就是孩子们喜欢读什么样的书，自己就写什么样的书。

这本书的中文译本最初于1999年由二十一世纪出版社和作家出版社在《大幻想丛书·日本小说》中推出。那本单行本中收了整个系列中的前三本故事。最近，二十一世纪出版社把彭懿翻译的整个系列分为六本全部出齐了。这样，我们中国的小读者也可以读到全套《晴天有时下猪系列》了。

《晴天有时下猪系列》在日本被叫作"荒诞故事"。这类故事在世界儿童文学史上有着深厚悠久的历史，例如，19世纪英国作家卡洛尔的《爱丽丝漫游奇境记》就是一部荒诞文学的经典名著。这类作品中隐藏着儿童文学创作所需要的很高的艺术智慧和独特的美学逻辑，有那么一些神奇和幽默，又有那么一点儿严肃和意味；有那么一点儿荒诞和幻想，又有那么一缕现实的折射和映现……相信读这样的作品，你会哈哈大笑，又会获得精神上的滋养和启悟。

（原载《中国少年报·都市版》2003年寒假合刊）

晴天，有时下什么？

许多由成人们力荐的儿童文学作品，尽管在媒体上被炒作得风光无限，却并不被少儿读者们私下里看好和接受——这种情形可以说一直是儿童文学界的一种尴尬和隐忧。少儿读者不买账，这在儿童文学的艺术国度里，无疑是最严厉的艺术惩罚。

儿童的阅读口味问题，一直是儿童文学的供给者们十分关心的话题，理论上的思索和研讨不时可见。实际上，这个问题的部分答案，就隐伏于儿童读者自发的阅读选择和欣赏趣味之中。

前不久，在杭州一家儿童图书馆所进行的阅读调查中我们发现，名列近期儿童文学作品出借率榜首的是一本日本幻想小说《晴天，有时下猪》。

最初获知这个结果时，我颇感意外。《晴天，有时下猪》[1]中译本初版印刷了六千册，两年前出版后并未引起儿童文学界太大的关注。但是，在上述调查中，这部作品通过儿童读者的选择，有力地进入了我们的视野。

据图书馆工作人员介绍，孩子们最初的好奇心是被书名勾起的，然后是被书中精彩好玩的内容和图画征服了，然后是一传十、十传百地风靡开去了。

上三年级的则安每天记日记。一天，他无意中发现妈妈偷看他的日记，十分生气。则安决定在日记里写点儿怪事情，吓妈妈一大跳。有一天他的日记是这样的："今天的天气是，开始是晴天，下午下猪。"

不料，则安在日记中瞎写的怪事情，统统变成了现实。下午，天上传来猪叫声，几百头、几千头猪飘浮在天空中，天晴，真的要下猪啦……

这是一部神奇、有趣而又极富现实意味的儿童文学作品。据介绍，它在日本已经被再版了一百次以上，是轰动日本的畅销书，并被摄制成同名动画片。看来，它能被我国的儿童读者喜爱，也不是一件奇怪的事情。

晴天，有时下什么？在矢玉四郎的描绘中，隐藏着儿童文学创作所需要的很高的艺术智慧和独特的美学逻辑，有那么一些幽默和神奇，又有那么一点儿严肃和意味；有那么一些荒诞和幻想，又有那么一缕现实的折射和映现……这种艺术智慧，与我们常见的胡编乱造、生拉硬扯的艺术"蛮干"行为，是有着天壤之别的。

要吸引读者，首先要真正地了解读者。晴天，有时下什么？我们能给出自己的答案吗？

（原载《文汇报》2001年5月16日）

注　释

[1] [日]矢玉四郎著：《晴天，有时下猪》，彭懿译，南昌：二十一世纪出版社、北京：作家出版社2000年联合出版。

一只从 21 世纪走来的老鼠
——评"老鼠记者"系列童话

2000年，来自意大利的"老鼠记者"杰罗尼摩·斯蒂顿带着他的旅行故事和读者们第一次见面了。这位诞生于21世纪初的记者和出版商在他的老鼠岛上经营着一份最受欢迎的《鼠民公报》。他拥有绅士的优雅与谦和，热爱读书和写作，喜欢一切高雅艺术，爱好古董收藏，尤其热烈地向往着舒适、安宁的生活。

但他的生活永远安宁不下来。他的不安分的记者妹妹菲和表弟赖皮，以及他身边所有不安分的老鼠们，总是不断地让他自愿或者不自愿地卷入到各种惊险而又可怕的旅行与冒险中。在一团混乱的紧张、狼狈、恐惧与愤怒中，我们当然不能怪杰罗尼摩暂时忘却了他的优雅与谦和、稳重与忍耐，变成了一个有些歇斯底里的可笑的角色。事实上，正是这种始终包围着杰罗尼摩的夸张的生活无奈与性格矛盾，使这一角色所具有的喜剧性得到了格外充分的表现和展示。在不能抑制的阅读笑声里，许多人也会从杰罗尼摩的身上，隐约看到自己同样无奈的精神身影。

这或许也是"老鼠记者"系列故事在出版初期便迅速进入意大利畅销书榜首，并在短短八年间达到了逾3000万册全球销量的原因之一。为了配合故事的喜剧效果，作者与出版方有意为作品中的一些文句设计了特别的颜色与形状，以制造和渲染与故事情节相宜的特殊视觉、情感和氛围效果；在原版图书中，这些特殊的处理还包含了一定的语言识读教育的意图。而在每一册书的最后，都张贴着从老鼠岛到妙鼠城再到《鼠民公报》大楼与编辑部的卡通全景地图，以增加读者游戏探索的乐趣。

对于儿童文学读物有着较为精致的文学要求的读者，多少会对这部偏于漫画化和喜剧化的系列童话的畅销生出些许疑惑。的确，从故事模式化的角色及其夸张、搞笑的言辞与行为到整个系列情节设计所追求的热闹、滑稽的叙事效果，从它对于许多文学和艺术经典词汇的随意征引、"篡改"到作品中具有动画效果却并不那么"艺术"的插画，似乎都不乏可以商榷的地方。然而，正如拥有"老鼠记者"品牌全球版权的意大利亚特兰蒂卡（Atlantyca）娱乐公司主席皮尔特罗·马利提（Pietro Marietti）2009年7月在香港书展期间接受采访时所说的，从一开始，出版方就希望把杰罗尼摩"包装成一个商品"，而不仅仅是一则单纯的文学故事（见2009年7月23日《信报》）。这套作品的创作也因此与它的产业未来紧密结合在了一起。

细心的读者会发现，这部风靡欧美的系列童话，其前勒口上的"作者简介"与照片并非我们期待中的现实作家，而恰恰是故事的主角杰罗尼摩。很少有人知道作品真正的文字作者伊丽莎白·达米（Elizabeth Dami）的名字，这位同样身为编辑、经常外出旅行的女作家把所有的创作权都慷慨地留给了故事中的老鼠作家，从而使这一角色的存在显得更为突出，也更加令读者印象深刻。今天，作为这些冒险故事"作者"的杰罗尼摩甚至拥有了属于自己的官方网站。

更重要的是，上述处理与故事模式化的角色、喜剧性的情节和滑稽的插科打诨一起，为这套作品与当代视听、电子媒介的迅速结合以及相应产业链的发掘奠定了十分重要的基础。随着"老鼠记者"系列的出版,配套的磁带、CD等均已面世,以杰罗尼摩的历险为蓝本的动画制作也已于两年前启动,由亚特兰蒂卡娱乐公司与法国的掘月动画集团(Moonscoop)合作的26集动画片预定于2009年秋分别在意大利语、英语、法语及其他语种地区发行。通过这些途径,出版社和开发商在"老鼠记者"的纸本出版与新媒介产品之间,建立起了一种积极的相互配合与促进关系。2008年,该作品获得了波隆那书展全球版权产品最高奖。

应该说,"老鼠记者"从创作之初就是当代出版业商业营销模式的一个构成部分,而它的成功,也为这一模式的进一步成熟提供了有益的经验借鉴。

但与此同时,我们也应当看到,老鼠记者所借此吸引读者的,首先仍然是它的故事。对于今天许多早已习惯了声像叙事尤其是动漫叙事的孩子们来说,"老鼠记者"系列模式化的角色塑造、快节奏的叙述方式与滑稽幽默的夸张想象具有一种格外亲切的文字吸引力。故事里的老鼠岛与人类世界既相区隔,又充满幽默的互文关联。作者不但经常通过改换字头词尾,把一些正常的词语变化为鼠国词汇,其中更出现了不少类似"蒙娜丽鼠""鼠夫卡""鼠戈尔"等戏仿的人名;与此相应地,我们也可以从作品的插图中发现许多令人忍俊不禁的戏仿细节。例如,在《蒙娜丽鼠的密码》中,不但封面上出现了蒙娜丽莎的鼠面戏仿漫画像,关于博物馆的那一整页插图上,更可以找到被替换成鼠面鼠身的埃及法老像、米隆的掷铁饼者雕像以及文艺复兴时期意大利画家波提切利的名画《维纳斯的诞生》等艺术作品的漫画。而这则故事本身,也带有对于风行一时的通俗小说《达·芬奇密码》的戏仿成分。

如果说所有这些戏仿带来的主要还是一种无厘头的滑稽娱悦，那么在《神勇鼠智胜海盗船》的故事里，当杰罗尼摩和他的家人们战胜海盗猫，乘着海盗船回到老鼠岛时，那座显然以纽约州的自由女神像为范版的"自由鼠像"出现在了我们的视野中；只是鼠像手中所举的并非象征自由的火炬，而是一块乳酪，而在页面最右的那帧插图上，读者还能看到踩在自由鼠像脚下的那个酷似监狱的小建筑。如果我们愿意这样去解读的话，那么在这个充满了逗趣的戏仿中，还包含着对于"自由"一词在当代所遭到的戏弄以及它所指向的专制意义的嘲讽。

当然，这样的解读对孩子们来说并不一定是最适合的。很多时候，我们还是更愿意到老鼠记者轻松而又荒诞的故事里，去阅读那藏在全部人类血脉里的旅行和探险的冲动，那即使在最喧嚣最荒唐的生活中也不时向我们展露微笑的人情温暖，那透过童年的游戏和可爱的本杰明的形象所不断传达出来的童年的天真和力量，以及故事全然虚构的情节所传递出的某些现实生活的智慧。当然，我们也可以什么也不多想，什么也不多问，而只是以一颗愿意和书本相面对的心，来与故事里的杰罗尼摩和他的伙伴们相遇。那也一样很好！

（原载《中国图书商报》2009年8月28日）

一位行旅和精神上的导游者

收到爱薇女士寄来的散文随笔集《逍遥尘外》一书的打印稿时，我正收拾行囊，准备回宁波探望父亲和母亲，并一起过春节。于是，我把这部书稿也带在了身边。

虽然已没有了儿时盼望过年的那份心情，但春节的气氛依然是喜乐和忙碌的。稍有空闲，我便翻开《逍遥尘外》，一篇篇细细阅读、慢慢品味。从《维也纳的黄昏》到《九寨沟的中秋》，从《旅者的心》到《老太婆生财有道》……不知不觉中，年过完了，我也跟随着爱薇的足迹做了一次纸上的漫游和神思。

1992年9月，爱薇女士从马来西亚来到中国，在我所供职的浙江师范大学儿童文学研究所研修了一个学期的儿童文学。在我的印象中，爱薇才思敏捷、热情开朗、精力充沛，对中国传统文化和当代社会都有广泛的了解。在与她的交往和畅谈中，我丝毫没有什么隔膜感和距离感，相反，倒是发现了许多共同的志趣和思想。同时，我也意识到，爱薇虽然比我年长许多，但她身上所放射出的生命活力，所焕发出的生命光彩，是远胜于我这个"教书匠"的。我想起了余秋雨先生在散文集《文化苦旅》的《自序》中的诘问："我们这些人，为什么稍稍做点学问就变得如此单调窘迫了呢？如果每宗学问的弘扬都要以生命的枯萎为代价，那么世间学问的最终目的又是为了什么呢？"我也算是个与"学问"打些交道的人，但是做学问的结果，似乎便是生命负载的日益沉重，生命活力的日渐丧失，生命光华的日趋褪尽，这多少是有些令人沮丧的。而在爱薇身上，我看到的则是学识、思想等等与生命的趣味和活力的统一。这是令我感叹，也令我羡慕的。

在我看来，作为一位作家，爱薇生命魅力放射的方式之一，便是旅行。在不久前出版的作品集《唱给蓝天的歌》的《后记》中，爱薇有过这样的表白："这些年来，旅行已经成了自己生活的一部分，走了不少地方。虽然离踏遍世界的目标还有一段距离，但是，我已经深深感到，人，若是有机会经常徜徉在山山水水，风光无限的异乡异地，心胸自然而然就如经过洗涤、抹试过一样，变得豁达与开朗；思想也会变得更为澄明，唱起歌来，声宏气壮。"可以说，旅行、思考、写作，构成了作家爱薇的基本生活内容和主要生存方式。旅行开拓了爱薇的视野，丰富了她的灵感；思考使旅行变成了一位智者精神活动的载体和展开方式，而写作，则使这一切得以升华和凝固，并最终得以与读者交流和分享。

从《逍遥尘外》这个颇可玩味的书名，我们可以猜测到爱薇的心境和情绪——当她背起行囊，准备上路时，她的心情一定是自在松弛的。于是，跟着她轻松随意的步履，随着她机智锐敏的目光，我们也尽情地领略了丰富旖旎的自然风光和多姿多彩的社会生活景观。从黄昏时分维也纳克恩顿大街一带悠闲漫步或口啜咖啡的人群（《维也纳的黄昏》），到冬日行将退去，阳光慵慵懒懒地从云层里透射出来时的渥太华（《我爱阳光》）；从历经了数十年风雨吹袭，如今已人去屋空的老屋（《老屋》），到气势宏伟、人头攒动的北京书城（《北京书城》）……作者以其从容曼妙的文笔，引领读者投入到大千世界的广阔时空之中。我想说，读爱薇的《逍遥尘外》，我们的确可以体味到一番尘外逍遥的舒心和乐趣。

逍遥尘外，但对尘世的关注和怀想依然未减。作为一位尘缘中人，作为一名有责任感和道义感的作家，爱薇在一路风尘、云游四方的时候，并未放弃对于现实人生的关怀和冥想，毋宁说，作者逍遥尘外，其意则在"尘内"。随着步履和视点的不断移动，作家的思绪也在不断地飞扬和升腾。于是，从《掌上风霜》中，我们可以读出作者独特的人生自信和对于自我价值的把握；从《那方小庭院》中，我们可以体悟到人生丰富的可能和内在的那份美……一个细节、一点场景，作者信手拈来，轻轻点染，皆成妙趣，令人顿悟，而作者的文笔也常常因情感的真挚而变得异常动人。例如，爱薇是这样描绘北美名城渥太华的阳光的：

  每年四月，当漫长的冬天行将退去，积雪开始融化时，蛰伏了一季严冬的人们，一旦看到阳光慵慵懒懒地从云层里露出脸时，那种发自内心的喜悦的感觉，真是形容不出的美妙。

  每天中午，我喜欢独自一人，拿本喜爱的书，再买杯热腾腾的咖啡，坐在博物馆后边，渥太华河畔，让暖洋洋的阳光，遍洒在身上。这时候，你才真正地想起，祖国那无所不在，白花花的阳光，那是上天赐给我们一份多么大的厚礼呀！心里头不由得萌起感恩之情。

  在这世界上，万物是因阳光而成就的。

当人们对自然的博大恩赐变得越来越麻木的时候，读着这样的文字，我的心又仿佛能感受到屠格涅夫所说的那种"愉快的紧缩"。我知道，这得感谢作者。

游历的目光，自在的心情，轻巧的联想，独特的思索，《逍遥尘外》展示给我们的是一颗开放、敏感的心灵，以及丰富的关于自然的信息和新生活的资讯,这本以"逍遥"为名的散文集避免了被称为"小女人散文"的那类作品轻浅单薄的毛病,而具有一种轻巧的文体与厚实的思想的融合感。虽然,米兰·昆德拉有一次引用过一句犹太谚语:"人们一思索,上帝就发笑"——这句谚语轻巧而残酷地道出了人类理性和思考的某种无奈、尴尬的处境,但是我相信,富有思想能力依然可以说是人类生存的基本精神特征之一。对于一位作家来说,他或她无论采用什么方式来构建自己的艺术世界,总是同时会以自己的方式照亮人类精神生活或世相生活的某些方面,总是会自然而然或不由自主地表现出对于生命、对于生活的独到感受和阐释能力。爱薇的散文写作正是努力这样做的,我也因此格外看重她的这种努力。

爱薇年轻时当过旅行社的导游,后来又历经生命中的起起落落、悲欢离合,可仍然是个"无可救药的乐观派分子"。她的阅历和个性,都在其作品中得到了真切的表达。我认为,行旅和精神上的导游者,过来人的通达的思想,女作家温暖的人生情怀,构成了今天的爱薇和她的作品。

我相信,每位读者朋友都会在《逍遥尘外》中读到这一切。

(原载爱薇《逍遥尘外》,马来西亚彩虹出版有限公司1999年版)

"彩虹青春悦读小说系列"序

1992年秋天,爱薇女士从马来西亚吉隆坡远道而来,在中国浙江师范大学儿童文学研究所访学一个学期。那一年,从秋天到冬日,爱薇女士在深入了解中国儿童文学发展的历史与现实的同时,也向浙江师范大学的师生介绍着马来西亚华文儿童文学的发展与现状。那年岁末,爱薇女士在浙江师大完成了《让亿万颗星星一齐发亮吧——马来西亚华文儿童文学简介》一文。这篇七千多字的文章,不久以后发表在了1993年第二期《浙江师大学报》的儿童文学研究专辑中。也许,正是透过这篇全面扼要的评介文章,中国儿童文学界开始对马来西亚华文儿童文学有了一些初步的,同时也是基本的了解。

2004年9月中下旬,应马来西亚华校教师会总会的邀请,我有幸前往马来西亚,与爱薇女士一起为在吉隆坡和槟城两地举办的"给孩子一个书香的童年"儿童文学研习营讲课。那是一段令我难忘的日子。马来西亚美丽的风光,马来西亚华人浓浓的中华文化情结,都给我留下了深刻的印象。更令我难忘的是研习营的主办方和参与研习营的华文学校老师们对华文教育理念的执着与坚守,对华文儿童文学创作及其教育发展的渴望和投入。是的,对于一个初次到马来西亚实地了解这一切的中国儿童文学研究者来说,那半个月里,我内心的感受是完全可以用"感动"和"震撼"这样的词语来描述的。

也就是有了那一次的经历之后,我对马来西亚华文儿童文学界有了一份格外的亲切感,一种特别的关注之情。因此,当爱薇女士从吉隆坡寄来由她主编的"彩虹青春悦读小说系列"丛书中的部分作品时,我内心的欣喜之情就是不言而喻的了。

据爱薇女士介绍,这套儿童小说丛书的作者平均年龄只有三十多岁,其中除了有两位作者从事的是编辑和助理秘书工作之外,其余的都是中小学的在职老师。此前,有两位作者已经出版过单行本,其中一位周锦聪还得过"冰心儿童文学奖"的"童诗奖"。阅读这套丛书,我们会发现,丛书的作者们十分熟悉当今马来西亚华人少年儿童的生活和学习状况,了解他们的喜怒哀乐以及他们的幻想、愿望等等。因此,从整体上看,这些作品以较为开阔的观察视野,借助丰富的题材发掘,比较立体地反映了马来西亚华人少年儿童的现实生活和情感状况,同时也在一定程度上折射出了当今马来西亚华人社会的生活和文化现实。例如,《青蛙战士》《友情,像兰花一样芬芳》等作品,描写的都是主人公从偏僻的小镇随家人搬迁、转学到大都市后所发生的生活变化和心理变迁的故事。在都市所建构的"钢筋水泥森林"中,新的生活里缺乏的是大自然的翠绿景致和生动气息,充斥的则是伴随"现代文明"而来的各种"城市综合征",同时,都市的学习生活也变得充满竞争和压力。值得注意的是,作者并没有对都市文化采取一种简单化的批判态度,而是从小主人公的角度,描写了一个个在都市文化环境中如何积极从自卑走向自信与坚强的过程和故事。因此,这些作品没有停留在伤感和怀旧的情绪中,而是透过对生活的品味和对人物性格发展的描绘,讲述了一个个颇具时代意义的马来西亚华人少年儿童的心灵成长故事。

《冲上蓝天》《远和近》《妈妈的秘密情人》《倒后镜》《飞翔

的小天使》《牛嫂阿嬷》等作品，都取材于校园和家庭生活，而每篇作品又视角各异，呈现了多方面的生活关系和内容。《冲上蓝天》写的是一个校园里的竞争故事，作者以比较细腻的笔触描写了人物的复杂关系和曲折的内心波澜。《远和近》《妈妈的秘密情人》《倒后镜》等作品则以成人与孩子之间的关系为议题，着重描写了家庭情境中多样的亲子关系和情感内容，其中夹杂和呈现了隔膜、误解、苛责与理解、期待、包容等生活中复杂的矛盾和体验。《飞翔的小天使》将目光投向了患有"自闭症"的弱势儿童，从"我不要这个傻弟弟"到把弟弟看成是"我家最可爱也最纯善的小天使"，作品表现了一个令人动容的关爱主题。《牛嫂阿嬷》则借助孩子的眼光，刻画了一位热情、善良、勤奋、快乐的具有传统美德的劳动妇女形象。此外，《电子父母》《数码世纪》等都是具有浓郁科幻色彩的儿童小说。这些作品想象奇特，主题则极富有现实意义。

看得出，在儿童小说的表现手法上，"彩虹青春悦读小说系列"的作者们也做了宝贵的尝试和努力。这些作品大多在构思和叙述上面下了功夫，或描述细腻，引人入胜，或巧设玄机，起伏有致。《友情，像兰花一样芬芳》采用了书信体的叙述形态，《牛嫂阿嬷》的字里行间则流溢着十分浓郁的中华乡土文化韵味……

马来西亚华文文学的前辈作家们为马来西亚华文儿童文学的发展立下了筚路蓝缕的开创之功。如今，在前辈作家的引领和具有识见的出版社的大力支持之下，一批新的写作者又投身到了马来西亚华文儿童文学的写作之中。尽管儿童文学创作的路途并不平坦，但我相信，这套"彩虹青春悦读小说系列"的出版，将是对马来西亚华文儿童文学发展的一次新的重要的推动。

在这里，我要献上我对马来西亚华文儿童文学未来的最衷心的祝福，祝愿马来西亚华文儿童文学的天空永远星光闪烁！

2005 年 11 月 28 日

（原载"彩虹青春悦读小说系列"，马来西亚彩虹出版有限公司 2006 年版）。